HEYNE
BÜCHER

Das Buch

Leila Landsman, die Schlüsselfigur dieses Romans, ist eine engagierte Akademikerin, die regelmäßig und erfolgreich ihre Bücher veröffentlicht. Ihr Mann Nick ist als Theaterregisseur beruflich viel unterwegs und zunehmend uninteressiert am gemeinsamen Leben. Für ihr nächstes Buchprojekt ist Leila der Fall Becky Burgess angetragen worden. Becky ist eine ehrgeizige, junge Frau, aufgewachsen in einer kinderreichen Immigrantenfamilie und erfüllt von dem Wunsch, Medienprofi zu werden. Zur Zeit sitzt sie jedoch in Untersuchungshaft, denn sie ist angeklagt, zusammen mit ihrem minderjährigen Liebhaber ihren Ehemann ermordet zu haben.

Leila Landsman versucht, hinter das Klischee der gattenmordenden Angeklagten zu sehen und die Geschichte von Becky aufzuspüren. Doch auch in Leilas Leben spitzen sich die Ereignisse zu: Ihr Mann eröffnet ihr, daß er sich in New York in eine junge Schauspielein verliebt hat, und Leilas zuverlässige Putzkraft, Mary Burkes, gerät in Not und braucht ihre Hilfe ... Was müssen Frauen tun, um sich aus den Fußangeln ihrer eigenen Sehnsüchte zu lösen, ohne auf Wünsche und Ziele überhaupt zu verzichten?

Ein bewegender Roman, der abtastet, was Frauen wollen und ersehnen und welche Folgen dies für ihr Leben hat.

Die Autorin

Marge Piercy wurde 1936 in Detroit geboren. Nach dem Studium lebte sie Frankreich, hielt sich dann mit Teilzeitjobs über Wasser und dichtete. Aus ihrem Engagement in Bürgerrechts-, Friedens- und Frauenbewegung entwickelte sie das Ziel, eine Prosa zu schreiben, die das Politische leichthändig ins spannende Erzählen einbezieht. Ihre Romane schildern vielfältigste Biografien, skizzieren soziale wie individuelle Konflikte und Befreiungsversuche und spielen pfiffig mit tradierten Genres. Marge Piercys Werk wurde in fünfzehn Sprachen übersetzt.

MARGE PIERCY

SEHNSÜCHTE

Roman

Aus dem Amerikanischen
von Heidi Zerning

WILHELM HEYNE VERLAG
MÜNCHEN

HEYNE ALLGEMEINE REIHE
Nr. 01/10480

Titel der Originalausgabe
THE LONGINGS OF WOMEN

Umwelthinweis:
Das Buch wurde auf
chlor- und säurefreiem Papier gedruckt.

Printed in Germany 1997
Umschlagillustration: The Image Bank/Andrea Pistolesi, München
Umschlaggestaltung: Atelier Ingrid Schütz, München
Satz: Pinkuin Satz- und Datentechnik, Berlin
Druck und Bindung: Pressedruck, Augsburg

ISBN 3-453-13061-8

»Die Sehnsüchte von Frauen:
Flügelschlag von Faltern gegen
Decken, blau gemalt wie Himmel ...«

Marge Piercy, »The Longings of Women«
(aus dem Gedichtband *My Mother's Body)*

1

Leila

Auf der Bank draußen vor dem Gerichtssaal begann Leila ab drei, auf ihre Uhr zu schauen. Sie hatte damit gerechnet, gleich nach der Mittagspause als Sachverständige für mißhandelte Frauen aufgerufen zu werden. Jetzt war es fünf, und das Kreuzverhör der Ärztin, die die Angeklagte Linda Sue in der Notaufnahme behandelt hatte, nahm immer noch kein Ende. Freitags hatte Leila keine Lehrveranstaltungen, daher war ihre Anhörung für heute angesetzt worden, aber sie sollte längst Melanies Mutter, Mrs. Peretz, im Krankenhaus ablösen. Warum hatte sie so oft das Gefühl, an drei Orten gleichzeitig sein zu müssen, überall vom schlechten Gewissen verfolgt, weil sie sich nicht dem jeweils anderen Problem widmete?

Leicht überrascht stellte Leila fest, daß sie kreuzunglücklich war. Sie wollte nicht hier im Gericht herumsitzen, wo Linda Sues Prozeß nicht gut lief. Leila sagte höchst ungern vor Gericht aus, mochte die starre Prozeßordnung nicht, obgleich sie als gute Zeugin und Sachverständige galt, wie man sie auch gern als Referentin zu Gastvorträgen einlud. Ihr öffentliches Auftreten verband Kühle mit Wärme, war mütterlich und dabei kompetent. Sie besaß eine rasche Auffassungsgabe. Jahrelanges Unterrichten, die Übung darin, zu wirken, als wüßte sie, wovon sie sprach, auch wenn sie sich den Stoff erst am Abend zuvor angelesen hatte, zahlte sich aus in sicherer Stimmführung, in der Fähigkeit, zu improvisieren und feindselige Fragen geschickt abzuwehren. Sie konnte der Angeklagten im Zeugenstand nützlich sein, falls sie je dorthin gelangte, aber statt dessen lag sie hier auf Eis. Hockte einsam auf der hölzernen Bank, während die Schwester des Opfers ihr aus den Augenwinkeln böse Blicke zuwarf.

Leilas beste Freundin Melanie war im Begriff, nach einer Remission von fünf Jahren an Brustkrebs zu sterben. Leilas Sohn David studierte drüben an der Westküste am ›Cal Tech‹, am California Institute of Technology. Ihr Ehemann Nick hatte seinen vor Jahren getanen Schwur gebrochen und seine erfolgreiche Bostoner Inszenierung von *Oedipus Rex* an den Off-Broadway verpflanzt, wo er mit neuer, New Yorker Besetzung probte. Ihre letzten drei Nachrichten auf Nicks Anrufbeantworter waren ohne Rückmeldung geblieben. Die Botschaft, die sie gestern abend hinterlassen hatte, war kurz, aber deutlich: »Nick, du fehlst mir wahnsinnig. Ich komme diesen Samstag nach New York. Ich habe es so eingerichtet, daß ich bis Montag früh bleiben kann. Ich liebe dich. Wir sehen uns dann Samstag gegen Mittag.«

Endlich wurde sie aufgerufen, vereidigt, und hatte kaum mit ihrer Aussage begonnen, als der Richter die Verhandlung über das Wochenende vertagte. Na, toll. Das hieß, sie mußte am Montag mit einer der ersten Frühmaschinen von La Guardia aus zurückfliegen. Nachdem sie das Gerichtsgebäude in der Altstadt von Boston verlassen hatte, blieb sie prompt im Berufsverkehr stecken. Sie brauchte allein zwanzig Minuten, um aus dem Parkhaus zu gelangen, und weitere zwanzig bis zur nächsten Kreuzung. Leila war im Krankenhaus offiziell als Melanies Schwester eingetragen. Als sie endlich das Zimmer erreicht hatte und Mrs. Peretz zum Abendbrot fortkonnte, ging Melanies Mutter kopfschüttelnd und brummelnd hinaus.

Es war einer von den schlimmen Abenden. Melanie war bei Bewußtsein, hatte aber ständig Schmerzen. »Du sagst immer noch Mrs. Peretz zu Mama«, flüsterte sie tonlos mit geisterhaftem Lächeln. »Du kennst sie seit unserer Collegezeit. Länger als unser halbes Leben.«

»Damals kam mir deine Mutter so alt vor. Dabei war sie nicht älter als ich jetzt. So muß ich wohl auf meine Studenten wirken.«

»Wir hatten ... so viel Energie. Hoffnung.« Melanie versuchte, Leilas Hand zu drücken, war aber zu schwach. Ihre Hand erschlaffte.

»Ich habe die Hoffnung nicht aufgegeben. Tu du es auch nicht.«

Aber Melanie sank in Bewußtlosigkeit. Sie stöhnte, warf sich hin und her, murmelte, schlug die Augen aber nicht wieder auf. Ihr glänzendes schwarzes Haar war schon lange ausgefallen. Ihr Gesicht bestand nur noch aus Haut und Knochen.

Niedergeschlagen verließ Leila das Krankenhaus. Als sie heimfuhr nach Cambridge, nahm sie gleichgültig wahr, daß es endlich zu der frischen Oktobernacht aufklarte, die sie sonst liebte. Der stählerne Mond schoß durch die Wolken und riß sie in Stücke. Melanie war erstmals vor sieben Jahren an Brustkrebs erkrankt, und doch hatte ihr Arzt ihn nicht rechtzeitig erwischt. Dann hatte der Tumor im März, Melanies Geburtsmonat, metastasiert.

Schlank ist die
Melanie
schwarz ist ihr Haar
Leila
ist fähler
was für ein Paar.

Nonsensverse, die sie sich vor Jahren ausgedacht hatten, Nonsensverse, die sie sich immer noch zu jedem Geburtstag schrieben.

Leila ist rund
wiegt etliche Pfund
und speist so viel Jungs wie sie mag
Melanie 'st schmal
und beißt sehr frugal
nur einen Professor pro Tag.

Merkwürdig, daß ihr Verse, über die sie vor fünfundzwanzig Jahren gekichert hatten, heute abend in den Ohren klangen: das war die Erschöpfung. Sie war überschwemmt von ihren Kursen, ihren Studierenden, ihrem soeben in Druck gehenden Forschungsprojekt über die Beziehungen zwischen Inzestüberlebenden und ihren Kindern. Trotzdem war sie innerlich so weit fort von ihrer eigenen Arbeit, daß sie ihr nicht einmal interessant vorkam. Sie mußte nicht nur Melanie eine Stütze und Hilfe sein, sondern auch Melanies Tochter Shana, die noch zur Schule ging, und oft auch Mrs. Peretz, die vor zwei Monaten nach Boston gezogen war.

Als sie in die Einfahrt bog, meinte sie, nicht so viel Licht angelassen zu haben. Andererseits würde ein Einbrecher nicht sämtliche Lampen im Erdgeschoß anknipsen, und sie war mit dem Kopf voller Sorgen in aller Eile davongestürzt. Von der Uni war sie rasch nach Hause gefahren, um sich fürs Gericht umzuziehen. Sie hatte eine rätselhafte Nachricht von ihrem Sohn David auf dem Anrufbeantworter vorgefunden, die Probleme am Cal Tech andeutete, ferner die Wehklage einer Studentin, der sie Hilfe bei ihrer Forschungsarbeit zugesagt hatte. Leila wußte genau, daß sie David mehr liebte als irgend jemanden auf der Welt, aber sie war sich nicht sicher, wen von beiden sie mehr liebte: Melanie oder Nick. Nick war ihr Mann, ihr Gefährte, aber Melanie war ihre Herzensschwester, ihr anderes Ich. Leila zerfaserte im gleichen Maß, in dem Melanie verfiel. Es war vielleicht ganz gut, daß Nick diesen Herbst anderswo inszenierte, wie so oft. Sie wäre gar nicht fähig, so für ihn da zu sein, wie er es brauchte.

Der Weg zum Haus raschelte von Ahornblättern, nach denen sie mit dem Fuß stieß. Das Haus nahm den größten Teil des Grundstücks ein. Es war aus Holz, zweigeschossig mit einem Eckturm, der festlich aussah, wenn das Licht im Wohnzimmer und im Elternschlafzimmer darüber an war, zwei Lichtkränze durch die roten und goldgelben Vorhänge. Als sie die Tür aufschloß, hörte sie Nicolas, und ihr Herz tat einen Hüpfer vor Schreck und Freude. Alles war gut, alles war gut, er war zu ihr heimgekommen. Er hatte zu viel zu tun gehabt, um ihre Anrufe zu erwidern. Vielleicht liefen die Proben schlecht. Es hatte nichts zu bedeuten, daß er nicht zurückgerufen hatte. Er war hier, um sie zu sehen, und sie beide waren immer noch ein Ganzes, eine Familie.

Leila warf ihren Mantel in Richtung Couch, blieb vor dem Dielenspiegel stehen, malte sich die Lippen nach und fuhr mit der Bürste rasch durch ihr kurzes, kräftiges braunes Haar. Sie lächelte sich zu, ihre Wangen hatten sich vor freudiger Erwartung gerötet. Sie eilte seiner Stimme entgegen.

Er redete wie immer zu laut in den Hörer. Wenn sie miteinander telefonierten, drehte sie stets den Lautstärkeregler bis zum Anschlag herunter, und sie telefonierten oft miteinander, da er häufig fort war. Seine Äußerungen wollten bis in die letzte Reihe tragen, bis in den Rang. Er war ein großer Mann mit starker Präsenz und kräftiger Stimme. Als er sie hörte, legte er sofort auf – eine Frau? Sei nicht albern. Er hatte versprochen, daß es damit vorbei war, gesagt, er werde zu alt für Verwicklungen mit Schauspielerinnen. Er hatte das Telefongespräch lediglich beendet, weil er jetzt für sie da sein wollte. Seit einem Jahr hatten sie eine neue Ehe, Schluß mit seinen Liebesaffären in anderen Städten, beide arbeiteten mit ganzem Herzen gemeinsam an der Beziehung.

»Ich habe gar nicht gewußt, daß du kommst«, sagte sie und merkte, daß sie so schrill klang wie ein aufgedrehtes Kind. »Warum hast du nicht im Krankenhaus angerufen? Ich hatte keine Ahnung! Ich bin ja so froh, dich zu sehen. Ich war schon besorgt.«

Er kam mit großen Schritten auf sie zu, gab ihr einen raschen Kuß und schloß sie in die Arme. »Ich habe von der Penn Station aus angerufen, aber du warst nicht da. Ich habe den Zug genommen.« Wenn er sie umarmte, fühlte sie sich immer zierlich, kein bißchen wie das zu groß geratene, ungefüge junge Mädchen, das immer noch in ihr steckte.

Sie betrachtete ihn und forschte nach verräterischen Anzeichen. Aber er schien bester Dinge, überlebensgroß. Er war ein stattlicher Mann, groß, grobknochig und mit achtundvierzig nicht korpulent, sondern massiv, beinahe hünenhaft. »Du rätst nie, wer mir gestern in der Eingangshalle vom Brill Building begegnet ist – Al! Er war sehr freundlich, hat sich gleich an mich erinnert ...«

Al? Al? Sie suchte in ihrem Gedächtnis nach jemandem,

mit dem sie zusammen auf dem College gewesen waren oder der zu seinem Ensemble an der Boston University gehört hatte. Offenbar müßte sie ihn kennen.

»Ich habe ihm erzählt, daß ich *Oedipus* jetzt auch in New York rausbringe, und er hat mir toi-toi-toi gewünscht. Er sah toll aus. Alle haben neugierig geäugt, wen er da begrüßt.«

»Nick … welcher Al?«

»Al Pacino. Erinnerst du dich, ich hab' ihn mal kennengelernt, als ich am Mark Taper war.«

Sie betrachtete ihn immer noch forschend, wie eine Frau, die ihren Hund nach Zecken absucht, nachdem er im Wald war. New York war sein Schreckgespenst. Er bekam eine Glatze, seine lockigen grauen Haare umstanden sie wie eine Mönchstonsur. Sein krauser Vollbart war aschblond, mit nur wenigen grauen Strähnen. Seine großen Augen unter den wulstigen Brauen waren so kristallblau wie immer, aber vor Schlafmangel blutunterlaufen. Sie sah ihm an, daß er zuviel gegessen und getrunken hatte. Seine Haut war rot und fleckig. Seine Lippen waren aufgesprungen, weil er nicht genug Wasser getrunken hatte. Anderen wäre gar nichts aufgefallen, aber es war ihre Aufgabe, ihn in Form zu halten. Er beschrieb die Zugfahrt, den Mann, neben dem er gesessen hatte, was sie geredet hatten. Er war ein Anekdotenerzähler, der Alltäglichem Denkwürdiges abgewann, aber sie mußte seine Situation in Erfahrung bringen. »Was ist los?«

»Sie sind in die krampfhafte Hektik verfallen, die manchmal auftritt, wenn man versucht, Schauspieler zu einem Ensemble zusammenzuschweißen. Also habe ich ihnen für heute freigegeben. Morgen früh muß ich zurück, aber ich dachte, ich setze mich rasch auf die Bahn und melde mich bei dir.« Er legte den Arm um sie und führte sie zur Ledercouch. »Wenn ich das Band abhöre, ist es immer zu spät, um dich noch zurückzurufen – schließlich arbeitest du auch, und du bist nicht sehr logisch, wenn du mitten in der Nacht aufgeweckt wirst.«

»Ich weiß, ich bin knurrig, ich bin zur Zeit nicht auf der

Höhe«, sagte sie entschuldigend und war dabei trunken von prickelndem Glück wie von der besten Fruchtlimonade der Welt. Was für klare, durchdringende, schöne Augen er hatte, wie kräftig und doch wohlgestaltet seine Hände waren, prächtige Ausdruckswerkzeuge. Seine Nase und sein Kinn waren feingeschnitten, seine Brauen buschig, seine Stirn hoch und breit. Er war ihre große Liebe. Sie vergaß immer, wie seine kräftigen Daumen sich am Ende nach außen bogen. Sie vergaß immer die natürliche Lavendelfärbung seiner Augenlider, nur aus nächster Nähe sichtbar, wenn sie sich an ihn schmiegte wie jetzt.

Sie saßen auf der Couch bei einer Flasche Cabernet-Sauvignon, die er aus dem gemeinsamen Vorrat kredenzte – aus dem Verschlag unter der Treppe, den Leila den Weinkeller nannte. Er legte den Kopf in ihren Schoß, und sie kraulte ihn hinter den Ohren wie eine große Raubkatze, die sich für einen Augenblick niedergelegt hatte, um sich streicheln zu lassen. »Bereust du, daß du dich hast nach New York locken lassen?« Bei jeder anderen Inszenierung, die hier ein Erfolg gewesen war, hatte er widerstanden. Er haßte die Machtstellung von New York, die seiner Meinung nach das Theater beinahe zerstört hatte. Für ein saftiges Honorar hielt er gelegentlich darüber Vorträge.

»Ich denke, es nicht tun heißt als Jungfrau sterben. Einmal im Leben muß man sich richtig durchficken lassen, stimmt's ? Keiner soll sagen, ich habe Angst vor der Herausforderung. Aber alles ist viermal so kompliziert und fünfmal so teuer. Die New Yorker Theaterszene ist ein Gully, in dem alle Energie spurlos versickert.«

Ihre Finger kneteten die verhärteten Stellen in seinem fleischigen Nacken. »Du machst dir Sorgen.«

»Ich wäre ein blindseliger Schwachkopf, wenn ich das nicht täte.« Er richtete sich auf. »Diesmal muß es klappen. Ich werde es der Meute zeigen. Ihnen das Geifermaul stopfen.«

»Liebster, ich wollte kommen, aber Melanie geht es sehr, sehr schlecht.« Sie hatten besprochen, daß sie ihn diesmal anders als sonst hin und wieder besuchen sollte.

Bisher hatte sie es ein einziges Mal nach New York geschafft.

»Offen gestanden hatte ich gar keine Zeit, dich zu vermissen. Es war heftig. Wenn ich nachts ins Bett krauche, habe ich nicht genug übrig, um den emotionalen Bedürfnissen eines Goldfischs gerecht zu werden.« Er ließ sich wieder fallen. »Das Stück ist ein Hammer, das weiß ich.«

»Aber ich werde kommen. Nächstes Wochenende. Wie wäre das?«

»Wenn ich bloß den letzten Akt zum Knistern bringen könnte. Schneller, heißer.«

»Meinst du, du liegst gut in der Zeit für die Premiere in drei Wochen?«

»In dreieinhalb. Ich brauche jeden Tag, jede Stunde.« Er stöhnte vor Verdruß. Er war zu lang für die Couch. Seine Füße ragten ins Leere, steif und zitternd. »Manchmal möchte ich Sheryl den Hals umdrehen. Sie hält sich nicht an das, was ich ihr sage. Sie nickt, sie ist einverstanden, sie wedelt mit dem Schwanz, und dann macht sie, was sie will. Aber sie hat eine animalische Präsenz, und die Zuschauer gieren sie an, als könnten sie gar nicht genug kriegen.«

Leila hatte inzwischen einen sechsten Sinn. Wenn er mit Sheryl noch nichts hatte, dann zog er es zumindest in Erwägung. Für einen Moment tauchte sie in ausweglose Verzweiflung. Sie verurteilte ihren bereitwilligen Glauben, er habe wirklich mit den Affären Schluß gemacht, als naiv, als bangen Wunsch, so möge es sein. Vielleicht konnte sie ihn an diesem Wochenende stumm überzeugen, sich zu enthalten. Sheryl: vierundzwanzig und windhundschlank, mit einer Stimme wie Sahnebonbons. Leila sagte nichts. Was gab es zu sagen? Da war es wieder, ihr stillschweigendes Abkommen, auch wenn sie dankbar geglaubt hatte, sie wären dem entwachsen. Nur anderswo, nicht in Boston. Er log sie nicht an. Wenn sie ihn jetzt nach Sheryl fragte, würde er ihr alles erzählen, weit mehr, als sie hören mochte. Sie fragte nicht. Sie verspürte tiefe Mattigkeit. Schließlich war sie eine fünfundvierzig Jahre alte Frau und keine ausgesprochene Schönheit, leistete im Universitätsmittelbau harte Arbeit und kämpfte tagtäglich darum, ihr Idealgewicht um nicht mehr als zehn Pfund zu überschreiten. Am Theater hatte er es mit ehrgeizigen Schönheiten zu tun, willfährig, jung, manchmal sehr jung. Stell ihn nie vor die Wahl. Er hatte von Anfang an klargemacht, daß nur ein Teil von ihm ihr gehören würde – ein großer Teil, aber nur ein Teil. Der Rest gehörte seiner Arbeit und seiner Freiheit. Sie war im Weg, wenn er anderswo inszenierte. Aber eine Frau mußte sein. Er war ein gewaltiger Hunger in Gestalt eines Mannes, nicht so sehr nach Sex als nach Beachtung, Zuspruch, Bestärkung. Sie konnte nicht ihre Arbeit tun und mit ihm umherziehen. Und das Geheimnis ihres Haushalts war: sie war die Hauptverdienerin. Niemand außer Melanie wußte das. Seine Teilzeitanstellung bei der Bostoner Uni brachte weniger als die Hälfte von dem ein, was sie als Dozentin am Lesley College verdiente, ihre Bücher nicht miteingerechnet.

Melanie hatte ihre Situation immer mit verzeihender Klarheit verstanden, hatte verstanden, welches Glück es für Leila war, Nicolas gewonnen zu haben, der sich selbst so genannt hatte und als William, Bill Landsman, geboren worden war. Sohn eines Zahnarztes und einer Hausfrau in Houston, jüdisch, aber kaum religiös – der Schöne, das Genie, der Bilderstürmer. Als er Sheryls Alter erreicht hatte, besaß er den Ruf eines einigermaßen erfolgreichen Schauspielers. Mit dreißig hatte er sich der Regie zugewandt. Seit fünfzehn Jahren hatte er in Provinztheaterkreisen einen Namen. Wenn über das Theater in Boston geredet wurde, fiel sein Name als einer der ersten. Einen Teil des Jahres unterrichtete er an der Bostoner Uni, aber meistens inszenierte er in einem umgebauten Kino in der Nähe vom Campus oder auf Einladung überall im Land, im Guthrie in Minneapolis, im Actors Theater in Louisville, im Alley Theater in Houston. Er galt als Experte sowohl für die Inszenierung schwieriger neuer Stücke als auch für das Aufspüren verblüffender Bedeutungen und unerwarteter Subtexte in Klassikern. Den *Changeling* des Elisabethaners Thomas Middleton hatte er in Kostümen der zwanziger Jahre auf die Bühne gebracht, eine Inszenierung, die knisterte und schokkierte. Sheryl war seine Studentin gewesen, und er hatte sie mit der Hauptrolle besetzt. Leila war überzeugt, daß damals nichts passiert war, aber jetzt hatte er sich offenbar an Sheryl erinnert, die nach New York gegangen war, um Karriere zu machen.

Sie zog das rote Seidennachthemd »Viktorias Geheimnis« an, das er ihr vor zwei Jahren zum Geburtstag geschenkt hatte, und nicht das Flanellnachthemd, das sie sonst trug. Aber als sie ins Bett kroch, schlief er schon. Sie lag neben ihm, bedrückt wegen Melanie, bedrückt, weil sie sich gestattet hatte, über eine Affäre nachzudenken, die vielleicht im Gange war oder sich anbahnte. Jede Beziehung hatte ihren Preis, hatte Unkosten, mußte offene oder verdeckte Steuern entrichten. Leila hatte vor langer Zeit ihre Rolle in seinem Leben akzeptiert: zentral, aber begrenzt. Das brachte auch ihr Vorteile. Sie lag auf ihrer Seite und konnte lange nicht einschlafen neben diesem erdwallgleichen Körper, der Wärme von sich gab wie ein Holzofen. Er glomm in seinem Schlaf, während sie über die Freiheit in der Ehe nachsann.

Zahllose Frauen, die zur gleichen Zeit geheiratet hatten wie sie, hatten ihren Freundeskreis aufgegeben. Sie konnte sich noch erinnern, daß ihr Lisa einst fast so nahestand wie Melanie, Lisa, die in ihrer Ehe verschwunden war wie in einem Wandschrank. Leila und Melanie waren sich über die Jahrzehnte auch deshalb nahe geblieben, weil Nick sie nicht so mit Beschlag belegte wie viele andere Ehemänner, die alle Zuwendung ihrer Frauen aufzehrten. Sie hatte es genossen, ihr Studium wieder aufzunehmen, ihren Doktor an der Brandeis zu machen, sich eine berufliche Grundlage zu schaffen und ihre Karriere voranzutreiben. Sie war in der Lage, ihre Forschungsprojekte durchzuführen, ihre Ideen zu durchdenken und ihre Bücher zu schreiben. Ohne Zweifel hatte ihre Ehe gehalten, weil sie für ihn interessant geblieben war, und das verdankte sie ihrer Arbeit. Auch sie ging in die Welt hinaus. Sie brachte Anekdoten, Geschichten, neue Leute und Fachbereichsdebatten mit nach Hause.

Ihre Freundin Jane sah in ihrer Heirat den erschreckenden Irrweg einer ansonsten vernunftbegabten Frau. Seit sie befreundet waren, hatte Jane stürmische Liebesgeschichten mit drei sehr unterschiedlichen Frauen durchlebt, die Janes empfindsames Herz alle gleichermaßen gebrochen hatten. »Machst du dir keine Sorgen wegen Aids?« fragte Jane sie immer.

»Er sammelt die Frauen nicht von der Straße auf. Er läßt sich jeweils nur mit einer Frau ein, und zwar mit einer, die er relativ gut kennt – einer, die mit seiner Inszenierung zu tun hat.« Sie erzählte Jane nicht, was Melanie wußte, daß sie nämlich für Nick weniger attraktiv war, seit sie David geboren hatte. Von Zeit zu Zeit tauchte sein Verlangen wieder auf, wie eine Reprise in einem Musical. Jedesmal redete sie sich ein, daß er diesmal von ihr körperlich so hingerissen sein würde wie sie von ihm.

Sie spürte, wie sich ihre Liebe zu ihm regte. Sie liebte ihn immer, aber diese Liebe schlummerte oft als stilles Liebhaben. Nach Melanies Ansicht war eine der Stärken ihrer Ehe, daß sie je eigene Leben führten und einen Teil jeden Jahres getrennt verbrachten. Dadurch erlebten sie sich immer wieder neu. Sie nahmen einander nicht als gegeben hin. Sie brachten einander immer etwas mit, und wenn es nur die Erlebnisse weniger Wochen waren.

Vielleicht. Aber sie vermißte ihn, wenn er nicht da war, und am meisten liebte sie ihn nicht im Geist, in absentia, sondern wenn er bei ihr war. Das Haus war etwas über hundert Jahre alt. Sie hielten es kühl, nachts sogar kalt. Wenn Nick fort war, schlief sie unter einem Federbett, das ihre Mutter Phyllis ihr geschenkt hatte, als sie ihren eigenen Hausstand gründete. Wenn Nick bei ihr war, warf sie das Federbett über einen Stuhl und schlief unter einer Decke.

Sie merkte, wie sie von einem Gefüge aus Anforderungen in ein anderes wechselte. Doch er kehrte morgen schon nach New York zurück. Dies war nur eine Stippvisite, und sie hätten miteinander schlafen müssen. Morgen früh würde sie ein besonderes Frühstück bereiten, um ihn zu verführen. Sie würde Kaffee ans Bett bringen. Café au lait mit etwas Besonderem. Ja. Es war lieb von ihm, sie plötzlich sehen zu wollen, und sie mußte aus ihrer Schwermut ausbrechen und die verlorene Zeit gutmachen. Sie würde sich von Melanie losreißen und nächstes Wochenende nach New York fahren.

Sie wachte vor ihm auf und eilte hinunter, um nicht das richtige Frühstück – das gab es später, unten –, sondern Kaffee und noch etwas zu machen: Während ihr der Tiefkühlschrank ins Gesicht blies, fiel ihre Wahl auf den Honigkuchen, den Melanie zu Rosch Haschana gebacken hatte. Sie brachten oft an den Feiertagen ihre Familien zusammen. Leila war die bessere Köchin, aber Melanie war die bessere Bäckerin. Sie taute den Honigkuchen auf und legte ihn auf den schönen Imariteller, den er ihr geschenkt hatte. Möge er den Rest unserer gemeinsamen Jahre versüßen. Das Tablett, das sie vorsichtig nach oben trug, sah einladend aus, dampfender Kaffee, Kuchenscheiben (Nicolas hatte für Süßes eine Vorliebe, so groß wie sein Heimatstaat Texas, dessen Dialekt er lange abgelegt hatte, außer wenn er ihn brauchte), und eine rosa Chrysantheme, aus einem Strauß gemaust. Den Imariteller hatte Nick ihr vor Jahren von einem Theaterfestival in Kyoto mitgebracht.

Er wurde langsamer wach als sie, mit einem breit ausgewälzten Drama aus Gähnen und Strecken. Bärenartig schüttelte er das Bettzeug ab und reckte die Arme. Dann setzte er sich für seinen Kaffee zurecht, erkundigte sich nach Melanie, als ihm der Kuchen erklärt wurde, und gab ein mitfühlendes Schnalzen von sich. Nick zu betrachten war für Leila oft aufschlußreicher, als ihm zuzuhören. Jetzt beobachtete sie, wie er sich die Finger ableckte, auf die Uhr schaute und dann auf ihren Körper. Sie würden miteinander schlafen. Sie würde seine Schwere spüren, seine großen Hände, die sie kneteten, seinen Mund, der nach Kaffee schmeckte, seine Zunge an ihren Brüsten, ihrem Bauch, ihrem Geschlecht. Ihr Körper begann sich zu dehnen und zu regen, erwachte aus seinem Mark heraus, wie er es in letzter Zeit selten tat. Jetzt war er auf ihr und in ihr, trieb sich weit in sie hinein, während sie stöhnte und ihre Hände auf seinem breiten Rücken umherkrabbelten.

Als er sich schließlich duschte und anzog, mußte er sofort los – keine Zeit mehr für ein richtiges Frühstück. »Ich kauf' mir was am Bahnhof – oder im Zug. Keine Sorge!« Er griff sich den Rest des Honigkuchens vom Küchentisch und lief mit seiner aus den Nähten platzenden Aktentasche als einzigem Gepäckstück zur Tür hinaus.

Sie sah ihm nach, immer noch in ihrem Morgenmantel, und wanderte dann unruhig durchs Haus. Als sie an ihrem Arbeitszimmer vorbeikam, sah sie das rote Lämpchen am Anrufbeantworter blinken. Sie hatte immer noch ein schlechtes Gewissen, weil sie es nicht geschafft hatte, ihm ein gesundes Frühstück einzuverleiben, bevor er davonstürzte. Sie mußte sich überlegen, ob sie am nächsten Wochenende das Flugzeug, die Bahn oder das Auto nach New York nahm. Wenigstens war bis dahin der blöde Prozeß vorbei.

Es war Mrs. Peretz. Der Klang ihrer Stimme sagte Leila alles. Alles. »Leila, sie ist um zwei Uhr früh gestorben. Sie ist heute nacht gestorben.« Leila saß in ihrem Arbeitszimmer an dem Schreibtisch voller Seminararbeiten. Im ersten Augenblick fühlte sie nichts. Es schien sich nichts in ihr zu regen, und sie sagte sich, daß sie ihre Trauerarbeit schon im voraus während der letzten Monate geleistet hatte.

Dann begann sie krampfhaft zu weinen. Das Weinen wollte gar nicht aufhören. Vor allem fühlte sie sich verlassen, allein gelassen von der Frau, mit der sie immer über alles hatte reden können, über alles in ihrem Leben, in ihrer Arbeit, in ihren Gedanken. Melanie, sogar noch die sterbende Melanie, war ihr anderes, besseres, wärmeres, sanfteres Ich. Sie hatte Melanie geliebt, seit sie eine ganze Nacht lang miteinander geredet hatten, statt sich auf eine Psychologieprüfung vorzubereiten. Leila war damals eine Externe gewesen und absolut selig, am College eine Freundin zu haben.

Sie schrubbte ihr Gesicht und ließ sich ein Bad ein, denn sie wollte nicht nach Sex riechen. Der Tag war kühl und golden unter einem tiefblauen Keramikhimmel. Gelbe Blätter von dem riesigen Ahorn im Garten segelten gemächlich auf den goldgepflasterten Boden. Sie mußte sich am Riemen reißen. Sie mußte Mrs. Peretz und Shana anrufen. Aber sie hatte das Bedürfnis, dafür gewaschen und angezogen zu sein.

Bei Melanie konnte sie sich immer ohne Bedenken über Nick oder ihre Ehe beklagen, denn Melanie ging – anders als zum Beispiel Jane – davon aus, daß Leila selbstverständlich ihre Ehe zum Glücken bringen mußte. Melanie und Leila hatten beide ihre Collegefreunde geheiratet, waren bei ihnen geblieben, hatten jede ein Kind bekommen, waren in Boston gelandet und hatten ein wenig später als ursprünglich geplant erfolgreich einen Beruf ergriffen. Ihre Lebensläufe waren seit ihrer Jugend miteinander verquickt. In vieler Hinsicht war Melanie die Schwester, die Debbie nicht war, obwohl Debbie ihr Fleisch und Blut war.

In einer weißen Bluse und einem schwarzen Kostüm setzte sie sich hin und wählte Melanies Nummer. Shana meldete sich mit heiserer Stimme. »Ach, Leila, ich habe immer gedacht, Mutter kommt wieder nach Hause zurück. Ich habe es jeden Tag gehofft. Sie hat es schon einmal geschafft. Warum konnte sie nicht nach Hause kommen?«

»Ich bin gleich bei dir. Ist deine Großmutter da?«

»Sie ist im Krankenhaus, aber sie wird gleich zurück sein. Morgen ist die Beerdigung. Ich habe schon Rabbi Katz angerufen, wie Oma mir aufgetragen hat. Bitte komm her. Ich weiß nicht, was ich tun soll.« Shana begann zu schluchzen.

Leila ließ sich davon anstecken, dann wischte sie sich energisch das Gesicht ab. »Es gibt unheimlich viel zu tun.« Je beschäftigter sie waren, desto besser für alle. Zum Glück war sie gut in so etwas. »Mach dir eine Tasse Tee und setz dich hin. Bis du sie getrunken hast, bin ich bei dir.«

Mit niemandem auf der Welt wollte sie jetzt lieber zusammen sein als mit Shana, denn Shana und sie waren gleichermaßen beraubt und versehrt worden. Melanie hatte sie siebzigmal gebeten: Paß auf Shana auf, und das wollte sie auch. Sie hatte Shana gleich nach der Hausgeburt in den Armen gehalten, immer noch in kräftigen Geburtsfarben getüpfelt hatte sie geschrien, als sei Geborenwerden Grund für ein gebrochenes Herz. Shanas Vater hatte eine neue Familie in Amherst. Nein, Shana hatte ihre Großmutter, und sie hatte Leila, und Leila mußte dafür sorgen, daß das genügte. Jetzt mußte sie David anrufen und eine Nachricht für Nick hinterlassen, so daß er sie hörte, wenn er irgendwann in seine für ein paar Wochen gemietete Wohnung kam. Es war Zeit, ihre Trauer beiseite zu schieben und sich in Gang zu setzen.

2

Mary

Mary erwachte, auf dem Bett von Mrs. Douglas. Sie hatten ihr diese Woche abgesagt, weil Mr. Douglas zu einer Firmenkonferenz nach Puerto Rico flog und Mrs. Douglas mitflog, um sich zu sonnen. Das hieß, Mary putzte diese Woche nur an vier Tagen, konnte also nicht ihre fünf Dollar zurücklegen, aber, was wichtiger war, sie hatte dadurch für gestern nacht und auch für heute einen Schlafplatz. Donnerstag kamen sie zurück. Den Wecker auf dem Nachttisch hatte Mary auf sechs Uhr gestellt, damit sie sich am Morgen noch ein schönes Bad einlassen konnte. Wenn sie ein geborgtes Haus hatte, badete sie so oft wie möglich, um die Nächte auf dem Flughafen oder in einer Kirche oder einem anderen erschlichenen Ort wettzumachen. Gestern abend hatte sie ihre Wäsche gewaschen und sorgfältig in ihrer Reisetasche verstaut. Sie hatte lediglich ihre große geblümte Reisetasche und ihre bauchige alte Handtasche dabei, damit sie nie den Eindruck einer plastiktütenbeladenen Pennerin machte, sondern immer den einer Putzfrau, die zur Arbeit ging.

Ihre Sommersachen schickte sie jedes Jahr ihrem Sohn Jaime in Hawaii. Er hatte in seiner kleinen Wohnung keinen Platz dafür, aber er verstaute den Karton im Hinterzimmer seines Surf-Ladens. Im Frühjahr schrieb sie ihm dann, ihr den

Karton zu schicken, und wenn er kam, sandte sie ihre Wintersachen ab. Es wäre einfacher gewesen, sie ihrer Tochter Cindy in Chevy Chase zu schicken, aber Cindy haßte es, Marys Sachen aufzubewahren und zur Post zu bringen.

Mrs. Douglas hatte vier Sorten Frühstücksflocken offen: Kleieflocken, Rosinenkleie, Müsli und Cornflakes. Mary nahm sich von allen eine bescheidene Portion. Am Abend zuvor hatte sie Milch gekauft, zweihundert Gramm Gehacktes und einen Kopfsalat. Alles Übrige ihres Abendessens hatte sie sich aus Resten und Kleinigkeiten zusammengestellt, die sie zu nehmen wagte. Wenn sie sich die Häuser ihrer Kunden borgte – der Leute, deren Häuser sie putzte oder deren Tiere sie versorgte –, war sie ungemein vorsichtig. Sie war sauber, ordentlich und leise. Sie war buchstäblich durchsichtig, wenn sie durch das Leben der Leute ging, in deren Häusern sie schlief, ohne Spuren oder Rückstände zu hinterlassen, außer vielleicht manchmal ein wenig Kopfzerbrechen, kleinere Streitigkeiten und Beschuldigungen. Wer hat den Zitronenjoghurt gegessen, der im Kühlschrank stand? Ich hätte schwören können, wir hatten noch eine Dose Hühnersuppe.

Sie hatte zu allen Häusern die Schlüssel. Meistens brachte sie sich ihr eigenes Essen mit, und sie trug stets ihren Müll weg. Den Film, den sie sich gestern abend im Videorecorder angeguckt hatte, hatte sie zurückgespult. Alles Geschirr, was sie benutzte, wusch sie sofort ab. Sie rauchte und trank nicht. Sie hatte einen leichten Schlaf, eine Hinterlassenschaft ihrer Zeit auf der Straße, als sie immer nur minutenweise hatte dösen können. Sie legte sich stets einen klaren Fluchtweg zurecht. Sie kannte jede Tür und jedes Fenster. Wenn Leute eine Alarmanlage hatten, gebrauchte sie einen Vorwand, um nicht wieder bei ihnen zu putzen. Sie schreckte von jedem Geräusch hoch, sofort hellwach und fluchtbereit. Sie konnte sich nie in tiefen Schlaf sinken lassen. Sie fühlte sich daran erinnert, wie sie die Nächte zugebracht hatte, als ihre Kinder noch klein waren.

Beim Frühstück stellte sie gerne »Good Morning America« an. Wenn sie putzte, ließ sie meistens einen Fernseher laufen, damit die Talk-Shows ihr Gesellschaft leisteten. Sie hatte nie gelernt, Stereoanlagen zu bedienen, denn sie war unmusikalisch. Ihr Vater hatte immer gesagt, sie habe Ohren aus Lehm. Sie liebte richtigen Kaffee. Sie ließ ihn immer gleich in einen Becher tropfen, denn sie hatte einen kleinen Melitta-Tassenfilter. Den Melittafilter von einem Kirchenbasar trug sie mit sich herum, zusammen mit ihrer Gabel, dem Löffel, dem Wellenschliffmesser, dem Dosen- und Flaschenöffner. Samstagströdelmärkte waren hervorragend. Sie konnte sich von Anfang bis Ende da aufhalten, und niemand sah sie schief an. Ihr guter Wollrock stammte von einem Trödelmarkt in Brookline.

Zeit zu gehen. Sie durfte nicht länger warten, denn gleich gingen die Nachbarn zu ihren Autos hinaus. Sie war sehr geschickt darin, Häuser unbemerkt zu betreten und zu verlassen. Sie war grauhaarig, nur eins zweiundsechzig groß, eine rundliche, sauber und ordentlich gekleidete Frau. Sie war kräftig, obwohl ihre Füße ihr Kummer bereiteten. Jetzt mußte sie anderthalb Stunden lang herumlaufen, bevor sie um neun zu Mrs. Landsman konnte. Durfte sie es wagen, eine Viertelstunde zu früh zu kommen und zu sagen, daß die Bahnverbindung besser geklappt hatte als sonst? Sie wohnte angeblich bei ihrer verheirateten Tochter, die sich dafür schämte, daß ihre Mutter Putzfrau war. Sie hatte ein Postfach, sie hatte ein Bankkonto mit 609 Dollars drauf, aber die Kautionen für Miete, Gas, Strom und Wasser konnte sie nicht aufbringen. Sie hatte fast fünf Jahre gebraucht, um diese sechshundert anzusparen. Der Morgen war frostig, und sie schritt rasch aus. Wenn sie sich nicht mit den beiden schweren Taschen hätte schleppen müssen, wäre das Gehen angenehm gewesen, aber so taten ihr bald der Rücken und die Schultern weh.

Sie hatte die richtige Gangart für Wohnstraßen gelernt und eine schnellere Gangart für Geschäftsstraßen, mit Pausen, um in Schaufenster zu schauen und sich ein wenig anzulehnen. Hinsetzen kostete Geld. Für Einkaufszentren war es zu früh. Sie hatte die Nacht in Arlington verbracht, also würde sie nach Cambridge einfach zu Fuß laufen, die Zeit herumbringen und das Fahrgeld sparen. Nachdem sie vierzig Minuten gelaufen war, pochten ihr die Arme, und die Gelenke fühlten sich an, als würden sie gleich auskugeln. Sie ging in einen Waschsalon. Sie mußte auf die Toilette, aber es gab keine. Damit mußte sie warten, bis sie bei Mrs. Landsman war. Sie hätte sich die zweite Tasse Kaffee nicht gönnen dürfen. Eine geplagte Mutter, die versuchte, ihre Wäsche zu erledigen, bevor sie ihre beiden Kinder in die Kita brachte, beachtete sie nicht weiter. Die Frau benutzte drei Waschmaschinen gleichzeitig.

Das Sitzen tat gut, sogar auf einer Lattenbank. Mary erinnerte sich, wie sie als kleines Mädchen eine Comicfigur angebetet hatte, Scarlett O'Neill, die Unsichtbare. Scarlett besaß die Fähigkeit, auf eine Stelle an ihrem Handgelenk zu drücken und sich unsichtbar zu machen. Mary hatte die Vorstellung, der ständigen Überwachung durch Mutter, Vater, älteren Bruder und die Lehrer zu entfliehen, wunderbar gefunden. Sie war ein neugieriges Kind, aber wenn sie etwas wissen wollte, wurde ihr immer gesagt, Damen fragen so etwas nicht, oder, kleine Mädchen brauchen das nicht zu wissen. Ihr war ständig gepredigt worden, Damen sind nicht neugierig. Also hatte sie davon geträumt, unsichtbar zu sein und hinzugehen, wohin sie wollte, um alles Verborgene zu erkunden.

Mit einundsechzig war ihr Wunsch, unsichtbar zu werden, in Erfüllung gegangen. Sie spazierte durch Wände. Sie kam und ging, ohne gesehen oder gehört zu werden. In all den Jahren ihrer Ehe, als sie die Kinder großzog, den Haushalt führte und die Gäste ihres Mannes bewirtete, wäre sie nie auf die Idee gekommen, daß sie diesen Traum eines Tages ausleben würde, oft in Angst und bedroht von Entdekkung oder Gewalt. Verstohlen schlüpfte sie aus ihren abgetragenen Schuhen. Ein Pärchen machte die Wäsche, bevor beide zur Arbeit gingen, und stritt sich ganz ungeniert über die Ansprüche seiner Mutter. Mary saß da, als wäre sie ein Wäschestapel. Das Pärchen nahm keine Notiz von ihr. Sie dachte, wenn sie eine Detektei hätte, würde sie Frauen wie sie selbst einstellen, denn sie konnte fast überall hingehen, ohne daß jemand sie beachtete. Wenn sie an einem Wachmann vorbeikam, meinte der meistens, sie zu kennen. Er hatte Dutzende wie sie gesehen, und er hatte sowieso keine Lust, sie eingehender anzuschauen. Für seine Begriffe war sie harmlos, eine Oma, eine alte Schachtel. Sie zählte nicht. Und deshalb rechneten sie auch nicht mit ihr.

Es erschreckte sie ein wenig, daß sie den Weg nicht ohne Ruhepause geschafft hatte, aber die Taschen waren schwer. Sie mußte sich ihre Kraft erhalten, ihre Gesundheit. Krankheit war verboten. Krankheit war das Ende. Vor Jahren, als sie noch Hausfrau war, hatte sie ein Heimtrainer-Fahrrad. In Bethesda, wo sie mit ihrem Mann Jim wohnte, ging sie mit ihrer Tochter oder anderen Hausfrauen reiten. Jetzt hatte sie mehr Bewegung, als sie brauchte.

Sie kam bei Mrs. Landsman genau um neun an. Es paßte ihr gar nicht, beim Hereinkommen Mrs. Landsman am Telefon zu hören. Sie putzte lieber, wenn die Leute zur Arbeit waren. Die Anwesenheit einer Kundin engte ihren Spielraum drastisch ein. Gewöhnlich putzte sie in fliegender Hast, und danach inspizierte sie. Sie spielte Detektiv. Jedesmal wählte sie ein Zimmer zur gründlichen Durchsuchung aus, um zu erfahren, wo alles aufbewahrt wurde, und um zu lesen, was sich über das Leben und die Pläne ihrer Kundschaft herauslesen ließ.

Sie wußte sehr viel über ihre Kunden, aus ihren Schreibtischen, ihren Kommoden, ihren Terminkalendern und ihren Wandkalendern. Sie hörte ihre Anrufbeantworter ab. Sie wußte über ihre Einkommensverhältnisse Bescheid und über ihre Hauptprobleme, über ihre Gesundheit und ihr Berufs- und Privatleben. Die Menschen haben nicht viel Geheimnisse vor denen, die für sie putzen. Mr. Douglas pflegte ein Magengeschwür und mochte unanständige Filme, wo Frauen es miteinander trieben. Mrs. Douglas hatte einen Liebhaber, einen verheirateten Arzt, mit dem sie sich jeden Freitag traf, während Mary ihr Haus putzte. Mrs. DeMott hatte sich das Fett absaugen lassen. Sie hielt überall im Haus Zigaretten versteckt. Mr. DeMott nahm acht verschiedene Medikamente gegen Verstopfung. Mr. Anzio hatte Ärger mit dem Finanzamt wegen Steuerschulden. Mrs. Anzio war tablettensüchtig. Ihre Tochter war magersüchtig und schrieb Selbstmordgedanken in ihr Tagebuch. Mr. Landsman betrog seine Frau, und die ließ es sich bieten.

Es war wichtig für sie, über die Gewohnheiten ihrer Kundschaft auf dem laufenden zu bleiben, damit sie sich in die Lücken einpassen konnte. Die Leute, für die sie putzte, gehörten zu der Gesellschaftsschicht, die ziemlich viel reiste, und sie mußte die Abfahrts- und Ankunftszeiten genau wissen. Wenn sie in der Nacht zuvor kein Schlupfloch gefunden hatte, mußte sie wissen wann es tagsüber sicher war, ein Nickerchen zu erschleichen.

Aber Mary haßte es, ihrerseits unter die Lupe genommen zu werden. Das war selten ein Problem. Manche ihrer Kundinnen fühlten sich bemüßigt, Fragen zu stellen, nicht aus dem Wunsch, etwas über sie zu erfahren, sondern aus dem Gebot der Höflichkeit, Interesse zu zeigen. Das ließ sich leicht abblocken. Sie sagte ihnen einiges, was stimmte, daß sie schottisch-irischer Abstammung war, nicht rein irisch. Sie ließ sie in der Annahme, daß sie Einwanderin war oder daß ihre Eltern es gewesen waren. Sie sagte nie, daß ihre Familie seit einhundertsechzig Jahren in diesem Land war, daß ihr Vater ein eigenes Unternehmen besessen hatte, daß sie in einem Haus aufgewachsen war, ebenso gediegen eingerichtet wie die ihrer Kundinnen. Sie ließ durchblicken, Witwe zu sein; niemals, daß sie mit einem Geologen verheiratet gewesen war, der jetzt, nach seiner Pensionierung im Energieministerium, eine kleine, aber einträgliche Beratungsfirma leitete und mit seiner dritten Frau und seiner zweiten Garnitur Sprößlinge zusammenlebte. Ihr Klassenabsturz würde ihre Kundinnen sofort verschrecken und abstoßen. Auf alle Fälle würde er sie verunsichern. Es war besser, einfacher zu scheinen, als sie war, ein angestammtes Mitglied jener Klasse, die ihnen unaufdringlich zur Hand ging und dann wieder im Grau gediegener Armut verschwand. Laß sie nie ahnen, wer du wirklich bist, wie du lebst und daß du zu Beobachtungen und eigenen Gedanken fähig bist, so lautete ihr Motto.

Ihre Kundinnen wollten ihre Putzfrau unterwürfig, emsig und mit extrem beschränktem Horizont. Aber manche waren neugierig. Zu denen gehörte Mrs. Landsman. Ihr war spürbar unangenehm, daß jemand für sie saubermachte, aber zum Glück arbeitete sie, daher begegnete Mary ihr nur selten. Mary mochte das Haus. Mrs. Landsman war unordentlich, aber nicht schmutzig, und es gab immer interessante Dinge zu lesen und anzuschauen.

Hin und wieder war Mrs. Landsman da, wie heute morgen. Vielleicht Semesterferien? Mr. Landsman schien viel unterwegs zu sein, denn er war Theaterregisseur. Beide hatten Arbeitszimmer. Die Wände in seinem hingen voller Fotos von Theateraufführungen, von Schauspielern in Kostümen. Auch zwei Bühnenbildmodelle standen da, wie Puppenhäuser für Erwachsene. Er hatte mehrere Preise erhalten, die auf einem Bord zur Schau gestellt waren. Mary war überzeugt, Geld wäre ihm lieber gewesen, denn die Landsmans schienen bei ihrem Lebensstil immer ein wenig knapp bei Kasse. Sie stieß oft auf Listen der Ausgaben und auf Haushaltspläne, die Mrs. Landsman aufgestellt hatte.

Mary hatte vorgehabt, bei der Reinigungsfirma anzurufen, wie sie es gern allmorgendlich tat. Die Sekretärin nahm insgeheim Anrufe für sie entgegen, wenn Haustiere zu versorgen waren. Mary steckte ihr dafür jeden Monat einen Zwanziger zu. Dadurch konnte Mary die Reinigungsfirma auch als Telefonnummer benutzen. Aber sie telefonierte nicht gern in Gegenwart ihrer Kundinnen. »Mrs. Burke«, sagte Mrs. Landsmann, »ich habe auf einen Anruf von meinem Mann gewartet. Ich muß gleich zur Uni. Sie würden doch seine Stimme auf dem Anrufbeantworter erkennen?«

»Denke schon«, sagte Mary teilnahmslos.

»Sie brauchen nichts weiter zu tun als den Hörer abzunehmen, und dann ist es ein normales Telefongespräch. Hat Ihre Tochter einen Anrufbeantworter?«

Mrs. Landsman schien zwanghaft Fragen zu stellen. Mary meinte, daß Mrs. L. eine Art Soziologin war. Zumindest schrieb sie Bücher, meistens über Frauen. Mary hatte nicht viel übrig für diese Sorte Bücher, deshalb hatte sie nur einen Blick in eins geworfen, über Frauen im Gefängnis.

»Ja, aber ich benutze ihn nicht«, sagte Mary. »Wenn ich den Hörer abnehme, was sage ich dann Mr. Landsman?«

»Ich versuche es einzurichten, nach New York zu fahren, deshalb soll er mich unbedingt heute abend anrufen, egal, wie spät er nach Hause kommt ... Fahren Sie manchmal nach New York?«

»So gut wie gar nicht«, sagte Mary und stellte den Staubsauger an. Man merkte gleich, daß Mrs. Landsman es gewöhnt war, den Leuten Fragen zu stellen – sie auszuquetschen, so empfand es Mary. Wenn sie sich je in so ein Gespräch hineinziehen ließ, dann konnte sie sich leicht verraten. Deshalb gab sie sich abweisend.

»Wie geht es Ihrer Tochter? Hat sie immer noch Probleme mit Ihrer Arbeit?«

»Der geht's gut. Ich habe sie nicht mehr gefragt.«

Mary log äußerst ungern. Sie war dazu erzogen, immer unter allen Umständen die Wahrheit zu sagen. Manchmal war ihre Familie unangenehm offenherzig gewesen. »Also, Tante Fran, um dir die Wahrheit zu sagen, das Kleid macht dich ungeheuer blaß.« »Also um die Wahrheit zu sagen, kleine Mary, ich glaube, er liebt dich nicht.« Die Wahrheit war immer bitter und scharf, wie ein starkes Brechmittel. Wenn es nicht weh tat, konnte es nicht die volle Wahrheit sein. Ihre Eltern waren überhaupt nicht fromm gewesen, aber sie verhielten sich, als glaubten sie an die Hölle, an die spiegelglatte Rutschbahn in die Sünde, wenn sie auch nur einen Fußbreit vom Pfad der Tugend abwichen. Wenn sie jemanden sagen hörte: »Um dir die Wahrheit zu sagen«, dann zog sie sich bis auf den heutigen Tag in sich selbst zurück und wartete auf den Schlag ins Gesicht.

»Wie ist es draußen?«

»Frostig.«

»Ich hatte hier noch keinen Nachtfrost. Hatten Sie schon welchen, wo Sie wohnen? In Dedham, nicht?«

»Hab' nicht darauf geachtet.«

»Ich habe die Küche kaum benutzt, und in Davids Zimmer muß nur Staub gewischt werden. Wenn noch Zeit bleibt, machen Sie doch den Kühlschrank.« Die Frau seufzte. »Nichts wird viel benutzt diesen Herbst.«

Mrs. Landsman saß in ihrem Arbeitszimmer und stellte Überweisungen aus. In diesem Haus führte SIE die Bücher, bezahlte die Rechnungen, sorgte für schwarze Zahlen. Mrs. Landsman war es, die sich den Kopf darüber zerbrach, wie die Ölrechnung und die Grundsteuer bezahlt werden sollten und ob das alte Auto es noch ein weiteres Jahr tat. Jetzt hatten sie für einen Sohn die Collegegebühren zu zahlen. Das kostete heuzutage so viel, wie sie und Jim damals für zwei bezahlt hatten. Außerdem hatte Jaime ein Sportstipendium gehabt. Sie machte sich im ersten Stock zu schaffen, bis sie Mrs. Landsman gehen hörte.

Dann stellte sie das Ende von »Regis and Kathie Lee« an. Sie liebte Talk-Shows. Einige der Putzfrauen waren seifenopernsüchtig, und wenn sie sich trafen, redeten sie über Serienhelden wie über Bekannte. Was ist mit Billy? Liebt er immer noch Vanessa? Sie mochte es, wenn eine Show Gehalt hatte, wenn es um etwas ging, wo sie etwas lernen konnte. Und sie hatte jemanden um sich. Wenn sie nicht mit ihren Kundinnen zu reden wagte, so hieß das nicht, daß sie sich nicht manchmal Ansprache wünschte.

Es war ein einsames Leben, um ehrlich zu sein. Als sie aufwuchs, als sie Kinder bekam, als sie ihre Kinder großzog, da hätte sie nie damit gerechnet, je allein zu sein. Sie hatte gleich nach dem College geheiratet. Zwei Jahre später hatte sie Cindy geboren. Und trotzdem stand sie jetzt völlig allein auf der Welt. Sogar die wenigen Menschen, die ihr eine Hand hinstreckten, taten es so, daß sie nicht darauf zu reagieren wagte. Mrs. Landsman wollte freundlich sein, aber das war für Mary nur eine gefährliche Fallgrube. Keine ihrer Kundinnen durfte erfahren, daß sie obdachlos war, sonst war sie im Nu ihre Arbeit los. Niemand wollte sie dann noch im Haus haben, niemand traute ihr dann noch. Sie hörte die Leute über die Obdachlosen reden, wie verroht die waren, alle drogenabhängig, alle arbeitsscheu. Wie unangenehm es war, von denen angebettelt zu werden. Wie die Straßen von denen befreit werden mußten. Wie verkommen und schmutzig die waren. Als ob es nicht Tausende wie sie gab, die jeden Tag arbeiteten, ohne genug Geld für Miete und Kautionen zusammenzukriegen.

Kein Wunder, daß sie ungewöhnlich liebevoll zu den Tieren ihrer Kundschaft war. Vor denen brauchte sie nicht auf der Hut zu sein. Der Airedale Zürich von den Millers und Mrs. Solanos Siamkatze Griselda, die schnurrend um ihren Kopf gekuschelt schlief, waren die einzigen Wesen, die ihr je in die Augen sahen und die Berührung ihrer Hände duldeten. Sie, die einmal Ehefrau in einem rührigen sozialen Gefüge aus Familie, Freunden und Bekannten gewesen war, hatte zu Vertrauten jetzt nur noch die Hunde, die Katzen, den Papagei oder das Frettchen, die sie versorgte und mit denen sie das Nachtquartier teilte. Das war ihr neuer Freundeskreis.

3

Leila

Am Montag nach Melanies Beerdigung ging Leila wieder zur Arbeit. Sie hatte zwei Vorlesungen zu halten. Sie tat alles mit der linken Hand, trug mechanisch ihren Stoff vor, auf Autopilot gestellt, begegnete anderen mit halber Aufmerksamkeit. »Tut mir leid, daß ich mich nicht eher gemeldet habe. Eine gute Freundin von mir ist gestorben.«

Trauer war ein Zustand, dem die Gegenwartskultur keinen Rückhalt bot. Niemand wußte darauf zu reagieren, und sie hatte schließlich das Gefühl, ungerechtfertigt privat, unprofessionell, zu gefühlsbetont, zu weiblich zu sein. Sie wiederum hatte anderen nur wenig Wertvolles zu bieten. Immer wieder verspürte sie plötzlich den Drang zu weinen, aber das ging einfach nicht. Das brachte nur alle um sie herum in Verlegenheit. Eine Professorin weinte nicht vor ihren

Studenten oder Kollegen. Eine berufstätige Frau durfte nur auf der Toilette weinen, und auch nur so lange, daß ihr hinterher nichts anzusehen war. In der Damentoilette des Lehrpersonals ging das nicht ohne Kommentare ab. »Hast du Kummer, Leila?« fragte eine Kollegin namens Barbara. »Alles in Ordnung mit Nicolas?«

Das erwarteten sie als Kummerquelle, die Frauen um sie herum. Leila gab eine kurze Erklärung ab, trocknete sich das Gesicht mit einem Papierhandtuch und trug eine dicke Schicht Make-up auf. Sie begann sich zu hassen, diese nasse, wetterwendische Person, der ständig die Fassade verrutschte.

Sie hielt ihre Vorlesungen, sprach mit Studierenden, wohnte einer Konferenz ihrer Fachschaft für Soziologie bei und stimmte über zwei Anträge ab, und als sie nach ihrer Aktentasche griff, konnte sie sich schon nicht mehr erinnern, worum es in der Konferenz gegangen war. Ihr wäre nicht aufgefallen, wenn sie für die Abschaffung ihrer eigenen Stelle gestimmt hätte. Telefonate mußten erledigt werden. Eine frühere Studentin brauchte ein Empfehlungsschreiben, das dringend raus mußte. Ihre Agentin wartete auf ihren Rückruf. Leila war seit zehn Jahren bei Sally.

»Tag, Sally. Bevor du fragst, das Buch macht Riesenfortschritte. Alle erbetenen Berichtigungen sind in Arbeit.«

»Gut. Bis wann?«

»Dreißigsten November …« Das war nur zehn Tage über die Frist hinaus, die ihr der Verlag für die Änderungen gesetzt hatte. Sie hatte gelernt, sich etwas zu verspäten. Das schaffte tiefere Zufriedenheit. War sie zu früh fertig, ging man davon aus, daß sie sich nicht richtig hineingekniet hatte. Sogar absolute Pünktlichkeit machte keinen großen Eindruck. Ein bißchen zu spät war genau richtig. Das stellte den Verlag nicht vor Probleme und roch nach dem Schweiß der Anstrengung.

»Aber deswegen habe ich eigentlich gar nicht angerufen. Hast du den Becky Burgess-Fall verfolgt?«

»Becky Burgess?« Leilas Schädel war eine Schüssel voll Haferschleim.

»Die junge Frau mit dem wesentlich jüngeren Liebhaber, die ihren Mann ermordet hat. Davon gehen jedenfalls alle aus.«

»In Falmouth, bei der Brücke zum Cape ...« Leila erinnerte sich vage, wie der Fernseher beim Abendbrot auf sie einredete. Wenn Nick zu Hause war, aßen sie um acht im Eßzimmer. Mit David hatte sie die Küche benutzt, wenn Nick fort war. Nun, wo David am Cal Tech war, aß sie immer dort, während anfangs May Rollins und dann Peter Jennings aus dem kleinen Tragbaren hinter dem Salzstreuer und der Pfeffermühle auf sie einsprachen. »Sie ist von den Medien angeklagt, verurteilt und zum Flittchen abgestempelt worden. Dafür wird sie im Gefängnis landen, ob sie ihren Mann nun umgebracht hat oder nicht.«

»Das Interesse an diesem Fall ist groß. Deine Verlegerin hat mich vor zwei Tagen angerufen. Sie möchte wissen, ob du ein Buch darüber machst.«

»Über einen Mordfall? Das fällt nicht ganz in mein Gebiet.«

»Aber Leila, du hast über Frauen im Gefängnis geschrieben. Wo ist der Unterschied? Die Burgess hört sich nicht uninteressant an. Ist ja nur ein Vorschlag. Das Honorar ist gut, sehr gut. Wie hört sich das Dreifache von deinem letzten an?«

»Das Dreifache? Meinst du wirklich?« Das löste für einige Zeit ihre finanziellen Probleme, davon ließen sich Davids Studiengebühren für das College zahlen.

»Der Vertrag hat Haken und Ösen. Ein Viertel bei Unterzeichnung. Ein Viertel bei Ablieferung. Ein Viertel bei Veröffentlichung. Ein Viertel bei Erscheinen der Taschenbuchausgabe. Ich habe nicht abgelehnt, weil ich denke, bei solchen Summen wird es für dich interessant.«

»Wie bald mußt du Bescheid wissen?«

»Gestern. Also sagen wir mal morgen vormittag bis zehn Uhr.«

Sie dachte beim Nachhausegehen darüber nach. Seit die Sommerzeit geendet hatte, ging sie im Dunkeln vom Lesley heim, aber wenigstens waren die Straßen belebt. Wenn sie es eilig hatte, nahm sie das Auto, denn sie wohnte in North Cambridge, ungefähr anderthalb Kilometer vom College entfernt. Das Buch über Inzestüberlebende wurde pünktlich fertig. Sie mußte nur noch die Einleitung umschreiben. Die restliche Arbeit, Tabellen zusammenstellen, die Bibliografie in Ordnung bringen, war größtenteils Sache ihrer Assistentin. Zum ersten Mal seit fünfzehn Jahren hatte Leila nichts in Vorbereitung. Melanies lange Krankheit hatte Leilas Zeit in Anspruch genommen und ihr Kraft geraubt. Sie brauchte ein Projekt, sie brauchte es dringend und sofort. Aber ein Sensationsprozeß? Was brachte ihr das ein? In der akademischen Welt genoß sie nur geringe Achtung, obwohl ihr das nichts ausmachte. Die mangelnde Achtung wurde wettgemacht durch das Geld, das sie mit Vorträgen verdiente. Sie hatte sich ihr ganzes Berufsleben lang auf einer dünnen, gewundenen Grenzlinie zwischen dem Wissenschaftlichen und dem Populären bewegt. Was kümmerte es sie, wenn der Fall ein wenig anrüchig war? Sie versuchte, sich an Becky Burgess zu erinnern. Eine Trabantenstadt. Eine Frau Mitte Zwanzig mit einem jüngeren Mann. Irgendwas mit Versicherungsbetrug.

Mrs. Burke hatte heute geputzt und ihr eine Rechnung und einen Zettel hinterlassen. »Liebe Mrs. Landsman, ich habe den beigefügten Brief unter Ihrem Bett gefunden. Ich weiß nicht, ob Sie ihn noch brauchen, aber ich wollte ihn nicht wegwerfen.«

Ein Brief? In Nicks Handschrift. Mit dem Datum von dem Morgen, an dem sie miteinander geschlafen hatten und er dann wieder nach New York gefahren war. Er mußte ihn auf dem Kopfkissen gelassen haben. Als sie spät abends erschöpft von Melanies Familie heimgekommen war, hatte sie achtlos die Decke aufgeschlagen und sich ins Bett fallen lassen, ohne den Brief zu bemerken.

Liebste Leila,
es war wirklich eine Freude, Dich zu sehen, wenn auch nur kurz, und die Kürze kam dem ins Gehege, was ich Dir sagen wollte. Als du am Abend nach Hau-

se kamst, war es zu spät für ein richtiges Gespräch. Ich bin nicht sicher, ob Du wirklich nächsten Samstag nach New York hetzen willst. Wir versuchen das Stück zusammenzuschweißen und sind alle kurz vor dem Durchdrehen, keine sehr gemütliche Situation für Dich.
Ich war schrecklich deprimiert und mutlos. Du weißt, wie mich New York durcheinanderbringt. Ich verlege mein Gefühl für mich selbst. Ich verliere die Orientierung. Ich brauche Dich dann, aber natürlich bedeutet Deine Arbeit, daß Du nicht bei mir sein kannst. Und Du hast ungeheuer viel Zeit mit Melanie verbracht, die schließlich außer Dir noch ihre Tochter und ihre Mutter hat. Was hatte ich? Ich war am Ertrinken und blau angelaufen. Ich konnte nicht schlafen und büßte alles Vertrauen in mein Vorhaben ein. Ich brauchte einfach jemanden, irgend jemanden, der meine Hand hielt und mir durch diese kurze, unglückliche Verwirrung half.
Ehrlich, mit Sheryl hat es nur angefangen, weil sie sich einfach nicht an das hielt, was ich ihr sagte, und ich sie in den Griff kriegen mußte. Die Jokaste ist eine kritische Rolle, und sie stand kurz davor, das ganze Ensemble mit ihren Manieriertheiten zu ruinieren.
Es hat keinerlei Bedeutung, und sie weiß natürlich, daß wir verheiratet sind und nicht vorhaben, irgend etwas zwischen uns kommen zu lassen. Es ist nur einfach etwas, in das ich hineingerate, wenn ich mich einsam und verzweifelt fühle.
Die Situation mit der Inszenierung ist kritisch. Warum wartest Du nicht bis zur Premiere und sagst mir dann Deine Eindrücke?
Laß Dich von dieser blöden kleinen Situation mit Sheryl nicht aus der Fassung bringen. Ich brauche einfach jemanden, auf den ich mich stützen kann, solange ich in New York bin.

Dein Dich liebender Mann Nicolas

Sie hörte es krachen und sah, daß sie den Imariteller, den er ihr vor drei Jahren geschenkt hatte, genommen und auf den Tisch gedonnert hatte. Der Tisch trug einen sichtbaren Kratzer davon, und der Teller lag in Scherben zu ihren Füßen. Einen Moment lang empfand sie Bedauern für etwas Schönes, das nun zerbrochen war; dann staunte sie über die Wut, die aus ihr hervorbrach. Sie war keine Frau, die mit Gegenständen warf oder Szenen machte. Im Geist hatte sie sich den Teller auf seinem Kopf zerdonnern sehen. Ihr Zorn überraschte sie wie ein Sturm, der plötzlich vom Meer hereinbricht und einen Baum entwurzelt.

Sie hatte sich in dem festen Glauben gewiegt, daß er mit der Herumtreiberei fertig war. Er hatte ihr ein langes und bewegendes Märchen erzählt von seiner Erkenntnis, daß er nun ein Mann in reifen Jahren war. Er hatte beteuert, daß seine Wanderjahre vorüber waren. »Ich bin endlich zu dir heimgekehrt«, hatte er gesagt, »nach Hause.« Sie war gerührt gewesen, und für eine Zeitlang hatte sich ihre sexuelle Beziehung erhitzt. Jetzt war es schlimmer als vorher, als sie seine aushäusigen Affären einfach hingenommen hatte als Preis der Ehe. Sie war überglücklich gewesen, als er schließlich seine lange, überlange Jugendzeit losgelassen und mit ihr zur Ruhe gekommen war. Sie tigerte durch die Räume ihres Hauses, dieses wohnlichen Hauses in Cambridge mit den bequemen Möbeln, von denen viele Lederbezüge hatten, mit den Teppichen und Gemälden von Freunden und Bekannten, mit Davids Versuchen als Fotograf, mit Erinnerungsstücken und Fotos von Nicks vergangenen Erfolgen.

Sie rief Sally an. »Gut, daß ich dich erreiche. Ich nehme das Angebot an. Besorg mir Spesen im voraus. Ich werde dafür viele Tonbandabschriften brauchen.«

»Das wird nur klappen, wenn du sofort anfangen kannst. Der Prozeß ist für Ende Januar angesetzt.«

»Ich fange morgen an, mich über den Fall kundig zu machen, und bemühe mich um ein Gespräch mit ihr.«

»Oh, der Verlag meint, sie wird ohne weiteres mit dir sprechen. Sie redet furchtbar gern.«

Ihr wurde klar, daß Mrs. Burke den Brief wahrscheinlich

gelesen hatte, was ihr äußerst peinlich war. Sie fand es demütigend, daß ihre Putzfrau Kenntnis von der Untreue ihres Mannes hatte. Mrs. Burke war eine herbe, hart arbeitende Frau, die für Leilas Gefühl stumm mißbilligte. Eine, deren Leben völlig nach den Regeln verlaufen war, und die andere Wege eine Schande fand. Sie lebte bei ihrer verheirateten Tochter in einer konventionellen Lebenssituation. Sie war keine freundliche Frau, obwohl Leila verstand, daß ihr Verhältnis nicht zu Vertraulichkeiten einlud. Sie war die Arbeitgeberin, die, deren Dreck entfernt werden mußte.

Was hatte sie sich eigentlich so? Viele aus ihrem Freundes- und Bekanntenkreis wußten Bescheid. Immer wieder hörte sie, daß er mit einer anderen, sehr jungen Frau in L.A. oder Washington gesehen worden war. Seine Affären hatten kurz nach Davids Geburt begonnen. Nick hatte nicht unbedingt ein Kind haben wollen. Sie war nicht absichtlich schwanger geworden, aber als sie gemerkt hatte, daß sie in anderen Umständen war, wollte sie das Baby. Sie hatte darin ihre einzige Chance für ein Kind von Nick gesehen.

Sie war zu aufgewühlt, um etwas zu essen. Aber sie empfand eine gewisse Befriedigung bei dem Gedanken, ein Buch über eine Frau zu schreiben, die ihren Mann umgebracht hatte. Sie wußte, wenn Nick da wäre, würde er sie wieder einwickeln, aber er war nicht da. Wie so oft. Sie würde ihren Zorn allein verdauen müssen, sie würde es schaffen, wie bislang noch immer. Die Angst, ihn zu verlieren, hatte sie ständig gezwungen, ihre negativen Reaktionen auf sein Treiben anderweitig zu entsorgen. Ihre Wut auf ihn löste in ihr das gleiche Gefühl von Scham und Heimlichkeit aus, das ihre Mutter ihr zu ihren Monatsbinden anerzogen hatte, die nicht in den Mülleimer in der Küche getan werden durften, die nicht in der Toilette hinuntergespült werden durften, damit sie nicht die Rohre verstopften, die sofort nach draußen zur Mülltonne getragen werden mußten.

Ihr Zorn war ihr immer zu gefährlich vorgekommen, um ihn herauszulassen, eine verzehrende Bedrohung. So versuchte sie, sich davon zu distanzieren. Diesmal trieb diese dunkle Kraft sie in ein neues Projekt, etwas, das sie verzweifelt brauchte. Ihre Kollegen würden entsetzt sein. Gut. Sie hatte schon seit Jahren nicht mehr schockiert. Sie wurde langweilig. Es war an der Zeit, etwas Staub aufzuwirbeln. Dann würde sie sich nicht so sehr als Opfer empfinden, als die Dumme. Sie sehnte sich geradezu danach, sich mit den Problemen von Fremden zu befassen.

Normalerweise hätte sie Melanie angerufen. Mit dem Bauch noch voller Wut zum Hörer greifen, und Melanie würde sie besänftigen. Melanie kannte den Preis des Zurückschlagens. Sie hatte ihren Mann verloren, und sie hielt Leila immer davon ab, Nick zu vertreiben. Die Krisen, in denen Melanie sie zu Hinnahme beschwichtigt hatte, ließen sich schon gar nicht mehr zählen.

Ich hoffe, die Inszenierung fällt durch, dachte sie, und spürte prompt die heiße Scham der Treulosigkeit. Wie konnte sie auf so etwas hoffen? Sie waren eine Ehe, eine Gesellschaft gegenseitiger Zusammenarbeit, und was der einen Hälfte weh tat oder wohl tat, mußte auf die andere die gleiche Wirkung haben. Oh, aber sie war bitter wütend auf ihn. Das brauchte eine Weile, bis es sich gab. Sie hatte sich die Hoffnung gestattet, daß seine lange Wanderschaft schließlich zu Ende war und ein neues Stadium ihrer Ehe begann. Während sie zusammen die mittleren Jahre durchliefen, würden sie sich einander zuwenden, mehr vom Leben miteinander teilen, und ihre Ehe würde wärmer und befriedigender werden. Alle Freundinnen und Bekannten, die sie bemitleidet hatten, würden ihre Beharrlichkeit und Vorausschau bewundern. Endlich würde ihr Mann ihr ganz gehören.

Aber ja, New York war eine Verirrung. Genau so war es gewesen, als er das Rauchen aufgab und dann in ein Zimmer voller Raucher kam und unbedingt eine Zigarette brauchte. Je jünger die Schauspielerinnen waren, desto rascher langweilten sie ihn. *Oedipus* in New York zu inszenieren hatte all seine Ängste auflodern lassen. In einer streßbeladenen Situation kam ein Rückfall nicht überraschend. Es war ein letzter Seitensprung, ausgelöst durch den Druck einer Premiere in Manhattan.

Was stellte sie sich eigentlich so an wegen seiner Untreue? Sie hatte sie zwei Jahrzehnte lang hingenommen. Sie hatte von Anfang an alles gewußt. Nie hatte Nicolas sein Naturell oder seine Absichten verborgen. Mit zweiundzwanzig hatte er ihr verkündet: Ich glaube nicht an Treue. Das ist eine Leine. Ich will von keiner Frau an der Leine geführt werden. Ich werde immer zu dir zurückkommen, ich werde dich immer lieben, aber ich werde mir meine Neugier oder mein Verlangen nicht versagen. Meine Freiheit ist mir so teuer wie das Leben selbst. Ich werde mich nicht auf Paßform zusammenstutzen.

Und er hatte es nicht getan; aber sie.

4

Becky

Ihre Mama würde das nie verstehen, und nicht nur Mama, keiner, aber Becky Souza ging ins Einkaufszentrum, um allein zu sein. In ihrem alten einstöckigen Haus mit den letzten beiden teilweise ausgeweideten Chevys im Hof, der Fischfangausrüstung ihres Vaters, einem Boot, das er nach und nach für Joey, den ältesten Jungen, zurechtmachte, zwei schwarzen Hunden, die mehr oder weniger Labradors waren plus etwas Collie und Spaniel, den Hühnern ihrer Mutter und einem Kofferradio, das immer irgendein Spiel in die Gegend quäkte, während im Haus alle über alle anderen stolperten und Baby Sonny, ihr Neffe, brüllte, wer konnte da je für sich sein? Bei zwei Badezimmern für zwölf Menschen war es kein Wunder, daß der Winkel zwischen dem Flieder und der Garage immer wie ein Klo roch. Sie teilte das Zimmer mit zwei Schwestern, mit Belle, die drei Jahre älter als Becky war und eine Lehre als Friseuse machte, und mit der verwöhnten Laurie, die sich gerade davon verabschiedete, Nonne werden zu wollen. Was besaß Becky, außer einer Zigarrenkiste mit Schätzen? Schöne Schätze. Ein Silberdollar aus Nevada von ihrem Onkel Ray. Ihre drei Paar Ohrclips. Ihr süßer Tangaslip aus schwarzer Spitze vom Ausverkauf, den sie sich für einen aufhob, der es wert war, ihr Blümchen zu pflücken. Bisher hatte sich noch keiner darum gerissen.

Mama kaufte in ihrer Nachbarschaft in New Bedford ein, wo die Ladenbesitzer sie mit Namen kannten. Viele von ihnen sprachen Portugiesisch mit Becky, die sich weigerte, darin zu antworten. Mama sprach Portugiesisch und auch Französisch, das sie zu Hause gelernt hatte, aber Becky fand es falsch, etwas anderes als Englisch zu sprechen. Nein, sie ging ins Einkaufszentrum, um für sich zu sein. Sie schlenderte von Laden zu Laden, hatte kaum je einen Dollar in der Tasche, studierte aber alle Preise, betrachtete, verglich, sah, was es zu kaufen gab, wenn der Tag kam, an dem sie hier irgend etwas kaufen konnte. Dann würde sie ihr Geld nicht verschwenden wie Onkel Ray und Tante Betty, als sie in der Lotterie gewonnen hatten – fünfhundert Dollar auf einmal. Sie hatten alles bei einer Fahrt nach Las Vegas auf den Kopf gehauen und am Ende mehr ausgegeben, als sie gewonnen hatten.

Hundertmal hatte sie das Spiel gespielt: Becky gewinnt hundert Dollar, Becky gewinnt fünfhundert Dollar, Becky gewinnt tausend Dollar. Mit mehr zu spielen war unfair, denn wenn sie reich wäre, müßte sie nicht sorgfältig aussuchen, und darum drehte sich das ganze Spiel.

Als erstes ließ sie sich dann die Haare machen. Sie würde sie blondieren lassen, aber nicht wie die anderen in der elften Klasse, sondern richtig, so daß sie aussahen wie im Kino oder im Fernsehen. Als zweites kaufte sie sich ein gutes blaues Kostüm, um die Farbe ihrer Augen zu betonen, eins, wie es ihre Lieblingsmoderatorin trug, brav und dabei auf sehr dezente Art sexy. Dann eine echte Seidenbluse. Gute Schuhe in einem Kaufhaus. Und einen guten Wollmantel. Damit hatte sie ihr ganzes Geld ausgegeben. Für fünfhundert Dollar bekam sie wahrscheinlich nicht die Art Mantel, die sie wollte, und dazu noch alles andere. Ein Mantel ist das erste, was alle sehen, und wenn du einen billigen, schäbigen Mantel anhast, dann hast du Pech gehabt. Du wirst in eine bestimmte Schublade gesteckt, bevor du überhaupt den Mund aufgemacht hast.

Sie liebte ihre Mama, wirklich, aber wie Mama aussehen wollte sie um keinen Preis. Meistens trug sie die Lederjacke, die ihrer Kusine Wanda zu eng geworden war. Die war zwar ein bißchen zu knallig für das Image, das sie vermitteln wollte, aber immer noch hundert Prozent besser als der ordinäre hellgrüne Mantel mit dem karierten Futter, den Mama vor einem halben Jahrhundert für ihre älteste Schwester Gracie gekauft hatte. Der mußte mindestens acht Jahre alt sein. Sie haßte ihn. Lieber klapperten ihr die Zähne wie klickernde Eiswürfel in einem Glas, bevor sie in dem blöden grünen Mantel irgendwo rumlief, wo Leute sie sehen konnten. Grün war sowieso nicht ihre Farbe. Sondern Blau.

Ganz oft ließ sie sich im Einkaufszentrum einfach an Ladentischen voller Pullover oder Schals vorbeitreiben und träumte. Wenn sie an zu Hause dachte, dann fiel ihr sofort Mama ein, die ihr ständig was zu tun gab. Geh zum Fleischer und hol zwei Pfund Gehacktes fürs Abendessen. Scheuer die Badewanne aus. Wenn das Wasser heiß ist, wasch eine Fuhre Wäsche für Gracie durch. Hilf Nana mit dem Baby. Hier konnte sie einfach dahinschweben und an alles mögliche denken. Sie konnte sich vorstellen, sie war ihre Lieblingsmoderatorin und zog sich für die Abendnachrichten an. Sie konnte sich vorstellen, sie machte Probeaufnahmen. Sie konnte sich vorstellen, sie erzählte Barbara Walters, wie sie sich auf die schwierige, um nicht zu sagen mörderische Rolle als Jeanne d'Arc vorbereitet hatte. Oder als Marylin. Sie hatte zwar nicht den Busen, aber wozu gab's Silikon? Wenn sie große Titten brauchte, dann wurden die eben gekauft. Wenn sie erstmal frei und erwachsen war, dann hatte sie auch genug Geld, um sich zu kaufen, was sie brauchte. Sie wußte, sie hatte Köpfchen und lernte rasch.

Niemand in ihrer Familie schien das zu wissen, aber so sehr sie auch alle liebte – und sie hatte sie wirklich lieb,

Mama und Papa und die Kleinen von Gracie, Sonny und Tina, und ihre Schwester Belle und ihren Lieblingsbruder Tommy, der ihr in Alter und Temperament am nächsten stand, sie hatte sie lieb und wollte alles für sie tun –, es kam für sie nicht in Frage, so kleben zu bleiben wie alle anderen in der Familie, die offenbar im Sandboden des Gartens Wurzeln geschlagen hatten. Sogar Nana lebte noch immer in dem Haus, schon seit 1948.

Das Einkaufszentrum war sauber. Männer fegten es jeden Tag. Putzfrauen machten jede Nacht alles wieder schön. Aber es war hauptsächlich deswegen schön, weil es voller sauberer Sachen war. Manche Sachen waren gut und andere waren so billig und häßlich, daß sie in solchen Klamotten nicht mal aus dem Wasser gefischt werden wollte, aber alle waren neu. Noch nicht kaputt. Noch nicht abgetragen, abgewetzt. Mit das schlimmste daran, nie Geld zu haben, war, sich immer mit dem Zweitbesten abfinden zu müssen. Sie sah zum Beispiel etwas, was sie unbedingt haben wollte, ein Kleid, bestimmte Schuhe, eine bestimmte Handtasche oder Halskette. Aber es war nie genug Geld da für das, was echte Klasse hatte, nicht mal für eine gute Nachahmung, bei der keiner den Unterschied merkte. Nein, sie mußte sich, wenn sie überhaupt etwas bekam, mit dem billigsten Ausverkaufskrempel abfinden, der gleich kaputt ging und ganz schnell Fusseln bekam wie Eiterpickel, oder wo der dünne Plastiküberzug riß und die Pappe darunter zum Vorschein kam. Nicht nur, daß sie nicht kriegte, was sie wollte, der nachgemachte Krempel konnte ihr auch keine fünf Minuten was vormachen. Besser überhaupt nichts kriegen. Dann konnte sie wenigstens von dem, was richtig gut war, träumen. Sie wollte cool und stilvoll sein, keine ausgefransten Ränder, keine Risse, nichts Ungehobeltes oder Ungepflegtes.

Sie erzog ihr Auge und ihre Hand für den Tag, an dem sie über Kleidung und modisches Zubehör Bescheid wissen mußte. Zum Glück wurden die Verkäuferinnen andauernd rausgeschmissen oder gingen selber. Deswegen sahen nur wenige sie scheel an oder schikanierten sie, wenn sie Röcke anprobierte, für die sie gar nicht das Geld hatte. Manchmal tat sie, als hätte sie vor, sich komplett einzukleiden, aber meistens kümmerten sich die Verkäuferinnen nicht weiter um sie, und sie konnte einfach sagen, es säße alles nicht richtig.

Manchmal setzte sie sich ins Einkaufszentrum und lernte für die Schule. Hier hatte sie mehr Ruhe als zu Hause. Dort hockte sie sich mit ihren Schularbeiten in den Transporter, aber Papa und Tommy brachen schon früh zum Fischfang auf. Wenn es nicht zu kalt war, saß sie in einem der alten Autos, das noch die Sitze hatte. Sie mußte ihren Zwei-plus-Durchschnitt halten, denn wenn sie es nicht schaffte, ein Stipendium zu kriegen, würde sie nicht das erste Familienmitglied sein, das aufs College kam. Dann erhielt sie nicht die Entlassungspapiere aus dem Los ihrer Schwestern. Gracie sah jetzt schon aus wie ihre Mutter. Sicher, sie schnitt sich die Haare kürzer. Aber beide trugen Polyesterhosen und darüber weite Blusen. Ihr Gesichtsausdruck war der gleiche, und warum auch nicht? Ihr Leben war das gleiche, nur daß Mama ihre Kirche der Heiligen Wahrheit hatte.

Mama kam aus einer Familie frankokanadischer Katholiken, die von Maine nach New Bedford heruntergezogen war, aber Mama war zur Pfingstkirche übergetreten, die Ekstase bot, Taumel, Verzückung, öffentliche Beichten, jeden Abend Wirbel. Da kamen die Frauen eher auf ihre Kosten, das sah Becky ein. Immer mal wieder begleitete sie ihre Mutter, einfach um aus dem Haus zu kommen, aber das war nichts für sie. Kein Ausweg aus dem Leben hier. Nur ein Haufen zu dicke, unglückliche, nicht mehr junge Frauen, deren Männer sie schlugen oder betrogen oder den Lohn vertranken oder in einem Sturm absoffen und sie mit einem Haus voller hungriger, krakeelender Kinder zurückließen. Gute Frauen, und was hatten sie davon? Ihr Gutsein mußte sich selbst genügen, denn einen anderen Lohn bekamen sie nicht. In den schmuddeligen Billigläden konnten sie dicke tun, dann gingen sie wieder nach Hause zur immer gleichen trostlosen Plackerei. Becky wußte, daß Mama mal hübsch gewesen war – ihr Hochzeitsfoto stand in einem

Wald von Familienschnappschüssen –, hellhäutig wie Becky und zierlich. Es war eine Warnung. Das kann dir auch passieren.

Becky ging manchmal zur Messe, zu den festlicheren Anlässen oder an Feiertagen, aber Gott war ein Konzept, das sie kurz nach ihrer Firmung in aller Stille verworfen hatte. Sie erzählte niemandem von ihrem Abfall vom Glauben, denn das hätte Mama aufgeregt, sogar Papa, auch wenn der nur zu Weihnachten und Ostern zur Messe ging und wenn einer mit seinem Fischkutter draußen blieb. Seine Familie war portugiesisch und katholisch, aber nur die Frauen nahmen es mit der Religion ernst. Der Priester war ein netter, vielgeplagter Mann, der sein Bestes tat, aber sie hatte schon vor ihrem Abfall vom Glauben aufgehört, ihm irgend etwas Wichtiges zu erzählen. Wie konnte er ihr dabei helfen, ein Mädchen zu sein?

Gracie hatte ihren High-School-Schatz geheiratet, das hatte lange genug gehalten, um ihr zwei Babys aufzudrükken. Dann fing er an, sie herumzuschubsen. Eines Samstags ging er Zigaretten holen und kam nie wieder. Jetzt war Gracie zurück, zusammengepfercht mit allen übrigen. Zu Hause gab es kein Rollenvorbild für eine erfolgreiche moderne Frau. Das mußte Becky im Fernsehen studieren und genauestens auf Einzelheiten in Auftreten, Kleidung und Stimme achten. Das waren Frauen, die sich selbst erschaffen hatten, wie sie es tun würde. Sie las über sie im *TV Guide* und in Zeitschriften.

Ihre Brüder – außer Tommy – nahmen sie auf die Schippe, wie sie redete, wenn sie daran dachte, korrekt zu sprechen, was sie inzwischen meistens tat. Sogar die Mädchen in der Schule frotzelten darüber. Sie hatte nur eine enge Freundin, Sylvie Damato, deren Familie italienisch war und eine Bowlingbahn mit Grillstation hatte. Sylvie lachte sie nicht aus, weil sie versuchte, korrekt zu reden und sich überlegte, wie man sich richtig anzog. Sylvie hatte von der Grillstation ein bißchen Taschengeld und konnte Illustrierte kaufen, die sie zusammen gründlicher studierten als ihre Schulbücher, sofern nicht gerade eine Klassenarbeit bevorstand. Beide hatten als Wahlfach Sozialkunde. Beide waren gut in der Schule. Sylvie wohnte auch in North End, aber ein paar Straßen weiter nach Norden, wo noch mehr Bäume standen.

Sylvie war ebenso entschlossen, aufs College zu gehen, wie sie, aber Sylvie hatte ein Rollenvorbild, denn ihre Tante Marie war im Immobiliengeschäft und besaß ein eigenes Haus in Cohasset. Einer ihrer Lieblingsausflüge, wenn sie sich Mr. Damatos Auto leihen konnten, war, Tante Marie zu besuchen, die einen schicken neuen Subaru mit Sonnendach fuhr. Tante Marie mußte mindestens vierzig sein, aber sie sah nicht alt aus. Ihr Haar war kastanienbraun, und sie ging an drei Abenden ins Fitnesscenter. Die beiden Mädchen kannten sonst keine Frau, die allein lebte (sie war geschieden) und überhaupt nicht wie ihre Mütter aussah oder wie die Nutten im Stadtzentrum. Tante Marie zog sich wie die Frauen im Fernsehen an, elegante Kostüme und saubere, frisch gebügelte Blusen oder seidene Hemdblusenkleider, und das Haar immer frisiert. Sie trug kleine glitzernde Ohrringe und Designerschals. Wenn Becky dasaß und Tante Marie ansah, dann hatte sie das Gefühl, sie sah etwas an, was sie auch werden konnte. Tante Marie machte den Mädchen Espresso in einer Maschine in ihrer tollen Schöner-Wohnen-Küche oder schenkte ihnen sogar ein Gläschen Sherry ein. Die Küche strahlte, dunkelgelbe Kacheln, Begonien im Fenster und hellblaues Geschirr, das komplett zusammenpaßte.

Becky dachte bei sich, daß sie gern auf die nächsten zwanzig Jahre ihres Lebens verzichten würde, wenn sie dann nur wie Sylvies Tante Marie aufwachte. Das war Leben. Alles andere war langsames, klebriges Ertrinken. Aber Becky wollte nicht untergehen. Sie wollte schwimmen lernen, raus aus dem Haus, das immer nach ranzigem Bratfett roch, raus aus dem North End, raus aus New Bedford, hin zu der Welt im Fernsehen, wo alles neu war und schön und glatt wie eine mit Zuckerguß überzogene Hochzeitstorte.

5

Leila

Leila hatte sich geschworen, David nicht zu sagen, was mit seinem Vater los war, aber er konnte sie immer ausquetschen. Er wußte genau, wo unter dem Gespräch Schweigen lauerte, und er hörte nicht auf zu bohren, bis er herausgefunden hatte, womit sie hinter dem Berg hielt. Vielleicht war es die Neugier des Naturwissenschaftlers. Seit dem Kindergarten war er sensibel für alle Spannungen zwischen seinen Eltern. Sie hielt den Hörer vom Ohr weg und seufzte.

»Also was für Neuigkeiten hatte er? Natürlich hat er die lange Fahrt nicht nur gemacht, um charmant zu sein. Er hat dir doch irgendwas aufgetischt. Hat er dir gesagt, du sollst es mir nicht erzählen? Warum lügst du dann? Aber so was für dich behalten ist lügen, Mutter. Du kannst mir Familiendinge nicht vorenthalten, sie betreffen uns alle drei.« David wurde selten laut. Sein Auftreten war sanft und leise, das New-Age-Windglockenspiel eines fast erwachsenen Jugendlichen; aber darunter verbarg sich ein Wille wie ein messingbeschlagener Rammbock.

Es war eine anspruchsvolle Liebe, aber eine sehr reale. Für Mutter und Sohn kannten sie einander ungewöhnlich gut. David war immer für sie da gewesen, wie sie auch für ihn, bis er dann aufs College kam. Es war Zeit für ihn, von zu Hause fortzugehen, von ihr fortzugehen. Sie wußte das, doch sie vermißte ihn ständig. Er war seit Jahren als Haushaltsvorstand eingesprungen und hatte sich um Klempner, Elektriker und Maler gekümmert. »Hier ist Mr. Landsman«, sagte er dann am Telefon mit tiefer Stimme. Sie nahmen an, daß der Ehemann anrief. Nick kam mit praktischen Problemen nicht gut zu Rande. Er begann dem Bauschlosser zu erklären, daß die Garagentür nicht funktionierte, und am Ende ging er mit ihm einen heben und zu einem Baseball- oder Footballspiel. Die Tür wurde nie repariert. Er mußte Männer für sich gewinnen, wie er Frauen verführen mußte.

Letztendlich war ihm wichtiger, daß der Bauschlosser ihn mochte, als daß die Garagentür funktionierte. Sie beschloß, das Thema zu wechseln. »Wie geht es deiner neuen Freundin Emma?«

»Emma ist passé. Sie ist durchgerasselt und abgegangen.«

»Das ist ja schrecklich.«

»Eigentlich nicht. Sie hat zu viel Zeit beansprucht.«

»Aber ich dachte, du mochtest sie.« Locker, Leila. »Jemand neues?«

»Ich bin am Sonntag mit Ikuko ins Kino gegangen.«

»Japanerin?«

»Nur der Abstammung nach. Sie ist in Santa Clara geboren. Sie wird nicht durchrasseln. Sie ist schlauer als ich. Sie steht schon eins plus.«

Aber unmittelbar, bevor das etwas zerfahrene Gespräch vertröpfelte und sie einander gute Nacht sagten, ging er wieder zum Angriff über. »Vater ist ein Benutzer. Du kannst dich von ihm nicht durch den Reißwolf jagen lassen. Er hat eine Affäre in New York, nicht wahr? Irgendeine Tussi fast in meinem Alter. Mach dir nichts draus.«

Als sie auflegte, hatte sie ein schlechtes Gewissen, kam sich egoistisch vor. Es war zu spät, um zu ändern, was Jahre des Heranwachsens hervorgebracht hatten: einen Jungen, der seiner Mutter sehr viel näher stand als seinem Vater. Das schien ihm bei Frauen nicht geschadet zu haben. Als Musterschüler, Gewinner von »Jugend forscht« und Stipendien hatte er seine erste Freundin mit dreizehn und war seitdem nie ohne gewesen. Er sah gut aus, das stimmte zwar, aber er schien sich dessen überhaupt nicht bewußt zu sein. Etwas an seiner Kleidung war immer unordentlich, er wirkte immer ein bißchen verträumt. Jede neue Freundin meinte, unter dem superernsten Gebaren und der Ausstrahlung des immer ein wenig Unbeholfenen und schief Geknöpften einen erotischen, gefühlvollen Unbekannten entdeckt zu haben. Leila gab sich Mühe, seine Freundinnen zu mögen, und scheiterte in aller Stille. Ihr Wunschtraum war, ihn schließlich – vielleicht im Alter von Dreißig – mit Shana zu verheiraten.

In Kalifornien war es drei Stunden früher, und wenn sie zu ihrer üblichen Zeit schlafen gegangen wäre, hätte er sie geweckt. So aber lag sie im Bett umgeben von Fotokopien der Zeitungsartikel über den Mord an Terry Burgess. Seine untröstliche Witwe versuchte tapfer, der Polizei behilflich zu sein. Dann wurden etwa zwei Monate später Becky Burgess und ihr Komplize Sam Solomon verhaftet.

Falmouth, Massachusetts, 20. Juni
Gestern abend kam Rebecca Burgess von der Sound Cable TV-Gesellschaft, bei der sie als Sekretärin arbeitet, nach Hause und fand die blutüberströmte Leiche ihres Mannes Terrence Burgess auf dem Bett liegen. Wie die Polizei mitteilt, wurde er etwa zwei Stunden vorher erschlagen. Das Schlafzimmer wies Spuren eines heftigen Kampfes auf.
Aus Polizeiquellen war zu erfahren, daß der Eindringling die Wohnung durch eine verglaste Schiebetür von der Terrasse aus betrat. Der Fernseher, der Videorecorder und etwas Goldschmuck fehlen, außerdem Bargeld.
Eine Nachbarin, Mrs. Helen Coreggio, hörte von oben dumpfe Geräusche. Wie sie sagt, ist im Haus im Mai schon einmal ein Einbruch verübt worden. Sie nimmt an, daß derselbe Einbrecher zurückgekehrt ist, aber diesmal Mr. Burgess im Bett vorfand.

Die Artikel waren nicht sehr hilfreich. Das Bild von Becky Burgess blieb zu abstrakt. Anfangs war sie ein zerbrechliches Opfer. Dann war sie eine Mörderin. Leila vermochte unter den Zeitungsausschnitten nicht die Frau, den Menschen aufzuspüren.

Am nächsten Tag bat sie um die Erwiderung eines Gefallens. Sie hatte May Rollins von den Abendnachrichten während eines Aufstandes im Framingham-Frauengefängnis ausgeholfen und noch einmal bei dem Prozeß von Linda Sue, der mißhandelten Frau, die ihren Mann im Hinterhof mit seinem eigenen Gewehr erschossen hatte, als er ihre Tochter verprügelte. Leila war in Mays Sendungen als Expertin eingesprungen. May schuldete ihr etwas. Und May war so nett. Leila fuhr mittags zu WBZ, um sich Fernsehaufzeichnungen von Becky anzuschauen. Bereits in der ersten Woche hatte die Witwe für die Medien aufgehört, Rebecca Burgess zu sein.

Es gab kilometerweise Material zu sichten, und Leila mußte das Mittagessen auslassen. Becky hatte eine bereitwillige Zeugin abgegeben. Sie hatte geredet und geredet und geredet. Sie steckte voller hilfreicher Theorien und Vermutungen. Sie konnte nicht den Mund halten.

Sie war eine Frau von fünfundzwanzig Jahren mit scharfem Gesicht und riesigen blauen Augen. Ihr blondes, flauschiges Haar stand wie ein Heiligenschein aus blassen Lokken um ihr Gesicht und gab ihr etwas Zartes, Naives. Irgendwann im Lauf der Interviews legte sie ihren New Bedford-Dialekt ab. Wenn Leila die Augen schloß, konnte sie nicht sagen, ob Becky sprach oder May Rollins – eine große, üppige schwarze Frau aus Detroit, die sich wie eine Radcliffeabsolventin anhörte. Beide klangen wie lebhafte, liebenswürdige, kultivierte, wohlerzogene Damen, dabei völlig auf Draht. Oh ja. Nobelrestaurantstimmen. Tennisstimmen. Höflich, nur sanft konkurrierend, in jeder Beziehung korrekt, ein Abklatsch vom weißen, angelsächsischen, protestantischen Ideal, aber doch zu bemüht, um wirklich durchzugehen.

Becky (jetzt unterlief es Leila auch; die Angeklagte hatte ihren Familiennamen eingebüßt. Der Becky-Fall. Hat Becky es getan?) war sichtlich in die Kamera verliebt. Sie flirtete hemmungslos mit ihr. Sie unterhielt sich ernsthaft und hingebungsvoll mit ihr. Die Kamera war das Auge eines Liebhabers, das Auge Gottes. Becky präsentierte sich dem Kameraauge von ihrer besten Seite. Schau mich an, nimm mich wahr, liebe mich. Leila konnte es nie ertragen, sich im Fernsehen zu sehen, und fragte sich immer: Bin ich wirklich so riesig? Sie nahm zu viel Platz ein. Sie war zu groß, zu vollbusig. Seit ihrer Jugend war sie drall genannt worden, ein Wort, das sie nicht ausstehen konnte. Aber Beckys flehentliche Hinwendung zur Kamera war nichts als ein Ausdruck des Wunsches, hineinzupassen, gemocht zu werden, dazuzugehören. In den Aufnahmen von Beckys Elternhaus, von der Familie Souza, las Leila die Armut, aus der Becky offensichtlich hinausstrebte.

Mache ich es richtig? spürte Leila sie durch das viele Lächeln und die munteren Blicke fragen. Bin ich annehmbar? Könnt ihr mich mögen? Kann ich euch dazu verführen, mich anzuerkennen? Becky war klein. Ihre Knochen schienen so zart wie Fischgräten. Das war die Frau, die ihren Mann erschlagen haben sollte, der als einsachtzig großer, begeisterter Skifahrer und Golf- und Squashspieler beschrieben wurde?

Leila wurde klar, wie Becky in Schwierigkeiten geraten war. Sie wollte zu dringlich gemocht werden, bemerkt werden. Becky fiel ständig ein neuer saftiger Leckerbissen ein: Da hatte ein Mann herumgelungert, unheimlich, schäbig gekleidet, groß, ein Schlägertyp. Er hatte sich beim Parkplatz des Wohnblocks herumgetrieben. Bestimmt hatte jemand anders ihn auch gesehen und erinnerte sich an ihn. Tatsächlich bestand eine alte Frau darauf, ihm begegnet zu sein, aber die Beschreibung, die sie gab, war völlig anders.

Becky erinnerte sich, daß sie nur eine Woche vor dem Mord eines Abends gemeint hatte, draußen jemand gehört zu haben. Mehr und mehr Einzelheiten erblühten wie Algen im Licht des Fernsehmondes. Sie war eine gute Studentin, die durchgedreht hatte, dachte Leila, die versuchte, das Fernsehexamen zu bestehen, und sagte, was ihr gerade in den Kopf kam, um zu gefallen und Aufmerksamkeit zu erregen.

Die Wende in dem Fall kam, als die Polizei einen Siebzehnjährigen aus Barnstable namens Gene Wiggins aufspürte, der den Fernseher und den Videorecorder an einen Pfandleiher in New Bedford verkauft hatte. Sein bester Freund Sam war ein Oberschüler, der Becky aus der Theatergruppe des Kulturvereins kannte. Sie sehr, sehr gut kannte. Gene Wiggins behauptete, Sam habe ihm die gestohlenen Gegenstände überlassen. Becky hätte Sam befohlen, sie im Sund zu versenken, aber Gene brauchte das Geld. Er versetzte das Zeug in New Bedford.

Gene wurde rasch dazu überredet, mit der Polizei zusammenzuarbeiten und Beweismaterial gegen Sam und Becky zu liefern. Sam und Becky hatten gemeinsam Beckys Mann erschlagen. Becky hatte sich aus ihrem Büro gestohlen und mit Sam getroffen. Die pikanten Einzelheiten des romantischen Dramas vom Cape füllten eine Woche lang die Zeitungen und Nachrichtenprogramme. Eine fünfundzwanzig Jahre alte Frau und ein siebzehnjähriger Junge. BECKY STIFTETE MINDERJÄHRIGEN LIEBHABER ZUM MORD AN titelte der *Boston Herald*.

Als Leila mit den Fernsehaufzeichnungen und den Zeitungsausschnitten fertig war, kam sie zu der Überzeugung, daß Becky vorschnell als Schuldige feststand. Ihr drohte Verurteilung, weil sie eine Affäre mit dem unschuldigen Sohn anderer Leute gehabt hatte, weil sie die patriarchalischen Regeln gebrochen hatte, weil sie schamlos gewesen war – eine Affäre, dachte Leila bitter, nicht anders als die fünfzehn Affären mit dreimal so großem Altersunterschied, deren Nick sich schuldig gemacht hatte. Becky stritt die Affäre ab, sie stritt den Mord ab. Sie behauptete, mit der Liebe ihres Lebens glücklich verheiratet gewesen zu sein, und bedauerte nur, daß sie noch keine Kinder hatte. Sie stellte sich als pflichtbewußte und liebevolle Ehefrau dar, die von anderen aus Eifersucht, aus Gehässigkeit verleumdet wurde. Becky hatte keine Zweifel daran, daß Gene der Schiebetüreinbrecher war, und sie war zutiefst schockiert; sie blieb dabei, daß er versuchte, sich aus der Klemme zu ziehen, indem er seinen Freund und sie belastete.

Am nächsten Vormittag versuchte Leila, auf dem Amtsweg eine Besuchserlaubnis für Becky in der Besserungsanstalt Barnstable, dem Untersuchungsgefängnis, zu bekommen. Ihr Gesuch wurde abgelehnt. Leila mußte einen anderen Weg finden. Sie bedauerte, die Sache übernommen zu haben, aber wenn Leila etwas zugesagt hatte, dann fühlte sie sich an ihr Versprechen gebunden. Sie hatte darüber schon heftige Auseinandersetzungen mit Nicolas geführt.

Nick wurde ständig gebeten, auf eine Party zu kommen, zu einem Abendessen, ein neues Stück zu lesen, eine vielversprechende junge Schauspielerin kennenzulernen, und er sagte nie nein. Er sagte immer: Ja, gern, oder: Ich versuch's einzurichten, und dann vergaß er sein Versprechen, als hätte er es nie gegeben. Er war überzeugt, die Leute zu beleidigen, wenn er ihre Bitte ablehnte, und zog es vor, einfach zu vergessen und anzunehmen, daß der Bittsteller es ebenso hielt. Er glaubte ihr nicht, wenn sie behauptete, daß er sich in viel größere Schwierigkeiten brachte, wenn er ja oder ganz bestimmt sagte, aber nein, niemals, nie im Leben meinte; doch er war unfähig, zu irgend jemandem nein zu sagen, außer zu ihr und seinem Sohn.

Und zu Freundinnen, deren er überdrüssig war. Sie hörten auch plötzlich oft und fest nein. Wenn er mit einer Beziehung fertig war, war er damit fertig, und Leila war zweimal in die scheußliche Situation geraten, verweinte Ex-Geliebte trösten zu müssen, die hysterisch in den Hörer heulten und sie um Gründe anflehten.

Sie war von Jugend auf fest entschlossen, zu ihrem Wort zu stehen, ob das nun ja hieß, oder: Aber natürlich werde ich für dich mit deiner Tochter reden, oder: Ich werde mich bemühen, deine kleinen Katzen unterzubringen. Ihre Mutter hatte es trotz aller Anstrengungen nicht geschafft, für Vater geradezustehen, einen Juden mit einem beschämenden Problem. Er war Spieler. Wenn er niedergeschlagen war, schloß er Pferdewetten ab. Wenn er guter Laune war, pokerte er um hohe Einsätze. Für alle Fälle spielte er auch Lotto. Er fand immer wieder Anstellung in der Buchhaltung kleiner Firmen und erhielt dann die Kündigung, weil er einfach verschwand. Eines Tages verschwanden mit ihm Firmengelder. Er zahlte alles zurück, indem er ihr Haus verkaufte. Er war immer überzeugt, daß er kurz davor stand, den großen Coup zu landen, den Jackpot zu knacken. Seine Schulden eskalierten, und er starb eines Nachts, als sein Auto von der Fahrbahn abkam. Da war Leila dreizehn.

Leila hatte früh gelernt, daß sie alles in die Hand nehmen mußte. Phyllis arbeitete als Krankenschwester. Leila mußte alles richten, ob es der Schabbat war oder Thanksgiving oder Debbies Geburtstag oder das Essen auf dem Tisch, wenn ihre Mutter abends mit geschwollenen Füßen und schmerzendem Rücken aus dem Krankenhaus kam und ihr alles zuviel war. Leila mußte einspringen und für alles sorgen. Nach dem Tod ihres Vaters hatte sie die volle Verantwortung einer Erwachsenen übernommen – wie David, wenn Nick wieder einmal in L.A. oder Houston war. Leila war bestrebt, eine gute Frau zu sein und ein verläßlicher Mensch. Ein schlechtes Gewissen war so schlimm wie Zahnschmerzen.

Null negativ hatte Melanie sie genannt, wenn sie sie ärgern wollte: null negativ. Verträgt das Blut von nahezu niemand, ist aber die ideale Spenderin.

Jetzt mußte sie sich vergewissern, ob Becky das war, was sie in ihr sah, eine junge, naive Frau, die sich in große Schwierigkeiten geredet hatte. Eine Frau, die wegen ihrer Freizügigkeit einer Gewalttat angeklagt wurde. Leila befragte May Rollins, die ihr riet: »Rede mit der Familie. Ihrer Familie. Seine haßt sie. Ihr Vater ist Fischer in New Bedford.« Wo der Videorecorder versetzt worden war – hatte das etwas zu bedeuten? »Sie sind stolz auf ihre Tochter, daß sie studiert hat, daß sie eine hübsche Wohnung hat. Tu dich mit denen zusammen, und sie werden Becky dazu bringen, daß du zu ihr kannst. Sie war die erste in der Familie, die aufs College gegangen ist.«

Am Abend rief Shana an. »Ich kann meinen Vater nicht ausstehen. Mein Vater sagt, ich muß jetzt zu ihm ziehen. Ich bin mitten im vorletzten High-School-Jahr!«

»Vielleicht kann deine Großmutter bei dir bleiben. Dein Vater will dich bestimmt nicht entwurzeln.«

»Oma? Die ist so alt. Sie lutscht immer an ihrem Gebiß. Hier sind meine Freundinnen. Ich habe so tolle Freundinnen, Leila, die kümmern sich wirklich um mich. Jeden Abend kommt eine her. Sie nehmen mich in den Arm, wenn ich wegen Mutter weine. Sie verstehen das. Sie wissen, daß Mutter etwas ganz Besonderes war. Wie du es verstehst. Vati hat sie verlassen. Wie kann ich zu ihm ziehen?«

»Würde deine Großmutter denn bleiben?«

»Sie bringt mich vor meinen Freunden ständig in Verlegenheit. Platzt ständig herein, was denkt sie sich eigentlich? Tante Leila, warum kann ich nicht zu dir ziehen?«

Ihre erste Reaktion war Panik. Dann wurde ihr bewußt, daß sie immer so reagierte, wenn jemand sie mit etwas überfiel. Shana hatte gerade ihre Mutter verloren. Die Scheidung hatte ihr weh getan. Und Melanies lange Krankheit. »Selbstverständlich haben wir Platz für dich«, sagte sie vorsichtig. »Es ist ein großes Haus. Aber wären Mrs. Peretz und dein Vater einverstanden?«

»Ich bringe sie schon dazu«, sagte Shana finster.

Sie mußte Shana zeigen, daß sie noch ein Zuhause hatte. »Du bist hier willkommen. David ist ja nun fort, und deine Gesellschaft wird mir guttun. Aber dein Vater ist dein gesetzlicher Vormund, also können wir nur vorschlagen, und er entscheidet.

»Pah«, machte Shana. »Nachdem er sich schon von Mutter hat scheiden lassen, wird er sich bestimmt auch von mir gern trennen. Ich fände es wunderbar, bei euch zu wohnen. Nick ist so toll. Er redet mit mir immer von Mensch zu Mensch, nicht: Na, was macht die Schule? Er hat nicht diese ätzende, herablassende Art von Erwachsenen. Wenn er in einen Raum kommt, wollen einfach alle mit ihm reden.«

Um zehn rief Nick an. »Leila, ist irgendwas? Ich dachte, ich würde nach meinem Brief von dir hören.«

»Ich hatte ziemlich viel zu tun«, sagte sie müde. Ihr war überhaupt nicht danach, mit ihm zu reden. Sie steckte immer noch zu sehr voller Zornscherben, scharfer Kanten und Blutgerinnsel. Ihr wurde klar, daß dies der vierte Tag nach seiner Abfahrt war und ihre ganze Welt sich geändert hatte. »Melanie ist gestorben. Am Sonntag war ihre Beerdigung. Ich nehme an, du hast meine Nachricht bekommen.« Und dich bis jetzt nicht bemüßigt gefühlt, mich zurückzurufen.

»Es tat mir leid, das zu hören. Ich weiß, das war seit einem Jahr absehbar, aber ihr beide standet euch so nahe. Wie nimmst du es auf? Bist du sehr niedergeschlagen?«

»Ja. Shana zieht vielleicht für den Rest des Schuljahres hier ein.«

»Zieht ein? Wo denn?«

»Wir haben viel Platz. Sie kann das Gästezimmer nehmen.«

»Du hast sie eingeladen, ohne das mit mir abzusprechen?«

»Du warst nicht hier. Nick, ihre Mutter war meine beste Freundin. Ich habe es Melanie versprochen. Außerdem mag ich junge Menschen um mich herum.« Ja, wie Becky Burgess, meldete sich eine leise boshafte Stimme in Leilas Hinterkopf.

»Ach was, Shana ist ein Schatz, und du hast jemanden um dich, wo David jetzt in Kalifornien ist.« Nick lachte in sich hinein. »Ich bin ein Idiot. Sie wird etwas Leben ins Haus bringen. Ich finde es eine gute Idee.«

Er hatte so schnell umgeschaltet, daß sie fast einen Schreck bekam. Sofort fiel ihr ein, wie er mit Shana flirtete, wie Shana mit ihm flirtete. Er würde Shana nie anrühren, aber ihr schauderte bei der Vorstellung endloser Abendessen, an denen Nick seinen Charme auf einen Teenager richtete. Er mochte junge Frauen. »Es ist noch nicht ausgemacht. Es ist nur eine Idee.«

»Aber eine gute. Jugend und Energie, das brauchen wir. Die Tochter, die du nie hattest, Leila. Dann hast du jemand um dich, wenn ich nicht da bin.«

»Du hast angerufen, um dich zu vergewissern, daß ich nicht komme. Wie du hörst, bin ich zu Hause und bleibe es auch.«

»Pfingströschen, ich weiß, du bist niedergeschlagen, aber laß es nicht an mir aus. Wenn du mich besuchen willst, wenn du Lust auf ein paar Tage New York hast, dann komm doch. Ich freue mich immer, dich zu sehen.«

Wollte sie sich wirklich mit ihm streiten, ihn in die Arme seiner jungen Freundin treiben? »Schon gut, Nick, laß uns nicht zanken. Ich komme nur nach New York, wenn du mich brauchst. Wie kommst du voran?«

Er schwieg einen Moment. Als er wieder sprach, war seine Stimme schwer und rauh. »Ich hasse New York. Bei jeder Begegnung ist Schwänzemessen angesagt. Mein Erfolg kann weiter pinkeln als deiner, ätsche-bätsche. Ich habe Don Margolis getroffen. Erinnerst du dich an ihn?«

»Aber ja.« Sie hatten alle in dem gleichen alten, in illegale und feuchte Mansarden aufgeteilten Fabrikgebäude gewohnt. »Wie geht es Penny?«

»Sie haben sich schon vor Jahren getrennt. Jedenfalls inszeniert er am Public. Der Kerl hat mich eine Viertelstunde lang aufgehalten und geprahlt, mir praktisch seine Kritiken vorgelesen.«

Er war außer sich vor Wut. Er konnte eine Stunde lang so weitermachen, wenn sie seinen Zorn nicht ablenkte. »Aber das Stück. Wie läuft es?«

»Wie eine geplatzte Einkaufstüte, die die Treppe runterkullert. So läuft es – den Bach runter.«

»Aber du sagst doch vor jeder Premiere, daß es diesmal schiefgehen wird.«

»Das ist nicht das gleiche. Sie warten nur darauf, mich anzupinkeln. Sie warten nur darauf, auf meinem Grab zu tanzen. All die Armleuchter, die meinen, es geschafft zu haben, warten nur darauf, daß ich beweise, ich habe es nicht geschafft, direkt vor ihrer Nase. Ich bin bescheuert gewesen. Ich habe mich für die verwundbar gemacht. Ich hätte bleiben sollen, wo ich hingehöre. Vielleicht bin ich nicht gut genug für das grelle Scheinwerferlicht des Wettbewerbs.«

»Was macht dir die größten Sorgen?«

Sie hörte nur mit halbem Ohr zu. Inzwischen wußte sie, daß er ihren Kommentar zu seiner Regie nicht wirklich wollte. Ihr Zorn legte sich, während seine Stimme durch sie floß wie ein guter Wein. Es war vielleicht ein falscher Trost, aber sie liebte seine Stimme.

Sie mußte in Becky etwas von sich selbst finden – nichts, was sie in ihrem eigenen Leben war, sondern eine unerkundete, verborgene Möglichkeit. Der Wunsch, dem Ehemann den Schädel einzuschlagen, dachte sie, mit dem sich jede Ehefrau zumindest alle paar Montage oder an einem schlimmen Freitag identifizieren kann. Warum in aller Welt hätte Becky so etwas tun sollen? Warum konnte sie ihn nicht kurzerhand verlassen? Hätte sie eine Scheidung nicht durchbekommen? Vielleicht konnte sie Terry einfach nicht loslassen – Liebe/Haß. Vielleicht hatte Sam den Mord begangen, und Becky versuchte, ihren Liebhaber zu decken. Vielleicht war der andere Junge, Gene, wirklich der Einbrecher. Becky sah nicht nach Gewalttätigkeit aus. Das schien mehr auf der Linie von siebzehnjährigen Jungs zu liegen. Leila konnte sich vorstellen, daß Becky das Blaue vom Himmel herunterlog, sich alle möglichen Talente und Fähigkeiten andichtete, um Aufmerksamkeit und Lob zu ergattern. Sie las in Beckys Gesicht und Gebaren einen Hunger nach Sichtbarkeit, nach Anerkennung, der ihr vertraut war, auch sie eine verzweifelt gute Studentin, die sich aus Strawberry Mansion in Philadelphia hinausstudiert hatte.

»Ich weiß es einfach nicht, Leila, ich weiß es einfach nicht. Ich fühle mich hier verloren. Ich fühle mich, als ob alle, die ich kenne, es geschafft haben, nur ich nicht.«

»Aber du hast eine gute Stellung hier in Boston, dein eigenes Theater, die Art Teilzeitanstellung, die dir erlaubt, überall im Land zu inszenieren.«

»Manchmal kommt mir das alles lumpig vor.«

»Dann komm nach Hause.«

»Leila! « Seine Stimme änderte sich schlagartig, war volltönend, schalt sie. »Ich habe in zwei Wochen Premiere. Ich werde denen schon noch Verstand einbleuen. Alle haben die Inszenierung in Boston geliebt. Verdammt, da bin ich bald genug wieder.«

»Mir kann es gar nicht bald genug sein«, sagte sie. New York macht ihn verrückt. Sobald er wieder bei ihr zu Hause war, konnte sie ihn erreichen, konnte sie das Vertrauen wiedererrichten, die Zuneigung neu weben. Bis dahin wollte sie emsige Fortschritte mit der Becky-Geschichte machen, damit sie, wenn er kam, ihren Schreibtisch leer hatte und sich auf ihn konzentrieren konnte. Eine Wunde war da, aber eine, die immer noch heilen konnte.

6

Mary

Mrs. Landsmans Zimmer war diese Woche eine ganze Ecke liederlicher als sonst, was nach Marys Überzeugung Ausdruck ihrer seelischen Verfassung war. Ihr Mann hatte ihr ja auch wieder eine Bombe ins Nest gelegt. Mary hätte ihn vor die Tür gesetzt, aber Mrs. L. ließ sich eine Menge bieten, nur um verheiratet zu bleiben. Wie konnte Mary ein so strenges Urteil über sie fällen, bei dem, was die Scheidung für eine ältere Frau bedeutete? Sie war der wandelnde Beweis dafür, Beweisstück Nummer eins. Mrs. L. machte irgendwas an einem College, aber das Haus hier war teuer, und sie war es bestimmt nicht, die das alles bezahlte. Es kostete ein Vermögen, das Haus zu heizen, obwohl sie es recht kühl hielten. Zum Glück hatte Mary Fett am Körper, das warm hielt, und wenn sie putzte, war sie sowieso in Bewegung. In ihrer Jugend im Kohlerevier hatte ihre Familie das Haus immer warm. Sie gewöhnte sich nur schwer an die Winter hier, nach so vielen Jahren in der Gegend von Washington. Auch nach zehn Jahren in Boston fand sie immer noch, die Häuser hier wurden nicht richtig geheizt.

Es war leichter für sie, seit der Sohn weg war. Der überraschte sie gelegentlich und erschien tagsüber, oder er saß in seinem Zimmer und bastelte an was rum, statt in der Schule zu sein, wo er hingehörte. Einmal, als David mit seinen Eltern zusammen wegfahren sollte, hatte Mary geplant, bei den Landsmans zu übernachten. Sie ging abends hin. Das Haus war dunkel bis auf die Lampen oben und unten, die sie immer anließen – das Badezimmer- und das Flurlicht. Mary war vorsichtig und machte einen Rundgang ums Haus, bevor sie hineinging. An einem milden Samstag im Mai waren die Fenster offen. Von oben hörte sie unmißverständliche Geräusche. Es war der Sohn mit einem Mädchen im Bett, dabei ging er noch zur Schule. Als Mrs. Landsman dann voller Pläne steckte, ihn nach Kalifornien aufs

College zu schicken, mußte Mary denken, daß jeden Moment die schwangere Freundin auftauchen konnte, aber David hatte Glück und kam ungeschoren davon.

Mary war froh, als er wegging aufs College. Das war vielleicht ein verwöhnter junger Mann! Statt in die Ferien zu fahren, nachdem den Großeltern in Texas sein Besuch versprochen war, blieb er einfach da und holte sich ein Mädchen ins Haus. Mary bezweifelte, daß seine Eltern auch nur ahnten, was er trieb, er mit seiner Nase immer im Buch oder im Computer. Er war gar nicht der Typ, von dem man erwartete, daß er ein Mädchen im Bett hatte, aber andererseits, war Jim, ihr Mann, der Typ? Und hatte sie nicht gemeint, ihn zu kennen? Jeder Mann fand eine willfährige Frau, er mußte sich nur genug umtun. Jede Frau hielt wie ihre Tochter Cindy Untreue für das Problem anderer Frauen, bis sie eines Tages feststellte, daß es ihr eigenes war.

In Davids Zimmer hatte sich immer schwer Staub wischen lassen, mit einem teuren Computer, den er dann mit aufs College nahm, einem Laserdrucker und einem unheimlichen Labor, das auf einem Tapeziertisch an einer Wand aufgebaut war. Poster und Modelle von Raumschiffen. Viele Bücher, aber nichts Lesbares, Schulbücher über Naturwissenschaften und Mathematik, Taschenbücher mit Robotern und Monstern auf den grellbunten Umschlägen. Zwei Jahre lang hatte er Hamster, aber die gingen ein. Im ersten Jahr, in dem sie hier putzte, hatte er den ganzen Sommer lang eine widerliche Schlange in einem Terrarium. Mary weigerte sich, der nahe zu kommen. Auf *der* Seite vom Zimmer faßte sie nichts an. Mrs. Landsman wollte Mary weismachen, daß die völlig harmlos war, aber Mary sah sie auch nicht gerade mit der Schlange schmusen. David hatte unanständige Comics unter seinem Bett, aber Mary sagte nie etwas davon. Ihr Sohn Jim junior, der immer Jaime genannt wurde, hatte Nacktfoto-Magazine in seinem Schrank gehabt. Aber wenigstens keine Mädchen in seinem Zimmer. Er ließ die Finger von so was, bis er aufs College kam, und dann konnte sie kein Auge mehr auf ihn haben. Cindy hatte sie keine Minute aus den Augen gelassen. Bei Mädchen ging das nicht anders.

Mary brauchte den ganzen Tag, um das Haus der Landsmans sauberzukriegen. Meistens war das Haus mehr unaufgeräumt als schmutzig, aber diese Woche war es ein schlimmer Anblick. Mrs. L. war mit ihren Sachen eigentlich ordentlich, aber unten in ihrem Kleiderschrank lag dreißig Zentimeter tief eine übelriechende Mischung aus schmutziger Wäsche und von den Bügeln gerutschten und nicht aufgehobenen Sachen. Papierfetzen waren im ganzen Schlafzimmer verstreut. Es sah aus, als wäre sie mit einem Stapel Zeitungen ins Bett gegangen und hätte sie in kleine Stücke gerissen, um sich daraus ein Nest zu bauen.

Keine neuen Briefe. Mary nahm an, Mr. Landsman war diese Woche nicht heimgekommen. Mrs. L. hatte Lachs aus Dosen gegessen und einen Auflauf aus der Tiefkühltruhe. Mary betrachtete den Zustand der Häuser ihrer Damen als präzises Barometer für das, was in deren Leben vorging, und dieses machte den Eindruck, daß Mrs. Landsman mit Schrank und Nerven am Boden war.

Auch für Mary war es ein Schlag, daß Mr. L. fremdging und Mrs. L. gebeten hatte, nicht nach New York zu kommen. Mary hatte fest mit einem netten Wochenende hier gerechnet. Niemand aus Marys Kundschaft war unterwegs, und niemand hatte sie gebeten, die Haustiere zu versorgen. Das sah nach Kirche oder Flughafen aus.

Die Zeitungsausschnitte bezogen sich auf den Fall des kleinen Flittchens vom Cape, die sich einen zehn Jahre jüngeren Freund hielt und ihren armen Ehemann erschlagen hatte. Sie fragte sich, ob Mrs. L. ihren Mann im Verdacht hatte, sie um die Ecke bringen zu wollen, denn sie war nicht der Typ für Gewalttätigkeiten. Sogar, als ihnen mal eine Fledermaus ins Haus geflogen war und sich im Wäscheschrank niedergelassen hatte, bestand Mrs. L. darauf, der kleinen fliegenden Ratte ja nichts anzutun. Mrs. L. trug sie selber raus. Mary bezweifelte, daß Mrs. L. einer Fliege was zuleide tun konnte, geschweige denn ihrem Mann. In Marys Augen war Mrs. L. ihm hörig. In vielen Ehen war eine

Person die liebende und die andere Person die geliebte, wenn sie nicht zu einem Kompromiß gelangten – das war das Beste, bis dann der heiße Wind der Lust alles umblies. Jedenfalls betete Mrs. L. ihn an, und er ließ sich anbeten. Der Gedanke, jemandem Gewalt anzutun, der einen verletzte, hatte etwas Tröstliches. Sie erinnerte sich an ihre Tagträume, Jim zu vergiften. Nicht, daß sie es je getan hätte, aber am bitteren Ende ihrer Ehe verschaffte ihr die Vorstellung von einem Schuß Rattengift in der Suppe hin und wieder eine gewisse Erleichterung.

Ob Mr. Landsman seine Frau für die Schauspielerin in New York verlassen würde? Mary sagte ihren Damen nie etwas von ihrer Scheidung, auch wenn die gerade selber in Scheidung lebten. Früher hatte sie gern bei den Torgersons übernachtet. Sie reisten viel, und beide Söhne waren im Internat. Mary putzte nicht nur ihr Haus, sondern versorgte auch ihren Pudel Winnie, wenn sie auf Reisen waren, wofür sie ihr acht Dollar pro Tag zahlten. Wenn sie zurückkamen, sagten sie immer, daß Winnie viel artiger war, nachdem Mary sie gefüttert und mit ihr Gassi gegangen war. Mary hatte einfach dort gewohnt und sich viel mit Winnie beschäftigt. Winnie mochte Mary und schlief nachts bei ihr. Es war für alle Beteiligten die ideale Lösung. Mary ging mit Winnie zweimal am Tag raus und warf ihr Bällchen. Winnie war glücklich, die Torgersons waren glücklich (jedenfalls, was Mary und den Hund anbetraf), und Mary hatte oft einen gemütlichen Schlafplatz. Für Mary, die Winnie gern um sich hatte, ideal. Der Hund legte ihr immer den Kopf aufs Knie und betrachtete sie mit großen schwarzen Augen. Sie sahen zusammen fern.

Aber nachdem die Torgersons geschieden waren, verkauften sie das Haus, und Winnie starb ein halbes Jahr später, an gebrochenem Herzen, meinte Mary. Wie sollte man Kindern eine Scheidung erklären, geschweige denn einem Hund? Vor jedem Besichtigungstermin ließ Mrs. Torgerson das Haus putzen, deshalb sah sie sie recht häufig. Die Frau redete ununterbrochen von ihrer Scheidung. Mary hörte voller Mitgefühl zu, und die Frau tat ihr auch leid, aber sie hatte einen gerissenen und aggressiven Anwalt. Sie war nicht so dumm, wie Mary gewesen war, und die Gesetze schienen inzwischen auch besser zu sein. Mary glaubte nicht, daß Mrs. T. bald auf der Straße landen würde.

Meistens graute Mary vor einer Scheidung bei ihren Damen aus ganz egoistischen Gründen: das zertrümmerte ihre Pläne, wann sie wo schlafen konnte. Dann mußte sie sich mit Kirchen und anderen kalten Gebäuden behelfen, mußte in der klammen Dunkelheit hocken und Reste aus Papiertüten essen, konnte nie ein Bad nehmen oder sich pflegen, wie es notwendig war, um ihre Arbeit leisten zu können und zu überleben.

Jedesmal, wenn sie an der Frau vorbeikam, die sich mit ihrem Einkaufswagen am Porter Square herumdrückte, einer Frau in ihrem Alter, schauderte ihr. Manchmal nahm Mary Blickkontakt auf. Wenn Mary sie ansprach, murmelte die Frau etwas. Eine Begrüßung erschreckte sie offensichtlich. Sie reagierte nicht wie eine Verrückte, nur verdutzt, als wäre sie die gleiche Unsichtbarkeit gewohnt, auf die sich Mary verließ. Sie bettelte nicht. Sie hatte ihr Zeug in ihrem Einkaufswagen. Mary dachte: Wir haben so wenig Besitztümer, daß wir für alles, was wir hinzufügen, etwas anderes aussondern müssen. Ich erinnere mich, wie sich alle von mir abwandten, als ich auf der Straße gelandet war. Wie empört ihre Blicke waren, wenn sie mich überhaupt ansahen. Eine Zumutung.

Sogar im Sommer hatte diese Frau viele Schichten übereinander an und wirkte dadurch beleibt. Aber ihr Gesicht war schmal. Ihr Haar war braun und wurde grau. Sie hatte eine Lesebrille, für Zeitungen, die sie aufhob, aber die paßte ihr nicht. Eine Männerbrille? Wahrscheinlich hatte sie sie gefunden.

Krankheit war Marys größte Angst, gleich nach der Angst vor Gewalt auf der Straße. Wenn Mary krank wurde, mußte sie etwas finden, wo sie sich verkriechen konnte. Manchmal mietete sie das billigste Motelzimmer, das sie finden konnte – aber die allerbilligsten Motels waren weit draußen, mit öffentlichen Verkehrsmitteln nicht zu erreichen. Aus ihrem bürgerlichen Leben hatte Mary nur ihre MasterCard behalten, selten von ihr benutzt, aber trotzdem kratzte sie das Geld für die Gebühren zusammen, und ihr Bankkonto, das sich immer noch auf 609 Dollars belief, weil sie in den letzten Wochen nichts hatte sparen können. Sie hielt an diesen zwei Stützen der Bürgerlichkeit fest, die bedeuteten, daß sie keine Pennerin auf Platte war, daß sie noch nicht völlig aus der Gesellschaft herausgefallen war. Wenn sie das Geld für ein Motelzimmer aufbringen mußte, war sie blank und konnte sich nichts mehr zu essen kaufen. Dann blieb sie hungrig oder bediente sich vorsichtig aus den Speisekammern ihrer Kundinnen.

Die Frau, die sich am Porter Square und an der U-Bahnstation herumdrückte, war ungefähr zehn Zentimeter größer als Mary und humpelte auf dem linken Bein. Vielleicht paßten ihre Schuhe nicht. Schuhe verschlissen schnell, wenn man so viel laufen mußte wie sie beide. Gebrauchte Schuhe aus Secondhandshops waren schon halb abgetragen, und billige Schuhe hielten nicht lange. Mary wußte nicht, wo die Frau schlief, aber es war irgendwo in der Nähe, denn wenn Mary morgens um halb neun vorbeikam, war sie immer schon mit ihrem verrosteten Einkaufswagen unterwegs. Jedesmal, wenn sie die Frau sah, konnte Mary nicht umhin, sich zu fragen, ob das ihre Zukunft war. Deshalb zwang sie sich, die Frau anzuschauen, sie anzusprechen – mehr aus Aberglaube denn aus Höflichkeit. Um ihr zu verstehen zu geben, jemand wußte noch, daß sie ein menschliches Wesen war, daß sie eine Frau war.

Am Freitag abend verplemperte Mary sieben Dollar auf ein Abendessen in einer Cafeteria in Brookline. Diese kleinen Selbstbedienungsrestaurants schienen immer seltener zu werden. Wahrscheinlich aßen die Leute einfach Hamburger und Pommes in den Dingern wie McDonald's, aber Cafeterias hatten ungeheure Vorteile. Sie konnte stundenlang bei einer Tasse Kaffee sitzen. Meistens konnte sie sich ein wenig dazu ergattern. Es war möglich, sich zusätzlich zu dem, was sie kaufte, eine Art Suppe aus heißem Wasser und Speisewürzen zu machen: Senf, Ketchup, Würzsoße, in heißem oder, wenn es nicht anders ging, sogar kaltem Wasser verrührt. Zuckerwasser war ein weiterer Trick, den Hunger zu dämpfen. Hier, wo man sich Kaffee umsonst nachschenken lassen konnte, holte sie sich immer mehrere Tassen voll.

Cafeterias waren für Leute ohne Geld. Sie fiel nicht auf, überhaupt nicht. An den anderen Tischen saßen alte Männer und alte Frauen so wie sie, obwohl die meisten wahrscheinlich eine Bleibe hatten. Aber es hätte sie nicht überrascht zu erfahren, daß einige obdachlos waren. Es gab eine Frau, die in ihrem Auto wohnte, denn Mary hatte sie in einen Ford Fairlane einsteigen sehen, in dem hinten Bettzeug und Kleidungsstücke lagen. Es mußte wunderbar sein, ein Auto zu haben, immer ein Heim zur Verfügung. Sie brauchte es nur zu parken. Im Winter war es kalt, und die Versicherung und das Benzin und der Unterhalt würden ihr schwer fallen. Aber das war ihr Wunschtraum, das Ziel ihres Sparens. Dann war sie wie eine Schnecke, hatte ihr Haus immer dabei. Sie würde nie wieder in einer Garage oder im Gebüsch schlafen.

Sie saß in der warmen Cafeteria, so lange sie sich traute. Dann ging sie durch die Kälte zur U-Bahn, zur Green Line in Richtung Logan Airport. Sie konnte heute nacht nirgendwo anders hin, und es war die erste richtig kalte Nacht im Jahr. Sie brauchte einen geheizten Ort. Es war zu gefährlich, die Nacht in einer Garage oder einem Auto zu verbringen. Als sie hinter den Türen der U-Bahnstation auf den Flughafenbus wartete, waren zehn Grad minus. In der kalten klaren Nacht brannten die Sterne Löcher in die gefrorene Luft, die Kälte biß sie in die Haut und tat ihrer Nase weh, wenn sie atmete.

Mary fand einen Platz im Vorraum der Damentoilette vom Inlandterminal, auf einer abgewetzten roten Plastiksitzbank. Sie konnte sich nicht richtig hinlegen, denn die Sitzbank war sogar für ihren gedrungenen Körper zu kurz. Die meiste Zeit saß sie einfach und beobachtete die Menschen. Sie hatte den *Globe* und den *Herald* vom Tage, von

Fluggästen liegengelassen, dazu noch *Vogue* und *Sports Illustrated.* Die Sportzeitschrift war interessanter als die anderen, denn da waren wenigstens Fotos von hübschen athletischen jungen Männern drin, die sie an ihren Sohn erinnerten. Am Sonntag flogen die Baers nach Kalifornien, wenn sie heute und morgen nacht überstehen konnte. Sie war erschöpft, nachdem sie den ganzen Tag bei den Anzios geputzt hatte. Es war keine leichte Woche gewesen. Sie hatte nur zwei gute Schlafplätze gehabt. Sie mußte das Wochenende bis Sonntag nachmittag überstehen, und es kam ihr endlos vor. Ihr einziges Bedürfnis war, sich hinzulegen, zuzudecken und zu schlafen.

Sie holte Jaimes Foto aus der Brieftasche. Herzlich wenig Fotos, abgegriffen, aber sorgsam bewahrt. Jaime war ein Allroundathlet. Sie platzte immer vor Bewunderung auf der Zuschauertribüne, und auch sein Vater war immer stolz. Oh, ja, sie spielte Damentennis im Club mit anderen verheirateten Frauen, und Jim spielte im Kollegenkreis jeden Samstag Golf, wenn es das Wetter zuließ. Aber das war mehr ein gesellschaftlicher als ein sportlicher Anlaß. Sie verstanden beide nie, wie sie miteinander diesen stattlichen Jungen zustande gebracht hatten, der wie eine Statue in einem Museum aussah oder wie ein Filmstar.

Nicht, daß Jaime ein hübsches Gesicht hatte. Von ihr hatte er die Stupsnase und von seinem Vater das spatenförmige, vorspringende Kinn, aber er hatte wundervoll fröhliche blaue Augen und ein offenes warmes Lächeln. Sie gaben ein Vermögen für seine Zähne aus, und das zeigte sich bei diesem Lächeln, bei dem Mary jedesmal dahinschmolz. Ihm nur zuzuschauen, wie er sich auf dem Sportplatz bewegte, gab ihr das Gefühl, er konnte alles erreichen, alles auf der Welt. Er konnte Präsident werden oder Konzernchef oder ein Sportstar, und ihr schwoll einfach das Herz. Er war auch im Schülerrat. Auf dem College war er in einer Verbindung, sie konnte sich nicht an den Namen erinnern. Ihr klangen die alle gleich, aber seine Verbindung war in einem schönen Backsteinhaus untergebracht.

Jaime fiel die Wahl schwer, auf welche Sportart er sich

konzentrieren sollte, aber schließlich entschied er sich für Football und Schwimmen. Er war hochgewachsen wie sein Vater, aber der hatte immer einen Bauch und eine krumme Haltung gehabt, und Jaime sah aus und ging wie der herausragende Allroundathlet, der er war.

Sie betrachtete ihr anderes Foto von ihm, vor drei Jahren mit seiner zweiten Frau und den Zwillingen in Waikiki aufgenommen, wo er einen Laden für Geräte zum Sporttauchen und -fischen hatte. Jaime war immer noch fit, denn er trainierte jeden Tag. Seine Frau sah entzückend aus. Mary hatte nicht das Geld, um hinzufahren, und er hatte Unterhaltszahlungen zu leisten und seine neue Familie zu ernähren, und sein Geschäft lief nie so gut, wie ihm lieb gewesen wäre, deshalb war es ihm einfach unmöglich, sie kommen zu lassen. Aber sie redeten jedes Jahr darüber. In einem der nächsten Jahre würde er das Geld für ihren Flug zusammenbringen, wenn sein Geschäft so aufblühte, wie es das eines Tages tun mußte, und dann würde sie endlich Hawaii sehen und seine neue Frau kennenlernen und ihre Enkelkinder, die Zwillinge.

Dann warf sie einen raschen Blick auf das Foto, auf dem sie und Cindy nebeneinander auf ihren Pferden aus den Stallungen im Park saßen. Cindy war damals zwölf, und der Stalljunge tat so, als hielt er sie für Schwestern.

Beim Beobachten des Kommens und Gehens fiel ihr eine Frau auf, die ihre Handtasche auf der Ablage unter dem Spiegel entleerte. Während sie die Sachen durchstöberte, rollte ein Lippenstift weg. Die Frau merkte es nicht. Sobald die Frau sich vom Spiegel abwandte, stand Mary auf und legte ihre Handtasche auf den Lippenstift. Als sie ihre Handtasche aufhob, nahm sie den Lippenstift mit. Make-up war wichtig für sie, aber unerschwinglich. Eine Frau, die Lippenstift, Teint und Puder auflegte, war eine achtbare Frau. Sie konnte nicht obdachlos sein. Sie konnte keine Pennerin sein. Wenn Mary durch ein Kaufhaus ging, probierte sie jedesmal soviel Make-up aus, wie sie konnte, und sprühte sich Parfüm auf die Sachen, damit sie eine Weile danach rochen. Parfüm sagte *Geld.* Gutes Parfüm. Designerdüfte.

Aber es war schwer für sie, regelmäßig an Make-up heranzukommen.

In der Toilettenkabine prüfte sie den Lippenstift. Er war nur wenig benutzt. Er würde eine Weile vorhalten. Zum Glück ein hübscher, damenhafter Rosaton, denn Bettler konnten nicht wählerisch sein. Frauen ließen an solchen Orten oft Kämme und Bürsten liegen. Mary wusch sie sorgfältig aus, dann gehörten sie ihr. Aber Frauen verloren nie Flaschen oder Tuben mit Make-up. Manchmal schüttete sie sich ein wenig von dem Make-up einer ihrer Damen in eine Plastikflasche.

Als gleich nach elf die Putzkolonne kam, nahm sie ihre Sachen und ging geschäftig davon. Sie sah auf die Monitore. Die schwere Zeit kam mitten in der Nacht, wenn kaum eine Maschine abflog oder landete. Gewöhnlich ging sie durch den ganzen Flughafen und suchte nach einem Flug mit Verspätung. Einer, der ausfiel, tat es auch. Ansonsten war ihr Vorwand, daß sie auf Standby für eine Morgenmaschine war. Sie achtete darauf, die Monitore des jeweiligen Bereichs zu studieren, um sagen zu können: Ich war auf Standby für Flug 462 nach Chicago. Jetzt hoffe ich, mit der 6 Uhr 50-Maschine mitzukommen.

Zum Glück gab es im Auslandsterminal einen Flug, der sich um Stunden verspätet hatte. Ein Unwetter draußen auf dem Meer? Jedenfalls saßen Häufchen von verzagten Reisenden umher, und sie gesellte sich einfach dazu. Es war der ungemütlichste Terminal, aber sie wollte nur drinnen die Nacht überstehen. Logan hatte einen Haken: die letzte U-Bahn ging um Mitternacht, und sie mußte die Stunden bis zum Morgen auf dem Flughafen im einen oder anderen Terminal überbrücken. Von allen anderen Möglichkeiten war sie abgeschnitten. Das war offenbar ein Flug nach Kopenhagen. Sie hatte sich an einen Tisch gesetzt, wo die Überreste einer Mahlzeit noch nicht abgeräumt waren. Sie saß davor, als wäre es ihre.

Sie merkte, daß ein Wachmann sie beobachtete. Der Auslandsterminal hatte das nervöseste Wachpersonal. Die waren in ständiger Angst vor Flugzeugentführern und Terroristen, obwohl sie nicht viel gegen diese Bedrohung zu unternehmen schienen. Beobachtete er sie wirklich? Vorsichtig blickte sie sich um, versuchte, unbekümmert zu wirken. Ja, er sah sie an. Warum? Hatte sie etwas Dummes gemacht? War ihr ihre Situation anzusehen? Sah sie nicht bürgerlich genug aus? Ihr Herz hämmerte, und ihre Hände hinterließen feuchte Flecke auf dem Tisch. Am allerwenigstens wollte sie von Sicherheitsbeamten verhört werden. Warum hatte er sie ausgemacht? Hatte er sie hereinkommen und Platz nehmen sehen? Sie stand auf, als wäre nichts, und ging auf die Damentoilette. Nachdem sie dort fünf Minuten gewartet hatte, kam sie heraus, schaute auf die Uhr und betrat rasch eine Rolltreppe. Sie mußte den nächsten Terminal nehmen. Ihr war schwach von dem Adrenalinschub, außerdem beunruhigte es sie, nicht zu wissen, wodurch sie ihm aufgefallen war. Wieso hatte sie nicht hineingepaßt? Ihre Fähigkeit, in Gruppen unsichtbar zu bleiben, war lebenswichtig.

Im Delta-TWA-Terminal schlüpfte sie in eine Toilette bei den jetzt stillstehenden Kofferkarussells. Das Licht war aus, und sie ließ es aus. Sie döste im Vorraum auf einem Stuhl. Ihr stand eine lange Nacht bevor, und richtigen Schlaf würde sie offenbar nicht finden. Mary hatte tagsüber hart gearbeitet und war erschöpft. Hin und wieder glitt sie in unruhigen Schlaf. Der Raum blieb dunkel. Gegen halb fünf rührte sie sich und bereitete sich auf den Tag vor. Sie machte das Licht an und begann eine umständliche Wäsche mit Papierhandtüchern. Sie zog den Mantel aus und legte ihn sorgfältig auf ihren Taschen zusammen. Dann knöpfte sie ein wenig die Bluse auf, wischte feucht die rechte Seite, tupfte sie mit weiteren Papiertüchern ab und nahm sich dann die linke Seite vor. Sich in Abschnitten zu reinigen war langwierig und niemals zufriedenstellend. Sie liebte heiße Bäder, wenn sie den schmerzenden Körper ganz und gar ins wohlige Wasser sinken lassen konnte. Jetzt war die Hauptsache, sauber zu bleiben, ohne sich die Sachen naß zu machen. Sich herzurichten, so daß ihr nicht anzusehen war, daß sie in ihren Sachen geschlafen hatte. In einer Toilettenkabine zog sie sich um. Sie besaß drei Blusen, zwei Röcke, ein Wollkleid und einen Pullover, alle zusammengerollt und mit Gummibändern zusammengehalten. Sie wechselte ihre Baumwollstrumpfhosen und den Schlüpfer. Sie mußte bald wieder waschen.

Bei den Baers müßte sie ihre Wäsche machen, ein heißes Bad nehmen und eine Nacht lang durchschlafen können. Den heutigen Tag würde sie in einem Einkaufszentrum verbringen. Als sie sich nach ihrem Mantel bückte, wurde ihr kurz schwindlig. Sie war gefährlich übermüdet. Sie brauchte Schlaf, mußte sich ausruhen. Mit solcher Übermüdung forderte sie das Schicksal heraus. Sie konnte krank werden, und dann drohte ihr das Ende. Sie konnte einen dummen Fehler begehen und alles verderben. Ihr war nach Weinen zumute. Ihr war danach zumute, sich auf den Fußboden zu legen und einfach aufzugeben. Aber das durfte sie nicht.

Sie hatte sich immer etwas auf ihre robuste Natur zugute gehalten. Sie hatte sich immer etwas darauf eingebildet, sich durchbeißen zu können. Solange ihre Kinder im Haus waren, hatte sie es nie daran fehlen lassen, für sie zu kochen und zu putzen und ihnen eine gute Umgebung zu schaffen. Sie hatte nie darin nachgelassen, auf sie und ihre Freunde zu achten und auf das, was sie lasen und was sie sich ansahen. Sie hatte nie versäumt, ihre Schubladen zu überprüfen und unter ihren Betten nachzuschauen. Sie war nie in ihrer Wachsamkeit erlahmt, solange sie unter dem Dach lebte, das sie zur Hälfte auch für das ihre gehalten hatte. Sie war eine verantwortungsbewußte Mutter gewesen, und wenn das Leben gerecht wäre, würde jetzt jemand die Verantwortung dafür übernehmen, ihr zu helfen. Aber so war der Lauf der Welt nun einmal nicht, und ihr blieb nichts übrig, als sich so gut sie konnte auf dem Stuhl auszuruhen, bis sie die Putzkolonne kommen hörte. In ihrer Tasche hatte sie noch ein Brötchen vom Abendbrot, das wollte sie jetzt essen und sich dazu in dem Plastikbecher, den sie immer bei sich hatte, Wasser vom Waschbecken holen. Sie hatte Hunger, aber sie mußte ihr Geld zusammenhalten. Wenn die Kälte anhielt, mußte sie die Nacht in einem Motel verbringen. In Dorchester war eins, das sie mit der U-Bahn und einem langen Fußmarsch erreichen konnte, und das als spottbillig galt. Dann konnte sie im Warmen schlafen. Deshalb durfte sie kein Geld auf Frühstück verplempern.

Ein paar Minuten nach halb sechs verließ sie die Toilette und machte hinter sich das Licht aus. Bald kamen die Putzfrauen, und bald trafen die ersten Fluggäste für die Frühmaschinen auf dem Flughafen ein. Sie konnte sich wieder in den Terminals aufhalten. Sie hatte sich einen Delta-Flug um 6 Uhr 10 gemerkt, also ging sie zu dem Bereich. Manchmal gelangte sie in die Warteräume für die einzelnen Flugsteige und konnte dort sitzen. Dann wieder wurden bei den Geräten zur Gepäckdurchleuchtung die Tickets kontrolliert, und sie kam nicht hinein. Es war immer besser, in der Nähe der Flugsteige zu sitzen, da dort fast ständig Leute dösten oder die Zeit herumbrachten, deren Sachen von der Reise verknautscht waren und die vor Schlafmangel Ringe unter den Augen hatten.

Heute wurden die Tickets kontrolliert, also schlug sie eine andere Richtung ein. Sie ging steif. Ihre Reisetasche und ihre Handtasche wogen schwer. Die Reisetasche war nicht gut gepackt. Sie hatte beim Umziehen in der Toilette alles durcheinandergebracht. Sie stieß beim Gehen immer dagegen. Sie sah eine verlassene Gepäckkarre und packte ihre Taschen darauf. Es war eine Erleichterung, eine Weile die Karre zu schieben und die Taschen nicht tragen zu müssen. Manchmal, wenn sie eine schlimme Nacht hatte und ständig auf den Füßen bleiben mußte, taten ihr die Schultern so weh, daß sie am liebsten laut gestöhnt hätte.

Durch die Glastüren sah sie, daß es draußen bitter kalt sein mußte, denn die Leute, die zu den Frühmaschinen herbeieilten, hatten alle die Mantelkragen hochgeschlagen, und manche verzogen vor Schmerz das Gesicht. Die Auspuffgase der Busse und der Taxis, die sich draußen aufzureihen begannen, lagen auf der Straße wie Wolken aus schmutzigen Wattebäuschen.

Der heutige Tag mußte überstanden werden und die heutige Nacht. Dann das Haus der Baers und Wärme. Das Haus der Baers und heißes Wasser. Das Haus der Baers und etwas zu essen. Die Einkaufszentren machten in der Regel nicht vor zehn auf, deshalb stieg sie einfach in einen Flughafenbus und fuhr zum alten Europa- und jetzt Kontinentalterminal, um die Zeit herumzubringen. Zu viel Zeit ihres Lebens verbrachte sie mit Nichtstun und an Orten, wo sie nicht hingehörte.

7

Becky

Becky studierte jetzt im Hauptfach Kommunikationswissenschaft. Sie hatte nicht so richtig gewußt, was genau das eigentlich war, nur, daß es mit den Medien zu tun hatte. Nichts war aufregender, und nichts sonst bot einer Frau den schnellen Absprung aus New Bedj. Sie konnte sich nicht vorstellen, acht Jahre daran zu geben, Ärztin zu werden – so lange konnte sie nicht auf die Erträge warten, und ihre Familie auch nicht. Sie knapsten sich eine winzige Unterstützung ab, aber es tat ihnen weh. Ihr Collegestudium bedeutete, daß ihre Mutter nicht zum Zahnarzt gehen und ihr Vater keine Reparaturen am Kutter vornehmen konnte. Nein, sie brauchte etwas, was sich rasch auszahlte, so daß sie ihnen nicht mehr zur Last fiel und ein wenig zurückgab. Dann würde sie Mama einen Geschirrspüler kaufen. Mit Nana zu einem guten Arzt gehen. Gracies Kleinen tolles Spielzeug besorgen. Sie war gefordert, sie mußte es schaffen, denn von den anderen kam nichts. Dann würden alle sie auf Händen tragen. Sie wußte, wie es bei Leuten wie ihnen zuging, wenn einer zu Geld gekommen war und es zurückbrachte, nicht verschwand und vorgab, ein anderer zu sein.

Natürlich arbeitete sie an den Wochenenden. Sie probierte es als Kellnerin, aber das lag ihr gar nicht. Sie fand nicht den richtigen scherzhaften Ton, um sich die Hände der

Männer vom Leib zu halten und sie dennoch zu überzeugen, ein großes Trinkgeld dazulassen. Sie war zu ernst, sagten alle, aber sie fand das Schleppen von überladenen Tabletts nicht zum Strahlen. Schließlich bekam sie einen Job im Einkaufszentrum. Sie arbeitete an zwei Abenden und am Wochenende (samstags von zehn bis neun und sonntags von zwölf bis sechs) im Lady Grace, einer Ladenkette für Damenwäsche. Sie machte sich kundig in Damenunterbekleidung, denn sie arbeitete auf Provisionsbasis und mußte die Kundinnen für sich gewinnen – das reichte von Mädchen, die gerade erst in die Pubertät kamen und von ihren Müttern für einen Übungs-BH hereingezerrt wurden (etwas, wovon sie noch nie gehört hatte – Übung wofür?), über Frauen, die ihre Freunde und Ehemänner mit Reizwäsche kitzeln wollten, bis zu Frauen, die in ein zu enges Kleid hineinpassen mußten. Nach einem wackeligen Beginn sagte ihr die Geschäftsführerin nach drei Monaten, daß Becky von ihr aus ganztags arbeiten konnte. Vielleicht würde sie das im Sommer machen, falls sich nichts Besseres auftat.

Die meisten in ihrem Semester schienen nicht über die nächste Verabredung hinauszudenken, doch sie überlegte sich ständig, was aus ihr werden sollte. Ihre Eltern waren lieb, aber hoffnungslos. Sie waren von der Bank und den Kreditgesellschaften und der Regierung und den Fischgroßhändlern schon vor Jahren fertiggemacht worden. Alle hatten ihnen Saft und Kraft ausgesogen. Und allen war piepegal, was aus ihnen wurde. Kleine Leute eben. Selbst ihre herzliche Art hatte einen sauren Beigeschmack, wie Sahne mit Stich.

Etwas, worüber sie mit Sylvie unaufhörlich redete, war der richtige Lebensstil und wie sie dahin kommen konnten. »Ich liebe meine Mama und meinen Papa, aber ich möchte ganz sicher nicht wie sie leben«, sagte dann Sylvie und eröffnete damit die Diskussion, die seit fünf Jahren stattfand. »Es ist ein Fehler, das erste Kind schon ein Jahr nach der Hochzeit zu kriegen. Ja, ich weiß, eigentlich dürfen wir nicht verhüten, aber Pater Corsetti, der muß nicht nachts aufstehen und Windeln wechseln und das Fläschchen geben. Ich finde, zu früh ein Kind zu bekommen tötet die romantische Liebe zwischen Mann und Frau.«

Oder Becky sagte: »Ich liebe meine Eltern und meine Nana, aber ich möchte nie eine große Familie. Es bleibt nichts für den Mann übrig, und nur reiche Leute, die jemanden für die ganze Arbeit haben, können sich ein Leben mit sieben Kindern leisten, die ständig irgendwas wollen. Ich habe nie gekriegt, was ich wollte, und wer kriegt das schon?«

Becky war eine fleißige Studentin. Es fiel ihr leicht, sich im College vorzubereiten, wo sie immer ein leeres Klassenzimmer fand, so daß sie sich konzentrieren und lernen konnte. Da sie sich leidenschaftlich für die Medien interessierte, wurde sie rasch eine der besten Studentinnen. Zweimal hatte sie eine Dozentin, die ihr mißtraute und unter ihrem Eifer den Hunger und die Berechnung zu sehen schien, aber die gehörten beide zu den wenigen älteren Frauen. Bei den Männern kam sie gut an. Sie flirtete nur ganz selten. Meistens hörte sie einfach mit faszinierter, unverwandter Aufmerksamkeit zu und gab ihnen damit, was sie offenbar wollten. Sie selbst wollte von ihnen eingeweiht werden in das, was sie waren und was sie taten. Ihre Bewunderung war für die Dozenten anregend. Die meisten Mädchen saßen in den Kursen nur ihre Zeit ab.

Mehrere Dozenten in Kommunikationskunde unterrichteten nur halbtags, manche gaben nur einen Kurs. Einer war ein Journalist, der auch eine Kabel-Interviewshow machte; einer arbeitete bei einem Kultursender in Boston; einer war Verleger einer Kette kostenlos verteilter Anzeigenblätter; einer war Diskjockey bei einem Rundfunksender auf dem Cape. Fernsehsender oder Kabelprogramme zogen sie mehr an als Zeitungen oder Radio. Sie wollte gesehen werden und unter Leuten sein, die angeschaut wurden. Zeitungen waren, was ihre Eltern lasen. Sie verband damit, wie ihr Vater auf dem Sofa beziehungsweise auf der verkrunkelten Schondecke lag, die Zeitung mit ausgestreckten Armen über den Kopf hielt und brüllte, was die Boston Red Sox wieder angestellt hatten und was der Vereinspräsident mit ihnen anstellen würde.

Ihre Mutter las das Horoskop und die Ratgeberkolumnen und alle Skandalgeschichten, als hätte sie in ihrem Leben schon mal Madonna gesehen. Ihre Mutter liebte Zeitungen. Becky haßte es, mit Mama einzukaufen, denn wenn sie in der Kassenschlange stand, las sie den *National Enquirer* und die *Sun* und regte sich laut über die Frau auf, die ihr Baby gegessen hatte, und den Fernsehkomiker, der von Außerirdischen sexuell mißbraucht worden war.

Nein, sie liebte die saubere, ordentliche Studioatmosphäre der Abendnachrichten. Die Moderatorinnen hatten noch nie eine Kakerlake oder eine Ratte gesehen. Sie hatten nie Grind oder Krätze gehabt. Ihre Unterwäsche war bestimmt neu und frisch wie knackige Salatblätter. Sie rochen wie teure Seife. Ihre Nägel waren sauber und vollkommen symmetrisch. Nie rülpsten oder furzten sie bei Tisch. Sie tranken nicht Rolling Rock-Bier, sondern Champagner oder Perrier. Wenn sie etwas wollten, brauchten sie nicht bitte zu sagen, und ihre Stimmen waren wie schwere Seide.

In der High-School hatten Jungs mit ihr ausgehen wollen, und sie war mitgegangen, aber in Versuchung hatte sie keiner gebracht. Manche mochte sie und manche nicht, aber sie hielt sich an die Regeln der – so nannten sie und Sylvie das – Gutes-Katholisches-Mädchen-Gameshow. Sie ging mit Jungen aus, um sich den Status in ihrer Bezugsgruppe zu sichern und um aus dem Haus zu kommen. Wenn es ging, verabredeten Sylvie und sie sich zu viert, aber das lief nicht immer gut, da sie einander viel mehr zu sagen hatten als jedem Jungen.

Sie besuchten zusammen die Universität von Southeastern Massachusetts. Sylvie belegte einen Computerkurs. Sylvie hatte von ihrer Tante Marie einen sieben Jahre alten Ford Escort bekommen, und so fuhren sie zusammen zur Uni. Sylvie abonnierte die *Cosmopolitan* und gab sie an Becky weiter, damit sie über Artikel reden konnten, die für ihr Leben und – wichtiger noch – für ihre Träume, ihre Pläne von Belang waren. Einen Mann kennenzulernen, den Becky wirklich interessant fand, schien so fern, wie jeden Abend um sechs im Fernsehen zu sein. »Ein Mann, der im Beruf steht«, sagte Sylvie. »Umgänglich und sanft. Ein Mann, dem du vertrauen kannst und dem du dich öffnen kannst, wie das bei diesen Versagern gar nicht geht.«

»Ein Mann, der dir bessere Lebensart beibringen kann. Ein Mann, der weiß, wie man sich anzieht, wie man mit Leuten redet.« Beckys Stimme wurde weicher, und sie lehnte sich an die Tür des Ford Escort, als wäre es eine Trost und Halt spendende Schulter. »Ein Mann, der sieht, was du sein möchtest, und dir hilft, das zu werden! Ein Mann, der dich achtet.«

Aber im dritten Collegejahr verliebte sich Sylvie in den letzten Gipskopf. Er war italienischer Abstammung wie Sylvie und kam öfter in die Bowlingbahn und die Grillstation. Er war vier Jahre älter als Sylvie und arbeitete in der Toyota-Vertretung seines Vaters. Er hieß Mario, und Sylvie sagte immer wieder, wie groß er war, was stimmte, und wie gut er aussah, was Blödsinn war. Er hatte eine Nase, mit der man Flaschen aufmachen konnte. An den Vulkankratern in seinem Gesicht war deutlich zu sehen, wo er Akne gehabt hatte. Nachdem Sylvie sich ernsthaft mit Mario einließ, holte sie Becky immer noch zur Uni ab und wartete hinterher auf sie, aber ihre wunderbaren Zeiten zusammen und die langen Gespräche über das Leben und die Zukunft und das wahrhaft Erstrebenswerte und Geschmackvolle, jene kostbaren Momente, in denen Becky nicht allein gewesen war, hatten ein abruptes Ende gefunden.

Sie ging mit Jungs aus ihren Kursen aus und überredete sich sogar kurz dazu, sich für einen zu interessieren, Bobby, aber als sie schon mit ihm ging, stellte sich heraus, daß er ein Alkoholproblem hatte, also machte sie rasch wieder Schluß. Sie hatte schon zu viel Suff gesehen. Sich mit Bier vollaufen lassen fand sie kein Stück romantisch. Von all den Jungs war es eigentlich mit keinem richtig aufregend, höchstens in einzelnen Momenten, vielleicht am Strand bei Sonnenuntergang oder bei der Fahrt auf der Autobahn dachoffen in einem Kabrio oder manchmal beim Tanzen. Da fühlte sie sich so richtig am Leben. Wenn die Musik laut aufgedreht und das Dach aufgeklappt war und der Wind ihr durchs Haar fuhr dann fühlte sie sich wie in einem Film, so, wie es sein sollte. Sie erinnerte sich, wie sie und Sylvie einmal zu viert mit zwei lahmen Typen, die sich einen Geländewagen gepumpt hatten, nachmittags ein Picknick machten – mit Essen von McDonald's und einem Kasten Bier. Sie holperten einen Sandweg entlang und wichen den Zweigen aus. Nachdem sie das erste Mal angehalten und die Mädchen sich geweigert hatten, was Intimes zu machen, setzten die beiden Jungs sich nach vorne und überließen Sylvie und Becky den engen, harten Rücksitz. Damals sagte Sylvie etwas, was Becky nie vergessen hatte. »Weißt du, wenn das ein Film mit Musikuntermalung wäre, dann würde das ganz toll aussehen. Ich habe mal einen Film gesehen, wo eine Frau im Supermarkt einkaufte, und so eine funkige Musik machte *dum DUM dum DUM DUM*, bis du das Gefühl hattest, daß sie tanzte, aber ich habe mich zurückgelehnt und gesagt: Halt stop, Baby, das mache ich jede Woche, und es ist überhaupt nicht geil. Nur durch die Musik kommt es einem wie was vor.«

Becky hatte Sylvies Bemerkung für eine erstaunlich tiefgründige Feststellung gehalten. Mit Musik ging alles besser. Als sie mit Bobby geschlafen hatte, dem Jungen mit dem Alkoholproblem, hatte sie gemerkt, daß es viel besser ging, wenn dabei heiße Musik lief, so daß es fast zu einer Art Tanz wurde. Das machte es weniger schäbig.

Eines brachten ihr die Jungs im College, mit denen sie sich verabredete, rasch bei: daß ihre Eltern wirklich so bescheuert waren, wie sie immer gedachte hatte, wenn sie sich zum Mittelstand rechneten. Kam das Gespräch darauf, dann sagten sie, und zwar besonders ihr Vater: »Wir sind so gut Mittelstand wie alle anderen. Wir haben unser eigenes Haus. Wir haben sogar die Hypotheken abbezahlt, was mehr ist, als viele Yuppies in ihren Neubauvierteln sagen können. Mein Kutter gehört mir, und ich zahle immer pünktlich. Wir haben immer ein Auto. Wir haben immer einen Transporter. Wir haben einen Fernseher und einen Videorecorder, und du gehst aufs College. Wir haben's zu was gebracht, und das vergiß nicht.«

Wenn sie sich mit einem Jungen verabredete, vermied sie, sich zu Hause abholen zu lassen. Sie schlug einen Treffpunkt an der Uni oder irgendwo anders vor, aber dann mußte er sie unweigerlich nach Hause bringen. Sie merkte, sobald er das Haus ihrer Familie sah, sank ihr Status in den Keller. Er wurde zudringlicher, als müßte sie, nur weil sie in einem windschiefen Holzhaus mit rostigen Autowracks im Hof wohnte, jeden ranlassen. Wenn ein Junge sie nicht mit Achtung behandelte, dann bekam er überhaupt nichts von ihr. Das war ihr Grundsatz, und sie verstieß nie dagegen.

Im Januar begann ein Dozent, den sie im letzten Herbstsemester gehabt hatte, ihr nachzustellen. Er las bei einem Rundfunksender in Providence die Lokalnachrichten. Sein Kurs hatte ihr gefallen, obwohl Fernsehnachrichten sie mehr interessierten. Das unterrichtete jedoch niemand, also nahm sie, was sie kriegen konnte. Neben den Stars, die Talkshows leiteten, beeindruckten sie am meisten die Nachrichtenmoderatorinnen. Sie waren das Gesicht des Tages. Sie sagten den Leuten am Morgen, was bevorstand, und am Abend erklärten sie die Welt. Sie wurden für alle, die ihnen zuschauten, zur festen Gewohnheit, große weite Welt und zugleich familiär, wie Sylvies Tante Marie.

Sie hatte Ted Toppers Stimme oft morgens im Autoradio gehört. Am ersten Tag in seinem Kurs war sie angenehm überrascht gewesen, daß er ausnahmsweise einmal aussah wie seine Stimme. Die meisten Rundfunkleute waren nichts Besonderes, wenn sie sie dann zu Gesicht bekam. Er war einsfünfundachtzig, schlank und bärtig. Seine Haltung war ein bißchen krummer als nötig, und er hatte einen schlurfenden Gang, aber er kleidete sich konservativ und gut. Er hatte eine ungezwungene, einschmeichelnde Stimme, die ins Ohr ging und mit allem versöhnte, selbst wenn er einen schweren Auffahrunfall auf der I-95 beschrieb oder ein Brandunglück, bei dem eine ganze Familie umgekommen war. Auch als Person wirkte er beruhigend. Vor der Klasse schien er entspannt, hockte auf der Kante seines Pults, mit den Händen in den Taschen seines schicken Blazers und plauderte zu ihnen wie mit gleichaltrigen Freunden aus dem Metier. Er erzählte komische Geschichten von Stromausfällen, Wirbelstürmen, Schneestürmen, Anekdoten über Eskapaden von Berühmtheiten und Patzer von Politikern. Sie fühlte sich von denen, die wirklich Bescheid wußten, ins Vertrauen gezogen.

Im Herbst belegte sie seinen Kurs, und im Winter, sobald sie nicht mehr seine Studentin war, stellte er ihr nach. Er bestellte sie in sein Büro und schlug vor, mal über ihre Zukunft beim Rundfunk zu reden. Sie gierte viel zu sehr nach Beachtung von jemandem, der beinahe berühmt war, um ihm zu sagen, daß ihr am Rundfunk wenig lag. Immer noch besser Rundfunk als Lady Grace oder die Grillbude, wo Sylvie arbeitete. Sie merkte rasch, daß er mehr an ihr interessiert war als an ihrer Begabung zur Rundfunkjournalistin. Als er sie dann zum Essen einlud, war sie nicht überrascht, obwohl es ihr ungeheuer peinlich war, sich von ihm ins Einkaufszentrum fahren zu lassen, da sie die Verabredung zwischen ihre Kurse und ihren Job quetschen mußte, den zu schwänzen sie nicht wagte. Die Geschäftsführerin im Lady Grace mochte ihr gewogen sein, und sie mochte ein paar Stammkundinnen haben, aber sie war schließlich ohne weiteres ersetzbar.

Sie fand es toll, mit Ted auszugehen, obwohl sie anfangs Schwierigkeiten hatte, ihn nicht mit Mr. Topper anzureden. Es schien irgendwie respektlos, ihn beim Vornamen zu nennen, wo er doch ihr Lehrer gewesen war, aber nach dem ersten Kuß fiel es ihr leichter, Ted zu ihm zu sagen. Es war gar nicht einfach, ihn in ihren Stundenplan einzupassen, da er zwanzig Minuten weit auf der anderen Seite der Uni wohnte und sie kein Auto hatte. Es schien ihm nichts auszumachen, sie nicht zu Hause abzuholen, und er brachte Verständnis für ihren absurden Stundenplan auf.

Das ganze Niveau der Beziehung erregte ihre Nerven, weckte ihre Sinne. Sie liebte es, wenn sie in schicken kleinen schummrigen Restaurants aßen. Er mochte besonders Gasthäuser auf dem Land, wo es ruhig zuging und sie richtig reden konnten. Er sprach gerne über seine Arbeit. Sie wußte, daß sie ihrerseits wenig zu bieten hatte, aber sie gab sich große Mühe, intelligente Bemerkungen zu seinen Geschichten zu machen, und das schien ihm zu genügen. »Dr. Allen, der macht die zehn Minuten Hörersprechstunde. Hast du ihn heute morgen gehört? Er hatte eine alte Frau dran, die sich endlos über ihre Hämorrhoiden und ihre Darmbeschwerden ausmärte. Ich mußte dazwischengehen. Den Rest von meinem Donut habe ich nicht mehr herunterbekommen.«

»Es ist wirklich unglaublich, was manche Leute vor Tausenden von Zuhörern von sich geben. Aber du warst großartig heute morgen, Ted«, sagte sie ihm. Wenn Sylvie sie zur Uni fuhr, lauschten sie natürlich in andächtigem Schweigen seiner Sendung und erlaubten sich nur kurze Einwürfe. Loyal bewunderte Sylvie ihn auch. »Wenn du die Schlagzeilen verliest, dann hören sie sich so gesetzt und dabei so wichtig an, auch wenn es eigentlich kaum etwas zu melden gibt.«

»Hast du meinen Schnitzer heute morgen gehört? Ich habe die Hauptstadt von Afghanistan falsch ausgesprochen.«

»Ted, wer weiß das schon und wer stört sich daran? Wie viele Leute können dir die Hauptstadt von New Hampshire nennen, und das ist der Nachbarstaat?«

»Du meinst wirklich, es ist nicht weiter aufgefallen?«

»Auf keinen Fall. Ich habe es jedenfalls nicht gemerkt. Wenn überhaupt, dann höchstens zwei Leute.«

»Aber diese zwei Leute werden an den Sender schreiben, und dann heißt es, ich bin unfähig. In den Kulissen stehen immer welche zur Übernahme bereit.«

»Niemand hat deine Stimme oder deine Präsenz. Du gibst den Leuten ein gutes Gefühl.«

Als sie nach dem fünften Essen mit ihm in seine Wohnung fuhr, wußte sie, daß nun Sex angesagt war. Er war ein reifer Mann. Ihre Gutes-Katholisches-Mädchen-Gameshow verfing nicht. Sie hatte all die teuren Mahlzeiten gegessen. Heute abend hatte sie auch Wein getrunken. Sie mußte ihn ranlassen.

Aber die Erfahrung war dann vollkommen anders. Es

war schön, mit ihm in seinem französischen Bett mit den hübschen karierten Bezügen zu liegen. Alles war sauber und roch angenehm, er eingeschlossen. Er sagte, es war Old Spice Aftershave. Leise Musik spielte. Die Lampen waren schlicht und gaben gedämpftes Licht. Er hatte eine Eigentumswohnung in einer umgebauten Textilfabrik. Er sagte, sie hatte Aussicht aufs Wasser, auf einen kleinen Fluß, aber natürlich war es dunkel. Er hatte es nicht eilig. Sie hatte noch nie mit einem Mann geschlafen, der sich Zeit ließ, der sie berührte, als wüßte er genau, was er tat. Am zweiten Abend in seinem Bett hatte sie einen Orgasmus. Sie wußte anfangs nicht, wie ihr geschah. Sie schrie auf, dann war es ihr peinlich. Als ihm klar wurde, daß die Erfahrung neu für sie war, fand er das lustig. Er zog sie damit auf, fragte sie, ob sie es so schön fand, daß sie es gleich noch einmal tun wollte, sagte ihr, daß sie von jetzt an unersättlich sein würde.

Das war ihre erste richtige Affäre, wenn sie die abgebrochene Geschichte mit Bobby dem Trinker nicht mitzählte. Obwohl sie sich nur sonntags, dienstags und mittwochs abends treffen konnten, war er sehr verständnisvoll, und meistens sahen sie sich zweimal die Woche. Sie konnte in seiner kleinen, luxuriösen Wohnung nicht über Nacht bleiben, aber auch das schien er zu akzeptieren. Sie war dankbar, daß er nicht darauf bestand, sie öfter zu sehen, und sich mit den Einschränkungen abfand, die sich ergaben, weil sie noch zu Hause wohnte – ihre Familie durfte nichts davon ahnen, daß sie mit ihm schlief. Er war weitaus verständnisvoller als die Jungs in ihrem Alter, mit denen sie ausgegangen war. Er schien entschlossen, auf ihren Ruf zu achten, und das gab ihr das Gefühl, ihm wirklich etwas zu bedeuten. Sie fühlte sich geliebt, wie sie es immer hatte sein wollen; er bedrängte sie nicht, er verlangte nicht von ihr, was sie nicht geben konnte. Ein reifer Mann, ein richtiger Mann, sagte sie sich, hatte eine Geduld, die Halbstarke einer Frau einfach nicht bieten konnten.

Sie war glücklicher, als sie seit ihrer Kindheit je gewesen war. Seit Laurie, die Jüngste, geboren worden war und sie als Nesthäkchen abgelöst hatte. Endlich hatte ihr Leben richtig begonnen. Sie hatte einen Mann gefunden, der in ihre Träume paßte.

8

Leila

Leila hatte reichlich Erfahrung im Führen von Interviews. Sie befolgte stets ihre Grundregeln. Biete nur so viel von dir selbst, daß die Befragten des Gefühl haben, du seist offen. Sei stets teilnahmsvoll. Erwecke den Eindruck, auf ihrer Seite zu sein, aber mach keine Versprechungen. Vergiß nie, was du herausbekommen möchtest, aber laß sie lange genug reden, worüber sie wollen, damit sie sich nicht von dir benutzt fühlen. Nimm, was immer sie dir zu essen oder zu trinken anbieten, aber wenn nichts angeboten wird, dann bitte nie um mehr als Wasser. Benutze immer das Badezimmer, auch wenn du nicht mußt, denn das Badezimmer einer Familie erzählt viel.

Sie fuhr durch die Straßen von New Bedford, hier waren sie bündig gesäumt von drei- und viergeschossigen Holzhäusern, die ihre Grundstücke bis auf einen handtuchgroßen Vorgarten füllten. Die Beize der industriebelasteten Luft hatte das Holz verätzt. Die Souzas wohnten im North End, wo die Häuser kleiner waren und weiter auseinander standen, mit richtigen Hinterhöfen und Vorgärten. Sie hatten sich ein unbebautes Nachbargrundstück angeeignet, daher gab es Platz für Schurrmurr und alte Autos auf diesem Eckgrundstück, und hinten stand ein Hühnerstall. Wo mehrere Häuser in der Straße kleine Marienstatuen im Vorgarten hatten, da hatte dieses ein kleines Beet mit roten Chrysanthemen, die noch tapfer ihre im kürzlichen Kälteeinbruch geschrumpften Blüten zeigten.

Das Wohnzimmer der Souzas war schäbig und verschlissen, dafür strotzte es vor Leben. Jemand hatte kleine Kinder. Schnappschüsse von Familienmitgliedern standen auf jeder waagerechten Oberfläche. Offensichtlich lasen sie nicht viel – Leila sah keine Zeitschriften, geschweige denn ein Buch –, aber überall flog Spielzeug herum, lagen halb beendete Dinge, jemandes Puzzlespiel, ein Mantel, der gesäumt wurde, ein zum Leimen umgedrehter Stuhl. Sie waren alle von eher kleiner Statur, verknittert und verwittert vom Leben und den scharfen Winden, die ihnen ungemildert ins Gesicht bliesen. Sie neigten dazu, alle gleichzeitig zu reden, der Mann, die Frau, die Halbwüchsige, die Laurie genannt wurde, die älteste Tochter Gracie, die ein kleines Mädchen hatte. Alle standen uneingeschränkt zu Becky, und alle waren auf die Zeitungen und das Fernsehen wütend. Sie setzten ihr selbstgebackene Schokoladenplätzchen und starken Kaffee vor.

Mrs. Souza war eine stämmige, gefühlsbetonte Frau mit leicht hervorquellenden blauen Augen. Sie sagte immer wieder, daß Becky ein gutes Mädchen war, eine liebevolle Tochter, die sich nie herumgetrieben, sondern hart gearbeitet hatte. *Seine* Familie hatte sie nicht gut genug für ihn gefunden, aber sie war nur allzu gut für ihn. Weitere Mitglieder der Familie Souza kamen herein und standen da, setzten sich zumeist nicht hin, sondern drückten sich herum. Ein braunhäutiger Mann, der dem Vater ähnelte, stand mit verschränkten Armen und starrte finster über seinen Schnurrbart hinweg. Tommy, so wurde er vorgestellt. »Tommy hat jetzt seinen eigenen Kutter.« Der Vater war dunkel, mit fast schwarzem Haar und blitzenden Augen, das Meer hatte seine Haut gegerbt. Die Mutter war hellhäutig, und alle Kinder schlugen ganz und gar entweder nach ihr oder nach ihm, als könnten sich die Gene nicht mischen. Mrs. Souza sagte, stolz oder trotzig, das vermochte Leila nicht zu beurteilen, daß sie im Unterschied zu ihrem Mann nicht portugiesischer Herkunft, sondern Frankokanadierin war.

Alle wollten über Becky reden, Geschichten erzählen, wie sie zum Andenken an einen auf See umgekommenen

Bruder ein Video organisiert hatte. Sie führten es ihr vor. Es sagte ihr wenig, außer wie stolz alle waren, daß es existierte. Mrs. Souza zeigte ihr Fotos von Becky, zum Abschluß der Grundschule, der Mittelschule und von einem hiesigen College. Jedesmal erstrahlte Becky mit einem blendenden Lächeln, während von Bild zu Bild ihr Haar blonder und sie dünner wurde.

»Sie müssen hin und sich ansehen, wo sie gewohnt haben«, sagte Gracie. »Zuerst haben sie über einer chemischen Reinigung in Hyannis gewohnt, aber dann haben sie sich die Eigentumswohnung am Wasser in Falmouth gekauft. Becky hat sie ganz entzückend hergerichtet. So was hat sie gemacht.«

»Es war kein Haus, aber es war hübsch«, sagte Mrs. Souza und schüttelte den Kopf. »Wir haben immer gehofft, sie würden Kinder kriegen, aber dann hat er seinen Job verloren und nie wieder einen gekriegt. Nie. Monatelang ging das so.«

Beckys Vater machte eine wegwerfende Handbewegung. »Ich habe ihm angeboten, ihn auf dem Kutter unterzubringen, aber er hatte kein Interesse. Er fand sich zu gut dafür, sein Geld auf See zu verdienen. Lieber saß er auf seinem Hintern, als daß er ehrliche Arbeit tat, die für ihn unter seiner Würde war. Er hat geglaubt, die Erde dreht sich um seine Eltern, aber die haben ihm keinen einzigen Job besorgt.«

Im Badezimmer erfuhr sie, daß es in der Familie viele Männer gab, die auf die Toilette zielten und verfehlten, sowie ein Baby noch im Windelalter, und daß sie ansonsten lieber noch durchhielt bis zum nächsten McDonald's, an dem sie vorbeikam.

Es war Samstag nachmittag. Leila fuhr ostwärts auf der I 195 und dachte, daß weder Becky noch sie aus begüterten Verhältnissen kamen. Sie war in einem Stadtteil aufgewachsen, den ihre Freunde in der Collegezeit ungeniert als Slum bezeichneten, obwohl es für sie einfach ihr Viertel gewesen war. Ihre frühe Kindheit hatte sie in einem Einfamilienhaus in Cherry Hill, New Jersey, verbracht, aber nach etwa der Hälfte ihrer Grundschulzeit hatte der Abstieg ihres Vaters begonnen, der sie alle mitriß und davontrug, bis sie in einem Hafen landeten, für den das Gehalt ihrer Mutter Phyllis langte: eine kleine Dreizimmerwohnung im überwiegend schwarzen Strawberry Mansion in Philadelphia.

Wie konnte sie jene Straßen und Gassen, die Lebendigkeit und die Gefährlichkeit, die Gangs und die Musik, die Tag und Nacht im Hintergrund stampfte, lauter noch an warmen Tagen, wenn die Fenster offen standen, mit der trostlosen Armut von New Bedj vergleichen, wie die Einwohner es nannten ? In mancher Hinsicht hatten die Souzas mit ihren Hühnern und den Beeten im Vorgarten es sehr viel besser als ihre Familie, und sie lebten auch in größerer Sicherheit. Aber sie hatten weniger erreichbare Alternativen, weniger Aussichten. Sie war mit dem Bus ins Museum gefahren. Sie hatte die Stadtbücherei gehabt, deren viele tausend Bände sie aus ihrem Leben hinausführten. Filme, amerikanische und auch ausländische, waren nur einen Fußweg oder eine Busfahrt entfernt. Sie hatte aus den Fenstern ihrer Wohnung nicht in die dunkle, von Familienkrächen und betrunkenen Keilereien widerhallende Hintergasse geblickt, sondern darüber hinweg auf Paris und Xanadu und London und New York und das achtzehnte Jahrhundert und das klassische Altertum. Sie hatte früh gelernt, daß es Möglichkeiten über Möglichkeiten gab, wenn es ihr nur gelang, zu entfliehen, wenn sie nur den Weg hinaus fand, der – so wurde ihr in der zehnten Klasse klar – durchs College führte. Bücher waren ihre Sucht gewesen, Bücher hatten sie gerettet.

Sie fuhr nach Falmouth zu einem zweigeschossigen, schindelgedeckten, um einen Innenhof erbauten Wohnblock mit einem Parkplatz dahinter. Er stand in einem Gebiet mit Sommerhäusern, von denen viele das ganze Jahr über genutzt wurden. Hier hatten Becky und Terrence Burgess in den letzten vierzehn Monaten ihrer Ehe gewohnt. Der Bau glich hundert anderen Mitte bis Ende der achtziger Jahre hochgezogenen Wohnkomplexen, mit winzigen Kuppeln als vage Anlehnung an die Neuengland-Bauweise.

Er stand fünfhundert Meter vom Strand entfernt auf einem Hügel, nahe genug an der Buzzards Bay, daß die Luft frisch und feucht roch. Der Block war noch nicht alt, aber auch nicht nagelneu gewesen, als die Burgesses einzogen, so war Leilas Eindruck. Das triste Strauchwerk aus Eiben- und Berberitzensetzlingen hatte Zeit gehabt, Wurzeln zu schlagen, die kleinen Bäume sahen nicht mehr wie grüne Lutscher aus. Die Terrassen begannen einzusacken, quer über den spärlichen Rasen waren Pfade ausgetreten, die Plastikteile wurden rissig, das Aluminium verzog sich, und der Putz schrie nach Farbe, die er nicht bekam.

Sie traf Helen Coreggio zu Hause an, wie sie gehofft hatte. Mrs. Coreggio war alleinstehend und lebte von Sozialunterstützung und einer Rente, unmittelbar unter der Wohnung, die Becky und Terrence gehört hatte. »Die steht jetzt leer. Die muß bis nach dem Prozeß leerstehen. Aber wissen Sie, sie hat es nicht getan. Ich glaube kein Wort davon. Platz, Florrie, Platz! Sie hing so an meiner Florrie. Wenn es morgens sehr kalt war, ist sie für mich mit Florrie gegangen. Becky war wirklich sehr nett.«

Helen Coreggio war eine bleistiftdünne Frau, die wahrscheinlich einen Schlaganfall hinter sich hatte, denn ihr Gesicht war ein wenig verzogen, das linke Auge stets halb geschlossen, aber sprechen konnte sie einwandfrei. Sie sprach rasch, zeigte Leila Fotos von Enkelkindern und ihrem Mann, der an einem Herzanfall gestorben war. Ein riesiger Hund mit zottigem schwarz-weißem Fell und buschigem Schwanz saß neben Mrs. Coreggios kissenbestücktem Sessel und unterbrach das Gespräch von Zeit zu Zeit mit scharfem Bellen, als sei er anderer Meinung. Er sah im Sitzen sogar noch größer aus als im Stehen. Leila, die auf einem niedrigen, ermatteten Sofa hockte, so daß ihre Knie vor ihr aufragten wie Berge in einer Kinderzeichnung, saß ihm in Augenhöhe gegenüber. Eine dänische Dogge vielleicht, gepaart mit etwas mächtig Langhaarigem. Er folgte dem Gespräch, drehte den großen Kopf immer hin und her.

Mrs. Coreggio servierte Pulverkaffee und Sara Lee-Früchtekuchen. Leila tat ihr Bestes, von beidem so viel zu sich zu nehmen, daß es dem Anstand Genüge tat.

»Natürlich hätte sie mit dem Jungen keine Affäre haben dürfen, wenn sie denn überhaupt eine gehabt hat. Die Leute plappern über hübsche Frauen jeden Unflat nach, das werden Sie ja wissen. Becky ist klein und zu mager, aber sie ist niedlich, mit diesen großen Augen und dem blonden Haar. Sie ist ein Schatz, Sie werden sehen. Ihr Mann war nicht gut genug für sie, egal, was seine Familie denkt. Becky kam aus dem Nichts, aber sie hat durch eiserne Arbeit etwas aus sich gemacht, und davor habe ich Achtung. Ihr Mann kam aus gutsituierter Familie und war es zufrieden, den ganzen Tag lang herumzuliegen und mit zu laut aufgedrehtem Fernseher Seifenopern zu glotzen. Ich persönlich sehe mir keine Seifenopern an, verstehen Sie? Sehen Sie sich die an? Wenn Sie arbeiten müssen, gewöhnen Sie sich das gar nicht erst an, und ich habe jeden Tag meines Lebens gearbeitet, bis auf die Zeit, als die Kinder klein waren. Ich habe gearbeitet, und mein Mann hat gearbeitet, und meine Kinder haben im Haushalt mitgeholfen, und nie ist eins davon je in Schwierigkeiten geraten. Ich schaue jeden Abend die Nachrichten, und ich mag die Gameshows, wo sie Fragen stellen und wo man sehen kann, ob man was weiß. Dieser große Trampel da oben hing bloß Tag für Tag vor diesem verlogenen Blech.«

Wenn Mrs. Coreggio über Terrence Burgess redete, schürzte sie die Lippen. Sein Name war Essig auf ihrer Zunge. Sie spuckte ihn aus. Wenn sie Becky erwähnte, lächelte sie. Sie lächelte, und der Hund pochte mit dem Schwanz. Becky mochte von den Medien gelyncht werden, aber hier war sie beliebt. »Sie war ein gutes Mädchen. Wenn sie's irgend einrichten konnte, ist sie sogar mittags rasch nach Hause gekommen, damit er was Warmes zu essen bekam. Welche Frau tut denn das heute? Sie hat die ganze Woche über gearbeitet, am Wochenende hat sie gewaschen und geputzt, während dieses nichtsnutzige Würstchen rumlag und Seifenopern und Sport guckte. Ich bin überzeugt, als sie ihn geheiratet hat, kam's ihr vor wie ein Traum. Er hatte mit Computern zu tun, ein Job mit Zukunft, haha. Sie war verrückt nach ihm. Aber nach einer Weile hat sie ihn durchschaut, wenn's ihm nicht in den Schoß fiel, hat er sich kein Bein ausgerissen. Er wollte das Leben vorgesetzt bekommen wie sein Mittagessen, das ist mal sicher.« Mrs. Coreggio schüttelte traurig und schwer den Kopf. Ihr gutes Auge hielt Leilas Blick fest. »Sie hat versucht, aus einem schlechten Geschäft das beste zu machen. Man würde nicht denken, daß sich so ein Energiebündel, ein junges hübsches Mädel, für eine alte Frau interessiert. Die jungen Leute heutzutage verachten uns meistens. Sie meinen, wir sollten alle in die Grube fahren, sobald wir in Rente gehen. Aber nicht Becky. Wir waren befreundet.«

Leila hatte Mühe, von Mrs. Coreggio loszukommen, aber sie hatte das deutliche Gefühl, es wäre unklug, ihr zu erklären, daß sie im Burgess-Elternhaus erwartet wurde. Also bestand sie darauf, nach Hause zu müssen, um für ihren Mann und ihren Sohn Abendbrot zu bereiten, nach einer Fahrt von anderthalb Stunden.

Das Burgess-Haus befand sich in Osterville, nur sechzehn Kilometer entfernt, auf einer jetzt im November goldbraunen Marsch, am Ende einer Sackgasse nach vereinzelten großen, modernen Häusern, die weit zurückgesetzt auf großzügigen Grundstücken standen. Es war ein niedriges, langgestrecktes Haus, ein sich räkelndes Ranchhaus mit verwitterten Zederschindeln und genug Terrassenplatz für eine größere Gesellschaft. Die Rasenflächen waren wohlgepflegt, die Beete ums Haus ordentlich, die kleinen Azaleen mit Kiefernrinde gemulcht, und auf jeder Seite des Weges stand spiegelgleich ein Ilexbaum.

Sie wurde an der Tür empfangen und in einen Raum gebeten, der wohl das Wohnzimmer für förmliche Anlässe war, denn die Türen des Fernsehers waren geschlossen, und der Teppichboden war weiß und fleckenlos. Alles in dem Zimmer war weiß oder blau. Die Trockenblumen waren blau gefärbt gekauft, obwohl die Marsch draußen voller natürlich getrockneter Gräser stand. Von unten kam das Hämmern von Heavy Metal. Wahrscheinlich der jüngere Bruder Chris, den die Zeitungen erwähnt hatten.

Mr. Burgess führte das Wort, während seine Frau kerzengerade in einem zu dem Sofa passenden Kolonialstil-Ohrensessel saß und die Hände rang. Er war ein großer Mann, und die Haut spannte über seinem Fleisch, als habe er kürzlich zugenommen oder sei aufgequollen. »Darüber läßt sich kein Buch schreiben, es gibt nichts zu sagen. Dieses kleine Flittchen hat unseren Sohn ermordet. Wenn es Gerechtigkeit gäbe, würde sie dafür hängen. Aber so wird sie den Rest ihres elenden Lebens im Gefängnis zubringen, wo sie hingehört.«

Mrs. Burgess nickte heftig. »Bleib ruhig, Francis, bleib ruhig. Die Gerechtigkeit wird ihren Lauf nehmen.«

»Aber meinen Sie nicht, es ist wichtig, daß eine objektive Person über die Ereignisse schreibt? Würde Ihr Sohn nicht wollen, daß bekannt wird, wie es wirklich war? Die ganze Wahrheit, der menschliche Aspekt kommt vor Gericht nie ans Licht. Nehmen Sie es als etwas zu seinem Gedenken.«

»Wir erinnern uns sehr gut an ihn, unsere Familie braucht zu seinem Gedenken nichts von einer Außenstehenden. Ich bin überzeugt, Sie haben die besten Absichten, und Sie wollen dabei verdienen, aber Sie können uns nicht helfen. Es wird Terry nicht zurückbringen.« Mr. Burgess starrte sie wütend an.

Mrs. Burgess achtete mehr auf ihren Mann als auf Leila. »Reg dich nicht auf, Francis.« Sie drehte sich rasch zu Leila um. »Es gibt wirklich nichts zu sagen. Nichts.«

»Ihr Verteidiger ist natürlich gehalten, sie so sympathisch wie möglich darzustellen. Ich habe noch nicht mit ihr gesprochen. Ich möchte erst Ihren Standpunkt verstehen.« Leila stand auf und bewunderte ein Studiofoto von Terrence, dessen Gesicht sie aus den Zeitungen wiedererkannte. »Er war ein schöner junger Mann.« Und das war er wirklich. Obwohl Mrs. Coreggio ihn als Würstchen bezeichnet hatte, sah er groß, schlank und auf noch ungeprägte Weise gut aus.

Mrs. Burgess erwachte zu Leben. »Ja, nicht wahr? Er war immer der Gutaussehende. Er hat sich immer Freunde gemacht. Sogar die Jungs aus seiner Verbindung am College kamen noch und besuchten ihn andauernd. Wer sein

Freund war, der blieb sein Freund. Er stand sich auch mit seinem Bruder gut – nicht wie viele Jungs, die sich gegenseitig an die Kehle gehen. Nein, sie waren, wie Brüder sein sollen, und wir waren immer so stolz auf sie.«

Aber Leila betrachteten sie reserviert, voller Argwohn. Sie mußte sich vorsehen. Sonst war sie gleich auf Beckys Seite, weil die Souzas freundlich und offen zu ihr gewesen waren, und voreingenommen gegen das Opfer, weil seine Familie selbstgerecht war und sie barsch abfertigte. Sie boten ihr nichts an. Das Zimmer war stäubchenfrei und roch schwach nach Möbelpolitur. Sogar das Badezimmer gab wenig her, denn sie wurde zur Gästetoilette geführt. Die war klein und ebenfalls blau und weiß. Sie trocknete sich die Hände behutsam an dem winzigen, bestickten Handtuch ab, mit dem Gefühl, jemandes Schal zu benutzen. Sie empfingen offenbar selten Gäste. Obwohl der Raum sauber genug war, um sich auf dem winzigen Fußboden wälzen zu können, falls ihr danach war, trugen die Gästeseifenstücke in Form von blauen Rosen eine dünne Staubschicht. Offensichtlich kam es der Person, die diesen überflüssigen Raum putzte, nicht in den Sinn, die Seife abzustauben.

»Falls Sie sich doch entschließen, über Ihren Sohn zu reden, werde ich gerne wiederkommen«, sagte sie und gab Mrs. Burgess ihre Karte.

Mrs. Burgess gab sie ihrem Mann, der seine Lesebrille herausnahm und das Kärtchen mißtrauisch beäugte. *Leila Landsman,* Jüdin und Schlangenölhausiererin. Freundin der korrupten Medien. Rufen Sie mich nicht an, ich zapfe Ihre Leitung an.

Sie hatte genug. Sie würde ein paar Tage warten – notgedrungen, denn sie mußte sich zunächst ihren Seminaren und Studierenden widmen und sich vergewissern, daß ihre Assistentin die Inzest-Bibliografie fertigstellte. Dann würde sie noch einmal probieren, Becky Burgess aufzusuchen.

Auf der Rückfahrt plagte sie ein wenig das schlechte Gewissen. Sie genoß es zu sehr, Interviews zu machen. Es war eine Genehmigung, durch das Leben anderer Leute zu trapsen. In ihrer Kindheit war eines der billigen Vergnügen ihrer Eltern, Häuser zu besichtigen, die in der Sonntagszeitung zum Verkauf angeboten wurden. Sie konnten es sich keineswegs leisten, eins zu kaufen. Es machte ihnen einfach Spaß, zu sehen, wie andere Leute wohnten. Ihr Vater bekam dann Einfälle für den Bau von Wandschränkchen, und ihre Mutter beschloß, die Küche zu renovieren. Dann schwatzten sie über die Bewohner und stellten sich deren Leben vor. Es war immer ein intimer Abend nach den Sonntagsspaziergängen durch geöffnete Häuser. Ihre Eltern scherzten viel und gingen dann früh zu Bett. Erst als sie groß war, wurde ihr klar, daß sie miteinander geschlafen haben mußten. Damals fiel ihr nur auf, daß sie immer das Radio im Schlafzimmer anstellten, wenn sie sich sonntags zurückzogen. Manchmal vergaß sie, daß es eine Zeit gegeben hatte, wo sie liebevoll miteinander umgingen, wo sie allem Anschein nach glücklich waren. Bevor ihrem Vater die Dinge entglitten und er ihr Geld zum Fenster hinauswarf.

Auch sie besichtigte gern die Kulissen anderer Leute. Sie war endlos neugierig. Ihr Geplauder über Kollegen und Nachbarn ging Nick oft auf die Nerven. Oh, die Ergebnisse ihrer Beobachtungen waren ihm hochwillkommen. Er achtete nicht genug darauf, was mit den Leuten los war. Sein Blick ruhte auf seinem eigenen Ziel, dem Werk, das er erschuf, der Inszenierung, dem Rhythmus, dem Stil der Aufführung. Er bat sie immer, ihm Menschen zu erklären, bat sie, ihm zu sagen, warum ein Schauspieler grollte oder was der alte Simmons, sein Dekan, nun wieder hatte.

Dann fühlte sie sich von ihm geschätzt und legte sich ins Zeug, um herauszufinden, was er wissen wollte, setzte ihre Beobachtungsgabe und ihre Analysefähigkeiten ein, nahm sich als weiblicher Holmes die Detektivarbeit vor. Sie war die geborene Schnüfflerin, die es nie müde wurde, mehr über ihre Mitmenschen zu erfahren. Besonders Frauen lebten ihr Leben oft in einer Art Schattenwelt der Nichtbeachtung, da gab es verborgene Dramen zu entdecken, da gab es neue Blickwinkel, die mal bestürzten, mal faszinierten. Vielleicht war das ihr Job in einem Satz: Menschen etwas deutlich zu machen, was vorher für sie unsichtbar gewesen war.

Eine der spannendsten Entdeckungen des Tages war, daß Helen Coreggio wahrscheinlich die Wahrheit sagte und es diese höchst ausgefallene Freundschaft zwischen den beiden Frauen gegeben hatte. Das machte Becky interessanter.

Als sie ins Haus kam, dunkel bis auf das Flurlicht, das sie angelassen hatte, verließ sie ganz plötzlich die Kraft. Sie hängte ihren Mantel auf, knipste Lampen an, ließ Jalousien zur Wärmeisolierung herunter und zog Vorhänge zu, drehte die Heizung auf zwanzig Grad hoch, ging in die Küche und fühlte sich so niedergedrückt, daß sie auf einen Küchenstuhl sank und eine halbe Stunde lang reglos sitzen blieb. Nach den Schokoladenplätzchen bei den Souzas und dem Früchtekuchen bei Helen Coreggio hatte sie keinen Hunger, aber sie verspürte starkes Verlangen nach einer richtigen Mahlzeit zusammen mit ihrer Familie, Geselligkeit. Etwas Warmes.

Vielleicht war es gut, wenn Shana einzog. Mrs. Peretz wohnte jedoch immer noch in Melanies Haus, und als Leila es zur Sprache gebracht hatte, war die Stimmung sehr unbehaglich gewesen.

Es war Samstag abend, und wo war ihr Leben? Wenn Nick unterwegs war, hätte sie sonst den Samstag mit Melanie verbracht. Sie hätten sich einen Film ausgeliehen oder wären ins Kino gegangen, ins Theater, ins Konzert, hätten sich mit anderen Freundinnen zum Essen verabredet oder wären nur zu zweit chinesisch essen gegangen und hätten geredet, unendlich viel geredet. Deshalb hatte sie sich nie so verlassen gefühlt, wenn Nicolas in San Francisco oder Seattle inszenierte. Außerdem hatte sie zu der Zeit auch noch David.

Cambridge war eine angenehme Stadt, um zu Hause zu bleiben oder es sich mit Freunden gemütlich zu machen. Harvard Square ausgenommen, pulsierte Cambridge am Samstag abend nicht gerade von Singles wie New York oder San Francisco. Die Straßen fragten sie nicht: wo gehst du hin und warum gehst du nicht mit jemandem ins Bett und willst du nicht jetzt gleich jemanden, der dich liebt, oder wenigstens jemanden, der dich beachtet?

Vielleicht war sie am unbeschwertesten, wenn sie sich auf die Nöte und Entscheidungen anderer Frauen konzentrierte und ihr eigenes Leben diplomatisch in den Hintergrund schob. Das gab ihr das Gefühl, zweitklassig zu sein. Ein menschliches Wesen sollte doch wohl nicht am glücklichsten sein, wenn es über andere Leute nachdachte? Aber nach ihren drei Interviews – und das, obwohl das letzte sich als totales Kommunikationsfiasko herausgestellt hatte, wie es ihr so noch nie passiert war – fühlte sie sich besser als je seit Melanies Tod und jenem Hiobsbrief von Nick.

Sie mußte ihm natürlich verzeihen, aber sie konnte sich noch nicht dazu durchringen. Sie war immer noch zu zornig, zu verletzt. Was er getan hatte, war ein großer schartiger Klumpen, der in der vergangenen Woche nicht kleiner oder weicher geworden war. Ihr fiel nicht einmal jemand ein, bei dem sie ihren Zorn abladen konnte. Zu ihrem Sohn hatte sie schon zuviel gesagt. Jane stand Nick zu ablehnend gegenüber, um für Melanie einzuspringen. Nein, am besten versuchte sie, ihre Gedanken von ihm fernzuhalten und sich mit ihrem Unterricht zu beschäftigen und Leben und Wandel der Becky Burgess zu durchstreifen, der arbeitsamen und offenbar recht häuslichen Mörderin. Bald war Nick wieder zu Hause, und dann mußten sie ihre Ehe von neuem aushandeln nach und nach, Gespräch um Gespräch. Von Trennung und seiner Untreue hatten sie sich schon an die fünfzehn Mal erholt. Sie konnten es wieder tun. Sie würden es wieder tun.

Bis dahin brauchte sie etwas Wärme und Gesellschaft, und die mußte sie sich kaufen. Männer kauften sich Prostituierte; Frauen besorgten sich Haustiere. Eine Katze oder einen Hund? Sie war zu viel unterwegs für einen Hund. Sie ging oft auf Vortragsreisen. Nein, eine Katze. Sie fand bestimmt problemlos jemanden, der die Katze während ihrer Abwesenheit fütterte. Ihr fiel ein, daß ihre Putzfrau ihr erzählt hatte, sie versorge auch Haustiere.

Morgen würde sie losgehen und sich Gesellschaft kaufen. Wenn sie dann nach Hause kam, gab es wenigstens ein Geschöpf, das sich freute, sie zu sehen.

Sie nickte energisch, froh, etwas entschieden zu haben, irgend etwas. Sie machte eine Dose Ölsardinen auf und warf aus den Resten im Gemüsefach rasch einen Salat zusammen. Dann zwang sie sich, wieder ins Auto zu steigen und zum Harvard Square zu fahren. Sie würde in einen der großen Plattenläden gehen, Tower Records oder HMV, und CDs durchschauen. Sie sollte mehr Musik hören. Das müßte sie von sich selbst abbringen. Beide Geschäfte waren lange geöffnet. Schließlich hatte Becky Burgess auch keinen vergnügten und geselligen Samstagabend. Sie sollte froh sein über ihre Freiheit und ihren Komfort. Sie hatte ein völlig bezahltes Haus, eine gute Stellung, einen liebevollen Sohn und ein interessantes Projekt. Wenn sie auch auf ihren Mann wütend war der in New York *Oedipus* als südamerikanischen Diktator inszenierte mit Jokaste als Eva Peron und mit einem Rap-Chor – eine Inszenierung, die ihr Kopfschmerzen verursacht hatte – und der mit Jokaste schlief, so hatte trotzdem eine berufstätige Frau mit einem Freundeskreis immer noch andere Möglichkeiten. Wenn sie sich einsam fühlte, mußte das ihre eigene Schuld sein. Übrigens dachte sie plötzlich, ging eine vierundzwanzigjährige Jokaste am Sinn des Stückes eigentlich vorbei, oder? Nicht einmal, wenn er *Oedipus* inszenierte, konnte er sich vorstellen, daß ein Mann eine ältere Frau liebte.

9

Becky

Becky traf sich den ganzen Winter über mit Ted. Am ersten warmen Tag, einem Dienstag Ende März, schlenderten sie über den Strand in der Nähe seiner Wohnung, bevor sie essen gingen. Er hatte nach wie vor Geduld mit ihrem absurden Stundenplan und sagte, daß er verstand, wie das Jobben und das College ihre Zeit auffraßen, und daß es sehr,

sehr wichtig war, das College nicht aufzugeben. Er drängte sie nie, über Nacht zu bleiben. Er kam auch aus einer katholischen Familie. »Ich kann mir die Reaktion deiner Eltern sehr gut vorstellen. Warum sollen wir ihnen unnötig Kummer bereiten? Ich muß sowieso gräßlich früh aufstehen. Ich wäre schon fort, wenn du aufwachst.«

Sie schätzte sein Verständnis. Es zeigte, daß sie ihm so viel bedeutete wie er ihr. Es zeigte, daß er um ihr Wohlergehen besorgt war und nicht nur darum, was er von ihr kriegen konnte. All das war kostbar.

Er kaufte ihr sogar einen wunderschönen Seidenschal und blaue Ohrringe in Blütenform. Er sagte, das sei Cloisonné, ein schönes Wort, das sie sich jedesmal wiederholte, wenn sie die Ohrringe anlegte. Seine Stimme faszinierte sie wesentlich mehr als sein Gesicht. Er sprach mit aufregender Präzision, mit korrekter Grammatik und lebhafter Modulation, seine Zunge liebkoste die Wörter. Sie hörte es zu gern, wenn er ihren Namen sagte. Sie übte, die Wörter so auszusprechen wie er. Sie sehnte sich danach, kultiviert zu klingen, damit er sich ihrer nicht schämte. Sylvie neckte sie wegen der neuen Wörter, die sie gebrauchte.

Sie hoffte, daß Ted sie eines Tages heiratete. Wenn sie im Laden stand und auf Kundinnen wartete, wenn sie in einer langweiligen Vorlesung saß, dann stellte sie sich ihr Leben mit ihm vor, sobald sie ihren Collegeabschluß hatte und sie heirateten. Sie sah sich für ihn wunderschön den Tisch decken mit einer taufrischen Rose aus dem Blumenladen neben seinem Teller. Sie trug ein langes Abendkleid und begrüßte seine Freunde aus dem Sender, die zu Cocktails kamen oder zum Abendessen auf der Terrasse. Den Sommer verbrachten sie auf Marthas Vineyard, wo sie an den Wochenenden mit seinen Freunden zusammen waren, die in Providence, ja sogar in Boston jeden kannten, den zu kennen sich lohnte.

Er fuhr schon sehr früh zur Arbeit, um fünf Uhr morgens. Wenn er nachmittags zurückkam, machte er ein Nikkerchen, denn er sagte, daß er sonst nichts vom Abend hatte. Sie wollte alles über ihn wissen, war aber zu höflich und hatte zu großen Respekt vor ihm, um unpassende Fragen zu stellen. Sie bemühte sich, alles an ihm wahrzunehmen, von den Lederpantoffeln, in die er schlüpfte, nachdem sie miteinander geschlafen hatten, bis zu der Erdnußbutter (mit Datteln, aus einem Bioladen), die er für einen Imbiß auf Cracker tat, nicht die billige Jiffy, mit der sie aufgewachsen war. Alles an ihm war erlesen. Andächtig – in des Wortes voller Bedeutung – hörte sie seine Sendung. Nicht nur aus anhänglicher Gewohnheit, sondern sie horchte auf jede Modulation seiner ausdrucksvollen Stimme. Sie studierte seine Aussprache und seine Satzmelodie. Er war ihr Vorbild.

»Wie hat dir der kleine Scherz gefallen, den ich heute morgen über das Regenwetter gemacht habe?«

»Es ist wunderbar, wenn du plötzlich so aus dir herausgehst. Es ist überraschend und warm. Du weißt deine Zuhörer anzusprechen.« Sie hatte das Gefühl, er schätzte ihre Kritik, ihr Feedback.

Sie hob sich kluge Bemerkungen von einer Verabredung zur nächsten auf. Sie wollte ihm zeigen, wie sehr sie ihn schätzte. Sie dachte an die vielen Menschen, die ihm jeden Morgen zuhörten, und hätte ihnen gern gesagt, daß er ihr Freund war. Ihr Verlobter. Freund war so ein unverbindliches Wort.

Sie war glücklich, schrecklich glücklich. An den Abenden, an denen sie ihn nicht sah, fuhr sie mit Sylvie, die jetzt einen dicken Verlobungsring trug, nach New Bedford zurück. Morgens holte Sylvie sie immer noch ab. Sylvie war die einzige Person, die von der Affäre wußte, aber schließlich war Becky die einzige, die wußte, daß Mario und Sylvie es auch taten. Sie erzählten sich gegenseitig von ihren Freunden und räumten sich großzügig gleich viel Zeit ein.

»Er ist so chevaleresk.« Sie sagte das Wort behutsam. Es war ein neues Wort, das sie von ihm gelernt hatte und das für sie sexy klang, sogar wenn sie selbst es sagte, die Zischlaute klangen, als glitte sein Morgenmantel über seinen Körper. »Er achtet unbedingt darauf, mich pünktlich zum Lady Grace oder nach Hause zu bringen. Ich bin seinetwegen noch nie zu spät gekommen – kein einziges Mal, Sylvie. Das nenne ich einen verantwortungsbewußten Mann.«

Sie hätte so ihr ganzes viertes und letztes Collegejahr lang weitermachen können, wenn nicht Mitte April die Frühjahrsferien begonnen hätten. Sie mußte nicht mehr in die Uni und arbeitete im Laden nicht länger als sonst. Sie stellte sich vor, daß sie nun mehr Zeit füreinander haben würden. Er sagte, in dieser Woche hätte er sehr viel zu tun. Sehr viel. Ihr wurde schmerzhaft klar, daß er sie für seine Bedürfnisse oft genug sah, daß ihr außerordentlich beschnittener Zeitplan ihm bestens paßte: warum?

Nach dem zweiten Streit heuerte sie Sylvie an. Sylvie willigte ein, am Montag abend mit ihr seine Wohnung zu beobachten. Er kannte Sylvies Auto nicht. Sylvie lieh ihr eine Jacke mit einer Kapuze, um ihr Gesicht zu verbergen. Sie hatten sich einen Vorrat an Musikcassetten und eine Pizza mitgebracht und warteten. Becky kam sich idiotisch vor. Wahrscheinlich hatte er wirklich zu tun. Er sagte, er arbeite viel bei Bürgerinitiativen mit. Sie hatten jedoch kaum zwei Stunden gewartet, als er mit einer Frau vorfuhr und mit ihr in seine Wohnung ging. Sie kamen nicht wieder herunter, obwohl Sylvie und Becky so lange warteten, wie sie sich trauten. Oben ging das Licht aus.

Die Frau war nicht jung, vielleicht dreißig, mit kurzem braunem Haar. Sie hatte einen Trenchcoat an, unter dem ein schwarzes Kleid aufblitzte.

Am Sonntag abend stellte sie Ted zur Rede. Sie sagte nicht, daß sie ihm nachspioniert hatte, sondern daß eine Freundin ihn mehrere Male mit der anderen Frau gesehen hatte. Sie beschrieb die Frau. Anfangs leugnete Ted kategorisch. »Deine Freundin halluziniert. Ich weiß nicht, wovon sie redet. Ich habe viele Bekannte. Und die Hälfte hat braunes Haar. Was soll das?«

Schließlich wurde er wütend. Sie aßen gerade in einem Fischrestaurant bei Newport. Er legte Messer und Gabel auf den Teller und zog die Stirn in Falten. »Hast du wirklich erwartet, die einzige Frau zu sein, mit der ich mich treffe?

Ein Schulmädchen, das nur zweimal in der Woche ein paar Stunden lang weg kann? Das ist doch lächerlich.«

»Aber das ist doch nur bis zum Examen! Ich dachte, du liebst mich. Ich dachte, ich bedeute dir was.«

»Ich war gern mit dir zusammen, aber wir sind wirklich kein passendes Paar – das muß dir doch klar sein. Nadine ist eine Frau, die im Berufsleben steht. Sie ist eine erfolgreiche Immobilienmaklerin. Meine Scheidung läuft immer noch, aber wenn sie durch ist, werden wir wahrscheinlich heiraten. Wer weiß ? Es hat mir Spaß gemacht, dir ein bißchen was von der Welt zu zeigen. Du warst noch nie in einem guten Restaurant, bis ich dich in eins mitgenommen habe. Ich habe dir überhaupt keine Versprechungen gemacht, und ich finde deine Haltung unverschämt. Ich war nett zu dir. Ich habe dir Benimm beigebracht. Ich schulde dir gar nichts. Und jetzt fahre ich dich nach Hause.«

Sie weinte die ganze Nacht, leise, damit ihre Schwester Laurie es nicht hörte. Ihrer Familie erklärte sie den Bruch ganz einfach damit, daß er sie bedrängt hatte, mit ihm zu schlafen, also hatte sie Schluß gemacht. Sylvie erzählte sie am Montag auf dem Weg zum College die ganze Geschichte. Sylvie bekam eine Mordswut und fluchte ihn in Grund und Boden. Sie kamen beide zu spät zum Unterricht, denn Becky fing auf dem Parkplatz an zu weinen, und sie mußten warten, bis sie aufgehört und sich neu geschminkt hatte.

Am Ende der Woche war Sylvie es leid, sich die Sünden von Ted Topper anzuhören, und empfahl ihr, ihn zu vergessen. Das konnte sie nicht. Er hatte durch Verschweigen gelogen, was so schlimm war wie eine ausgesprochene Lüge. Er hatte sie benutzt, um die Abende auszufüllen, an denen seine Herzdame zu tun hatte, aber er hatte sie niemals ernst genommen.

Sie war eine Nachspeise, er hatte in der Speisekarte auf sie gezeigt, und sie war auf seinen Teller gesprungen und hatte gesagt: Iß mich. Überleg nicht lange. Sie hörte auf, von ihm zu reden, aber sie dachte ständig an ihn. Sie grübelte, was sie ihm antun konnte. Sie dachte daran, zum Rektorat vom College zu gehen, aber was konnte sie sagen? Er hatte sich nicht mit ihr eingelassen, solange sie noch seine Studentin war, er hatte bis zum nächsten Semester gewartet. Zudem hatte er keine volle Dozentur am College. Er war finanziell nicht darauf angewiesen. Im Rektorat waren sie wahrscheinlich froh, daß er einen Kurs gab, und sahen in ihr nur eine Querulantin. Außerdem kam dann heraus, daß sie eine Affäre gehabt hatte. Der Klatsch konnte sogar bis an die Ohren ihrer Eltern dringen.

Nein, sie hatte sich diskret verhalten und er auch. Nicht einmal an ihrer Arbeitsstelle war er in den Laden spaziert. Ihn mitten in der Nacht anzurufen und aufzuwecken war eine wunderbare Idee, bis sie es ausprobierte und seinen Anrufbeantworter dran hatte. Natürlich. Sie erinnerte sich, wie er immer das Telefon umgestellt hatte, wenn sie sich geliebt – geliebt? – hatten, und die Anrufe dem Tonband überließ.

Ein Päckchen mit einer toten Ratte? Tagsüber war er nicht zu Hause. Der Hauswart nahm die Päckchen entgegen und würde etwas riechen. Außerdem, was schadete ihm das? Sie stellte sich vor, ihn auf der Straße zu überfahren, aber sie hatte kein Auto, und Sylvie dachte nicht daran, ihres auszuleihen. Sie konnte auch nicht damit rechnen, daß er hirselig mitten auf der Straße herumstand. Sein Auto war in der Garage im Haus geparkt. Sie konnte ihm Zucker in den Tank schütten, wenn niemand sie sah, aber die Chancen, erwischt zu werden, waren riesig, und wie sollte sie überhaupt hinkommen? Er würde einfach seine Versicherung anrufen und sich einen Mietwagen nehmen, solange seiner in Reparatur war.

Ihre Lieblingsidee war, ihn zu überfahren. Sie würde ihm zurufen, so daß er wußte, wer ihn tötete. Sie stellte sich den Aufprall seines Körpers vor. Sie stellte sich vor, wie sie bremste, nicht mit quietschenden Reifen, nur fest, und ihn dann im Rückwärtsgang überrollte. Mit ihm würde ihre Schmach sterben, ihre Torheit, ihr Gefühl, eine lieblos benutzte Randfigur gewesen zu sein.

Sie haßte es, sich so hilflos zu fühlen, wie sie in seinen Augen sein mußte. Sie haßte es, sich wie das kleine, unschuldige Dummchen zu fühlen, das er abgeschrieben hatte. Das er nach Belieben auflas und wieder ausmusterte. Sie konnte die Vorstellung, daß er sie so ohne weiteres fallengelassen hatte, nicht ertragen. Ich bring' dich nach Hause. Ich werf' dich in die Mülltonne. Mit dir bin ich fertig, und basta! Nicht so rasch, nicht so einfach, wollte sie sagen. Ich bin noch nicht tot.

Sie hatte ihn geliebt, sie hatte ihn zu ihrem Abgott gemacht, und er dachte nicht mal mehr an sie. Sie wollte ihm etwas über kleine Zeitvertreibe aus New Bedford beibringen, die die Frechheit besaßen, etwas aus sich machen zu wollen.

Sie rief die Nummer auf dem Schild vor seinem Haus an und erfuhr so den Namen der Maklerin, Nadine Bavard, und die Adresse von ihrem Büro. Die ganze nächste Woche lang arbeitete sie an einem aus tiefstem Herzen sprechenden, von der Reue diktierten Brief an Nadine, in dem sie sich zerknirscht dafür entschuldigte, etwas mit Ted Topper gehabt zu haben. Sie hatte nichts von ihrer seit langem bestehenden Beziehung gewußt. Er war ihr Lehrer gewesen und hatte auf sie einen so aufrichtigen Eindruck gemacht. Sie hatte noch nie zuvor eine Beziehung zu einem Mann und keine Ahnung gehabt, daß ihm das nichts bedeutete. Als sie schwanger wurde, hatte sie naiverweise erwartet, daß er sie heiratete. Da hatte er ihr erklärt, daß er mit Nadine zusammen war. Es tat ihr entsetzlich leid. Sie hatte es nicht gewußt. Sie ließ an diesem Wochenende eine Abtreibung vornehmen und würde ihn nie wiedersehen, aber Nadine sollte wissen, daß es nicht ihre Absicht gewesen war, einer anderen den Freund wegzunehmen. Sie hatte ein furchtbar schlechtes Gewissen wegen der ganzen Sache, und sie hatte das Gefühl, daß ihr Leben vorbei war, aber Nadine würde sicherlich von Frau zu Frau verstehen, daß sie irregeführt worden war, daß schwerer an ihr gesündigt worden war, als sie gesündigt hatte.

Zwei Wochen später, es war Mai und die Abschlußprüfungen standen bevor, fing Ted Topper Becky ab, als sie aus ihrem Kurs über Kabel-TV-Produktionen kam. »Ich will mit dir reden«, sagte er mit rauher Raspelstimme.

»Mr. Topper, ich will nicht mit Ihnen reden.« Sie wollte an ihm vorbeigehen.

Er packte ihren Arm, sah sich dann um und ließ los. »Du bist ein abgefeimtes Miststück.«

»Warum sagen Sie das, Mr. Topper? Beschimpfen Sie so alle jungen Mädchen, die Sie belügen?«

»Du hast meine Beziehung mit Nadine kaputt gemacht. Ich würde dir am liebsten den Hals umdrehen.«

Sie lächelte, als sie die Treppe hinunterging, um Sylvie zu treffen. Sie dachte in dieser Woche nicht mehr mit Schmerzen an ihn. Wenn sie an ihn dachte, spürte sie sogar ein wenig Freude pulsen. Es würde eine Weile dauern, bis er sich wieder mit einer Ex-Studentin einließ, das stand mal fest. Er hatte entdeckt, daß nicht jedes Mädchen so hilflos war, wie er dachte. Sie hätte ihn lieber überfahren, aber das hier war auch ganz gut. Er hatte sie verletzt, sie hatte ihn verletzt. Es stand eins zu eins, und das Spiel war aus.

10

Leila

Am Sonntag vormittag bekam Leila einen Anruf von ihrer Schwester Debbie, ein ungewöhnliches Ereignis. »Red und ich kommen rüber an die Ostküste«, kündigte sie an. »Wir wollen Thanksgiving bei Mama in Philadelphia verbringen. Kommst du auch?«

Leila mußte einen Augenblick überlegen, bis ihr einfiel, daß Red Rodgers der derzeitige Ehemann war. »Ich kann nicht. Warum kommt ihr nicht her? David wird auch zu Hause sein. Nimmst du die Kinder mit?«

»Natürlich. Dachtest du, ich stelle sie irgendwo ab und verlasse sie? Ach übrigens, ich bin im fünften Monat schwanger.«

»Ja, Phyllis hat es mir erzählt. Meinen Glückwunsch.«

Debbie hatte schon drei Kinder von verflossenen Ehemännern oder Freunden. »Ich werde Phyllis gut zureden, daß sie auch über Thanksgiving herkommt. Wir werden euch schon alle unterbringen.«

»Nicht nötig«, sagte Debbie. »Wir können in einem Motel übernachten.«

»Aber das brauchst du nicht, Debbie.« Leila konnte sich nicht erinnern, ob dieser Ehemann Geld hatte.

»Als ich Red erzählt habe, daß er bei dir im Haus nicht rauchen darf, hat er gemeint, wir gehen in ein Motel.«

Zweifellos hatte Phyllis, die ohnehin ungern kochte, gesagt: Ruf deine Schwester an. Sie wird uns alle zu sich einladen. »Wie kommt es, daß ihr an die Ostküste fliegt?«

»Red mußte dieses Jahr sehr oft nach Texas, weil sein Daddy im Sterben lag, und da hat er jede Menge Oftfliegerkilometer angehäuft. Deshalb dachten wir, wir kommen an die Ostküste, damit die Kinder ihre Oma noch mal sehen, bevor ich mit dem neuen Baby angebunden bin. Ein richtiges Familien-Thanksgiving. Letztes Jahr waren wir bei Reds Familie in Amarillo.«

Debbie wohnte irgendwo bei San Diego. Leila war noch nicht da gewesen. Bei ihrem letzten Besuch vor zwei Jahren, anläßlich einer Konferenz an der Universität von Kalifornien, hatte Debbie bei Pomona gewohnt, im Valley, mit ihrem damaligen Ehemann Bruce, dem Therapeuten. Den derzeitigen Ehemann, den Marlboro-Mann, hatte Leila kurz kennengelernt, als sie im April einen Vortrag in Los Angeles hielt. Er hieß Red Rodgers, was allen das Gefühl gab, schon von ihm gehört zu haben, bis sie darauf kamen, daß sie an Roy Rogers und Red Ryder dachten. Red Rodgers war Rodeoreiter gewesen, aber jetzt schien er hauptsächlich mit Immobiliengaunereien befaßt. Er war auch ein Spieler, liebte die Rennbahn und die Pokertische. Das war der wahre Grund, warum Leila ihn ablehnte. Gegen Glücksspiel war sie allergisch. Die Vorstellung, daß Debbie einen Mann mit dem Laster ihres Vaters geheiratet hatte, brachte Leila zur Raserei. Sie war fest überzeugt, daß er Debbie ins Elend bringen würde. Seit ihrer Kindheit hatte sie sich für Debbie verantwortlich gefühlt, doch war es ihr nie gelungen, ihre kleine Schwester zu behüten – nur, sie zu verärgern. Debbies Leben kritisch gegenüberzustehen hatte nie etwas Gutes bewirkt. Sie mußte versuchen, verständnisvoller zu sein. Nach Melanies Tod wurde Debbie wichtiger.

Sie erinnerte sich sehr gut an Robin, das einzige Mädchen, und an Abel, den Ältesten. Sie versuchte, Phyllis zu erreichen, aber ihre Mutter arbeitete offenbar. Zu ärgerlich, daß ihre Mutter keinen Anrufbeantworter hatte. Leila hatte ihr vor ein paar Jahren einen gekauft, aber Phyllis behauptete, nicht damit umgehen zu können. Eine Frau, die auf der Intensivstation arbeitete und vierzehn verschiedene lebenserhaltende Maschinen bediente, konnte sich nicht merken, wie man einen Anrufbeantworter an- und abstellte. Phyllis wollte alles Komplizierte los sein, wenn sie die Wohnungstür hinter sich zumachte. Seit drei Jahren hatte Phyllis eine Mitbewohnerin, aber die war auch nicht zu Hause.

Thanksgiving. Leila hatte sich darüber noch keine Gedanken gemacht, außer David ein Flugticket zu schicken. Sie hatte noch nicht einmal mit Nick über den Feiertag gesprochen. Sie war Gesprächen mit ihm aus dem Weg gegangen, aber das war selbstzerstörerisch. Schließlich liebte sie ihn, liebte ihn immer noch leidenschaftlich, und allein darauf kam es an.

Sie mußte anfangen, Leute einzuladen, eine vollbesetzte Tafel für ein fürstliches Mahl. Das gab ihr etwas zum Pläneschmieden. Eine schöne Heimkehr für Nick. Ein wunderbares Fest mit vielen Menschen um den Tisch. Sie brachte Shana gern mit David zusammen. Er sollte sehen, wie hübsch sie geworden war. Vielleicht war das auch ein guter Moment, um mit Shana ernsthaft darüber zu reden, wann sie einziehen wollte.

Nun zu dem Haustier. Sie fuhr zum Tierheim. Eine Frau brachte sie an den Käfigen mit zu Einzelhaft verurteilten Katzen vorbei zu den Katzenkindern. Es roch stark nach Desinfektionsmittel, darunter lagen beißender Uringestank und der Geruch der Furcht. »Sie können es sich in Ruhe überlegen«, sagte die Frau, als Leila verwirrt vor dreizehn bunt zusammengewürfelten Kätzchen stand, die in zwei geräumigen Käfigen umeinanderpurzelten. »Wir behalten die Kätzchen ein paar Wochen lang.«

»Was wird aus den Katzen?«

»Die älteren Tiere behalten wir für zwei oder drei Nächte, das hängt ganz davon ab, wie überfüllt wir sind.«

Sie blickte auf die Reihen der ausgewachsenen Katzen, einige waren übel zugerichtet, einige wirkten, als hätten sie einmal ein Zuhause gehabt, bis eine Katzenkatastrophe sie auf die Straße geschickt hatte und nun in die Gaskammer. Hinrichtung wegen Obdachlosigkeit. »Ich möchte kein Katzenjunges. Ich möchte ein ausgewachsenes Tier.« Wie ich. Leicht übergewichtig, kennt sich aus, macht eine schwere Zeit durch.

Sie ging an den Käfigen vorbei und hielt es kaum aus. Einige Katzen hatten aufgegeben und starrten ins Leere, warteten auf den Tod. Andere preßten sich an die Gitterstäbe. Wieder andere fixierten sie, als könnten sie ihr mit den Augen befehlen, sie zu nehmen. Oh, sie verstanden. Eine Katze langte durch die Gitterstäbe und legte ihr die Pfote auf den Ärmel. Ohne Krallen, nur die Pfote. Sie drehte sich um und schaute in ihre gelben Augen.

»Das ist ein kastrierter Kater, vielleicht zwei Jahre alt.«

Er war ein kräftig gebauter, getigerter Kater mit dickem Fell und einer Kerbe im linken Ohr. Er hatte den pausbäckigen Kopf eines Katers, der erst einige Zeit nach der Geschlechtsreife kastriert worden ist. Seine Augen waren riesig und unwiderstehlich, als er den Kopf hob und sie mit der Pfote festhielt, die Krallen jetzt ein ganz klein wenig vorgestreckt, um den Halt nicht zu verlieren.

»Ich nehme ihn.«

»Wir haben zuerst noch ein paar Fragen.«

Ein paar Fragen: es war schwerer, diese arme Katze vor dem Gastod zu retten, als einer Bank ein Darlehen zu entlocken. Sie mußte ihre Gründe für die Anschaffung darlegen, über ihre bisherigen Erfahrungen mit Haustieren berichten, mußte angeben, wie ihre Hamster gestorben waren, und zwar genau (als wüßte sie, warum Hamster lebten oder starben), und versprechen, die Katze nie aus dem Haus und möglichst auch nie aus den Augen zu lassen.

Sie mußte im Tierheim einen Transportbehälter kaufen, da sie nicht daran gedacht hatte, einen mitzubringen. Er war aus Pappe und klein für den massigen Kater. Er kletterte bereitwillig hinein. Im Auto heulte er zweimal und war dann still, nahm sein ungewisses Schicksal hin. Sie konnte jemand sein, der Tierversuche anstellte. Sie konnte jemand mit einem Pit-Bull-Terrier sein, der an Blut gewöhnt werden sollte. Sie konnte Kokserin oder Alkoholikerin sein. Er war ihr ausgeliefert, und er wußte nur, das Unbekannte war besser als der Tod, den jede ausgewachsene Katze in dem Asyl riechen und schmecken konnte.

Er war schon ein Brocken. Sie schleppte ihn unbeholfen aus der Garage die Stufen hinauf zum Haus, er rumpelte in seinem engen Karton. Schließlich waren sie im Haus. Mit breitem Lächeln öffnete sie den Deckel. Er hatte die Ohren angelegt und sah kampfbereit aus. Seine Augen waren zu drohenden gelben Schlitzen verengt. Er gab einen seltsamen kehligen Laut von sich. Sie ging fort und setzte sich ins Wohnzimmer. Einen Augenblick später sprang er aus der Kiste und kauerte in der Diele auf der Orientbrücke. Er untersuchte sie wie ein Teppichexperte, Faden um Faden. Dann überprüfte er das Tischchen in der Diele, auf dem sonst die Familienpost lag. Er schaute zur Treppe, kam dann aber ins Wohnzimmer, steifbeinig und halb geduckt, blieb stehen, als er sie sah, und kam dann langsam näher, um zu schnuppern.

»Ich bin's, altes Haus.« Zum ersten Mal streichelte sie ihn vorsichtig. Er duckte sich und schmiegte sich dann an ihre Hand. Danach begann er einen Rundgang durchs Zimmer. Sie beobachtete ihn und war fasziniert, welche Aufmerksamkeit er den einzelnen Dingen schenkte. Sie mußte ihm einen Namen geben. Mal sehen, er hatte die Farbe von Karamel, aber das paßte nicht zu ihm. Sie sollte vielleicht lieber warten, bis er mehr von seiner Persönlichkeit zeigte als ein starkes Interesse für Inneneinrichtungen.

Als er die Couch erreichte, verschwand er darunter. Sie

probierte es mit »Komm, Miez-miez.« Nichts passierte. Er spielte unsichtbar werden. Wenn du mich nicht siehst, kann nichts Schlimmes passieren. Das war nicht sehr komisch. Sie hörte ihren Anrufbeantworter ab und erwiderte zwei Anrufe, darunter auch den von Mrs. Souza. »Ich habe mit unserer Becky über Sie gesprochen, ich habe ihr gesagt, daß Sie gern ihre Seite hören möchten. Die Presse hat ihr die Hölle heiß gemacht. Aber ich habe ihr erklärt, daß Sie keine Reporterin sind, sondern Professorin, und das hat ihr gefallen. Sie hat eingewilligt, mit Ihnen zu reden. Falls Sie noch wollen.«

»Aber ja«, sagte Leila. »Unbedingt. Wann?«

»Sie werden sehen, was für ein gutes Mädchen sie ist. Jetzt muß sie ihren Anwalt dazu bringen, daß er einwilligt. In Ordnung? Sie sind eine gute Frau, Mrs. Landsman, ich weiß, Sie meinen es gut mit unserer Becky.«

»Je eher, desto besser, Mrs. Souza. Ich möchte dringend ihre Seite hören.«

Sie war doch wirklich zu blöd. Sie war losgefahren und hatte sich eine Katze geholt, aber kein Futter und kein Katzenklo. Sie war entsetzt über sich. Als Melanie ihr vor neun Jahren ein Usambaraveilchen geschenkt hatte, hatte sie sofort zwei Bücher gelesen und eine Broschüre vom Botanischen Garten in Brooklyn. Vor Davids Geburt hatte sie dreißig Bücher über Säuglinge und frühkindliche Entwicklung gelesen. Bereits im siebten Monat war das Kinderzimmer voll ausgestattet. Sie hatte sich noch nie so übereilt in ein Projekt gestürzt wie in Beckys Fall; jetzt hatte sie sich aus einem spontanen Impuls heraus ein fremdes Tier zugelegt.

Sie fuhr sofort zum Porter Square Star Market und kam eine dreiviertel Stunde später mit einer Tüte voll diverser Dosen Katzenfutter und -knabberzeug und einer großen Plastikwanne zurück, die sie mit Katzenstreu füllte und ins obere Badezimmer stellte. Aber falls sie sich vorgestellt hatte, begrüßt zu werden, so war kein Geschöpf zu sehen. Er war nicht unter der Couch. Er war unter keinem der Wohnzimmersessel. Sie brachte eine halbe Stunde damit zu, vergeblich im Wohnzimmer, im Eßzimmer und in ihrem Arbeitszimmer herumzukrabbeln und nach dem Kater zu suchen. Er schien sich in Luft aufgelöst zu haben. Sie öffnete eine Dose mit fischigem Schnodder und versuchte es noch einmal, rief Miez-miez-miez. Nichts.

Ihre Bemühung, sich Gesellschaft zu erkaufen, war ein völliger Reinfall. Sie hätte eines der Kätzchen nehmen sollen. Das hätte sie wenigstens als Mutterersatz angenommen. Vielleicht hatte ihr gelbäugiger Tigerkater ein Fenster aufgemacht und war hinausgekrochen. Er schien kräftig genug, um ein Fenster hochschieben zu können. Sich einen ausgewachsenen Kater zu besorgen war eine blödsinnige Idee gewesen.

Sie ging in ihr Schlafzimmer, um ihre Handtasche abzustellen, und da war er, hatte sich in nahezu doppelter Länge auf ihrem Bett ausgestreckt, die Pfoten über den Kopf gereckt. Als sie hereinkam, machte er die riesigen gelben Augen auf und sah sie mit ausgesuchter Trägheit an. Er schien jetzt keine Angst mehr zu haben und auch nicht mehr auf dem Sprung zu sein.

Vorsichtig näherte sie sich. Setzte sich auf die Bettkante. Streckte behutsam eine Hand aus und streichelte ihn. Diesmal belohnte er sie mit einem Gähnen, einem lauten Schnurren und einer Pfote, die er auf ihren Arm setzte. Ich nehme dich, ich behalte dich, sagte der Kater. Du darfst auf meinem Bett sitzen. Du darfst meinen Platz mit mir teilen. Ich bin ein großer Krieger und ein großer Liebhaber, und du bist jetzt die Meine. Ich heiße Vronsky. Du darfst mich so und anders nennen. Dies hier scheint mir ein zufriedenstellendes Heim.

Sie rief Shana an und lud sie mit ihrer Großmutter zu Thanksgiving ein. Um eins rief sie David an, um nachzuhören, ob das Flugticket angekommen war, und um ihm von dem Kater und Thanksgiving zu erzählen. »Kommt Dad nach Hause?«

»Ich habe noch keine Gelegenheit gehabt, mit ihm darüber zu sprechen. Ich nehme es an.«

David kicherte. »Du Angsthase. Also werde ich Tante Debbie und ihr Rudel sehen. Und Jane. Du lädst doch Jane ein, nicht wahr? Ist sie immer noch mit der Gewichtheberin zusammen?«

»Sie hat Triathlon gemacht. Und eigentlich war sie Bibliothekarin.« Sie war gekränkt, weil ihr Sohn sie als Feigling betrachtete. Sie hatte Nick aus vielen Gründen gemieden. Sie drängte sich nicht danach, verletzt zu werden. Aber David hatte schon recht, sie mußte sich mit ihm auseinandersetzen.

Vronsky hatte ein Schnurren am Leib, das durch Mark und Bein ging, und einen Körper, auf dem sich viele alte Narben und Schrammen fanden. Seine Zeit auf der Straße hatte nicht lange genug gewährt, um ihn zu verstümmeln oder zu verkrüppeln, aber er hatte kämpfen müssen.

Jetzt war er angekommen. Es gefiel ihm sehr gut. Er war sogar bereit, ihr nach unten zu folgen und einen Napf voll Katzenfutter in vierzig Sekunden zu leeren.

Als sie ihm jedoch Wasser aus dem Hahn in einen Napf ließ, warf er ihr einen vorwurfsvollen Blick zu und leckte nur zweimal daran. »Du magst das Chlor nicht?« Sie goß ihm Mineralwasser aus dem Kühlschrank ein. Alle in Cambridge, die es sich leisten konnten, tranken Mineralwasser, denn das Leitungswasser schmeckte nicht nur widerlich, sondern enthielt angeblich vierzehn Karzinogene. Vronsky trank hastig das kalte Mineralwasser. Er hatte Durst, aber er hatte seine Maßstäbe. Er fand es offensichtlich nicht zu früh für die unerläßliche Erziehung, dem Gleitmittel für die liebevolle Beziehung zwischen dem Kater und der Person, die ihm gehörte.

Jane rief an, um sich zu vergewissern, daß sie an einer Fakultätskonferenz teilnehmen würde, in der es um die verstärkte Berufung von Frauen ging. Jane, so merkte sie rasch, wollte sich außerdem vergewissern, daß sie zu Thanksgiving eingeladen wurde. Leila mochte den Feiertag vergessen haben, aber sie war offenbar die einzige. Sie mußte Nick anrufen. Sie erzählte Jane des langen und breiten von Vronsky, als wäre er ein neuer Freund. Er gab vorzügliche Gesellschaft ab. Er kletterte zum ersten Mal auf ihren Schoß. Er paßte kaum hin, aber beide fanden die Nähe beruhigend und angenehm. Sie überlegte, daß er vielleicht anderthalb Stunden gebraucht hatte, um das Regiment im Haus zu übernehmen. Er hatte schon einen Tisch mit Nachmittagssonne gefunden und die Zeitschriften heruntergestupst. Er hatte große, kräftige Pfoten, die geschickt Türen und Schränke öffneten und von Oberflächen, die er beanspruchte, Dinge beiseite schoben oder zu Boden stießen. Andererseits konnte er bei all seiner Massigkeit durch ihre Kosmetika spazieren, ohne ein einziges Parfümfläschchen umzuwerfen.

»Ich muß Nick anrufen«, sagte sie zu Vronsky. »Er ist mein Mann, aber er ist mit einer anderen Frau zusammen. Er wird nicht in der Wohnung sein, die er angemietet hat, aber ich muß mir genau überlegen, welche Nachricht ich hinterlasse. Er sagt immer, er hat Probe, aber ich wette, ich kann ihn so schwer erreichen, weil er die Nächte bei *ihr* verbringt – bei Sheryl mit der schmelzenden Stimme. Vronsky, was soll ich bloß machen?«

Schließlich wählte sie Nicks Nummer. Wie erwartet war der Anrufbeantworter dran. Eine Hand griff fest in Vronskys Nackenfell. »Hi, Nick, ich bin's, Leila. Wir müssen alle wissen, wann du zu Thanksgiving nach Hause kommst – wann du ankommst. David wird am Mittwoch um fünf hier sein. Shana kommt. Und meine Schwester Debbie mit Mann und Kindern. Laß mich wissen, was du vorhast. Wir werden ein großes Fest feiern.«

Klang das nicht gesittet und einladend? Sie hatte mit leichter Stimme gesprochen. Ihr war oft gesagt worden, daß sie eine angenehme Stimme hatte, es war sogar Nicolas, der ihr das gesagt hatte. Es war eine Stimme in den tieferen Registern. Im Grundschulchor hatte sie Alt gesungen. Auch am College war sie im Chor. Sie erinnerte sich an das schwierige Vergnügen von *Carmina Burana* und *Alexander Newski*. Sie und ihre Mutter und ihre Schwester sangen immer bei der Arbeit im Haushalt. Sie stimmten zusammen Popsongs an, Songs von den Beatles, Schlager aus der Jugend ihrer Mutter. Phyllis mochte Musicalmelodien, Rodgers und Hammerstein. Debbie hatte eine hohe, dünne

Stimme. Phyllis hatte eine kräftige, aber vom Rauchen kratzige Stimme. Vielleicht war es ein Zeichen für das Einnisten in den mittleren Jahren, daß sie sich an ihre Kindheit fast mit Heimweh erinnerte, jene armselige, holperige, überlastete Kindheit, der sie zu ihrem großen Glück heil und funktionsfähig entronnen war.

Nun kam Debbie her. Alle paar Jahre ein neuer Mann und ein neues Baby für den neuen Mann. Red Rodgers hatte sie auf einer Art Miniranch in den Bergen zwischen San Diego und der Wüste installiert. Er hatte ihr zwei Pferde und eine Ziege gekauft. Leila sagte zu Vronsky, der ihr ins Gesicht schaute: »Was fängt meine Schwester mit einem Pferd an? Die einzigen Pferde, die sie bis zu ihrem einundzwanzigsten Geburtstag gesehen hat, waren unter Polizisten. Ich finde Pferde einschüchternd. Mir kommt das vor wie der Versuch, einen Schwerlaster auf dem Dach sitzend zu fahren.«

Sie hatten zusammen in der Küche zu Abend gegessen. Vronsky aß auf dem Fußboden und setzte sich dann auf den Stuhl zu ihrer Linken, Davids Platz. Sie hatte Schwertfisch gekauft, den sie grillte. »Siehst du, eine richtige Mahlzeit.« Sie gab ihm die Haut. Er verschlang sie gierig, dann zählte er jeden Bissen, bis sie ihm ein Stückchen abgab. Bei jedem Geräusch schreckte sie zusammen, denn sie wartete auf Nicks Rückruf.

Bei dem Gedanken an die kommenden Feiertage mit all der Kocherei und Esserei fühlte sie sich schwerfällig und übergroß. Nichts, was sie tat oder nicht tat, würde sie je gertenschlank machen, aber die Drohung der Feiertage motivierte sie zu dem Versuch, sich etwas windschnittiger zu machen, zumal Nick bald zurückkam.

Nach dem Abendessen vergewisserte sie sich, daß die Vorhänge fest zugezogen waren. Dann suchte sie nach etwas, wozu sie tanzen konnte. Sie und Nick hatten die klassischen CDs gekauft, David die Rockmusik. Die meisten Gruppen sagten ihr nichts. Als erstes legte sie Bruce Springsteen auf und wackelte und ruckelte und hopste sich durchs Wohnzimmer. Dann fand sie eine CD vom alten guten Clapton. Viele Songs waren langsam, aber sie tanzte zu dreien, bis die CD bei »Layla« anlangte. Plötzlich fand sie sich mit Vronsky auf dem Sofa wieder, sie lag da und weinte still vor sich hin.

Neunzehnhundertsiebzig? Da hatten sie längst geheiratet. Sie waren künstlerisch angehauchte Hippies. Nick studierte an der Universität von New York und bekam gelegentlich eine Rolle in einer Off-off-Broadway-Inszenierung und manchmal auch nur in einer Off-Manhattan-Inszenierung. Sie jobbte als Sekretärin, um die Miete für eine Wohnung in einem Haus ohne Fahrstuhl an der Zwölften Straße zwischen der A- und der B-Avenue zu bezahlen, eine Wohnung mit einer Badewanne in der Küche und Gittern vor den Fenstern. Dreimal wurde bei ihnen eingebrochen. Zum Glück hatten sie keine Zeit zum Fernsehen, denn nach dem zweiten Einbruch schafften sie sich keinen Apparat mehr an. Was sie jetzt zum Weinen brachte, das war die Erinnerung, wie Nick sie damals geliebt hatte, wie sie auf dem sich zur Mitte senkenden Küchenfußboden getanzt hatten und dann in das rasselnde Bett gefallen waren. Sie war trunken von Liebe, trunken von seinem Körper und seinem Mund und seinen Händen und seiner Stimme, seinen Augen, seinem Talent. Das war eine kurze Zeitspanne gewesen, nach dem College und vor David, da war ihr Körper reif und glühte. Da war sie sich fast hübsch vorgekommen, und auf Partys hatten die Männer sie umlagert und in Verlegenheit gebracht.

Sie hatte gern getanzt und diesen Körper eingesetzt, der immer zu groß gewesen war, zu lang, zu breit, zu sehr im Weg, zu viel. Die Leidenschaft ihres frischgebackenen Ehemannes für ihren Körper bewirkte, daß er sogar ihr gefiel. Im nächsten Jahr, als sie mit anderen zum Theater strebenden Paaren in einem Fabrikgebäude wohnten, hatte Don Margolis auf einer Party zu ihr gesagt: »Du hast den Körper einer urzeitlichen Königin – stolz, sinnlich. Eine Fruchtbarkeitsgöttin.« Sie war geschmeichelt davongelaufen.

Sie lag da und lauschte dem Song, und es war, als bliese durch sie ein heißer, feuchter Wind, der nach Sex roch und dem Duft jener Tage in New York, nach jungen schwitzenden Körpern beim Tanzen, nach Räucherstäbchen und chinesischem Essen, nach Rotwein und verschüttetem Bier und reifen Pfirsichen, nach Patschuli und Sandelholz, den Parfüms, die sie damals benutzt hatte, billig, eindeutig, schlicht, ein Signal sexueller Befriedigung und täglicher Lust. Lieben hatte leicht und natürlich angemutet, einfach die Art, wie ihre Körper zusammenkamen. Dann war es vorüber.

Sie umarmte Vronsky, der schnurrte und ihr mit seinen wissenden gelben Augen ins Gesicht schaute, und sie weinte – weinte um Tage und Nächte, die zwanzig Jahre zurücklagen, weinte noch lange, nachdem die CD zu Ende war, lag auf der Couch und hörte nur hin und wieder ein Auto vorbeifahren.

Die Liebe war ihr Wunder gewesen. Daß solch ein Mann sie lieben konnte, sie, das große, linkische, fleißige Mädchen aus dem Ghetto von Philly, hatte nie aufgehört, sie in Erstaunen zu versetzen, unter dem stets die stumme Angst lauerte, er könnte eines Tages merken, wer sie wirklich war. Aber keine ihrer Opfergaben an ihn hatte bewirkt, daß Nick sie heute noch so unvermindert liebte wie sie ihn. Sie hatte nur erreicht, daß sie zu Hause saß und die Rechnungen bezahlte, während er fort war, in New York bei Sheryl.

11

Mary

Am Mittwoch morgen kam Mary das Landsman-Haus putzen. Mrs. L. war zur Arbeit, aber ihre neue Katze Bronskie beaufsichtigte alles. Mary tummelte sich gutgelaunt, denn ihre nächste Woche war so ziemlich unter Dach und Fach. Sie hatte viel in Kirchen übernachtet, hatte eine milde Nacht im Gartenpavillon einer ihrer Damen zugebracht und eine weitere in einer unverschlossenen Garage. Sie hatte eine unangenehme Erkältung und scheußliche Kreuzschmerzen, von den Nächten auf Steinfußböden oder harten Bänken. Aber nächste Woche war Thanksgiving, und ab Sonntag abend war sie untergebracht. Mrs. Landsman hatte Vitamin C in rauhen Mengen, also nahm sie alle zwei Stunden welches mit heißem Pfefferminztee. Mrs. L. war nicht die Frau, die ihre Pillen zählte. Mary mußte zusehen, daß sie wieder gesund wurde, sonst war sie wirklich in ernsthaften Schwierigkeiten.

Die DeMotts flogen über Thanksgiving nach Florida, zu Mr. DeMotts Eltern, die sich auf Sanibel Island zur Ruhe gesetzt hatten. Vor etwa dreißig Jahren hatte Mary mit ihrem Mann und ihren Kindern dort zehn Tage verbracht. Sie erinnerte sich noch an ihren türkisgrünen Bikini, der Jim ganz wild gemacht hatte. Türkis, das war zu der Zeit eine Modefarbe, für Häuser, Möbel und Kleidungsstücke. Jim konnte gar nicht von ihr lassen, wenn sie diesen Bikini anhatte. Sie hatte helle Haut und mußte sich vorsehen mit der Sonne. Kein Mensch hatte damals von UV-Blockern gehört, und so holte sie sich eben einen Sonnenbrand. Meeresmuscheln. Meeresschnecken. Auf der Terrasse gab es hinter einem Wandschirm eine Dusche. Einmal, in dem Gefühl, etwas ganz Gewagtes zu tun, hatten sie sich dort geliebt, während die Kinder am Strand waren. Wenn ein Mann so verrückt nach einer Frau war, dann fiel es ihr schwer, sich vorzustellen, daß er sie eines Tages nur noch aus dem Weg haben wollte, sie behandelte wie ein Stück verdorbenen Käse. Marys Sünde war es gewesen, älter zu werden. Die Zeit hatte an ihrem hübschen Äußeren genagt.

Es ging ganz langsam vor sich, und so merkte sie einfach nicht, daß sie kein hübsches junges Mädchen mehr war. Mary wurde nie dick. Sie nahm zu – zwar nicht so viel wie er, aber etwas. Um die Mitte, an den Fesseln und an den Oberarmen. Sie war von Kind auf immer hübsch gewesen, und so ging sie davon aus, daß sie es auch bleiben würde. Vielleicht hätte sie sich die Haare färben sollen, aber als sie Jim danach fragte, tat er es ab und sagte, er mochte sie, wie sie war, er mochte sie natürlich. Alle ihre Damen färbten sich die Haare. Sie hätte so viel Verstand besitzen müssen, es einfach zu tun und den Mund zu halten. Die meisten Frauen hatten Angst, von ihren Ehemännern verlassen zu werden, so wie Mrs. Landsman sich sorgte, ob ihr Mann sich mit einem seiner Flittchen davonmachen würde.

Mr. Landsman brachte einmal eins mit nach Hause, als sie gerade saubermachte. Er war so baff, als er zur Tür hereinspazierte und sie in der Küche beim Aufwischen vorfand, daß er seine Verblüffung nicht verbergen konnte. »Wer sind Sie?« fragte er. Es stimmte, sie bekamen sich selten zu Gesicht, aber Mary putzte schon seit einem Jahr für die Landsmans. Sie war für ihn einfach nicht vorhanden. Ob er wohl dachte, das Haus reinigte sich jeden Mittwoch von selbst? Nein, denn hin und wieder legte Mrs. Landsman einen Zettel hin: »Mr. Landsman wäre es lieb, wenn Sie die Jalousien wischen könnten, falls Sie diese Woche dazu kommen.« So wurden Aufträge formuliert. Höflich, was Mary zu schätzen wußte. Sie verachtete Damen, die zu ihr barscher sprachen als zu ihren Hunden.

Jedenfalls kam er hereinspaziert mit so einer Göre, Anfang zwanzig, aber angemalt wie ein Tuschkasten und in einer Aufmachung, die Mary für ein Halloween-Kostüm hielt. Beide standen da wie angewurzelt und sahen ihr fünf Minuten lang beim Aufwischen zu. Dann packte er seine Freundin beim Ellbogen und floh.

Die DeMotts waren vom kommenden Sonntag bis zum Sonntag darauf verreist, und so konnte Mary, vorsichtig wie immer, dort einziehen und übernachten. Sie brauchte dringend Schlaf. Das war mit das Schlimmste an der Obdachlosigkeit, nie genug Schlaf zu bekommen. Manchmal konnte Mary sich eine Stunde stehlen und in den Häusern ihrer Damen ein Nickerchen machen. Heute putzte sie das Erdgeschoß in rasendem Tempo. Dann legte sie sich auf das Doppelbett der Landsmans, stellte den Wecker und ließ sich in Schlummer sinken. Zum Glück hatte sie einen leichten Schlaf. Noch niemand hatte sie in ihrer Arbeitszeit beim

Schlafen ertappt. Wenn sie dagegen eine richtige Bleibe für die Nacht hatte, brauchte sie tagsüber kein Nickerchen. Sie war ein bißchen angegriffen, aber sie durfte nicht krank werden. Nein, eine schöne, geruhsame Woche bei den DeMotts, und sie konnte sich auskurieren und wieder zu Kräften kommen. Ihr Leben drohte ständig umzukippen wie wackelig aufgetürmtes Geschirr, das sie im Gleichgewicht halten mußte.

Mrs. Landsman hatte einen streunenden Kater aufgelesen, und jetzt war er der Herr und Gebieter über das häusliche Reich. Mrs. L. hinterließ Mary Zettel, ihn ja nicht vor die Tür zu lassen, als ob er so blöd wäre, aus dem Schlaraffenland davonzulaufen. Er musterte Mary und teilte ihr mit, wo er gestreichelt und gekrault werden wollte, aber er war ihr kaum im Weg. Er ließ sich nicht vom Staubsauger verschrecken. Er kletterte einfach auf das Bücherregal. Wenn sie ein Nickerchen machte, legte er sich neben sie. »Ach, jetzt bin ich gut genug zum Schmusen.« Sie dankte Gott, daß Katzen nicht reden konnten, sonst würden ihre Damen einiges zu hören bekommen, denn die meisten Haustiere litten unter Langeweile und beobachteten jeden ihrer Schritte, zählten förmlich das Silber. Wenn Bronskie Englisch könnte, würde sie auf der Stelle rausfliegen.

Das Haus war anders. Sie las daraus ab, daß der Ehemann nach Hause kam oder auch der Sohn. Der Sohn auf alle Fälle, denn Mrs. L. hatte Anweisung hinterlassen, sein Zimmer zu putzen, was sie seit dem Labor Day nicht mehr getan hatte. Sie teilte Mary großzügig mit, wenn sie früher fertig wurde, konnte sie früher gehen. Mrs. L. begriff nicht: sie konnte nirgends hin.

Bis sie für die Nacht unterkriechen konnte, in einem Keller oder in einer Garage oder in einem vorübergehend verwaisten Haus, mußte sie etliche Stunden totschlagen. Sie fuhr mit öffentlichen Verkehrsmitteln bis zu den Endhaltestellen und zurück. Sie lief umher. Dann die Einkaufszentren, da ließ sich sitzen. Sie sah immer anständig genug aus, um nicht behelligt zu werden, solange sie sich nicht zu oft blicken ließ. Wieder half ihr ihre Unsichtbarkeit. Einkaufszentren wimmelten von alten Menschen, die die Zeit totschlugen, Rentnern, die in winzigen Zimmern von ihrem Ruhegeld lebten. Wir sind alle überflüssig, und wir gehen ins Einkaufszentrum, wie wir in der Vergangenheit vielleicht in der Sonne auf dem Dorfplatz gesessen haben und die Welt an uns vorbeigehen ließen.

Sie kannte sämtliche Einkaufszentren, die sie mit öffentlichen Verkehrsmitteln erreichen konnte. Heute fuhr sie zum Chestnut Hill, wo es bequeme Sitzmöglichkeiten gab und Grünpflanzen und sogar Musik. Wenn es Live-Musik gab, konnte sie gefahrlos längere Zeit sitzen. Früher war sie immer an den Tagen mit freiem Eintritt in die Gemäldegalerie gegangen, aber mit dem freien Eintritt war es vorbei. Obdachlose sollten nicht mehr inmitten der Bilder sitzen und sich wohl fühlen.

Manchmal fuhr sie zum Lechmere. Aber das hatte nicht genug Bänke. Einkaufszentren, die nur aus Ladenzeilen bestanden wie Fresh Pond, taugten überhaupt nichts. Nirgends ein Plätzchen, um die müden Knochen auszuruhen. Sie konnte zwar von Laden zu Laden gehen, aber es gab keine richtigen Innenräume. Das Arsenal war ganz brauchbar. Harvard Square, Porter Square und Downtown Crossing waren nichts als umgebaute Bürogebäude mit Läden drin, gut für Toiletten und um vorübergehend aus der Kälte zu kommen, aber weniger gut, um den ganzen Abend herumzubringen. Downtown Crossing ging bei schönem Wetter, aber da mußte sie auf ihre Taschen aufpassen. Faneuil Hall war sehr gut, aber es gab viel Wachpersonal, und sie mußte sehr auf der Hut sein. Sie kaufte etwas, aß es langsam und behielt das Einwickelpapier, damit es weiterhin so aussah, als nähme sie gerade einen Imbiß zu sich.

Der Trick war, an keinem Platz zu lange sitzen zu bleiben, in regelmäßigen Abständen in Läden zu gehen und wieder hinaus. Solange sie einzukaufen schien, und sie hatte immer eine Einkaufstüte dabei, war sie in Sicherheit. Sie achtete darauf, die Plastiktüte regelmäßig zu erneuern, bevor sie vergammelt aussah. Bei sonnigem Wetter waren Jogger da und Straßenkünstler und händchenhaltende Liebespaare. Kinder aßen oft ihre Portionen nicht auf, schrien schon vorher nach einer Süßigkeit für hinterher.

Ihre Verhaltensweise in Geschäften war, alle Artikel gründlich durchzumustern, aber ja nicht wirklich haben zu wollen. Sie hatte eine innere Haltung entwickelt, alles zu betrachten, als sei sie im Museum. Sie ging ja auch nicht in die Gemäldegalerie und wollte plötzlich einen Rembrandt haben. Wenn eine Verkäuferin hartnäckig nachfragte, sagte sie: »Ich brauche ein Geschenk für meine Tochter, und ich merke sofort, wenn ich das Richtige sehe, denn meine Tochter ist sehr eigen.« Dann ging sie weiter.

Die modische Kleidung, die verkauft wurde, war oft eine Nachahmung älterer Moden. Deshalb *war* es wie im Museum, durch Filene's oder Lord & Taylor zu spazieren. Da war ein Kleid, genauso geschnitten wie eines, das sie 1964 getragen hatte. Da war eine Jacke wie die, die ihre Mutter angehabt hatte. Da war eine Anstecknadel, die sie in ihrer Schulzeit geschenkt bekommen hatte, und da war ein blauer Kaschmirpullover aus ihrer Collegezeit. Der Hauptunterschied war natürlich, daß nichts mehr auch nur annähernd so gut gearbeitet war. Alles war zusammengeschustert, sogar die Sachen, die so viel kosteten, daß sie am liebsten laut aufgelacht hätte, bevor sie der Zorn packte, daß Menschen für eine sogenannte Designerbluse, die wie vierzig andere aussah, ein Geld ausgaben, von dem sie einen Monat lang bequem und sicher hätte leben können.

Ihren Damen hätte es einen ziemlichen Schlag versetzt, wenn sie wüßten, daß sie nicht nur aufs College gegangen war, sondern auch ihr Examen gemacht hatte. Es hätte ihnen angst gemacht, sie zumindest sehr unangenehm berührt. Mary war ein gutbürgerliches Mädchen gewesen und hatte sich auf den Lehrberuf vorbereitet. Innerhalb eines Monats machte sie ihre Abschlußprüfungen und heiratete Jim, erwarb ihren B.A. und ihren Mrs.-Grad, so nannten sie das.

Ihr Mann war ein Jahr älter als sie, was sie damals richtig fanden. Er hatte gleich nach dem Examen eine Stellung beim Staat Illinois angenommen. Aus Angst, sie nach seinem Abgang vom College an andere Jungs zu verlieren, hatte er ihr einen Ring gekauft und darauf bestanden, daß sie ihn trug. Den Ring hatte sie schon vor Jahren verkauft und so gut wie nichts dafür bekommen. In Normal, Illinois, war sie aufs College gegangen. Wenn sie andere erheitern wollte, sagte sie: Ich bin ein ganz normales Mädchen aus Normal, Illinois. Dabei kam sie eigentlich aus Centralia.

Als sie sechzehn war und ihr Leben aufblühen sah, gerade anfing, sich zum Kino oder auf eine Limo zu verabreden, und in aller Unschuld glaubte, Küssen kam nur in Frage, wenn sie in einen Jungen wirklich verliebt war, stellte sie sich vor, daß sie mit spätestens einundzwanzig verheiratet sein würde. Ihrem liebenden, gesichtslosen Ehemann würde sie zwei Kinder schenken, einen Jungen und ein Mädchen, und in einem schmucken Haus wohnen, wo sie ihrer Familie gute Mahlzeiten und ein schönes Zuhause bereitete. Bis sie fünfundvierzig wurde, war genau das ihr Leben, obwohl die Kreise, in denen sie verkehrten, kultivierter und wohlhabender waren, als sie mit sechzehn ahnen konnte. Trotzdem führte sie das Leben, zu dem sie erzogen und angeleitet worden war: ganz nach den Regeln.

Jedenfalls wies Mrs. Landsmans Haus Veränderungen auf. Überall Katzenspielzeug. Sie verwöhnte diesen Kater, wie sie ihren Sohn verwöhnt hatte. Mary schüttelte den Kopf. Warum nannte sie es immer Mrs. Landsmans Haus? Wahrscheinlich dachte Mrs. L., es wäre ihrs, wie Mary es bei ihrem Haus gedacht hatte, aber es war bestimmt seins, wie das Auto und das Geld und das Inventar und überhaupt alles.

Mary hatte gemeint, gegen Ehebruch gefeit zu sein, obwohl sie wußte, wie viele Ehen in ihrem Villenviertel daran zerschellt waren. Solche Skandale waren das Problem anderer Frauen, die in ihrer Ehe versagt hatten. Weil sie einzukaufen und ein Haus zu führen und die Konversation mit einem Richter oder der Frau eines Unterstaatssekretärs oder einem Urologen zu bestreiten wußte, meinte sie, alles über das Leben zu wissen. Weil ihr Mann sie auch noch heftig begehrte, als sie über dreißig war, bildete sie sich ein, daß er sie immer begehren würde.

Eine Hausfrau maß der Langeweile nicht viel Gewicht bei, denn ob sie nun darauf wartete, daß der Ehemann nach Hause oder ein Kind zur Welt kam oder die Wäsche trocken oder ein Schmorbraten gar wurde, stets verbrachte sie viel Zeit damit, sich in Geduld zu üben. Zwischen dem letzten Problem und der nächsten Krise spulten sich die Tage ab. Heute sorgte sie sich um Jaimes schlechte Mathematikzensuren und morgen darum, ob Cindy in ihr erstes Ballkleid paßte. Von einer neuen Diät hieß es, man nehme davon ab und sie sei gut fürs Herz, und sie machte sich Gedanken, ob sie ihre Familie dazu bringen konnte, diese Diät mitzumachen. Sie machte sich Gedanken, weil Jaime dieses Jahr nicht an die Küste von Maryland wollte, und wo sie Ferien verbringen konnten, die alle zufriedenstellten – sie selbst nicht eingeschlossen, denn sie ging davon aus, wenn nur die anderen zufrieden waren, so war sie es auch. Sie machte sich Gedanken: der Beton von der Auffahrt bröckelt, und der Hund muß geimpft werden, und ist es nun Ed Vickers oder Ed Simmons, den Dr. Caldwell nicht am Tisch ertragen kann? Ja, sie schwamm in einem großen rosa Aquarium und hätte nie gedacht, daß jemand mit einem Hammer kommen und es zerschlagen konnte, bis sie nach Atem rang und um ihr Leben kämpfte und alles, was sie für fest und dauerhaft gehalten hatte, verschwunden war.

Kein Wunder also, daß Mrs. L. alles auf Vordermann brachte. Sie kochte wieder. Sie bediente sich des Tricks, eine Mahlzeit zu bereiten, einmal davon zu essen und den Rest einzufrieren. Die leere Tiefkühltruhe füllte sich mit säuberlich etikettierten Behältern: HÜHNERSUPPE 14.11., SPAGHETTISOSSE 16.11. Das Laub war endlich geharkt, und der Vorgarten und der Weg sahen ordentlich aus. Die alten Zeitungen, die sich herumgetrieben hatten, waren im Kamin verbrannt worden. Der Herr des Hauses mußte im Anmarsch sein. Warum machte er sich nicht aus dem Staub? Vielleicht war es so bequemer. Mrs. L. schien ihm keine Szenen zu machen oder Ultimaten zu stellen. Sie ertrug es einfach stillschweigend.

Wenn Mary wieder in Bethesda und fünfundvierzig wäre und noch einmal entdecken würde, daß ihr Mann seit zwei Jahren etwas mit seiner Sekretärin hatte, was würde sie tun? Würde sie ihren Stolz hinunterschlucken? Würde sie so tun können, als wüßte sie von nichts? Würde sie ihn halten können? Aber er heiratete nicht die Sekretärin. Er heiratete die geschiedene Frau eines seiner besten Freunde, woraufhin sie sich bis heute fragte, was da wohl gelaufen war. Deren Scheidung fand zur gleichen Zeit statt wie ihre. Vier Jahre später verließ Jim dann auch diese Frau.

Mary besaß wesentlich mehr Stolz als Mrs. Landsman, denn sie ließ sich nicht von ihm bescheißen, was kein hübscher Ausdruck war, aber ein treffender. Sie war eine gute Ehefrau und eine gute Mutter, und sie hatte ein Recht auf einen guten Ehemann. Manchmal ging sie es wieder in Gedanken durch, versuchte zu verstehen, was sie falsch gemacht hatte. Hatte sie den falschen Mann gewählt? Aber zwanzig Jahre lang waren sie allem Anschein nach glücklich gewesen. Hätte sie vorgeben sollen, nichts zu wissen? Hätte sie sagen sollen: Was immer du willst, Liebling, wie Mrs. Landsman, und sich auf die Hoffnung beschränken sollen, daß er keine Krankheit nach Hause brachte oder seine Geliebte nicht schwängerte?

Was hatte Mary falsch gemacht? Beim Saubermachen der Häuser anderer Frauen dachte sie darüber nach, wo sie vom rechten Wege abgekommen und wie ihr Leben aus dem Gleis geraten war, aber sie konnte es nicht begreifen. Ihre Beobachtungen, wie das Leben ihrer Damen aus den Fugen geriet, halfen ihr dabei wenig. Die einzige, die sich Affären leistete, war Mrs. Douglas, und deren Ehe schien nicht in Gefahr. Alle anderen Frauen, dachte sie, lebten entweder in Unwissenheit oder in Furcht.

12

Becky

Eines Samstag morgens, als Becky auf das Badezimmer wartete, damit sie zur Arbeit konnte, bekam Beckys Mama mit, daß Großmutter Blut erbrach. Alle waren tief erschrokken und stritten sich darüber, wie ernst es war. Nana hielt das Haus zusammen. Wenn Beckys Mutter in Arbeit erstickte, kochte Nana. Sie räumte auf, was in der Eile vergessen worden war. Sie wusch zwischendurch Wäsche. Sie wischte auf, was das Baby verschüttet hatte, wenn Gracie es ins Bett brachte. Sie kochte Kräutertee gegen Beschwerden und Verstimmungen. Sie streckte ein Stück Rindfleisch oder Fisch, daß es für viele reichte. Sie konnte aus allem Eßbaren Suppe kochen, und im Keller braute sie Wein aus Heidelbeeren, Kirschen oder Stachelbeeren.

Beckys Collegeabschluß ging ziemlich unter, denn als die Examensfeier heranrückte, wurde bei Nana Magenkrebs im fortgeschrittenen Stadium diagnostiziert. Sie entschied sich, zu Hause zu sterben, aber trotzdem waren die Arztrechnungen wie eine auszehrende Krankheit, noch ein Krebs, der die Familie krank machte. Das Haus roch nach Fäulnis und Bettpfannen und Medizin. Geld, Geld, Geld murmelte jeder Morgen. Beckys Mutter ging herum und knipste die Lampen aus, während andere versuchten, sich anzuziehen oder die Zeitung zu lesen. Sie lebten von dem Fisch, der gerade am billigsten war, hin und wieder einer Henne aus Mamas Schar, einer ledrigen, die nicht mehr legte, oder von Katzenfisch, beim Nachbarn gegen Hinterhofkaninchen eingetauscht. Nanas Garten versank in Unkraut. Niemand hatte die Energie, die kümmerlichen Salatköpfe unter dem Gänsefuß zu ernten, obwohl sie in den Laden gehen und Salat kaufen mußten. Auch der Garten roch nach Tod. Aber Tommy, ihr Lieblingsbruder, nahm sich den Tag frei, um zu ihrer Abschlußfeier zu kommen, und besorgte ihr zur Feier des Ereignisses einen fast neuen Videorecorder.

Mama stritt sich mit der Telefongesellschaft, mit der Elektrizitätsgesellschaft, vertröstete sie. Becky wurde angeboten, ganztags bei Lady Grace zu arbeiten, und sie gab vor, darüber nachzudenken, aber sie hatte nicht vier Jahre und die Anstrengung und das Geld drangegeben, um dann einen Job anzunehmen, den sie schon die ganze Zeit über hätte haben können.

In der Woche nach den Prüfungen übernahm sie drei weitere Abende im Einkaufszentrum und ging tagsüber unermüdlich auf Jobsuche. Es machte ihr nichts aus, an den zusätzlichen Abenden zu arbeiten. Sie hatte sich mit niemandem mehr verabredet, seit Ted Topper sie hereingelegt hatte. Sie fühlte sich versengt. Sie beackerte alle Städte, die auf halbem Weg nach Boston lagen. Am liebsten hätte sie sich in Boston umgeschaut, aber da war der Konkurrenzkampf um Medienjobs gnadenlos, und sie konnte sich nicht leisten, zu Hause auszuziehen. Sie mußte jetzt ihren Eltern helfen. Sie mußte schnellstens eine Stellung finden. Im College kopierte sie hundert Lebensläufe und verteilte sie, verschickte sie, gab sie ab, tat alles, außer sie an einer Straßenecke im Stadtzentrum Passanten in die Hand zu drücken. Ihre Kusine Wanda schenkte ihr ein altes Auto, an dem Tommy so lange herumbastelte, bis es wieder lief. Es machte komische Geräusche und hatte Fehlzündungen, aber es brachte sie von einem Vorstellungsgespräch zum nächsten.

Sie studierte sorgfältig die anderen Bewerberinnen, beobachtete die Frauen in den Büros. Sie überredete ihre Schwester Belle – die in einem Schönheitssalon arbeitete –, ihr die Haare so zu schneiden, wie sie das wollte, und ihr eine Dauerwelle zu machen. Das Resultat überraschte sogar sie. Dieser Stil, den sie an einem Mädchen gesehen hatte, das den Job bei Quali-Cable bekam, war für sie der richtige. Von einer Lockenwolke umgeben sah ihr Gesicht viel weicher aus. Ihr Haar wirkte voller, ihre Augen größer. Bei der Kleidung schien für ein nettes Mädchen auf Stellungssuche Blau die sicherste Farbe zu sein, und gleich danach kam Grau. Kein Schwarz, kein Rot, kein Gelb, bis sie den Job hatte. Kleine Ohrringe.

Sie bewarb sich um einen Job bei Sound Cable, obwohl die auf der anderen Seite vom Kanal in Falmouth saßen, sogar bei wenig Verkehr vierzig Minuten Anfahrt. Bei Berufsverkehr war es bestimmt eine Qual, über die Brücke zu kommen. Cape Cod, voller Yankees und Yuppies und Touristen, war eine andere Welt als das Immigranten-New Bedj. Nur die Fischer waren die gleichen. Sie hoffte, die lokale Abendschau zu moderieren, aber sie wollten dafür einen Mann. Sie boten ihr einen Job als Empfangsdame an. Ihre war schwanger. »Eine Empfangsdame mit dickem Bauch geht nicht«, sagte der eiförmige Mann, der sie einstellen wollte.

Es war ein Fuß in der Tür. Sie nahm sofort an. Bessere Bezahlung, regelmäßige Arbeitszeit von neun bis fünf und Sozialversicherung. Sie hatte ihren Lebenslauf überall hinterlassen, und wenn sich etwas Besseres ergab, dann warf sie das hier von einem Tag auf den anderen hin. Bis dahin mußte sie sich zurückhaltend kleiden, aber am wichtigsten war, alle richtig einzuschätzen, wer was zu sagen hatte und wer nicht, wer was tat und wann. Viele von denen, die vor der Kamera standen, kamen nur einmal die Woche für eine bestimmte Show ins Haus. Das Management und die Techniker waren die täglichen Gesichter. Sie machte es zu ihrem Ehrgeiz, alle Namen sofort auswendig zu lernen und alle ununterbrochen anzulächeln. Sie übte vor dem Spiegel. Ihr eigener Gesichtsausdruck war eigentlich ein Ausdruck intensiver, verbissener Beobachtung. Was nicht ging. Ein Männergesicht in Ruhestellung hatte ernst zu sein; ein Frauengesicht in Ruhestellung hatte zu lächeln.

Sie machte noch vierzehn Tage lang an den Abenden und Wochenenden im Lady Grace weiter, bis sie sicher war, daß sie den anderen Job in der Tasche hatte. Wenn sie spät abends Schluß machte, war sie so erschöpft, daß sie nur noch schlafen wollte. Oft hatte sie nicht einmal mehr Hunger. Dann kündigte sie bei Lady Grace. Die Leute bei Sound Cable schienen sie zu mögen, und die Arbeit war leichter. Sie konnte die Stromrechnungen bezahlen. Die Telefongesellschaft hielt sie hin, schickte mal fünf Dollar, mal zehn, dann wieder sieben. Das Telefon mußte angeschlossen bleiben, falls eine der Medienfirmen sich meldete.

Sie behalf sich mit der Kleidung, die sie besaß, denn sie wollte erst die Familie flottkriegen, bevor sie anfing, Geld auszugeben. Wenigstens hatte sie auf Jahre hinaus genug schicke Unterwäsche. Sylvie heiratete Ende Juni. Becky hatte Sylvie ein Neglige und ein Nachthemd gekauft, solange sie noch Prozente bekam. Sylvie bat Becky, Brautjungfer zu sein, aber Becky wußte nicht, ob sie sich das entsprechende Brautjungfernkleid leisten konnte.

Tante Marie sprang ein. Becky hatte sie unabhängig von Sylvie besucht, die zu sehr mit Mario beschäftigt war, um Zeit für ihre Tante zu haben. Beim ersten Mal fuhr Becky nach Cohasset, parkte vor einem Einkaufszentrum und versuchte, ihren Mut zusammenzunehmen. Schließlich rief sie Marie an und sagte ihr, daß sie gerade zufällig in der Gegend war. Marie bat sie herauf.

Marie behandelte Becky wie ihre eigene Nichte. Sie wußte, Becky hatte nicht das Geld für das Brautjungfernkleid. Als Marie es anbot, tat Becky nicht bescheiden, als könnte sie das nicht annehmen. Die Hochzeit sollte ganz in Apricot sein. Außer Sylvie in Weiß würden Sylvies Schwester, ihre Kusine und Becky und auch Mrs. Damato Apricot tragen. Der Empfang sollte in einem großen Restaurant sein, mit Unmengen italienischem Essen. Auch eine Kapelle sollte spielen. Becky und Sylvie tanzten zusammen und übten, denn sie waren nicht oft tanzen gewesen. Sie wechselten sich im Führen ab. Sie mußten kichern wie in alten Zeiten. Becky war selig, ihre Wochenenden wiederzuhaben. Mit fünf Arbeitstagen in der Woche kam sie sich vor wie eine Lebedame.

Zu Sylvie sagte sie: »Ich beneide dich. Es ist wie im Film, und du bist die Heldin. Mario ist nur ein Requisit. So etwas kommt nie wieder. Du bist der Star, und wir anderen sind nur deine Komparsen. «

»Bloß gut, daß es bei diesem einen Mal bleibt.« Sylvie lachte. »Ich habe noch nie solche Angst gehabt, einen Pickel zu kriegen oder Sonnenbrand oder was gibt's sonst noch

Schlimmes? Zehn Pfund zunehmen. Könnte ich ohne weiteres, bei all den Partys. Ich sage Mama immer wieder, wenn sie nicht damit aufhört, kriegt sie mich nur mit einem Käsehobel in *das Kleid.*« Sie tat, als schnitte sie sich Scheiben von den Hüften.

Becky hatte das Gefühl, daß in ihrem eigenen Leben noch nichts geregelt war. Sie konnte nicht von zu Hause weg, denn ihre Eltern brauchten sie. Sie verdiente sowieso nicht genug, um sich eine hübsche Wohnung wie die von Ted Topper leisten zu können. Sie wußte, was sie wollte, aber sie war dem nicht einen Schritt näher gekommen. Je deutlicher sie sah, was sie wollte, desto weiter fort schienen diese kostbaren Dinge zu sein.

Sie hatte einen Collegeabschluß. Sie hatte gelernt, korrekt zu sprechen und sich wie eine von denen zu kleiden, den attraktiven, im richtigen Stadtteil geborenen Mädchen, und sie hatte gelernt, Make-up zu benutzen, durch Beobachten, durch Lesen der Modezeitschriften, durch Nachahmen, und ihr Haar in einer vorteilhaften Frisur zu tragen, modisch, aber nicht abgedreht. Sie hatte sich mit diesen Vorzügen ausgestattet, und hier saß sie nun, eine Empfangsdame in einem Kabel-TV-Büro, was besser war als das Einkaufszentrum und besser als New Bedj, aber noch nicht einmal die halbe Strecke zum Ziel.

Sie sah keinen Weg zum Erklimmen des gläsernen Berges. Sie sah keine Kletterroute, keinen Halt für die Zehen, keine Stelle, wo ihre sorgfältig gepflegten, nicht zu langen, aber immer lackierten Nägel greifen konnten. Sie saß fest. Sie mußte jemanden finden, der ihr weiterhalf.

Der erste Weg war, die Firmenleiter emporzuklettern. Sie lächelte und lächelte und lächelte. In der High-School hatte sie Unterricht in Schreibmaschine genommen. Sie begann wieder zu üben. Sie ließ sich von Sylvie etwas über Computer beibringen. Sie stellte sich allen für Botengänge zur Verfügung. Die Sekretärinnen wurden immer gebeten, in ihren Mittagspausen irgend etwas zu holen. Becky brachte sich ihren Mittagsimbiß mit und aß ihn rasch auf der Damentoilette. Aber ja, sie fuhr gern in die nächste Stadt und kaufte Blumen. Aber ja, sie holte gern die Sachen des Toningenieurs aus der Reinigung. Aber ja, sie wartete auf das Paket, das abgegeben werden sollte.

Wenn sie etwas für eine der Sekretärinnen erledigt hatte, versuchte sie sicherzustellen, daß der betreffende Chef oder Nutznießer es erfuhr. Sie kleidete das in Worte wie: Ich hoffe, es ist das, was Sie wollten? Mr. Whites Sekretärin Rosemary sagte zu ihr: »Hören Sie mal zu, wenn ich hier aufhöre, dann können Sie von mir aus meinen Job haben. Aber nicht vorher. Mein Mann und ich, wir möchten ein Kind. Ich weiß, wohin Sie drängeln. Aber versuchen Sie ja nicht, sich an mir vorbeizudrängeln, verstanden?«

Becky sah keinen Grund, sich dumm zu stellen, wenn sie durchschaut war. Sie nickte, und als Rosemary sie weiter durchdringend ansah, sagte sie: »Ich versuche nur, eine Stelle zu bekommen, wo ich ein bißchen mehr verdiene. Meine Familie braucht offen gestanden das Geld.«

»Wer nicht?«

Die meisten Leute, die hier arbeiteten, brauchten es nicht so wie sie. Sie taxierte den Preis ihrer Mäntel, wenn sie hereinkamen. Sie sah ihre Autos auf dem Parkplatz. Manche hatten Tapedecks und zwei hatten Handys. Aber sie lächelte und erledigte Botengänge und schmeichelte ihnen und wartete darauf, daß jemand ausrutschte, damit sie aufsteigen konnte.

Ein Kameramann beugte sich über ihren Tresen, wann immer er konnte, aber der war verheiratet. Sie lächelte und spielte das alte Spiel Gutes Katholisches Mädchen. Sie tat, als verstünde sie die sexuellen Anspielungen nicht. Liebchen eines verheirateten Kameramannes zu sein brachte nichts. Der mußte sie für opferbereiter halten, als sie war. Sie erzählte im Büro nichts über sich, außer daß sie gern auf dem College gewesen war, es toll fand, Kabelfernsehen zu machen, und zu Hause bei ihrer Familie wohnte. Danach stellte sie sofort den anderen Fragen, und damit war der Zwang zu Notlügen abgewendet. Alle redeten gern über sich selbst.

Die meisten Frauen im Büro waren verheiratet, aber Gwen war geschieden, und eine war ein Single, nur zwei Jahre älter als sie. Sie fragten sie, ob sie nicht am Freitag abend mitkommen wollte, einmal zum Pizzaessen und einmal, als sie chinesisch essen gingen und anschließend ins Kino. Zu der Pizza ging sie mit, aber alles, was sie unternahmen, kostete Geld. Sie saßen nicht einfach zusammen, wie sie es immer mit Sylvie getan hatte. So wie es zu Hause stand, konnte sie kein Geld verschwenden. Sie sagte, sie hätte eine Verabredung.

Sylvie und Mario heirateten am Samstag vor dem 4. Juli, dem Nationalfeiertag. Das Wetter war heiß und schwül. Am Tag vorher hatte es geregnet, und Sylvie war in Tränen ausgebrochen. Ein Wolkendeckel hing niedrig, aber der Regen hatte aufgehört. Es waren vierunddreißig Grad, und die Luft fühlte sich an wie heißer Leim. Becky konnte in dem schweren Kleid kaum gehen und war am Rande einer Ohnmacht. Disziplin, sagte sie sich, Disziplin. Sie stellte sich vor, zu ihrer eigenen Trauung geführt zu werden. Sie heiratete … nein, keinen alten Mann wie Ted Topper, diesen geilen Geier. Einen, der nur drei Jahre älter war, einen erfolgreichen Rechtsanwalt in einem Wolkenkratzer in Boston, der einen Mercedes fuhr wie der Vertriebsleiter Mr. Corman mit dem welligen blonden Haar. Sie heiratete ihren Rechtsanwalt und zog in ein schönes Haus in Cohasset, wie Tante Marie. Außer im Fernsehen sah sie selten ein Leben, wie sie es wollte, Verhältnisse, Lebensumstände, in die sie sich einfügen mochte. Wenn sie ihren Tagträumen nachhing, borgte sie sich die Bühnenbilder ihrer Lieblingssendungen, aber sie konnte sich nicht aussuchen, was die Familie sich ansah, und der Fernseher war alt. Das Bild war voller Schnee.

Tante Marie zwinkerte ihr zu. »Du siehst hinreißend aus, Kleines.« Aber sie sagte nie Dinge wie: du wirst die nächste Braut sein. Nein, Tante Marie riet ihr: laß dir Zeit. Die Welt ist voller Männer. Sie wollen alle nur das eine, also mußt du dir sicher sein, daß du das auch willst. Marie wußte nichts von Ted Topper. Marie war die einzige ältere Person, der sie es manchmal gern erzählt hätte, jetzt, wo sie Freundinnen waren, aber sie wollte nicht, daß Marie weniger von ihr hielt. Besser, Marie hielt sie für vernünftig: sie hatte ja jetzt gelernt, es zu sein. Sie mochte ihren Tagträumen nachhängen, aber sie ließ keinen Mann an sich heran, denn sie hielt Ausschau nach einem Würdigen. Tagträume kosteten nichts. Sylvie fragte sie einmal, ob sie sich je selbst berührte. Sie hatte Mühe zu verstehen, was Sylvie meinte. Dann sagte sie: »Ich schlafe mit Laurie in einem Bett. Wie sollte ich?«

Ein einziges Mal hatte sie sexuelle Gefühle empfunden, und das war mit Ted Topper, der sie nur benutzt hatte. Eines Abends sah sie im Fernsehen einen alten Film, Gladiatoren und Römer in voller Rüstung. Es war eine schlimme Nacht für Nana, und Becky saß bei ihr. Nana lag stöhnend auf dem Sofa. Becky stellte sich vor, eine römische Aristokratin zu sein, die Ted Topper beim Kampf mit einem Löwen zusah. Eigentlich müßte sie Frauen, die Männern beim Kampf zusahen, schlecht finden, aber sie konnte sich gut vorstellen, sich an dem Anblick zu weiden, wie Ted Topper zerfleischt wurde. Sie hatte ihm zwar die Kante gegeben, aber sie würde ihr Leben lang das Gefühl haben, er besaß ein Stück von ihr, das sie nicht zurückbekommen konnte.

Sie stand mit den anderen Mitgliedern der Hochzeitsgesellschaft in der Sakristei von Sancti Antonii und stellte sich den langsamen Tod von Ted Topper vor, aber dann war es Zeit für den Einzug. Sie hielt den Kopf hoch und versuchte, in ihren Tonnen Apricottaft anmutig den Gang durch das Mittelschiff entlangzuschweben. Sie kam sich vor wie ein Floß, aber die anderen Brautjungfern waren genauso überladen, breit wie Lastkähne. Sylvie war ein weißes Satinsegelschiff mit breitem Rumpf und meterlangen Tüllsegeln. Becky roch den Duft von Falschem Jasmin. Die Luft war schwer und stickig. Mario war so bleich wie Dracula und über zwei Meter groß. Es raschelte in der Kirche von Frauen, die sich fächelten.

Das Essen war herrlich, und sie durften sich aus ihrer Brautjungfernpracht umziehen, damit sie tanzen konnten.

Becky trug ein kleines blaues Kleid. Das hatte sie schon drei Jahre lang, ein Schnäppchen aus dem Einkaufszentrum, aber es sah immer noch gut aus. Und es gab recht viel frei. Sie aß, und sie tanzte mit jedem, der sie aufforderte, sogar mit den Vätern. Eine Chance, dachte sie, gib mir eine ordentliche Chance, während sie versuchte, sich Marios älteren Bruder vom Leib zu halten, der zu eng tanzen wollte. Es waren Männer aus Sylvies Familie da, aus Marios Familie, und es war der dritte Obermotz von denen da, die ihr Papa immer Die Typen nannte. Einige Kutter fuhren klotzige Gewinne ein. Die Kammuschelfischerei brachte gutes Geld, aber Drogen brachten mehr, und die Fischfangindustrie bot tolle Möglichkeiten zur Geldwäsche. Wer sich mit Den Typen einließ, war gut bei Kasse. Ihr Papa war zu ehrlich und außerdem zu sehr Patriot. Er hielt sich raus, aber er war zweimal verprügelt worden, damit er sich nicht zu stark fühlte. Auf den Docks passierten Unfälle. In einem Auto ging eine Brandbombe hoch. In einer Konservenfabrik brach auf rätselhafte Weise ein Feuer aus. Einem, der nicht mitmachen wollte, fiel durch Sabotage die Kühlanlage aus, und er verlor etliche tausend Dollar.

Sie kannte Die Typen, alle kannten die, aber obwohl die reich waren, wollte Becky nichts mit ihnen zu tun haben. Sie brauchte keinen Mann, der, wenn sie ihm so mitspielte wie Ted Topper, einen Killer auf sie ansetzte oder ihr alle Zähne ausschlug. Sie gehörte nicht zu den geduldig Leidenden wie die Frauen, die alle Tänze aussaßen und sich Klatsch erzählten. Sie wollte einen Mann, der ihr treu war, keinen tollen Hecht, der herumschlief und sich Krankheiten holte und sein Geld für andere Mädchen ausgab. Außerdem, Die Typen amüsierten sich zwar außerhalb, aber sie heirateten nur in ihren eigenen Kreisen. Beckys Blick schweifte über die Männer in dem Saal, prüfte jeden auf seine Aussichten. Einige waren ganz nett, und ein paar sahen gut aus, aber keiner versprach, sie hinaus- und hinaufzutragen.

13

Leila

»Er sitzt auf dem Bildschirm, wenn ich am Computer arbeite. Wenn ich bade, liegt er auf dem Wannenrand und tunkt den Schwanz ins Wasser.«

Jane schüttelte entnervt den kurzen roten Schopf. »Du hörst dich genau an wie ich, wenn ich mich verliebe, weißt du das? Aber ich verliebe mich in Frauen, nicht in einen Kater.«

»Er ist der ideale Gefährte. Und wenn ich rede, hört er wenigstens zu.«

»Du hast so lange in einer schlechten Ehe gesteckt, daß dir ein Kater wie ein Liebhaber vorkommt.«

»Ach was, Jane, ich genieße es einfach, ein Haustier zu haben. Ich hatte seit Jahren keins mehr. Ich hätte nie gedacht, daß ich eines Tages verrückt nach einer Katze sein würde, aber du mußt nicht reden, als wäre ich eine alte Jungfer mit zweiundzwanzig Katzen –«

»Ich habe nichts gegen alte Jungfern, meine Liebe. Einige der größten Frauen, die je gelebt haben, waren alte Jungfern. In den letzten zweitausend Jahren neigten alte Jungfern weitaus mehr dazu, etwas zu vollbringen, als verheiratete Frauen.« Jane legte die Füße, die in prächtigen, geprägten Cowboystiefeln staken, auf ihren Schreibtisch und lächelte verschmitzt. Jane trug fast immer irgendeine Art Kostüm, heute war es der Wildwest-Look. Ihre Studierenden beteten sie an. Sie war zierlich, offen lesbisch, schlagfertig und sexy.

»Du hast Vorurteile gegen die Ehe. Die Ehe ist wie das Wetter, verändert sich ständig innerhalb ihrer eigenen Zyklen. Wenn ich sechsmal geheiratet hätte statt nur einmal, dann wäre jede Ehe ein Haus für sich, eins viktorianisch, eins eine Atelierwohnung, eins neoklassisch –«

»Von außen sehen die meisten deprimierend gleich aus. Aber ich gebe zu, deine ist einzigartig. Er hintergeht dich nicht. Er hat einfach eine Blankovollmacht, und du lächelst und nimmst es hin und hoffst, daß er dir nicht obendrein auch noch Aids anschleppt.«

»Jane, er gabelt keine Prostituierten vom Times Square auf. Sheryl hat an der Bostoner Uni studiert. Er sieht sich vor. Wir haben eine Absprache. Nie zu Hause. Was er tut, wenn er in Minneapolis oder Los Angeles inszeniert, will ich nicht wissen. Hat nicht Shaw gesagt, daß Frauen lieber ein Stück von einem guten Mann haben als einen langweiligen ganz?«

»Mir fällt auf, daß er nicht gesagt hat, Männer haben lieber eine gute Frau für einen Tag pro Woche und teilen sie mit sechs anderen Männern, als eine blöde Frau jeden Tag und jede Nacht. Ich bin sicher, daß er von Mrs. Shaw Treue verlangt hat. Du bist langweilig treu, bis auf deine Affäre mit deinem Kater.«

»Ich mag Männer nicht besonders. Nicht als Gruppe. Ich gerate kaum je in Versuchung. Und nein, ich fühle mich nicht zu Frauen hingezogen. Ich bin der Ehefrau-Typus. Wenn er bei mir ist, was schließlich siebzig Prozent der Zeit ausmacht, dann ist er wirklich mit mir zusammen.«

»Du bist der Typus der Geduldigen Griseldis.« Jane nahm die Füße herunter und pflanzte die Ellbogen auf den Schreibtisch, räumte ein Stück frei. Das war ihr Zeichen, daß die gesellige Stunde vorüber und es Zeit war, vor der Konferenz um vier auf Fakultätsdinge zu sprechen zu kommen. »So, was machen wir wegen der neuen Dekanatsvorschriften über das Fotokopieren?«

Beckys Anwalt untersagte ihr, mit Leila zu reden. Leila beschloß, bei dem Freund anzufangen, und zwar zuerst bei dessen Familie. Immer gut, Befürworter zu haben. Seine Mutter war Witwe, und Sam hatte bei ihr gelebt. Mrs. Solomon war gern bereit, Mrs. Landsman am Sonntag nachmittag zu sehen. Am Samstag hatte Nicks Stück Premiere.

In Boston hatte sie zumindest teil an seiner Arbeit. Wenn er anderswo eine Premiere hatte, konnte sie nur warten. Es wäre ihr treulos vorgekommen, ins Kino zu gehen oder eine

Freundin zu besuchen. Sie hörte Bach, las den *Globe*, las eine Fachzeitschrift und spielte mit Vronsky. Dann räumte sie ihre Schublade mit den Strumpfhosen auf, legte die schwarzen zu den schwarzen und die roten zu den roten. Das beruhigte sie vorübergehend. Sie nähte an ihrem schwarzen Seidenblazer einen Knopf an. Sie flickte die Tasche ihres Regenmantels. Sie legte ihre Ohrringe paarweise zusammen. Sie versuchte, Seminararbeiten zu lesen. Als sie mit einer durch war, merkte sie, daß sie nicht mehr wußte, worum es darin gegangen war. Nicht fair. Sie legte sie zurück auf den ungelesenen Stapel.

Sie tigerte umher. Sie überprüfte das Telefon, um sicherzugehen, daß es funktionierte. Sie schaltete den Anrufbeantworter ab. Sie nahm noch einmal den Hörer ab, um sicherzugehen, daß sie ein Freizeichen hatte. Dann legte sie rasch auf, damit Nicolas kein falsches Besetztzeichen bekam, wenn er anrief.

Sie schenkte sich ein kleines Glas Cognac ein. Dann war es leer. Sie hatte kein Verlangen danach, sich zu betrinken. Sie wollte mit jemandem reden. Eigentlich wollte sie mit Melanie reden. Melanie hatte diese Abende mit ihr verbracht, damit Leila nicht vor Spannung implodierte. Nach all den Jahren am Theater blieb Nick für Kritiken verwundbar. Alle Erfolge konnten ihn nicht gegen die panische Angst abhärten, daß jemand ihn plötzlich als Hochstapler entlarvte. Unter all dem Selbstvertrauen und der Anerkennung und der Erfahrung dachte er immer noch, daß er irgendwie allen etwas vormachte. Er erwartete immer noch, ausgelacht zu werden. Er fürchtete Spott mehr als den Tod. Die guten Kritiken benickte er, nahm sie hin als etwas, das ihm zustand, aber die schlechten Kritiken trafen ihn bis ins Mark. Er schien sie auswendig zu lernen, wenn er sie rasch durchlas und dann wegwarf. Sätze daraus kamen ihm mitten in der Nacht, beim Abendessen am nächsten Tag wieder in den Sinn. Zwei Jahre später fiel ihm plötzlich eine Beleidigung aus einer Kritik ein. Sie war überzeugt, er konnte sich bis in alle Einzelheiten an die erste unfreundliche Kritik seiner Laufbahn erinnern.

Ihre Bücher bekamen manchmal gute Besprechungen, manchmal schlechte. Abgesehen von ein paar Leuten aus ihrem Fachgebiet war ihr das ziemlich gleichgültig. Sie arbeitete immer schon am nächsten Projekt, wenn ein Buch herauskam, was dazu beitrug, sie gegen die Meinungen anderer abzuschirmen. Ein Buch machte seinen Weg oder nicht, und die Rezensionen von jenen, die hastig oder schlecht lasen, die in eigener Sache sprachen oder schimpften, konnten nie so an ihrer Psyche nagen, wie Kritiken an Nicolas nagten.

Die Vorstellung mußte inzwischen aus sein. Sie wartete darauf, daß er anrief und ihr erzählte, wie das Publikum reagiert hatte. Ihr Magen tat weh, und einen Augenblick lang überlegte sie, ob mit der Suppe, die sie gegessen hatte, etwas nicht in Ordnung gewesen war; aber es war nur die Unruhe. Wenn es ihr doch bloß weniger ausmachte! Wenn sie ihn doch bloß aus ihren Gedanken streichen könnte, wie er es zu tun schien, wenn er fort war. Manchmal, wenn er in einer anderen Stadt war, redete sie mit ihm am Telefon und erwähnte ein Problem von David oder Melanie, und für einen Moment hatte er spürbar keine Ahnung, wovon sie sprach. Dann schaltete er um und kramte das, was sie betraf, aus seinem Gedächtnis hervor, und sie konnten das Gespräch fortsetzen.

Sie schaute Vronsky in die ruhigen und skeptischen gelben Augen und hatte das Gefühl, er maß ihre Spannung und fand sie töricht. Schließlich klingelte um Mitternacht das Telefon. Nick hörte sich an, als riefe er von einer Feier aus an, was recht wahrscheinlich war. »Es scheint ganz gut gegangen zu sein. Kein Riesenerfolg, aber auch kein Reinfall. Ich rechne damit, daß das Stück einige Zeit laufen wird.«

»Du denkst immer, es wird ins eine oder andere Extrem gehen.«

»Ja, nicht wahr? Ich kann mir nie eine gemischte Reaktion vorstellen.« Er kicherte. »Du durchschaust mich völlig. Ich erwarte Verdammnis oder Seligkeit.«

»Aber du kannst damit leben? Kommst du zu Thanksgiving nach Hause?«

»Ja, sicher. Ich werde mal sehen, wie es die nächsten Tage läuft. Ich muß vielleicht noch mal rasch rüber, um sicherzugehen, daß alles auf dem Punkt bleibt. Im zweiten Akt fehlt immer noch Tempo. Bin Mittwoch da – wieder mit dem Zug. Ist entspannender.«

In der Nacht träumte sie, daß Vronsky mit ihr schlief. Er war groß und erstaunlich sanft. Als sie aufwachte, war es ihr äußerst peinlich. Welche Frau war so schamlos, davon zu träumen, mit ihrem kastrierten Kater zu schlafen? Oder unkastrierten, das war dann auch egal. Vronsky lag lang ausgestreckt da und putzte sich mit feierlicher Zufriedenheit wie nach eben solch einem Akt. Sie hatte das Gefühl, sich vor der Welt verbergen zu müssen, damit ihr ja niemand ansah, welch kranken und unsinnigen Träumen sie von ihrem Unterbewußtsein unterworfen wurde. Daran war Jane schuld mit ihrem Gerede, sie spräche von Vronsky wie von einem Liebhaber. Das hatte den Traum ausgelöst. Sie war froh, daß sie Jane heute am College nicht zu begegnen brauchte.

Mittags fuhr sie nach Sandwich, zu den Solomons. Der Weg zum Haus führte von der 6A, der malerischsten der Cape-Straßen, über eine schmale geteerte Straße und dann einen Sandweg entlang an zwei Häusern vorbei, die im Winter unbewohnt waren. Schließlich erreichte sie das Haus, es war schlicht und schön, wahrscheinlich älter als die anderen Häuser und wirkte weitaus stabiler. Es war ein richtiges Cape-Haus, mit hellgelbem Anstrich, der jetzt abblätterte, mit einer modernen Terrasse auf der Seite, die einem Flüßchen zugewandt war. Ein morscher Steg ragte ins Wasser. Im Vorgarten überwinterte ein Dinghi unter einer Plastikplane.

Der Garten war verwildert und der Zaun windschief. Ein fünf oder sechs Jahre alter Buick mit salzzerfressenem Lack stand am Ende des Weges auf einer Art Hof. Der Weg endete nicht, sondern gab einfach auf. Jemand hatte am Fenster nach ihr Ausschau gehalten. Sie parkte neben dem alten grünen Buick und ging mit raschen Schritten auf die Tür zu. Die Fliegengittertür war immer noch eingehängt, im November, aber die verglaste Windfangtür lehnte schon daneben, als sei zumindest kürzlich erwogen worden, sie einzusetzen.

Wie viele Cape-Häuser lag es seiner Aussicht zugekehrt, und die Tür, durch die sie eingelassen wurde, war die Küchentür. Ein schlanker Mann mit dichtem krausem Haar und noch dichterem Bart öffnete stirnrunzelnd. Seine Brille vergrößerte seine grünen Augen. Eine Lesebrille. Er nahm sie ab, putzte sie flüchtig und steckte sie in die Hemdtasche. Aus Jeansstoff, aber gut geschneidert, ein schickes Hemd, das sich als Arbeitshemd verkleidet hatte.

Sie stellte sich höflich vor und fügte hinzu: »Und Sie sind?«

»Ich bin Zak Solomon.« Er weigerte sich zu lächeln. Er war nicht entgegenkommend.

»Sie sind Sams älterer Bruder?«

»Ich bin der Onkel.«

Natürlich. Er war in den Vierzigern. Wie sie.

Eine Frau kam hereingestürzt. »Zak, warum hast du mir nicht gesagt, daß sie da ist? Ich war am Telefon und habe Sie nicht mal klopfen hören. Tut mir leid.«

»Wenn Sie gerade telefonieren, ich kann warten.«

»Nein, es war nur ein Freund. Ich rufe ihn später zurück. Bitte, kommen Sie doch ins Wohnzimmer. Zak, wo bleibt deine Gastfreundschaft?«

Sie war ein wenig älter als Zak, ihr Haar war in dem Alter wahrscheinlich blondiert und zu einem Pferdeschwanz zurückgebunden. Sie trug große Papageienohrringe, aus bunt angemaltem Balsaholz, einen übergroßen, mit paradierenden Pudeln bedruckten Sweater und verwaschene Jeans. Sie sprach hauchig und rasch, lächelte Leila ununterbrochen versöhnlich an.

Leila lächelte über das ganze Gesicht zurück und versuchte, der Frau Vertrauen einzuflößen. »Sie sind Cathy Solomon?«

»Cathy mit C. Ja. Kommen Sie, setzen Sie sich. Möchten Sie einen Tee? Ein Glas Tonic?« Sie ließ sich mitten auf das dänische Sofa fallen. Das Zimmer war gut eingerichtet, aber wie das Auto draußen ein wenig abgenutzt. Überall im

Zimmer standen getöpferte Scheußlichkeiten, meist in Form von Gemüsen oder Blumen. »Oder möchten Sie Kaffee? Es ist löslicher. Ich selber kann das Zeug nicht trinken, ich bekomme davon Sodbrennen, aber mein Mann hat es kannenweise verputzt.«

»Es ist richtiger Kaffee da. Ich habe welchen mitgebracht. Oben auf dem Küchenschrank habe ich eine Espressomaschine gefunden.« Zak stand in der Tür, runzelte wieder die Stirn. »Sie steht auf dem Herd.« Anscheinend wollte er, daß Cathy sie holte, obwohl er offensichtlich in der Küche zu Hause und im Augenblick näher dran war. Hatten sie etwas miteinander? Er schien den Ton anzugeben. Er wollte nicht, daß Cathy zuviel redete.

Sobald Cathy zur Tür hinaus war, setzte er sich Leila gegenüber, der es lieber gewesen wäre, sich im Zimmer umschauen zu können. Doch er richtete fest den Blick auf sie. »Mein Bruder, Cathys Mann, ist vor vier Jahren gestorben. Das war ein Schock für sie und für meinen Neffen.«

»Woran ist er gestorben?«

»Am Familienherz. Er ist eines Vormittags beim Rasenharken tot umgefallen. Als Cathy herauskam, um ihn zum Mittagessen zu holen, war er schon fast kalt. Das war ein großer Schock, verstehen Sie. Er war erst zweiundvierzig. Er hatte nie einen Herzanfall gehabt. Das liegt in der Familie. Plötzlicher Herztod.«

Er erzählte diese traurige Geschichte wie ein lustiges Lehrbeispiel und beobachtete sie dabei. Sie faßte eine spontane Abneigung gegen ihn. Jemand, der gerne inszenierte, manipulierte. Was trieb er hier? »Wohnen Sie hier?« fragte sie sanft.

»Ich wohne in Truro, ungefähr eine Stunde von hier. Ich versuche, behilflich zu sein.«

Cathy hastete mit dem Kaffee herein. »Ich bin ja so froh, daß Sie Sams Geschichte hören wollen. Ich meine, wir dachten, diese Frau hätte ihn einfach unter ihre Fittiche genommen. Ihre Fittiche! Ha. Becky Burgess hat keine Fittiche, hab' ich recht, Zak? Ich habe Ihre Frage gehört. Zak hat sich große Mühe gegeben, uns zur Seite zu stehen. Als mein

Mann starb, lebte Zak in L.A.« Sie nickte ihm zu und lächelte, als verzeihe sie ihm. »Aber seit er wieder hier ist, ist er wirklich gut zu uns gewesen.« Cathy Solomon hatte große dunkelblaue Augen, die sie beim Sprechen immer wieder weit aufriß. Wahrscheinlich war das einmal kokett gewesen, aber jetzt war es ein Tick.

»Was genau versuchen Sie herauszufinden?« fragte er und verschränkte die Arme.

»Im Grunde möchte ich den Fall verstehen und erklären. Das Interesse an dem Fall ist groß. Das meiste, was darüber gedruckt wird, ist einfach Tagesjournalismus, die naheliegende Reaktion. Ich denke, daß alle Beteiligten eine Geschichte zu erzählen haben.«

»Sie haben einen Vertrag?«

Sie zögerte. »Ja.«

»Mit wem? Für welchen Verlag schreiben Sie? Was haben Sie sonst noch veröffentlicht?«

Sie beantwortete seine Fragen, wurde jedoch zunehmend ungeduldig. »Sie scheinen eine Menge vom Buchwesen zu verstehen«, sagte sie sarkastisch. Sie überlegte, wie sie ihn aus dem Zimmer bekommen konnte, denn sie war überzeugt, daß Cathy Solomon reden wollte, geradezu danach fieberte.

»Ich habe ein oder zwei Bücher über das Verhalten von Tieren gemacht«, sagte er frostig. »Ich möchte ein paar von Ihren Büchern sehen, um mir ein Urteil zu bilden, wie Sie Ihre Themen behandeln.«

»Ich bin sicher, daß mindestens eins davon in Ihrer Stadtbücherei steht.«

»Zak ist Tierarzt. Alle schwören auf ihn.« Cathy trabte zu einem Bücherregal und zog drei Bücher gleichen Formats heraus: *Mit Hunden leben, Mit Katzen leben, Mit Papageien und anderen exotischen Vögeln leben.* Jeder Umschlag zeigte einen wesentlich freundlicheren Zak, der strahlend und streichelnd in einem Sessel saß, umgeben von den betreffenden Tieren. Papageien zu seiner Rechten, Sittiche auf den Schultern, eine Krähe zu seiner Linken: das gefiel ihr am besten.

»Ich habe mir gerade eine Katze besorgt«, bot sie an.

Er stöhnte. »Bitte fragen Sie mich nicht, was Sie tun sollen. Ich kann auf keine Party gehen, ich kann in keinen Supermarkt gehen, ohne daß Leute mich in eine Ecke ziehen und mir die Inkontinenz ihres Hundes beschreiben.«

»Ich werde Ihnen gern ein Exemplar von *Mütter hinter Gittern* schicken, Mrs. Solomon. Ich unterrichte am Lesley College. Meine Untersuchung ist zwar durchaus ernst zu nehmen, doch Sie werden die Lektüre nicht allzu akademisch finden.« Klappere mit deinen Referenzen.

»Sagen Sie Cathy zu mir. Ich komme nicht viel zum Lesen. Ich unterrichte Töpfern in meinem Atelier und mache Ausstellungen, und bei all den Anwaltskosten … Zak hilft uns aus, aber trotzdem ist es nicht einfach, glauben Sie mir. Sie sind also Professorin?«

»Sagen Sie doch Leila zu mir.« Wenn dieser hagere, finster blickende Mann sich verziehen würde, dann könnte sie Cathy zum Reden bringen. Sie war eine redselige Frau und bereits aufgetaut. Cathy gab bestimmt eine gute Informantin ab, wenn es Leila gelang, mit ihr unter vier Augen zu reden. »Könnte ich Sams Zimmer sehen? Das würde ihn für mich realer machen.«

»Sicher.« Cathy sprang vom Sofa auf, um nach oben voranzugehen. Das Haus war alt genug, um den Unachtsamen, den Fehlsichtigen und Betrunkenen, den unvorsichtigen Touristen mit einer jener steilen, engen Stiegen der Cape-Häuser aus dem achtzehnten Jahrhundert aufzulauern. Leila, die für einen August einmal solch ein Haus gemietet hatte, kletterte vorsichtig hinauf. Sie dachte nicht mehr, daß Cathy und Zak ein Paar waren. Cathy verhielt sich in seiner Nähe zu nervös.

Sams Zimmer erinnerte sie ein wenig an das ihres Sohnes. Beide hatten offensichtlich vielbenutzte Computer. Beide hatten Bücherborde mit Science-fiction, aber auf Davids Borden standen auch naturwissenschaftliche Lehrbücher, Mathematik, Physik, während auf Sams sich Krimis und Bastelbücher stapelten. Etliche populärpsychologische Bücher versprachen Rezepte, wie man Selbstvertrauen gewinnt, wie man bei Frauen Erfolg hat und wie man es schafft, von anderen geachtet und bewundert zu werden. Er hatte vielleicht fünfundzwanzig solcher Ratgeber auf dem Bord über seinem Bett. Weitere auffällige Gegenstände in dem Zimmer waren eine Rudermaschine mitten auf dem Fußboden und ein Gerät mit Flaschenzügen und Gewichten an der Wand. An einer Pinnwand waren Fotos von – so nahm Leila an – seinem Vater mit seiner Mutter und ihm im Alter von vielleicht zwölf Jahren, von seinem Onkel, etwas jünger als jetzt und mit einer rothaarigen Schönheit in einem knapp sitzenden weißen Strandanzug, und mehrere Fotos von der Theatergruppe, sie erkannte Sam darauf und Becky Burgess. Auch ein Schnappschuß von Becky allein hing da, sie stand unter einer Kiefer und lächelte sehnsüchtig in die Kamera.

Leila nahm auf dem Schreibtischstuhl Platz und drehte sich herum. »Es muß furchtbar für Sie sein, die Sorge um Ihren Sohn.«

Cathy hockte sich auf das Bett und seufzte tief. »Ich mache mir schreckliche Sorgen um ihn, aber Zak hat ihm einen guten Anwalt besorgt, hoffe ich jedenfalls. Diese Frau hat ihn zu allem angestiftet. Er stand völlig unter ihrem Einfluß, sie hat ihn regelrecht verhext.« Cathy schaute sie an, um zu sehen, ob sie ihr beipflichtete.

»Ich habe sie noch gar nicht kennengelernt. Ich verstehe gut, wie sehr Sie das mitnimmt. Ist Sam Ihr einziges Kind?«

»Ich habe noch eine Tochter, aber die ist schon verheiratet.« Cathy seufzte. »Viel zu jung, meiner Meinung nach, aber nach der hat sie mich nicht gefragt. Haben Sie Kinder?«

Leila antwortete ihr mit einer Beschreibung ihres Sohnes, die die Ähnlichkeiten herausstreichen sollte. Es mußte ihr gelungen sein, denn Cathy sagte leise: »Es muß Ihnen angst machen, das von Sam zu erfahren, denn die beiden hören sich an, als könnten sie Brüder sein. Nicht, daß Brüder immer gleich sind. Ich meine, mein Mann Mike und Zak waren sich überhaupt nicht ähnlich, außer die Augen und das Haar. Mike war viel … stärker. Er hat Immobilien verkauft, und zwar ungeheuer erfolgreich, müssen Sie wissen. Er konnte eine leere Tüte verkaufen. Er war richtig ehrgeizig. Wenn er nicht einiges von dem Geld, das er verdient hat, angelegt hätte, dann stünden wir heute vor dem absoluten Nichts!«

»Sei nicht so melodramatisch, Cathy.« Zak hatte sich die Treppe heraufgeschlichen und stand jetzt in der Tür. »Du verdienst etwas mit deinen Schülern, und ich kann dir immer helfen. Du darfst Mrs. Landsman nicht den Eindruck geben, daß Sam in Schwierigkeiten geraten ist, weil er Geld brauchte. Er stand einfach unter dem Einfluß einer älteren Frau, die ihn hypnotisiert hat.«

Verhext, hypnotisiert, sie hatten eine Sprachregelung. Leila beschloß, für heute aufzugeben und Cathy ein andermal zu besuchen, ohne den Aufpasser. Sie schrieb sich die Adresse von Cathys Atelier auf und nahm sich vor, sie morgen dort anzurufen.

Sie betrat ihr Haus und rief nach Vronsky. Sie kam jetzt wesentlich lieber nach Hause als noch vor einer Woche. Beim Kochen erzählte sie ihm etwas. Er aß sein Katzenfutter und kostete dann von ihren Kochkünsten, schenkte ihren Neuigkeiten von seinem angestammten Platz auf Davids Stuhl vornehm-zurückhaltende Aufmerksamkeit.

Jedesmal, wenn sie ihm eine Tür vor der Nase zumachte, hörte sie ein klagendes Miau, dann ein lauteres Geräusch, dann einen Schrei und schließlich Gebrüll. »Mit wem hast du zusammengelebt? Warum haben sie dich an die Luft gesetzt? Was ist passiert? Ist dein Herrchen oder Frauchen gestorben? Weggezogen?« Es fiel ihr schwer, sich jemanden vorzustellen, der sich freiwillig von einem so liebevollen Geschöpf trennte, aber Menschen warfen jeden Tag ihre Geliebten und ihre Frauen, ihre Ehemänner und Freunde weg. Aber Leila nicht. Sie war beharrlich. Sie blieb zugetan. Sie hielt fest.

Jeden Morgen nach dem Frühstück bat er darum, hinauszudürfen, ob es nun regnete oder die Sonne schien. Wenn sie das ablehnte, wandte er sich von der Tür ab und vergaß es. Er schaute gern aus den Fenstern, besonders, wenn Vögel oder Eichhörnchen da waren. In ihrer Mittagspause suchte sie eine Tierhandlung auf und kaufte ihm Spielzeug – Bälle, die bimmelten, gefiederte Fliegen an Angelruten, Mäuse aus Katzenminze. Er fand die Bimmelbälle kindisch. Er stupste sie höflich ein- oder zweimal, stieß sie dann unter die Couch und vergaß sie, in der Hoffnung, daß sie es auch tun würde. Alles, was sich jedoch unter ihren Händen bewegte, jagte er, ob es nun ein kunstvolles, gefiedertes Gebilde an einer Angelrute war oder ein Stück Schnur von der Rugelech-Schachtel.

In den ersten Tagen trat sie ihm oft auf den Schwanz und die Pfoten, bis beide ihre Bewegungen in der Küche choreografierten. Sie fand ihn großherzig und versöhnlich. Wenn sie vom Lesley nach Hause kam, war er da, wie sie es sich vorgestellt hatte, und schaute aus dem Fenster. Sie hatte Mrs. Burke einen Zettel geschrieben, ihn nicht hinauszulassen. Als sie nach Hause kam, lag ein Antwortzettel da. »Kaufen Sie in einer Tierhandlung einen feingezähnten Kamm. Kämmen Sie nach Flöhen durch. Tauchen Sie den Kamm in sehr heißes Wasser und trocknen Sie ihn auf Küchenpapier. In zwei Wochen werden Sie die Flöhe unter Kontrolle haben. Mary Burke. P.S.: Ich mache Hausbesuche, um Katzen zu füttern und zu betreuen, wenn die Besitzer verreist sind. Bitte treffen Sie Vereinbarungen rechtzeitig im voraus.«

Leila hatte keine Flöhe gesehen, aber Vronsky kratzte sich von Zeit zu Zeit. Es überraschte sie nicht, daß Mrs. Burke über Flöhe Bescheid wußte, denn sie wußte auch, wie man den braunen Belag von Teekannen entfernte und wie man eine klemmende Schublade gangbar machte. Phyllis hatte solche Kunde von alten Hausmitteln nicht weitergegeben, die Wohnung war nur anfallweise geputzt worden, wenn eine von ihnen den Dreck nicht mehr aushielt. Das Abendessen war von der Hungrigsten zusammengehauen worden. Wenn sie genug Geld hatten, holten sie sich was vom Imbiß. Viele Thunfischnudelgerichte hatten auf dem Speisezettel gestanden und Kombinationen aus Makkaroni und Käse. Debbies Art zu kochen bestand meistens darin, eine Dose Cremesuppe aufzumachen – Champignonsuppe gab sie den Vorzug – und über das Brathuhn oder den Bratfisch oder die Frikadellen zu schütten.

Nicolas hatte sie zu gutem Essen und Gourmetrezepten bekehrt. Seine Mutter war immer noch eine hervorragende Köchin, die mit Leichtigkeit zwischen drei Kochstilen hin- und herwechselte: texanische Küche, am besten repräsentiert durch Chili oder Barbecue, mexikanische Küche und deutsch-jüdische Küche, besonders, wenn das etwas mit Nudeln oder Huhn oder Kohl zu tun hatte. Als Leila ihm zum ersten Mal ein Abendessen zubereitet hatte, war er entsetzt gewesen. Nach ihrer Heirat schenkte er ihr das Kochbuch von Julia Child, Band eins und Band zwei.

Er war ein Mann, der Wert auf die Qualität der Dinge legte, ob es nun der Wein war, den er zum Abendessen trank, oder der Wodka, den er unmittelbar davor zu sich nahm. Genauso heikel war er mit seiner Kleidung, obwohl die meisten nicht darauf gekommen wären, da sein Geschmack nicht zu amerikanischen oder italienischen Designern tendierte. Er trug gern schwarze Kaschmir- oder Merinorollkragenpullover zu einem von drei Jacketts aus Harris-Tweed. Die Hosen aus Baumwollköper oder Kord mußten zum Jackett passen. Die teuersten Kleidungsstücke an seinem Körper waren gewöhnlich seine Schuhe. Er hatte breite Füße. Sie hatte ihn immer mit seinen Quadratfüßen aufgezogen. Es war schwer, dafür passende Schuhe zu bekommen, und er war empfindlich, was das Leder und den Schnitt anbetraf. Er wußte immer recht genau, was er tragen mußte und worin er sich auf gar keinen Fall sehen lassen durfte.

Weihnachten. Sie hatte es vergessen. Sie war nicht damit aufgewachsen, aber bei ihm daheim in Texas war viel davon hergemacht worden. Sie hatte gelernt, ihm diesen Gefallen zu tun. Sich ihm anzupassen. Sie wußte ganz genau, was er mochte und was nicht, was ihm gefiel und angenehm war, was ihn in gute Stimmung versetzte und was ihn störte. Dieses Wissen war sogar noch detaillierter als Mary Burkes Haushaltskunde, wie man Flecken von Scheuerleisten entfernte oder Mäuseköttel erkannte. Er kam zu

Thanksgiving nach Hause. Sie hatte sich gestattet, ungeheuer wütend auf eine Affäre zu werden, wie er sie schon fünfzehnmal gehabt hatte. Diese Beziehung ging noch in dieser Woche zu Ende. Die Premiere war heraus. Es war eine kurze, unerfreuliche Episode, die sie hinter sich lassen mußte. Er brauchte eine Frau, wenn er anderswo inszenierte, und er fand auch immer eine, jung, mit wenig Selbstsicherheit, aber vielen Hoffnungen.

Sobald das Stück anlief, war die Beziehung vorbei. Ihr gefiel das nicht, aber es war nichts, was sie eine Woche nach seiner Rückkehr noch belastete. Es hörte auf, ob Sheryl das nun klar war oder nicht. Sie dachte an diese junge Frau, vierundzwanzig und in New York wahrscheinlich allein und verloren. Bald war Sheryl wieder allein. Es war nicht fair, aber sich mit einem verheirateten Mann einzulassen war nicht sehr klug. Auf abstrakte Weise vermochte sie Mitleid für die junge Frau aufzubringen. Aber Sheryl hatte sie nicht um Rat gefragt, oder? Leila machte sich daran, ihr eigenes Leben wieder zusammenzuknüpfen.

14

Becky

Becky hörte die erste Nachricht davon bei der Arbeit. Sound Cable hatte um 12.30 eine Lokalnachrichtenschau, nach den Mittagsnachrichten der überregionalen Kanäle. Die Firma rechnete mit Leuten, die gierig auf noch mehr Nachrichten waren oder sich erst vor den Fernseher gesetzt hatten, als die Schlagzeilen vorbei waren. Roger, der die Nachrichten las und außerdem eine Interviewschau und die Sendung »Zu Gast bei …« machte, war kürzlich geschieden worden, aber nicht an ihr interessiert. Er hatte es auf Nobelcollegeabsolventinnen aus reichen Familien abgesehen. Sie konnte ihn nicht leiden, denn er erinnerte sie an Ted Topper. Außerdem gefiel es ihr gar nicht, bei einem der wenigen Kandidaten im Büro von vornherein abgeschrieben zu sein.

Deswegen hörte sie kaum zu, als die Nachrichten durch die Büros gepumpt wurden. Nach ihrem Sandwich und ihrem schwarzen Kaffee überflog sie rasch die Stellenanzeigen, wobei sie darauf achtete, daß ihr niemand zuschaute, riß die einzige, die in Frage kam, heraus und steckte sie in ihre Brieftasche. Dann drang ein Name in ihr Bewußtsein. Die *Mary Helena* aus New Bedford. Die Küstenwache hatte einen Notruf erhalten.

Sie rief zu Hause an. Das Telefon klingelte und klingelte. Schließlich nahm die kleine Tina ab. Nach einem nervtötenden Gespräch mit der Vierjährigen erreichte Becky, daß Tina Nana holte. Es fiel Nana schwer, ans Telefon zu kommen, aber Becky wollte unbedingt Bescheid wissen. Die *Mary Helena* war Onkel Rays Kutter, auf dem ihr Bruder Joey arbeitete. Tommy arbeitete mit Papa, aber Ray hatte nur Töchter. Alle waren zu den Docks hinuntergegangen, bis auf Nana, der Gracie die Kinder überlassen hatte.

Becky bekam sofort Spannungskopfschmerzen, die sich über ihren Schädel zogen. Ein Notruf, aber der Hubschrauber der Küstenwache konnte sie nicht finden. Jetzt Funkstille. Es war ein stürmischer Tag, der Wind peitschte Wasserschleier über den Parkplatz, die Kiefern bogen sich und die Eichen rauschten mit ihrem schweren Laub. Warum waren sie hinausgefahren, trotz Sturmwarnung? Weil der vom Radio angekündigte Sturm immer wieder ausblieb, und das war bares Geld. Ray schickte seine Mädchen aufs College. Joey wollte seine Freundin heiraten. Ray war seit fünfunddreißig Jahren Fischer. Er prahlte: »Ich kenne das Meer besser als jeder Yuppie, der im blauen Anzug vor einer Wetterkarte steht.«

Die Flotte bestand aus alten Kuttern, die immer wieder repariert wurden. Die Preise waren besser als früher, aber es gab weniger Fische, und sie mußten weiter hinaus und länger draußen bleiben. Kammuscheln brachten noch das meiste, aber bei schwerer See war das Abernten gefährlich und mühsam.

Sie hatte ihren Brüdern Joey und Rennie nie so nahegestanden wie Tommy, aber sie liebte Joey. Er war nicht so intelligent wie Tommy, aber umgänglicher. Laurie hatte eine Phase gehabt, wo sie besonders heiligmäßig gewesen war und Nonne werden wollte, und Joey, Tommy und Bekky hatten am schlimmsten unter ihrer Frömmigkeit gelitten. Sie verpetzte sie andauernd. Dadurch hatten sie sich gegen sie zusammengeschlossen. Laurie und Becky waren nie gut miteinander ausgekommen. Sie stritten sich ständig um den gleichen Raum und die gleichen Dinge. Laurie war nur zwei Jahre jünger, aber Becky hatte nie das Gefühl, daß sie wie Schwestern aussahen. Laurie war keine Schönheit und größer, mit langen braunen Haaren, die das Beste an ihr waren und wie Seide über ihren Rücken fielen. Sie machte eine Ausbildung zur Zahntechnikerin. Andauernd stellte sie was mit ihren Zähnen an. Ein halbes Jahr lang hatte sie im Bett einen Chloreinsatz getragen, um ihre Zähne zu bleichen. Jetzt hatte sie erschreckend weiße Zähne, die aussahen wie lauter winzige frisch geschrubbte Waschbecken. Wenn sie den Mund aufmachte, schienen sie aus ihrem blassen, schmalen Gesicht herauszuspringen.

Joey war der Unansehnlichste der Brüder, als ob die Schönheitsvorräte der Familie Tommy und Grace – der zumindest in jungen Jahren – zugeteilt worden waren und auch ihr, fand Becky, und natürlich den Kindern von Grace. Belle war auch keine Schönheit, obwohl sie sich zurechtmachte und ihr Haar nach dem neuesten Schrei frisierte. Joey war mittelgroß und hatte ein rotes Muttermal auf der Wange, das wie eine Brandwunde aussah. Er redete leise mit rauher Zigarettenstimme, denn mit dreizehn hatte er angefangen, Kette zu rauchen. Er rauchte Camel ohne, und seine Finger waren gelb verfärbt. Er war mager und sehnig wie alle Brüder. Die Hunde gehörten mehr ihm als sonst wem. Er ging den ganzen Herbst über auf die Jagd, aber er brachte nie etwas an außer hin und wieder ein Kaninchen, das nur aus Haut und Knochen bestand. Er ging einfach gern mit den Hunden in die Marschen. Wenn sie zurückkamen, waren alle dreckstarrend, erschöpft und glücklich.

Er hatte nur mühsam die High-School geschafft und hatte immer noch die gleiche Freundin. Becky überkam Angst um Joey, der kalte Schweiß brach ihr aus. Sie knirschte vor Nervosität mit den Zähnen, schlang die Arme um den Leib, tigerte auf und ab.

Sie rief bei Onkel Ray an, und seine Frau meldete sich, als habe sie vor dem Telefon auf der Lauer gelegen. »Die Küstenwache will nicht wieder raus. Sie sagen, das Wetter ist zu rauh. Sie wollen keinen Hubschrauber losschicken. Ich bin ganz krank. Wozu sind die eigentlich da? Sollen wir sie bitten, rauszufahren, wenn die Temperatur angenehm und der Sund so flach wie ein Parkplatz ist? Jetzt brauchen wir sie, und sie erklären, es ist zu rauh. Ich hasse sie! Ray ist so ein guter Mann, und die wollen nicht raus.«

Unschlüssig ging Becky von ihrem Empfangstresen ins Studio. Als Roger nicht mehr auf Sendung war, bat sie ihn: »Wenn irgendwas über die *Mary Helena* reinkommt, könnten Sie mir dann Bescheid sagen? Bitte. Wenn Sie irgendwas hören.«

»Wieso das denn?« Roger starrte sie an. »Ein Fischkutter?«

»Mein Bruder gehört zur Besatzung«, murmelte sie. Sie schämte sich. Nette Mädchen aus dem Mittelstand hatten keine Brüder auf Fischkuttern.

Aber sie hatte sich in der Reaktion verschätzt. Einer nach dem anderen kamen die Chefs und die Sekretärinnen und die Kameramänner und sogar der Direktor und sprachen mit ihr. Es war, als habe sie durch einen Bruder in den Nachrichten an Status gewonnen. Mit ihr wurden auch sie Teil der Nachrichten. Niemand schlug ihr vor, früher nach Hause zu gehen, was ihr das Liebste gewesen wäre und worum sie nicht zu bitten wagte, aber alle wollten mit ihr plaudern und ihr gut zureden.

»Wir könnten eine kleine Gedenksendung machen. Unsere Einschaltquote in New Bedford steigern«, hörte sie den Direktor zu Roger sagen. »Dienst an der Gemeinde. Machen Sie sich dran.«

Sie wollte ihnen sagen, daß sie ihren Bruder noch nicht

beerdigen konnten. Kutter verschwanden oft und tauchten dann wieder auf. Der Sturm konnte sie vom Kurs abgebracht haben. Ihr Funkgerät konnte kaputt sein. Sie konnten mit Motorschaden treiben. Niemand hatte Wrackteile gefunden. Sie war wütend, aber sie durfte ihre Wut nicht zeigen. Es war kaltschnäuzig und auch gemein, das Leben eines anderen Menschen so abzuschreiben.

Die Wrackteile tauchten zwei Tage später auf, als der schwere Seegang nachgelassen hatte. Ray und Joey wurden nicht angespült. Die Totenmesse wurde ohne Leichname abgehalten. Sie konnten niemanden im Familiengrab beisetzen. Joey war fort, als hätte er sich aufgelöst. Alle in der Familie trauerten, aber auf seltsam gedämpfte, anhaltende Weise. Belle hatte Alpträume und weckte Becky, die ohnehin nicht gut schlief, immer wieder auf. Er war von seinem Platz verschwunden. Nicht, daß er wirklich einen eigenen Platz gehabt hätte in dem winzigen, überfüllten Haus.

Sound Cable machte tatsächlich eine Gedenksendung, mit Ortsgrößen von der Genossenschaft und den Großhändlern. Sie holten auch Becky vor die Kamera und ihren Bruder Tommy in seinem marineblauen Anzug von der High-School-Abschlußfeier, eng, aber strapazierfähig, und Papa und Onkel Rays Frau und zwei von den Töchtern und Joeys Freundin.

Becky gefiel nicht, wie sie in Schwarz aussah. Lisa, eine der Sekretärinnen, borgte ihr ein graues Kostüm, das sie für die Aufnahme mit ihrer eigenen besten blauen Bluse trug. Roger schrieb ihr eine Rede, die blöde war, aber sie protestierte nicht. Sie stand da und sah in die Kamera. Aus dem Augenwinkel konnte sie sich auf dem Monitor sehen. Sie versprachen ihr ein Videoband davon.

Sie war die einzige Person außer Roger, die längeren Text hatte, die zweimal im Bild war. Erst mußte sie über Joey sprechen und dann über die Gefühle der Familie zum Meer, eine der Reden, die Roger geschrieben hatte. Sie sprach direkt in die Kamera und heftete ihren Blick auf das große Auge mit dem roten Lämpchen darüber.

Hinterher sagte Roger: »Sie sind gut rübergekommen. Gute Präsenz.«

»Ich habe am College Medienkunde studiert. Das war mein Hauptfach«, sagte sie, um ihn daran zu erinnern, daß sie auf dem College gewesen war und eine Ausbildung hatte. Sie hoffte inständig, daß die Chefs ihren Auftritt auch so fanden. Vielleicht würden sie sie wieder vor der Kamera einsetzen. Sie mußten doch sehen, daß sie nicht bloß eine Empfangsdame war.

In der nächsten Woche mußte ihre Familie wieder zu einer Totenmesse, aber diesmal gab es einen Leichnam und eine richtige Beerdigung. Nana weckte alle mit Schreien und dann mit Stöhnen, aber bis sie sie ins Krankenhaus gebracht hatten, war sie bewußtlos. Und am nächsten Tag war sie tot.

Mama sagte nach der Beerdigung: »Ein Jammer, daß sie nicht jedesmal ein Video machen, wenn jemand stirbt, dann hat man doch was, was einem bleibt. Von deinem armen Bruder haben wir kein Grab, aber wenigstens haben wir das Video, und du siehst so hübsch aus. Ich fühle mich besser, wo sie das gemacht haben.« Mama gab Becky einen sanften Klaps auf die Schulter. Sie war keine Frau für viele Umarmungen, meistens war sie zu müde. Aber in letzter Zeit hatte sie immer wieder alle berührt, als wollte sie sichergehen, daß alle wirklich noch da waren. »Es wäre schön, wenn wir eins von Nana hätten, bevor sie Krebs hatte.«

Belle nickte heftig mit ihrer Hochfrisur. »Das Video war was Besonderes. Und wenn du sie nicht persönlich kennen würdest, hätten sie das nicht für uns getan, machen wir uns nichts vor. Fischkutter gehen jeden Sommer und jeden Winter unter, und nie drehen sie ein Video für die Familie.«

Nach ein paar Wochen schienen alle leichter zu atmen. Becky vermißte Nana, aber ihr langes, langsames Sterben hatte allen Kraft abgezapft, die sie nicht übrig hatten. Vielleicht hatten Leute wie ihre Eltern so viele Kinder nicht etwa, weil die Kirche mit ihnen zeterte, sondern damit das Haus, wenn jemand starb, immer noch voller Menschen war. Leute aus dem Mittelstand hatten kaum je sieben Kinder. In Zukunft würde sie ihre Familie auf annehmbare Größe zusammenschneiden. Ich bin eins von vier Kindern. Drei waren noch besser, aber sie fand, das ging zu weit.

Bei Sound Cable schlug niemand vor, daß sie wieder vor die Kamera ging, obwohl sie weiterhin darauf hoffte. Sie wußte, sie hatte ihre Sache gut gemacht. Sogar Roger hatte das gesagt. Aber eine verheiratete Sekretärin hörte im Oktober auf und zog nach Hartford. Becky wurde gesagt, daß sie diese Stelle übernehmen konnte und sich bis dahin in Schreibmaschine verbessern sollte. Sie tat es.

Es war schwer, im Haus allein zu sein, aber manchmal spät abends, wenn alle im Bett oder noch aus waren, spielte sie sich das Band vor. Sie drehte den Ton runter oder stellte ihn ganz ab, aber sich auf dem Bildschirm zu sehen gab ihr Geduld. Wenigstens hatte sie dieses Video. In dem geborgten dunkelgrauen Kostüm und der perfekten blauen Bluse sah sie genau richtig aus. Sie schien dorthin zu gehören, vor das Auge der Kamera. Becky kauerte auf einem Schemel vor dem Apparat und war von sich selbst gerührt, ihrer offenkundigen Ehrlichkeit, ihrer Aufrichtigkeit, ihrer Präsenz. Warum war den anderen bei Sound Cable nicht aufgefallen wie natürlich sie vor der Kamera war? Sie wußte nicht, wie sie den Durchbruch schaffen sollte.

Wenn die Leute dich nicht ansahen, dir nicht zuhörten, dann war egal, wer oder was du warst. Es hieß immer, wenn du hübsch und gescheit bist, dann bekommst du, was du willst, aber sie konnte sich im Video betrachten und sehen, daß sie hübsch war. Ihr Gesicht war so hübsch wie die meisten Frauen im Fernsehen jeden Abend. Sie war blond, sie war jung, sie war schlank. Sie war die Gescheiteste in ihrer Familie, und sie hatte mehr Grips als alle anderen bei Sound Cable.

Warum also hörte ihr niemand zu? Warum fiel ihnen nicht auf, wie gut sie im Fernsehen wirkte? Warum beachtete sie niemand? Dazu brauchte es etwas, was sie noch nicht hatte, aber sie wußte nicht, was. Glück natürlich, aber das ließ sich nicht verdienen oder im Einkaufszentrum kaufen. Die Mädchen, mit denen Roger ausging, waren nicht halb so hübsch wie sie, aber sie hatten gute Stellungen. Geld brachte Beachtung. Geld veranlaßte alle, sich nach dir umzudrehen und dich wahrzunehmen, und dann sahen alle, wie hübsch zu warst, und dann sagten alle, wie gescheit du warst. Gute Kleidung machte eine Frau sichtbar. Jetzt sahen alle durch sie hindurch. Sie saß im Büro, so nützlich und so unauffällig wie ein Computer.

15

Leila

David kam vor Nicolas an. Leila redete ohne Punkt und Komma, sobald er auf dem Flughafen ins Auto stieg, obwohl sie jede Woche zwei- oder dreimal telefoniert hatten, seit er in Kalifornien studierte. Er war braungebrannt und weitere drei Zentimeter gewachsen. Er war auf dem Weg, so groß zu werden wie sein Vater, aber feingliedriger. Er sah etwas ducknackig aus, hatte eine welke Art, dazustehen, als wollte er sich von der massigen Statur seines Vaters abheben.

Er hatte eine neue Brille, fiel ihr auf, mit dunkelbraunem Rahmen der ihm besser stand. Sie trank ihn in Seitenblikken, während sie fuhr. In ihm hatte sie immer sich und Nick sehen können, auch ihren Vater und ihre Mutter. Seine Hände waren fast wie die ihres Vaters, wohlgeformte Hände mit langen, biegsamen Fingern, die zarter aussahen, als sie waren. Vielleicht als Reaktion auf die volltönende Redeweise seines Vaters sprach er leise. Oft mußten andere sich vorbeugen, um ihn zu verstehen. Er konnte schüchtern klingen, aber das war eher Beherrschtheit. Er mochte es nicht, wenn sein Temperament oder seine Stimme mit ihm durchging.

Sie vergötterte ihren Sohn, das gestand sie sich freimütig ein. Sie gab sich Mühe, ihre Hände und ihr Herz zu öffnen und ihn in die Welt gehen zu lassen, aber sie war immer eine ängstliche und sich einmischende Mutter gewesen. Sie kämpfte dagegen an, aber sie wußte, daß es ihr nur teilweise gelang, ihre heftige Liebe zu beherrschen.

»Hast du dir eine neue Brille besorgt, weil sich deine Sehschärfe geändert hat? Oder nur aus kosmetischen Gründen?«

»Meine Sehschärfe hat sich geändert.«

»Inwiefern?«

»Ein bißchen kurzsichtiger.«

»Hast du gutes Leselicht in deinem Zimmer?«

»Mutter, Kurzsichtigkeit ist erblich.«

»Wenn sie erblich ist, warum sind dann dein Vater und ich nicht kurzsichtig?«

»Er *ist* kurzsichtig. Er will nur keine Brille tragen, außer am Steuer. «

Sie wollte wissen, ob sein Bett hart genug für seinen Rükken war. Sie wollte wissen, ob er richtige Regenkleidung hatte. Sie wollte wissen, ob er genug Schlaf bekam, denn er neigte dazu, bis spät in die Nacht im Bett zu lesen. Sie wollte genau wissen, was er zum Frühstück aß. Sie wollte alles über seine neue Freundin Ikuko wissen. Sie wollte wissen, wie seine Mitbewohner im Studentenheim ihn behandelten und ob es ihn reizte, sich nach dem Examen in Kalifornien niederzulassen (so furchtbar weit weg von ihr). Sie beherrschte sich. Er war bis Sonntag zu Hause. Sie konnte ihre Fragen nach und nach stellen, sie konnte sanft und langsam vorgehen. Sie hatte ihn jetzt für fast fünf Tage. Sie durfte nicht krallen.

Sie hatte ihre Einkäufe erledigt, bei Bread and Circus eine frische Biopute geholt, zwei fette, braune Butterkürbisse, einen Kompottkürbis, grünen Salat, darunter Radicchio, so teuer wie die Unze Feingold, Porree zum Dünsten und Preiselbeeren für die Soße. Sie hatte in Brookline guten frischen Pumpernickel gekauft und die knusprigen Brötchen, die Nick so gerne zum Frühstück aß.

»Wie geht es Shana? Ist ihre Großmutter immer noch da?«

»Sie zieht vielleicht zu mir, wie ich dir schon erzählt habe. Hast du darüber nachgedacht, was du dazu meinst?«

Er zuckte die Achseln. »Shana ist in Ordnung. Sie ist wie eine schrille kleinere Schwester. Ich denke, du mußt sie aufnehmen, wenn sie das will.«

»Meinst du nicht, Melanie hätte versucht, für dich zu sorgen? Sie hätte dir bestimmt ein Thanksgiving-Festessen gemacht.«

»Mutter! Ätzend! Hast du dafür gesorgt, daß jemand meine Hemdknöpfe annäht, wenn du von einem Achtzehntonner überfahren wirst?«

Vronsky wartete schon an der Haustür und peitschte ungeduldig mit dem Schwanz. Als er David sah, runzelte er die Stirn, wie es Leila schien. Aber David hatte einen Draht zu Tieren. Nach fünf Minuten hatte er Vronsky so weit, daß der ihn umkreiste und umschnurrte und den neuen Leibdiener umstrich, der ihn auf die richtige Art und Weise unter dem Kinn und hinter den Ohren kraulte, den Ohren mit den Luchspüscheln.

Debbie war auf ihrem Anrufbeantworter und sagte, daß sie im Westin waren, ganz in der Nähe vom Prudential Center in Boston. Leila rief zurück.

»Wo warst du denn? Ich habe schon vor einer Stunde angerufen.«

»Ich habe David vom Flughafen abgeholt. Ich bin selten vor fünf zu Hause. Wollt ihr nicht herkommen?« Sollte sie anbieten, sie abzuholen?

»Red möchte in dem berühmten Dings essen, von dem er gehört hat. Red, Schatz, wie heißt das Restaurant? Durbin Park.«

»Durgin«, verbesserte Leila automatisch. »Ich warte immer noch auf Nick aus New York, und ich muß heute abend noch kochen. Ich weiß nicht, wann Nick eintrifft. Könnt ihr nicht herkommen?«

»Du hörst dich ein bißchen fertig an. Außerdem hat Red sich so darauf gefreut. Er hat von dem Restaurant im Bordmagazin gelesen.«

»Dann ist doch besser, ihr fahrt hin. Sollte Nick bald hier

sein und Lust haben, kommen wir dann dazu.« Wohl kaum. Das war nicht die Art Restaurant, die Nick gefiel, und ihr war nicht danach, sich mit ihm in der Stadt zu tummeln, bevor sie Gelegenheit gehabt hatten, miteinander zu reden.

»Wie auch immer. Wir sehen uns morgen. Wann sollen wir kommen?«

»So gegen fünf zum Essen, aber warum tun wir uns nicht früher zusammen?«

»Wir haben den Kindern versprochen, was zu unternehmen –«

David schaltete sich ein. »Ich bin um zehn bei euch im Hotel, und dann überlegen wir uns was. Die meisten guten Sachen für Kinder sind zu, aber ich schaue vorher in die Zeitungen.« Er war irgendwann an den Nebenapparat gegangen und hatte zugehört.

»Zehn ist zu früh, wir haben noch kalifornische Uhrzeit«, sagte Debbie. Leila entschuldigte sich und überließ die beiden ihren Verhandlungen. Sie wartete schließlich noch auf Phyllis.

Sie bereitete ihre Ahornsüßspeise für morgen, während David seinen mit schmutziger Wäsche vollgestopften Koffer auspackte. Dann lag er auf der Couch mit Vronsky auf der Brust und erzählte ihr seine Collegeabenteuer, derweil sie im Kreis trottete, Dinge richtete, Kissen aufklopfte, darauf wartete, daß die Süßspeise sich setzte, um den Madeira hinzufügen zu können. Sie setzte die Preiselbeeren mit koscherem Wein auf die Flamme, tat eine Handvoll Orangenschalen dazu und eilte zu David zurück. Seine Augen hatten ein helleres Braun als ihre, die Farbe von nassem Sand. Ihre Augen hatten die Farbe von Espresso. »Ikuko hat genauso dunkle Augen wie du«, erzählte er ihr.

Nick hatte im Lauf des Tages dreimal angerufen: einmal, um zu sagen, daß er um elf in New York abfuhr, einmal aus New Haven, wo er ausgestiegen war, um einen Freund bei den Theaterwissenschaftlern zu besuchen, und dann noch einmal vom Bahnhof, nachdem David angekommen war, um zu sagen, daß er jetzt in den Zug stieg, der aber sehr voll aussah, so daß er wahrscheinlich die ganze Fahrt über stehen mußte. Erwartete er, daß sie daraufhin sagte: Oh, wie schrecklich, warum bleibst du nicht, wo du bist? Sie tat es nicht. Sie sagte, sie werde ihn draußen an der 128 vom Zug abholen, denn die Innenstadt sei dicht. Er sagte, er werde bis zur South Station fahren und sich ein Taxi nehmen, keine Sorge. Er werde spätestens um acht da sein, und dann konnten sie zusammen essen.

Es wurde dann viertel nach neun, bevor sie Nick das Abendessen hinstellte. David und sie hatten ein improvisiertes Spaghettigericht mit Waldpilzen, ein bißchen Hackfleisch und viel Basilikum gegessen. Sie wärmte es für Nick auf, der es mit Genuß, aber offensichtlich ohne großen Hunger aß. Er war in New Haven zu einem opulenten Essen eingeladen worden, um eine Zusammenarbeit an Ibsens *Baumeister Solness zu* besprechen. Nick sah in dem Stück eine große und bleibende Parabel auf die Beziehungen zwischen Männern und Frauen.

Nick fand ihr eigenes neues Projekt aufregend, aber als sie gestand, daß sie Becky noch nicht begegnet war, verlor er das Interesse. »Sie hören sich an wie ein trauriges Häufchen von Vorstadtverlierern«, sagte er. »Apropos Verlierer, Kritiker sind heutzutage eine jämmerliche Bande. Nicht mal die, denen mein *Oedipus* gefallen hat, haben den Sinn kapiert. Kritiker werden immer jünger und dümmer. Was nicht auf Comics basiert oder dem Fernsehprogramm, mit dem sie aufgewachsen sind, übersteigt ihren Horizont. Ihre Kulturkenntnis reicht nicht über die letzten zehn Jahre hinaus.«

»Wir stellen fest, Dad, eure Vorstellung von Kultur, das ist Griechenland und Rom und einige Viktorianer. Wir müssen multikulturell sein – das scheußliche Wort, denn die Welt, in der wir leben, ist nicht mehr weiß und europäisch. Ich begegne Typen, die könnten dir nicht sagen, wer Oedipus war, aber dafür wissen sie alles über japanisches Schwertfechten. Es gibt Dutzende von ›Kulturen‹.«

»Möchte jemand Nachtisch? Ich habe zwei Sorten Plätzchen, Rugelech, die ich heute morgen in Brookline geholt habe –«

»Rugelech erinnern mich immer daran, wie du Obsttörtchen gebacken hast, als ich klein war. Apfel, Rhabarber, Blaubeer. Und du hast immer etwas mehr Teig gemacht und ausgerollt und mit Zimt und Zucker bestreut für mich gebacken ...« Wenn David sich an seine Kindheit erinnerte, nahm seine Stimme manchmal einen langsamen, hypnotischen Tonfall an.

»Ich habe dir ein Geschenk mitgebracht.« Nick wühlte in seiner Aktentasche. »Petersons *Kleiner Führer durch die Vogelwelt der Westküste.* Ich habe mir gedacht, du machst vielleicht einige Wandertouren.«

»Laß mal sehen. Das ist toll. Ich habe mit Ikuko ein Wochenende in Joshua Tree verbracht. Es ist wirklich sagenhaft.«

»Wie sieht sie aus? Hast du ein Foto?« fragte Nick.

»Ja, zufällig hab' ich eins.« David zog ein Gesicht und kramte seine Brieftasche hervor. Er sah hin- und hergerissen aus zwischen Verlegenheit und Stolz. »Das ist sie, die da am Felsen lehnt.«

Nick lächelte. »Sie ist entzückend. Klassische japanische Züge.«

»Sie ist wirklich intelligent«, sagte David zu seiner Verteidigung, damit er nicht in den Verdacht geriet, seine Freundin wegen ihres Aussehens gewählt zu haben.

Phyllis rief an. »Ich bin draußen an der 128 in einem Sheraton. Wo ist Debbie?«

»Im Westin. Mutter, wieso bist du da draußen? Du wolltest doch bei mir übernachten.«

»Meine Mitbewohnerin Joan hat beschlossen, mitzukommen. Sie hatte nichts Besonderes vor, und wir verbringen sonst Thanksgiving immer zusammen. Also, wir sehen uns dann morgen.«

Vielleicht hatte Phyllis sich am Steuer abwechseln wollen. Sie hatte darauf bestanden, mit dem Auto zu fahren und nicht das Flugzeug zu nehmen. Es waren acht Stunden, und Leila mochte wetten, daß Phyllis bei dem Gedanken an all die Fahrerei ihre Mitbewohnerin rekrutiert hatte. Sie teilte sich seit drei Jahren ihre Wohnung im Mt. Airy-Viertel von Philadelphia mit einer anderen Krankenschwester. Beide waren Anfang sechzig – ungefähr im Alter von Leilas Putzfrau.

»So, nun haben wir sieben Leute weniger im Haus, als es hätten werden können«, sagte Leila, als sie schließlich mit Nick allein war. »Vielleicht können wir reden.«

»Nicht heute abend, Licht meiner Augen. Ich bin halb betrunken, halb verkatert und ganz und gar groggy. Aus mir kriegst du heute nacht nicht mehr heraus als Lallen und einen Schmatz.«

»Trotzdem, Nick, wir werden reden müssen. Morgen ist wahrscheinlich Unsinn, aber dann Freitag. Wir haben einiges an Problemen zu lösen.«

Er stöhnte und grummelte etwas, hatte die Augen schon geschlossen. Vronsky kletterte auf ihrer Seite ins Bett und versuchte sie dazu zu bewegen, zur Mitte hinüberzurutschen, wo sie sonst immer schlief. Sie mußte ihren Zorn loswerden, unbedingt. Sie ruinierte sich sonst ihr Leben. Morgen war ein Feiertag, und es war die Pflicht einer Gastgeberin, ihre kleinen Probleme beiseite zu legen und alles nett zu machen. Becky zum Beispiel konnte kein Thanksgiving-Festessen mit ihrer Familie genießen. Cathy Solomon hatte vielleicht ihren stacheligen Schwager zum Essen da, aber nicht ihren einzigen Sohn. Terrys Eltern würden ihren Sohn nie wiedersehen. Melanies Tochter mußte zu Leila kommen. Von allen Familien, mit denen sie sich in den letzten Wochen beschäftigt hatte, war ihre als einzige heil. Sie mußte sich zu freudiger Stimmung zwingen, und sie mußte ein liebevolles Fest bereiten, das sie drei von neuem als Familie festigte. Es war ihre Aufgabe, wiederaufzubauen und zu bewahren. Und wie oft sah sie schon ihre Mutter? Debbie sah sie höchstens alle zwei Jahre. Dies war ein Feiertag, an dem sie alle zusammenkamen, und sie mußte ihre Enttäuschungen und ihre Verdrossenheit vergessen und daraus ein gelungenes Fest machen.

Um die Mittagszeit rief Jane an. »Was sollen wir mitbringen?«

»Ach, bringt doch Wein mit.«

»Emily trinkt keinen Wein.«

»Dann bringt etwas mit, was sie trinkt«, sagte Leila geduldig. Sie war Emily ein paarmal begegnet, aber sie brachte sie immer noch mit der davor durcheinander, der Bibliothekarin, die Triathlon machte. Emily war auch groß, aber Hals-Nasen-Ohren-Ärztin. Jane hatte ihr mal aus einer Statistik vorgezählt, wie wenige Ärztinnen sich auf HNO spezialisierten.

»Du erinnerst dich doch, daß sie zwei Jungen hat.«

»Jungen?« Leila erinnerte sich nicht. Jane erzählte stundenlang von ihren Lieben, und es fiel schwer, sie auseinanderzuhalten. »Wie alt?«

»Acht und zehn.«

Leila wollte schon sagen, das hättest du mir auch früher erzählen können, aber bestimmt hatte Jane es ihr erzählt. »Wenn sie irgendwas Besonderes zu essen brauchen, bringt das mit, wenn es euch nichts ausmacht. Aber du weißt ja, es ist immer viel da.« Einer von Leilas Glaubenssätzen war, daß zu Pessach und zu Thanksgiving immer viel zu viel auf den Tisch kommen mußte: Produkt einer Kindheit zufälliger Mahlzeiten und halbleerer Kühlschränke mit nichts Nahrhafterem als angebrochenen Gläsern mit sauren Gurken, Maraschinokirschen und Ketchup, um den Hunger eines groß geratenen und weiterhin rasch wachsenden Mädchens zu stillen. »Jedenfalls sind sie nicht die einzigen Kinder. Die von meiner Schwester Debbie werden auch da sein. Bringt auf alle Fälle viel Wein mit. Wir sind, laß mal sehen, wenn ich Shana und David als Erwachsene mitzähle, werden wir mindestens elf Erwachsene und fünf Kinder sein.«

Es entstand eine kleine Pause. »Veranstalten wir das in der Turnhalle von Harvard? Was du wirklich brauchst, sind Stühle. Hast du genug Geschirr?«

»Du kennst mich doch. Geschirr habe ich in Hülle und Fülle. Aber Stühle, ja, das ist eine gute Idee. Dann brauche ich nicht auf einer Fußbank und drei Telefonbüchern zu sitzen.«

Sie hatte im ganzen letzten Monat kein richtiges Essen, kein Festmahl gekocht. Sie überlegte, warum ein Tag am

Küchenherd ihr das Gefühl gab, eine gute Frau zu sein. Ihre Mutter hatte sich in der Küche ungeschickt angestellt. Vielleicht lebte sie den Mythos der idealen Mutter aus. Phyllis dagegen war ganz prosaisch und pummelig und ähnelte in keinster Weise den Müttern aus den Serien in dem körnigen Schwarzweißfernseher ihrer Kindheit. Phyllis kam aus dem Krankenhaus gestapft und steckte in der Küche vor laufendem Fernseher die Füße in eine Schüssel mit heißem Wasser und Tannenbalsam, rauchte und las Frauenzeitschriften und ergötzte sie mit den neuesten Tips. »Wißt ihr schon, wenn ihr eure Hände in Kokosmilch wascht, dann seht ihr um Jahre jünger aus?« Weder Debbie noch Leila wollten um Jahre jünger aussehen. Sie konnten es nicht erwarten, groß zu sein. »Ha. Sie haben fünfzig Männer gefragt, was sie zuerst anschauen, und die haben gesagt, das Gesicht einer Frau. Schamlose Lügner! Rede mit fünfzig Männern, und neunundvierzig davon reden mit deinen Titten.« Phyllis hatte eine laute, rauhe Lache.

Es war schon früher Nachmittag, als Leila diese Lache in der Diele explodieren hörte. Offenbar hatte Nick ihr aufgemacht. »Das ist also meine Lebensgefährtin Joan. Na, wie haben sie dich behandelt? Schaut aus, als hätte meine Tochter nicht aufgehört, dich zu oft und zu reichlich zu füttern, was, Nick?«

Leila warf ihre Schürze auf einen Stuhl und eilte dazu. Phyllis gab ihr einen flüchtigen Kuß auf die Wange. Großes Getue lag ihr nicht. Dann schüttelte Leila Joan die Hand, einer Frau, der man ohne weiteres abgenommen hätte, die Zwillingsschwester von Phyllis zu sein. Beide waren einsachtundsechzig große, stämmig gebaute Frauen, weder mager noch fett, mit breiten Gesichtern und kurzgeschnittenem grauem Haar, beide trugen weite Hosen, Hemdblusen und dazu Ohrringe, um anzuzeigen, daß sie sich feingemacht hatten. Phyllis hatte sich kleine, mit ihrem Monatsstein Granat besetzte Goldringe angesteckt, ein Geschenk von Leila, und Joan trug zur Feier des Tages baumelnde Plastiktruthähne.

»Debbie ist also tatsächlich hergeflogen?« donnerte Phyllis. »Sie kommt nie an die Ostküste. Sie haßt die Ostküste. Sie mag die weiten, offenen Flächen. Sie hat jetzt sogar Pferde. Ich kann mir kein Pferd als Haustier vorstellen. Joan und ich haben einen Pudel.«

»Vielleicht besorge ich mir so ein Shetland-Pony«, sagte Joan. »Wenn sich Leute kleine Schweine als Haustiere halten, warum nicht kleine Pferde? Klar, wir müßten den Teppichboden rausreißen und alles mit Stroh auslegen.«

»So, wie wir unsere Wohnung halten, wer sieht da je den Fußboden?«

Beide Frauen lachten und ließen sich von Nick Bier bringen. Phyllis hatte immer ihre Busenfreundinnen, Krankenschwestern, denen sie seit zwanzig, dreißig Jahren nahestand, Frauen, in deren Leben die Männer kamen und gingen wie Erkältungen, die sie plötzlich anfielen und eine Weile blieben, oder auch Männer, die sie nicht heiraten konnten, weil sie wie der letzte Freund von Phyllis irgendwo schon eine Frau hatten. Wenn eine aus diesem Kreis gestandener, hart arbeitender Frauen mit den lauten Stimmen und dem deftigen Wortschatz heiratete, dann stellte sich der Ehemann gewöhnlich als Alkoholiker oder Spieler oder noch Schlimmeres heraus, und ziemlich bald sagten alle anderen Frauen: Louise, du mußt ihn loswerden, Louise, du mußt ihm die Tür weisen. Und Louise tat es. In ihrer Kindheit hatte Leila sich gesagt, ich werde mir einen klugen, gesunden, erstrebenswerten Mann aussuchen, und ich werde eine lebenslange Ehe mit ihm führen, das schwöre ich.

Phyllis und Joan boten beide der Form halber an zu helfen, aber Leila hütete sich, ihre Mutter in die Küche zu lassen. Phyllis, Joan und Nick saßen und guckten Football, alle drei keine echten Fans, aber alle bereit, sich so die Zeit zu vertreiben und anzügliche Kommentare abzusondern. Nick bot an, eine Wette über den Ausgang des Spiels abzuschließen, aber Phyllis weigerte sich eisern. Sie wettete nie. Sie spielte nicht einmal Penny-Poker. »Die Spielleidenschaft hat meinen Mann das Leben gekostet. Die Spielleidenschaft hat uns das Dach überm Kopf genommen. Spül dein Geld lieber im Klo runter. Oder gib's mir. Ich weiß was damit anzufangen. «

Joan kicherte. »Sie läßt mich nicht mal Lotto spielen.«

»Jeder am Theater ist ein Spieler«, sagte Nick. »Wer braucht den Nervenkitzel eines Pferderennens, wenn er seine Karriere mit einem idiotischen Stück aufs Spiel setzt?«

Leila mochte das Ritual, ein Fest vorzubereiten. Einige Programmpunkte auf dem langen Speisezettel waren neu, aus der Zeitung ausgeschnitten oder in einem Kochbuch gefunden, das sie in der Woche zuvor abends im Bett gelesen hatte, aber einige waren alte Lieblingsspeisen, deren Weglassen David erbost hätte, wie die beiden Nachspeisen, die kalte Ahorncreme und der heiße Rumkürbiskuchen. Das war ihre Form der Ausschweifung, die teils darauf abzielte, es ihrer Familie schön zu machen, und teils, es sich selber schön zu machen. Darüber hinaus trachtete sie, eine archaische Gottheit zu beeindrucken, eine Göttin, die sie als gute Frau belohnen würde, indem sie ihr zu behalten erlaubte, was sie hatte. Bald würde sie dem Haushalt eine Tochter hinzufügen, Shana. Die Familie hielt und wuchs sogar noch.

16

Leila

Debbie, Red, Robin und der Kleinste, Ben, trafen um halb fünf ein. Wie David vorhergesehen hatte, war Abel, der Vierzehnjährige, bei seinem besten Freund in Kalifornien geblieben. Leila sah zu, wie Debbie und Phyllis sich begrüßten, und dachte, wenn sie sich immer als fünftes Rad am Wagen empfunden hatte, so hatten die beiden anderen auch Hemmungen, ihre Zuneigung zu zeigen. Phyllis war jedoch mit ihren Enkelkindern völlig ungezwungen, hockte sich hin und schnitt Fratzen für Ben, der das Bein seiner Mutter umklammerte und finster guckte. Innerhalb von fünf Minuten hatte Phyllis es geschafft, daß Ben sich vor Kichern nicht zu lassen wußte. Robin war die Scheue, Dunkle, das einzige Mädchen, und Phyllis konnte sie herzen, wie sie es bei ihren Töchtern nicht konnte. Aber zu der einssechsundachtzig großen, spitzbäuchigen Gestalt von Red Rodgers schaute sie hoch und hatte nichts weiter zu sagen als Hallo. Schließlich verbündeten sie sich im Rauchen, standen zusammen im Exil auf der Veranda und pafften die Straße an.

Joan sagte: »Sie hat versprochen aufzuhören, und sie will sich Nikotinpflaster kleben, als Weihnachtsgeschenk für mich. Ich bin keine Jüdin. Sie will sich von mir nichts zu Weihnachten schenken lassen, aber das ist ihr Weihnachtsgeschenk für mich.«

»Es ist ein Geschenk für uns alle«, sagte Leila. »Seit zwanzig Jahren rede ich auf sie ein, es sich abzugewöhnen.«

»Wenn du mehr Kinder hättest, würdest du dich nicht so anstellen, Leila. Mutter ist erwachsen – und noch dazu Krankenschwester, Himmel noch mal.« Debbie schüttelte mitleidig den Kopf. Drei Kinder und ein viertes unterwegs, und sie war immer noch dünn. Ihr Bauch wurde dick, aber der Rest von ihr blieb kindlich. Neben Debbie fühlte Leila sich übergroß, ausgeleiert, schlaff, vor Fleisch aus allen Nähten platzend. Debbie war zierlich. Leila war eine Großpackung. Debbies Haar war heller als Leilas und feiner, auch ihre Gesichtszüge waren feiner geschnitten. Ihre Rollen waren ihnen früh zugewiesen worden: Leila war die Intelligente, Debbie die Hübsche. Leila war verantwortungsbewußt, Debbie sensibel. Sie kämpften immer noch um Mamas Gunst, und Mama war immer noch überfordert und hatte nur den einen Wunsch, daß beide sich abregten und den Mund hielten.

Nick und Red machten sich an die Arbeit, das Tischproblem zu lösen: der Tisch ließ sich (mit Hilfe eines Schraubenziehers, eines Ölkännchens und viel Gezerre und Gefluche) lang genug aus ziehen, daß zwölf Personen bequem daran Platz fanden, aber sie waren fünfzehn. Ein Spieltisch mußte dazugestellt werden, entweder gerade oder zu einem L. Dann merkte Debbie, daß Ben verschwunden war.

Nach einer halben Stunde Panik wurde er unter Leilas Bett entdeckt, Nase an Nase mit Vronsky wie zwei Kater, die ein Duell ausfochten. Robin war mit Davids Computer glücklich und spielte irgendein Weltraumspiel.

Joan und Debbie übernahmen das Tischdecken und gerieten dabei in ein intensives Fachgespräch über Massagetechniken. Joan war Krankenschwester, Debbie war Massagetherapeutin. Leila, deren Festmahl unter Kontrolle und pünktlich in der Zeit war, begoß die Pute und machte sich an den Kürbiskuchen. Jetzt ergötzte Phyllis alle mit Horrorgeschichten aus dem Krankenhaus, während sämtliche verfügbaren Stühle an die L-förmige Tafel geschleppt wurden, die sich unter zwei einfarbigen und einer bedruckten Decke aus Guatemala verbarg.

Im Wohnzimmer begann Red, Nick zu Grundbesitz zu verführen. »Nur dreißig Anzahlung, und du verfügst über eine Immobilie, die nach heutigem Marktwert ihre zweihundert Riesen wert ist. Das kannst du dir nicht entgehen lassen. Das ist eine sichere Sache.«

Um halb fünf kamen Shana und Mrs. Peretz mit einer zugedeckten Schüssel. Shana war ganz in Schwarz, mit heftigem Augen-Make-up. Sie hatte sich das Haar abgeschnitten, was ihr verhungertes, hohlwangiges Aussehen über dem schwarzen Rollkragenpullover noch verstärkte. Sie warf sich im Wohnzimmer in einen Sessel und blickte sich um. »Wo ist David?« Nick setzte sich zu ihr und versuchte mit ihr zu plaudern. Mrs. Peretz hatte ein Gericht aus Süßkartoffeln mitgebracht, das aufgewärmt werden mußte, eine nahezu unmögliche Aufgabe, da alle Töpfe auf beiden Herden umgestellt werden mußten. Joan übernahm das, während Leila nach oben lief, um David zu holen, damit er sich mit Shana unterhielt. Shana redete mit Nick über den Tod.

Shana senkte den Kopf, als sie David sah, aber sie verdarb die Wirkung, indem sie herausplatzte: »Stell dir mal vor, David. Mein Dad hat dafür gesorgt, daß ich aufs Westborn-Mt. Stephens komme! Ich kann nächste Woche anfangen, mitten im Semester, und ich kann reiten. Sie haben Pferde!«

»Wo ist Westborn-Mt. Stephens?« fragte Leila verwirrt.

»Nur fünfzehn Kilometer von Dad. Ich hab' die Schule gesehen, und sie ist toll! Ein richtiges kleines Dorf, mit zwei Pferdeställen und einer Koppel und endlosen Reitwegen. Ich kann's gar nicht erwarten!«

Leila ging langsam hinaus in die Küche. Sie wußte nicht, ob sie enttäuscht oder erleichtert sein sollte, aber sie kam sich reichlich blöde vor. Nur sie schien Shanas Bitte, bei ihr wohnen zu dürfen, ernst genommen zu haben. Wenig später erschien David. »Das wäre also das. Ich bin entzückt, daß ihr Vater sie dazu bestochen hat, umzuziehen. Sie liebt es, im Mittelpunkt eines Dramas zu stehen, findest du nicht?«

»Schau mal, sie macht eine schwere Zeit durch und muß einen schweren Verlust verkraften. Hauptsache, sie fühlt sich besser.«

David inspizierte die Töpfe und die Schüsseln und lugte in beide Backöfen. »Es gibt viel zuviel.«

»Zu Thanksgiving soll es viel zuviel geben. Das ist der Sinn der Sache«, sagte sie geduldig.

Nick erschien in der Tür. »Leila, du hast vergessen dich umzuziehen. Höchste Zeit, daß du dich hübsch machst.«

Sie sah an sich herunter. Sie hatte immer noch die Hose an, in der sie den ganzen Tag gekocht und gebacken hatte. »Was soll's. Niemand kommt, um mich anzuschauen.«

»Nun komm schon«, sagte Nick streng. »David übernimmt, solange du oben bist.«

Er nahm ihren Arm und führte sie hinaus. Sie sah, daß er drei Kleider zur Auswahl auf ihrem Bett ausgelegt hatte. Nick hatte für Frauenkleidung den gleichen kritischen Blick wie für Männerkleidung. Er hatte ihren Stil schon vor Jahren umgemodelt. Sie hatte zum Schichten-Look geneigt, in der Meinung, das verbarg ihren Körper, der ihr immer zu groß vorgekommen war. Er hatte ihr beigebracht, sich so zu kleiden, daß es ihre Größe und ihre Figur betonte.

»Ich bezweifle, daß ich das Blaue tragen kann. Dafür muß ich in einem weniger pummeligen Stadium sein.«

»Du siehst aus, als hättest du abgenommen. Probier's

mal … Na siehst du? Dazu ziehst du marineblaue Strumpfhosen an, marineblaue Pumps, und laß mich mal deine Ohrringe sehen. Etwas Großes, was baumelt.«

Nick war der einzige ihr bekannte nicht-schwule Mann, der eine Frau von Kopf bis Fuß wirkungsvoll und attraktiv einkleiden konnte. Er hatte ein Auge dafür. Er stellte ein Kostüm für sie zusammen. Innerhalb von zwölf Minuten hatte er sie angezogen. Das Kleid paßte. Sie hatte sich den ganzen Herbst über nicht gewogen. Sie war ihm dankbar, daß er an ihr Aussehen dachte. Vielleicht war er am Anfang eines Zyklus, in dem er sie wieder anziehend fand. Scheu betrachtete sie sich im Spiegel, und ausnahmsweise gefiel ihr, was sie sah. Sie würde nie zierlich oder grazil aussehen, aber sie sah recht elegant aus, fast hübsch.

Nick gab ihr beim Hinausgehen aus dem Schlafzimmer einen kurzen, aber liebevollen Klaps auf den Po. »Das ist meine große, schöne Puppe. Zeig, was du hast.«

Es war halb sechs, als Leila an der Uhr in der Diele vorbeikam, und Jane plus Anhang waren noch nirgends zu sehen. Sie hatte alle so eingeladen, daß sie lange vor dem Auftragen da waren, eben um diese nervöse Warterei zu vermeiden. Sie rief bei Jane an. Jane meldete sich.

»Wo bleibt ihr? Hier ist Leila.«

»Wir wollen uns gerade fertigmachen. Wieso, wann wird denn gegessen?«

»Jetzt«, sagte Leila. »Bitte kommt, wie ihr seid.«

Debbie und Shana hatten sich verbündet, merkte Leila. Shana hatte ihre Bemühungen, David zu beeindrucken, eingestellt und schaute sich Fotos von Debbies Pferden an. »Und du hast zwei ganz für dich allein!« schmachtete Shana. »Du mußt unheimlich glücklich sein.«

Ein wenig später hörte Leila Debbie sagen: »Ach, also wollte sie dich dazu bewegen, bei ihr einzuziehen. Sie versucht immer, alles an sich zu reißen.«

»Nein, nein!« sagte Shana. »Das war nur so eine Idee von mir. Ich dachte, mein Dad wollte mich nicht, und ich hab' seiner neuen Familie nicht über den Weg getraut.«

Schließlich, um fünf nach sechs, kam Jane hereingerauscht. Jane war der Typ Lesbe, den Männer gewöhnlich mochten, denn sie war elegant und für so ziemlich alle attraktiv. Sie trug ihr kastanienbraunes Haar als glatt glänzende Kappe, die Bluse unter dem Kaschmirblazer war aus cremefarbener Seide, die Hose aus schwarzer Seide fiel in dekorativen Falten. Sie trug große, eckige Amethystohrringe. Jane war nie länger als einen Monat ohne Partnerin. In ihrer Galerie von Kostümen vereinigte sie Stilelemente, die gewöhnlich entweder als maskulin oder als feminin galten. Heute war sie die junge Katharine Hepburn, tippte Leila.

Ihre neueste Partnerin, Emily, war groß. Sie war auch grobknochig, eher ein Schwergewicht, und trug modisch-derbe Stiefel. Sie steckte in diversen Tweedschichten. Ihr strubbeliges Haar war hellbraun. Bis auf eine goldene Uhr trug sie keinen Schmuck. Sie schien sich nicht sonderlich wohl zu fühlen und wirkte verdrossen, hatte zwei Jungen im Schlepptau, die ihr sehr ähnlich sahen, allerdings nur halb so groß waren. Der eine, Tim, laborierte gerade an einem Trotzanfall. Der ältere, Chuck, stürzte sich sofort auf den Fernseher und das Footballspiel.

Unbeeindruckt scheuchte Leila alle an die improvisierte Tafel. Sämtliche Stühle, die sie aufbieten konnte, dazu vier von Jane. Sie hatte für Nick das eine Ende vorgesehen, das andere für sich. Zu ihrer Linken saß Mrs. Peretz, die verängstigt aussah und sich auf ihrem Stuhl zusammenduckte, und zu ihrer Rechten Phyllis – damit sie ihre Mutter mit Beschlag belegen konnte. Neben Phyllis hatte sie Joan plaziert, damit die eine Tischnachbarin hatte, die sie kannte. Dann kam Emily. Vielleicht konnten sie über Medizin reden? Dann Emilys zwei Jungen. Jane saß auf der einen Seite von Nick und Shana auf der anderen. Das würde seine Stimmung heben. Er flirtete immer mit Jane, die zurückflirtete. Neben Shana hatte sie David gesetzt. Dann Robin, die sich begeistert an David anschloß. Dann Debbie zwischen ihren beiden Kindern. Dann Red neben Mrs. Peretz und ihr. Sie würde sowieso die halbe Mahlzeit über auf den Beinen sein. Ihr Stuhl stand praktischerweise der Küchentür am nächsten.

»Was ist denn das für Zeug? Sieht aus wie Haferschleim«, sagte Chuck.

»Maronencremesuppe.« Sie warf einen Blick auf das feingeschnittene Profil ihres Sohnes und dachte liebevoll daran, welch bereitwilliger Esser David gewesen war. Nach einer heiklen Phase mit sieben probierte er alles. »Katzenwels und Klapperschlange, super.«

»Die Boston Lyric Opera hat mich darauf angesprochen, im nächsten Winter *Don Giovanni zu* inszenieren. Ich fasse es ins Auge. Eine faszinierende Figur«, sagte Nick. »Der große Liebhaber.«

»Ich habe in Don Juan immer nur einen Mösensammler gesehen«, antwortete Jane. »Ein Verführer, wenn die Frauen sich plangemäß hingaben, ansonsten ein Vergewaltiger. Ein Liebhaber? Der hat nie was anderes geliebt als seinen Schwanz.«

Chuck kicherte. Emily warf Jane einen Blick kalter Wut zu. »Wir sollten bei Tisch auf unsere Ausdrucksweise achten«, sagte sie mit kehliger, klangvoller Stimme.

»Singst du?« fragte Leila spontan. David räumte die Suppenteller ab, und sie trug gerade die Pute und ihre Begleitgerichte auf.

»Alt. Ich bin im Chor der Händel-Gesellschaft. Singst du auch?«

»Früher mal.«

»Sie hat eine schöne Stimme, aber sie erhebt sie äußerst selten«, sagte Nick. »Eine lobenswerte Eigenschaft bei einer Frau.« Er beging den Fehler, Emilys Glas vollschenken zu wollen, als er mit dem Chardonnay um den Tisch ging.

»Ich finde, davon gibt es zu Thanksgiving viel zuviel«, sagte Emily. »Vielleicht ist das die Ursache, warum einige vergessen, daß Kinder am Tisch sitzen.«

»Damit hatten wir nie ein Problem«, sagte Mrs. Peretz. Sie unterzog Jane und Emily prüfenden Blicken. »Trunksucht. Juden trinken Wein, aber wir betrinken uns nicht. Ich meine, Menschen, die damit aufgewachsen sind, Wein zu trinken, haben mit Alkohol keine Probleme. Er ist nur ein Nahrungsmittel, das man in Maßen zu sich nimmt.«

»Wein hat die gleiche Wirkung wie jede andere Form von Alkohol«, sagte Emily. »Wein ist kein Nahrungsmittel.«

Nick bemerkte gesprächig: »Wir leben in einer Zeit, in der Menschen sich mehr und mehr darüber definieren, was sie konsumieren oder was nicht – Lakto-Vegetarier, reine Vegetarier, Raucher, Nichtraucher, Makrobiotik, fettarm, zuckerfrei. Wenn man sich auf dem laufenden halten will, was jede Person ißt oder trinkt, dann ist das inzwischen eine Vollzeitbeschäftigung, und ein großes Essen wie dieses hier muß eigentlich am Computer geplant werden. Europäer finden uns lächerlich, welche moralische Bedeutung wir unseren Eß- und Trinkgewohnheiten beimessen.« Er versuchte, Emilys Reaktion zu entschärfen, indem er das Thema verallgemeinerte. Über die Länge des Tisches hinweg warf er Leila einen reuigen Blick zu. Sie spürte die alte Verbundenheit mit ihm. Sie waren im Einklang.

»Mehrere europäische Länder haben viel höhere Alkoholismusraten als wir«, sagte Emily fest und legte ihre Gabel nieder.

Sogar Mrs. Peretz begann, wesentlich langsamer zu essen. Leila suchte krampfhaft nach einer Einlage, irgendeiner, um das Gespräch in fröhliche Gewässer zu steuern. »Unser Wort für Pute, Turkey, ist eigentlich ein komischer Name für einen einheimischen amerikanischen Vogel, nicht?«

David verstand ihre Ablenkungstaktik. »Vielleicht meinten sie damals, die Vögel sagten: ›*Türk-kei-turk-kei-türk*‹«, kollerte er zur Veranschaulichung.

Robin und Tim fanden das ungeheuer komisch. Die nächsten zwanzig Minuten lang wiederholten sie: »*Türk-kei-türk-kei-türk.*« Emily strahlte. Leila verstand sofort, daß Emily ihre Sorte von Mutter war, eine überfürsorgliche, überängstliche, die sich in Zaum hielt, aber ständig auf der Hut war vor möglichen Gefahrenquellen.

Die Eßgeschwindigkeit nahm wieder zu, und alle schienen fest entschlossen, guter Dinge zu sein. Jane sagte im Plauderton zu Joan und Phyllis: »Wie lange seid ihr zwei schon zusammen? Als Paar.«

Phyllis griente. »Sind wir so unverkennbar? Aber das wollten wir eigentlich auch sein. Seit drei Jahren. Die beste Ehe, die ich je geführt habe.«

David stieß einen leisen Pfiff aus. Red kratzte sich den Kopf und zog Debbie ein Gesicht, die den Finger an den Mund gelegt hatte, erst Phyllis ansah und dann ihre Kinder, die immer noch abwechselnd kollerten und schmatzten. Leila war zu baff, um irgend etwas zu sagen. Nick rettete die Situation. »Ich trinke auf das neue Paar – für uns neu. Ihr scheint gut zueinander zu passen.« Er hob sein Glas.

Emily gestattete sich diesmal nicht, provoziert zu sein. »Auf Phyllis und Joan. Es ist nie zu spät, das Leben ins reine zu bringen.«

Leila fand ihre Stimme wieder. »Hättest du mir das bloß früher gesagt. All die Zeit habe ich mir umsonst Sorgen gemacht, daß du einsam bist. Masel tow.«

Dann klingelte das Telefon. Sonst war immer der Anrufbeantworter an, aber jemand hatte ihn ausgestellt. »Laß es klingeln«, schlug Leila vor. »Die können noch mal anrufen.«

Aber Nick war schon auf dem Weg. Er ging an das Telefon in der Küche und rannte dann für das Gespräch in sein Arbeitszimmer hoch. »Dauert nicht lange«, sagte er.

Alle nahmen sich ein zweites und manche ein drittes Mal. Leila wunderte sich, warum sie das mit ihrer Mutter nicht erraten hatte. Aber wer billigte der eigenen Mutter schon Sexualität zu? Sie hatte Joan in die Kategorie Krankenschwester-Freundin getan. David half ihr beim Abräumen. Der Hörer in der Küche hing immer noch neben der Gabel. David legte den Finger auf die Lippen und schlich zum Telefon. Sie schüttelte entsetzt den Kopf, aber er nickte heftig und schrieb auf ihre Einkaufstafel: *Angst? Wir brauchen Info.*

Stumm beugten sie sich über den baumelnden Hörer. Nick sprach laut wie immer. »Liebling, Schatz, aber du bist doch bei deinen Freunden. Ich habe extra ein Fest fürs Ensemble veranstaltet. Es tut mir leid, daß ich nicht bei euch, bei dir sein kann –«

»Es ist so trostlos ohne dich«, sagte eine leise Stimme.

Ihre Stirnen berührten sich, als sie sich vorbeugten, um zu lauschen. »Alles ist leer, wenn du nicht bei mir bist. Ich muß mich jetzt wieder jeden Morgen übergeben.«

Die Küche kreiste um Leila. Sie stützte sich auf den Tisch, ihr war plötzlich übel, schwindlig.

»Nimm das bitte nicht als Vorwand, um Dummheiten zu machen, Sherrischatz. Du weißt, daß ich verrückt nach dir bin, und Sonntag bin ich wieder da. Vielleicht kann ich ja eher weg. Aber ich habe hier Verpflichtungen.«

Leila zog eine Grimasse. Hier stand sie, eine große, fette, fünfundvierzig Jahre alte Verpflichtung.

»Meinst du nicht, du hast auch mir gegenüber Verpflichtungen? Aber Verpflichtungen sind mir völlig egal. Mir ist nur wichtig, dich zu sehen, dich in den Armen zu halten, bei dir zu sein…«

»Brauchst du Hilfe?« fragte Debbie düster.

Mit brennendem Gesicht sprang Leila vor David, um das Telefon zu verbergen, war aber sicher, daß Debbie etwas gesehen hatte. Sie hörte, wie David hinter ihr den Hörer auflegte, und zwar nicht gerade leise. »David füttert gerade den Geschirrspüler. Dann können wir beide ja die Cremespeise und den Kuchen auftragen.«

Leila zitterte, als sie sich hinsetzte. Als Nick schließlich neunzehn Minuten später wieder auftauchte, aßen alle schon den Nachtisch.

»Ich muß mich sehr entschuldigen, aber das war ein Anruf von meinem Ensemble. Aus New York, wo wir gerade Premiere hatten«, erklärte er der Tafelrunde. »Sie feiern zusammen und haben sich gemeldet.«

Leila war in ein Gespräch mit ihrer Mutter vertieft, wie sie Joan kennengelernt hatte und wie sie zusammengekommen waren. Phyllis schien verlegen, aber auch erleichtert. All die blöden Gespräche, dachte Leila, über Phyllis' Lebenssituation. Dies schien ihr eine fabelhafte und vernünftige Wahl. Hier waren zwei ältere Frauen, von der Gesellschaft schon ausrangiert, und sie hatten es geschafft, einander anziehend und liebenswert zu finden. Leila wandte den Blick nicht von Phyllis, die strahlte. Sie konnte Nick nicht anschauen: sie war zu gleichen Teilen beschämt und wütend. Er wollte früher weg? Wunderbar, je eher, desto besser. Sollte er doch Shana bezirzen. Sollte er doch Jane bezirzen, die einem Flirt mit ihm nie widerstehen konnte, während Emilys Miene sich verfinsterte. Leila war auf Emilys Seite, die große, unansehnliche Emily mit zwei Kindern, die offensichtlich verrückt nach der schicken, extravaganten Jane war. Emily schien ihre Sympathie zu spüren und zu erwidern. Alle vier Kinder, auch der kleine Ben, verließen den Tisch, um fernzusehen. Emily wandte sich an Phyllis und Leila.

»Meine Mutter war auch Krankenschwester. Aber sie hat ein paar Jahre nach der Heirat mit meinem Vater aufgehört. Der Traum jeder Krankenschwester. Sie hat einen Arzt geheiratet. Und dann zwei weitere Ärzte geboren.« Emily lächelte. »Meine Kinder sollen von mir aus Autoschlosser oder sonstwas werden. Aber ich werde sie nie und nimmer zur Medizin drängen.«

»Krankenpflege ist gar kein so schlechter Job. Und man lernt großartige Frauen kennen. Außerdem, noch drei Jahre, und ich gehe in Rente. Wir werden uns ein Wohnmobil kaufen und auf Reisen gehen.« Phyllis lächelte allen zu und nahm Joans Hand.

Emily sah Jane an. Liebe leuchtete aus ihren Augen, so daß sie in ihrem länglichen Gesicht strahlten. Leila stach der Neid. Sie wollte auch so angesehen werden. Nick warf ihr gelegentlich einen beklommenen Blick zu. Vielleicht war ihm eingefallen, daß er das Telefon in der Küche nicht aufgelegt hatte. Vielleicht hatte er den Hörer hängen lassen, damit sie zuhörte und er es ihr nicht zu sagen brauchte. Vielleicht machte er sich nur Gedanken, wie er eher wegkam. Emily sah Jane mit dem Leuchten der Liebe an, und Nick sah sie an, wie man eine Autotür ansieht, die nicht richtig schließt. Dieses Thanksgiving trug nichts dazu bei, sie zusammenzubringen, im Gegenteil, sie spürte, wie sich der besorgniserregende Riß zwischen ihnen verbreiterte. Wenn Sheryl schwanger war, würde sie das Nick nie verzeihen: nie.

»Du hast vielleicht eine verrückte Familie«, raunzte Red Debbie in der Küche zu. »Wir hätten besser nach Texas fahren sollen.«

»Aber deine Mutter kann mich nicht leiden.«

»Und deine Mutter ist eine Lesbe«, sagte er. »Ich kann's nicht fassen. Wir hauen morgen hier ab. Ich will nicht, daß die Kinder so was ausgesetzt werden.«

»Red, das sind nur zwei alte Frauen, was willst du? Die Kinder kriegen das nicht mit.«

»Wir hauen ab«, sagte Red. »Wir fahren nach New York.«

Bon voyage, dachte Leila, aber ich muß verhindern, daß Phyllis dahinterkommt. Sie wird sich nicht über Debbie ärgern, sondern einfach mich damit beauftragen, Debbie den Kopf zurechtzusetzen. Ich habe nicht die Kraft, anderer Leute Verwirrung zu bereinigen. Ich ersticke in meiner eigenen. Was soll aus mir werden? Was soll ich machen? Debbie wird mich anrufen, damit ich sie tröste, und wird empört sein, wenn ich ihr die Wahrheit sage, daß nämlich Phyllis die beste Ehe in der ganzen Familie hat.

17

Mary

Mary hatte Thanksgiving unter Dach und Fach. Thanksgiving war eigentlich kein besonderer Feiertag, wenn man nicht verheiratet war, dachte sie. Zum Glück fuhr wenigstens eine ihrer Kundschaft jedes Jahr weg, wenn nicht eine ihrer Putzkundschaft, dann eine ihrer Haustierkundschaft. Mrs. Carter sagte zu ihr: »Ich staune, wie mein Boots Sie mag. Die Hundesitter davor schien er nie zu mögen.«

»Er merkt, daß ich ihn gern habe«, sagte sie mit Gefühl. Die Wahrheit war, natürlich mochten die Tiere sie. Sie kam nicht einfach hereingesprungen, warf Fressen in den Napf und verschwand wieder. Sie durften bei ihr schlafen. Natürlich freuten sie sich, wenn sie sie sahen, was ihre Besitzer beeindruckte. Die Rogers hatten einen Papagei, mit dem sie sich soweit anfreundete, daß er sie begrüßte. Sie wurde die lächerliche Angst nicht los, der Papagei könnte sie verpetzen, aber er konnte nur bestimmte Sätze wiederholen. Guten Morgen, guten Morgen sagte er zu jeder Tages- und Nachtzeit. Zum Glück mochte sie Tiere wirklich, denn sie war der Meinung, Tiere durchschauten die Menschen und merkten, wer Theater spielte. Sie vergaßen nicht, wer freundlich und wer gemein zu ihnen war. Auf ihre alten Tage mochte sie Tiere manchmal lieber als Menschen. Jedenfalls verließ kein Hund und keine Katze dich, weil dein Haar grau wurde und du in der Taille ansetztest.

Als die DeMotts nach Sanibel Island flogen, war sie eine Stunde später in ihrem Haus, denn sie hatte sich die Tickets in der obersten Schreibtischschublade angeschaut, wo er Bargeld und die Eintrittskarten für die Celtics und die Red Sox und Flugzeugtickets aufbewahrte. Sie hätte nichts dagegen gehabt, wenn sich die DeMotts einen Hund oder eine Katze gehalten hätten, der Gesellschaft wegen. Sie putzte jeden Tag außer an Thanksgiving selbst in anderen Häusern, aber sie hatte ein Heim, wo sie gleich nach der Arbeit hin konnte. Um halb fünf war es schon dunkel, also schloß sie einfach die Hintertür auf und machte es sich gemütlich. An Thanksgiving verbrachte sie viel Zeit in der Badewanne, wienerte sie danach gründlich und sah eine Weile fern, aber die meiste Zeit blieb sie einfach im Bett und bekämpfte die Erkältung, die sie plagte. Sie tankte Vitamin C auf.

Am Freitag morgen war sie wieder auf dem Damm. Das waren die ungeheizten Kirchen, die ihr so zugesetzt hatten, und das Herumdrücken auf den Straßen, bis sie sich irgendwo hineinstehlen konnte. Der Sommer hatte seine eigenen Probleme – sie konnte nicht sämtliche Fenster so schließen, daß kein Licht zu sehen war (obwohl nach ihren Beobachtungen die meisten heutzutage Licht anließen), und die Sonne ging so spät unter, daß sie bis halb neun warten mußte, ehe sie in ihr jeweiliges Obdach schlüpfen konnte. Aber wenn alle Stricke rissen, konnte sie für eine Nacht in einer Garage schlafen. Es war schmutzig, und sie fühlte sich nicht besonders sicher, aber es war immer noch besser als die Straße. Zweimal verbrachte sie die Nacht in dem Gartenpavillon einer Villa in der Brattle Street.

Der Winter war eine andere Geschichte. Es wurde früh dunkel, aber draußen zu schlafen bedeutete den Tod. Wäre sie nicht beinahe gestorben, damals, als das Leben auf der Straße für sie noch neu war? Es war immer gefährlich, wegen des Wetters und wegen der Männer, die jede Frau überfielen, wenn sie nur Gelegenheit hatten.

Am Samstag putzte sie bei den Mafekings. Die Küche war von Thanksgiving in einem unglaublichen Zustand, im ganzen Backofen verbranntes Fett, übergelaufene Soße auf dem Herd, das Spülbecken voll schmutziger Pfannen. Sie hatten einen alten Geschirrspüler, der mit Pfannen nicht zurechtkam. Es war ihr ziemlich zuwider, zwei Tage alte Bratpfannen schrubben zu müssen, aber sie sagte nichts. Sonst beschwerten sich die Mafekings noch.

Sie ließen sie nur gelegentlich kommen, wenn das Haus im Schmutz versank, und sie waren immer zu Hause. Am liebsten hätte sie den Auftrag abgelehnt, aber das wagte sie nicht. Eine der Töchter war mit ihrem Baby zu Besuch, also war das Haus voll. Mary mußte um sie herumputzen.

Sie gaben ihr Reste. Mary war überzeugt, die Pute stand ihnen bis zum Hals – sie hatten eine gemacht, groß wie ein Rhinozeros und ungefähr so zäh –, aber sie freute sich. Sie nahm das angebotene Putenfleisch mit der Preiselbeersoße in einer alten Eiscremeschachtel. »Ich nehme an, Ihre Tochter hat auch eine Pute gemacht«, sagte Mrs. Mafeking. Sie war von der hinterhältigen Sorte, versuchte immer, Mary auszuholen, und spielte immer auf ihre Tochter an.

»Nein, Madam, meine Tochter brät immer eine Gans. Mir ist Pute lieber, deshalb bin ich Ihnen sehr dankbar, daß Sie mir ein Stück von Ihrer abgeben.«

»Eine Gans!«

Sie nickte nur, und Mrs. Mafeking ging davon, sichtlich

beeindruckt. Mary hatte keine Ahnung, woher ihr diese Einfälle kamen, aber sie waren überzeugend. Sie hatte nie geahnt, daß sie das Zeug zu einer Meisterlügnerin besaß.

Daheim bei den DeMotts breitete sie eine Zeitung aus und aß ihr Putenfleisch mit der Preiselbeersoße am Küchentisch, mit schönem Chutney aus dem Kühlschrank. Dann steckte sie eine Scheibe Brot von den DeMotts in den Toaster und aß zwei Stengel Staudensellerie. Niemand zählte seine Selleriestengel. Sie beendete die Mahlzeit mit einem Apfel. Sie tat ihre Abfälle fein säuberlich in eine Plastiktüte, die sie in ihrer Einkaufstasche verstaute. Sie war immer aufbruchbereit. Sie hatte ihr eigenes Messer, eine Gabel, einen Löffel und einen Plastikteller dabei. Was sie an anderem Geschirr benutzte, wusch sie sofort ab: jetzt eine Zwangshandlung, aber eigentlich schon immer Teil ihrer Alltagsdisziplin. Sie war stets eine mustergültige Hausfrau gewesen, die nie Abwasch im Spülbecken stehen oder Betten ungemacht oder Staub unter dem Sofa aufkommen ließ. Außerdem schuldete sie es den Eigentümern der von ihr ausgeborgten Häuser, sie zumindest so sauber zurückzugeben, wie sie sie vorgefunden hatte. Und zum dritten war ihr Grundsatz: hinterlaß keine Spuren.

Sie hatte sich auf dem Sofa im Wohnzimmer ausgestreckt, es sich ein wenig gemütlich gemacht, genoß die Wärme und das weiche Leben. Sie lag im Dunkeln, zu träge, um aufzustehen und den Fernseher anzustellen, und dachte, daß ihre Tochter Cindy sie vielleicht zu Weihnachten einlud. Zweimal hatte sich Mary das Fahrgeld für den Bus zusammengespart. Einmal hatte ihr Cindy ein Flugticket geschickt, und sie flog von Logan ab nach Washington, wo ihre Enkeltochter Marissa sie vom Flugsteig abholte und nach Chevy Chase fuhr. Cindy war keine große Briefschreiberin, und natürlich konnten sie nicht oft telefonieren. Ein Jahr lang hatte Mary einen Kunden mit einem WATS-Anschluß nach Washington und Umgebung, eine Art Telefonabonnement, das für einen monatlichen Festpreis beliebig viele Ferngespräche dorthin erlaubte, aber sein Chef wurde nicht wiedergewählt, und er zog daraufhin mit seiner Familie nach New York. In jenem Jahr hatte Mary mehr Kontakt zu ihrer Tochter.

Cindy konnte Mary nicht oft bei sich haben, denn Cindy stand sich sehr gut mit ihrem Vater. Sie war immer sein Liebling gewesen, seine Cinderella, sein Aschenputtel – aber eines, das sich nie in der Asche schlafen legen mußte. Jim und Mary hatten sich bemüht, ihr alle Wünsche zu erfüllen – was ihre Freundinnen hatten, das bekam sie auch. Cindy war eines der wohlerzogensten Mädchen, geriet nie in Schwierigkeiten, hatte nie ernsthaften Liebeskummer. Wenn sie mit einem Jungen ausging, dann nicht, weil er ein Kabrio fuhr oder mit Geld um sich warf oder einen schlechten Ruf hatte, worauf einige flogen wie die Fliegen auf den Hundehaufen. Nein, wenn sie mit einem Jungen ausging, dann aus vernünftigen Gründen. Er war eine gute Anlage. Er war solide, zuverlässig, ein Gewinn. Cindy heiratete gut und war immer noch verheiratet, mit zwei bald erwachsenen Kindern. Sie hatte nebenbei ein eigenes kleines Geschäft, eine Boutique namens *Alles für die Göttin,* in der sie Kleider an Frauen mit Übergrößen verkaufte.

Cindys Vater wohnte in einem Vorort bei Norfolk. Die beiden standen sich immer noch nahe. Deshalb konnte Cindy ihre Mutter nur einladen, wenn Jim mit Ehefrau Nummer drei eine Kreuzfahrt oder so etwas machte. Cindy sorgte dafür, daß er seine Tochter nicht vergaß. Mary konnte Cindy das nicht zum Vorwurf machen, denn ihre Tochter war eine Frau, die schon beim Fallen des Butterbrotes wahrnahm, auf welcher Seite es landen würde. Sie dachte zuallererst an ihre Kinder, das war nur natürlich. Cindy mußte an Marys Beispiel begriffen haben: wenn eine Frau nicht selbst ihr Schäfchen ins Trockene brachte, wurde sie auch von niemand anders behütet. Cindy hatte keine Ahnung, wie Mary lebte. Niemand in der Familie ahnte das. Wie konnte sie ihnen das auch sagen? Sie schämte sich dazu viel zu sehr.

Ein paarmal mußte sie Cindy um Hilfe bitten. Als sie ihre Wohnung verlor, schickte Cindy ihr einen Scheck über fünfhundert Dollar. Ein andermal schickte sie ihr dreihundert, als Mary etwas an ihren Zähnen machen lassen mußte. Cindy schickte ihr auch eine lange Liste der Dinge, die ihre Kinder brauchten, die das Haus brauchte, die ihr Mann brauchte, und gab ihr sehr, sehr deutlich zu verstehen, daß sie ihr auf keinen Fall regelmäßig Geld schicken konnte. Mary war klar, in der allerschlimmsten Not, wenn sie sich zum Beispiel ein Bein brach, konnte sie sich an Cindy wenden; ansonsten ließ sie es besser bleiben.

Sie würde Cindy morgen abend vom Flughafen aus anrufen, wenn sie dort herumwartete. Sie kannte eine Stelle, wo es immer noch Telefonzellen gab, in denen sie sich hinsetzen und die Tür zumachen konnte. Da konnte sie lange Zeit bleiben und vorgeben, zu telefonieren, und sie würde ja auch tatsächlich Cindy anrufen. Manchmal gab es einen Apparat, der ihre MasterCard nahm, ihr kostbares Plastikbeweisstück dafür, daß sie wirklich lebte. Sie versäumte nie eine Zahlung. Es konnten zwei oder drei Monate vergehen, in denen sie sie nicht benutzte. Aber sie mußte für alle Enkelkinder Weihnachtsgeschenke kaufen. Das war finanziell die schwerste Zeit. Viele Leute verreisten, was hieß, daß sie in ihren Häusern bleiben konnte, aber das Geld wurde ihr sehr knapp. Für alle Enkelkinder einzukaufen machte Spaß, war aber teuer. Für Jaimes Kinder war es leicht – sie waren noch klein, und Spielzeug tat es bestens, obwohl auch Spielzeug unfaßbar teuer war. Cindys Tochter Marissa und ihr Sohn Cole wollten immer ganz bestimmte teure Dinge, die für sie unerschwinglich waren, also mußte sie Kompromisse finden.

Mary lag im Dunkeln und stellte sich Weihnachten bei Cindy vor, da bogen Scheinwerfer in die Auffahrt und leuchteten direkt ins Wohnzimmer, dann fuhr das Auto weiter hinter das Haus. Im Nu war sie vom Sofa herunter und tastete im Dunkeln nach ihren Schuhen, steckte die Füße hinein, hatte zwar den linken und den rechten vertauscht, humpelte aber durchs Zimmer. Sie griff sich ihren Mantel und ihre Taschen und rannte, um zur Hintertür hinauszuspähen. Nur einer von beiden im Auto, Mr. DeMott. Sie rannte zur Vordertür hinaus, ohne den Mantel anzuziehen. Dann schoß sie, die Schuhe immer noch verkehrt an, die Treppe hinunter und stürzte um die Ecke des Hauses zu der großen Veranda, die sie vor seinen Blicken verbarg. Sie kroch unter die Veranda und kauerte dort. Sie hörte, wie die Hintertür zugeknallt wurde. Er war sicher überrascht, das Haus warm vorzufinden. Sie hatte die Heizung von dreizehn auf achtzehn Grad hochgedreht. Hoffentlich hielt er das für eigenes Versäumnis. Sie hockte reglos da, während im Haus das Licht anging.

Sie hatte Angst, sich zu rühren. Alle Außenscheinwerfer ließen sich zusammen von Hauptschaltern gleich neben der Vorder- und der Hintertür einschalten, und das hatte er getan. Wenn sie versuchte, sich davonzumachen, war sie weithin zu sehen. Ihr fiel keine Ausrede ein, was sie in seinem Vorgarten zu suchen hatte. Sie wand sich unter der Veranda, zog die Schuhe richtig herum an, schlüpfte in den Mantel und setzte ihre Strickmütze auf. Cindy hatte sie ihr vor sieben Jahren zu Weihnachten geschenkt. Sie war königsblau, und Mary hing sehr daran. Sie hatte ihr so manches Mal die Gesundheit gerettet und ihre armen Ohren geschützt. Sie fror und war ganz durcheinander. Angenommen, sie wäre eingeschlafen. Er hätte sie in flagranti auf dem Sofa erwischt. Sie zitterte vor Schreck und fröstelte, weil sie ohne Mantel hinausgelaufen war.

Einmal waren die Millers früher als geplant zurückgekommen und hatten sie in ihrem Haus überrascht, aber sie hatte ihnen erzählt, daß Zürich sich erbrochen hatte und daß sie gewartet hatte, um zu sehen, ob er wirklich krank war. Sie hatte Angst gehabt, ihn allein zu lassen, und vorgehabt, wenn es ihm am Morgen immer noch schlecht ging, ihn im Taxi zum Tierarzt zu bringen. Die Millers waren von ihrer Fürsorge für Zürich beeindruckt gewesen.

Warum war Mr. DeMott plötzlich nach Hause gekommen? Warum hatte er das Außenlicht an? Mary durchfuhr der Schreck, daß einem der Nachbarn vielleicht etwas aufgefallen war und er in Sanibel Island angerufen hatte. Sie war stets vor den Nachbarn auf der Hut und gab sich Mühe, unsichtbar zu bleiben. War ihr doch eine Unachtsamkeit unterlaufen? Sie hörte die Hintertür wieder aufgehen. Sie wäre am liebsten losgerannt, aber sie hatte zuviel Angst, im Licht gesehen zu werden. Sie kauerte im Schmutz unter der Veranda. Die Nacht war nicht klirrend kalt, nur etwas unter null, aber es war feucht, und sie war müde. Ihre armen Hüften schmerzten von der Kälte.

Sie hörte ihn die Garage mit der Fernsteuerung zumachen. Immer noch ließ er das Licht draußen an. Sie mußte neben der Veranda hocken bleiben und fror immer mehr. Die Kälte schlug ihr auf die Blase, und sie kroch zum Austreten tiefer unter die Veranda. Schließlich ging im Erdgeschoß das Licht aus, und er stellte endlich auch die Außenscheinwerfer ab. Nun konnte sie gehen, aber wohin?

Sie saß auf der Straße, zweiundzwanzig Minuten nach elf, und was zum Donner sollte sie jetzt machen? Es war zu spät, um herumzulaufen. Eine alte Frau, bei Tageslicht unsichtbar, fiel jetzt nur allzusehr auf. Samstag nacht war eine schlechte Zeit, um sich auf dem Flughafen herumzudrükken. Sonntag nacht ging das schon eher, denn dann gab es Rückreiseverkehr von Thanksgiving. Kurz nach Mitternacht fuhren in Boston die letzten U-Bahnen, ihr blieb also noch ein wenig Zeit zum Überlegen. So spät konnte sie nicht mal eine ihrer Kirchen aufsuchen. Der Trick war, hineinzugehen, solange sie offen waren und jemand in der Nähe einer Kirche keinen Verdacht erregte. So spät konnte sie einem Polizisten oder einem Nachtwächter auffallen.

Sie steckte wirklich in Schwierigkeiten. Noch immer kauerte sie unter der Veranda und zerbrach sich den Kopf nach einer Lösung. Schon jetzt war klar, daß sie keinen Schlaf finden würde. Was sie brauchte, war ein Ort, an dem sie nicht erfror. Sie wartete, bis das Licht oben in seinem Zimmer ausgegangen war. Bis auf das Badezimmerlicht, das immer anblieb, lag das Haus im Dunkeln. Sie gab ihm eine weitere halbe Stunde. Inzwischen saß sie an das Holz des Hauses gelehnt, die Beine angezogen, und zitterte vor Kälte. Sie durfte nicht hier einschlafen.

Schließlich schlich sie sich hinter das Haus. Sie wußte, das Garagentor wurde elektronisch auf- und zugemacht, aber alte Garagen in Cambridge hatten oft eine Seitentür, die entweder unverschlossen war oder ein Schloß hatte, das jeder Hosenmatz aufbekam. Diese Garage jedoch hatte keine Seitentür. Sie hatte ein Fenster, und das war auch noch vernagelt.

Es war jetzt zehn nach zwölf, und sie saß in der Klemme. Es gab absolut keinen Ort, den sie so spät in der Nacht im Winter aufsuchen konnte. Ganz leise schlich sie zur Hintertür, und mit so langsamen Bewegungen, daß ihr die Hände weh taten, schloß sie mit ihrem Schlüssel auf. Von der Hintertür gelangte man einerseits in den Keller, andererseits in die Küche. Die Küchentür war zu. Mit unendlicher Langsamkeit stahl sie sich in den dunklen Keller hinunter. Sie setzte sich auf die unterste Stufe. Es war klamm, aber wesentlich wärmer als im Freien. Sie holte ihre kleine Taschenlampe hervor und ging zum Heizkesselraum. Der war warm, auch wenn er nach Heizöl stank, und neben dem Brenner war ein wenig Platz. Sie legte ihren Mantel zusammen und setzte sich darauf. Sie wagte nicht zu schlafen. Von Zeit zu Zeit döste sie ein. Ihr Rücken schmerzte. Schließlich erlaubte sie sich, sich auf ihren Mantel zu legen, auf den Zementfußboden. Er war nicht kalt, denn der Heizkessel strahlte Wärme auf den Zement ab, aber hart.

Bei jedem Geräusch versuchte ihr Herz, aus ihrer Brust auszubrechen. Sie hatte entsetzliche Angst. Sie konnte dafür festgenommen werden. Dann war ihr Leben vorbei. Dann saß sie auf der Straße wie die Frau am Porter Square. Ihr fiel kein Grund ein, warum er nicht als erstes morgen früh in den Keller kommen sollte, aber sie hatte vor, lange vor ihm aufzustehen.

Hin und wieder döste sie ein, aber wenn ihr Kopf nach vorn sackte, wachte sie auf, oder sie schreckte hoch, weil ihr der Halbschlaf Schritte vorgaukelte, Türen, die aufgingen. Es war eine scheußliche Nacht. Ihr fiel der Keller in ihrem Elternhaus ein. Sie hatten einen Kohleheizkessel. Schließlich war es das Kohlenrevier. Alle heizten mit Braunkohle. Das Feuer ging in der Nacht immer aus, so daß es nach dem

Aufwachen die erste Aufgabe ihres Vaters war, hinunterzutappen und anzuheizen. Ihr älterer Bruder Donald, Friede seiner Seele, schickte ihr nach ihrer Scheidung immer fünfzig Dollar im Monat. Jedenfalls war es Donalds Aufgabe, die Asche und die Schlacke hinauszubringen. Sie erinnerte sich an den dumpfigen Geruch des Kohlenkellers. Sie erinnerte sich an das Tosen, wenn die Kohle geliefert und über eine Rutsche in den Keller geschüttet wurde. Das ganze Haus bebte.

Als sie zur Schule ging, bekamen sie einen automatischen Heizer. Dann lief der Heizkessel die ganze Nacht über. Das war ein großer Apparat, der vor dem Heizkessel stand und den Durchgang blockierte, durch den sie als kleines Mädchen auf ihrem Dreirad gefahren war, Runde um Runde an verregneten Tagen. Als sie den Heizer bekamen, fuhr sie im Keller natürlich nicht mehr Fahrrad. Rund ging es immer wieder, vorbei an der Wringmaschine und den Waschwannen, vorbei an der Werkbank, wo ihr Vater kleinere Reparaturen vornahm und Donald Modellflugzeuge baute, vorbei am Obstkeller und der Speisekammer mit dem Eingemachten, vorbei am Kohlenkeller und wieder von vorn. Es tröstete ein wenig, sich an das kleine Mädchen zu erinnern, das sie einmal gewesen war, mit Haarspangen in Form kleiner Enten oder Schmetterlinge, mit leuchtend blondem Haar und gestärkten Spielschürzen. Wie konnte ihr das je passieren? Wie?

Sie war eine gute Ehefrau und Mutter gewesen. Sie trank nicht heimlich, wie andere Frauen in der Nachbarschaft, oder brachte das Geld ihres Mannes durch oder spielte Bingo oder hatte Affären mit ihrem Zahnarzt oder mit dem besten Freund ihres Mannes. Sie mißhandelte ihre Kinder nicht, schlug sie nicht, machte ihnen kein schlechtes Gewissen. Manchmal erzählten Männer oder Frauen in der *Oprah Winfrey Show:* Meine Mutter hat mich fünf Jahre lang im Schrank eingesperrt, meine Mutter hat mich mit einer Fahrradkette geschlagen, mein Vater hat mich gezwungen, zu Hause Mädchenkleider zu tragen. Sie sah ihre Kinder selten. Warum? Sie war zu stolz, um sie zu bitten, sie aufzunehmen, aber würden sie sie überhaupt aufnehmen, falls sie darum bat? Was sollte aus ihr werden? Sie versuchte, nicht darüber nachzudenken. Was nützte es? Sie gab sich die größte Mühe, Geld für ein altes Auto zusammenzusparen. Dann hatte sie eine eigene Zuflucht.

In der ersten Morgendämmerung brach sie auf. Es war immer noch dunkel genug, um sich aus dem Haus und durch den Vorgarten zu schleichen – steif zu humpeln traf es eher. Sie mußte den ganzen Tag herumbringen. Sonntags arbeitete sie nie. Die Reinigungsfirma gab dafür keine Aufträge aus, und niemand hatte ihr je angetragen, am Sonntag schwarz zu arbeiten. Das beste Ereignis in letzter Zeit war, daß die Einkaufszentren neuerdings um zwölf aufmachten. Bis dahin mußte sie in irgendeiner Kirche unterkriechen. Sie hatte ein Stückchen Brot und einen Apfel in ihrer Reisetasche. Im Gehen aß sie den Apfel, so langsam sie konnte. Sie hatte mit Frühstück bei den DeMotts gerechnet. Was hätte sie für eine Tasse Kaffee gegeben. Vielleicht mußte sie sich sogar eine kaufen, um sich aufzuwärmen, bevor sie in die erste Kirche hineinkonnte, die sie offen fand.

Ihr ganzer Körper schrie nach einem warmen Bad und einem warmen Bett. Immer wieder fielen ihr die Augen zu, während sie sich auf ihren schmerzenden Füßen voranquälte. Heute abend war wieder Logan dran. Sie würde vielleicht den Verdienst von anderthalb Tagen drangeben müssen, um am Montag oder am Dienstag in einem Motel zu übernachten, aber dann konnte sie überhaupt nichts zurücklegen, nichts für ihr Traumauto, nichts für Weihnachtsgeschenke. Sie wußte, die Rogers fuhren am nächsten Wochenende zum Skifahren, und sie sollte ihren Papagei füttern und konnte dort über Nacht bleiben, aber Montag nacht bis Donnerstag nacht waren ungelöst. Es sah nach kalten Kirchen aus. Sie konnte sich an eine Zeit erinnern, da hatte sie den Winter schön gefunden.

18

Becky

Beckys Gehälter verschwanden in der Familiennotlage wie zergehendes Badesalz. Sie zahlten immer noch Nanas Krankheit und Tod ab. Rennie – Lorenzo – ging zur Armee, also waren sie zu Hause einer weniger. Fast ein Jahr war vergangen, seit Becky die Stelle als Empfangsdame bei Sound Cable bekommen hatte. Jetzt war sie die Sekretärin von Danny White, dem Geschäftsführer. Jetzt hatte sie ihre eigene Arbeitskabine vor dem Eingang zu den Büros von Mr. White und der Buchhalterin Mrs. O'Neill, einer dünnen, schweigsamen Frau Mitte Vierzig, die Becky nie essen oder auf die Toilette gehen sah. Mrs. O'Neill hatte einen eisernen Willen. Sie wollte ein neues Computersystem für das Rechnungswesen und die Betriebsabwicklung des Senders, und sie bekam es.

Ein ganzes Jahr, und Becky verdiente zwar mehr, aber ansonsten kam sie nicht voran. Sie konnte von diesem Job nur zur Sekretärin des Direktors aufsteigen, anderthalb Dollar mehr pro Stunde, die gleiche Sozialversicherung und doppelt soviel Arbeit. Lani kam an einigen Abenden nicht vor sieben aus dem Sender. Becky kam wenigstens um fünf raus, außer es gab einen schlimmen Engpaß.

Becky saß gern am Samstag mit Sylvie zusammen, wenn Mario zum Tennisspielen oder auf jemandes Boot war. Sie hatten in einem zweistöckigen Haus eine Eigentumswohnung, die immer noch sauber und nach Eichenholz und Möbelpolitur roch. Die Einrichtung bestand aus einem Sammelsurium raumfüllender, überladener gebrauchter Stilmöbel, die ihre Eltern ihr geschenkt hatten. Man sah den Möbeln zwar die Benutzung an, aber sie hatten sich, wie die Eltern sagten, fantastisch gehalten. Becky stimmte zu. Sie hatten sich fantastisch gehalten. In dem Haus ihrer Familie gab es nichts auch nur annähernd so solides, aber trotzdem, Lampen mit Troddeln? Quastenverzierte Sofas.

Tische mit sonderbaren Knäufen und Schnörkeln. Becky war ein Möbel-Snob. Sie hörte nie auf, sich kundig zu machen, was in besseren Kreisen angesagt war, falls sie in ihrem Leben eines Tages in der Lage sein sollte, es sich hübsch zu machen.

Die Schlafzimmereinrichtung hatte Sylvie ausgesucht. Ein sonniges Zimmer mit einem Messingdoppelbett und ansonsten nur Shaker-Möbeln. Es war elegant, ganz in Hellblau und noch hellerem Grau. Becky liebte es. Wenn Mario fort war und sie zu Besuch kam, saßen sie immer in zueinander passenden, dem Fenster zugewandten Schaukelstühlen oder in Korbsesseln draußen auf der kleinen Terrasse. Sylvie erzählte ihr, daß ihre Eltern das Zimmer trist fanden.

Ja, Sylvie war verheiratet und hatte ihre eigene Wohnung, aber sie war schwanger. Becky wußte, daß das eigentlich ein Unfall war, aber als Sylvie dann Gewißheit hatte, beschloß sie, sich darüber zu freuen. Becky war von ihrer Freundin enttäuscht. Sylvie hätte die Charakterstärke haben müssen, mit dem Kinderkriegen zu warten, bis sie finanziell gut dastanden.

Was aber am meisten weh tat, wenn beide auf den spindeldünnen Schaukelstühlen saßen, an zucker- und alkoholfreien Erfrischungsgetränken nippten und die *Cosmopolitan* und *Schöner Wohnen* durchblätterten, das war, deutlich zu merken, daß sie Sylvie leid tat. Sylvie fand sie in gesellschaftlicher Hinsicht einen Fall für den Rollstuhl. Sylvie versuchte immer wieder, sie mit irgendeinem Intimus von Mario bekannt zu machen. Danke, nein danke. Sylvie dachte wirklich, daß Becky zu wenig Männer kennenlernte. Männer liefen Becky im Überfluß an jedem Tag der Woche über den Weg, aber die waren nicht, was sie wollte. Das konnte sie Sylvie nicht begreiflich machen. Ein Mann war eine Investition in die Zukunft.

»Du bist zu wählerisch. Sobald du einen Mann erst mal besser kennenlernst, vergißt du all das Zeug von wegen was du möchtest und was du brauchst. Du mußt auf den Teppich kommen.«

»Ich muß nehmen, was ich nicht haben will?«

»Ein Mann ist kein Stuhl, den du kaufst, weil er in deinem Zimmer gut aussieht.«

»Es geht mir nicht nur um das gute Aussehen.«

Immerhin konnte Sylvie ihren Arbeitsfrust verstehen. In letzter Zeit hatte Danny White sich angewöhnt, sie in sein Büro zu rufen, die Tür zuzumachen und Vorwände zu finden, um sich über ihre Schulter zu beugen. Er faßte sie zu viel an. Sie tat, als bemerkte sie es nicht. Er war kein schlechter Geschäftsführer, aber er war verheiratet und hatte zwei Söhne. Sie hatte nicht vor, außerhalb der Arbeit etwas mit ihm anzufangen, und je eher er das einsah, desto besser. Sie arbeitete gewissenhaft, sie erledigte alle Botengänge für ihn, und wenn nötig, machte sie Überstunden, ohne sich zu beklagen. Sie versteifte ihren Körper unter seiner Hand, wenn er ihre Schulter oder ihren Arm anfaßte, und sie mied seinen Blick, wenn er ihr sein großes Gesicht entgegenstreckte.

Wenn sie gemeint hätte, er könnte ihr nützen, wäre sie wohl mit ihm ins Motel gegangen, hätte sich hingelegt und es getan. Aber sie wußte es besser. Eine der anderen Frauen hatte eine Affäre mit dem Programmdirektor. Sobald die Affäre zu Ende war, wurde sie entlassen. Sie machten dir nur das Leben sauer, wenn du nachgabst.

Die anderen Frauen mochten sie nicht besonders. Sie taten sich nicht gegen sie zusammen wie gegen die mit der Affäre, aber sie rissen sich auch kein Bein aus, um ihr etwas abzunehmen oder für sie einzuspringen. Ihnen gefiel nicht, daß sie nach der Arbeit nicht mit ihnen ausging, und Becky biß sich lieber die Zunge ab, als ihnen zu erklären, wie nötig ihre Familie jeden Cent brauchte, den sie verdiente. Die anderen gingen donnerstags zusammen essen und zum Bowling, sogar die Verheirateten und die mit festen Freunden.

Sie hörte Vicky zu Lani sagen, sie sei ein Eiszapfen. Sie war unfähig, so ein Getue zu machen wie die anderen. Lani, was hast du für ein tolles Kleid an, genau die richtige Farbe für dich! Wo hast du das bloß her? Ein sensationeller Fund!

Lani, Mrs. Ledbetter, raspelte auch kein Süßholz, war aber eine mollige Frau, die als warm und mütterlich galt, ohne sich dafür Mühe geben zu müssen. Niemand fand Bekky warm und mütterlich. Sie wußte ehrlich nicht, was sie von ihr wollten. Sie sprang für sie ein. Sie fand, sie war verdammt nett zu allen. Wenn alle für ein Hochzeitsgeschenk oder was auch immer zusammenlegten, gab sie jedesmal soviel, wie sie mußte. Das erinnerte sie an die Schule, wenn die Mädchen in ihrer Klasse sich gegenseitig witzige Sprüche in die Jahrbücher schrieben (Immer die Deine, bis Frau Holle schmilzt), und ihr immer nur einfiel: Mit besten Wünschen Becky Souza.

Die nächste Woche war die Hölle. Die Computer und die Systeme wurden beide auf einmal ausgetauscht. Alles mußte auf der blöden Schreibmaschine gemacht werden, und sie mußte einen Brief viermal neu schreiben, bis er endlich fehlerfrei war. Alle waren gereizt. Nur Mrs. O'Neill war guter Laune, aber stumm wie ein Stein. Sie bekam gern ihren Willen – wie jedes andere Lebewesen, dachte Becky. Sie hätte auch gern ihren Willen bekommen: sie hätte Danny White gern ersäuft und sich die Woche freigenommen, bis die Computerleute genug mit dem neuen System gespielt hatten.

Am Dienstag kam der Techniker von der Computerfirma in ihr Büro, um ihre Arbeitsstation anzuschließen. Sie zog ihren Stuhl aus dem Weg und schaute zu. So, wie der herumfuhrwerkte, konnte sie sowieso kaum arbeiten. »Stört es Sie, wenn ich hier sitze?« fragte sie, um Konversation zu machen.

»Solange Sie keine Fragen stellen«, sagte er und warf ihr einen Blick zu. Dann schaute er sie ein zweites Mal an und grinste.

Er war etwas über mittelgroß, hatte feines blondes Haar und sehr weiße Zähne. Seine Augen waren fast zu hell, graublau, und er blinzelte häufig wie jemand, der sich an Kontaktlinsen gewöhnen muß; aber er trug eine Brille. Wenn er sich über die Platinen beugte, schob er die Brille in die Stirn. Wenn er lächelte, war sein Gesicht doppelt so anziehend. Sie merkte, daß sie ihn anstarrte.

»Ich bin Becky Souza«, sagte sie.

»Sie sehen gar nicht portugiesisch aus.«

»Portugiesen sehen ganz verschieden aus«, sagte sie trotzig. »Aber die Familie meiner Mutter ist französisch.« Sie hatte gelernt, daß frankokanadisch den Mitgliedern der protestantischen angelsächsischen Oberschicht ebenso verdächtig vorkam wie portugiesisch. Und sie dachte nicht daran zu sagen: Eigentlich ist mein Haar dunkel, aber ich blondiere es. »Haben Sie einen Namen? Oder sind Sie ›He, Mr. Computersystem‹?«

»Sagen Sie doch einfach ›He, Sie da‹ zu mir. Terry. Terry Burgess.« Er inszenierte ein ironisches Händeschütteln. »Welch winziges Händchen«, sagte er, drückte sanft zu, ließ rasch los und beobachtete verstohlen, ob sie verärgert war.

Sie beschloß, es nicht zu sein. Er trug keinen Ring. Was nicht unbedingt etwas zu sagen hatte, aber das gedachte sie herauszufinden. Sie lächelte. »Es muß ein tolles Gefühl sein, in ein Büro zu spazieren und anderer Leute Probleme lösen zu können.«

»Ach was. Oder löse ich Ihre Probleme? Sie wollten wahrscheinlich gar kein neues System, das Sie lernen müssen. Ihr Chef hat das beschlossen, stimmt's?« Er blickte zur geschlossenen Tür.

»Er ist nicht da. Sie sind alle in einer Konferenz und schlagen die Zeit tot, solange die Computer nicht gehen«, sagte sie verschwörerisch. Er sah wirklich nett aus. Und er sprach korrekt. Dialektfrei. Er war gut angezogen, wenn auch nicht total in. Die Hose zum Beispiel war zu weit geschnitten, und das Hemd paßte nicht genau dazu. »Wenn ich schon hier sitze und Ihnen zuschaue, kann ich Ihnen was helfen? Ihnen was zureichen? Vielleicht möchten Sie eine Tasse von unserem tödlichen Kaffee. Ich könnte frischen machen, das entschärft.«

Er sah überrascht aus. Er hatte offenbar keine Kaffeeholerin wie alle Männer hier. »Das wär' nicht schlecht.«

Sie brühte frischen Kaffee. Schließlich war der charmante T. Burgess auch eine Methode, sich den Vormittag zu vertreiben. Terry war eigentlich ein hübscher Name. Er hatte einen knackigen Po, wenn er sich über die Zuleitungen beugte. »Ich bin mit einer aufs College gegangen, die einen Burgess geheiratet hat. Crystal. Der hatte auch was mit

Computern zu tun. Crystal ist nicht zufällig Ihre Frau, oder? Ich hab' sie seit der Abschlußfeier aus den Augen verloren.« Was ihm mitteilte, daß sie einen Collegeabschluß hatte, und gleichzeitig stellte es die Große Frage.

»Ich bin nicht verheiratet«, sagte er mit noch breiterem Lächeln. »Und ich hatte vor, Sie zu fragen, ob Sie heute abend mit mir ausgehen.«

Sie lächelte warm zurück, machte große Augen und neigte den Kopf. »Und ich hatte vor, ja zu sagen. Wie schön, daß wir einer Meinung sind.«

»Wo wohnen Sie?«

»Ich muß nicht erst nach Hause, wenn Sie nicht müssen. Ich wohne ein ganzes Stück weit auf der anderen Seite der Brücke.«

»Ich dachte, vielleicht wollen Sie sich umziehen. Wenn wir was essen gehen und dann ins Kino.«

Ihr fiel kein Ausweg ein. Sie schwieg mehrere Minuten und suchte nach einer Ausrede, sich mit ihm woanders zu treffen.

»Sie wollen nicht von mir abgeholt werden. Was ist los? Leben Sie mit einem Mann zusammen?«

Bei diesem hier entschied sie sich für rückhaltlose Ehrlichkeit, oder zumindest für einen Bruchteil davon. Er schien Frontalangriffe zu mögen. »Ich bin als erste meiner Familie aufs College gegangen.« Sie sah ihm in die Augen und stand auf. Sie lächelte nicht. »Mein Vater ist ein armer Fischer. Ich habe festgestellt, immer wenn ich mit Männern ausgehe, die aus einem anderen, wohlhabenderen Milieu kommen, neigen sie dazu, auf mich herabzuschauen, wenn sie sehen, wo ich herkomme.«

Er wurde rot. Ihm schoß tatsächlich das Blut ins Gesicht. Sie beobachtete ihn genau, um zu sehen, ob ihre Taktik erfolgreich war. »Ich würde Sie nie danach beurteilen«, sagte er rasch. »Ich sehe ja, was für ein ungewöhnliches Mädchen Sie sind. Ich bin nicht so ein abgefahrener Yuppie, daß ich alle nur für so gut halte wie die Firmenlogos an ihren Klamotten. Ich möchte Sie bei Ihren Eltern abholen. Ich bewundere Menschen, die Hindernisse überwinden.«

Sie konnte es kaum erwarten, Sylvie zu berichten. Sie hockte mit angezogenen Knien in einem der Schaukelstühle, seit frühester Kindheit eine ihrer Lieblingshaltungen. »Er ist groß …« Körpergröße war ihr egal, aber andere Frauen erwähnten das immer, also tat sie es auch. »Er ist blond und gutaussehend und hat einen tollen Job. Er ist Programmierer, und er installiert in Firmen Computersysteme. Sie haben ein System speziell für Kabel-TV-Firmen. Er trägt Sportjacketts und schicke Sporthemden und teure Sportschuhe. Er sieht nach Geld aus, Sylvie, echt.«

»Wie lief die Verabredung?« Sylvie war ebenso aufgeregt wie sie. »Triffst du dich noch mal mit ihm?«

»Am Freitag. Wir fahren nach Boston rein. Er hat Karten für ein Spiel der Red Sox. Ich war noch nie zu einem großen Spiel.«

»Was weißt du über Baseball?«

»Nichts, aber ich habe Tommy gefragt. Er hat versprochen, mir beim Abendessen die Regeln zu sagen. Du kennst ja Tommy, mit dem kann ich Klartext reden. Er macht sich nicht über mich lustig wie Rennie oder Laurie. Er versteht den Wunsch, etwas aus sich machen zu wollen … ich möchte mich vor Terry nicht blamieren.«

»Meinst du, du interessierst dich wirklich für ihn? Ich meine, so richtig, wie damals für Ted Topper?«

»Ich bin verrückt nach ihm«, sagte Becky, aber sie wußte, daß sie log. Er war das Beste, was je in ihre Reichweite gekommen war. Er hatte einen richtigen Beruf. Er fuhr einen Subaro mit einem tollen Tapedeck und vier Lautsprechern. Der Sound blies sie förmlich durchs Dach, wenn er die Anlage voll aufdrehte. Alles an ihm war tadellos. Er roch nicht nach Schweiß oder Bier oder Tabak, sondern diskret nach zitronigem After-shave. Er trug Mokassinslipper, die stets blank geputzt waren, oder gute Sportschuhe. Seine Hände waren immer sauber und seine Fingernägel gleichmäßig gefeilt. Sie hätte ihn auffressen mögen, und zwar jeden Finger einzeln, aber sie gab sich cool, total cool.

Sie brachte ihn dazu, über seinen Job zu reden, und versuchte, sich Schlüsselsätze zu merken. Sie kannte Mädchen, die Männern die richtigen Fragen stellten und dann bei den langweiligen Antworten wegschlafften. Wenn Becky jemanden wollte, dann war keine Antwort, die ihr nützliche Informationen lieferte, langweilig. Sein Gesprächsstoff war wie eine Gebrauchsanleitung zu seiner Welt, seinen Vorstellungen, seinen Gewohnheiten. Er war ein Kurs, den sie belegt hatte, und sie hatte vor, bestens abzuschneiden.

Am Sonntag vormittag fuhr sie mit Sylvie an seinem Haus vorbei. Das Haus seiner Eltern stand am Ende einer Sackgasse. Ein weitläufiger Bungalow mit mehreren großen Terrassen. Gleich dahinter war die Marsch. Sie konnte es gar nicht erwarten, von ihm nach Hause eingeladen zu werden, damit sie auch das Innere sah. Das Haus war wesentlich größer als das von Sylvies Tante Marie. Sie begann ihre Vorstellung vom guten Leben zu revidieren. Zwischen seinem Haus und dem nächsten gab es Platz für eine ganze Reihe von Häusern wie das ihrer Eltern. Sie lächelte säuerlich. Er mußte wirklich entsetzt gewesen sein. Ein Glück, daß sie es ihm gleich zu Anfang unter die Nase gerieben hatte.

Er stellte ihr Fragen nach ihrem Leben. Sie lieferte ihm kleinere Geschichten, die sie ein wenig mitleiderregend servierte, denn sie merkte, das kam bei ihm gut an. Er übernahm allmählich die Beschützerrolle, und sie bestärkte ihn darin. Er sah sie als tapfer, aber zerbrechlich. Das war ein Image, mit dem sie leben konnte. Sie lieferte ihm ein paar sorgfältig ausgewählte wahre Begebenheiten oder ebenso sorgfältig erfundene Anekdoten und stupste dann das Gespräch rasch wieder zurück auf seine Interessen. Er interessierte sich weitaus mehr für sie, als Ted Topper es getan hatte. Niemand hatte sie je so angeschaut. Sicher hatten Männer ihr an die Wäsche gewollt und waren auf sie zugekommen wie ein außer Kontrolle geratener Laster auf einer abschüssigen Bergstraße; aber die hatten nicht sie angeschaut, sondern nur Körperteile.

Hier war einer, der anfing, sich in der richtigen, romantischen Weise auf sie zu fixieren. Diesmal würde sie das nicht in den Sand setzen. Diesmal würde sie nichts mit ihm tun, was sie nicht vorher mit aller ihr zu Gebote stehenden Intelligenz überlegt und ausgearbeitet hatte. Sie wußte, daß sie intelligent war, und wenn sie auch eine weniger gute Ausbildung gehabt hatte als er (er war auf besseren Schulen und einem besseren College gewesen), so war sie ihrer Meinung nach raffinierter. Auf alle Fälle hatte sie eine wesentlich klarere Vorstellung davon, was sie wollte, und das war Terrence Burgess als ihr gesetzlich angetrauter Ehemann. Etwas Besseres würde ihr nicht begegnen. Sie mußte ihn erobern, ohne bei ihm den Verdacht zu wecken, daß sie einen gezielten Feldzug führte. Sie stand bei ihm bereits in dem Ruf, schonungslos ehrlich zu sein. Danny White im Büro war ihr inzwischen herzlich gleichgültig, obwohl sie plante, Terry am Abend zu gestehen, daß ihr Chef sie belästigt hatte. Es war richtig gewesen, zu warten und Ausschau zu halten und sich in acht zu nehmen. Ihr Preispokal dafür war Terry Burgess. Sie mußte ihn nur noch entgegennehmen.

19

Leila

Am Samstag vormittag benotete Leila Seminararbeiten. David besuchte einen Freund aus Schulzeiten. Nick war weggegangen. Ihr war es gelungen, ein eingehendes Gespräch mit ihm zu vermeiden. Sie hatte den Verdacht, daß er ihr auch aus dem Weg ging. Kurz vor zwölf jedoch hörte sie die Haustür aufspringen, und seine schallende Stimme füllte die Diele mit ihrem Namen. »Hier drin«, rief sie, aber als gute Ehefrau stand sie auf, um nachzusehen, was er brauchte.

Er verbeugte sich und überreichte ihr einen riesigen Strauß roter Rosen und weißer Nelken. »Blumen für mein Pfingströschen.«

Ein alter Kosename. Sie stemmte die Hände in die Hüften, nahm den Strauß noch nicht. »Nur weil du früher nach

New York zurück willst, brauchst du mich nicht unter Blumen im Wert von vierzig Dollar zu begraben.«

»Ich *will* nicht früher zurück, aber auf mich warten noch unerledigte Dinge. Die Schauspieler sind noch nicht völlig in ihren Rollen zu Hause. Und ich kann einfach noch nicht loslassen.«

»Die Schauspieler loslassen oder genauer gesagt Sheryl. Sie will dich doch sicher zurückhaben.«

Er seufzte. »Eine unglückliche Situation.«

»Du sprichst mir aus der Seele.« Würde er mit der Wahrheit herausrücken? »Was für eine Situation genau?« drängte sie.

»Aber ich sehe nicht ein, warum uns das berühren muß. Bald ist es vorbei.«

»Bist du sicher?« Sie beschloß, alles auf eine Karte zu setzen. »Was, wenn sie unter Umständen schwanger wird? Wenn du mit einer Frau schläfst, wählst du die Möglichkeit, daß sie ein Kind von dir bekommt.«

Er sah sie argwöhnisch an. Das Schweigen dehnte sich bis zum Zerreißen und summte wie ein Draht unter Strom. Schließlich sagte er: »Warum über etwas Hypothetisches sprechen? Ich werde bald zu Hause sein. Dann können wir alles ausbügeln.«

»Das wird ein ziemliches Stück Arbeit«, sagte sie trokken. Dann bekam sie ein schlechtes Gewissen – nicht ihm gegenüber, sondern den Blumen. Die mußten ins Wasser. Sie wußte, es war lächerlich, sich Schnittblumen verpflichtet zu fühlen, aber sie war nun einmal, was sie war. Sie holte zwei Vasen und teilte die Blumen dem Küchentisch und dem Wohnzimmer zu. »Sie sehen einladend aus.«

Vronsky, der das alles beobachtet hatte, ging zur Vase und biß probeweise in eine Rose. Sie erwies sich als Enttäuschung, und er wich zurück, bleckte die Zähne vor Ekel und schüttelte den Kopf.

»Wäre schön, wenn du auch ein wenig einladender wärst.« Nick saß mitten auf der Couch und hatte die Arme auf die Rückenlehne gelegt. »Ich hätte gern die Hälfte der zärtlichen Blicke, die du diesem Kater schenkst.«

»Vronsky schläft bei mir, und nur bei mir. Das schafft eine Bindung.« Sie setzte sich steif auf die Kante eines Sessels. »Er wohnt hier.«

»Wir waren nie der Meinung, daß wir sieben Tage in der Woche zweiundfünfzig Wochen im Jahr zusammensein müssen, um uns unsere Zuneigung zu beweisen.« Er setzte sich vor und schloß die Hand um ihr Knie. »Es ist wahr, ich gehe auf Reisen, aber ich komme zurück. Ich komme immer zu dir zurück.«

»Aber ich bleibe nicht an derselben Stelle. Ich bin nicht genau derselbe Fluß, in den du steigst«, sagte sie, nahm das Knie nicht weg, blieb aber starr. »Vielleicht, weil ich älter werde oder weil David fort ist – ich spüre das Alleinsein empfindlicher. Diese Affäre mit Sheryl – sie scheint anders und weitaus ernsthafter.«

»Vielleicht ist es eine gute Idee, daß Shana einzieht. Wann wird das sein?«

»Hast du nicht gehört, wie sie erzählt hat, daß sie in ein Internat bei Amherst geht?«

»Sie ist ein liebes Mädchen. Ich mag sie gerne anschauen, aber sie plappert ein bißchen viel. Schade für dich. Es war eine reizvolle Idee.«

»Vielleicht«, sagte Leila vage. Ihre schlimmste Einsamkeit war vorüber. Vronsky war ihr Gesellschaft, wie sie es gehofft hatte. Sie hatte irrsinnig viel zu tun. Sie fand langsam Gefallen daran, sich ihre Zeit selbst einzuteilen, etwas zu essen, falls und wann sie wollte, ihre Sachen herumliegen zu lassen, Musik zu hören, wenn sie Musik wollte, und Stille, wenn sie sich danach sehnte, daß die Luft ruhig war.

Sie konnte sich nach der Arbeit gehen lassen, sich im Bademantel räkeln und die Füße hochlegen. Vielleicht war das die angenehme Seite der Jahre jenseits der Lebensmitte. Sie sah Nick an und merkte, daß sie gar nicht versessen auf seine Rückkehr war. Er kam bestimmt irgendwann vor Weihnachten nach Hause. Seine Seminare begannen nach Neujahr. Er unterrichtete gerne, und er genoß seine Stellung an der Bostoner Uni. Warum empfand sie höchstens eine gewisse Resignation? Wenn Sheryl wirklich schwanger war, warum hatte er nicht die von ihr provozierte Gelegenheit ergriffen, es ihr zu sagen?

»Ich komme nicht über deine Mutter hinweg, ein Coming-out in dem Alter. Irgendwie rührend, obwohl deine Schwester das anders sieht.«

»Debbie ist sprunghaft und inkonsequent, aber die Geschlechterrollen sind für sie sakrosankt. Wir haben uns jede auf den Weg gemacht, eine FRAU zu sein, alles Großbuchstaben, aber wir haben uns verschiedene Modelle ausgedacht. Ich finde, für meine Mutter ist das eine wunderbare Wahl. Sie ist nicht die geborene Einsiedlerin.«

»Meinst du, wenn mir, wenn mit uns etwas passiert, dann wirst du lesbisch?«

»Ich bezweifle es. Ich bin zu sehr auf die Mutter-Vater-Kind-Familie hin angelegt.«

»Aber du magst die meisten Männer eigentlich nicht.«

»Da mir die Vielmännerei nicht liegt, muß ich auch nur einen mögen.«

»Ich muß gestehen, ich finde es schmeichelhaft, daß du solch eine Ein-Mann-Frau bist. Am Theater ist das seltener als ein Genie.«

Er runzelte die Stirn über einen Gedanken oder eine Erinnerung, hielt aber immer noch die Hand um ihr Knie. Seine Hände waren groß, kräftig und stets wärmer als ihre. Sie spürte oft einen Schwall sexuellen Verlangens, wenn sie seine Hände am Lenkrad sah, ja sogar wenn er ein Buch in die Hand nahm oder eine Schüssel.

»Einer von diesen Dumpfmeistern hat geschrieben, daß der zweite Akt im ersten Teil durchhängt. Das kann ich abstellen. Ich muß mit ihnen arbeiten, denn ich weiß, daß ich Tempo reinbringen kann. Im Zug habe ich mir ein paar Striche überlegt, und vielleicht machen sie zu viel – tanzen umeinander rum. Kann sein, daß ich es übertrieben habe. Dann wird es Zeit, an dem Stück von Wendy Wasserstein zu arbeiten, das ich hier rausbringe. Wegen des *Don Giovanni*-Angebots habe ich über Shaws *Mensch und Übermensch* nachgedacht. Wir brauchen eine ganz neue Art, Shaw zu inszenieren.«

Vielleicht war eine Abtreibung geplant, und er dachte gar nicht daran, etwas zu erwähnen, was für ihn ein Nicht-Ereignis war. Sie hatte es durch puren Zufall erfahren. Und hatte sie wirklich gehört, was Sheryl ihrer Meinung nach gesagt hatte? Machte sie ein großes Drama aus einer mißverstandenen Anspielung in einer schlechten Telefonverbindung? Sie fing an, sich lächerlich vorzukommen. Hatte sie Sheryls Bemerkung falsch interpretiert?

»Ich wollte immer den John Tanner spielen, und jetzt bin ich zu alt. Nie werde ich den Hamlet spielen, und nie werde ich auch nur die Hälfte aller Rollen spielen, die ich mir vorgestellt hatte. Ich frage mich, ob ich die Schauspielerei zu früh aufgegeben habe. Aber ich bin keiner von den Hexern, die Regie führen und zugleich selber spielen können. Ich kann dann nicht mehr klar denken. Ich muß die Schauspieler die ganze Zeit über im Geist vor mir sehen und gleichzeitig real auf der Bühne, und wenn ich selber spiele, kann ich das nicht. Ich brauche Abstand und muß alle beobachten und die Choreografie der Szene spüren und auf die größere Bewegung des Stückes achten.«

»Das kann ich gut verstehen«, sagte sie, halb widerwillig ins Gespräch gezogen. »Sogar Sachbücher der Art, wie ich sie schreibe, haben eine Struktur, und diese Struktur muß ich im Auge behalten. Alles, vom Seminar bis zum Vortrag, hat eine rhythmische Struktur. Sogar ein Essen hat seinen eigenen Rhythmus.« Ihr fiel ein, daß auch beim Sex die rhythmische Struktur wichtig war, aber sie hatte ihm gegenüber Hemmungen. Über Sex zu reden kam ihr unter beredten Menschen immer wie eine Form von Flirt vor.

»Die Inszenierung ist gelobt und angegriffen worden. Ich habe dir alle Kritiken mitgebracht.«

Sie las seine Kritiken äußerst ungern, aber er mochte es. Wenn er in Boston Premiere hatte, war sie es, die sie überflog und ihm einfach berichtete: gut, schlecht, gemischt. Irgendwann las er sie dann, aber dieses Verfahren schob die unvermeidliche schlimme Szene für eine Weile hinaus, seine zwanghafte Verletzlichkeit für Kritik. Versuchsweise fragte sie: »Möchtest du, daß ich das Stück sehe, bevor du

New York verläßt?« Manchmal mochte er es, wenn sie zu Ende der Laufzeit hineinging. Ihrem Gefühl nach hatte das etwas damit zu tun, daß er sich vom Ensemble löste, von der jeweiligen Person, mit der er ein Verhältnis hatte. Sie wurde herbeigeholt, um seinen Rückzug anzuzeigen.

»Ich bin mir nicht ganz im klaren«, sagte er, wobei er sie packte und neben sich auf die Couch zog. »Sicher möchte ich gern, daß du es siehst. Wer außer dir kann es mit der hiesigen Inszenierung vergleichen? Was ist dein Gefühl?«

»Ich bin unsicher«, sagte sie ehrlich. Sie mußte den möglichen Schmerz und das Unbehagen – und den Zeitverlust, den sie sich nicht leisten konnte – gegen ihre Neugier abwägen und gegen das Gefühl, daß es töricht war, nicht zu wissen, womit sie es zu tun hatte. »Ich sage dir Bescheid.«

»Schön«, sagte er mit spürbarer Erleichterung. »Du entscheidest und teilst es mir mit.«

Warum überließ er es ihr? Falls sie tatsächlich kam, konnte er Sheryl und dem Ensemble wahrheitsgemäß sagen, daß es ihr Entschluß war, das Stück in New York zu sehen. Aber sie stimmte mit Nick überein: sie zog es vor, ihre eigene Entscheidung zu treffen. Eine andere Frau wäre hingeeilt, um Sheryl gegenüberzutreten, aber sie sah keinen Sinn in solch einer Szene. Nick war ihr Problem, nicht diese Sheryl.

Mit dem Arm um sie redete er über Shaw. »Als ich ihn zum ersten Mal las, war ich ganz erschlagen von seinen Vorworten. Erst als ich eine ausgezeichnete Inszenierung von *Major Barbara* sah, wurde mir langsam klar, wie reich seine Stücke sind. Wenn Shaw nur der Polemiker seiner Essays wäre, würden wir nicht immer wieder seine Stücke aufführen. Wir tun es, weil sie großartige Rollen haben, vor allem für Schauspielerinnen. Schrullige, saftige Leute stolzieren auf der Bühne herum und sind witzig und querköpfig, aber in ihrem Inneren kocht es. In seinen Charakteren steckt eine Menge.«

Sie wurde unwiderstehlich ins Gespräch gezogen. Das sexuell Anziehendste an ihm war die Art, wie er redete. Sie konnte einfach nicht anders, sie war geschmeichelt, daß er nach all den Jahren immer noch daran interessiert war, sich mit ihr auszutauschen. Sie war einer seiner liebsten Resonanzböden. Sie merkte, daß sie sich trotz allen Sträubens für ihn erwärmte.

Sie konnte seine Körpersprache deutlich lesen: er versuchte, offen und nah zu sein. Nur Trotz konnte sie gegen sein Werben wappnen, und was nützte Trotz? Für einen Augenblick war es ein gutes Gefühl, ihn abzuweisen, aber der Schaden konnte von langer Dauer sein. Am meisten sehnte sie sich danach, daß sie beide wieder ein Paar wurden. Die Liebe war keine Konstante, das hatte sie schon vor Jahren gelernt. Sie schwoll und schrumpfte, sie wurde schwach und sammelte dann wieder Kraft. Vronsky saß auf der Orientbrücke und starrte beide an, als gelte es, ein Rätsel zu lösen. Seine Augen waren still und sehr gelb. Er war eine Frage in Form eines getigerten Katers.

Die Antwort auf die Frage, so teilte sie ihm stumm mit, war ein zögerliches, aber optimistisches Ja. Ja, ich werde versuchen, Nick zu lieben. Ja, ich werde dir gestatten, daß du versuchst, mich zu lieben, Nick. Sie lehnte sich an ihn. Sofort umklammerte seine Hand ihre Schulter fester, und seine Hüfte drängte an ihre.

Im Bett genoß sie es mehr, als sie gedacht hatte, aber sie fühlte sich seltsam losgelöst, als betrachtete sie jede Geste, jeden Kuß, jede Umarmung, vertraut und doch ein wenig fern, als schaute sie von oben zu, aus der Perspektive der Abwesenheit. Der Liebesakt hatte etwas Elegisches. Möglich, daß diesmal etwas zwischen ihnen irreparabel zerbrochen war. Sie hatte seit Jahren hart an der Beziehung gearbeitet, und vielleicht fehlte ihr einfach die Kraft, mit dieser mühsamen Arbeit fortzufahren. Sie spürte, wie sich ein tiefes, heftiges Festhalten in ihr langsam zu entspannen begann. Es war nicht vorbei, aber es war auch nicht mehr wie vorher.

Sie stand vom Bett auf und ließ Badewasser ein, lauschte, um sicherzugehen, daß David nicht inzwischen nach Hause gekommen war. Ihr Orgasmus hatte sie entspannt, und so ging sie gelassen von Nick fort, aber auch gedankenvoll und distanziert. Sie hatte sich immer gewundert, wie er es fertigbrachte, von ihrem Bett zu einer anderen Frau in einer anderen Stadt zu gehen, aber jetzt konnte sie es fast nachempfinden, seine Fähigkeit, intensiv mit ihr zusammenzusein, und dann fort zu sein und zu vergessen.

Sie hatte viel zu bedenken. Sie hatte viel zu entscheiden, allein.

20

Mary

Mary verbrachte eine unruhige Nacht in der Wohnung einer früheren Kundin. Mrs. McNamara nahm die Reinigungsfirma nicht mehr in Anspruch, denn sie mußte Geld sparen und war in eine Dreiraumwohnung in Brookline nahe der Washington Street gezogen, aber sie brauchte Mary immer noch, damit ihr Schnauzer Serena versorgt war, wenn sie ihren Sohn in New York besuchte. Mary schlief nicht gut, denn sie war in einer Wohnung wesentlich nervöser als in einem Haus. Nichts würde sie warnen, falls Mrs. McNamara vorzeitig zurückkehrte. Die Stimmen der Nachbarn, das Gelächter aus ihrem Fernseher, das Wasserrauschen in einem Badezimmer, das Summen eines Mixers oder das Heulen eines Staubsaugers gaben ihr zu denken, ob sie nicht genauso zu hören war, und wenn sie sich noch so leise verhielt. Sie hatte ihre Taschen bei der Hintertür stehen, für einen raschen Rückzug über die Feuertreppe.

Als sie am nächsten Morgen auf der Rolltreppe der U-Bahn-Station am Porter Square nach oben glitt, merkte sie gleich, daß etwas nicht stimmte. Fünf Polizisten liefen auf dem Parkplatz des Supermarktes auf der anderen Straßenseite herum. Sie durchwühlten den Inhalt eines großen Müllcontainers. Vergangene Nacht hatte es geschneit. Als sie die Straße überquerte und mit verhaltener Neugier näher ging, sah sie, daß der Schnee um den Müllcontainer rostrot war. Blut?

Ob jemand auf dem Parkplatz überfahren worden war? Manchmal benutzten Jugendliche den Parkplatz als Abkürzung und donnerten durch, als wäre in Indianapolis die Schachmusterflagge herunter. Ihr Exmann hatte eine heimliche Schwäche für Autorennen gehabt. Er sah sich als Rennfahrer, *wruum, wruum,* der in seinem Ferrari die Kurven in Monte Carlo nahm. Er fuhr einen Lincoln, zu schnell und zu aggressiv. Erst nachdem sie und die Kinder zwei kleinere, aber erschreckende Unfälle mitgemacht hatten, konnte sie ihn dazu überreden, vernünftiger zu fahren, wenn die Kinder im Auto saßen. Aber er nahm ihr die Einmischung übel. Er war monatelang eingeschnappt. »Dann fahr du doch«, war seine Reaktion auf ihre Kritik.

Sie war ein nützlicher Chauffeur, wenn die Kinder zur Ballettstunde oder zum Baskettballtraining gefahren werden mußten; sie war ein brauchbarer Botenjunge und brachte die Anzüge zur Reinigung und den Einkauf nach Hause. Aber Lastwagen machten sie nervös, machten ihr angst, sie könnten ihr Auto einfach überrollen. Die maskulinen Ungetüme gaben ihr das Gefühl, ihr Auto sei klein und weiblich und in Gefahr. Einen Moment lang sehnte sie sich nach ihrem letzten Auto, einem grünen Datsun-Kombi. Er war ein Teil von ihr gewesen.

Sie merkte, daß sie wie angewurzelt am Parkplatz stand, ein weißes Auto anstarrte und überhaupt nicht darauf achtete, wie sie wirkte. Sie schaute sich rasch um, aber viele Passanten waren stehengeblieben, um der Polizei zuzugukken. Sie war heute morgen früh dran, denn sie war in der Wohnung nicht zur Ruhe gekommen und hatte schlecht geschlafen. Wenigstens hatte sie es warm gehabt, in relativer Geborgenheit. Im Laufe der Nacht waren fünf Zentimeter Schnee gefallen. Jetzt war der Himmel ein grauer Schwamm, knapp unter null, aber es kam nichts mehr herunter. Heute abend konnte sie auf eine weitere unruhige Nacht bei Mrs. McNamara rechnen; in aller Frühe mußte sie dann morgen hinaus.

Zwei Umherstehende fragten einen dritten, was passiert war. Sie schob sich näher heran, um mitzuhören. Ein rüstiger älterer Mann in einem Tweedmantel ließ sich laut vernehmen. »Bloß eine Pennerin. Muß gestern spät abends passiert sein, im Eingang von der Videothek.« Er gehörte zu der wichtigtuerischen Sorte, die immer Bescheid weiß, er war also in seinem Element, während die Leute sich um ihn drängten.

Sie fuhr zusammen. Sie konnte sich nicht die Frage verkneifen: »Was ist passiert? Ist das die Frau, die hier immer mit einem Einkaufswagen herumläuft?«

»Ich kannte sie nicht persönlich«, sagte der Sprecher von oben herab. »Das kann ich nicht sagen. Sie wurde sexuell genötigt. Ist das nicht unglaublich?« Angewidert schüttelte er den Kopf.

»Ist sie noch am Leben?« fragte Mary.

»Sie ist geschlagen und mit einem Messer verletzt und dann in den Müllcontainer gesteckt worden. Ein Wachmann hat das Blut bemerkt. Sie ist in einem Rettungswagen weggebracht worden … ich konnte nicht sehen, ob sie noch am Leben war – ich weiß es nicht.«

Sie mußte das Risiko auf sich nehmen und sich zwingen, mit den Polizisten zu reden, trotz ihrer ständigen Angst, die Aufmerksamkeit auf sich zu lenken. »Sir«, wandte sie sich an den jüngsten. Sie machte es sich zur Regel, überhöflich zu sein. Es war ihr Stolz, sich die Umgangsformen einer Dame bewahrt zu haben. Jeder, der ihre Stimme hörte, merkte, daß sie eine gute Erziehung genossen hatte. »Ich arbeite hier in der Nähe, und ich habe die Frau, die überfallen worden ist, öfter gesehen. Ich würde gern wissen, wie es ihr geht.«

Der Polizist zog ein Gesicht. »Sie hat Messerstiche und wurde ziemlich übel zusammengeschlagen. Sie war bewußtlos, als wir hier ankamen. «

»Sie wissen nicht zufällig, wohin der Rettungswagen sie gebracht hat?«

»Ins Cambridge City Hospital. Wann haben Sie sie zum letzten Mal gesehen?«

»Vorige Woche, Mittwoch. Ich sah sie immer nur in der Nähe der U-Bahn. Ich weiß nicht mal ihren Namen«, sagte sie wahrheitsgemäß und zog sich zurück. Sie hastete über die Straße, voller Angst, der Polizist könnte auf die Idee kommen, ihr weitere Fragen zu stellen. Sie verlangsamte ihre Schritte erst, als sie von der Massachusetts Avenue abbog. Sie hatte drei mögliche Wege von der U-Bahn zu Mrs. Landsmans Haus. Heute war ihr am wichtigsten, zu verschwinden, bevor dem Polizisten einfiel, sie könnte wertvolle Hinweise liefern.

Das Haus war nicht wieder in Verwahrlosung abgestürzt. Mrs. Landsman schien regelmäßig zu essen und einigermaßen hinterher zu sein, wenn auch auf ihre unordentliche Weise. Sie neigte dazu, die Zeitung beim Lesen zu zerpflücken und über das Wohnzimmer und die Küche zu verteilen und auf nahezu sämtlichen Oberflächen aufgeschlagene Bücher liegenzulassen, als läse sie sieben Stück gleichzeitig.

Mrs. Landsman erwartete von ihr nicht, daß sie Bronskies Katzenklo saubermachte, wofür sie dankbar war, obwohl sie es für andere Kundinnen tun mußte. Mrs. Landsman ließ einen halben Liter selbstgemachte Spaghettisoße und ein viertel Pfund Schabefleisch auf dem Abtropfbrett der Spüle auftauen. Sie hatte den Kühlschrank mit Fruchtsaft, fettarmer Milch, viel Obst und Gemüse und mit Brot vom Bäcker vollgepackt. Vielleicht kam der Mann bald nach Hause.

Mrs. L. las in letzter Zeit viel über einen Mord. Unten las sie meistens akademische Bücher und Zeitschriften, aber ihre Schlafzimmerlektüre waren gewöhnlich Kochbücher und Autobiografien von Frauen. Die meisten Menschen hatten Einschlafrituale. Einige von Marys Paaren schliefen zusammen, und andere schliefen getrennt. Das schien unabhängig davon, ob sie miteinander schliefen. Mrs. Stone ließ Mary das Bett frisch beziehen, wenn sie montags kam, und ihr Bett roch immer, als hätten die beiden das ganze Wochenende darin zugebracht; aber Mr. Stone hatte sein eigenes Zimmer. Manche hatten die Fernbedienung vom Fernseher gleich auf dem Nachttisch liegen, also wußte

Mary, daß sie bei »The Tonight Show« oder David Letterman einschliefen. Bei anderen entdeckte sie einen halb abgespielten Film im Videorecorder. Manche wie Mrs. Landsman lasen. Liebesromane und Krimis schienen am beliebtesten, um die Damen in Schlaf zu wiegen. Mrs. DeMott besaß einen Apparat, der weißes Rauschen produzierte.

Mary hatte im Wasserbad erhitzte Milch mit Muskatnuß bevorzugt. Sie schlief schlecht, als die Kinder noch im Säuglingsalter waren. Danach hatte sie einen Aus-Schalter im Kopf, und sobald der herumgeworfen war, hieß es für acht Stunden adieu. Jetzt mußte sie in Alarmbereitschaft bleiben. Sie schlief nie tief. Für die ohne eigenen sicheren Platz auf der Welt gab es keine ungestörte, friedliche Ruhe. Sogar Mäuse hatten ihre Nester in den Wänden und Eichhörnchen hatten ihre auf den Bäumen.

Sie beeilte sich mit dem Putzen, damit sie im Krankenhaus anrufen konnte. Sie hatte es aufgeschoben, weil es ihr peinlich war. Sie wußte nicht einmal den Namen der Frau. Ihre Anteilnahme war abergläubisch. Sie sorgte sich um die Frau, damit sie nicht wurde wie sie. Mary hatte auf der Straße geschlafen und nur knapp überlebt, hätte es nicht überlebt ohne die Fürsorge anderer Frauen, die ihr gezeigt hatten, wie sie zurechtkamen.

Um zwölf rief sie an. Die Anmeldung war mißtrauisch. Sie mußte ihren Namen nennen und eine Telefonnummer angeben, also nannte sie Mrs. Landsmans Nummer. Ja, das Opfer war eingeliefert worden. Sie weigerten sich, den Namen auszugeben, obwohl sie ihn zu wissen schienen. Das Opfer war immer noch bewußtlos.

Beim Reinemachen dachte sie darüber nach, was für eine sonderbare Arbeit das war. Sie bekam das gleiche Geld für die Reinigung des Hauses nach Thanksgiving, nachdem ganze Heerscharen dort kampiert zu haben schienen und jedes Zimmer übermäßig benutzt war, wie in den Wochen, wo nur Mrs. Landsman und ihre Katze da waren. Heute nahm sie eine Auszeit, um zu duschen. Sie hatte immer ihr Handtuch und einen Waschlappen in der Reisetasche dabei. Zum Glück fand es niemand seltsam, daß eine Putzfrau eine

Reisetasche in Koffergröße herumschleppte. Mary hatte nicht gewagt, in der Wohnung zu baden, aus Angst, von den Nachbarn gehört zu werden.

Ihr ging die Frau nicht aus dem Kopf. Sie sagte sich immer wieder, es ging sie nichts an. Das Opfer, wie sie zu ihr sagten, war wahrscheinlich verrückt und sonderlich – so sonderlich, wie sie es während der Monate war, als sie auf der Straße lebte und die Menschen durch sie hindurchsahen, als wäre sie ein Hydrant. Ob sie wollte oder nicht, Mary sah das vorzeitig verrunzelte Gesicht der Frau vor sich, die weichen braunen Augen, wie sie über den Einkaufswagen gebeugt war, um sich kleiner zu machen, um weniger Platz einzunehmen. Sie sah die Bilder, wie ein brutaler Schläger ihr Gewalt antat, sie sich zu wehren versuchte, aber Angst hatte, zu viel Lärm zu machen, weil sie da, wo sie war, gar nicht sein durfte.

Ihre Gedanken gehorchten ihr nicht, sie konnte nicht vergessen. So kam es, daß sie unten am Telefon war, als Mrs. Landsman hereingestürzt kam. Sie war früher dran. Normalerweise kam sie immer erst, nachdem Mary gegangen war. Mitteilungen tauschten sie über Zettel aus. Sie schien überrascht, Mary am Telefon zu sehen, und Mary war es schrecklich peinlich. Ihr Grundsatz war, sich von ihren Damen nie bei der Benutzung von etwas anderem als dem Staubsauger erwischen zu lassen. »Machen Sie nur«, sagte Mrs. L. »Ist etwas passiert, Mrs. Burke?«

Sie beschloß, die Wahrheit zu sagen. Schließlich war es ihr gutes Recht, sich Sorgen zu machen, auch wenn sie schwerlich erklären konnte, warum das Schicksal der armen Frau ihr naheging.

Mrs. Landsman war empört. »Das ist ja unmenschlich. Und er hat sie in einen Müllcontainer gestopft? Wie geht es ihr?«

»Sie wollen es mir nicht sagen. Ich weiß nicht mal ihren Namen. Ich sehe sie immer auf dem Weg hierher. Ich habe sie immer gegrüßt. Sie tat mir leid.«

»Natürlich. Ich habe sie bei der U-Bahn gesehen.« Mrs. Landsman zog den Mantel aus und setzte sich stirnrunzelnd ans Telefon. »Ich habe im Laufe der Zeit vielen hier einen Gefallen getan. Nach einer Untersuchung über Vergewaltigungsopfer habe ich Kurse für die Polizei abgehalten – jetzt gibt es darauf spezialisierte Psychologen, aber damals war das alles zu neu. Machen Sie sich eine Tasse Tee und setzen Sie sich eine Weile hin.«

Mrs. Landsman verwandelte sich in jemand anders. Sie telefonierte herum und beschwatzte Leute und blieb hartnäckig. Sie redete mit jemand auf dem Polizeirevier, sie redete mit einem Reporter vom *Globe,* sie redete mit einem Arzt im Krankenhaus. Sie war wie elektrisiert und redete in hohem Tempo. Mary staunte, trank ihren Tee und wartete. Das konnte sie bestens, stumm und fast unsichtbar warten.

Schließlich legte Mrs. L. den Hörer auf und gab Mary einen Zettel. »Ihre Frau heißt Beverly Bozeman. Sie wurde als ›Name unbekannt‹ eingeliefert, aber die Polizei hat im Mantelfutter eingenäht einen abgelaufenen Führerschein gefunden. Sie leidet an Gehirnerschütterung, einem gebrochenen Arm und zwei Stichwunden, Unterkühlung, Schock und Blutverlust. Sie ist nicht bei Bewußtsein, und ihr Zustand gilt als kritisch. Sie müßten von jetzt an Auskunft erhalten, wenn Sie anrufen. Hier ist die Durchwahl der Station.«

Als Mary aufbrach, den Zettel sorgfältig in der Brieftasche verstaut, war sie ein wenig konfus. Wie Mrs. Landsman das angepackt hatte, verblüffte sie. Leute in Amt und Würden schüchterten Mrs. L. nicht ein, und sie hatte keinerlei Schwierigkeiten, das zu verlangen, was sie wollte. Mrs. L. mußte zwei Persönlichkeiten haben, eine in der Familie und eine in der Außenwelt. Mary hatte sie immer für eine geduldig ertragende Frau gehalten. Nun schien um so seltsamer, was sie sich alles gefallen ließ. Sie mußte nach ihrem Mann verrückt sein. Wahrscheinlich meinte Mrs. L., nach der Trennung keinen anderen mehr zu finden. Aber Mary war beeindruckt. Sie war dankbar, daß Mrs. L. sich die Zeit genommen hatte, die Einzelheiten in Erfahrung zu bringen, und auch dafür, daß ihre Kundin Mary nicht für eine törichte Person hielt.

Beverly Bozeman. Die Ärmste hatte einen Namen. Heute abend in Mrs. McNamaras Wohnung würde sie sich eine Decke wie ein Zelt über den Kopf legen, um ihre Stimme unkenntlich zu machen, und noch einmal das Krankenhaus anrufen. Das Krankenhaus sollte ruhig wissen, daß jemand sich um den geschundenen Körper von Beverly sorgte.

21

Leila

Leila saß an Cathys Küchentisch und trank Pfefferminztee aus einem schweren und sonderbar eingebuchteten Becher in fleckigem Rotbraun. Sie bat nicht um Kaffee, denn sie entsann sich, daß Zak den neulich zubereiten mußte, und sie hatte jetzt Cathy endlich für sich allein. Der Tisch war eine Glasplatte auf schmiedeeisernen Beinen. Die Stühle hatten herzförmige schmiedeeiserne Lehnen. Leila fand sie schmerzhaft, aber Cathy schien sie bequem zu finden. Sie trug Jeans und einen blauen Pullover mit großen, in Weiß und Orangegelb eingestrickten Gänseblümchen. Ihr Haar hing glatt herunter, nicht mehr in einem Pferdeschwanz.

»Sams Verteidiger hat mir gesagt, ich soll es schneiden lassen«, erklärte sie. »Er hat gesagt, ich kann nicht mit einem Pferdeschwanz in den Gerichtssaal gehen. Ich sehe nicht ein, warum nicht. Sind Pferdeschwänze etwa das Markenzeichen von Nutten? Ich trage seit dem College einen Pferdeschwanz.«

»Verteidiger haben eine Art Wissenschaft, was Frauen im Gerichtssal tragen müssen, um die Geschworenen günstig zu beeinflussen. Ich denke immer, woher wissen die das? Aber vielleicht lassen die Verteidiger nur Geschworene zu, die Kleidung bevorzugen, die die Verteidiger uns dann empfehlen, ein geschlossenes System. Als ich mal vor Gericht aussagen mußte, wurde mir geraten, ein marineblaues oder graues Kostüm, eine weiße Bluse und kleine Ohrringe zu tragen.«

Cathy kicherte. »Ja, er hat mir sagt, ich soll ein geblümtes Kleid tragen. Ich besitze gar kein geblümtes Kleid. Darauf hat er gesagt: Dann kaufen Sie sich eins. Bis zum Hals geschlossen, mit weißem Spitzenkragen. Ich habe kein Geld für ein Kleid übrig, das ich nie wieder anziehe. Aber Zak hat gesagt, ich muß es für Sam tun, und er wird mir das Geld dafür geben. Er hat mir gesagt, geh zu Talbots in Centerville, da kannst du dir was für die protestantische angelsächsische weiße Elite aussuchen. Ich gehöre zur protestantischen angelsächsischen weißen Elite, habe ich gesagt, und wie ich mich anziehe, ist elitemäßig genug!« Cathys Angewohnheit, beim Sprechen die Augen aufzureißen, ging auf die Nerven. Vielleicht war ihr vor Jahren gesagt worden, daß sie schöne Augen hatte und sie durch Aufreißen besser zur Geltung brachte, aber Leila bezweifelte, daß ihr bewußt war, wie oft und wie automatisch sie es tat.

»Ich dachte ...« Da fiel ihr ein, sie wußte ja bereits, daß Cathy keine Jüdin war. Der verstorbene Ehemann, der Bruder vom lästigen Zak, war Jude gewesen.

»Wegen des Namens. Mein Mann wurde im jüdischen Glauben erzogen. Ich selbst gehöre eigentlich keiner Richtung an, aber meine Familie war freikirchlich. Wir hatten die hübscheste Kirche in der Stadt. Wie eine Postkarte. Wir gingen hauptsächlich hin, um den Chor und die Orgel zu hören.«

»Wie ist Sam erzogen?«

»Er bekam seine Bar-Mizwa – mein Mann bestand darauf. Er sagte, sonst wäre die Familie vor den Kopf gestoßen. Und ein Jahr später war er tot. Ich hatte das Gefühl, mein Leben steht still. Ich konnte nicht mehr arbeiten. Wenn Zak nicht eingesprungen wäre, wir wären den Bach runtergegangen. Ich bin einfach nicht damit fertiggeworden!«

»Ich verstehe ... Zak hat offenbar keine eigene Familie.«

»Er war verheiratet. Er hatte eine Tochter. Sie müssen wissen, seine Familie ist vom Unglück verfolgt. Da wird andauernd gestorben. Seine Frau und seine kleine Tochter sind in einem Feuer umgekommen. Sie war Musikerin. Sie sah toll aus und alles, aber die beiden haben drüben in L.A. gewohnt, und wir haben uns nur vielleicht viermal gesehen. Sie kamen mir sehr mondän vor, das weiß ich noch.« Sie schüttelte den Kopf bei dem Gedanken an einen mondänen Zak. »Sogar Mike war ein bißchen eifersüchtig auf seinen jüngeren Bruder. Sobald ich Zak dann besser kannte, mußte ich darüber lachen. Er ist eine gute Seele, aber ungesellig. Er gibt sich Mühe, ein Teilzeitvater zu sein. Und er hat uns geholfen.«

»Mit Geld?«

»Damit und indem er sich um die Bank und die Ärzte und Anwälte gekümmert hat. Mich verwirrt nur, was die sagen. Mein Freund hilft mir auch. Ich soll ihn vor Gericht nicht erwähnen, aber ich sehe nicht ein, wieso nicht. Er ist Bauingenieur. Er war mit einem hundertprozentigen Miststück verheiratet, aber er ist seit Jahren geschieden –«

»Steht Sam seinem Onkel nahe?«

»Sam hat sich verändert. Er *hat* Zak sehr nahegestanden. Aber ich glaube, Becky hat ihn mit Haut und Haaren geschluckt. Er war wie verhext. Er fing an zu lügen.« Cathy seufzte und stützte die Ellbogen auf den Tisch. »Ich bin leicht hereinzulegen. Ich denke nie, daß jemand mich anlügt, bis ich mit der Nase drauf gestoßen werde.«

»In welcher Hinsicht hat er gelogen?«

»Wo er gewesen ist, was er gemacht hat. Er hat sie in einer Theatergruppe kennengelernt. Sein Englischlehrer hat ihm zugeredet, da mitzumachen, und ich auch. Wir dachten, das täte ihm gut. Ha!«

»Theaterensembles scheinen Brutstätten für Romanzen zu sein«, bemerkte Leila säuerlich. »Das gehört wohl dazu.« Sie sagte nichts davon, daß ihr Mann am Theater war. Cathy ließ sich zu leicht ablenken.

Cathy gab ein verächtliches Geräusch von sich. »Ich erinnere mich noch, wie froh ich war, als er beitrat. Er lernte neue Freunde kennen. Anfangs hat er Kulissen angemalt und war der Botenjunge. Dann fing er an, kleine Rollen zu spielen. Er gewann soviel Selbstvertrauen, aber ich hatte keine Ahnung, daß es nicht davon kam daß sie Agatha Christie im alten Freimaurersaal aufführten.«

»Wann haben Sie gemerkt, daß die beiden etwas miteinander hatten ? «

»Mir kam ein paarmal der Verdacht, daß da was war. Ich fand, er war oft reichlich spät unterwegs. Aber Proben ziehen sich eben hin, und wie sollte ich wissen, wann sie um zehn zu Ende waren und er so tat, als wär's halb elf oder elf geworden? Ich bin eben ziemlich vertrauensselig.« Cathy klimperte mit den Wimpern. Leila verstand, daß das nicht ihr persönlich galt. Es war einfach eine Maniriertheit, die ganz mechanisch diese Äußerung begleitete. »Aber Sam war immer ein guter, gewissenhafter Junge.«

»Hat er von Becky gesprochen?«

»Er hat immer wieder gesagt, wie gut sie ihm tut, wieviel sie ihm beibringt. Ich dachte, er schwärmt für sie, aber mir ist nicht im Traum eingefallen, daß sie eine Affäre haben könnten. Schließlich war er noch Schüler und sie eine verheiratete Frau! Da hätte ich ja genauso gut ... Sie im Verdacht haben können.«

»Aber Becky war nicht so viele Jahre älter. Nicht alt genug, um seine Mutter zu sein.«

»Sie ist acht Jahre älter. In seinem Alter macht das sehr viel aus. Als ich Mike geheiratet habe, war er vier Jahre älter als ich, und glauben Sie mir, neben ihm war ich ein Kind. Ich kam frisch vom College, und er hatte sich schon in der Welt umgetan.«

»Die beiden haben sich also in einer Theatergruppe kennengelernt?«

»Die Canal Players. Im Winter gehen wir hin, dann haben wir was zu tun, und im Sommer gehen die Touristen hin.« Cathy sprang auf und sah auf ihrer Pinnwand nach. »Sie führen jetzt die *Glasmenagerie* auf. Die könnten Sie sich ansehen.«

Leila hoffte inbrünstig, daß sie das nicht mußte. Sie war von Tennessee Williams nicht besonders angetan, nicht einmal in Nicks Inszenierungen, obwohl er einen seiner frühen Erfolge im Sommertheater mit der Marlon Brando-Rolle in

Endstation Sehnsucht gehabt hatte. »Wenn Sie ich wären, mit wem aus dem Ensemble würden Sie reden?«

Cathy runzelte die Stirn und zog eine Schulter hoch. »Hm … mit Mr. Berg, Sams Englischlehrer – dem hat er sich manchmal anvertraut. Der hatte auch die Idee, daß Sam am Theater Gefallen finden könnte. Ich mache ihm keine Vorwürfe. Er dachte, das würde Sam helfen, seine Schüchternheit zu überwinden. Es hat ihm auch Selbstvertrauen gegeben, aber wohl die falsche Sorte. Nur wie sollte ich das denn wissen?«

»Sie haben ihm natürlich zugeredet. Das ist ja auch für einen Jungen in seinem Alter eine schöne Sache, viel besser als Herumgammeln und in Schwierigkeiten geraten.«

»Ganz genau – Sie verstehen das, weil Sie auch einen Jungen in dem Alter haben. Man macht sich Sorgen, daß sie an Drogen geraten. Ich weiß, daß es an seiner Schule Drogen gibt.«

Leila erinnerte sich, wie auch sie sich Sorgen gemacht hatte und sich heuchlerisch vorgekommen war, denn Nick und sie und alle ihre Freunde hatten in Davids Alter Hasch geraucht. Das war ein Teil der landesweiten Jugendkultur gewesen, so verbreitet wie die gegenwärtige Mode der Baseballmützen.

»Ich habe mir Sorgen ums Trinken gemacht. Immer mal wieder fahren Jugendliche ein Auto zu Schrott und bringen sich um. Als er nicht mit Mädchen ausging, habe ich mir Sorgen gemacht, ob er schwul ist. Als er sich dann mit Mädchen traf, habe ich mir Sorgen gemacht, ob er mit ihnen schläft und sie schwängert. Ich habe mir ständig Sorgen gemacht. Ich habe mich sogar darauf gefreut, daß Sam weggeht ans College. Und dann *Peng!* die Polizei.«

Leila nickte. »Es fängt für uns mit der Schwangerschaft an. Wir haben Angst, das Baby wird mit Schwimmhäuten oder zwei Köpfen geboren. Dann haben wir Angst, daß er nicht rechtzeitig zu laufen anfängt, daß er nicht zu sprechen anfängt. Ist er intelligent genug? Kann er früh genug lesen? Der Alptraum der Entwicklungsstörungen.«

»Außerdem kann mein Freund nicht über Nacht hierbleiben. Mit einem halbwüchsigen Jungen im Haus wäre das nach meinem Gefühl nicht richtig. Das lädt ja förmlich dazu ein, daß er in Schwierigkeiten gerät. Na ja, diese Sorgen, und dann muß ich mit dem bißchen Geld auskommen, und jeder Tag hat zu wenig Stunden, ich muß zugeben, ich hab' mich schon darauf gefreut, ein bißchen Zeit für mich zu haben. Hatte ich nämlich nicht mehr seit der Geburt meiner Tochter Miri.« Sie schnitt ein Gesicht und fuhr sich durchs Haar. »Es fühlt sich komisch an ohne den Pferdeschwanz. Der fehlt mir.«

»Aber es sieht so auch nett aus«, sagte Leila diplomatisch. »Es kostet derartig viel, ein Kind aufs College zu schicken, ich kann es immer noch nicht fassen.«

»Wem sagen Sie das. Sam hatte ein Stipendium. Zak wollte den Rest zuschießen. Jetzt werden sie ihm wahrscheinlich das Stipendium wegnehmen, selbst wenn er freigesprochen wird.« Cathys Gesicht zog sich zusammen, und sie sah aus, als würde sie gleich weinen.

»Eine traurige Lage.« Leila nahm ihre Hand.

Zwei große Tränen rannen über Cathys Gesicht und verwischten ihr Augen-Make-up. »Ich sehe überhaupt nicht, wie das je wieder in Ordnung kommen soll! Es ist alles ein heilloses Durcheinander, ganz egal, was passiert! Zak treibt die Kaution auf, also werden wir ihn bald zu Hause haben. Ich weiß offen gestanden nicht, wie das sein wird.«

»Er ist noch jung«, sagte Leila. »Und Sie sind es auch. Sie haben Ihr Zuhause. Sie haben Ihre Freunde. Ich hoffe, der Anwalt ist gut.«

»Ich weiß einfach nicht, was aus Sam werden soll. Irgendwann wollte er nicht mehr Tierarzt werden wie Zak, sondern Astronom. Er hatte sogar ein Fernrohr, ein Geschenk von Zak. Sam hat mir die Ringe des Saturn gezeigt. Jetzt wird er wegen Mordes vor Gericht stehen. Ich schäme mich so, und ich bin ganz krank vor Angst um ihn!«

Als Leila nach Cambridge zurückfuhr, dachte sie, daß sie noch nie an einem Buch gearbeitet hatte, wo die Kreise sich ständig erweiterten. Ein einziger Mord warf genug Interviews für den Rest ihres Lebens ab. Sie konnte alle Menschen interviewen, die Terry, Sam und Becky je gekannt hatten, Sams Freund – wie hieß er noch? Sie hatte vergessen, nach ihm zu fragen. Alle Familien. Alle, die mit ihnen gearbeitet hatten, mit ihnen zur Schule gegangen waren. Sie hatte sich Mörder als Einzelgänger vorgestellt. Diese Menschen hier waren in Netze aus Beziehungen eingebunden. Leila fühlte sich überfordert, war aber auch fasziniert. Ganz normale Existenzen, aber wie oft verschaffte ein Projekt ihr schon einen Freibrief dafür, die Familien und sozialen Verknüpfungen anderer Leute auszukundschaften?

Sie bedauerte nicht, das Haus für sich zu haben. Sie hatte Davids Besuch genossen und – am letzten Tag – auch Nicks Gesellschaft. Aber solange sie da waren, war Leila auf beide ausgerichtet, sorgte für ihre Bedürfnisse, schenkte ihnen ihre Aufmerksamkeit, machte alles nett. Ihr Blick fiel auf den Stoß mit Zeitungsausschnitten auf dem Couchtisch. Sie hatte Nick versprochen, sie zu lesen, was hieß, sie in etwas für ihn Annehmbares zu verwandeln. Ihr fiel plötzlich ein, daß sie auch versprochen hatte, sich zu entscheiden, ob sie nach New York fuhr. Sie mußte sich einig werden, ob sie die Konkurrenz in Augenschein nehmen oder auf seine Rückkehr warten wollte. Sheryl hatte am Telefon ziemlich fordernd geklungen, in der Regel ein sicheres Mittel, Nicks Leidenschaft zum Erkalten zu bringen. Leila fand, Nick hatte für eine Weile genug von ihrer Energie beansprucht. Sie hatte ihre Studenten vernachlässigt. Über die berechtigten Bedürfnisse hinaus verlangten einige von ihr, die Mentorin oder die Mammi zu spielen, denn sie entsprach beiden Rollenbildern. Alle brauchten Beachtung. Vielleicht sie selbst auch. Aber Melanie war tot.

Sie sank auf die Couch. Vronsky kletterte auf ihren Schoß, legte ihr die Pfoten auf die Schultern und starrte ihr ins Gesicht. Was fehlt dir? schien er zu fragen. Ach, nichts. Nichts Wichtiges.

Am Samstag vormittag gegen elf, sie ging gerade ihre Interviewnotizen durch, klingelte es an der Tür. Die Zeugen Jehovas? Sie hatte seit zehn Jahren keinen klinkenputzenden Vertreter mehr gesehen. Ein Eilbrief? Was konnte am

Samstag ausgeliefert werden? Jemand, der für etwas warb oder sammelte? Ihre Freunde riefen an, bevor sie vorbeikamen, die waren gut erzogen. Ein übereifriger, aufdringlicher Student, der ihrer Sekretärin ihre Adresse aus der Nase gezogen hatte?

Langsam stahl sie sich auf Zehenspitzen hinüber, überzeugt, wer da auch vor der Tür stand, er hatte wenig Recht dazu. Sie schaute zum schmalen Fenster neben der Tür hinaus. Sie brauchte einen Moment, um den Mann zu erkennen, der in einem unförmigen Parka steckte, weil es schneite und ziemlich kalt war. Den Kragen hatte er hochgeschlagen, und er hatte sich eine pelzbesetzte Mütze, wie die berittene Polizei sie trug, über die Ohren gezogen. Aber die Haare, die unter der Mütze hervorlugten, waren unverkennbar, ebenso der dichte, krause Bart. Der Schwager – Zak.

Sie stöhnte und erwog, so zu tun, als sei sie nicht da, aber durch das Fenster sah er sie ebenso deutlich wie sie ihn. Er hatte großen Einfluß auf Cathy. Cathy schien von ihm abhängig zu sein, finanziell und für die Regelung von Dingen, denen sie sich nicht gewachsen fühlte.

Widerwillig machte sie die Tür auf. »Hallo ... Zak Solomon.« Sie verzögerte ganz bewußt die Namensnennung. »Ich erinnere mich aus Sandwich an Sie. Cathys Schwager, nicht wahr? Es wäre eine gute Idee, vorher anzurufen, da ich oft nicht zu Hause bin und Sie einen ziemlich weiten Weg haben.«

»Ich war gerade in der Stadt«, sagte er kurz angebunden. »Kann ich hereinkommen?«

»Natürlich«, sagte sie höflich. »Darf ich Ihnen den Mantel abnehmen?« Sie hängte ihn absichtlich nicht auf, da sie Zak nicht ermutigen wollte, lange zu bleiben. Sie legte den Mantel einfach über die Lehne eines Schaukelstuhls.

Als sie sich umdrehte, war er damit beschäftigt, die Zeitungsausschnitte auf dem Couchtisch zu studieren. »Ihr Mann ist beim Theater?« Er trug einen dunkelgrünen Rolli und Khakihosen aus Baumwollköper. Er hatte die Hände in den Hosentaschen und stand vorgebeugt.

Manchmal wußten die Leute, wer Nick war, und manchmal nicht. Ruhm war eine hochspezielle Ware und ließ sich nicht über die natürlichen Grenzen unterschiedlicher Interessen hinweg exportieren. Sie hätte keinen berühmten Golfer oder Footballspieler nennen können. Sie konnte jedoch ohne Zuhilfenahme von Notizen eine Bibliografie über Gewalt gegen Frauen herunterdiktieren. Sie wußte, welcher kalifornische Soziologe seine Ehefrau und Kollegin gerade zugunsten einer dreiundzwanzigjährigen Studentin verlassen hatte, welcher russische Soziologe kürzlich dabei ertappt worden war, Statistiken über Großstadtkriminalität gefälscht zu haben, und welcher Kollege für seine Studie organisierter Kriminalität in Asien beinahe mit dem Pulitzerpreis ausgezeichnet worden wäre.

Sie gab sich damit zufrieden zu sagen: »Er ist Regisseur. Eine Inszenierung von ihm hatte gerade in New York Premiere, aber meistens arbeitet er an Theatern in der Provinz. Er hat am Los Angeles Theater Center und am Mark Taper Forum inszeniert – haben Sie nicht in L.A. gewohnt?«

Er setzte sich in den Sessel, den sie gewöhnlich benutzte, und lehnte ihr Angebot von Kaffee oder Tee ab. »Darf ich fragen, warum Sie an diesem Fall interessiert sind? Es gibt doch bestimmt auch Buchaufträge, die Sie ablehnen. Warum haben Sie diesen angenommen?«

»Der Zeitplan paßte mir gut«, sagte sie fast wahrheitsgemäß.

»Sie meinen, Sie gehen davon aus, daß der Prozeß genauso viel Aufmerksamkeit erregen wird, wie der Fall es getan hat. Eine berechtigte Annahme.«

»Ich dachte, Ihnen wäre bekannt, wie lange es dauert, ein Buch zu schreiben. Wenn das Buch erscheint, wird alles Interesse an dem Ausgang bereits den Weg der Modegags vom vorigen Jahr gegangen sein.«

Vronsky war hereingekommen und musterte Zak. Dann näherte er sich steifbeinig und schnupperte an seinen Hosenbeinen. Zak begann, ihn hinter den Ohren zu kraulen, und Vronsky sprang plötzlich auf seinen Schoß. Verräter!

»Ach, wenn das Material nur saftig genug ist oder so hinfrisiert werden kann –«

»Mr. Solomon, ich habe Cathy eins meiner Bücher geschickt. Ich hätte angenommen, Sie würden einen Blick hineinwerfen, bevor Sie Ihrem Argwohn freien Lauf lassen. Ich mache nicht in Sensationslust –«

»Frauen im Gefängnis, sexuell mißbrauchte Frauen, Frauen, die ihre Kinder mißbrauchen – hört sich ganz nach Material für die *Oprah Winfrey Show* an.«

»Sodomie, Vater-Tochter-Inzest, Brudermord, Massenmord – alles Thora. Wir Menschen sind eine blutrünstige Horde. Es kommt einzig darauf an, was Sie aus dem Material machen. Sogar bei Tieren müssen Ihnen doch Sex und Gewalt begegnen – nein?«

»Ich behandle nur Tiere, die Gefährten des Menschen sind. Bedauerlicherweise versuchen Sie, sich mit meinem Neffen und meiner Schwägerin zu befassen, Menschen, die mir am Herzen liegen. «

»Mr. Solomon, ich bin nicht dafür verantwortlich, daß Ihr Neffe in einen Mordfall verwickelt ist. Ich bin nicht dafür verantwortlich, welcher Rummel um diesen Fall gemacht wird oder wie die Medien ihn behandeln.« Sie stand auf, ging zur Fensterfront und ließ ein Verteidigungsplädoyer vom Stapel, das sie über die Jahre hin perfektioniert hatte, mit Abwandlungen. »Ich bin verantwortlich für eine ernsthafte und in die Tiefe gehende Untersuchung der Bedeutung des Falles. Wenn ich sie nicht schreibe, wird es jemand anders tun. Ich habe einen Sohn, der in Sams Alter ist und noch weitere Ähnlichkeiten aufweist, bin also programmiert, verständnisvoller zu sein. Dazu bin ich Jüdin, und ich gehöre nicht zu den vom Selbsthaß Geplagten, die aus ungelösten Identitätsproblemen über andere Juden herfallen. Ich bin noch mit das Beste, was Sie kriegen können, aus Sams Sicht.« Unterrichten war ein gutes Training für öffentliches Reden und Argumentieren, einer der Gründe, warum der regionale Fernsehsender sie gern als Expertin einsetzte. Sie war nicht fotogen, aber sie wirkte sachkundig, freundlich und fähig, sich klar auszudrücken. Jetzt ging sie näher und nahm auf der Armlehne eines Sessels Platz, ungefähr drei Meter von ihm entfernt. Näher, nicht zu nah. Stimmwechsel. Tieferes Register, vertraulicher. »Warum so feindselig? Was bringt das? Wenn Sie Cathy und Sam überreden, nicht mit mir zu sprechen, wird das Beckys Familie und Terrys Familie nicht davon abhalten, mir Informationen zu geben. Also wird das Endprodukt eher zu deren Gunsten ausfallen, da die ihre Erfahrungen mit mir geteilt haben – und falls Sie sich durchsetzen, Sam nicht.« Ihre Konzentration wurde ein wenig von Vronsky beeinträchtigt, der auf dem Schoß ihres Feindes saß und sie beobachtete, als sei sie für beide ein Unterhaltungsprogramm.

Zak lehnte sich im Sessel zurück und griente. Zum ersten Mal sah sie einen anderen Ausdruck als Feindseligkeit oder Besorgnis auf seinem Gesicht. »Wenn ich Sie recht verstehe, sagen Sie, ich kann sowieso nicht verhindern, daß über diesen Fall geschrieben wird, deshalb ist es für Cathy und Sam letztlich besser, wenn ich Sie unterstütze, statt Sie zu bekämpfen.«

»Sie könnten es ja mal probieren.« Sie lächelte schmallippig zurück. »Sie müssen mich nicht mögen. Hindern Sie mich einfach nicht daran, mit Cathy und Sam und anderen aus Sams Umfeld zu reden. Sie werden mich nicht daran hindern, das Buch zu schreiben, egal, was Sie tun.«

»Ich verstehe. Manche Menschen holen den Müll ab, manche Menschen schreiben über das Unglück anderer Leute.«

»Vielleicht finden Sie, wir dürfen unsere Intelligenz nur gebrauchen, um Cockerspaniels und Kakadus zu verstehen, aber manchmal möchten Menschen gern andere Menschen verstehen – sei es nun ein Krieg, eine Massenpanik, das Verhalten von Straßengangs oder ein Mordfall, der neugierig macht, weil er einen Nerv berührt. Ich glaube, ich hatte hier in drei Staaten einen gewissen Einfluß auf die Gesetzgebung hinsichtlich der Rechte von Frauen im Gefängnis gegenüber ihren Kindern. Ich habe vermocht, meinem Publikum näherzubringen, was die Erfahrung von Inzest in der Kindheit bedeutet und was mißbrauchten Frauen im Umgang mit ihren eigenen Kindern passiert. Ich denke, ich habe vermocht, Opfern mehr Sinn für ihre eigene Würde zu geben.« Sie verschränkte die Arme.

»Wenn ich Sie so in Ihrer eigenen Umgebung sehe, kann ich mir nur schwer vorstellen, wo Sie echte Empathie hergenommen haben wollen für Frauen, die arm, chaotisch, verwirrt und sprunghaft sind – für Menschen mit schlampigem Leben.«

»Es ist schwer, die Lebenserfahrungen anderer nach ihren Wohnzimmern zu beurteilen, Mr. Solomon. Ich zum Beispiel würde das nicht wagen.«

Er stand auf. »Ich habe den Verdacht, Sie haben wesentlich mehr Vorurteile, als Sie zugeben. Ich verziehe mich. Ich nehme zweifelsohne Zeit in Anspruch, die Sie nicht haben, in Ihrem arbeitsreichen und wohlorganisierten Tagesablauf.« Er nahm seinen Mantel vom Schaukelstuhl und fuhr hinein. »Wissen Sie, wann Ihr Kater sich dieses Hämatom zugezogen hat?«

»Ich habe ihn vor ungefähr einem Monat aus dem Tierheim geholt.«

»Er ist drei Jahre alt, würde ich sagen, wurde frühestens mit zwei Jahren kastriert und hatte mehrere heftige Raufereien. Wurde anfangs gut gefüttert, war dann aber eine Zeitlang unterernährt.«

»Danke.« Sie brachte ihn zur Tür, nicht aus Höflichkeit, sondern um dafür zu sorgen, daß er tatsächlich ging. Dann rannte sie die Treppe hinauf, um über die Hecke hinwegschauen zu können. Er hatte einen federnden Gang. Er fuhr einen dunkelblauen Toyota-Kastenwagen mit hoher Straßenlage und Vierradantrieb. Er hielt am Stoppschild an der Kreuzung und fuhr dann bedächtig, weder zu langsam noch zu schnell, weiter. Sie ließ sich mit einem tiefen Seufzer auf ihrem Schreibtischstuhl nieder.

Cathy war bereit, mit ihr zu reden, und Leila nahm sich vor, einfach weiterzumachen. Warum war er so besitzergreifend? In einem simpel gestrickten Krimi hätte er sich als der Mörder entpuppt, und sie hätte es geschafft, die Unschuld von Sam und Becky aufzudecken. Leider gab er nur eine Plage ab. Sie war auch früher schon Männern begegnet, die sich heftig dagegen gewehrt hatten, daß eine Frau aus beruflichen Gründen in ihr Revier eindrang. Leila hatte einfach einen Bogen um sie gemacht.

Sein Erscheinen bei ihr zu Hause hatte sie aus der Fassung gebracht. Zum ersten Mal war jemand aus dem Kreis ihrer Recherchen in ihr Privatleben eingedrungen. Sie fühlte sich schutzlos. Gleichgültig, wie sie ihn betrachtete, Zak stand für Schwierigkeiten.

22

Becky

»Ich bin verliebt«, erzählte sie ihrer Mutter in der Küche. Wenn sie sehr früh aufstand, gelang es ihr, Mama alleine abzupassen, nur das Baby saß in seinem Kinderstühlchen dabei.

Mama sah abgehärmt aus. Joeys Tod hatte etwas Lebenswichtiges aus ihr herausgerissen. »In diesen Jungen? Diesen fremden Jungen?«

»Er hat eine gute Stellung. Er ist kein Kind mehr.«

»Becky meine Rose, er gehört nicht zu uns. Er wird auf dich herabschauen. Er denkt, von Leuten mit weniger Geld gibt es nichts zu lernen. Für ihn sind wir nur Verlierer.«

Becky hätte gern gesagt, daß Terry sie in vieler Hinsicht weitaus besser verstand, als ihre Mutter es tat, aber sie konnte nicht ertragen, Mama weh zu tun. Mama konnte einfach nicht über die hohen Böschungen der Furche hinausschauen, in der sie täglich ackerte, um die Familie zusammenzuhalten, die Rechnungen zu bezahlen, zu überleben. »Er macht sich was aus mir. Vielleicht ist das wichtiger.«

»Wichtig ist, daß er weiß, wer du bist, was er da eigentlich mag.«

»Ist dir nicht aufgefallen, wie er mich anschaut? Wie etwas Kostbares.«

»Für mich bist du kostbar. Ich sehe, wie er sich im Haus umschaut. Als möchte er nichts anfassen, er könnte sich ja an dem Dreck und den Sorgen die Finger schmutzig machen.«

»Er hat nie ein Wort der Kritik geäußert. Nie.«

»Das ist gut«, sagte Mama und gab ein wenig nach. »Er ist ein höflicher Junge, seine Mama hat ihn gut erzogen. Er redet immer nett mit uns. Er erkundigt sich immer, wie es mir geht. Er ist ein guter Junge, Becky, ich weiß. Aber so anders.«

Sie konnte nicht sagen, daß sie gerade das Andere an Terry so liebte. Er war die vollkommene Verkörperung all dessen, wonach sie sich sehnte. Er hatte eine gute Schulbildung, er war sauber, er war golden und kultiviert. Er arbeitete mit sauberen, intelligenten Dingen, mit Computern. Er trank nur ein wenig Bier oder Weißwein. Er rührte keine Drogen an. Er spielte Tennis und Golf und segelte auf der Jacht seiner Eltern. Er tat all die richtigen Dinge auf die richtige Weise, und ihr Herz stand manchmal unter Strom, einfach wenn sie ihm zusah, wie er den straff gespannten Tennisschläger schwang. Seine Handgelenke brachten sie zum Schmelzen. Seine Knochen waren so elegant. Er bewegte sich wie ein scheuer Prinz. Das seidige blonde Haar fiel ihm in die Stirn, und mit einer vornehmen und zugleich beiläufigen Geste warf er es zurück. Sie liebte es, die Wange an sein Haar zu schmiegen. Babyweiches Haar. Auch das vollkommen.

Sie hatte noch nie in ihrem Leben etwas so sehr gewollt, wie sie Terry wollte. Sie wollte ihn festhalten, sie wollte sein wie er. Sie gab sich cool, solange sie konnte, aber dann gab sie sich ihm völlig anheim. »Noch nie hat mich eine so geliebt wie du«, sagte er verwundert wieder und wieder. »Ich habe mir immer vorgestellt, daß ein Mädchen mich eines Tages so lieben würde. Aber die meisten sind zu selbstsüchtig. Ich möchte dich in die Arme nehmen und dich davontragen und dich immer, immer an meiner Seite haben.«

Sie wollte mehr als das: mit ihm verschmelzen, die zurückgegebene Rippe. Sie wollte eins mit ihm werden, Mann und Frau, ein Fleisch. Es war mystisch. Das konnte sie Mama schwerlich sagen. Sie hätte sich gerne anvertraut, aber die Wörter verweigerten sich. Sie konnte ihrer Mutter nicht Leidenschaft beichten. Sie konnte nur matt sagen: ich mag ihn sehr. Es klang wie Reklame für einen Magenbitter.

Mama musterte mit ihren kurzsichtigen Augen ihr Gesicht, als versuchte sie zu lesen, was Becky wirklich meinte. Dann seufzte sie. »Es ist hoffnungslos. Der Herr weiß, ich gebe mir Mühe, euch alle ordentlich zu erziehen. Aber es gibt kein gutes Ende. Wir schaffen es einfach nicht, uns mit dem Leben einzurichten.«

Sie mußte verhindern, daß ihre Mutter wieder weinte. Mama war in diesen Tagen ständig den Tränen nahe. Manchmal sah Becky sie Mohrrüben schneiden oder einen Fisch abschuppen, und die Tränen liefen ihr unbeachtet übers Gesicht. Manchmal saß Mama beim Essen, und die Tränen tropften ihr aus den Augen. Becky wollte so gern ihre Mutter aufmuntern und wieder zum Lachen bringen. »Das ist keine Katastrophe, Mama. Er ist ein guter Mann, arbeitsam, wohlerzogen. Er ist das, was ich will. Er wird gut zu mir sein.«

»Das hoffe ich«, flüsterte Mama. »Ich bete jeden Abend für dich.«

Die Vorstellung, daß ihre Mutter für sie betete, deprimierte Becky. »Mama, bete für dich selber. Bete für Papa draußen auf See. Bete für Gracie und Tommy und die Kleinen. Ich habe einen vernünftigen Job, und ich habe einen guten Mann gefunden. Ich bin dreiundzwanzig, und es geht mir gut.«

»Ja, natürlich.« Mama wusch im Schoß die Hände.

Terry hatte seit Wochen davon geredet, sie seiner Familie vorzustellen. Sie sahen sich jeden Abend außer montags und mittwochs. Montags abends half sie bei der großen Wäsche, die immer noch im Gang war, wenn sie aus dem Büro kam. Mittwoch abends spielte er mit seinem jüngeren Bruder Squash. Das taten sie, seit beide in der High-School waren, und Becky lernte es als heilige Pflicht zu behandeln.

Sie stellte sich einen weichen, matschigen Ball vor, den sie langsam hin- und herwarfen. Bei manchen Dingen mußte sie unbedingt fragen, bei anderen hatte sie das Gefühl, auf eine Erklärung verzichten zu können. Sie konnte ihn ja nicht bei allem, was er sagte, um eine Übersetzung bitten.

Er hatte gesagt, er würde sie heute abend vom Büro abholen und mit ihr direkt zum Haus seiner Eltern fahren. Sie hatte ihr marineblaues Kostüm an, das Tante Marie mit ihr ausgesucht hatte. Auch herabgesetzt hatte es noch mehr gekostet, als sie sich eigentlich leisten konnte, aber sie mußte es haben! Sie bewahrte es in einer Plastikhülle auf und zog es nur zu besonderen Anlässen an, wie heute, wo sie vor ihre – hoffentlich – zukünftigen Schwiegereltern trat. Sie war extra früher aufgestanden, um sich die Haare waschen zu können, solange das Badezimmer frei war und noch warmes Wasser da war. Nur Mama war schon auf. »So fein gemacht. Was Besonderes?«

Sie brachte es nicht fertig, Mama zu sagen, daß sie ihr Bestes für Terrys Eltern angezogen hatte. Es schien respektlos, denn außer wenn jemand gestorben war oder heiratete, sah Mama sie nie so fein. »Ein Abschiedsessen für eins der Mädchen.«

»Wie nett sie in deinem Büro sind. Klecker dir nicht aufs Kostüm.« Mama zupfte am Revers. Sie liebte das Kostüm auch.

Sie konnte keinen Mittagsimbiß einpacken, solange Mama zuschaute. Sonst aß sie die Krapfen nicht, aber heute aß sie so viele, wie sie nur wagte, denn das war für den Tag alles. Terrys Familie aß spät, freitags erst um acht. Er kam eine halbe Stunde zu spät. Sie wurde schon unruhig, ob er es sich vielleicht anders überlegt hatte, ob seine Eltern die Einladung abgesagt hatten.

»Mußte einen Job fertigmachen. Du siehst prima aus. Sie werden dich mögen.«

Wenn er so sicher war, daß sie sie mögen würden, warum hatte er dann vier Monate damit gewartet, sie vorzustellen? Egal. Schließlich tat er es ja jetzt. Sie war froh, daß ihm zu gefallen schien, wie sie sich für den Abend angezogen hatte. Sie brauchte Bestätigung, die richtige Wahl getroffen zu haben, obwohl sie keine Ahnung hatte, was sie sonst hätte anziehen sollen. Das Partykleid, zu dem sie ihr Brautjungfernkleid umgemodelt hatte, kam kaum in Frage. Zur Arbeit zog sie meistens Rock und Bluse an oder ihr blaues Hemdblusenkleid.

Sie sagte nichts davon, daß sie schon einmal mit Sylvie an dem Haus vorbeigefahren war. Sobald man sich vorgestellt hatte und ihr ein Platz auf dem großen blauen Sofa angeboten worden war, studierte sie das Zimmer. Es war wie ein Bühnenbild. Einen Augenblick fielen ihr fast die Augen heraus, und sie war wie betäubt, denn es war ganz in Weiß und Blau, alles perfekt, alles sorgfältig plaziert. Es gab nichts Angeknackstes oder Ramponiertes oder Angeschmuddeltes. Jede kleine Lampe mit ihrem gerüschten Schirmchen, jede Vase mit getrockneten Blumen, die ebenfalls blau und weiß waren, jedes Kissen war kunstvoll hineindrapiert in ein Bild bewußt geschaffener häuslicher Schönheit. Sie hatte solche Zimmer in Zeitschriften gesehen, aber noch nie im Leben.

»Mrs. Burgess, was für ein wunderschönes Zimmer. Ich liebe die Farbgebung.«

Mrs. Burgess lächelte dünn, die erste Bewegung in ihrem Gesicht, seit Becky zur Tür hereingekommen war. »Ich habe es selbst eingerichtet. Wenn die Leute dieses Zimmer sehen, denken sie immer, daß ich mir dafür einen Innenarchitekten genommen habe. Überhaupt nicht. Ich hatte die Idee, und ich habe alles selbst ausgesucht.« Sie war so schlank wie Becky und trug ein grünes, hochgeschlossenes Seidenkleid mit einer Perlenkette. Die Perlen sahen echt aus. Wie die sich wohl anfühlten, fragte sich Becky. Sie waren außer dem Trauring und dem Verlobungsring der einzige Schmuck, den Mrs. Burgess trug. Becky hätte am liebsten auf einen Knopf gedrückt und das Bild angehalten, um Mrs. Burgess von Kopf bis Fuß zu mustern. Sie war eine Dame, ein Modell, das Becky studieren mußte. Zu einer Dame gehörte es, Zimmer zusammenzustellen wie ein komplettes Outfit. Becky konnte sich noch erinnern, wann sie etwas über Outfits gelernt hatte. Sylvie hatte es ihr in der Mittelschule beigebracht. Sylvie würde dieses Zimmer lieben.

Aus seinem Ohrensessel sagte Mr. Burgess, der bisher noch kein Wort, sondern nur ein Brummgeräusch an sie gerichtet hatte, voller Stolz: »Mrs. Burgess hat sich das alles aus Zeitschriften angelesen. Sie ist eine fixe Frau.«

Terry sah Becky an und rollte die Augen nach oben. »Wo ist Chris?«

»Wir warten auf ihn«, sagte Mr. Burgess säuerlich. »Muß wahrscheinlich noch einen Kunden einseifen.«

»Manchmal denke ich, ich hätte Innenarchitektin werden sollen. Was meinen Sie?« Mrs. Burgess sah Becky durchdringend an.

»Ich meine, Sie würden es wunderbar machen. Dieses Zimmer ist vollkommen.«

»Nichts ist vollkommen«, sagte Mrs. Burgess entschieden. »Und ich hätte mit allen möglichen Leuten zu tun, wenn ich in den Beruf ginge. Ich möchte mir aber meine Freunde und Bekannten aussuchen können. Ich finde das so wichtig.«

Becky spürte einen kleinen Schauder. Sie hatte das Gefühl, von Mrs. Burgess weggestoßen zu werden. Sie beschloß, die beste Strategie war, Seitenhiebe nicht zu beachten und stur liebenswürdig zu bleiben.

Mrs. Burgess hatte hellbraunes Haar, sehr ähnlich dem Farbton von Beckys Haar, bevor sie begonnen hatte, es zu bearbeiten. Becky konnte nicht sehen, welche Farbe ihre Augen hinter der Brille hatten. Ihr Gesicht war lang und spitz. Sie saß außerordentlich still, bewegte keinen Muskel, nur den Mund und gelegentlich den Kopf.

Mr. Burgess war so groß wie Terry, aber viel schwerer. Mit rötlicher Gesichtsfarbe, fliehender Stirn und Brille kam ihr sein Gesicht übergroß vor, aufgepustet, als nähme es zu viel von seinem Kopf ein. Becky wußte, daß er Ingenieur war mit einer kleinen Firma, die Klimaanlagen und Heizungssysteme installierte. Er trug einen dicken goldenen Reif am Trauringfinger und eine goldene Digitaluhr zu seinem grauen Anzug. Sie verstand nichts von Männeranzügen, deshalb konnte sie nur vermuten, daß es ein guter war. Männerkleidung blieb ihr ein Geheimnis. Sie wußte, daß sie für die, die sie entziffern konnten, Exklusivität und gutes Herkommen ausstrahlte. Terry hatte eiserne Ansichten über korrekte Garderobe. Er klang schockierter, wenn jemand die falschen Socken zu den falschen Schuhen trug, als wenn er davon berichtete, daß jemand in seiner Firma wegen Kokainkonsums gefeuert worden war. Mr. Burgess gab Becky wenig, womit sie arbeiten konnte. Sie entdeckte ein paar Ähnlichkeiten mit Terry – das Haar seines Vaters war genauso fein, wenn auch spärlicher. Beide waren groß und hatten Nasen, die ziemlich weit aus dem Gesicht ragten, hohe, beherrschende Stirnen, große Hände und Füße. Aber Terry kam ihr neben seinem grobschlächtigen Vater wie ein Wunder vor.

Sie entdeckte mehr von seiner Mutter an ihm. Mrs. Burgess erhob sich, um Nüsse und Canapes herumzureichen, die wie Sandwiches im Kleinstformat aussahen. Ihre Bewegungen waren sparsam und nicht ohne Anmut. In ihrer schlanken Eleganz konnte Becky Terry sehen. Ja, entschied sie, er kam nach seiner Mutter. Becky hatte Hunger und mußte der Versuchung widerstehen, über die Canapes und die gesalzenen Nüsse herzufallen und sich den Mund vollzustopfen, ihre Befangenheit erleichterte es ihr jedoch, ihren Appetit zu zügeln. Sie mußte jedes Häppchen gründlich kauen, um sich nicht vor Nervosität zu verschlucken. Sie wagte kaum an ihrem Gläschen trockenem Sherry zu nippen, denn sie hatte panische Angst vor dem leisesten Schwips. Sie konnte sich nur allzu leicht vorstellen, wie sie anfing, zu kichern und unpassende Geschichten zu erzählen – Geschichten aus ihrem wirklichen Leben. Sie hatte fast erwartet, daß sie Antialkoholiker waren, sie hatten so etwas Verkniffenes an sich, aber Mrs. Burgess hatte bereits ein Glas Sherry weggeschluckt und war beim zweiten, und Terry und sein Vater tranken Scotch. Terry trank sonst keinen Schnaps, deshalb nahm sie an, daß er mit seinem Vater Scotch trank, weil der ältere Mann den bevorzugte und Terry ihm entgegenkommen wollte. Sein Vater war bei seinem zweiten, seit sie hereingekommen war. Terry trödelte wie sie vorsichtig mit seinem nahezu vollen Glas.

»Ich freue mich so, Chris wiederzusehen«, sprudelte sie, denn sie war ihm schon einmal begegnet, als alle zu einem Spiel der Red Sox gegangen waren. Chris verkaufte Versicherungen. Er war plumper, lauter als Terry. Er kam ihr weitaus gewöhnlicher vor, in der äußeren Erscheinung, im Geschmack, in der Denkungsart. Aber sie hatte ihm an dem Nachmittag Schmeicheleien gesagt, und die hatte er in sich hineingeschlungen wie die Hot dogs, die er verspachtelte.

»Wir warten auf ihn.« Mrs. Burgess klang verärgert. »Ich verstehe nicht, warum er sich auf den Freitag nachmittag einen so späten Termin legt.«

»Wenn du etwas verkaufst, Mom, dann bestimmt der Kunde die Zeit«, sagte Terry. »Er versucht immer noch, sich einen Kundenkreis aufzubauen. Und die Konkurrenz schläft nicht.«

»Ein Vertreter«, sagte Mrs. Burgess bitter. »Also wirklich.«

Becky war sich nicht ganz sicher, was daran nicht in Ordnung war. Papa hatte für Vertreter auch nur Verachtung übrig, er sagte, sie hatten weiche Hände und lebten nur von anderer Leute Arbeit, aber sie hatte das Gefühl, das lag der Mißbilligung von Mrs. Burgess nicht zugrunde. Ihre Mutter fügte immer leise hinzu: Aber wenigstens sind sie nicht in Lebensgefahr.

Sie versuchte sich Gracie oder die Zwillinge oder Tommy in diesem Wohnzimmer vorzustellen, und es ging einfach nicht. Aber Mama. Sie setzte Mama auf das andere Sofa, das weiße, wo Mama die Füße auf den weißen Lederpuff legen konnte. Mama würde das Zimmer gefallen. Das würde für sie sogar noch besser als die Kirche sein, ein sauberes, aufheiterndes Zimmer, in dem es nichts zu tun gab, nichts aufzuräumen oder abzuwischen oder abzustauben. Sie konnte Mama artig auf dem weißen Sofa sitzen sehen, den Rock um sich gebreitet, wie sie es manchmal tat, wenn sie fein angezogen war und Zeit hatte, sich einen Augenblick hinzusetzen, so daß Becky in Mamas faltigem Gesicht einen Blick auf ein junges Mädchen erhaschte, das in kaum unterdrückter Freude auf etwas wartete, was ganz bestimmt passieren würde. Ausnahmsweise etwas Schönes.

Trotz ihrer Zurückhaltung hatten Terry und sie die winzigen Sandwiches und die Nüsse niedergemacht. Endlich kam Chris um zwanzig nach acht. Er war genauso groß wie Terry, fast so groß wie der Vater. »Ich hab' euch doch gesagt, daß es spät wird. Vergiß es. Ich habe mit meinem Kunden gegessen.«

»Wie konntest du, Chris?« Sein Vater runzelte die Stirn. »Du wußtest doch, daß deine Mutter mit dem Essen auf dich wartet.«

»Nach all der Mühe, es so zu machen, wie du es magst ...«

Mrs. Burgess hatte sich abgerackert, um alles hübsch zu machen, und Chris nahm die ganze Mühe als selbstverständlich hin. Becky würde Mrs. Burgess zeigen, wie sehr sie eine Frau achtete, die häusliche Ordnung zu schaffen, alles recht zu machen versuchte. Terry sagte immer, seine Mutter sei eine gute Köchin.

Das Abendessen begann mit einer halben Grapefruit, eine Zielscheibe mit einer tödlichen Maraschinokirsche mitten im Schwarzen. Dann kam Kochfisch in Käsesoße. Becky als Fischerstochter konnte nicht herausschmecken, zu welcher Sorte der Fisch gehörte. Nur, daß er schon einige Zeit tot war. Weißer Reis. Weißer Fisch, bleiche Soße, Weißbrot, jetzt fehlte eigentlich nur noch Blumenkohl, aber es gab grellgrüne Erbsen. Das Essen schmeckte wie aus Zeitschriftenseiten gekocht.

Dazu wurde kalifornischer Weißwein getrunken. Ted Topper hätte ihr die Flasche gezeigt und einen Vortrag gehalten, aber sie hatte schon gelernt, daß Terry Wein trank, ohne groß zu überlegen, und fast ausschließlich nach dem Preis bestellte (so am oberen Ende des untersten Drittels der Preisliste) oder zur Kellnerin sagte: Hauptsache, nicht zu süß. Sie hielten nicht die Flasche hin, damit sie das Etikett lesen konnte, woraus sie schloß, daß ein Kommentar zu dem Wein unerwünscht war. Gib mir den Hauch einer

Chance, betete sie das Gesicht von Mrs. Burgess an, in dem sich selbst beim Kauen kaum ein Muskel regte, und ich werde dir zeigen, wie rasch ich lerne. Ich werde die Schwiegertochter deiner Träume sein, wenn du mir nur zu erkennen gibst, was du willst. Was es auch ist, ich kann es für dich leisten. Terry zwinkerte ihr zu, als er sich noch einmal von allem nahm. Unter dem Tisch legte er ihr die Hand aufs Knie. Später, sagte die Hand. Später.

23

Leila

Beckys Schwester Belle rief Leila an, sehr aufgeregt. »Ich habe die Lage mit Mr. Green besprochen – das ist Beckys Anwalt, und er wird mit Ihnen sprechen. Ich habe ihn überredet.« Belle klang stolz, und Leila lobte sie wärmstens. Belle hatte sich ständig bemüht, Leilas Beachtung und Bewunderung zu erlangen. Sie arbeitete in einem Schönheitssalon. Jedesmal, wenn Leila, die in engem Kontakt zur Familie Souza blieb, Belle sah, war ihr Haar ein neues Gemisch aus Löckchen oder Wellen oder spitzen, kantigen Winkeln in verschiedenen Blondtönen. Aber Belles Lieblingsfach an der High-School, wie sie Leila erzählte, war Englisch gewesen, und ihr sehnlichster Wunsch war, ein Buch zu schreiben. Jetzt öffnete Belle ihr ein weiteres Vorzimmer: Beckys Anwalt. Von Belle wußte sie, daß Tommy ihn engagiert hatte und daß Beckys Eltern eine Hypothek auf ihr Haus aufgenommen hatten, um seine Honorare zu bezahlen.

Robert Greens Kanzlei war in der Altstadt von New Bedford, wo die Straßen ihr Kopfsteinpflaster zurückerhalten hatten und alte Backsteinhäuser in Büros umgewandelt worden waren. Seine Geschäfte steuerten offensichtlich nicht auf die Pleite zu. May, ihre Expertin für diesen Fall, sagte, daß Green als einer der zwei besten Strafverteidiger in New Bedford galt. Vielleicht hatte er Mafiaverbindungen oder vielleicht auch nicht, jedenfalls genoß er unter Drogenstraftätern einen guten Ruf. Robert Green war Partner einer Anwaltskanzlei. Sein Büro lag in einem Eckhaus, und alles darin schien aus einem Guß, sorgfältig bearbeitetes Holz mit interessanter Maserung verriet Wohlstand und Geschmack, Maßanfertigung, aber etwas daran war seltsam. Dann merkte sie, was es war: Green war ein ungewöhnlich großer Mann, der sie um einiges überragte, als er ihr die Hand schüttelte. Er mußte an die zwei Meter messen. Alles im Büro war seiner Größe angepaßt. Der Schreibtisch war hoch. Die Sessel waren hoch. Sogar sie als großgewachsene Frau, einszweiundsiebzig, fühlte sich wie ein Kind, das auf Erwachsenenmöbeln sitzt. Ihre Füße reichten gerade bis zum Boden. Sie überlegte, ob er einen psychologischen Vorteil aus der Überdimensionierung zog. Oder war es einfach, daß er sich leisten konnte, sein Reich seinen Maßen anzupassen?

Er bekam eine Glatze, wie Nick, aber Haarimplantate betüpfelten seinen Kopf, was aussah wie Dünen, deren kahle Abhänge mit Strandhafer bepflanzt worden waren, um den Sand in kleinen Kuhlen festzuhalten. Trotz dieser Kuriosität war er ein angenehm aussehender Mann etwa ihres Alters, mit Athletenfigur und tragender Stimme, aber einem schüchternen Lächeln und dünnen Augenbrauen, die sich unter der vorzeitig gefurchten Stirn in beständigem Erstaunen hoben. Sie zeigte ihm ihr Buch über Frauen im Gefängnis. Manchmal hatten Anwälte davon gehört, obwohl sie sich natürlich nicht die Mühe gemacht hatten, es zu lesen. Er untersuchte es akribisch, als sei es ein Beweisstück. »Sie haben das geschrieben?« fragte er schließlich, als sei er nicht überzeugt.

»Das ist mein zuletzt erschienenes Buch, mein viertes. Mein fünftes ist im Druck. Es ist über Erziehungsweisen und Erfahrungen von Inzestüberlebenden.« Sie rasselte ihre akademische Laufbahn herunter, denn das schien angebrachter, als über ihren Leserkreis zu reden.

»Etwas anderes als die Reporter, die mir die Tür einrennen … Macht es Ihnen etwas aus, wenn ich das behalte?« Er schwenkte das Buch.

Und ob ihr das etwas ausmachte. Sie bekam nur acht Belegexemplare, und wenn die unmittelbaren Verwandten ihr erwartetes Exemplar erhalten hatten, blieben ihr nur noch vier. Sie hatte nicht beabsichtigt, ihm ein Buch zu schenken, sondern wollte ihm nur zeigen, was sie tat. Aber sie mußte Becky sehen, und er war der Wächter vor dieser Tür.

Sie bot Liebenswürdigkeit auf. »Wenn Sie es gern haben möchten, selbstverständlich. Aber ich erwarte von Ihnen nicht, daß Sie es lesen. Ich wollte es Ihnen nur zeigen.«

»Signieren Sie es.« Er schob das Buch über den Tisch. »Ich behalte gern kleine Erinnerungsstücke. Das hilft mir, mich auch lange nach der Urteilsverkündung an Fälle zu erinnern.«

Gehorsam streckte sie die Hand nach dem Buch aus und spielte dabei mit dem Gedanken, es an sich zu reißen und das Weite zu suchen. Aber das Buch mußte ihrem Wunsch, Becky zu sehen, geopfert werden. »Es ist sehr wichtig für mich, Ihre Mandantin so bald wie möglich zu treffen.«

»Es ist meine Aufgabe, sicherzustellen, daß solch ein Treffen in ihrem wohlverstandenen Interesse ist.«

»Vor allen Dingen wird alles, was ich über sie schreibe, erst zwei Jahre nach dem Prozeß in Druck gehen, frühestens. Es kann also niemanden vor der Urteilsverkündung beeinflussen.«

»Wären Sie bereit, eine Einverständniserklärung zu unterschreiben, daß Sie keinerlei aus Interviews mit ihr und mit ihrer Familie gewonnene Informationen veröffentlichen werden, bis der Prozeßvorgang abgeschlossen ist?«

»Was ist der Prozeßvorgang?«

»Der Prozeß einschließlich der Berufungsverfahren.«

»Das kann sich jahrelang hinziehen.«

»Es gibt hier die Todesstrafe nicht. Wenn sie verurteilt wird, dann werde ich oder jemand anders einen Verfahrensfehler suchen und in die Berufung gehen. Der Oberste Gerichtshof dieses Staates wird die Berufung zulassen oder verwerfen. Ich kann aber eine Vereinbarung aufsetzen, die genau festlegt, von welchem Punkt an Sie frei sind, das Material zu benutzen.«

Wenn sie nicht zustimmte, kein Buch. Er war das Tor zu Becky. Sie sah keine Möglichkeit, das Buch zu schreiben, ohne die Angeklagte zu interviewen. »Legen Sie Ihre Bedingungen in einem Schriftsatz nieder. Der Rechtsbeistand meines Verlegers wird ihn durchgehen. Ich sehe keinen Grund, warum wir nicht rasch zu einer Einigung kommen sollten.«

»Zufällig habe ich schon eine Vereinbarung vorbereitet.« Er legte sie auf den Schreibtisch. »Nehmen Sie eine Kopie mit und geben Sie mir Bescheid.«

»Sie werden sehr bald von meinem Verleger hören.«

»Und was werden Sie ihr nützen?« Er legte die Hände flach auf den Tisch und beugte sich zu ihr.

»Wenn sie freigesprochen wird, wird das Buch vielleicht nie erscheinen, es sei denn, der Verlag will ihre und ausschließlich ihre Geschichte. Wenn sie verurteilt wird, bietet das Buch ihr die Gelegenheit, ihre Sicht der Ereignisse zum Ausdruck zu bringen.«

Er zuckte die Achseln. »Sie ist daran interessiert, Sie zu sehen. Ihre Familie mag Sie und hat Sie angepriesen. Es sind naive Leute, nicht schwer zu beeindrucken.«

»Ich finde nicht, daß sie so naiv sind. Sie halten unerschütterlich zu Becky, und sie wissen, wie sie in den Medien dargestellt worden ist.«

Er zog ein Gesicht. »Wirklich eine beschissene Situation. Es wird schwer werden, Geschworene zu finden, die von dem Presserummel im Vorfeld unbeleckt sind … Mittagessen?«

Sie brauchte eine Minute, um zu merken, daß sie eine Einladung erhalten hatte. Sie nahm natürlich an. Sie mußte so schnell wie möglich durch ihn zu Becky gelangen.

Bei einem schmackhaften italienischen Essen in einem altmodischen dunklen Restaurant mit Bar, wo er den Kellnern bekannt war, schien er sich zu entspannen und aufzutauen. Er sagte ihr, daß sie Becky sehen konnte, er würde es für Samstag nachmittag arrangieren. »Ich weiß, Sie werden ihr wohlwollend begegnen.« Seine Hand fiel schwer auf ihre.

»Ich bin unvoreingenommen. Ich habe keinen Grund, sie im voraus zu verurteilen, und allen Grund, mir ihre Seite anzuhören.« Sanft entzog sie ihre Hand. Plötzlich wurde ihr klar, daß er sie nicht berührte, um seine Fürsorge für seine Mandantin zu unterstreichen, nein, er flirtete mit ihr. Sie konnte es kaum glauben. Sie konnte sich nicht erinnern, wann ein fremder Mann sie zuletzt als geschlechtliches Wesen behandelt hatte. Sie war verunsichert, bemühte sich aber, eine undurchdringliche Fassade zu wahren, als begreife sie seine Absicht nicht. Mitten in dem Restaurant beschlich sie das seltsame Gefühl, ihre Loslösung von Nicolas habe ihren Körper und ihr Wesen so durchdrungen, daß dieser Anwalt sie als bindungsfrei und verfügbar wahrnahm. Aber wer hätte auch geahnt, daß irgendein Mann darauf reagierte?

»Becky ist niedlich«, sagte er, »aber ich lege Wert darauf, mich nie mit Mandantinnen einzulassen. Außerdem mag ich große Frauen. Die haben mehr zu bieten, finden Sie nicht?«

»Ich habe noch nie darüber nachgedacht«, sagte sie ehrlich. »Auf jeden Fall haben Sie einen unmodernen Geschmack, und das ist löblich. Aber ich muß bald nach Hause. Mein Mann wird schon auf mich warten.«

Irgendwie hatte sie den Eindruck, daß er ihr nicht glaubte, aber er gab sich damit zufrieden, ihr die Hand zu drükken, als sie sich vor dem Restaurant von ihm verabschiedete – nachdem sie darauf bestanden hatte, sich die Rechnung mit ihm zu teilen, was er ohne großen Widerstand hingenommen hatte. Es spielte keine Rolle, denn beide konnten es absetzen. »Melden Sie sich mal«, sagte er. »Lassen Sie mich wissen, was Sie von meiner kleinen Mandantin halten. Wenn Sie mal Zeit haben, können wir gemächlicher essen gehen.«

Er zwinkerte ihr sogar zu.

Am gleichen Abend aß sie mit Jane in einem Chinarestaurant beim College. Der Bericht eines Ausschusses über den Lehrplan ihres Fachbereichs im Hinblick auf multikulturelle Chancengleichheit stand zur Debatte, und sie brauchten einen Schlachtplan für die bevorstehende blutige Auseinandersetzung.

»Ich liebe Emily«, sagte Jane gerade, als sie bei Tee und Glückskeksen saßen. »Aber diese sofortige Mutterschaft oder Vaterschaft ist ein bißchen anstrengend. Ich bin überzeugt, so geht es verheirateten Paaren. Sex wird in die Stunden zwischen Mitternacht und Morgengrauen abgedrängt, wo die Müdigkeit zu groß für das volle Spiel ist. Sie sind ständig da, Leila. Ich habe viel Zeit außer Haus verbracht, als ich klein war – du nicht?«

»Die Großstädte sind jetzt gefährlicher – oder werden so wahrgenommen. Eltern neigen nicht mehr dazu, ihre Kinder vor die Tür zu setzen, wie manche Leute Katzen vor die Tür setzen.«

Jane seufzte. »Internate fand ich immer herzlos und für die oberen Zehntausend, aber langsam verstehe ich, welche Gründe dafür sprechen.«

War das der Anfang vom Ende? Die arme Emily. Sie war die Liebende und Jane die Geliebte. Wäre es nicht schön, wenn Menschen einander gleich stark und für immer lieben würden? Welch origineller Gedanke, Ms. Landsman. »Ich bin übrigens zu Nick ziemlich auf Distanz gegangen. Ich weiß nicht, was aus meiner Ehe wird.« Es kam ihr treulos vor, mit Jane offen darüber zu reden. »Vielleicht ist sie am Ende.«

»Jetzt, wo David fort ist, fallen zwangsweise die Mängel und die kahlen Stellen auf.«

Sie ertappte sich dabei, wie sie Jane von dem Anwalt erzählte, dabei hatte sie sich geschworen, es nicht zu tun.

»Warum überrascht dich das ? Du kleidest dich ohne das leiseste bißchen Flirt oder Stil, aber du bist eine attraktive Frau. Er muß über den Tisch gekrabbelt sein und versucht haben, nach deinem Busen zu grapschen, damit du es merkst. Ich habe Männer und Frauen mit dir flirten sehen, und du hast davon überhaupt keine Notiz genommen.«

»Ich war nie interessiert. Ich bin von Natur aus monogam – zu faul, zu schüchtern, was auch immer.« Sie öffnete behutsam ihren Glückskeks. »›Sie werden in Ihrem Beruf vor schwierige Entscheidungen gestellt, aber Sie werden sich durchsetzen.‹ Das ist unsere nächste Fachschaftsversammlung, und wir werden die Streitmacht der Reaktion in die Flucht schlagen.«

»Du hast den falschen. Hier ist deiner. ›Sie werden einen attraktiven Fremden kennenlernen, der Sie behandeln wird, wie Sie es verdienen.‹ Hoffentlich ist das nicht der Rechtsanwalt. Er hört sich nicht an wie eine passende Ergänzung zu unserem Gesellschaftskreis.«

Nick war auf ihrem Anrufbeantworter. »Liebling, ich bin enttäuscht, daß du nicht zu Hause bist«, sagte seine Stimme, während sie die Schuhe abstreifte und sich aus den Strumpfhosen schälte »Mit einer Freundin im Kino? Du fehlst mir. Ich würde gern wissen, ob du beschlossen hast, herzukommen. Obwohl es irgendwie blöd wäre, wo ich so bald zu Hause bin. Gib mir Bescheid.«

Ihr war nicht danach, ihm Bescheid zu geben. Sollte er sich ruhig den Kopf zerbrechen. Er hatte sich die letzten beiden Monate lang nicht beeilt, sie zurückzurufen. Sie dachte an Robert Green und lächelte. Nicht, daß sie sich von dem baumlangen Anwalt mit den Haarimplantaten angezogen fühlte. Dessen Interesse war vielmehr ein kleines Spielzeug, das sie mit sich herumtrug, um daran ihren Spaß zu haben, um nach Belieben ihr Ego damit zu vergrößern wie mit einer kleinen tragbaren Pumpe.

Auch ein Anruf von Cathy, Sams Mutter, war drauf, den sie sofort erwiderte. »Ach, Leila!« Sie redeten sich inzwischen mit Vornamen an, fast im Plauderton. »Tut mir so leid, daß Zak Sie überfallen hat. Er hat es mir gestanden, als wir heute vormittag zu Sams Anwalt gegangen sind.«

Ein Tag der Anwälte. »Ich würde ihn gern kennenlernen. Und natürlich Sam.«

»Sind Sie nicht wütend auf uns wegen Zak ? Er ist solch ein Umstandskrämer. Ich meine, er ist ein fürsorglicher Mensch, das ist er wirklich. Ich kann mir von meiner Familie nicht vorstellen, daß sie sich so einsetzt, wie er es getan hat. Man könnte meinen, Sam hat es nur getan, um die Familie vor den Kopf zu stoßen. Der Skandal, sagen sie andauernd, alle Zeitungen sind voll davon ...« Cathy verstummte.

»Ich habe mich nicht gerade gefreut, ihn ohne Vorankündigung am Samstag morgen auf meiner Türschwelle zu sehen, aber mir ist nie eingefallen, Ihnen die Schuld daran zu geben. Offensichtlich haben Sie ihn nicht an der Leine – während er ebenso offensichtlich versucht, Sie an die Leine zu legen.« Bohr, bohr, dachte Leila.

»Er ist sogar dagegen, daß ich einen Freund habe, dabei ist Steve ein richtiges Juwel.«

»Mein Treffen mit Sam, wann, meinen Sie, kann das stattfinden?«

»Zak und der Anwalt sind nicht davon überzeugt. Aber ich bearbeite beide, Leila. Sam gefällt die Idee. Ach, könnte Ihr Verleger ihm bitte das Buch schicken, das Sie mir gegeben haben? Sie dürfen ihm das Buch nicht selbst geben, und ich auch nicht.«

»Ich kümmere mich darum.«

Auch Belle hatte angerufen und wollte wissen, wie das Treffen mit dem Anwalt verlaufen war – wollte noch einmal gelobt werden, es in die Wege geleitet zu haben. Leila rief zurück und fragte sich, ob Becky den gleichen Hunger nach Anerkennung hatte – nach Streicheleinheiten von einer Person, die ihrer Meinung nach über ihr stand.

Als Leila die Forderungen des Anrufbeantworters erfüllt hatte, war ihr immer noch nicht danach, mit Nick oder seinem Anrufbeantworter zu reden. Sie legte sich ins Bett und las, mit Vronsky auf der Brust, der ihr unverwandt in die Augen schaute. Sie merkte, daß sie sich fast glücklich fühlte. Sie vermißte Nick nicht. Sie langweilte sich nicht. Ihr Leben schien angenehm erfüllt von Menschen, die es zu ergründen und zu verstehen galt, von Hindernissen, die es zu überwinden galt, von Freundinnen, von vielen kleinen Dingen, manche klar und deutlich, manche schwer zu benennen.

Sie waren in irgendeinem Museum – nicht in Boston, Melanie und Leila. Sie hatten leichte, weite Sommerkleider an und Kleinkinder im Schlepptau. Melanie hatte auf eine

Karyatide gezeigt, eine griechische Frau, die ein Gebäude stützte, eine Frau in Gestalt einer tragenden Säule. »Das bist du, Leila. In Stein gehauen.«

Ja, und jetzt, wenigstens für die kurze Zeit bis zu Nicks Rückkehr, lastete das Gebäude ihrer Ehe nicht mehr auf ihren Schultern, ihrem Rücken, ihrem Kopf. Es war ein gutes Gefühl, sich frei zu bewegen, auch wenn sie sich nicht sehr schnell oder sehr weit fortbewegte.

24

Becky

Becky war nun seit einem Jahr fest mit Terry befreundet und fand langsam, die Beziehung trat auf der Stelle. Trampelpfade waren entstanden, eine Verläßlichkeit, die sie anfangs begrüßt hatte. Es stand fest, wann sie ihn sah, es stand fest, was sie dann taten und was von ihr erwartet wurde. Am Samstagabend gingen sie ins Kino, ab und an unternahmen sie etwas mit Chris und seiner jeweiligen Freundin – jeden Monat eine andere. Sie gingen Pizza essen oder Muscheln, sie gingen mexikanisch essen oder chinesisch. Becky kam mit, wenn er Tennis spielte oder seltener Golf. Sie fuhr mit ihm zum Baden in den Country Club seiner Eltern. Für ihr Gefühl hatte sie den größten Teil des komplexen Programms von Terrys Vorlieben gemeistert, wußte, was sie anziehen durfte und was nicht (von den Sachen, die ihr zur Verfügung standen). Er mochte sie lieber dezent als sexy.

Laurie bestand ihre Prüfung als Zahntechnikerin; Belle hatte zu einem besseren Schönheitssalon gewechselt, wo sie gute Trinkgelder bekam. Die Kammuschelfischerei hatte sich für Papa gelohnt. Tommy verdiente gut und schmiedete Hochzeitspläne. Becky konnte ein wenig für sich selbst ausgeben, und Terry kaufte ihr manchmal ein Geschenk, meistens Schmuck oder Parfüm. Mrs. Burgess sonderte von

Zeit zu Zeit etwas über ihre Kleidung ab. »Meine Güte, Bekky, Sie müssen sehr an dieser Bluse hängen, um sie derart oft zu tragen.«

Sie gab sich alle Mühe, den Burgesses zu gefallen, besonders Mrs. Burgess. Mr. Burgess schien nichts gegen sie zu haben, besonders wenn seine Frau nicht im Zimmer war. Ein- oder zweimal lächelte er ihr sogar zu, und einmal machte er ihr ein Kompliment und sagte ihr, wie nett sie an dem Abend aussah. Er sagte es rasch und leise, während seine Frau das Essen auftrug. Mrs. Burgess würde sie nie mögen, damit hatte sie sich abgefunden. Sie hatten eine säuerliche Umgangsform gefunden. Mrs. Burgess beschränkte sich auf kleine Seitenhiebe, zwei oder drei pro Abend, und Becky gab vor, sie nicht zu bemerken. Jede war fest entschlossen, die andere zu überdauern. Mrs. Burgess hatte es aufgegeben, Terry die Töchter ihrer Freundinnen aufzudrängen, und Becky gab sich weniger Mühe zu gefallen – da es sich als unmöglich erwiesen hatte. Terry stand nicht zwischen ihnen, sondern abseits und war mehr belustigt als gekränkt, wenn ihm etwas auffiel. Er schien es ganz natürlich zu finden, daß seine Mutter sie ablehnte – die Freundin? die Verlobte? –, die der Hochzeit nicht näher gekommen war als vor einem Monat oder vor einem halben Jahr.

Sie war verzweifelt. Sie hatte in ihrer eigenen Familie und im Bekanntenkreis zu viele Beziehungen sich endlos hinschleppen sehen, sogar mit Kindern, und die Hochzeit fand nie statt. Irgendwann schließlich ging das Paar getrennte Wege, wobei die Frau schlechter dastand als der Mann. Tommy kämpfte darum, dieses Muster zu durchbrechen, und sie auch.

Sie erwog, eine Schwangerschaft vorzutäuschen. Aber sie nahm die Pille, und er hatte immer wieder betont, daß sie aufpassen mußte. Sie glaubte nicht, daß er auf eine Schwangerschaft automatisch mit Hochzeitseinladungen reagieren würde. Wahrscheinlicher war, daß er ihr die Schuld gab und von ihr eine Abtreibung verlangte. Sie fand sowieso eine Schwangerschaft eine ausgesprochen dämliche Methode, eine Hochzeit anzusteuern. Nein, danke.

Sylvie war mit dem Baby wieder zu Hause. Becky mußte warten, bis der kleine Frankie nuckelte oder schlief, bevor sie mit Sylvies ungeteilter Aufmerksamkeit rechnen konnte, und auch dann mußte sie sich beeilen, denn Sylvie nickte immer wieder ein. Sie schlief keine Nacht durch. »Eifersucht«, sagte Sylvie gähnend. »Eifersucht ist die Antwort. Wenn er denkt, ein anderer könnte dich wegschnappen, dann wirst du wertvoller. Dann wird er dich zu der Seinen machen wollen und so weiter. So funktioniert das männliche Ego nun mal.«

Er wußte, daß sie verrückt nach ihm war. Sie konnte ihre Anbetung nicht verbergen, und das war zur Hälfte, was ihn bei ihr hielt. Wie sollte er also eifersüchtig werden? Sie listete die Merkmale eines Mannes auf, der Eifersucht wecken konnte. Älter. Verdiente gutes Geld. Bot von vornherein die Heirat an.

Nachdem sie ihren Chef ein Jahr lang den Grapscher genannt hatte, würde ihr Terry kaum abnehmen, daß sie sich plötzlich für ihn erwärmte. Sie konnte das Image von keinem einzigen im Büro aufpolieren, da sie alle schon vor langem auf das gehässigste beschrieben hatte. Sylvies Onkel hatte seine Frau verloren, aber eine Liebelei mit einem korpulenten Klempner über Vierzig würde Terry mindestens so komisch finden, als wenn sie plötzlich anfing, für die Fischer aus dem Umkreis ihrer Familie zu schwärmen. Sie hatte Jahre gebraucht, um einen Mann wie Terry kennenzulernen. Wo wollte sie einen anderen hernehmen, der ihm gefährlich werden konnte? Wenn Sound Cable neue Leute einstellen würde, aber es herrschte Einstellungsstopp. Es gab zu wenig neue Kunden. Sie spielte mit dem Gedanken, einen Mann zu erfinden, aber sie traute sich nicht zu, das glaubhaft fertigzubringen. Terry hielt sich nicht damit auf, über etwas nachzugrübeln, was nicht direkt vor seiner Nase war. Seine oft harschen und stacheligen Wortwechsel mit seinem Bruder Chris hatten Becky überzeugt, daß er zu Eifersucht fähig war, aber ihr fiel nichts ein, womit sie sie wecken konnte.

Sie konzentrierte sich lieber darauf, sich unersetzlich zu

machen. Sie pumpte sein Ego auf. Sie sagte ihm, was für ein großartiger Liebhaber er war, wie gut er aussah, wie edel, wie schick, wie elegant. Sie sah ihm beim Tennisspielen zu und gähnte kein einziges Mal. Sie lachte über seine Witze, gewöhnlich die gleichen, die sie im Büro gehört hatte. Sie besänftigte ihn, wenn die immer öfter auftretenden Kräche mit seinen Eltern ihn verbiestert hatten.

Der Streit ging stets um sie. Die Eltern Burgess sorgten sich im Laufe der Zeit immer mehr. Wie Becky war ihnen bewußt, daß die Beziehung bald auf die Ehe zusteuern oder zerbröckeln mußte. Außerdem lagen sie ihm in den Ohren, sich eine eigene Wohnung zu nehmen. Beide Söhne waren immer noch zu Hause. Die Burgesses zahlten noch an der Jacht ab, auf der Becky stundenlang herumsaß, ins Wasser blinzelte und sich trotz hohem Lichtschutzfaktor einen Sonnenbrand holte, ohne zu jammern. Sie redeten ständig davon, daß Mr. Burgess in fünf Jahren in Rente ging. Sie wollten in ein kleineres Haus ziehen, auch am Wasser, aber in einem Seniorenpark mit eigenem Golfplatz und ärztlicher Betreuung. Broschüren über solche und ähnliche Senioreneinrichtungen stapelten sich auf dem Couchtisch. Ein Thema, das die Eltern brennend interessierte und die Söhne langweilte. Die Burgesses strebten den Ruhestand an wie sie den Ehestand.

Chris verdiente nicht viel an seinen Provisionen, sein Auszug war also nicht in Sicht. Die Eltern fanden, daß Terry sich eine Wohnung besorgen sollte, zwar in der Nähe, aber nicht mehr unter ihrem Dach.

Beide Jungen waren verwöhnt. Sie räumten nie hinter sich auf. Sie taten nie etwas im Haushalt. Sie schienen zu glauben, daß Essen magisch auf dem Tisch erschien und daß schmutzige Wäsche oder verschütteter Kaffee ins Jenseits entschwebten und Sauberkeit und Ordnung nach sich zogen, wo die beiden Schmutz und Chaos hinterlassen hatten. Sobald sie endlich verheiratet waren, mußte sie Terrys Gewohnheiten reformieren. Er mußte verstehen lernen, daß sie beide arbeiteten und für den Haushalt, sei es nun in einer Wohnung oder einem Haus, gleichermaßen verantwortlich waren. Ihr war das klar, und sie würde es zärtlich, sanft und liebevoll auch ihm klarmachen. Mrs. Burgess schien wenig zu tun zu haben, außer ihren Söhnen hinterherzuräumen und Essen zu bereiten. Eine Putzfrau kam zweimal die Woche. »Eine von den Portugiesinnen hier«, sagte Mrs. Burgess mit Seitenblick auf Becky.

»Verstehe«, sagte Becky, leise, aber deutlich. »Meine Mutter hat das früher auch gemacht.« Erwarteten sie von ihr, daß sie ihre Mutter verleugnete?

»Wie schrecklich für Sie. Haben Sie auch schon geputzt?«

»Meine Eltern haben sich alles abgespart, damit ich aufs College konnte – und einmal eine gute Stellung finde.«

»Schauen Sie sich nach etwas Besserem um?«

»Ich schaue mich immer nach etwas Besserem um«, sagte sie.

Terry sah sich indessen mit Chris ein Baseballspiel an. Er bekam nie mit, wenn Mrs. Burgess stichelte, und Becky hatte gelernt, nichts zu sagen. Eines Tages würde sie es ihnen heimzahlen. Sie würde nie vergessen, wie sie sie behandelt hatten. All die Beleidigungen und Spitzen wurden weggepackt wie Stecknadeln in eine Blechdose, bis sie wieder gebraucht wurden. Hatte Terry sie erst geheiratet, konnte sie es sich leisten, lange und leise Rache zu nehmen.

Als der Frühling sich zum Sommer aufheizte, wuchs ihre Verzweiflung, aber sie blieb beflissen und umgänglich. Da auch sie bei ihren Eltern wohnte, blieb ihnen nur die Wahl, in seinem Auto miteinander zu schlafen, was möglich, aber unbequem war, oder in ein preiswertes Motel zu gehen. Sie rechnete sich aus, daß er wahrscheinlich billiger wegkam, wenn er in eine Wohnung zog als dreimal in der Woche Geld für ein Motel auszugeben. Hin und wieder machte sie darüber einen Witz.

Es war Samstag abend, und er war immer noch nicht da, um sie abzuholen. Sie machte sich Gedanken, was das zu bedeuten hatte. Sie hoffte, es war nur der Verkehr. Am Freitag und am Sonntag waren die Straßen um die Brücken zum Cape oft verstopft.

Mama sah ihre nervösen Blicke zur Küchenuhr. »So viele

Autos unterwegs. Mach dir keine Sorgen, Becky meine Rose. Er ist verrückt nach dir. Er wird schon kommen. Was sind ein paar Minuten?«

Hatte sie zu viele Witze über die Motelkosten gemacht? Hatte sie zu oft davon angefangen, wie andere aus ihrer Bekanntschaft heirateten? Hatte sie im Bett versagt oder redete sie ihm zu blöd? Ihr Magen krampfte sich zusammen. Sie konnte kaum schlucken. Jeder Muskel in ihrem Körper zog sich zu einem harten Knoten zusammen. Sie tigerte von Zimmer zu Zimmer, wich Spielzeug aus und ihren Geschwistern.

Schließlich kam er mit vierzig Minuten Verspätung. Er sah aufgebracht aus, wütend, aber im Haus sagte er nichts zu ihr, nachdem er sie begrüßt hatte und Mama und Gracie und die Kleinen, das ganze Publikum seines Auftritts.

Er drängte sie hinaus zu seinem Subaru, einem Geschenk seiner Eltern zu seinem Collegeabschluß vor fünf Jahren. Sie wußte, daß er ein neues Auto haben wollte. Sie mußte erreichen, daß er sie mehr haben wollte als einen funkelnagelneuen knallroten Subaru ohne einen Kilometer auf dem Tacho, ohne einen Kratzer oder eine Delle auf den glatten Kotflügeln. Sie wartete, bis sie im Auto saßen. Dann legte sie ihm behutsam die Hand auf den Unterarm. »Ist was, Terry, mein Liebling?«

»Meine Mutter ist eine … Hexe!«

Sie war völlig seiner Meinung, obwohl sie seine Ausdrucksweise milde fand. Aber sie war klug genug, sich ihre Animosität nicht anmerken zu lassen. »Wieso, Terry, was ist passiert? Was hat sie zu dir gesagt?«

»Sie hat losgelegt: Hast du nicht genug Selbstvertrauen, mit einem Mädchen aus deinen Kreisen auszugehen? Einer, die jeglicher Kritik standhält? Wie lange willst du noch bei uns wohnen? Du bist siebenundzwanzig Jahre alt. Wann hört das endlich auf? Als ob eine Wohnung nicht so ziemlich alles auffrißt, was ich verdiene.« Er fuhr wütend los, aber er quietschte nicht um die Ecken. Er fuhr immer vorsichtig, das war bei ihm Instinkt. Gleichgültig, wie wütend er war oder wie sehr er mit den Zähnen knirschte und Flüche vor sich hinmurmelte, er hielt trotzdem an Stoppschildern, er blinkte vor dem Abbiegen. Dieser höfliche, kultivierte Kern flößte ihr Vertrauen ein. Als er einen Weg erreicht hatte, der zum Wasser führte, zu einem Pier mit einer gerade wieder für den Sommer geöffneten Muschelbude, parkte er sorgfältig. Dann hieb er mit der Faust aufs Lenkrad und starrte wütend vor sich hin. »Wenn sie mich raushaben wollen, prima. Ich ziehe aus! Morgen.«

»Wo willst du hinziehen? Zieht Chris mit dir aus?«

»Ich will nicht mit diesem Großmaul zusammenwohnen! Der kotzt mich an. Den machen sie nicht verrückt, wann er sich eine Wohnung nimmt. Sie wissen, daß der blöde Trottel sich keine leisten kann, weil er einfach ein Versager ist. Weißt du, wie er geschafft hat, Versicherungen zu verkaufen? Ich werd's dir sagen. Eine Zweihunderttausend-Dollar-Versicherung auf meinen Vater, eine Zweihunderttausend-Dollar-Versicherung auf meine Mutter, eine Zweihunderttausend-Dollar-Versicherung auf mich. Wenn wir einen Hund hätten, wäre der Köter noch für hunderttausend versichert. Er hat meiner Tante Kate eine Rentenversicherung verkauft. Er hat meinem Onkel Rodney eine Zusatzkrankenversicherung verkauft. Jetzt sind keine Verwandten mehr übrig, also verkauft er nichts mehr. Und auf dem reiten sie nicht herum, geben ihm die Sporen und beschweren sich, wieviel Geld er sie kostet. Er hat sie ein Vermögen gekostet. Für das, was sie an Beiträgen zahlen, hätten sie mir eine Eigentumswohnung am Wasser kaufen können. Seit zwei Jahren ist er Versicherungsvertreter, und er hat noch nicht *eine* Versicherung an jemanden verkauft, der kein Blutsverwandter ist. Er sollte heiraten, dann kann er noch sämtliche angeheirateten Verwandten anhauen.«

Die Versicherungen beliefen sich auf Summen, die reichten, um ein Haus zu kaufen, um eine Existenzgrundlage zu haben. Ihre Eltern hatten so viel Geld wahrscheinlich noch nie gesehen, selbst wenn sie jeden Cent, den sie je verdient hatten, im Vorgarten zu einem Haufen zusammentrugen. Der Gedanke beeindruckte sie. Wieviel kostete solch eine Versicherung? Das schien eine ganze Ecke besser als Lotto spielen, denn Todesfälle gab es immer wieder. Wenn ihre Eltern eine Lebensversicherung auf Joey abgeschlossen hätten, wären sie jetzt ihre Geldsorgen los, so einfach war das. »Warum wollen sie, daß du ausziehst? Es wäre wundervoll, mit dir zusammenzuleben. Du bist reif für dein Alter. Du bist rücksichtsvoll. Du leistest harte Arbeit in einer wichtigen Wachstumsbranche –«

»Sie haben ihn immer verwöhnt. Ich bekam erst im letzten High-School-Jahr ein Auto, nachdem alle mit halb soviel Geld, wie mein Alter macht, längst eins hatten. Es war ein Schrotthaufen, ein alter Honda Civic. Aber als er sechzehn wurde, kriegte er sein erstes Auto. Von mir haben sie immer Einsen erwartet, und wenn er ein paar Zweien zustande brachte, dann war er der Größte. Das ist zweierlei Maß!«

»Da du der ältere bist, haben sie dich viel mehr unter Druck gesetzt. Und sie tun's immer noch.«

»Genau! Du siehst es auch.«

»Ich sehe alles, was um dich herum ist, weil ich dich liebe, und deshalb ist mir auch wichtig, wie andere dich behandeln. Du bist ein guter Mensch, und manchmal wissen andere gar nicht, was sie an dir haben, sie erwarten einfach, daß du funktionierst.«

»Ich hasse es, zu funktionieren. Ich bin immer der Gute. Die Regeln gelten immer nur für mich. Bring keine Mädchen ins Haus, wenn wir nicht da sind. Nimm dich bei Mädchen in acht, damit nichts passiert. Bleib von den Drogen weg. Trink nicht am Steuer. Überzieh dein Konto nicht. Verpumpe kein Geld und leih dir keins. Ein Witz. Mein Bruder hat bei vier Kreditkarten überzogen. Er ist total in den Miesen.«

»Bis morgen haben sie sich beruhigt, und dann ist alles wieder wie immer.«

»Nein, das ist es nicht! Ich habe ihre Vorwürfe satt. Sollen sie doch mal sehen, wie sie ohne mich klarkommen, wenn was kaputt ist. Ich bin nämlich derjenige, der anrufen muß, wenn der Klempner Murks gemacht hat, damit er noch mal kommt und es in Ordnung bringt. Meine Mutter hat uns gegenüber harte Töne drauf, aber sie kommt auf den Horror, wenn sie mal wo anrufen und sich beschweren muß.«

»Liebling, du wirst dich besser fühlen, wenn du was im Magen hast. Wir holen uns Fischsuppe und frittierte Muscheln und setzen uns an den Pier.«

Er ließ sich von ihr leiten. Sie saßen draußen an einem rohen Holztisch und sahen zu, wie die Fischkutter und die Ausflugsdampfer in dem engen Kanal aneinander vorbeilavierten. Eine große Silbermöwe stand auf einer Dalbe und sah ihnen beim Essen zu. Becky stellte sich vor, es sei eine weise Alte, die abwartete, ob es ihr gelang, ihren Fang einzubringen, oder ob sie ihn entwischen ließ.

»Schatz, ich finde, Eltern machen leicht den Fehler, von dir zu erwarten, daß du funktionierst, ja sie sehen gar nicht, wer du bist. Sie kannten dich schon, als du noch nicht sprechen konntest, als du noch nicht laufen konntest, als du noch nicht einmal allein aufs Töpfchen konntest. Sie bringen durcheinander, was du einmal warst, als du noch klein warst, und was du jetzt bist. Jemand, der dich jetzt kennenlernt, sieht einen attraktiven, intelligenten, ausgeglichenen, sehr reifen jungen Mann, der einen hervorragenden Eindruck macht und überlegt redet. Deine Mutter sieht einen Zehnjährigen mit rutschenden Hosen, der auf seiner eigenen Brille sitzt.«

»Das ist es. Sie sehen mich gar nicht. Sie kennen mich überhaupt nicht, aber sie meinen, alles über mich zu wissen. Meine Mutter sagt mir immer, daß sie besser als ich weiß, was ich will.«

»Iß deinen Spinat, der ist gesund.«

»Ich hatte nie was gegen Spinat. Erbsen habe ich immer gehaßt.«

»Ich auch«, sagte Becky. Was machte es ihr schon, wenn sie nie wieder eine Erbse aß? »Ist das nicht komisch? Sie riechen eklig beim Kochen.«

»Genau. Das dreht mir den Magen um.« Sie gingen langsam zum Auto zurück, eng Seite an Seite, sein Arm schwer um ihre Schulter. Es begann, gegen Abend kühl und frisch zu werden, vom Wasser kam eine Brise, die Lichter der Kanalbaken blinkten grün und rot. Die Möwe flog davon. Bekky hätte gern gewußt, was die alte Möwe wohl von ihrem Fortschritt hielt.

Er ließ den Motor an. »Morgen früh werde ich mir die Sonntagszeitungen holen und nach Wohnungen schauen.«

»Ich weiß, wo wir die Immobilienseiten schon heute abend bekommen. Wir müssen nach New Bedford fahren, da verkauft uns der Drugstore an unserer Ecke den Teil der Zeitung früher. Der kommt getrennt, und sie legen alles zusammen.«

»Im Ernst? Wir könnten sie zusammen anschauen und anstreichen, was in Frage kommt …«

Am Sonntag morgen holte er sie um neun ab. Die ersten beiden Wohnungen waren unmöglich, aber die dritte, obwohl über einer Ladenzeile ganz in der Nähe der Main Street von Hyannis, war hübsch und hell. Zu Terrys Büro waren es nur zehn Minuten Autofahrt. Terry legte ihr den Arm um die Schulter. »Wir könnten sie uns teilen. Du könntest mit einziehen.«

Sie ging bewußt von ihm weg und machte große Augen. »Terry, du weißt, es würde meiner Mutter das Herz brechen, wenn ich mit dir zusammenleben würde, ohne verheiratet zu sein. Ich könnte nie mehr die Kommunion empfangen. In den Augen meiner Familie wäre ich verdammt.« Sie folgte Sylvies alter Regel, sich als gutes katholisches Mädchen hinzustellen. Obwohl sie mit ihm ins Bett ging, denn schließlich war er ihr Verlobter.

»Du willst nicht mit mir zusammenleben.«

Sie beschloß, alles zu wagen. »Ich würde wahnsinnig gern mit dir zusammenleben, das täte ich lieber als alles andere auf der Welt, aber ich kann es nicht. Wir sind nicht verheiratet.«

Er sah sich in der Wohnung um, die er mieten wollte. Sie war bis auf den Kühlschrank, den Herd, die Spüle und die Badezimmerinstallationen völlig kahl. Nicht einmal Rouleaus waren an den Fenstern. Sie stand leer, ein Behälter für ein noch unversuchtes ungelebtes Leben. »Dann werden wir heiraten. Ich werde ihnen zeigen, daß ich ohne sie auskomme. Wir beantragen morgen eine Heiratserlaubnis.«

Wieder fand sie die Kraft, nein zu sagen. »Wir brauchen uns nicht zu schämen. Und wir brauchen Geschenke. Wir werden ein Datum festsetzen. Wie wäre es mit der letzten Juniwoche? Das gibt uns sechs Wochen. Wir werden in der Kirche deiner Familie heiraten. Sobald das Datum für die Hochzeit feststeht und die Einladungen raus sind, werden meine Eltern ein Auge zudrücken. Dann kann ich die Nächte hier verbringen, so daß wir in ein paar Wochen zusammenleben. Ich kann gleich anfangen, die Wohnung einzurichten. Keine zwielichtigen Motels mehr.«

Und so war es. Der Anfang ihres wahr gewordenen Traumes.

25

Leila

Leila versuchte Becky zu studieren, ohne sie anzustarren. Sie vermochte nicht zu sagen, ob das Bleiche, Ausgelaugte ein Ergebnis ihres Gefängnisaufenthalts war. Sie sah dünner und eckiger aus als auf den Bildern. Sie saßen an einem ramponierten langgezogenen Tisch mit einem niedrigen Gitter zwischen sich in der Besserungsanstalt Barnstable, dem Untersuchungsgefängnis. Rechts und links von ihnen saßen ein Mutter-Tochter-Paar, das sich überwiegend verdrossen anschwieg, und ein Ehepaar, das sich stritt, weil er die Kinder zu seiner Mutter gebracht hatte. Eine Wärterin stand mit verschränkten Armen dabei, paßte auf und kaute Kaugummi.

Becky begann das Gespräch mit einer Entschuldigung, daß sie in U-Haft war. »Meine Familie trägt immer noch die Kaution zusammen. Ich bin bald wieder draußen. Mein Mann und ich, wir hatten unsere Ersparnisse leider aufgebraucht – und Mr. Green ist teuer. Ich finde es widerlich, hier drin zu sein, aber es ist eine reine Geldfrage.« Dann befragte Becky Leila zu ihrer Person, wer sie war, wo sie wohnte, was sie beruflich tat. Während Leila geduldig Auskunft gab, kam sie zu der Ansicht, daß Becky teils aus Vorsicht so viele Fragen stellte, aber auch aus simpler Neugier. Sie schien von Leilas akademischer Laufbahn weniger beeindruckt als von ihren gelegentlichen Auftritten in lokalen Nachrichten- und Informationssendungen als Expertin für Gewalt gegen Frauen.

Leila versuchte in der Frau vor ihr, die mindestens zehn Zentimeter kleiner war als sie und ein Drittel weniger wog, eine Frau zu sehen, die ihrem Mann den Schädel einschlagen konnte. Ein Mann von kräftiger Statur hätte bestimmt keine Schwierigkeiten, sich gegen sie zu verteidigen. Leila beschloß, sich noch einmal den Obduktionsbericht anzuschauen. Sie fragte sich, ob Becky körperlich imstande war, das Verbrechen zu begehen, dessen sie beschuldigt wurde.

»Was empfanden Sie den Frauen gegenüber, denen in Framingham, die sich von Ihnen interviewen ließen?«

Eine kitzlige Frage. Oh, ich habe jede einzelne ins Herz geschlossen! Sie hatte es mit einer recht gewitzten jungen Frau zu tun, auch wenn diese Frau großer Torheiten fähig war. »Sie waren ganz verschiedene Individuen. Manche mochte ich nicht, aber ich habe mir Mühe gegeben, fair zu ihnen zu sein. Bei anderen hatte ich das Gefühl, sie recht gut zu verstehen. Einige sind meine Freundinnen geworden. Ich stehe immer noch mit ihnen in Verbindung.«

Becky nickte. »Angenommen, Sie mögen mich nicht?«

»Ich glaube nicht, daß das passieren wird«, sagte Leila sanft und schenkte Becky ihr bestes Lächeln. »Ich denke, wir können miteinander kommunizieren – wenigstens hoffe ich das sehr. Wenn nicht, verspreche ich, das Projekt fallenzulassen.«

»Ich will nicht mein ganzes Leben hier drin verbringen«, sagte Becky. Sie fügte rasch hinzu: »Ich habe es nicht getan. Ich habe niemanden umgebracht. Ich komme vor Gericht, weil ich mit einem Schüler ins Bett gegangen bin. Ich meine, er war Oberschüler, aber sie sprechen von ihm, als wäre ich eigentlich sein Babysitter gewesen.«

»Der Ansicht bin ich auch. Ihnen wird wegen sexueller Unmoral der Prozeß gemacht.«

Becky hatte das Kinn in die Hand gestützt und seufzte. Sie sah Leila in die Augen. »Ganz egal, was die Revolverblätter schreiben, ich habe Sam nicht ausgenutzt. Ich war verrückt nach ihm. Ehrlich. Ich habe in ihm keinen Jungen gesehen. Ich habe in ihm einen besseren Mann als meinen Ehemann gesehen.«

»Warum haben Sie sich dann nicht von Ihrem Mann getrennt?«

Becky sah überrascht aus. »Sam konnte nicht mit mir zusammenleben. Im Herbst sollte er aufs College gehen. Er hatte ein Stipendium. Er hatte Verpflichtungen seiner Mutter und seinem Onkel gegenüber, die für ihn aufkamen. Ich verstehe Familienverpflichtungen. Es ist kein Monat vergangen, in dem ich nicht einen Teil von meinem Gehalt meiner Familie gegeben habe, um auszuhelfen. Das ist in den ganzen Schmutzgeschichten nie erwähnt worden.«

»Ihre Familie steht zu Ihnen. Das ist nicht immer der Fall, wissen Sie.«

Über Beckys Gesicht huschte ein seltsames kleines bitteres Lächeln, das ihr nicht bewußt zu sein schien. »Wir … müssen zusammenhalten. Na jedenfalls«, fügte sie in leichterem Ton hinzu, »hält Sams Familie auch zu ihm. Die würden mich kochen und auffressen, um ihn freizubekommen. Und die Burgesses würden mich am liebsten hinrichten.«

Leila sah Zorn aufblitzen. »Sie sind nicht gut mit ihnen ausgekommen?«

Becky fuhr sich nachdenklich mit Daumen und Zeigefinger über ihr spitzes Kinn. »Ich erinnere mich an die Hochzeit. Sie müssen wissen, meine Eltern konnten sich diese Hochzeit überhaupt nicht leisten. Ich war nicht auf eine große, sensationelle Hochzeit aus, obwohl ich gern eine gehabt hätte. Ich meine, wie oft heiratet man schon?«

Becky schien eine Antwort zu erwarten, deshalb sagte Leila: »Ich selbst habe es nur einmal getan.«

»Wie alt waren Sie? Hatten Sie eine große Hochzeit?«

Becky fragte sie wieder aus. Sie zwang sich, geduldig zu antworten. »Einundzwanzig. Nein, wir wurden von einem Rabbi in seinem Arbeitszimmer getraut. Aber Sie wurden in der Kirche getraut, nicht wahr?«

Becky nickte. »In der Kirche von seiner Familie. Ich dachte, dann wäre es für ihn realer. Aber das hat alles teuer gemacht. Mochten die Eltern Ihres Mannes Sie?«

»Anfangs nicht.« Sie hatte nicht vor, Becky die Unterschiede zwischen deutschen und russischen Juden zu erläutern, und warum sie ihren Schwiegereltern ungehobelt vorgekommen war, während die Schwiegereltern ihr wie Juden vorgekommen waren, deren Jüdischkeit ausgeblichen war, abgesehen davon, daß deren texanisch zerdehnte Sprache für ihre Philadelphia-Ohren befremdend klang. »Nachdem mein Sohn geboren war, wurde es besser. Sie hatten mit seinen Eltern auf der Hochzeit Probleme?«

»Nichts war gut genug. Sein Vater hat die ganze Zeit über verächtlich geguckt und geächzt und auf meine Eltern herabgeschaut. Mrs. Burgess machte ständig bissige Bemerkungen. Schließlich hat meine Mutter zu weinen angefangen, nicht, wie Mütter es auf Hochzeiten tun, sondern weil Mrs. Burgess sie wegen ihres Kleides, ihrer Haare beschämt hat. Ich hätte sie ohrfeigen können. Ich hatte das Gefühl, daß sie sich richtig Mühe gab, meinen Hochzeitstag zu vergiften, und ich konnte sie nicht mal zur Rede stellen, ohne alles noch schlimmer zu machen.«

»Sind Ihre Familien später besser miteinander ausgekommen?«

»Sie haben sich nie wieder gesehen. Nie. Tommy kam uns besuchen, aber alle anderen haben sich in Terrys Nähe nicht wohl gefühlt. Er hat schmerzhaft deutlich gemacht, daß er nichts mit ihnen zu tun haben wollte. Er benahm sich, als erwartete er von mir, daß ich meine Eltern wegschmeiße, meine ganze Familie, und so tue, als gäbe es sie nicht mehr.«

»Das muß schwer gewesen sein. Haben Sie versucht, ihn umzustimmen?«

»Ich hab' sie einfach ohne ihn besucht. Aber klar, ich habe mich über seine Haltung geärgert. Ich habe mich über die Sticheleien seiner Mutter geärgert und darüber, daß Terry nie eingeschritten ist, mich nie verteidigt hat. Für ihn war es selbstverständlich, daß seine Mutter auf mich herabschaute. Ich habe mich nie daran gewöhnt. Ich meine, was hat sie groß aus ihrem Leben gemacht?«

»Haben sie Sie gedrängt, Kinder zu kriegen? Wollte er das?«

Becky schüttelte den Kopf. »Das kam finanziell gar nicht in Frage. Nicht mal, als Terry noch arbeitete, denn wir mußten die Eigentumswohnung abbezahlen ... Ist Ihr Mann auch Professor?«

»Er ist Dozent für Theaterwissenschaft an der Bostoner Uni. Aber hauptsächlich ist er Regisseur. Theaterregisseur.«

»Wie heißt er?« Becky setzt sich auf und schaute sie mit einem Interesse an, das plötzlich deutlich zugenommen hatte. Wenn sie interessiert war, hatte ihr Gesicht mehr Farbe. Sie sah nahezu lebenssprühend aus.

»Nicolas Landsman. Eine Inszenierung von ihm läuft gerade am Off-Broadway in New York, aber meistens –«

»Ich weiß, wer er ist!« Becky richtete sich auf. »Sie erinnern sich, ich war auch am Theater.«

»Ja, natürlich«, sagte Leila sanft. In Wahrheit betrachtete sie eine Laienaufführung von *Dracula* nicht als Theater.

»Ich bin überhaupt nicht mit Theater aufgewachsen, deshalb war es für mich exotisch. Aber ich bin von Natur aus dafür begabt, das haben alle gesagt. Ich würde Ihren Mann furchtbar gern kennenlernen.«

»Wenn er aus New York zurück ist, könnten wir überlegen, wie sich das machen läßt.« Er würde es großartig finden, Becky zu begegnen; damit konnte er dann wochenlang auf Partys glänzen.

»Wirklich?« Becky klang skeptisch. Ihr Mund verzog sich ein wenig. »Ach, weil ich in allen Zeitungen stehe – die verworfene Mörderin, die herumrennt und Kinder verführt.«

»Das ist die gute Seite der traurigen Berühmtheit. Jeder möchte Sie kennenlernen.«

Becky zog eine Grimasse. »Ich hatte immer den Wunschtraum, berühmt zu sein. Aber nicht so. Wollten Sie je berühmt sein?«

»Mir war es eigentlich wichtiger, den Lebensunterhalt zu verdienen.«

»Aber was ist mit Ihrem Mann? Verdient der nicht die große Knete?«

»Er verdient anständig, aber da er viel unterwegs ist und gerne gut lebt, gibt er auch viel aus. Im Grunde genommen trage ich den Haushalt.« Es war ein außergewöhnliches Gefühl, laut zu sagen, was sie jahrelang verborgen hatte. Nur Melanie hatte das gewußt.

Beckys Blick ruhte auf ihr, ein wenig belustigt und ein wenig resigniert. »Läuft es nicht öfter so, als man denkt?«

»Sie haben nicht gedacht, daß Ihr Mann so lange arbeitslos bleibt.«

Becky seufzte. »Nein. Ich hatte das Gefühl, er hat sich gar nicht ernsthaft bemüht, Arbeit zu finden. Er wollte von der Arbeit gefunden werden.«

Ihre Zeit war um. »Hoffentlich«, sagte Leila hastig, während sie hinauskomplimentiert wurde, »können wir bald wieder miteinander reden.«

»Von mir aus gern«, rief Becky ihr hinterher. »Unser Gespräch hat mir gefallen.«

Im Auto ging Leila den Nachmittag durch und merkte, wie wenig sie von Becky bekommen hatte. Es würde nicht leicht werden, Beckys Fassade zu durchdringen, denn nachdem die Medien ihr so übel mitgespielt hatten, achtete sie darauf, wie sie sich präsentierte. Trotzdem, heute war sie Becky endlich begegnet, und demnächst sollte sie Sam sehen. Sie kam voran. Der Verkehr auf der Schnellstraße nach Boston hinein rollte nur langsam, denn es hatte zu schneien angefangen. Der Schnee fiel schräg, in kleinen, schnellen, harten Geschossen, eher Schrotkugeln als Flocken. Er häufte sich am Fahrbahnrand wie Waschpulver und überzog die Seitenstreifen.

Sobald sie die Schnellstraße verlassen hatte, mußte sie langsam fahren. Die Straßen waren noch nicht geräumt und glatt. Sie war froh, daß David das Auto in die Werkstatt gebracht und Winterreifen hatte aufziehen lassen. Ihr war der Umgang mit Autoschlossern ein Greuel. Sie konnte Gefängnis- und Kriminalbeamte beschwatzen, Verwaltungsbeamte und Anwälte, aber Autoschlossern gegenüber kam sie sich uralt und kindisch zugleich vor.

Vronsky war auf seinem Beobachtungsposten auf dem Tisch, der ihm die beste Sicht auf die Straße gab. Sie konnte durchs Fenster sehen, wie er sie anmiaute. Als sie die Tür aufschloß, war er da und versuchte, sie direkt in die Küche zu führen. »Das Frühstück ist lange her, hm?« Die kleinen Schneekugeln schmolzen langsam auf ihrem Mantelärmel. Sie schlug die Hände gegeneinander, um sie zu wärmen. »Ich brauche dringend Kaffee. Was hältst du davon?«

Sie stellte die Espressomaschine an und hörte den Anrufbeantworter ab. Das Lämpchen blinkte. Nick. »Da heute Samstag ist und ich nichts von dir gehört habe, nehme ich an, du hast beschlossen, nicht zu kommen. Es sieht dir gar nicht ähnlich, so unkommunikativ zu sein und mich nicht zurückzurufen. Bist du böse auf mich? Ist bei dir alles in Ordnung? Bist du deprimiert, oder ist was Schlimmes mit David oder mit Shana oder mit irgendwem von den fünfzig Leuten, um die du dich sorgst? Ruf mich an und gib mir Bescheid.«

»Hier ist Cathy. Hier ist Cathy am Samstag, ich weiß nicht, welches Datum wir haben. Zak hat strikt verboten, daß Sie Sam besuchen, ich fürchte also, es geht nicht. Zak bezahlt nämlich den Anwalt, ich kann mir den gar nicht leisten, der läßt sich nach Minuten bezahlen wie eine Parkuhr. Sie müssen das also bitte mit Zak auskämpfen und nicht mit mir, denn wenn er sich erst mal was in den Kopf gesetzt hat, kann ich es ihm nicht ausreden. Mein Mann war genauso. Es tut mir echt leid.«

»Mist«, sagte Leila. »Mist, Mist, Mist.« Sie ließ sich in ihren Schreitischsessel fallen und fluchte fünf Minuten lang.

Cathy hatte zum Glück keinen Anrufbeantworter. »Grüße Sie, hier ist Leila.«

»Leila, seien Sie mir bitte nicht böse. Sam möchte mit Ihnen reden. Aber Zak hat es verboten. Vielleicht kann ich Sie einschmuggeln, sobald Sam wieder zu Hause ist …«

»Sie brauchen mir nur zu sagen, wie ich zu Zak komme. Er hat mich uneingeladen überfallen. Ich habe das gleiche mit ihm vor.«

Cathy machte keine Einwände, sondern gab ihr den Weg an. »Aber Sie sagen ihm nicht, daß Sie es von mir wissen.«

»Meinen Sie, er wird morgen zu Hause sein?«

»Sonntags ist die Klinik geschlossen außer für Notfälle. Ich bin wirklich sauer auf ihn. Er tut so, als wäre Sam sein Sohn, als hätte er Sams Erziehung von Mike übernommen. Ich glaube, das ist, weil er seine Tochter verloren hat.«

»Sie haben gesagt, sie ist bei einem Feuer umgekommen?«

»Ja, mit seiner Frau Corinne. Sie haben in einem großen protzigen Haus hoch in einem Canyon bei L.A. gewohnt. Sie war Studiomusikerin, eine rothaarige Schönheit. Sie hat Back-up gesungen und E-Geige gespielt. Das ist eine Familie, die ist vom Pech verfolgt. Jedenfalls müßte er zu Hause sein.«

Zak mochte Hunden das Gehorchen gut beibringen können, aber wenn er meinte, sie loswerden zu können, würde er umlernen müssen. Morgen vormittag würde sie direkt in sein Leben hineinplatzen, wie er in ihrem aufgetaucht war, und sie würde sich hinstellen und so lange argumentieren, bis er einwilligte, sich nicht mehr einzumischen. Schon vor Jahren hatte sie gelernt: weil sie eine große Frau mit üppigem, weichem Körper war, meinten die Leute oft, sie sei leichter herumzuschubsen, als sie es war. Wenn sie sich dann behauptete und zur Wehr setzte, überraschte das die Männer, aber auch viele Frauen. Und morgen Zak.

26

Mary

Mary hatte noch nie bei ihren Damen gestohlen, nie etwas genommen außer mal einen Joghurt oder ein bißchen Marmelade oder ein oder zwei Scheiben Brot, ein paar Reste, die niemand vermissen würde. Aber Mrs. Landsman hatte alte Sachen aus dem Zimmer ihres Sohnes weggegeben oder weggeworfen. Mit den Kartons war viel Staub heruntergekommen, und sie hatte Mary gebeten, das Zimmer saubermachen.

Als Mary Koffer mit Wintersachen oben in den Schrank räumte mit Wollsachen, die er in Kalifornien kaum brauchen würde, stieß sie auf etwas, das in einer Ecke verklemmt war. Ein kleiner Schlafsack. Auseinandergefaltet hatte er normale Größe, aber er ließ sich zu einer handlichen Rolle zusammenquetschen. Niemand würde merken, daß sie ihn in der Reisetasche dabei hatte.

Die Woche war hart gewesen. Schnee war das Schlimmste, denn sie hinterließ Spuren. An drei Nächten mußte sie in Kirchen schlafen. Eine Nacht verbrachte sie auf dem Flughafen. Eine weitere verbrachte sie in der unverschlossenen Garage hinter dem Haus der Anzios, in deren Volvo, auf dem Rücksitz zusammengerollt. Wenn sie nur ein eigenes Auto hätte: In letzter Zeit mußte sie immer wieder daran denken. Dann hätte sie ihr eigenes Haus, das sie wie eine Schnecke mit sich herumtragen konnte, und Nächte wie in dieser Woche konnte sie dann überleben. Wenn es zu kalt wurde, fuhr sie einfach mit angestellter Heizung umher. Ihre Ersparnisse nahmen nur unendlich langsam zu. Einoder zweimal machte sie Cindy gegenüber eine Andeutung, wie sehr ihr ein altes Auto das Leben erleichtern würde. Cindy schrieb zurück, bei den Reparatur- und Versicherungskosten sollte ihre Mutter froh sein, keine solche Rostlaube am Hals zu haben.

Die ganze Woche lang dachte sie an den Schlafsack. Ihre

Kundinnen besaßen Dinge, die ihr exotisch vorkamen. Vor zehn Jahren hatte sie zu den begeisterten Konsumentinnen gehört, die sich gut auskannten. Sie kaufte nie einen Mixer oder einen Toaster ohne im Verbrauchermagazin darüber nachzulesen, damit sie für ihre Familie das Beste bekam. Jetzt hielt sie sich bei den neuesten Konsumgütern auf dem laufenden, indem sie darauf achtete, was ihre Kundinnen kauften. Der Geschirrspüler bei den DeMotts mußte programmiert werden wie ein Computer. Wenn sie vorne irgendwo rankam, piepte er. Der Herd war genauso.

Ihre Wünsche waren weitaus bescheidener: eine Kochplatte, ein kleiner Kühlschrank, eine Bettstelle. Oder einfach ein Auto als Unterkunft. Aber dieser Schlafsack ging ihr nicht aus dem Sinn. In all den eiskalten Nächten, wenn ihr die Füße taub wurden und die Nase lief, dachte sie daran, wie kuschelig es in dem leichten, warmen Schlafsack sein mußte. Der Sohn benutzte ihn nicht. Vielleicht hatte er einoder zweimal bei einem Gruppenausflug darin geschlafen, das war aber auch alles. Er roch immer noch neu.

Sie konnte sich den Schlafsack nicht aus dem Kopf schlagen. Es war wieder wie im College, wenn sie in einen verliebt war, mit dem sie ein paarmal geredet hatte und der genau der Richtige für sie war, aber sie leider überhaupt nicht wahrnahm. Sie spürte körperliches Verlangen danach. So ein Schlafsack kostete bestimmt seine fünfundsiebzig Dollar. Sie konnte Cindy nicht erklären, warum sie einen Schlafsack haben wollte. Cindy würde nicht glauben, daß sie unter die Camper gegangen war, und dann würde sie ihr wahrscheinlich einen von diesen großen kaufen. Sie konnte nicht in Boston oder Cambridge oder Brookline oder Newton mit einer Schlafsackrolle auf dem Rücken herumlaufen. Warum nicht gleich ein Schild mit der Aufschrift OBDACHLOS? Dieser Schlafsack dagegen trüge wirklich zu ihrer Sicherheit und Bequemlichkeit in diesen Winternächten bei.

An ihrem nächsten Tag bei den Landsmans hatte sie nur vor, ihn sich anzuschauen, mehr nicht. Sie putzte das Erdgeschoß in halsbrecherischem Tempo, schrubbte in Windeseile und rakte mit dem Staubsauger hin und her wie in schnellem Videovorlauf. Bevor sie sich die Erlaubnis gab, den Schlafsack anzufassen, putzte sie das Elternschlafzimmer und das dazugehörige Badezimmer. Schließlich gestattete sie sich, in das Zimmer des Sohnes zu gehen. Der Schlafsack war immer noch da, wo sie ihn hingelegt hatte, oben ganz hinten. Sie nahm ihn herunter. Dann zog sie ihn aus seiner kleinen Nylonhülle und breitete ihn aus. Sie konnte nicht widerstehen und schlüpfte hinein. Ach, das würde sein wie im Himmel.

Sie konnte ihn nicht in den Schrank zurücklegen und weggehen. Es war, als hielte sie das Leben selbst in den Händen. Dieses dünne, leichte Ding konnte sie in einer kalten Nacht, in der sie das Glück verließ, am Leben halten. Sie schämte sich. Mrs. Landsman hatte die Rechnungen der Reinigungsfirma immer prompt bezahlt, machte ihren Abwasch selber, hatte sie nie gebeten, die Wäsche zu machen oder sonst etwas, was eigentlich nicht ihre Aufgabe war, wie die anderen Damen es immer wieder versuchten. Aber Mary mußte den Schlafsack haben.

Jeden Tag hatte sie im Krankenhaus angerufen. Heute sagten sie ihr, daß Beverly Bozeman bei Bewußtsein und ihr Zustand nicht mehr kritisch war. Sie lag nicht mehr auf der Intensivstation und durfte zu den festgesetzten Zeiten Besuch bekommen. Es war töricht, aber Mary konnte nicht anders, sie identifizierte sich mit der Frau, die dort in einem Krankenhausbett lag, sich vielleicht an nichts erinnerte, sich vielleicht zu Tode fürchtete. Beverly mußte entsetzliche Angst davor haben, zurück auf die Straße zu gehen und umzukommen.

Sie konnte nicht aufhören, an Beverly zu denken, vielleicht weil ihr eigenes Leben in dieser Woche so hart gewesen war. Die Weihnachtsferien standen bevor, und ihre Kunden würden bald in Urlaub fahren. Bereits heute sagte ihr Mrs. Williams, in der ersten Januarwoche seien sie in Florida. Sie entschuldigte sich dafür, daß dann das Haus nicht geputzt zu werden brauchte. »Ach«, sagte Mary, »dann haben Sie in der Zeit auch niemanden hier wohnen, hinter dem ich saubermachen muß?«

Wenn sie also die nächsten drei Wochen überleben konnte, dann hatte sie ein Dach über dem Kopf, einen Ort, wo sie sich ausbreiten konnte. Das gab ihr etwas, worauf sie sich freute. Sie wartete jetzt darauf, wer alles über Weihnachten wegfuhr. Letztes Jahr hatte sie zwei Häuser zur Auswahl gehabt.

Da Freitag war, würde sie es wieder mit Logan probieren, diesmal ein anderer Terminal als letzten Sonntag. Freitag war ein großer Touristen- und Familienabend, also war das Sicherheitspersonal daran gewöhnt, daß überall Leute in allen Stadien der Verknitterung dösten. Wenn sie außerdem Glück hatte und ein Schneesturm eintraf wie angekündigt, dann war der Flughafen voller Leute, die schliefen. Dann konnte sie sich sogar hinlegen.

Schneestürme waren unheimlich. Viele Leute änderten daraufhin ihre Reisepläne. Die, die auf der Straße lebten, konnten von einem Schneesturm umgebracht werden. Sie fühlte sich diese Woche gar nicht so pfiffig, gar nicht so überlebenstüchtig. Es schlief sich wunderbar in ihrem neuen Schlafsack. Wenn sie irgendwo schlief, wo es sehr kalt war, hatte sie immer Angst gehabt, vielleicht nicht mehr aufzuwachen. Sie konnte es sich nicht leisten, Beverly Bozeman Blumen zu kaufen, aber sie brachte ein paar Illustrierte mit, die Mrs. Williams in den Papierkorb getan hatte, und einen schönen Wollpullover, den Mrs. Landsman zu Goodwill weggeben wollte. Mary sagte, vielleicht würde er dem Jungen ihrer Tochter passen, und nahm ihn. Sie probierte ihn in der Garage über, aber er war zu groß. Die Ärmel waren zu lang, und er hing ihr bis über den Bauch. Sie konnte nichts tragen, was so offensichtlich einem Mann gehört hatte und so offensichtlich abgelegt war, aber Beverly Bozeman konnte den Pullover bestimmt gebrauchen.

Ihr Abendessen bestand aus Resten bei Mrs. Williams – ziemlich trockenem Roastbeef, zwei Schreiben Brot, einem Apfel. Es machte sie nicht richtig satt, aber es war besser als nichts. Sie ging ins Chestnut Hill-Einkaufszentrum. Es tat wohl, die Füße auszuruhen. Ein Kinderchor sang Weihnachtslieder, und sie saß und sang mit. Sie hatte eine nagelneue Bloomingdale's-Einkaufstüte ergattert, und die stand zu ihren Füßen neben der Reisetasche, ihre Handtasche hielt sie auf dem Schoß fest. Obwohl sie lieber eine warme und sichere Bleibe für die Nacht gehabt hätte, obwohl sie lieber eine richtige Mahlzeit zu Abend gehabt hätte und nicht nur zwei Bissen, war sie nicht unzufrieden. Gratisunterhaltung liebte sie. Es war die Jahreszeit, in der sie sich auch gern in der Einkaufszone um Faneuil Hall aufhielt. Aber heute abend war es zu kalt, um draußen zu sitzen.

Überall war festlich geschmückt, mit Poinsettias und kleinen Tannenbäumen und auch weißen und rosa Kamelien. Sie kannte die Südstaatenblumen aus Bethesda. Im Frühjahr hatte sie manchmal mit der Familie Ferien in Savannah oder Charleston gemacht. Sie erinnerte sich noch an Spaziergänge durch diese üppigen südlichen Gärten. Sie war nie eine große Gärtnerin – mehr der Petunien und Studentenblumen-aus-dem-Supermarkt-Typ, dazu gelegentlich ein blühend gekaufter Rosenstrauch, der im ersten Winter einging –, aber sie liebte die Atmosphäre eines sorgsam bepflanzten, sorgsam gepflegten Gartens.

Niemand schaute sich nach ihr um, wie sie da mit ihrer neuen Einkaufstüte saß, in ihrem zwölf Jahre alten wollenen Mantel, der es immer noch tat, der Mütze, die Cindy ihr gestrickt hatte, den Handschuhen vom Fundbüro des Flughafens. Sie klapperte regelmäßig die größeren Fundbüros ab, nach Regenschirmen, warmen Schals, Handschuhen. Ein karierter Schal fand sich immer, ebenso ein Paar schwarze, fellgefütterte Handschuhe. Sie besaß drei Schals, wovon nur einer zu sehen war. Die anderen beiden waren um ihre Hüften gewickelt, damit sie nicht so fror.

Sie merkte, sie würde nicht pünktlich zu Beginn der Besuchszeit hinkommen. Sie zögerte den Aufbruch hinaus. Es war warm und gemütlich im Einkaufszentrum. Sie hörte die Weihnachtslieder so gern. Das versetzte sie wieder in ihre Kindheit in Centralia. Manchmal ertappte sie sich dabei, daß sie in Gedanken in ihrer Kindheit war, um für kurze Augenblicke glücklich zu sein.

Sie stand auf und zwang sich, loszugehen. Sie wußte, es war reiner Aberglaube. Sie wußte, es war absurd, Beverly Bozeman zu besuchen. Es konnte gut sein, daß Beverly verrückt war. Eine arme Irre. Eine hoffnungslose, drogensüchtige Alkoholikerin, die nicht bis drei zählen konnte. Mary sah das Törichte ihres Unterfangens, fühlte sich aber gezwungen, in die Green Line zu steigen und dann in die Red Line nach Cambridge umzusteigen und dann durch den Schnee zu trotten, der rasch und schubweise fiel.

Bei dem Wort Station stellte sie sich einen Saal voller Betten vor, aber Beverly war in einem kleineren Zimmer mit nur drei weiteren Betten untergebracht, in denen Frauen lagen. Eine, eine schwarze Frau von vielleicht dreißig, lag im Streckverband. Eine zweite schwarze Frau hatte eine Bandage um den Kopf und schien zu schlafen oder bewußtlos zu sein. Die andere weiße Frau, sogar noch älter als Beverly Bozeman, schaute in einen kleinen Fernseher der über den Betten hing.

Beverly Bozeman saß auf. Sie hatte doch Blumen. Beverly sah Mary groß an, runzelte die Stirn, dann ein Nicken des Erkennens. Mary war verlegen, unsicher, ob es gut oder schlecht war, daß Beverly sie wiedererkannte. »Sie sind die Dame, die morgens oder am späten Nachmittag etwas zu ihr sagt, vielleicht zweimal die Woche.«

»Ich bin an dem Morgen vorbeigekommen, nachdem Sie überfallen worden sind. Ich dachte, vielleicht hätten Sie gern Besuch. Aber ich sehe, Sie haben eine Freundin.« Mary deutete auf die Chrysanthemen.

»Die hat sie vom Krisencenter für vergewaltigte Frauen.«

Mary senkte den Blick. Sie konnte nicht an Vergewaltigung denken und Beverly anschauen. Es war zu erschrekkend. Es war dumm, so zu tun, als könnte das, was Beverly Bozeman angetan worden war, nicht auch ihr angetan werden. Sie war ein wenig irritiert von der Art, wie Beverly über sich selbst sprach, aber nicht überrascht. Auf der Straße entwickelten die Menschen merkwürdige Schrullen, Ticks und Zwangshandlungen.

Beverly sah winzig aus in dem Krankenhausbett. Das lag

an dem Krankenhausnachthemd. Sie war nicht mehr in zehn Schichten aus alten Kleidungsstücken verpackt. Ihr graubraunes Haar war kurz geschnitten und stellenweise abrasiert worden, um die Verbände saß verwegen ein Handtuchturban. Ihre Hände lagen vor ihr auf der Krankenhausdecke, kleine Hände, jetzt sehr sauber und völlig reglos. An ihren Handgelenken, soweit das Nachthemd sie freigab, waren immer noch blaue Flecken zu sehen.

Mary suchte nach etwas zu sagen. »Ich wollte sehen, ob Sie noch am Leben sind. Was Ihnen passiert ist, ist so erschreckend.«

»Warum sollte es Sie erschrecken? Das passiert den Frauen, die auf der Straße hausen.«

»Jede Frau kann auf der Straße landen«, sagte Mary ausweichend. »Werden Sie denn wieder gesund werden? Was sagen die Ärzte?«

»So wenig wie möglich.« Beverly kicherte. »Sie bekommt ihre Auskünfte von den Krankenschwestern ... Wie alt sind Sie?« fragte sie plötzlich streng.

»Ich bin einundsechzig.«

»Siebenundvierzig.«

Mary blinzelte und versuchte, ihrem Gesicht keine Reaktion ansehen zu lassen. »Siebenundvierzig?« wiederholte sie.

»Sie denken, sie ist doppelt so alt.« Beverly verzog das Gesicht.

»Ich dachte, Sie wären ... in den Fünfzigern.«

»Die Schwestern haben ihr nicht geglaubt, bis sie die amtlichen Unterlagen aus Maine gesehen haben. Sie kommt aus Bath. Da werden Schiffe gebaut. Ihr Mann hatte Arbeit auf den Werften. Dann hat er sie verloren.«

»Ich war auch verheiratet«, sagte Mary. »Ich habe meinen Mann an eine andere Frau verloren, die ihn danach an noch eine andere verloren hat. Er hat mein Haus genommen, alles.«

»Sie ist ihm weggelaufen. Er hat sie immer geschlagen. Er hat ihr den Kiefer gebrochen. Da war ein Frauenhaus, das hat sie aufgenommen. Aber da kann eine Frau nur dreißig Tage bleiben. Dann muß sie ihren eigenen Weg finden. Sie hatte kein Geld für Miete. Sie ist nur mit den Kleidern am Leibe und dem Kleingeld im Portemonnaie zur Tür hinausgerannt.« Beverly deutete mit einer kurzen Kopfbewegung auf die schwarze Frau im Streckverband. »Sie ist auch obdachlos. Sie hat bei einer Freundin gewohnt, aber da ist kein Platz mehr, weil der Vater der Kinder der Freundin zurückgekommen ist. Sie hat zu betteln versucht, und jemand hat sie vor ein Auto gestoßen. Hat sie eine Nutte geschimpft.«

»Hat die Polizei den Mann gefaßt, der Sie überfallen hat?«

»Natürlich nicht.« Beverly lachte trocken, hustend, mit dem Geräusch eines alten Autos, das an einem kalten Morgen nicht anspringen will. »Wie werden die groß nach dem suchen? Die meinen sowieso, der ist verrückt, sie zu vergewaltigen. Dabei ist es nicht das erste Mal.«

»Der gleiche Mann?«

»Nein, ein anderer, der war auch obdachlos. Der hat sie im Schlaf unter einer Brücke erwischt. Aber er hat sie nicht zusammengeschlagen. Danach hat sie Jamaica Plain verlassen und beschlossen, hier zu leben. Sie dachte, es wäre sicherer.«

»Im allgemeinen ist es das auch.«

Beverly stützte sich vorsichtig auf einen Ellbogen und winkte sie näher zu sich heran. »Warum sind Sie wirklich gekommen? Warum kümmert es Sie?«

Mary konnte plötzlich nicht anders, sie erzählte, was sie bisher vor der Welt verborgen hatte. »Ich bin auch obdachlos ... Oh, ich arbeite wie ein Hund und putze anderer Leute Häuser. Aber ich schlafe, wo immer ich kann.« Sie war schockiert. Sie sah eine nach der anderen die Frauen an, um zu sehen, ob sie es mitbekommen hatten, aber die schauten nicht mal auf.

»Hat sie sich gedacht«, sagte Beverly und nickte steif, behindert durch die Verbände. »Sie sind noch im Schoß der Gemeinde. Sie gehen noch durch. Früher war sie auch so. Sie hat sich von Anfang an gedacht, Sie sind eine von uns.«

Mary erstarrte auf dem Besucherstuhl. Woran hatte Beverly das gemerkt? Etwas an der Art, wie sie aussah, an der Art, wie sie ging? Wodurch hatte sie sich verraten? Sie konnte sich nicht einmal überwinden, Beverly zu fragen. Es war zu erschreckend.

27

Becky

Becky schwebte durch die ersten vier Monate ihrer Ehe. Es war wundervoll, morgens in dem soliden französischen Bett im blaßblau gestrichenen Schlafzimmer aufzuwachen. Auf dem anderen Kissen lag nicht ihre Schwester Laurie mit ihrem Schniefen und ihrem verschlagenen, säuerlichen Feixen. Jetzt verwuschelte sich Terrys blondes Seidenhaar auf dem Kissen, und er lag in Embryostellung auf der Seite, unschuldig, verletzlich. Die Bezüge hatten keine Flecken, keine Geschichte von Krankheit und Schmerzen. Sie waren kariert oder geblümt. Sogar die Kissen waren frisch.

Das Badezimmer teilten sie sich nur zu zweit. Sie war immer wieder verblüfft, wie lange er dort morgens zubrachte, wenn sie sich fürs Büro fertigmachen mußte. Aber ein Mann, und wenn er noch so langsam machte, das waren nicht neun Leute, die alle schon warteten. Kam sie hier ins Badezimmer, dann war es sauber – und sie sorgte dafür, daß es so blieb. Sie hatte extra eine Zahnbürste zum Reinigen der Fliesenfugen gekauft. Die Handtücher waren neu und flauschig, und auf dem Fußboden lag eine Badematte, eine dunkelblaue, passend zu den Fliesen. Auf dem Duschvorhang tummelten sich putzige Pinguine. Alles war sauber, alles war neu, alles roch frisch – genau so, wie sie es sich vor Jahren im Einkaufszentrum erträumt hatte.

Die Mädchen im Büro hatten ihr Handtücher und Bettwäsche und eine gestreifte Grünpflanze geschenkt. Die stellte sie in eine Ecke des Wohnzimmers. Sie hatten zwei Sessel im dänischen Stil aus dem Burgess-Haushalt. Sie hatten den Fernseher und die Stereoanlage aus Terrys Zimmer zu Hause. Gracie hatte ihnen einen Couchtisch geschenkt, den sie im Keller stehen gehabt hatte. Sie hatten noch keine Couch, aber Sylvie riet Becky, ein paar Kissen auf den Fußboden zu legen.

Die Küche war klein, aber sie lernte auch gerade erst kochen, und wenn sie abends von der Arbeit kam, wer konnte sich da noch groß aufraffen? Dreimal in der Woche gingen sie essen. An weiteren zwei Abenden holten sie sich eine Pizza oder irgendwas anderes, so blieben ihr pro Woche noch zwei Mahlzeiten, um die sie sich kümmern mußte. Herd, Spüle und Kühlschrank gehörten zur Wohnung, aber die Mikrowelle und der Toaster und die Kaffeemaschine waren Hochzeitsgeschenke. Sie hatten auch zwei Rührstäbe, ein elektrisches Messer und einen Mixer geschenkt bekommen, die aber umgetauscht in einen Videorecorder.

Das Schlafzimmer war das schönste Zimmer, denn die Burgesses hatten ihnen Geld für eine Schlafzimmereinrichtung aus heller Eiche gegeben, ein französisches Bett, eine Frisierkommode mit Spiegel und zwei Wäschekommoden. Es war komisch, die Kleiderschranktür aufzumachen. Seine Seite war vollgestopft mit Sportjacketts und Hemden und Hosen, Sportausrüstung, Ski- und Joggingsachen. Auf ihrer Seite hing die Kleiderstange kaum halb voll.

Sie hörte ihn zu seinem Freund Lyle sagen, sie sei nicht wie andere Frauen und interessiere sich einfach nicht für Kleidung. »Als sie eingezogen ist, hatte sie noch nicht mal einen Koffer voll.« Er dachte, ihr Kleidermangel zeigte, daß sie weder eitel noch leichtsinnig war. Er hatte nie auf ein Videospiel verzichten müssen oder auf teure Sportschuhe oder eine bestimmte Art Fahrrad. Ein Leben nahezu ohne Besitztümer, und zwar nicht aus Selbstverleugnung, sondern weil sie unerschwinglich waren, konnte er sich nicht vorstellen.

Mit Sylvie zusammen nähte sie Schlafzimmervorhänge

auf Sylvies Nähmaschine. Es waren simple Rechtecke, mit gelben und weißen Segelbooten bedruckt und oben und unten umgesäumt, aber sie machten das Zimmer freundlich und wehrten die Blicke der Hausbewohner auf der anderen Straßenseite ab. Sie wohnten in einer Straße mit Wohnungen oder Büros über Läden. Seine Eltern waren entsetzt, als sie sahen, wohin Terry gezogen war, was Terry genoß. Sie fand es herrlich, in Hyannis zu wohnen, genau wie die Kennedys, eine berühmte Adresse, aber er nannte es High-Anus – Hocharsch – und behauptete, es bestünde nur aus Einkaufszentren, Arztpraxen und Motels. Sie war begeistert davon, zehn Restaurants vor der Tür zu haben. Sie mußte auf der 28 zur Arbeit fahren, und die war meistens verstopft, aber sie fand Abkürzungen. Es war besser als die Pendelei aus New Bedford.

Sie genoß die wenigen Stunden, in denen sie allein zu Haus war. Seine Mutter rief ihn hin und wieder, damit er etwas reparierte. Becky fuhr mit, wenn sie beide eingeladen waren, aber sonst ging sie Mrs. Burgess aus dem Weg. Die Heirat hatte keinen Einfluß auf die Verachtung, die Mrs. Burgess ihr entgegenbrachte. Manchmal spielte Terry mit Freunden aus seiner College-Verbindung Softball, und jede Woche spielte er mit seinem Bruder Squash.

An diesen Abenden besuchte sie ihre Familie oder Sylvie. Oder sie blieb einfach in der Wohnung und genoß den Raum um sich. Die chemische Reinigung unten war abends nie offen und am Samstag nur bis mittags. Richtig laut war es nur morgens, wenn der Laster kam, der das Reinigungsgut abholte, und dann wieder am Ende des Tages, wenn er wiederkam. Dann drang durch den Fußboden der Lärm der Männer, die riefen und polterten.

Sie schlenderte durch die Zimmer und berührte die neuen Sachen, die Lampe, die sie nicht in ihrer Zellophanhülle lassen durfte, wie sie gerade erfahren hatte. Sylvie hatte ihr erklärt, daß das als ordinär galt. Sie berührte den neuerdings nackten Lampenschirm, sie berührte flüchtig die saubere, elfenbeinweiße Wand, sie strich über den Resopal-Küchenschrank. Wenn Terry einen Freund mitbrachte, entschuldigte er sich immer und sagte, daß die Wohnung nur eine Übergangslösung war, und um sich nicht zu streiten, lächelte sie dann und nickte, auch wenn es für sie das Paradies war. Drei Zimmer nur für sie beide, alles so sauber und schön, daß sie den Kühlschrank und den Stuhl vor der Frisierkommode in den Mund hätte stecken mögen.

Sylvie fragte sie immer wieder, ob sie nicht Kinder kriegen wollte, aber Becky hatte nie ohne Babys und Kleinkinder unter den Füßen gelebt. Allein zu sein war wie die stärkste Droge, die sie sich vorstellen konnte, ein ekstatisches Erlebnis, das sie daran erinnerte, wie Laurie Nonne werden wollte und immerzu von der Anwesenheit der Heiligen Jungfrau schnatterte. Becky hatte damals gedacht, daß Laurie sich das aus den Fingern sog, um beachtet zu werden, aber jetzt dachte sie anders darüber. Sie war überzeugt, daß Laurie beim Knien in der leeren Kirche zum erstenmal in ihrem Leben die Freude empfunden hatte, in Ruhe allein zu sein, und das mit Gott verwechselt hatte.

Becky hätte am liebsten die Stille ihrer Wohnung in Flaschen gefüllt und ihrer Mutter gebracht, denn Mama konnte nur selten zu Besuch kommen. Becky hatte etwa drei Wochen nach der Hochzeit zu ihrem Schreck gemerkt, daß Terry ihre Eltern nicht mochte. Sicher, das Zuhause ihrer Familie war ein Dreckloch, aber Becky war immer davon ausgegangen: jeder, der sie liebte, sah auch deutlich, wie lieb und geduldig und unermüdlich Mama war, und achtete sie für ihre Tugenden. Aber Terry wurde mit niemandem in ihrer Familie warm, nur mit Tommy. Terry erkannte bei Tommy den gleichen Ehrgeiz wie bei ihr. Tommy wollte auch heiraten, und Terry fand das gut, sei es nun, weil diese Heirat in Terrys Augen den sozialen Status ihrer Familie minimal hob oder weil Tommy dann aus dem Haus auszog, das Terry nicht betreten mochte.

»Becca, streite dich nicht deswegen«, riet Tommy. »Tu einfach, was *du* willst.«

Mama fiel das natürlich auf, es fiel allen auf. Aber Mama sagte, besser, Becky kam allein, dann konnten sie den Besuch richtig genießen und mußten nicht die ganze Zeit ihr bestes Benehmen aufsetzen. Becky schämte sich für Terry. Er müßte genug für sie empfinden, um ihrer Familie aufgeschlossen zu begegnen. Er müßte wenigstens sehen, wie grundgut Mama war, und auch Gracie, und wie gutwillig Belle war. Es war ein schwerer Charakterfehler von ihm, daß er die engstirnigen bürgerlichen Vorurteile seiner Familie nicht überwinden konnte. Aber im Lauf der Zeit würde er sich schon besinnen.

Sie mußte zugeben, wenn sie jetzt durch das alte Haus ging, dann fielen ihr die Gerüche auf, die Liederlichkeit, der unvermeidliche Verfall und Verschleiß, wenn acht Menschen auf engstem Raum zusammenleben. Das lag daran, daß sie es geschafft hatte, sich Terry zu schnappen und ins bürgerliche Milieu aufzusteigen. Sie war kein besserer Mensch als Gracie oder Belle, nur gewitzter und egoistischer. Sie wollte alles hübsch und ordentlich haben – das wollte sie mehr als alles andere. Jetzt hatte sie es und war fest entschlossen, es zu behalten. Eines Tages, wenn sie mehr Geld hatte, würde sie für alle etwas tun. Wie Sylvies Tante Marie würde sie sich vernünftige Gedanken darum machen, was ihre Nichte oder ihr Neffe brauchte, und es besorgen. Auf stille Weise, die Becky nicht mit Terry teilen konnte, blieb Tante Marie ihr Maßstab des guten Lebens. Die Eltern Burgess wohnten in einem schöneren und größeren Haus als Marie, aber Marie genoß ihr Leben. Marie hatte einen Freundeskreis, die Burgesses hatten einen Bekanntenkreis. Marie tat, was ihr Spaß machte, die Burgesses taten, was von ihnen erwartet wurde.

Zur Hochzeit hatte Marie ihr einen Gutschein für Saks in Boston geschenkt. Dazu hatte sie geschrieben: »Kauf Dir etwas Gutes zum Anziehen. Männern fällt nicht auf, was Du anhast, aber ihnen fällt auf, wie Du aussiehst. Ihnen ist am liebsten, wenn Du aussiehst wie eine Million Dollar, ohne einen Penny auszugeben.«

Tante Marie hatte schon vor Jahren den Aufstieg in den Mittelstand geschafft und konnte nützliche Hinweise geben. Kaum jemand sonst konnte das. Sylvie war aus dem Rennen, seit sie ein Kind bekommen hatte. Sie ging nicht mehr mit der neuesten Mode oder sonst einem Trend. Die Mutterschaft war über ihr zusammengeschlagen wie eine warme, salzige Flutwelle, auf der sie schwamm, von der sie aber fortgetragen wurde. Becky war fest entschlossen, kein Kind zu kriegen, bevor sie sich eine sichere Existenzgrundlage geschaffen hatten.

Sie war weit davon entfernt, sich nach einem Kind zu sehnen wie zwei Frauen in ihrem Büro zum Beispiel, die alles mögliche anstellten, um schwanger zu werden, denn Becky hatte Babys Bäuerchen entlocken müssen, seit sie kräftig genug war, um eins hochzuheben. Sie wußte weit mehr als Sylvie über Säuglinge, aber sie erteilte nie Ratschläge, damit es nicht hieß, was für eine gute Mutter sie abgeben würde. Eines Tages, wenn die richtige Sonne über dem richtigen Haus in der richtigen Straße aufging. Und sie die richtige Summe auf dem Bankkonto hatten. Dann würde sie zwei Kinder bekommen. Nur zwei. Die würden all die Liebe bekommen, von der sie immer geträumt hatte, die Beachtung, die keinem Kind in ihrer Familie je zuteil geworden war.

Bis dahin mußte Terry versorgt werden. Er warf seine Sachen in die Gegend, wenn er sich auszog, und sie mußte seine Socken aufsammeln, seinen Slip, sein T-Shirt, vom Fußboden, vom Stuhl, von der Kommode. Er machte sich nie Gedanken über Wäsche oder Reinigung. Seine Kleidung war für ihn ein geschlossenes System, das automatisch funktionierte: schmutzige Sachen aus, am nächsten Morgen erschienen dann saubere.

Trotzdem fand sie seine Garderobe hinreißend. Er hatte so schicke Schuhe wie die Kids, die in ihrer High-School Drogen gepuscht hatten. Er hatte Jacketts mit Logos, Outfits zum Tennisspielen oder zum Skilaufen oder zum Radfahren. Er erinnerte sie an ein Mädchen aus der Mittelschule. Als Tochter eines ehemaligen Fischers, der durch Die Typen auf den Docks zu Geld gekommen war, hatte Tonia alles. Ihre Schränke quollen wie Terrys über von Festkleidern für Partys, zu denen sie fast nie eingeladen wurde, denn sie war ein Ekel. Trotzdem spielte Becky manchmal mit Tonia, weil sie so viele Spielsachen hatte. Tonia hatte eine Barbiepuppe und eine Kenpuppe, jede mit Dutzenden von Kostümen – genau wie Terry. Seine Sachen in Ordnung zu halten kam ihr vor, als spielte sie mit der Kenpuppe. Aber manchmal fiel ihr die Wäsche am Wochenende schwer. Sie mußte zum Waschsalon fahren und dort warten.

An Wochenenden wollte Terry manchmal nur herumliegen und im Fernsehen Sport gucken. Aber an manchen Wochenenden unternahmen sie etwas Besonderes. Im August fuhren sie mit Chris und der Freundin, die er gerade hatte, nach New York. Sie übernachteten in einem Hotel am Central Park und sahen drei Filme und gingen in eine Disco. Sie fuhren hoch auf das World Trade Center und auch auf das Rockefeller Center. Es war ein bißchen wie eine zweite Hochzeitsreise, obwohl Chris und seine Freundin dabei waren. Auf ihrer richtigen Hochzeitsreise waren sie auch nach New York gefahren.

Becky mochte Chris nicht besonders. Ständig packte er sie mit seinen Pfoten an. Er redete zu laut und lachte schallend über seine eigenen schlechten Witze. Er war kein Vergleich zu Terry, und doch behauptete Terry, daß seine Eltern Chris vorzogen. Terry war immer noch wütend, daß seine Eltern ihn so bearbeitet hatten, auszuziehen, und Chris zu Hause wohnen ließen. Becky fand im stillen, daß die Burgesses ihr einen riesigen Gefallen getan hatten, deshalb war sie bereit, Chris zu ertragen, wenn es sein mußte. Sie wünschte sich nur, es wäre weniger häufig gewesen. Wenn Terry mit ihr ausging, zum Beispiel zu einem Spiel der Red Sox in Boston, dann kam Chris automatisch mit, manchmal mit Freundin, oft auch ohne.

Am Samstag nachmittag saßen Terry und sein Freund Lyle in den beiden Sesseln im Wohnzimmer, aßen Kartoffelchips, tranken alkoholarmes Bier und brüllten den Fernseher an. Es ging um die Ligameisterschaft im Baseball. Becky legte gerade saubere Wäsche weg. Es war ein warmer Septembertag, und eine Fliege polterte gegen die Fensterscheibe. Becky dachte kurz daran, sie zu erschlagen, aber dann ließ sie es. Was tat die Fliege denn Schlimmes? Wollte nur entkommen. Warum sollte sie aus ihr einen Fleck auf dem Fliegengitter machen? Nein, sie öffnete das Fliegengitter und scheuchte sie mit einem Geschirrtuch hinaus. Zielbewußt summte sie davon, wie zu einem Geheimtreffen.

»He Becky, hol uns noch ein Bier.«

Sie nahm zwei aus dem Kühlschrank. Blieb Lyle zum Essen? Sie hoffte, daß sie essen gehen würden. Es war nicht genug da. Sie hatte ein bißchen was eingekauft, als sie mit der Wäsche zurückkam, aber sie haßte es, schwere Tüten die Treppe raufzuschleppen. Sie versuchte immer, Terry dazu zu kriegen, mit ihr einzukaufen, aber er tat das nicht gern. Er fand den Supermarkt deprimierend. Außerdem kaufte er dann Steaks und Snacks und überschritt ihr Nahrungsmittelbudget. Sie sparten auf ein Haus. Angeblich.

Nachdem sie die Biere gebracht hatte, stand sie einen Moment da und wartete, daß Terry mit ihr redete, aber seine Augen waren auf den Bildschirm geheftet. Sie trug den Stapel saubere Wäsche ins Schlafzimmer, um alles in den entsprechenden Schubladen zu verstauen. Sie hörte sich seufzen. Sie merkte, daß sie sich langweilte.

Sie versuchte, ihr Tief abzuschütteln. Was würde sie denn tun, wenn sie zu Hause wäre? In ihrem alten Zuhause? Den Haushalt machen. Die Wäsche, genau wie jetzt. Aber wenigstens war da immer jemand, mit dem sie reden konnte. Wenn Terry zu Hause war, fühlte sie sich manchmal einsamer, als wenn sie in der Wohnung allein war.

Vielleicht war das ein Grund, warum Leute so früh Kinder bekamen. Eine Frau brauchte jemanden, der ihr Aufmerksamkeit schenkte. Ein Baby schrie wenigstens, wenn seine Mutter wegging.

Dabei hatte sie genau das, was sie wollte. Was war denn bloß mit ihr los? Nicht, daß er sie nicht liebte. Seit sie zusammenlebten, wollte er jede Nacht mit ihr schlafen. Es ging jetzt immer viel schneller als früher. Manchmal kam sie, manchmal nicht, aber was machte das schon? Es war in einer Viertelstunde vorbei, und es machte ihn glücklich. Und das war doch das Wichtigste? Sie mußte sich einfach eine Anschaffung überlegen, die sie haben wollte und die erschwinglich war, oder sie mußte sich überlegen, wohin sie essen gehen wollte. Das war's. Wenn sie sich auf diese Entscheidung konzentrierte, würde sie glücklich sein.

28

Leila

Der Weg zu Zaks Haus führte an alten Cape- und modernen Ranch-Häusern vorbei. SOLOMON stand auf dem verrosteten Briefkasten an der Straße. Der Sandweg war vom Schneepflug geräumt worden, aber immer noch vereist und holperig genug. Er wand sich zwischen zwei Häusern hindurch, senkte sich an einem Morast vorbei, erklomm einen kiefernbestandenen Hügel und schlängelte sich auf der anderen Seite an zwei Nebenpfaden vorbei hinunter. Schließlich endete er bei einem alten grauen Haus unter Rottannen, Bäumen, die auf dem Cape nicht weit verbreitet waren und eine etwas düstere Atmosphäre schufen. Hinter dem Haus lag ein kleiner Teich, umstanden von Eichen und jüngerem Unterholz – Traubenkirsche, Espen, hier und da eine Pechkiefer. Zwei Fahrzeuge standen vor dem Haus, ein blauer Toyota-Kastenwagen und eine rote Jeep-Limousine, beide weder neu noch alt, Finanzkraft investiert in Allwetterfahrzeuge; oder lebte er mit jemandem zusammen? Er war dermaßen mit Cathy und Sam beschäftigt, daß sie angenommen hatte, er lebe allein. Vielleicht hatte er Besuch? Sie saß in ihrem Auto und kam sich dumm vor.

Sie hatte Magenschmerzen, jene saure Verkrampfung, mit der ihr Körper Protest dagegen anmeldete, etwas tun zu müssen, wozu sie nicht die geringste Lust verspürte. Wie oft hatte sie in ihrer Ehe Nick beneidet, für den es anscheinend kaum eine Notwendigkeit gab, Dinge zu tun, die er nicht tun wollte. Er fand, es genügte, wenn er fröhlich erklärte: mir war nicht danach. Als wäre ihr je danach gewesen, David zum Zahnarzt zu schleifen, einen David, der bleich und eingefallen aussah und gekonnt zur Schau trug, wie gleichmütig er zu seiner Hinrichtung ging. Sie tat immerzu Dinge, die sich anfühlten, als müßten sie getan werden. Dieses Buch war eine Ausnahme, ein Luxus, über etwas zugleich so Schwerwiegendes und Frivoles wie Mord zu schreiben. Über ein Loch im sozialen Gewebe, eine vereinzelte Abirrung. Weniger ein soziales Problem der Art, mit der sie sich sonst auseinandersetzte, eher ein Ausrutscher.

Was ihr einen Ruck gab, war der Eindruck, beobachtet zu werden, eine kaum merkliche Bewegung am Fenster. Energisch öffnete sie die Autotür, schlug sie elegant hinter sich zu und marschierte auf das Haus zu, wobei sie sich vergeblich ins Gedächtnis zu rufen versuchte, wie verärgert sie gewesen war, daß dieser Onkel sich einem Interview mit Sam fest in den Weg gestellt hatte.

Sie pochte an die Tür, zwei rasche Klopfer, und trat zurück. Die Tür tat sich sofort auf. Er hatte ein kariertes Hemd in gedämpften Farben zu Jeans an und lächelte ein wenig, als sei er bemüht, ernst zu bleiben. Sie brauchte einen Moment, bis sie begriff, warum er so anders aussah, denn er sah eher aus wie sein Bruder Michael auf dem Foto und nicht wie der Mann, dem sie begegnet war. »Wo ist Ihr Bart?«

»In der Klärgrube. Sams Anwalt hat mir befohlen, ihn abzunehmen. Wir gehorchen unseren Anwälten.« Er trat beiseite, um sie einzulassen.

Rasch ging sie ins Wohnzimmer. Im Kamin brannte ein Feuer, aber eingesperrt in einen Ofen mit Glasfenster. Das war ein vernünftiger Kompromiß, den sie für ihr poröses Haus erwogen hatte, aber Nick mochte das offene Feuer. Früher einmal hatten sie umarmt davor gesessen, die Beine ausgestreckt, die Zehen fast im Feuer. Hier lagen zwei Hunde, ein ungetrimmter Pudel und ein Spaniel mit einem Bein in Gips, ferner eine langhaarige schwarze Katze und eine getigerte Katze mit rasiertem Bauch, alle in unterschiedlich großen, vorsichtigen Abständen voneinander auf dem Navajo-Kaminvorleger.

»Fühlen Sie sich unbekleidet ohne den Bart?«

»Hauptsächlich friere ich. Ich bin zwar hier aufgewachsen, aber durch die Jahre in L.A. die Kälte nicht mehr gewohnt. Jetzt kriege ich Hautrötungen vom Wind.« Er winkte sie zu einem Sessel und entfernte eine Katze. »Sie ist blind. Aber ich nehme nicht an, daß Sie den weiten Weg hierher auf sich genommen haben, um mein nacktes Gesicht zu betrachten.«

»Sie wissen, warum ich hier bin. Sie stellen sich mir in den Weg.« Sie beschloß, den Mantel auszuziehen. Das würde kundtun, daß sie blieb, bis sie bekam, was sie wollte. Sie fühlte sich sehr beobachtet. Wenigstens fünf Tiere schauten sie an. Nein, sechs. Ein bandagierter Papagei starrte sie auch an.

»Good morning, America«, krächzte er hoffnungsfroh. »Pretty Baby.«

»Sie können nicht ohne Hilfe hergefunden haben.«

»Ich bin eine Frau, die sich zu helfen weiß.«

»Und Cathy ist ein Plappermaul. Sie ist wütend auf mich. Sie ist nicht imstande, die größeren Zusammenhänge zu sehen.«

»Sie sind es? Auf lange Sicht schaden Sie Sam. Ich habe schließlich doch noch mit Becky gesprochen. Ich habe mit Terrys Eltern gesprochen.«

»Sam versucht immer noch, sie zu schützen.« Seine Uhr piepte. Er zog ein Fläschchen aus der Tasche, entnahm eine Tablette, griff sich die getigerte Katze und ließ die Tablette in ihrem Schlund verschwinden, alles innerhalb von zehn Sekunden. »Sam muß aufhören, sich um sie Sorgen zu machen, und endlich begreifen, daß er selbst in ernsten Schwierigkeiten ist.«

»Glauben Sie, daß er Terrence ermordet hat?«

»Ist das ein offizielles Interview?«

»Habe ich einen Kassettenrecorder laufen? Meine Interviews zeichne ich immer auf, zu meinem eigenen Schutz und im Interesse der Genauigkeit.«

»Ich denke unaufhörlich darüber nach. Endloses Gegrübel ohne Ergebnis.«

»Sie wissen es nicht?«

»Ich kann mir von Sam nicht vorstellen, daß er etwas Größeres als eine Mücke umbringt. Er hat ein weiches Herz. Er liebt Tiere. Ich hatte gehofft, er würde Veterinärmedizin studieren und in meine Praxis eintreten.« Von irgendwoher war ein Katzenjunges auf seinen Schoß gekrochen. Die blinde Katze saß auf der Rückenlehne seines Schaukelstuhles und schleckte an seinen Haaren.

»Tierliebe und die Fähigkeit zur Gewalttätigkeit sind nicht zwangsläufig unvereinbar. Gefangene halten sich Katzen oder Vögel, wenn sie dürfen. Ein Killer kann ein liebevoller Vater und Ehemann sein.«

»Das habe ich mir auch schon gesagt. Trotzdem kann ich mir nicht vorstellen, sehe ich einfach nicht, daß Sam einen Mann erschlägt. Aber es wird für die Geschworenen sehr, sehr schwer, wenn nicht unmöglich sein, ihn nicht zu verurteilen. Ich denke immer noch, daß er sie schützt.«

»Haben Sie Becky gesehen?«

»Ein kleines fuchsgesichtiges Geschöpf von unendlicher Verschlagenheit.« Er ging langsam zu den Fenstern und wieder zurück, mit der blinden Katze auf der Schulter und dem Kätzchen in den Händen. Der Fußboden bestand aus breiten alten Dielen, die einen warmen Glanz angenommen hatten. Hier und da lagen Navajo- und Hopi-Läufer hell auf dem dunklen Holz. Er schritt in weitem Kreis um den Sessel, den er ihr zugewiesen hatte. Wenn er vorbeikam, wedelten die Hunde.

»Pretty Baby«, krächzte der Papagei. »Love me tender.«

»Sie ist keine große, dralle Frau. Kein Schwurgericht wird glauben, daß sie ihren Mann erschlagen hat, während Sam zusah.«

Er seufzte. »Halten Sie ihn für schuldig?«

»Die Vorstellung, daß Becky ihren Mann ermordet hat, fällt mir schwer, nachdem ich mit ihr geredet habe. Ich bringe Sam immer wieder mit meinem Sohn David durcheinander. David ist willensstark, aber sehr sanft. Einen Menschen zu töten schien mir immer einen Mangel an Fantasie, eine Verweigerung der Empathie zu erfordern. Angesichts seiner Fähigkeit, von seinen eigenen Gefühlen auf die anderer Menschen zu schließen, kann ich mir von David nicht vorstellen, daß er absichtlich jemanden verletzt. Er sagt immer Dinge wie: Wir müssen Achtung vor allen Lebensformen haben.« Sie wunderte sich betroffen, wie sie unversehens miteinander zu reden begonnen hatten, statt gegeneinander Reden zu halten.

Er nahm umständlich in einem entfernt stehenden Schaukelstuhl Platz. »Ich habe mich nicht überwinden können, Sam direkt zu fragen. Ich habe Angst davor, was er antworten könnte. Bisher beteuert er, daß er unschuldig ist, aber sein Freund Gene hat geredet und geredet. Die Polizei wird Sam vielleicht einen Handel vorschlagen, wenn er sich kooperativ zeigt, allerdings unter der Prämisse, daß er es getan hat.«

»Sobald die Zeitungen und die Abendnachrichten voll von Berichten über einen Mord und die vermeintlichen Täter sind, fällt es schwer, das nicht für Tatsachen zu halten wie bei einer Reportage über das Börsengeschehen.«

»Ich fühle mich schließlich für Sam verantwortlich. In loco parentis.«

»Aber er hat eine Mutter, Cathy. Und er ist siebzehn.«

»In meinem Kopf ist er immer noch vierzehn. Auf jeden Fall ist siebzehn jung genug. Ich war mit siebzehn ein Kindskopf. Ich habe keine einzige richtige Entscheidung getroffen. Ich glaube, ich habe überhaupt keine Entscheidungen getroffen. Ich bin einfach in alles hineingestolpert.«

Sie betrachtete ihn und hatte Schwierigkeiten, sich ihn als impulsiven Jugendlichen vorzustellen. Er schien, wie Cathy ihn charakterisiert hatte, ein Sicherheitsfanatiker zu sein. Sie mußte gelächelt haben, denn er fügte einen Augenblick später hinzu: »Sie haben Zweifel an meinem Erinnerungsvermögen. Meine Frau – Corinne«, berichtigte er sich, als habe er sich falsch ausgedrückt, »bezweifelte immer, daß ich je jung gewesen bin. Sie behauptete, ich wäre mit vierzig geboren worden. Das war, wenn sie sich über mich ärgerte.«

»Sie kam bei einem Feuer um?«

Er nickte. »Möchten Sie einen Kaffee?«

»Gern.« Themenwechsel. Betreten verboten. Während er in die Küche ging, nahm sie das Zimmer in Augenschein. Seit ihrer Ankunft hatte sie Blickkontakt mit ihm gehalten, nun konnte sie sich zum ersten Mal umschauen. Der Kamin mit dem eingebauten Ofen beanspruchte den größten Teil einer Wand. Die Balken der niedrigen Decke lagen frei. Das Zimmer war sorgfältig neu verputzt worden. Der Zierat der Zuni-Vasen und der Läufer, der mexikanischen Maske fremdelte mit dem alten Cape-Haus, war offensichtlich Überbleibsel seiner Ehe, seines Lebens in L.A.

Der Couchtisch verschwand fast unter einer Last aus Büchern und Zeitschriften, deren Titel sie vorgebeugt las. *Science News, Science, Natural History, Audubon, Sanctuary* – das Monatsheft der Massachusetts Audubon Society –, *Archeology Today* und mehrere veterinärmedizinische Zeitschriften. Ein Escher-Bildband mit der Widmung *In Liebe von Helen.* Helen war nicht die Frau. Eine Freundin?

Es war recht sauber, aber bei all den Büchern überall im Wohnzimmer, viele davon aufgeschlagen, als läse er wie sie vier oder fünf gleichzeitig und ließe sie liegen, wo er gerade zu ihrer Lektüre gesessen oder gelegen hatte, vermutete sie, daß er allein lebte. Eine Frau hätte Cathy doch erwähnt? Außerdem konnte Helen eine Schwester sein, eine Schwägerin aus seiner Ehe. Eine Kollegin. Seine Verlegerin.

Ein intelligenter Mann. Belesen, neugierig. Sie durchwanderte das Zimmer und nahm Gegenstände zur Hand, während die Tiere zuschauten: eine Druse, eine große Perlmuttmuschel, ein Stück versteinertes Holz, eine alte blaue mundgeblasene Flasche, Hopi-Keramik. Er hatte die Angewohnheit, die Schuhe auszuziehen, wo er sich hinsetzte, so daß unter dem Sofa Lammfellpantoffeln und ein Mokassin standen, neben seinem Sessel ein Paar Clarks und bei der Tür durchweichte Schneestiefel von L.L. Bean. Apfelgriebsche waren vergessen worden und dörrten zwischen den Büchern.

Die meisten Möbel hatten erdige Farbtöne, nur die grell senfgelben Vorhänge stachen ab. Sie stand in deren Betrachtung versunken, als er mit Kaffee in Bechern erschien. »Sie bewundern meine scheußlichen Vorhänge. Meine Partnerin Josie hat sie gemacht.«

»Deshalb müssen sie dranbleiben?«

Er nickte. »Leider hat sie mich nicht vorher gefragt, sie hat immer gesagt, es wäre so dunkel hier drin. Ich überlege, ob ich die Reinigung bestechen kann, sie zu verbummeln.«

Leila lächelte. Sie ging in Gedanken verschiedene Annäherungsweisen durch, wieviel sie sich erlauben konnte, wie weit sie gehen konnte, um die Stimmung aufzuheitern. »Warum stecken Sie sie nicht in die Waschmaschine? Männer wissen angeblich nicht, was sich waschen läßt und was nicht.«

»Wenn sie hineinpassen.« Er nickte abwägend. »Ich möchte meine Waschmaschine nicht wieder kaputtmachen. Der Handwerker arbeitet nur, wenn ihm danach ist. Er ist besessener Surfer.«

»Wie kommt es, daß Sie hier draußen wohnen?«

»Für mich ist das nicht hier draußen. Ich bin in diesem Haus aufgewachsen.«

»Ist das wahr? Was haben Ihre Eltern hier gemacht?«

»Sie sind aus New York weggezogen. Mein Vater hatte in jungen Jahren seinen ersten Herzinfarkt, und sie haben ihr Leben geändert. Wir haben schwache Herzen. Meine Mutter wollte schreiben, mein Vater wollte stillsitzen und angeln, also kauften sie sich ein Motel. Es warf nie viel ab. Den Sommer über brachten sie sich um, und von Ende Oktober bis Anfang April machten sie zu. Meine Mutter hat nie geschrieben.«

»Sie sind im Ruhestand?«

»Wir sind keine langlebige Familie. Kopf hoch, ich kann jeden Moment tot umfallen, und dann wird Cathy Sie blitzschnell zu Sam führen.«

»Sie trauen Cathy nicht.«

»Sie meint es gut. Sie ist nur … im Oberstübchen nicht allzu gut ausgestattet. Sie haben sich wärmstens mit ihr angefreundet. Eine berufliche Notwendigkeit, nehme ich an.«

»Ich finde an ihr viel Liebenswertes.«

»Sie ist liebenswert.«

»Anfangs dachte ich, Sie seien an ihr interessiert.«

Seine rechte Augenbraue hob sich. »Vielleicht fehlt Ihnen Scharfblick.«

»Ich sagte, anfangs.« Sie widerstand der Versuchung, sich mit ihm über Cathys Fimmeligkeit zu verbünden. »Offensichtlich ist Sam das Band zwischen Ihnen.«

»Nach Mikes Tod habe ich versucht, mich um sie zu kümmern. Jetzt hat sie einen Freund und ist dessen Problem. Aber Sam wird immer mein Problem sein. Sie ist mir zu unbedarft, zu flippig. Ich denke immer wieder, sie spielt das kleine Mädchen. Aber was man sieht, ist das, was da ist, davon bin ich inzwischen überzeugt. Mike und ich hatten einen sehr verschiedenen Geschmack in punkto Frauen. Wenn es stimmt, daß Männer ihre Mütter heiraten, dann hat Mike sich für die hilflose Seite unserer Mutter entflammt und ich mich für die anspruchsvolle.«

»Ich dachte, Sie kommandieren Cathy herum, weil Sie sich als den Mann im Haus betrachten.«

»Nein, sie ist einfach in meinen Augen ein wenig unreifer und untüchtiger als Sam. Ich habe Angst um ihn. Große Angst.«

Sie beschloß, daß eine Behauptung besser war als eine Frage. »Sie werden mich jetzt mit ihm reden lassen.«

Er zuckte die Achseln. Seine Augen wirkten ohne den Bart größer, ausdrucksvoller, als sei der Bart eine Maske gewesen. »Schon möglich.«

»Ich meine es gut. Und nichts, was ich tue, wird den Prozeß beeinflussen. Wenn ich mit der Niederschrift beginne, wird der Prozeß vorbei sein. Ich bin keine Reporterin, ich analysiere lange, nachdem der Fall ausgestanden ist. Was ist aus der Vereinbarung geworden, die Ihr Anwalt aufsetzen sollte?«

»Ich bin zu dem Schluß gekommen, daß das nur teurer Quatsch ist. Ich muß Ihnen vertrauen oder nicht und mich auf mein eigenes Urteilsvermögen verlassen. Was sich über die Jahre als nicht besser als der Wurf einer Münze erwiesen hat, aber es ist alles, was ich habe.«

»Sie sind ja ein Meister des Selbsttadels.«

Er lächelte sarkastisch und begegnete ihrem Blick. »Ich bin jemand, der miserable Entscheidungen getroffen hat. Wie es meine Art ist, habe ich gegrübelt und mir den Kopf zerbrochen, alle Alternativen gegeneinander abgewogen und dann die dümmste gewählt. Hier sitze ich, mit dreiundvierzig Jahren, wieder im Haus meiner Eltern, aus dem ich aufgebrochen bin. Wieder im alten Nest.«

Sie versuchte, sich selbst in Philadelphia zu sehen, in Phyllis' alter Wohnung. »Die Vorstellung, dahin zurückzukehren, wo ich herkomme, fällt mir schwer. Aber dies ist auch ein wesentlich schönerer Herkunftsort.«

»Ich hänge sehr daran. Ich habe dieses Haus seit meiner Kindheit geliebt. Ich hatte immer Angst, meine Eltern könnten umziehen. Im Sommer schlief entweder meine Mutter oder mein Vater im Motel, in einer kleinen Wohnung. Sie wechselten sich ab.« Er zupfte an seiner Nase und runzelte die Stirn. »Ich möchte Sam unbedingt aus dem Untersuchungsgefängnis herausholen, aber ich habe mich geweigert, mich mit einem gewerbsmäßigen Kautionssteller abzuplagen. Ich werde leichter atmen, wenn er aus diesem Käfig raus ist.« Er stand auf. »Zeit fürs Mittagessen.«

»Zeit für mich, zu gehen.«

»Nein, ich mache Ihnen Mittagessen. Sie haben einen weiten Weg zurückgelegt, um mich zu bearbeiten. Ich genieße es. Das mindeste, was ich tun kann, ist, Ihnen ein Mittagessen zu bereiten. Sie können gleich danach aufbrechen. Ich muß in der Klinik vorbeischauen. Sie ist heute geschlossen, aber ich habe einen Kojoten in schlechter Verfassung, der auf der A6 angefahren worden ist.«

»Einen Kojoten? Gehört er jemandem?«

»Nein, er ist ein echtes wildes Raubtier und im Moment gar nicht glücklich. Jemand von der freiwilligen Feuerwehr hat ihn mir auf seinem Kastenwagen gebracht. Ich denke, ich kann ihn retten, aber es steht auf Messers Schneide. Die da –« Er winkte in die Runde. »Nur der blinde Kater Homer ist meiner. Alle anderen sind in Pension oder in der Tierklinik. Hier gefällt es ihnen besser.«

»Pferde behandeln Sie wohl nicht?«

»Nur, wenn es unbedingt sein muß. Kojoten haben bessere Manieren. Was essen Sie nicht?«

29

Becky

Becky und Terry waren seit einem Jahr und vier Monaten verheiratet, als sie nach Falmouth in eine fast neue Eigentumswohnung mit Blick aufs Wasser zogen. Das heißt, die Wohnung war im ersten Stock, und vom Schlafzimmer aus war zwischen den Häusern ein Zipfel Blau zu sehen. Seine Eltern bürgten im Kaufvertrag. Die Burgesses ließen hin und wieder Geld rüberwachsen, diesmal für eine Wohnzimmereinrichtung. Terry kaufte den vorigen Bewohnern, die sich scheiden ließen, den Teppichboden ab. Aber jedesmal, wenn die Burgesses für etwas bezahlten oder ihnen einen Scheck gaben, sagte Mrs. Burgess: »Wir versuchen zu helfen, wo wir können, denn deine Eltern tun ja wohl überhaupt nichts für dich.«

Becky hätte gern gesagt, daß ihre Eltern eine Menge für sie getan hatten: sie hatten sie mehr geliebt, als die Burgesses ihrer Meinung nach überhaupt jemanden lieben konnten. Aber sie hielt den Mund. Sie und Terry brauchten diese gelegentlichen milden Gaben. Ohne die Hilfe der Burgesses hätten sie nie aus der Wohnung ausziehen können, die sich im Sommer als sehr heiß herausgestellt hatte und außerdem zunehmend laut, nachdem nebenan drei Skinheads eingezogen waren und betrunkene Wochenenden veranstalteten.

Hier hatten sie einen Parkplatz hinter dem Haus. Im Keller standen Waschmaschinen. Sie waren an einem Ort angekommen, für den sich Terry nicht mehr entschuldigte. Becky hatte das Gefühl zurückgewonnen, das sie gleich nach der Hochzeit gehabt hatte, das Gefühl, alles war perfekt, unbenutzt, unverschmutzt. Terry sagte immer, sie wohnten in Old Silver Beach, so hieß dieser Teil von Falmouth. Es klang einladend. Hier standen nicht viele Etagenhäuser, sondern hauptsächlich Einfamilienhäuser. Sie konnte zur Arbeit eine Abkürzung nehmen, ohne nach Falmouth hineinfahren zu müssen, und war in zehn Minuten da.

Tommy hatte ihnen einen zweiten Fernseher für die Küche geschenkt. Sie fragte nie, woher er den hatte, denn sie vermutete, der war bei seinen Geschäften mit Den Typen herausgesprungen. Tommy hatte beschlossen, sich auf den Docks dafür zugänglicher zu zeigen. Nicht, daß er keine Achtung vor Papa hatte, aber er fand, wenn er sauber blieb, konnte er einfach nicht kriegen, was er brauchte. Becky fand nicht, daß er unrecht hatte. Tommy war ihr ehrgeiziger Bruder, und je älter sie wurden, desto näher kamen sie sich. Sie verstanden einander besser, als alle anderen in der Familie sie verstanden. Sie waren die Außenseiter, aber sie hielten zusammen. Tommy brachte auf seinem Kutter mehr in den Hafen als Fisch oder Kammuscheln, aber was ging sie das an? Er hatte seine Freundin geheiratet, und er sorgte für sein Kind. Wer konnte ihm etwas vorwerfen?

Sie rechnete auch damit, im Büro aufzusteigen. Sie hatte immer noch nicht erreicht, vor die Kamera zu kommen, aber sie sollte die Sekretärin des Direktors werden, wenn seine Sekretärin Ende des Jahres aufhörte. Mr. Carter mochte Becky, die bereitwillig alle Handlangerdienste übernahm und stets einsprang, wenn sich irgendwo eine Lücke auftat. Sie hatte jetzt auch einen besser bestückten Kleiderschrank. »Sie haben gelernt, sich anzuziehen«, bemerkte Mrs. O'Neill, die Buchhalterin, eines Tages und brachte damit Becky völlig aus der Fassung, die noch nie gesehen hatte, daß Mrs. O'Neill sie auch nur eines Blickes würdigte. »Ihr Geschmack hat sich gebessert.«

Becky bedankte sich mit gespielter Demut, hätte aber am liebsten gesagt: Nein, mein Geldbeutel hat sich gebessert, Sie blöde Kuh. Alles, wonach andere sie beurteilten, lief immer nur auf eins hinaus: Geld. Ihre Fertigkeiten, ihr Make-up, ihr Haus, ihre Möbel, ihr Silber, ihr Geschirr: Dollars, die sich zu sozialem Status materialisiert hatten und zu dem, was gemeinhin Geschmack genannt wurde oder Schönheit. Sie spürte rostigen Zorn aufsteigen, aber sie unterdrückte ihn und sagte statt dessen zu Mrs. O'Neill: »Sie sind immer so geschmackvoll angezogen, daß ein junges Mädchen gar nicht anders kann, als von Ihnen zu lernen.«

Mrs. O'Neill schenkte ihr ein schmallippiges Lächeln, das erste, das Becky je erhalten hatte. »Sie sind ein kluges Mädchen. Im Gegensatz zu den meisten.« Von da an wurde sie von Mrs. O'Neill höher eingestuft. Mrs. O'Neill war nicht nur die Buchhalterin, sondern gehörte zu denen, die Geld in die ursprüngliche Firmengründung gesteckt hatten. Sound Cable war jetzt Teil einer größeren Gesellschaft, aber Mrs. O'Neill besaß Aktien. Sie besaß auch den sichersten Job von allen.

Becky stellte insgeheim in ihrem Kopf eine Akte über Mrs. O'Neill, Vorname Katherine, zusammen. Sie wohnte in Sandwich, zwei Querstraßen weit von ihrer Lieblingstochter, und hatte angeblich ein ganzes Zimmer voll tropischer Fische. Im Büro hatte sie ein Aquarium mit Engelbarschen. Wenn Becky früher kam oder länger blieb, um einen Bericht oder ein Rundschreiben fertigzustellen, hörte sie das Blubblub der Sauerstoffpumpe im Aquarium. Ein beruhigendes Geräusch.

Die anderen Frauen, die bei Sound Cable arbeiteten, machten sich über Mrs. O'Neill lustig. Sie war bloß das alte Biest, das ein eigenes Büro hatte und die Bücher führte. Becky, die immer nach Machtstrukturen Ausschau hielt, hatte schon lange versucht, sich mit Mrs. O'Neill gut zu stehen. Jetzt nickte Mrs. O'Neill ihr sogar mit einem Knurrlaut zu, wenn sie hereinkam, ein Gunstbeweis, den sie bis dahin nur den drei höchstbezahlten Männern im Büro gewährt hatte.

Becky kam der Verdacht, daß es Mrs. O'Neill war, die sie als Sekretärin für Direktor Carter vorgeschlagen hatte. Im Sekretärinnenbereich gab es nur noch eine höhere Stellung, die der Büroleiterin, und Gwen schien nicht willens, diesen Posten innerhalb der nächsten zwanzig Jahre abzugeben. Wenn Gwen nicht von einem Laster überfahren wurde, hatte Becky keine Chancen, Büroleiterin zu werden.

Aber warum ließ man sie nicht vor die Kamera? Nicht mal für etwas Blödes wie die Werbung für Tankstellen und Restaurants in der Umgebung oder den Wetterbericht oder die wöchentliche Vorstellung von ausgesetzten Hunden und Katzen? Sie war attraktiver als die Frauen, die eigene Shows hatten, und sie wußte, daß sie es besser machen konnte. Wie konnte sie erreichen, auf die richtige Art wahrgenommen zu werden? Sobald man sie hinter einem Computer sah, galt sie ein für allemal als Sekretärin. Niemand konnte sie sich als eine vorstellen, die vor der Kamera agierte, Interviews führte und Nachrichten verlas.

Trotzdem konnte sie sich kaum beklagen. Vor drei Jahren hatte sie als Empfangsdame angefangen. Die ausscheidende Sekretärin würde gleich nach Thanksgiving anfangen, sie einzuarbeiten. Sie hatte immer noch nicht den Durchbruch geschafft, aber sie ließ keine Gelegenheit dazu an sich vorbeigehen. Als Terry herausbekam, daß viele von denen mit eigenen Shows im Kabelfernsehen nicht dafür bezahlt wurden, versuchte er, sie von ihrem Ehrgeiz vor der Kamera zu stehen, abzubringen. Hin und wieder drängte er sie, eine Gehaltserhöhung zu verlangen, aber ab 1. Januar bekam sie ja eine. Sie dachte nicht daran, Krach zu schlagen. Sie war nur zu leicht zu ersetzen. Außerdem schien Terry in seinem Beruf auch nicht voranzukommen.

Sie versuchte ihn dazu zu kriegen, sich nach einem besseren Job umzusehen, bei einer Firma mit Wachstumspotential. Er war nicht daran interessiert. Er sagte, unter der Woche hatte er keine Zeit dazu, und die Wochenenden brauchte er zur Entspannung. Ihr hatte es besser gefallen, als Terry auf seine Eltern wütend war, aber als sie für die Wohnung bürgten, zog er emotional nach Hause zurück. Wieder einmal wetteiferte er mit Chris um ihre Anerkennung und ihr Geld. Das teilten sie zu wie Gummibärchen für Wohlverhalten.

Trotz ihres Widerstrebens setzte sich durch, daß sie das Sonntagsessen jede Woche bei seinen Eltern einnahmen. Das Sonntagsessen wurde um zwei aufgetragen, was hieß, daß es den ganzen Nachmittag ruinierte. Sie aßen Schweinebraten oder Pute oder ein Roastbeef, große, schwere Mahlzeiten. Hinterher wurde von ihr erwartet, daß sie Mrs. Burgess beim Abwasch half, während die Männer eine Bootspartie machten oder einfach dasaßen und sich im Fernsehen Sport ansahen. Nicht Beckys Vorstellung von einem schönen Tag, einem ihrer zwei Tage Freiheit.

»Becky, tu die Gürkchen ins Glas zurück. Dort auf der Anrichte. Wickle das Roastbeef ein. Nein, Becky, nicht in Alufolie. In Plastikfolie. Wie soll ich denn durch die Alufolie sehen, was drin ist? Becky! Denk hin und wieder mal einen Augenblick nach. Nein, Becky, der Salat wird nicht im Dressing aufgehoben. Dann wird er schlaff. Wenn du Salat aufheben willst, dann mußt du das Dressing sanft abspülen und ihn dann genauso sanft abtrocknen. So hebt man Salat auf. Wenn du einen Haushalt ordentlich führen willst, mußt du noch viel lernen.«

Mrs. Burgess überwachte jeden ihrer Schritte in der Küche, denn für Mrs. Burgess gab es für alles und jedes nur eine einzige Methode. In die obere Lade des Geschirrspülers gehörten die Gläser und Schalen und Tassen und Untertassen, in die untere Lade nach einem genau vorgegebenen Muster die Teller und Schüsseln und Pfannen. Alles in der Küche hatte seinen Platz. Becky war die Küche ihrer Familie gewohnt, wo die Dinge hingestopft wurden, wo gerade Platz war, oder ihre Küche in der Eigentumswohnung mit reichlich freier Stellfläche. Auf einem Bord standen vielleicht drei Schachteln mit Frühstücksflocken, auf einem anderen ein paar Thunfisch- und Suppendosen. Mrs. Burgess hatte Messerhalter mit Messern in allen Formen und Längen, mehrere Schubladen mit geheimnisvollen Gerätschaften und drei komplette Tafelservice. Becky kam sich vor wie eine widerborstige Sklavin. Sie mochte die schweren, faden Burgess-Mahlzeiten nicht, und sie mochte ihre Sonntage nicht mit Abwaschen zubringen. Sie wäre mit einem Hamburger oder einem Salat mit Schinken und Käse und etwas Freizeit glücklicher gewesen.

Am Samstag mußte sie putzen und die Wäsche machen. Hin und wieder bekam sie Terry dazu, mit ihr für die Einrichtung einkaufen zu gehen, und einmal gingen sie mit Tommy und seiner Frau auf einen Rummel. Am Samstagabend gingen sie essen und dann ins Kino. In jeder der drei Wochenendnächte schliefen sie miteinander, und manchmal auch einmal unter der Woche. Für sie war dieser Beweis, daß er sie immer noch wollte, wichtiger als der Sex selbst. Sie bezweifelte, daß Sex ihr je viel bedeuten würde, jedenfalls nicht im Vergleich zu einem schönen, angenehmen Leben.

Sie liebte ihre schmucke, geräumige Eigentumswohnung mit den romantischen Flügelfenstern. Diese Fenster aufzuklinken kam ihr würdevoller, kultivierter vor als die Schiebefenster im Haus ihrer Familie hochzuwuchten, die immer verzogen waren und immer von einem Stock oder einer Bierflasche in Position gehalten werden mußten. Sie mochte sogar den taubengrauen Teppichboden, den sie übernommen hatten. Das Grau wirkte beruhigend auf sie, die Farbe des Meeres an einem bedeckten Tag. Sie mochte die Nähe zum Wasser. Als sie einzogen, war es warm genug, um an einem nahegelegenen Strand schwimmen zu gehen. Es gab ihr etwas, die kleine Badetasche mit der Kosmetikreklame drauf (ein Geschenk von Belle) über die Schulter zu werfen und in einem Strandkleid über dem Badeanzug die Straße entlangzuschlendern, an richtig heißen Tagen auch nur in dem leuchtend blauen Badeanzug, mit der Sonnenbrille auf der Nase, die eine der wechselnden Freundinnen von Chris im Auto liegengelassen hatte. Dann fühlte sie sich wie eine Schauspielerin in einem Film. Sie merkte, wie die Männer sie ansahen. Sie sahen nicht die eigentliche Becky Burgess. Sie sahen eine schlanke Blondine in einem leuchtenden Badeanzug. Aber das machte nichts. Ihre Bewunderung nährte etwas in ihr, das am Verhungern war. Als der Herbst auf den Winter zuging, fühlte sie sich beraubt. Sie hatte es geliebt, das Gefühl, durch ihren eigenen Tagtraum zu schlendern, endlich einmal vollkommen, gewürdigt von den Blicken, die ihr folgten wie die Schleppe eines Ballkleides. Das einzige, was fehlte, war die Filmmusik.

Terry war nicht liebevoll. Sie dachte, daß sie vielleicht beide nicht wußten, wie man das anstellte. Manchmal übernahm er die Art seiner Mutter, mit ihr zu reden, als sei sie blöde, als sei sie auf einer niederen Daseinsstufe. Sie merkte, daß die Sonntage, die sie mit seiner Familie verbrachten, bei ihm Haltungen verstärkten, die sie überwunden geglaubt hatte. Er hatte eine Art, »deine Familie« zu sagen, die genau der seiner Mutter glich. Sie konnte ihm das nicht offen vorwerfen. Er sagte ja nichts eindeutig Schlimmes. Wie sollte sie einen Tonfall beweisen? Wie sollte sie eine Haltung anprangern, die sich nicht in unverblümten Beleidigungen aussprach? Es war, als müßte sie einen Gestank aufspüren, den niemand sonst bemerkte.

Er beschloß, sie sollten seine Eltern und Chris zu einem Essen am Geburtstag seiner Mutter einladen, am ersten Wochenende im November. »Warum laden wir sie nicht lieber in ein schönes Restaurant ein?« fragte sie.

»Und drücken hundertfünfzig Dollar ab? Vergiß es. Nein, sie haben uns bei der Eigentumswohnung geholfen. Wir schulden ihnen eine Einladung hierher. Mutter sagt jede Woche, sie möchte sehen, was wir draus gemacht haben.«

»Aber das ist eine Menge Kocherei, Terry.«

»Na und? Du hast doch den ganzen Tag dafür Zeit. Es ist für meine Mutter, Becky. Es ist ihr Geburtstag, und sie würde sich darüber freuen. Du bemühst dich nicht um sie.«

»Und wie ich mich bemühe ... Du willst sie also für kommenden Sonntag einladen?«

»Genau. Und wir müssen ihr ein Geschenk besorgen. Und eine Glückwunschkarte. Ein hübsches Geschenk, aber gib nicht zu viel Geld aus. Es ist diesen Monat eng.«

»Es ist jeden Monat eng. Vielleicht solltest du es aussuchen. Ich weiß nicht, was deiner Mutter gefällt.«

»Ihr gefallen hübsche Dinge.«

Becky hatte noch nie Roastbeef oder eine Pute zubereitet, und die vielen Arten von Schweinebraten im Supermarkt verunsicherten sie. Alle schienen riesig. Aber schließlich brachte Mrs. Burgess jeden Sonntag viel zu essen auf den Tisch, und die Männer aßen gewaltige Portionen. Sie entschied, daß Roastbeef vielleicht am einfachsten war. Das tat sie nur in den Herd, stellte an und ließ es schmoren.

Sie zog Mama zu Rate. »Ich lege es in einen Bräter mit einem Rest Wein, ein paar Tomaten und Zwiebeln und mit Knoblauch und Sellerie. Ich tue den Deckel drauf und lasse es drei Stunden lang köcheln. So ungefähr jedenfalls.«

»Ich glaube, sie essen weder Zwiebeln noch Knoblauch. Sie gart es einfach auf dem Rost. Der Rost wird richtig schmutzig, und manchmal muß ich ihn scheuern.«

»So mache ich es nie. Du weißt ja, wir essen nicht viel Rindfleisch. Es ist teuer. Wir mögen unsern Fisch.«

Becky bekam einen Schreck, *wie* teuer es war, als sie in den Stop & Shop ging. Zwanzig Dollar für ein Stück Fleisch? Das sollte sie einwickeln und ihrer Schwiegermutter in einer Schachtel mit einer rosa Schleife drum schenken. Sie fand schließlich einen billigeren Rinderbraten, aus der Blume. Das klang hübsch. Sie mußte im Supermarkt einen Bräter mit einem Rost drin kaufen. Seine Eltern kamen um zwei. Sie setzte den Braten um elf auf, für die von ihrer Mutter empfohlenen drei Stunden. Sie legte Kartoffeln dazu und machte einen Salat. Sie kaufte gekochte Shrimps zu fünfzig Cent das Stück und machte daraus einen Cocktail als Vorspeise.

Terry trennte sich vom Fernseher, als sie mit dem Tischdecken fertig war. Er runzelte die Stirn. »Das sieht nicht richtig aus. Wo ist die Gabel für das Entree?«

»Terry, wir haben nicht mehr Gabeln. Wir haben nur Besteck für sechs Personen.«

»Das sieht nicht so aus, wie man es sich vorstellt. Wo sind die Blumen?«

»Geh runter und kauf welche, wenn du Blumen willst.«

»Es ist Sonntag.«

»Tja, Terry, wir können schlecht welche pflücken gehen. Was willst du eigentlich? Deine Eltern sind seit dreißig Jahren verheiratet und haben alles Geschirr der Welt und echtes Tafelsilber. Wenn du willst, daß wir so essen, dann bitte sie um Tafelsilber und feines Porzellan. Dann decke ich den Tisch, wie deine Mutter es tut. Aber Tafelsilber erscheint nicht auf Verlangen, und genauso wenig feine Tischtücher und Gläser mit Goldrand.«

»Du hättest Blumen besorgen sollen.«

»Warum hast du keine besorgt? Weißt du noch, wer ich bin? Ich bin das arme Mädchen aus New Bedj, an dem deine Mutter sich gern die Füße abtritt. Was weiß ich von Tafelsilber und Blumen?«

»Meine Mutter ist wirklich gut zu dir gewesen. Sie hat dir die Perlenkette geschenkt, die du trägst.«

Und ich werde sie immer hassen, dachte Becky. Wie schimmernde kleine Zähne, damit ich dich besser beißen kann. Als trüge sie eine Halskette aus Zahnschmelz. Sie holte tief Luft. Sie durfte nicht die Beherrschung verlieren und mit Terry Streit anfangen, besonders nicht unmittelbar, bevor seine Eltern kamen. Wenigstens gab es gutes Essen. Und der schöne blaue Schal lag schon eingepackt bereit.

Eine halbe Stunde später kam das einzige Geräusch von Messern, die gegen Porzellan knirschten. Der Braten war zäh, und Mrs. Burgess lachte ganz offen. »Ach, Becky, du armes Ding, du hast ihn ruiniert. Hast du ihn gestern schon aufgesetzt? Roastbeef serviert man rosa, so daß noch ein wenig Blut kommt. Das ist die zivilisierte Art, mit einer Kuh umzugehen.«

Mr. Burgess aß mit einer Miene magenkranken Martyriums. Terry wich ihrem Blick aus. Chris war der einzige, der Mitgefühl zeigte. »Ich habe schon Schlimmeres gegessen. Lächle mal und schau nicht so tragisch drein. Du hast dir Mühe gegeben. Ich hatte noch nie eine Freundin, die kochen konnte. Keine kocht mehr, außer Mom. Mom ist ein altmodisches Mädchen.«

Bei dem Schal war Mrs. Burgess höflich. »Welch eine

Überraschung. Ich finde immer, ein Schal ist ein perfektes Geschenk, wenn man nicht weiß, was man jemandem kaufen soll. Das Muster hast du wohl ausgesucht? Es ist so … farbenfroh. Ich möchte mich bei dir bedanken, Becky, daß du an meinen Geburtstag gedacht hast.«

Es war eine Katastrophe, bis auf den Salat und das Eis. Ich werde das nie wieder tun, dachte Becky, ich werde mich nie wieder dazu zwingen lassen, seine Mutter nachzuahmen. Sie können mit uns essen gehen. Ich werde ihnen nie wieder in die Falle gehen und mich zu ihren Bedingungen lächerlich machen. Nie wieder!

30

Leila

Leila hatte mit Nick nicht mehr gesprochen, seit er nach New York zurückgefahren war. Nach der Premiere noch bei den Vorstellungen herumzulungern war noch nie dagewesen, es sei denn, daß Änderungen vorgenommen wurden. Es war nicht die Inszenierung, die ihn in New York hielt, es war Sheryl. Leila fühlte sich ihm sehr fern – weiter fort als die paar hundert Meilen. Es war ein Gefühl, als hätten ihre Leben sich entflochten. Sie hatte genug zu tun. Bewerberinnen für eine offene Stelle wurden je eine pro Woche befragt, und das kostete jedesmal einen Abend. Sie galt als geschickt darin, Kandidatinnen im Rahmen weniger förmlicher Abendessen auszuholen. Das Auswahlverfahren der Bewerberinnen, deren Lebensläufe gut aussahen und deren Veröffentlichungen in Qualität und Umfang angemessen waren, teilte sich in eine förmliche Anhörung in der Fachschaft und in eine Bewirtung und sorgfältige Überprüfung am Abend.

Sie war ehrlich zu Jane, mit der sie wie immer dienstags und donnerstags zu Mittag aß. »Ich fühle mich zur Zeit nicht besonders verheiratet.«

»Schaust du dich um?«

»Sei nicht albern, Jane. Ich stelle fest, ich genieße es langsam, allein zu leben, obwohl ich nachts manchmal all die leeren Zimmer um mich spüre und mir das verschwenderisch vorkommt. Als David und Nick im Haus waren, kam es mir nie groß vor.«

»Nick ist ein Mann mit viel Platzverdrängung«, sagte Jane. »Wird er dich nicht um den Finger wickeln, wenn er zurückkommt?« Jane entfernte ein welkes Blatt aus ihrem Salat und zog ein Gesicht. »Und warum ist er nicht zu Hause? Seine Inszenierung hatte doch vor Thanksgiving Premiere?«

»Seine Freundin ist schwanger.«

»Oha.« Jane betrachtete stirnrunzelnd ihren Salat. »Ich kenne eine gute Scheidungsanwältin. Ich habe das Gefühl, du wirst sie brauchen.«

Obwohl Leila sich gesagt hatte, daß ihre Ehe endgültig vorbei sein könnte, hallte Janes Stimme in ihr wider wie ein hoher gefährlicher Ton und zerbrach seelisches Glas. Sie konnte nicht sprechen. Ihre Augen brannten. Sie atmete tief, rasch, als könne der Sauerstoff sie beruhigen. »Das scheint mir … voreilig.«

»Wirklich?«

»Ich weiß es nicht mehr.« Sie ließ sich von Jane den Namen der Anwältin auf eine Papierserviette schreiben und steckte sie in ihre Handtasche.

Jane neigte den Kopf. »Möchtest du, daß ich mit dir nach New York fahre?«

»Würdest du das für mich tun?«

»Natürlich. Eigentlich lieber nicht, ich will nicht lügen, aber wenn du Rückhalt brauchst und eine Konfrontation mit ihm und der Arbeitsbeziehung willst, bin ich deine Sekundantin.«

Leila war gerührt. »Ich danke dir. Im Moment möchte ich das, glaube ich, nicht tun. Ich kann keinen Vorteil darin ausmachen, mich in ihr Revier zu begeben – oder seines. Je länger er fortbleibt, desto bedeutsamer wird die Trennung, aber ich habe keine Lust, ihm nachzulaufen.«

Am Samstag traf Leila sich mit Zak zu einem frühen Mittagessen in Sandwich, unmittelbar bevor beide im Untersuchungsgefängnis Barnstable einen Besuchstermin bei Sam hatten. Leila war mit dem Gebäude und den Prozeduren vertraut, da Becky im gleichen Gefängnis untergebracht war, aber Zak wirkte bedrückt und nervös. »Bedauern Sie es, meinem Besuch zugestimmt zu haben?«

»Ich bin beklommen, aber so geht es mir immer, wenn ich ins Gefängnis fahre. Ich kann nicht umhin, mir vorzustellen, wie es für ihn sein muß.«

Sie nickte, denn sie verstand genau, was er meinte. »Immer wenn ich durch die Kontrollen ins eigentliche Gefängnis gehe, spüre ich, wie mein Blutdruck steigt.«

»Für Wirtschaftsverbrecher ist es anders. Die Krawattenkriminellen werden in Golfclub-ähnlichen Anlagen untergebracht. Ich war mal in so einer, als jemand, den ich in L.A. kannte, für Raubmitschnitte ins Kittchen kam.«

Er stocherte in seinem Essen. Sie fand ihn einen etwas liebenswerteren Sicherheitsfanatiker als anfangs, aber er kam ihr immer noch wie jemand vor, der im Lauf eines Tages zwanzig verschiedene Ängste durchlitt. »Warum sind Sie aus L.A. weggezogen?«

»Darauf habe ich vier vorgestanzte Antworten, aber die Wahrheit ist, daß ich einfach noch nicht soweit bin, es Ihnen zu sagen.«

»Wir kennen uns noch nicht gut genug?«

»So ist es.«

»Warum bekomme ich nicht eine der vorgestanzten Antworten?«

»Ich dachte, wir versuchten, in dieser bösen Geschichte bei der Wahrheit zu bleiben. Das ist die einzige Art, wie wir miteinander weiterkommen.«

»Amen.«

»Wo ist Ihr Mann? Er scheint nie da zu sein.«

»In New York. Eine Inszenierung von ihm hatte kurz vor Thanksgiving Premiere.«

»Dann muß er bald zurückkommen.«

Die Wahrheit, hm. Leila dachte schweigend an die Wahrheit. Sie auszusprechen machte sie vielleicht weniger mächtig, weniger schmerzlich. »Er hat eine Affäre mit einer Schauspielerin im Ensemble, und sie bekommt ein Kind von ihm. Das habe ich an Thanksgiving erfahren.«

»Oi.« Er bedachte sie mit einer Reihe verstohlener Blicke. »Es hat angefangen zu schneien.«

»Hoffentlich droht uns kein Schneesturm.«

»Es wurden Schneegestöber angekündigt, als ich aus dem Haus ging«. Er räusperte sich. »Er hat Ihnen das mit der Affäre gesagt?«

»Er hat mir einen Zettel aufs Kopfkissen gelegt. Das mit der Schwangerschaft habe ich selbst herausgefunden.«

»Puh.« Er schüttelte den Kopf. Wieder schwieg er für vielleicht fünf Minuten. Sie fühlte sich auch nicht sehr gesprächig. »Sie hören sich an, als machte es Ihnen so viel aus, wie es mir ausmachen würde.«

»Ich bin wütend. Ich weiß nicht, wie ich jetzt weitermachen soll. Ich weiß nicht, ob er weitermachen will. Ich weiß nicht, ob ich weitermachen will.«

»Wissen Sie, was neuartig wäre? Wenn wir einander die Wahrheit sagen würden. Etwas heutzutage Unerhörtes unter Freunden oder Bekannten, Ketzerei zwischen Männern und Frauen. Wir brauchten es niemandem zu sagen. Wir könnten einfach in aller Stille ehrlich sein.«

»Das braucht Vertrauen«, sagte sie.

»Aber wir kommen nicht wirklich in unserem jeweiligen Leben vor. Wir arbeiten in unseren kleinen Sphären. Vielleicht können wir, während wir einen Sinn in diesem Riß im sozialen Gewebe, diesem Mord, diesem medienaufgeblasenen Skandal zu erkennen versuchen, miteinander teilen, was wir sehen. Ich vermute, mit Ihrem Mann zum Beispiel tun Sie das nicht?«

»Früher ja. Es ist lange her. Sind Sie ehrlich zu Ihrer Freundin?«

»Ich habe keine Freundin. Wir sollten jetzt los. Wir können Ihr Auto hierlassen und meins nehmen.« Er fuhr langsam an, der Schnee wurde dichter, prasselte herunter. Der Tag war dunkelgrau, trübe, als befänden sie sich im Innern eines riesigen, schlecht beleuchteten Zimmers. »Ich habe seit langer Zeit niemanden mehr weit in mein Leben hineingelassen. Ich habe Freunde, die hin und wieder zu Besuch kommen. Freunde, bei denen ich in New York oder Boston über Nacht bleibe.«

»Ich habe auch einen Freundeskreis, aber es sind Frauen. Meine beste Freundin starb vor zwei Monaten an Brustkrebs. Sie fehlt mir immer noch jeden Tag.«

Seine Stimme wurde so leise, daß sie sich zu ihm beugen mußte, um hören zu können, was er sagte, während er fuhr. »Ich bin nach dem Feuer von L.A. weggezogen. Es war ein plötzlicher Canyon-Waldbrand, der sich rasend schnell nach unten ausbreitete. Als ich in den Canyon konnte, wurden die Leichen meiner Frau und meiner kleinen Tochter im Haus gefunden. Ferner die Leiche eines weiteren Musikers. Eines Mannes. Das Au-pair-Mädchen war für den Nachmittag fortgeschickt worden.«

»Aber wenn Ihre Frau Musikerin war, probten sie vielleicht gerade.«

»Sie starben an Rauchvergiftung. Sie waren beide nackt.«

»Und Sie wußten es vorher nicht?«

»Ich wußte es nicht. Ich hatte nicht einmal Verdacht geschöpft. Ich war ein dämlicher Trottel.«

»Wenn Sie jemandem vertrauen, warum sollen Sie dann Verdacht hegen? Wenn wir nicht mehr vertrauen, dann ist es vorbei.« Sie lauschte ihren eigenen Worten und spürte, wie Trostlosigkeit sie durchflutete. Über die Hälfte ihres Lebens. Sie machte sich auf den Weg in eine graue, neblige Ebene, allein. »Wir sind zur Zeit beide trübe Tassen. Früher war ich das nicht.«

»Ich auch nicht. Sie werden es kaum glauben, ich galt als umgänglich. Ich war nicht immer so schwarzseherisch wie Chicken Little, der, wenn ihm was auf den Kopf fällt, gleich meint, der Himmel stürzt ein. Jedenfalls nicht, bis mein Himmel tatsächlich eingestürzt ist.«

»Und jetzt ist er zum zweiten Mal eingestürzt.«

»In den ersten fünf Jahren nach dem Feuer habe ich nicht mal irgendwo gewohnt. Ich habe als diensthabender Tierarzt bei Hunde- und Katzenausstellungen gejobbt. Ich war das Aushängeschild einer Tierfutterfirma. Ich habe Urlaubsvertretungen gemacht. Ich habe einen Winter auf Kreta und einen Frühling in der Provence verbracht und mein Hundebuch geschrieben. Als meine Mutter starb, kam ich hierher zurück, habe ein paar Wochen hier zugebracht, meine Sachen eingeräumt und bin wieder aufgebrochen. Erst nach Mikes Herzinfarkt bin ich richtig in das Haus meiner Eltern eingezogen und habe aufgehört, wegzulaufen. Ich habe meine Praxis eröffnet. Das hat mich festgenagelt.«

»Sie fühlen sich für Cathy und Sam verantwortlich.«

»Ich identifiziere mich zu sehr mit Sam, das ist mein Problem. Ich sehe mich selbst in ihm – den jugendlichen Tölpel, hypersensibel, mit überbordender Fantasie, der in seinen Wunschträumen lebt. Einer meiner Wunschträume war, daß eine weise, sexuell attraktive ältere Frau mich unter ihre Fittiche nehmen und mir alles über die Liebe und das Leben beibringen würde. Vielleicht habe ich Schuldgefühle, weil Sam seine ältere Frau bekam, und was hat er gelernt!«

»Können Sie Sam objektiv sehen? Könnte Ihre Identifikation nicht im Wege stehen?«

Sie gelangten aus der grauen Schachtel heraus. Der Schnee fiel spärlicher, und sie konnten wieder nach allen Seiten sehen. Sie fuhren immer noch langsam, denn hier lagen etwa zehn Zentimeter Schnee. Fünf Autos vor ihnen rumpelte ein Schneepflug voran, einen Schwanz aus Fahrzeugen hinter sich.

»Erzählen Sie mir von Ihrem Sohn«, sagte er. »Es ist für mich schwer vorstellbar, daß wir gleichaltrig sind und Sie einen Sohn haben, der aufs College geht. Meine Tochter wäre jetzt zehn. Sie haben viel jünger geheiratet als ich.«

»Nick war meine College-Liebe. David. Tja, jetzt ist er am Cal Tech ...« Sie beschrieb David zutreffend, fand sie, aber auch mit ihrer natürlichen Parteilichkeit. Sie beendete die Beschreibung: »Ich frage mich, ob Sam mich tatsächlich an ihn erinnern wird, wie er es tut, wenn Cathy und Sie über ihn reden.«

Zak sprach seinen Neffen zuerst, während sie in dem

unfreundlichen Wartezimmer saß. Sie wurde aufgerufen, als er herauskam. Sie ging nervös hinein, weit ängstlicher, als sie sich vor dem Treffen mit Becky gefühlt hatte. Was befürchtete sie? Daß Sam auf irgendeine Weise zu sehr wie David sein würde? Er war kleiner als David, aber muskulöser. Auf den Fotos hatte er schmächtiger ausgesehen. Vielleicht hatte er Krafttraining gemacht oder zugenommen.

Seine Haut hatte eine unnatürliche Gefängnisblässe – schlechte Luft, wenig Bewegung, schlechtes Essen, von früh bis spät Existenzangst. Er blinzelte ein wenig, als täte das Licht seinen Augen weh, und musterte sie argwöhnisch. »Mom hat von Ihnen gesprochen. Ich denke, es ist okay, daß Onkel Zak Sie jetzt doch kommen läßt, obwohl ich nicht weiß, was das nützen soll.« Er quengelte ein wenig. Er saß schlaff, seine Muskeln verwandelten sich in Wasser, sein Rückgrat löste sich auf.

Er tat ihr wirklich leid. Er war ein gutaussehender Junge nach Art eines sanften jungen Hundes. Sein Haar war gelockt wie Zaks und dunkelbraun. Seine Augen waren haselnußbraun, jetzt blutunterlaufen, und bissen sich mit dem grünlichen Beigeton seiner Haut. Das gab ihm ein wildes, etwas Alien-artiges Aussehen. Seine Nase war spitz, aber wohlgestaltet. Er hatte früher Akne gehabt, das war an der Rauhheit seiner Wangen zu sehen, aber er hatte sie schon ausgewachsen. Er hat etwas von einem Kobold, entschied sie. Jetzt riskierte er ein Lächeln. »Ich weiß nicht, was ich Ihnen sagen soll. Ich weiß nicht einmal, wer ich bin. Ich erinnere mich an meine Mutter, ich erinnere mich an Zak, ich erinnere mich an die Schule, aber es ist, als schaute ich auf das alles vom Gipfel eines hohen Berges, und alles ist winzig und meilenweit fort, verstehen Sie?«

»Hier eingesperrt zu sein löst bei Ihnen Verwirrung aus, wer Sie sind?«

»Über mich in den Zeitungen zu lesen, zuzuschauen, wie im Fernsehen über mich geredet wird. Wie über Becky geredet wird. Wir sind Schurken in einer Seifenoper, verstehen Sie? Da ist das alles im Fernsehen, und ich starre es an, um herauszufinden, wer ich wirklich bin. Aber es ist wie ein

Film über jemand anders. Ich kriege manchmal Angst, daß ich hier drin vielleicht durchdrehe.« Er beobachtete sie, um zu sehen, wie das rüberkam.

Sie verweigerte sich dem Thema des Durchdrehens. »Lieben Sie Becky, wenn ich Sie das fragen darf?«

»Ich war verrückt nach ihr, ja? Sie war für mich alles. Am Anfang war das ein Gefühl, als hätte ich sie erfunden, als wär' das mein schönster Traum überhaupt.«

»Empfinden Sie immer noch so?«

»Ich kann mich kaum noch an sie erinnern. Das Fernsehen kommt dazwischen, ja? Wir haben uns seit Wochen nicht mehr unter vier Augen gesehen. Seit der Vernehmung waren wir nicht mal mehr im gleichen Raum. Unsere Fälle sind früh voneinander abgetrennt worden –«

»War das die Idee Ihrer Familie?«

Er nickte. Er hatte eine wiegende, recht schwere Art zu nicken, als sagte er: Klar doch, klar. »Zak hat mir einen Anwalt besorgt, den er gut findet. Jetzt haben wir nicht mal mehr den gleichen Anwalt.«

Während er redete, hielt er die ganze Zeit über Blickkontakt. Er starrte ihr in die Augen. Es war beklemmend und unangenehm. Wahrscheinlich war ihm das von seinen Anwälten so eingebleut worden, aber es lenkte sie ab, zwang sie, wegzuschauen mit dem anschließenden Gefühl, einen kleinen Wettkampf verloren zu haben. Sie hätte ihn gern gebeten, sich ungezwungener zu verhalten, aber an seiner Situation war nichts Normales. Er sagte gerade: »Ich lese in den Zeitungen alles über uns. Wenn ich lese, was alle sagen, vielleicht verstehe ich es dann irgendwann.«

»Was versuchen Sie zu verstehen?«

Er fuhr sichtlich zurück und blinzelte wieder. »Na einfach das Ganze. Sie wissen schon.«

»Eigentlich nicht. Ich versuche auch, es zu verstehen, aber Sie wissen mehr darüber als ich.« Sie gab acht, nicht so zu klingen, als hielte sie ihn für schuldig.

»Glauben Sie, ich habe es getan?« Er fragte ganz unverblümt, als durchschaute er ihre sorgsame Formulierung.

»Dies ist unsere erste Begegnung. Ich halte mich mit einem Urteil zurück, bis ich Becky kenne und bis ich Sie gut genug kenne, um eine Grundlage zu haben, die es mir ermöglicht, an Ihre Schuld oder Unschuld zu glauben. In der jetzigen Situation lasse ich die Medien beiseite und versuche, die Dinge unbefangen zu sehen. Ich versuche, Sie so anzuschauen, als wüßte ich nichts über Sie und als wären Sie ein Freund meines Sohnes.«

»Cathy, meine Mom, meint, weil Sie die Mutter eines Jungen in meinem Alter sind, werden Sie mich verstehen können.«

»Sie hat natürlich recht.«

»Sie haben Becky gesehen, hat Mom gesagt. Wie finden Sie sie?«

»Ich kenne sie noch nicht gut genug … Ich würde gern wissen, wie es kam, daß Sie Mitglied der Theatergruppe wurden.«

»Mein Lehrer dachte, daß mir das Spaß machen würde. Die Schule bekam weniger Mittel bewilligt und mußte die Theatergruppe für die Oberstufe aufgeben. Ich glaube, viele Jungs, die Schwierigkeiten haben, mit Mädchen zu reden, würden gern in einem Stück mitspielen, ja? Ich war auf der Bühne mutig. In der Klasse, auf Partys hatte ich entsetzliche Angst, mich zu blamieren. Oben auf der Bühne bin ich furchtlos. Da kann ich problemlos auf den Arsch fallen oder ein Mädchen küssen.«

Hier saß er nun im Gefängnis und machte sich Sorgen, zu schüchtern zu sein. »Und Becky war in der Theatergruppe?«

»Sie kam ein halbes Jahr nach mir. Anfangs waren wir beide Laufburschen. Ich half bei den Requisiten, und sie arbeitete an den Kostümen mit, und wir hatten beide stumme Auftritte. Ich weiß noch, wie ich mal in weißer Perücke einen Großvater gespielt habe. Total lächerlich. Aber schließlich haben sie uns dann Rollen gegeben.« Er zählte eine Liste aller Rollen auf, die er in verschiedenen alten Schwänken und Broadwaykomödien gespielt hatte. Sie empfand eine gewisse Erleichterung, daß sie nichts davon hatte sehen müssen, aber sie setzte weiterhin eine Miene lebhaften Interesses auf.

Wenn er über seine Zeit in der Theatergruppe redete, war er entspannt, lebhaft und manchmal fast komisch. Er schien ein aufgeweckter, sensibler Siebzehnjähriger zu sein, nicht einer, der den Mann seiner Freundin zu Tode geknüppelt haben konnte. Sie betrachtete die zwei Bilder, und sie ließen sich nicht überein bringen. Noch nicht. Er wollte ihr gefallen, einen guten Eindruck machen. Das Bemühen, von anderen gemocht zu werden, war ihm zur zweiten Natur geworden. Mitten im Satz hielt er immer wieder inne und schaute, um abzulesen, wie er ihr gefiel. Die Angst Heranwachsender hoch drei.

Sie unternahm keinen Versuch, das Gespräch näher an ihre Fragen zu bringen, sondern ließ ihn weiter über das Theater schwatzen. Sie hielt es für das beste, ihre Probanden reden zu lassen, wenn sie genug Zeit hatte, und sie kam ja nächste Woche wieder, wie sie ihm auch sagte, als die Besuchszeit abgelaufen war.

Im Auto auf dem Weg zurück zu ihrem eigenen sagte sie zu Zak: »Ich kann mir von Sam nicht vorstellen, daß er jemanden umbringt. Das gleiche Gefühl hatte ich bei Becky. Entweder ist der ganze Justizvollzugsapparat übergeschnappt, eine Annahme, die ich durchaus in Betracht ziehe, und dies ist eine Fehlgeburt der Gerechtigkeit, oder meine Fantasie hat mich verlassen, und mein Einfühlungsvermögen steht mir im Weg. Ich habe Mörderinnen kennengelernt, und einige von ihnen waren liebe und gute Frauen. Sie waren durch Brutalität, durch Mißhandlungen in die Gewalttat getrieben worden. Sie schützten ihr eigenes Leben und das ihrer Kinder. Ich komme nicht an diesem großen Klumpen vorbei, an der Tatsache, daß ein Mord geschehen ist.«

»Ich habe das gleiche Problem«, sagte er. »Heute habe ich dem Anwalt die Arbeit abgenommen. Ich habe auf Sam eingeredet, wenn er etwas getan hat, dann muß er es seinem Anwalt sagen. Die Staatsanwaltschaft schlägt einen Handel vor.« Er rieb sich heftig die Augen. »Hier sitze ich und rede auf ihn ein, sich durch ein Geständnis Strafmilderung zu sichern, und dann denke ich, was tue ich da eigentlich? Der arme Junge sollte nicht im Gefängnis sitzen. Er sollte zu Hause sein und sich auf das College im Herbst vorbereiten. Er sollte seine Trigonometrie lernen. Er sollte in der Schachmannschaft sein und sich auf das Turnier mit Brookline vorbereiten. Völlig schizophren.«

»Haben Sie je den Wunsch gehabt, jemanden umzubringen?«

Er stieß die Luft aus. »Ich bin nur der Knochenflicker. Doch, ja, hin und wieder, gewöhnlich, nachdem alles vorbei war. Und Sie?«

Sie fuhr sich durch das kurze, dichte Haar und riß daran. »Ich habe Schwierigkeiten mit Zorn. Ich brüte einfach darauf wie auf einem großen heißen Ei. Das wird vielleicht eine Heimfahrt heute in dem Schnee.« Wenigstens wartete Vronsky auf sie. Sie dachte, Zak konnte sie das beinahe sagen, denn auch er lebte nur mit Tieren zusammen.

31

Mary

Mary ging Beverly Bozeman zweimal die Woche besuchen, wenn sie in Cambridge putzte. Sie gewöhnte sich an, die Zeit zwischen dem Reinemachen und den Besuchsstunden im alten Sears-Kaufhaus zuzubringen. Es war in ein Mini-Einkaufszentrum umgewandelt worden. Es hatte Toiletten, und sie konnte sich hinsetzen, langsam von Laden zu Laden spazieren. In den Imbißhallen war sie inzwischen Expertin darin, sich Reste, die andere übriggelassen hatten, im Vorbeigehen zu schnappen, ohne stehenzubleiben. Frauen ließen oft Fritten oder Krautsalat übrig. Als sie klein war, dachte sie, der war aus Unkraut. Ihre Familie aß ihn in Mengen, recht süß angemacht, auch Sauerkraut- und Kartoffelsalat. Es gab Gerichte, die keine ihrer Damen bereitete, die aber damals weitverbreitet gewesen waren wie Karotten in Orangengelee und Gemüse in Zitronengelee und die schaumigen Fruchtgelees als Nachspeise. Schinken und Krabben in Aspik. Ein Rinderrippenbraten war eine ihrer Spezialitäten gewesen. Sie hatte seit zehn Jahren keinen mehr gesehen.

Sie vergnügte sich damit, zu vergleichen, wie die Leute sich kleideten, was für Frisuren sie hatten, was sie redeten, was sie in ihrer Freizeit taten. Kartenspiele. Sie erinnerte sich an Canasta. Und Michigan-Rommé. Junge Ehefrauen mußten Bridge spielen können, das war so wichtig wie die Kenntnis der Kinderimpfungen. Es war ein Scheidungsgrund gewesen, wenn eine Ehefrau in einer Partie Bridge nicht ihre Seite des Kontraktes halten konnte. Vielleicht mochte sie das Erinnerungsspiel, weil sie ohne ihre Erinnerungen ein Niemand war. Sie verspürte plötzlich heftiges Verlangen danach, ihre Tochter anzurufen, um zu beweisen, daß sie Bindungen hatte, eine Vergangenheit, daß sie einmal Teil einer Familie gewesen war. Sie rief aus einer Telefonzelle im Krankenhaus an. Da gab es noch ein paar alte Zellen, wo sie sich hinsetzen konnte.

Sie sagte Cindys Ehemann Ron, wer sie war. Er erkannte sie nie an der Stimme. Er klang erschreckt, als hätte er vergessen, daß sie existierte. Es entstand eine lange Pause. Schließlich war Cindy am Apparat. »Hallo, Mom? Ist was passiert?«

»Könntest du mich unter dieser Nummer zurückrufen? Mein Telefon ist kaputt, deshalb rufe ich aus der Zelle an.«

Sie wartete und wartete, gab vor, in ihrer Börse nach Münzen zu suchen. Schließlich klingelte das Telefon. »Mom? Entschuldige, aber ich mußte erst noch den Geschirrspüler einräumen. Geht's dir gut?«

»Doch, doch ... Hier ist schon alles für Weihnachten geschmückt. Da mußte ich an dich und die Kinder denken.«

»Wir fahren über Weihnachten zu Daddy, das weißt du ja. Was möchtest du zu Weihnachten haben?«

»Eine Strickjacke wäre schön, ein Blazer, meine ich.«

»Welche Farbe?«

»Blau. Oder marine. Hauptsache, schön weit und warm. Die Winter hier oben sind streng.«

»Aber es gefällt dir doch da oben. Du sagst immer, wie sehr es dir gefällt.«

»Doch, doch.« Sie wußte, Cindy hatte panische Angst, sie könnte in das Washington-Baltimore-Gebiet zurückziehen. »Gibt es etwas ... etwas nicht allzu Großes, was ich Marissa und Cole besorgen kann?«

Cindy spulte sofort eine Liste herunter, die mehrere Minuten dauerte. Mary schrieb gewissenhaft auf einem Zettel mit, aber sie überkam Verzweiflung. Sie konnte keines dieser Dinge kaufen. Sie liebte es, ihren Enkelkindern Geschenke zu schicken, aber alle Geschenke zusammen durften nicht mehr als achtzig Dollar kosten. Im November und im Dezember konnte sie nie etwas für Notfälle und ihr erträumtes Auto weglegen, wegen Weihnachten. Sie mußte etwas schicken. Sie würde immer wieder die Schnäppchenläden wie Filene's Keller abklappern, aber selbst da war es quälend und demütigend, so wenig ausgeben zu können. Sie seufzte, als sie sich verabschiedete.

Beverly war sehr launisch. Im Zusammenleben mit Ehemännern und Kindern drosselten sich Frauen immer, damit Haushalt und Familie reibungslos liefen. Hinterher dann, wenn sie allein standen, zügelte sie niemand. Dann konnten sie sich austoben, mußten niemandem mehr um den Bart gehen und sich vor niemandem mehr zusammennehmen. Wenn Mary in Beverlys Station kam, wußte sie nie, ob Beverly sich freuen würde, sie zu sehen, oder ob sie gerade stinkig war. Ihr Schandmaul brachte Mary in Verlegenheit, aber sie konnte es Beverly nicht verübeln, nach dem, was sie durchgemacht hatte. »Beverly? Ich bin's, Mary.«

»Sie kann Sie bestens sehen. Ihr fehlt auch so genug, ohne daß Sie sie für blind und blöd erklären.« Beverly griente. Der Zahn, den der Angreifer ihr ausgeschlagen hatte, war nicht ersetzt worden. Sie hatte jetzt eine Zahnlücke, die ihr trotz des Krankenhausnachthemdes etwas Verludertes gab.

»Wie geht es Ihnen? Sie sehen also nicht mehr doppelt.«

»Einmal genügt ihr, bei dem, was sie zu sehen kriegt, ist doch so?«

»Ja. Bekommen Sie ordentlich zu essen?«

»Sie setzt Fett an. Drei Mahlzeiten am Tag, und ein paar ihrer Besucher bringen ihr was zu knabbern mit. Von Ihnen erwartet sie das nicht, also machen Sie nicht so ein Gesicht. Sie kriegt viel Besuch. Die Schwestern staunen. Sogar die Polizei war mal hier, aber die tun nichts. Die reißen bestimmt nur Witze drüber.«

»Alles, was mit alten Frauen zu tun hat, taugt zu Witzen.«

»Sie ist alt vor ihrer Zeit. Aber sie kriegt hier drin was auf die Rippen. Sie hat schon fünf Pfund zugenommen, wissen Sie das?«

»Steht schon fest, wann Sie entlassen werden?«

»Sie fragt nicht. Sie bleibt so lange, wie man sie läßt.«

»Ich war nie im Krankenhaus, außer zur Entbindung meiner Kinder. Nach dem ersten, nach Cindy, meiner Ältesten, wollte ich so schnell wie möglich nach Hause. Nach Jaime wollte ich bleiben und bleiben und noch ein bißchen länger verwöhnt werden. Inzwischen wußte ich, was es heißt, mit einem Baby nach Hause zu kommen, das ständig gewindelt werden muß, und ein Kleinkind schreit ständig, wann gibt's Essen. Zwei Kinder, und ich sehe sie kaum.«

Mary wurde rot und richtete sich verlegen auf. Sie hatte in den letzten paar Minuten mehr von sich geredet als in den ganzen letzten Jahren. Da sie Beverly ihr Geheimnis anvertraut hatte, schien sie ihr ihr ganzes Leben erzählen zu wollen. Beverly hörte zu, obwohl ihre Leben, solange sie sich noch »im Schoße der Gemeinde« befunden hatten, um Beverlys Ausdruck zu gebrauchen, so unterschiedlich ausgesehen hatten, daß Mary nie genau wußte, ob ihre Erzählungen sich für Beverly bebilderten. »Manchmal«, sagte sie zu Beverly, »wenn ich über Cindy oder Jaime oder meinen Exmann rede, bekomme ich plötzlich das Gefühl, als erzählte ich von einer Frau, für die ich arbeite, oder als hätte ich mir das alles nur ausgedacht. Es ist so weit weg. Haben Sie je dieses Gefühl?«

»Sie haßt es, an ihr Leben vorher zu denken. Wenn sie es tut, wird sie wütend. Dann kann sie nur noch brummeln und nach dem Bordstein treten, und dann wirkt sie noch verrückter.« Beverly setzte das hohle Zahnlückengrinsen auf. »Sie kriegt es mit der Angst, wenn sie daran denkt, daß sie hier entlassen wird. Sie kann nicht zum Porter Square zurück. Da kennt sie jetzt die Polizei. Sie muß sich was Neues suchen. Aber sie würde den Winter über verdammt gern hierbleiben.«

»Der Winter ist so schwer.« Sie wollte Beverly von dem gestohlenen Schlafsack erzählen, aber sie schämte sich zu sehr. »Ich dachte immer, dann wären die Straßen sicher, wegen der Kälte.«

»Nichts ist sicher.« Beverly lachte plötzlich: ein heiseres, trockenes Lachen, das sich in ihrer Kehle verfing, als wäre sie Lachen nicht gewohnt. »Sie mußte gerade denken, Mary. Sie hat ihr Heim verloren, weil sie vor einem Mann weggelaufen ist, der sie umbringen wollte, und was ist ihr jetzt passiert?«

»Vielleicht können Sie in eine Notunterkunft. Wenigstens für eine Weile.«

»Zehn Frauen warten schon auf jedes Bett da. Frauen mit Babys, Frauen, die aus der Klapsmühle geflogen sind, Alte, die es auf der Straße nicht mehr packen. Waren Sie mal in einer?«

Mary nickte. »Ganz am Anfang. Ich kam da nicht zurecht.«

Am Mittwoch trödelte Mary und wartete, ob Mrs. Landsman vielleicht früher nach Hause kam. Mrs. L. hatte eine neue Angewohnheit. Mittwochs kam sie hereingestürmt und zog sich um, ging wieder aus. Traf sie sich mit jemand? Sie zog sich nicht besonders weiblich an. Meistens ein Kostüm oder ein Schneiderkleid. Wie Mary erwartet hatte, kam Mrs. L. kurz vor fünf, außer Puste vom Hasten. Mrs. L. schien sie nicht kontrollieren zu wollen, nur in Eile zu sein. Sie nickte Mary zu und wollte schon nach oben rennen, aber Mary stellte sich ihr in den Weg.

»Mrs. Landsman, Sie wissen offenbar eine Menge über Einrichtungen für Frauen in dieser Stadt und wie man sich kundig macht.«

Mrs. Landsman sah überrascht aus. Sichtbar schaltete sie in einen anderen Gang, setzte sich auf eine Treppenstufe und winkte Mary, das auch zu tun. »Was ist denn? ... Hat das etwas mit Ihrer überfallenen Bekannten zu tun?«

Mary fand es unpassend, sich hinzusetzen, obwohl Mrs. Landsman ihr immer wieder winkte. Als wäre ich die Katze, dachte Mary verärgert. »Sie ist immer noch im Cambridge City Hospital, aber sie wird bald entlassen. Dann ist sie wieder auf der Straße und muß sich ein neues Viertel suchen. Sie würde gern in eine Notunterkunft, aber sie sagt, die Wartelisten sind so lang.«

»Bei ihrem Zustand läßt sich vielleicht etwas machen. Ich kenne ein paar Leute. Ich muß jetzt gleich weg, ich bin zum Essen verabredet. Aber morgen werde ich rumtelefonieren. Machen Sie sich keine großen Hoffnungen und sagen Sie Ihrer Bekannten noch nichts.«

Es war ja nicht so, als ob Mrs. Landsman den Schlafsack gebraucht hätte. Er war höchstens einmal benutzt worden. Mrs. L. würde gar nicht merken, daß er weg war, vielleicht jahrelang nicht. Wenn sie in einer Kirche schlief, wie sie es für heute nacht vorhatte, würde sie richtig einschlafen können, statt die ganze Nacht in der klammen Kälte zu zittern. In den Schlafsack eingerollt fühlte sie sich beinahe umhegt, beinahe geborgen.

Aber als sie am Abend die Kirche betrat, hörte sie ein schlurfendes Geräusch. Sie stand in der Dunkelheit still und lauschte. Ein fremder Geruch, ein Menschengeruch, ungewaschenes Fleisch. Sie hörte jemanden sich regen. Jemand wartete. Ihr Herz sank dumpf pochend in sich zusammen, als schlüge eine Axt in weiches Holz. Sie wich zurück, und dann trabte sie hinaus, so schnell sie konnte. Ein Hausmeister, der sie ertappen wollte? Eine andere obdachlose Person, ein Mann?

Sie kehrte zum Auto der Anzios zurück. Sie hatten die Angewohnheit, Garage und Auto unverschlossen zu lassen. Für Cambridge hatten sie eine lange Auffahrt, ein langgestrecktes Grundstück. Vielleicht meinten sie, ihre Garage sei weit genug von der Straße weg, um nicht bemerkt zu werden. Sie hatten einen alten Volvo mit einem gemütlichen Rücksitz. Sie konnte die Armlehne in der Mitte hochklappen und sich quer hinlegen, oder sie konnte einen der Vordersitze herunterklappen. Sie beschloß, heute nacht auf den Rücksitzen zu schlafen.

Es war ein langer Tag gewesen, und sie hatte mehrere Nächte hintereinander schlecht geschlafen. Sie kuschelte sich in ihren feinen, leichten, warmen Schlafsack ein, ihren Lebensretter, und fiel in erschöpften Schlaf. Es war dunkel in der Garage. Sonst weckte sie das Licht der Morgendämmerung, aber bald war der kürzeste Tag des Jahres, und es fiel noch kein Licht in die Garage, als sie plötzlich die Tür aufgehen hörte. Sie erwachte in panischem Schrecken, erinnerte sich rasch, wo sie war, wie sie es sich antrainiert hatte. Es blieb keine Zeit mehr, um zur Tür hinauszuschlüpfen, sie konnte nur noch eins tun: sich auf den Boden fallen lassen.

Die Tür ging auf, das Licht im Auto ging an. Sie lag regungslos auf dem Boden vor dem Rücksitz, immer noch in ihrem Schlafsack. Das war das Ende. Sie war ertappt. Sie war in der Falle. Sie hörte Mr. Anzio husten, das Auto anlassen, sich eine Zigarette anzünden und dann aus der Garage hinaussetzen. Er stellte das Radio auf einen Sender ein, der nur Sportmeldungen brachte, und fuhr auf die Straße. Sie lag hilflos auf dem Boden und versuchte, sich so klein wie möglich zu machen.

Er schien eine Ewigkeit zu fahren. Sie wagte nicht, aus dem Schlafsack zu spähen. Schließlich bog er in ein Gebäude und hielt. Er machte die vierte Zigarette aus und stellte die Zündung ab, ohne vorher das Radio auszuschalten. Er nahm seine Aktentasche vom Beifahrersitz, verschloß die vier Türen mittels Zentralverriegelung und ging davon. Sie war gerettet, zitternd am ganzen Leib, aber wo?

Sie stand sofort auf, rollte den Schlafsack zusammen und steckte ihn in ihre Reisetasche. Sie entriegelte die Hintertür und stellte den Riegel so ein, daß die Tür abgeschlossen war, wenn sie sie zumachte, schaute noch einmal, ob sie etwas liegengelassen hatte, und stolperte aus dem Auto, mit steifen und wackeligen Beinen. Sie war in einem Parkhaus.

Sie war immer noch unsicher auf den Beinen und mußte dringend austreten. Aber das ging vorläufig nicht. Sie sah einen Fahrstuhl, wahrscheinlich der, den Mr. Anzio benutzt hatte, aber sie hatte große Angst, in einem Bürogebäude zu landen.

Ein Mann saß in dem Schalter neben der Einfahrt, aber er beachtete sie nicht, als sie an ihm vorbeitrottete und flüchtig winkte. Sie trat hinaus auf die eisige Straße. Sie war im Stadtzentrum. Sie ging zur nächsten Ecke. Milk Street. Sie konnte zur U-Bahn laufen, obwohl das ein ziemlicher Weg war. Schon viertel vor acht. Im Park gab es Toiletten, wenn die so früh schon auf waren.

Sie war entsetzt, wie sehr sie verschlafen hatte. Sie war unerträglich erschöpft gewesen. Sie mußte sich einen kleinen Wecker kaufen. Einen Reisewecker, aber die fingen bei zehn Dollar an. Sie konnte es nicht riskieren, noch einmal so zu verschlafen, aber wenn sie den Reisewecker kaufte, mußte sie das am Essen einsparen. Also noch mehr Reste. Sie durfte nie, nie wieder bis in den Tag hinein verschlafen.

Wenn sie beim Vorbeigehen an all dem Weihnachtsschmuck an das kommende Fest dachte, dann immer mit einem melancholischen Beigeschmack, Erinnerungen kamen an die Weihnachtsfeste ihrer Kindheit, an ihre Familie, das ganze Haus duftete nach Kiefer und frisch Gebackenem, alle waren zu Hause. Dabei war es eigentlich eine Zeit der bloßliegenden Nerven gewesen: zu viele Partys, zu viel zu essen und zu trinken, die Kinder nie zufrieden mit ihren Geschenken. Jedes schielte auf die Geschenke des anderen. Sie war immer über ihr Geschenk von Jim enttäuscht gewesen; sie hatte nicht begriffen, daß sie von Glück sagen konnte, überhaupt etwas geschenkt zu bekommen. Sie hatte sich ein romantisches Geschenk gewünscht, das kundtat, wie attraktiv er sie immer noch fand. Träum weiter!

Jetzt freute sie sich auf Weihnachten, weil sie dann eine sichere, warme Bleibe hatte, wo sie die quälende Erkältung auskurieren konnte, den schmerzenden Rücken, die Übermüdung. Ihre Kunden begannen, ihre Pläne bekanntzugeben. Die Baers flogen definitiv am dritten Feiertag nach Florida, bis Neujahr. Für diese Woche war sie untergebracht. Jetzt mußte noch jemand über Weihnachten selbst wegfahren: Irgendwer tat das immer. Diese Woche, dachte sie, als sie auf dem eisglatten Pflaster zur U-Bahn eilte, die immer noch sieben Querstraßen weit war, würden sie sagen: Kommen Sie in der Weihnachtswoche bitte nicht. Füttern Sie bitte Zürich oder Griselda. Was auch immer, es übersetzte sich zu: *Mi casa es su casa.* Fühlen Sie sich wie zu Hause.

32

Becky

Beckys Auto gab an einem Januarmorgen, als sie zur Arbeit fahren wollte, den Geist auf. Terry mußte sie hinfahren, und beide kamen zu spät. Der Reparaturkostenvoranschlag überstieg den Wert des Wagens. Mr. Burgess sprang ein. Er ging mit Terry – und mit Becky im Schlepptau – zu einem Toyotahändler und kaufte ihm einen neuen Corolla. Terry wollte einen Celica, aber Mr. Burgess sagte, der sei unpraktisch. Sie stellten keine Preisvergleiche an, wie es ihre Familie bei allem tat. Ihre Mutter fragte sich für einen preiswerten Mantel oder einen Toaster durch fünf Läden.

Die Burgesses hatten immer Beziehungen. Manchmal war es jemand, für den der Vater eine Klimaanlage installiert hatte, jemand, den sie aus der Apostel-Thomas-Kirche oder aus dem Lions' Club kannten. Oder der in Terrys Verbindung gewesen war oder mit Chris im College zusammengewohnt hatte. Becky hatte nicht den Eindruck, daß sie günstig dabei wegkamen, aber es war, als müßte ihnen ein neuer Rasenmäher von einem Bekannten vorgestellt werden, bevor sie ihn kaufen konnten, denn einem Fremden war ja nicht zu trauen. Jemand, dem sie etwas abkauften, mußte zu einem großen unsichtbaren Club gehören – bei dem Becky nicht Mitglied war.

Es lief darauf hinaus, daß sie Terrys alten Wagen fuhr und Terry den neuen blauen Corolla bekam. Das beste an Terrys altem Auto war, daß es mit fünf Jahren immer noch acht Jahre weniger auf dem Buckel hatte als ihr altes und daß es ein Tapedeck besaß. Wenn sie zur Arbeit oder nach Hause fuhr, im Stau stand oder ihre Besorgungen erledigte, dann drehte sie die Musik auf. Der Rhythmus füllte die Luft. Dann warf sie das Haar in den Nacken, setzte die Sonnenbrille auf und jagte den Motor hoch. Sie sah sich von außen, wie sie blond, schlank und mit ihrem blauen, bedruckten Tuch um den Hals auf der Musik dahinglitt wie eine Surferin, wie im Sommer am Strand die hübschen Jungs auf einer perfekten Woge.

Bevor sie in die neue Eigentumswohnung gezogen war, hatte sie nie viel Zeit am Wasser verbracht, aber jetzt hatte sie sich in den Strand verliebt. Das war eine Welt, in der sie Königin war. Sie sah so aus, wie Frauen in Badeanzügen aussehen sollen. Sie behandelte ihren Badeanzug wie ihr Gesicht, wusch ihn sorgfältig in kaltem Wasser aus, sobald sie nach Hause kam, und ließ ihn über der Badewanne trocknen. Er war dunkelblau, hoch ausgeschnitten in den Hüften und tief im Rücken. Im Winter fehlte ihr der Strand. Januar schien eine Unendlichkeit, und jetzt erstreckte sich der Februar vor ihr, eisgrau bis zum Horizont.

Nirgendwo starrten Männer sie so an wie am Strand. Am Strand achtete niemand auf Qualität und Marke eines Badeanzugs, nur der richtige Look zählte, und den hatte sie. Das Gesicht war nicht so wichtig wie der Körper, und der Körper mußte schlank sein und das Haar blond.

Wenn sie an milderen Tagen mit heruntergekurbelten Scheiben und Rockmusik um sich herum in diesem Auto fuhr, dann hatte sie das gleiche Gefühl, wirklich gesehen zu werden, bewundert, begehrt, von Blicken hochgehalten. Wenn sie an einer Ampel hielt, spürte sie, wie der Mann im Auto neben ihr sie ansah. Manchmal machte es ihr Spaß, so zu tun, als merkte sie es nicht, besonders wenn der Trottel Geräusche absonderte. Manchmal hob sie die Sonnenbrille an und schenkte ihm einen schmelzenden Blick. Sie haßte die Tage, an denen es zu kalt war, wenn sie immer wieder wischen mußte, um durch die Seitenfenster etwas zu sehen. Dann war sie nur eine Hausfrau in einem Wollmantel, die sich die Nase putzen mußte und auf Grün wartete.

Diese Art Beachtung war bei Sound Cable für sie unerreichbar. Wenn sie es wagen würde, sich zu sexy oder zu freigebig anzuziehen, säße sie binnen einer Woche auf der Straße. Ordentlich lautete die Devise, geschäftsmäßig, keine grellen Farben, keine baumelnden Ohrringe, kein Decolleté, Röcke nie zu kurz.

Vorsichtig hatte sie begonnen, sich nach der Arbeit etwas mehr aufzudonnern. Für Besuche bei seinen Eltern trug sie in etwa das, was sie ins Büro anzog, aber wenn sie ins Kino oder essen gingen, wenn sie sich mit Chris und seiner jeweiligen Freundin verabredeten, wenn sie – sehr selten – zu einer Party eingeladen wurden, dann zog sie eines von ihren beiden Outfits an, die sexy waren, das eine ganz in Schwarz, das andere in Violett und Silber.

Sie wollte immer länger bleiben als Terry. Sie tanzte gern, sie flirtete gern, sie liebte das Gefühl, beobachtet zu werden. Terry was das alles verhaßt. Er sagte dann: »Du hast dem Mann von Roz schöne Augen gemacht, jawohl! Alle haben dich angestarrt, als du mit Jack getanzt hast.«

Warum wollte er nicht, daß andere sie anschauten? »Die finden nur, ich tanze gut.«

»Die finden nur, du hast dich benommen wie ein Flittchen.«

»Wie kannst du so was zu mir sagen? Seit wir zusammen sind, habe ich nie einen anderen Mann auch nur geküßt!«

»Ich mag nicht, wie du dich manchmal benimmst. Du gerätst außer Rand und Band. Merkst du nicht, wie die Leute dich anschauen, wenn du so tanzt?«

Sie tanzte nur genauso wie die Mädchen in den Videos, die beste Nachahmung, die sie fertigbrachte. »Niemand außer dir hat etwas daran auszusetzen, wie ich tanze. Viele Leute sagen mir, ich tanze gut.«

»Wenn meine Mutter dich je sähe, würde sie in Ohnmacht fallen.«

»Hast du deine Mutter je tanzen sehen? Wohl kaum. Die könnte nicht mal tanzen, wenn ihr jemand kochendes Öl auf die Zehen gießen würde.«

Wenn sie nur auf Partys gehen und er zu Hause bleiben und fernsehen könnte, dann wären beide glücklich. Sie wollte keinen der Männer da. Sie wollte sich nur amüsieren und gesehen, bewundert werden. Viel zu oft war sie nur Teil der Möblierung, im Büro und zu Hause.

Sie spähte weiterhin unablässig nach einer Gelegenheit, ins Auge der Kamera zu gelangen. Sie versuchte sich eine eigene Sendung auszudenken. Als sie mit einem Vorschlag kam (ich könnte jungen Mädchen beibringen, wie sie Make-up auflegen, wir nennen die Sendung »Ich schau dir in die Augen, Kleines«), merkte sie deutlich, daß ihr Chef nicht zuhörte. Ja, ja, sagte er, was macht der Rundbrief an die Restaurants?

Sie erinnerte sich an die vielen Stunden, die sie mit Sylvie vor dem Spiegel von Sylvies Mutter mit dem Ausprobieren von Gesichtern zugebracht hatte. Sie wußte, Teenager wären von so einer Sendung begeistert, und sie wäre die perfekte Moderatorin. Sie würde Frisurberaterinnen, Kosmetikerinnen und Maniküren interviewen und Schönheitstips geben, und jede Woche trat ihre Schwester Belle in der Sendung auf und machte eine individuelle Gesichtskosmetik.

In Beckys Haus hatten die meisten Paare, die sich miteinander anfreundeten, Kinder im gleichen Alter. Die Higginses waren ein paar Jahre älter als Terry und Becky, aber nachdem sie zusammen chinesisch essen gegangen waren und der Mann den ganzen Abend über nur Augen für Becky gehabt hatte, war es bei der Frau mit der Freundlichkeit vorbei. Holly und Brad Reicher wohnten eine Tür weiter, aber sie war Flugbegleiterin und trug die Nase sehr hoch.

Direkt unter ihnen wohnte eine alte Dame, die wirklich reizend war. Ihr Mann war tot, und Helen Coreggio lebte mit ihrem Hund zusammen. Helen war Bankkassiererin gewesen, aber ihre ganze Leidenschaft galt einer Laientheatergruppe, den Canal Players. Hin und wieder übernahm sie eine kleine Rolle, aber meistens machte sie die Kostüme. Sie sagte, das brachte sie aus dem Haus und mit einer ganzen Meute munterer Leute zusammen.

Becky hatte das Gefühl, daß Mrs. Coreggio, die sie sehr rasch um die Anrede Helen bat, sie ehrlich mochte. Helen sagte ihr immer wieder, sie sei ein niedlicher Käfer mit einem schlauen Köpfchen. Helen mochte Terry nicht, weil er sich über ihren Hund beschwerte. Helen war in ihren Hund Florrie vernarrt und behauptete, der Hund hätte ihr am Strand mal das Leben gerettet, obwohl sie die Geschichte jedesmal anders erzählte. Florrie war halb Collie und halb Dogge.

Helen hatte Kinder und Enkelkinder, aber die waren in alle Winde zerstreut. Florrie war zur Stelle, klopfte mit dem Schwanz auf den Boden und verfolgte mit ihren großen braunen Augen jede Geste, die Helen machte. Sie war eine große, sanftmütige Hündin, aber sie bellte jedesmal, wenn jemand im Treppenhaus war. Becky verstand, was Helen an Florrie hatte: wer wollte nicht so angeschaut werden, aufmerksam, stets um Verständnis bemüht? Für Florrie war Helen das hinreißendste Geschöpf auf der Welt.

Becky wünschte sich nur, Terry würde sie so anschauen, wenigstens an den Wochenenden. Aber sie war nur seine Alte. »Du hast Schwein«, hörte sie ihn zu Chris sagen. »Dir wird's gemacht. Du hast keine Sorgen, hast keine Pflichten, hast keine Verantwortung. Versau dir das nicht. Genieße einfach, was du hast, denn das ist die schönste Zeit im Leben. Sobald du an der Angel hängst, sobald du vor Anker liegst, ist alles vorbei.«

Sie wurde wütend, als sie das mitanhörte, aber sie mochte nicht zugeben, daß sie gelauscht hatte, und was konnte sie schon sagen? Sie hatte einen Streit mit seinen Eltern ausgenutzt, um von ihm geheiratet zu werden. Sie war nicht überglücklich mit ihrem Leben, aber wenigstens hatten sie eine saubere, geräumige, sonnige Eigentumswohnung. Sie liebte die Wohnung. Sie kaufte getrocknete Blumen, wie Mrs. Burgess sie hatte, und stellte sie in zwei Glasvasen, die sie zur Hochzeit bekommen hatten. Sie hatten Geschirr, das zueinander paßte, sie hatten eine geflieste, komplett ausgestattete Küche, die sie ohne einen Fingerabdruck hielt. Das Badezimmer war die heilige Sauberkeit selbst und roch nach Tanne vom Desinfektionsmittel, nach Rasierwasser und Fliederduschgel. Sogar die Handtücher paßten zueinander. Die Badematte war flauschig und fleckenlos.

Wenn sie morgens aufwachte und die schöne, makellose Decke sah und die gelben Vorhänge mit den schnittigen blau-weißen Segelbooten, dann seufzte sie vor Wohlbehagen. Sie versuchte, nach ihrem Arbeitstag jeden Abend für diese kostbare Zufluchtsstätte vor Krach und Schmutz und Verwahrlosung eine gute Tat zu tun. Sie putzte die Fenster und die Spiegel. Sie schrubbte die Heizspiralen des Herdes und legte hübsche Abdeckplatten mit Gänseblümchen darauf. Mochte Mrs. Burgess in ihre Schubladen und ihre Ekken spähen, sie würde nie Staubmäuse finden. Ich bin eine gute Ehefrau, sagte Becky sich, und er weiß mich nicht zu schätzen.

Helen wußte sie zu schätzen. Helen sagte ihr, eine Frau wie sie konnte man lange suchen, genau die Art Frau, die sie auch gewesen war, aber ihr Mann, Friede seiner lieben Seele, hatte sie angebetet. »Zwischen uns war immer Liebe, verstehen Sie, was ich meine? Ich meine die Liebe, verstehen Sie?«

O ja, am Wochenende schliefen sie miteinander, unter der Woche kaum noch. Es lief rasch und mechanisch ab. Er berührte sie kaum noch, bevor er eindrang. Sie war für ihn nichts Besonderes. Sie stand zur Verfügung. Sie traute sich nicht, ihn zu fragen, ob es ihm leid tat, daß er sie geheiratet hatte, aus Angst, er könnte die Wahrheit sagen, daß er lieber wieder zu Hause bei seinen Eltern wäre, wo er die Socken auf den Boden werfen konnte und alles ihm so bereitet wurde, wie er es richtig fand. Sie hatten bei Visa und MasterCard und Diners Club überzogen. Die Rollos zahlten sie bei Sears pünktlich ab. Ihr Auto, das vorher seins gewesen war, brauchte neue Bremsbeläge und neue Reifen. Die Betriebskosten für die Eigentumswohnung waren saftig und die Stromrechnungen zum Fürchten. Manchmal hatte sie Alpträume, von ihm verlassen zu werden, und dann wachte sie zitternd auf. Im Traum lief sie durch die Straßen und suchte ihr Zuhause und konnte es nicht finden. Sie war verloren, ausgeschlossen. Sie wußte, daß jemand versprochen hatte, sie zu lieben, aber damit aufgehört hatte und fortgegangen war und ihr Zuhause irgendwie mitgenommen hatte. Sie war allein und hatte den ammoniakscharfen Geschmack der Verzweiflung im Mund. Sie sagte ihm nichts von diesen Träumen, aus Angst, ihn auf Ideen zu bringen.

Sie fragte ihre Mama: »Hast du je die Sorge gehabt, Papa könnte dich verlassen?«

»Die haben alle Frauen. Männer gehen auf und davon, sie sind nun mal von Natur aus ruhelos. Die Sorge hilft nicht. Du mußt zu Gott beten. Kinder sind die beste Fessel für einen Mann.«

Helen war hilfreicher. »Trägheit ist deine beste Verbündete. Er ist mit dir verheiratet, es kostet Anstrengung, das zu ändern. Die meisten Leute sind ziemlich schwerfällig. Sie heiraten, und zwei Jahre später sagen sie dann: He, ich bin ja nicht mehr unabhangig. Ich muß einen Haushalt finanzieren. Ich muß einkaufen und kochen und saubermachen und für alles Steuern zahlen. Dann kriegen sie ein Kind und sagen: He, das ist mehr Arbeit, als ich dachte. Das Kind kam doch schon vorigen Monat, und diesen Monat habe ich immer noch alle Hände voll damit zu tun. Was ist aus meinem Leben geworden?«

»Ich möchte eigentlich nicht unbedingt ein Kind«, sagte Becky leise. Denn sie lag damit nicht im Trend.

»Recht haben Sie! Eine gescheite, hübsche junge Frau wie Sie, Sie müssen doch frei bleiben, um Ihre Chancen zu nutzen. Ich sehe, Sie haben Ehrgeiz. Sie haben Träume. Die meisten Leute haben nur Trampelpfade. Sie müssen die Ohren steifhalten. Und ich stehe zu Ihnen, darauf können Sie sich verlassen.« Helen strickte ihr einen langen, gerade geschnittenen hellblauen Pullover.

Terry fand es abstoßend, daß sie mit Helen befreundet war. »Du drückst dich bei einer alten Frau rum, die deine Großmutter sein könnte. Das ist abartig.«

»Ich mag sie. In meiner Familie haben wir alle zusammengelebt. Sie ist interessant.«

»Was ist an einer alten Frau mit einem Hund, der dauernd bellt, interessant? Halt deine Familie nicht wie eine Art Ideal hoch. Zwei oder drei Kinder schlafen in einem Bett – das ist krank.«

»Wenn wir das Geld gehabt hätten, hätte jede von uns ihr eigenes Bett und ihr eigenes Zimmer gehabt. Meine Eltern sind nicht wie deine – sie geben von dem, was sie haben, nicht hin und wieder Almosen, für die du auch noch vor ihnen kriechen sollst. Was sie haben, geben sie – großzügig.«

»Wir leben in einer Eigentumswohnung, für die meine Eltern geradestehen. Ich fahre ein Auto, das sie abzahlen. Sie haben das Bett gekauft, in dem wir schlafen. Was haben deine Eltern je für uns getan? Tommy mit ein paar Flundern und Kammuscheln vorbeigeschickt? Daß ich nicht lache.«

Sie sagte zu Helen: »Ich habe die ganze Zeit das Gefühl, daß er sauer auf mich ist. Als wenn ich jeden Morgen aufwache und denke: Wie wunderbar, hier zu sein, und er jeden Morgen aufwacht und denkt: Wie zum Teufel bin ich hier mit der gelandet? Ich habe andauernd Angst, zu sagen, was ich denke, weil ich das Gefühl habe, für ihn ist das alles nur ein Versuch. Er ist sich immer noch nicht sicher, ob er mich hätte heiraten sollen.«

»Nach so langer Zeit? Sind es jetzt nicht schon über zwei Jahre?«

Florrie legte ihren großen Kopf auf Beckys Knie und klopfte mit ihrem salamidicken Schwanz auf den Boden. »Ich versuche mir etwas zu überlegen, was wir gemeinsam machen können. Aber er hat keine Lust, mit mir ein Team zu bilden. Wenn ich versuche, mir mit ihm ein Football- oder Basketball- oder Hockeyspiel anzusehen, wird er sauer, sobald ich ihn bitte, mir was zu erklären. Manchmal sitze ich mit der Zeitung da und lese ihm Möglichkeit um Möglichkeit vor. Ich sage: Laß uns ins Theater gehen, laß uns in ein Dinnertheater gehen, laß uns nach Newport fahren und die schönen alten Häuser anschauen, laß uns in den Club am Pier tanzen gehen, laß uns übers Wochenende nach New York fahren, da ist ein Hotel, das wirbt mit einer wirklich günstigen Wochenendpauschale.«

»Sie müssen mal ohne ihn aus dem Haus kommen. Sie müssen alleine was unternehmen. Er fragt sich nie auch nur fünf Minuten lang, wo Sie sind. Das hat kein Geheimnis. Sie machen sich selbst uninteressant, indem Sie ständig um ihn rumwuseln.«

»Ich besuche ein paarmal jede Woche meine Familie. Er kommt nie mit.«

»Aber wo bleibt das Geheimnis, Becky? Er kennt Ihre Familie. Er verachtet Ihre Familie –«

»Das ist nicht fair. Sie arbeiten doppelt so hart wie seine Eltern, und sie verdienen so wenig!«

»Sie müssen etwas für sich selber tun. Warum kommen Sie nicht mit zu den Canals? Da gefällt's Ihnen bestimmt.« Die Canal Theater Company.

»Theater spielen finde ich irgendwie so altmodisch.«

»Sie würden aus dem Haus kommen, neue Leute kennenlernen und Ihren Spaß haben. Sie würden Übung darin bekommen, öffentlich aufzutreten, auch wenn Sie nur winzige stumme Rollen haben. Das gibt Ihnen wieder Selbstvertrauen.«

»Ich denke drüber nach.« Becky versprach es ohne Überzeugung. Ihr war schleierhaft, wie die Aufführung uralter Theaterstücke ihre Ehe neu beleben sollte. Sie fand ihre Ehe wie Nanas Garten, als Nana im Sterben lag, kleine blasse Salatpflänzchen erstickten in einem Unkrautdschungel. Becky wußte kaum, wo sie mit dem Jäten beginnen sollte.

Am Samstag morgen saß sie, bevor Terry auf war, am Küchentisch und fragte sich, was nicht stimmte. Das meiste von dem so sehnlich Herbeigewünschten hatte sie. Sie nahm aus dem Büro gemopste Kopfbögen und stellte eine Liste auf. *Was ich habe* schrieb sie, dann strich sie es durch und ersetzte es durch *Beckys Aktiva.*

1. Einen Ehemann aus den richtigen Kreisen.
2. Eine schöne Wohnung.
3. Ein paar gute Möbel.
4. Einen gutbürgerlichen Job.

Dann machte sie eine Liste der neuen Kleidungsstücke, die sie sich gekauft hatte, der Schals, die sie geschenkt bekommen hatte, von dem Schmuck, von allen Hochzeitsgeschenken.

Schließlich standen drei Seiten voll. Was fehlte denn? Wie konnte sie unglücklich sein?

33

Leila

»Vronsky, du wirst fett«, sagte Leila, als er auf ihrer Brust lag. »Du brauchst mehr Bewegung.«

»Mrrrmf«, antwortete er und tatzte im Milchtritt zwischen ihren Brüsten.

»Was soll ich mit Nick machen?« Sie schaute auf ihren Nachttisch. Hinten in ihrem Terminkalender standen die Namen und Telefonnummern von drei Scheidungsanwältinnen. Sie hatte keine der drei angerufen. Was wollte sie? Der Kalender klappte wieder zu. Was konnte sie haben? Wahrscheinlich Nick in Teilzeit. Doch daß eine junge Frau von ihrem Mann ein Kind bekam, war eine Situation, über die sie weder hinwegsehen konnte noch wollte. Zur Zeit lebten sie eigentlich getrennt. Im Januar begann er wieder zu unterrichten. Jeden Augenblick konnte er erscheinen und erwarten, daß ihr Leben so weiterging wie bisher und daß sie sich in stillschweigender Duldung übte; oder er konnte erscheinen und um die Scheidung bitten. Sie mußte mit sich ins reine kommen, was sie wollte: nichts von dem, was sie haben konnte, das stand fest, aber welche dieser miserablen Alternativen war die am wenigsten unerquickliche?

Wie ließ sich eine vierundzwanzigjährige Ehe überhaupt beenden? Wie konnte sie einen Mann vergessen, der das Rückgrat ihres Lebens gewesen war? Aber sie hatte sich ihren eigenen Mittelpunkt geschaffen, und um sie herum bewegten sich die konzentrischen Kreise ihrer Arbeit, ihrer Kolleginnen und Studenten, ihrer Forschung und ihrer Bücher, ihrer Interviewpartner, ihrer Freundinnen. In den letzten Jahren waren Nick und sie nicht mehr gemeinsam als Paar Freundschaften eingegangen, sondern nur noch einzeln bei ihrer Arbeit. Vielleicht hatten sie nach und nach losgelassen.

Sie hoffte immer noch auf ein Wunder. Auf einen Nick, der zu ihr zurückkam und sagte, daß das Ganze ein Fehler war: Sheryl war gar nicht schwanger, er hatte sich wie ein Idiot aufgeführt und war nun bereit, sich auf eine gemeinsame zweite Lebenshälfte in liebevoller Vertrautheit einzulassen. Sie feixte Vronsky an, dessen gelbe Augen zurückblinzelten. »Das kann ich wohl vergessen, wie? Ich weiß, daß Jane recht hat, aber ich bin offenbar unfähig, der Situation irgendwie beizukommen.«

Becky hatte geweint. Zum ersten Mal sah Leila sie angegriffen. »Mein Anwalt hat mir berichtet, Sam sagt jetzt, ich hätte ihn dazu verleitet, Terry umzubringen. Er nutzt die Kronzeugenregelung aus. Sie lassen die Anklage gegen ihn fallen, um mich zu kriegen. Die wollen nämlich mich, und dafür versprechen sie ihm alles.«

»Sie haben also das Gefühl, er ist Ihnen in den Rücken gefallen.«

»Wie ein Schwein.« Tränen rannen ihr langsam aus den Augenwinkeln, einzeln, jede versuchte sie zurückzuschniefen und rieb sie dann unsanft mit den Knöcheln fort. Becky schämte sich offenbar, zu weinen.

»Das muß verheerend sein.«

»Ich habe ihn geliebt! Ich habe geglaubt, daß er mich liebt. Ich habe ihn wirklich geliebt. Wie kann er mir in den Rücken fallen und denen helfen, mich an diesem widerwärtigen, trostlosen Ort festzuhalten?«

»Sie haben das Gefühl, Sie haben ihm vertraut, und er hat sie verraten.«

Becky nickte heftig. »Ich weiß nur zu genau, wie sich das

anfühlt, verdammt genau. Entschuldigen Sie meine Ausdrucksweise.«

Leila fiel auf, daß Becky nie Kraftausdrücke benutzte. ›Verdammt‹ zu sagen war bereits ein größerer Verstoß gegen ihre selbstauferlegten Regeln. Sie drückte sich gepflegt und gewinnend aus und vermied, was sie wohl Vulgärsprache nannte. Aber heute war sie verletzt worden. »Warum sagen Sie, daß Sie wissen, wie sich Verrat anfühlt?«

»Sagen wir, ich habe nicht zum ersten Mal diese Erfahrung gemacht.«

»In ihrer Ehe?«

»In jedem Teil meines Lebens.« Becky zuckte die Achseln. »Schauen Sie mich an, ich wedele mit den Händen, ich zucke die Achseln. Ich habe Jahre mit Terry zugebracht und dabei gelernt, stillzusitzen, und jetzt benehme ich mich wieder wie ein Bauerntrampel, wie seine Mutter sagen würde.«

Leila erfaßte, daß sie das Thema gewechselt hatte, ihr aber auch einen Einblick in alten Schmerz gab. »War Terry von der treuen Sorte?« fragte Leila wie aus dem Stegreif.

Becky zuckte die Achseln. »Sagen wir, die andere Frau in seinem Leben während unseres ganzen Zusammenseins war seine Mutter. Die war Konkurrenz genug.«

»Auf welche Weise?«

»Haben Sie sie nicht im Fernsehen gesehen? Die wüßte mich gern auf dem elektrischen Stuhl. Die sähe mich gern gehängt und gevierteilt. Am liebsten würde sie es selbst besorgen.«

»Was hatte sie gegen Sie?«

»Sie meinen, bevor sie beschlossen hat, daß ich ihren Sohn ermordet habe? Sie fand, ich wäre gesellschaftlich minderwertig. Sie ist auch katholisch, also das war's nicht. Wir sind alle die gleiche Sorte Katholiken: schicken die Kinder in den katholischen Religionsunterricht und lassen sie firmen. Gehen Weihnachten und Karfreitag und Ostern zur Messe und dann wieder, wenn wir irgendwie in Not sind. Ansonsten ist man sich selbst überlassen.«

»Was war es dann?«

»Daß ich aus einer portugiesischen Familie komme. Ich

meine, nicht, daß ich zehn Worte Portugiesisch könnte. Nicht, daß Terry etwa hochkultiviert wäre. Er war auf der Falmouth Academy, na und? Wir waren beide auf dem College. In Wirklichkeit ist es so: er und ich und alle übrigen, wir sind nicht portugiesisch oder irisch oder sonstwas, wir sind alle Kinder des Fernsehens. Das Fernsehen war mein Babysitter. Das Fernsehen hat mir alles über die Welt beigebracht. Also wieso war Terry besser als ich?«

»Sie sind intelligent, Becky. Es ist interessant, mit Ihnen zu reden.«

Becky lachte scharf auf, ein Geräusch wie ein Schlag ins Gesicht. »Ich bin intelligent. Aber angeblich bin ich es nicht. Angeblich bin ich dumm. Die meisten Leute um mich herum haben es einfach nicht bemerkt.«

»War Terry intelligent?«

»Bevor ich ihn geheiratet habe, bin ich nie auf den Gedanken gekommen, daß er es nicht sein könnte. Ich ging davon aus, daß er es war, weil ich dachte, alle, die mit Computern zu tun haben, müssen klug sein.«

»Aber später waren Sie enttäuscht?«

»Männer sind immer enttäuschend, finden Sie nicht?« Becky zog ein bitteres Gesicht und wandte sich halb ab.

»Sam ist angeblich intelligent. Ist er es wirklich?«

»Er ist so klug, daß er versucht, mich umzubringen. Ich nehme an, wenn er gestanden hat, Terry umgebracht zu haben, dann muß er es auch getan haben. Aber jetzt will er so tun, als wäre ich irgendwie daran beteiligt. Er ist mir in den Rücken gefallen. Ich habe nie geglaubt, daß er mich bestehlen könnte. Ich dachte immer, der Junge hätte es getan – Gene, sein Freund, der dabei erwischt wurde, als er meinen Fernseher und meinen Videorecorder verkaufte.« Becky biß sich fest. Sie war bei einer Geschichte und einer Erklärung angelangt, die sie nach Belieben ausschmücken würde. Leila ließ sie weiterreden, nickte nur und gab Geräusche der Anteilnahme von sich, war sich bewußt, daß es heute keinen Sinn hatte, Becky in eine andere Richtung zu steuern.

Sobald sie zu Hause war, rief sie Zak an. »Ich habe Becky besucht. Sie hat mir erzählt, Sam hat gestanden, und sein Rechtsanwalt beantragt Strafmilderung für ihn.«

»Ich mag darüber nicht am Telefon reden. Können Sie zum Abendessen kommen?«

»Es ist schon halb sechs. Ich kann heute abend nicht mehr zwei Stunden hin und dann noch zwei Stunden zurückfahren, und ich habe morgen Vorlesungen.«

»Um wieviel Uhr?«

»Eine um zehn, eine um elf und eine um zwei.«

»Gut, kommen Sie nach der um zwei. Dann weiß ich sowieso mehr. Ich bin in einem Schockzustand. Cathy war hysterisch. Zum Glück kam ihr Freund und hat ihr einen Dämpfer aufgesetzt. Sie hat einen solchen Krach gemacht, daß für mich überhaupt kein Platz für eine eigene Reaktion war. Aber jetzt hat es mich getroffen. Sam hat Terrence Burgess tatsächlich umgebracht.«

»Warum möchten Sie, daß ich komme?«

»Ich muß unbedingt Sinn in das Ganze bringen. Sie nicht?«

»Aber kann ich helfen? Vertrauen Sie mir jetzt?«

»Sie kommen mir so grundvernünftig vor, ein Fels in der Brandung –«

»Besten Dank. Das klingt ganz nach mir. Grundvernünftig, ein Fels in der Brandung.«

»Finden Sie das eine unattraktive Eigenschaft? Ich möchte, daß Sie Ihr pragmatisches Naturell und Ihr angenehmes Selbst hierher bringen. Ich habe das Gefühl, ich bin verrückt. Ich habe das Gefühl, alle Menschen in meinem Leben, die ich zu kennen meine, verwandeln sich in Axtmörder oder heimliche Ehebrecherinnen. Ich leide an regelrechtem Verfolgungswahn. Werden Sie kommen?«

»Ich werde kommen.« Trotzdem hatte sie nach dem Telefongespräch ein sonderbares Gefühl, als täte sie etwas Verbotenes. Dabei war er ein Informant wie alle anderen. Ein Besuch bei ihm unterschied sich nicht von einem Besuch bei Cathy. Dieser Kreis aus Betroffenen gehörte zu ihrer Arbeit. Sie dachte immer noch an Zak, als Cathy anrief. Leila telefonierte vierzig Minuten lang mit ihr und beruhigte sie. Erst nachdem Leila ihr gute Nacht gewünscht hatte, merkte sie, sie hatte Cathy nichts davon gesagt, daß sie mit Zak zu Abend essen würde. Wieder hatte sie das leise Gefühl, etwas Anrüchiges zu tun.

Sowie sie aufgelegt hatte, klingelte das Telefon. Es war Jane, die ihr von einem Streit mit einem Kollegen berichtete. Als beide die Analyse und die Strategiekonferenz beendet hatten, kam Emily an den Apparat. »Leila, ich habe so ein komisches Gefühl, dir das zu sagen, aber weißt du eigentlich, daß dein Mann in der Stadt ist? Janie meint, du weißt es nicht.«

»Er ist in New York.«

»Ich habe ihn heute morgen am Harvard Square gesehen. Er hat mit einer jungen Frau im Charles Hotel gefrühstückt. Da gehe ich immer mit den Jungen hin, wenn wir am Square sind und sie mal austreten müssen. Ich schwöre, er war es.«

»Ich danke dir.« Benommen saß sie da. Benommen wählte sie die Nummer vom Charles Hotel. »Kann ich bitte Sheryl Waters sprechen? Sie ist Gast bei Ihnen.«

»Das ist Zimmer 440. Ich stelle Sie durch.«

Die Telefonistin schaltete sich wieder ein. »Dort meldet sich niemand. Möchten Sie eine Nachricht hinterlassen?«

»Ja, bitte. Sagen Sie, daß Leila angerufen hat. Ich buchstabiere.«

Um halb acht war ihre Ehe zu Ende. Er war zurück, aber nicht bei ihr. Die Entscheidung war gefallen. Der Schock betäubte sie. Eine große Amputation war vorgenommen worden, aber der Schmerz hatte noch nicht eingesetzt. Sie wartete auf das Nachlassen der Betäubung.

Sie telefonierte gerade mit ihrer Mutter – Phyllis rief oft am Sonntag abend an –, als sie hörte, wie die Tür aufgeschlossen wurde. »Mutter, ich muß jetzt auflegen. Ich glaube, Nick ist gerade hereingekommen.«

»Du hast die Schlösser nicht ausgewechselt?«

»Noch nicht, Mutter. Wir sprechen uns bald wieder.«

»Du rufst mich zurück, wenn er gegangen ist. Wenn es

nicht zu spät ist. Wir gehen sonntags um zehn ins Bett. Und hol dir morgen einen Schlosser.«

Wenn er gegangen ist. Wenn er zu Sheryl zurückgekehrt ist. Sie nahm sich vor, nicht zu weinen. Sie saß beim Telefon, als er recht zaghaft von unten ihren Namen rief.

Sie ging langsam die Treppe hinunter, wünschte, sie hätte Zeit gehabt, ihr Aussehen zu überprüfen. Sie hatte immer noch ihre seriösen Gefängnisbesuchsachen an, denn vor lauter Telefonieren war sie nicht zum Umziehen gekommen. Vielleicht gut so, denn sonst wäre sie in ihr Nachthemd und ihren Morgenmantel geschlüpft und hätte die Füße hochgelegt. »Hallo, Nick«, sagte sie kühl. »Du hast meine Nachricht bekommen.«

»Ich bin nur zu einem Blitzbesuch in der Stadt. Das Stück ist abgesetzt.«

»Schade«, sagte sie ausdruckslos. »Das war bestimmt eine Enttäuschung für dich.«

Er wirkte eingeschüchtert, in die Enge getrieben. »Ich hätte mich nicht breitschlagen lassen sollen, das in New York zu machen. Aber nein, ich habe gegen meine eigenen Prinzipien verstoßen und denen eine Chance gegeben, mich fertigzumachen.« Er warf seinen Mantel über einen Stuhl.

Sie ging gar nicht darauf ein. Sie ließ ihn in der Mitte des Wohnzimmers stehen und setzte sich in einen Sessel. Vronsky sprang auf ihren Schoß. »Du hast also Sheryl mit nach Cambridge gebracht.«

Sein Gesicht gefror, und sie spürte, wie er einen Augenblick lang mit der Versuchung rang, sie zu belügen. Sie hinzuhalten. Dann seufzte er und ließ los. »Ich kann sie nicht verlassen. Sie ist arbeitslos. Sie ist schwanger. Sie ist fast noch ein Kind.«

Sie sah ihn an und merkte, daß sie große Mühe hatte, etwas zu sagen. Sie schien nicht fähig, Worte hervorzubringen. Alles Blut in ihrem Körper stieg ihr in einer mächtigen heißen Woge zu Kopf. Eben noch war sie so kalt wie ein Granitblock, nun kochte sie, und ihr Gehirn schien zu sieden. Worte waren ihr so fern wie Findlinge, in die unleserliche Runen geschnitten waren. Vronsky peitschte mit dem

Schwanz. Vielleicht jagten ihre Pheromone ihm Angst ein. Er sprang hinunter, stellte sich in die Mitte des Zimmers und heulte.

»Bist du verärgert? Du hast nicht auf meine Anrufe reagiert … ich dachte, du verstehst, daß ich alles auf die Reihe bringen muß. Sie will das Kind, aber sie übersieht gar nicht, was das alles mit sich bringt. Ich kann sie nicht einfach ohne einen Job und ohne jedes Einkommen in New York sitzen lassen.« Er warf Vronsky einen finsteren Blick zu. »Was hat denn die Katze?«

Sie sah, wie Nicks Mund sich bewegte und wie seine Augen sich auf sie hefteten. Sie merkte, das Ding in ihr, die Kraft, die heiß und dickflüssig in ihrem Körper aufstieg und wie Lava in ihr Gehirn flutete, war Wut. Sie stand plötzlich. Sie stieß einen Laut aus. Keine Worte. Der Laut entströmte ihrem Mund wie ein rotes Banner. Ihre Hand schloß sich um eine Vase auf dem Couchtisch eine Vase mit Chrysanthemen aus dem Blumenladen, und die Vase flog durch die Luft. Sie traf krachend seine Schulter. Blumen und Wasser liefen an ihm herunter. Die Vase fiel zu Boden und zerbrach.

»Herr des Himmels! Du hättest mich umbringen können.« Er rieb sich die Schulter. »Du hast mir weh getan. Du hast mir echt weh getan.«

»Gut! Das wollte ich auch.« Jetzt konnte sie reden. Ihre Kehle war frei.

Er wich zurück und behielt sie im Auge. »Was fällt dir ein, mit Gegenständen zu werfen wie ein kleines Kind, das einen Tobsuchtsanfall hat?«

»Raus! Du gehörst in das Hotel zu deiner schwangeren Schauspielerin.«

»Leila, schämst du dich nicht? Du bist unbeherrscht. Du läßt dich gehen. Du siehst aus wie eine arme Irre, ist dir das klar?«

»Raus aus meinem Haus.«

»Das ist nicht dein Haus.«

»Du wohnst hier nicht mehr. Du bist gegangen.«

»Leila, du reagierst völlig unangemessen. Ich finde das

nur peinlich, sonst nichts. Ich habe an dir immer bewundert, was für eine reife, ausgeglichene Frau du bist –«

»Vernünftig wie ein Fels in der Brandung. Der Fels ist gerade geschmolzen. Fels schmilzt, wenn er zu heiß wird. Wußtest du das nicht?«

»Bist du betrunken? Hast du zu tief in die Flasche geguckt? Hast du dich hier Nacht für Nacht alleine zugesoffen?«

»Ich war nicht Nacht für Nacht allein.«

»Willst du mir erzählen, daß du einen Freund hast? Das glaube ich nicht. Das ist ein billiger Versuch, mich eifersüchtig zu machen.«

»Du kannst daraus schließen, was du willst. Ich habe gesagt, raus, und ich meine es so. Ich werfe so lange was nach dir, bis du gehst.« Sie sah sich nach Wurfgeschossen um. Ein dickes Buch?

»Bemüh dich nicht.« Er zog seinen Mantel über und schob sich zur Tür. »Ich habe dich noch nie so unbeherrscht gesehen. Du bist von allen guten Geistern verlassen! Nimm wieder Vernunft an, und dann reden wir. Aber das eine sage ich dir, Leila, dein Auftritt mag deine akademischen Freundinnen beeindrucken, aber mich kotzt er nur an. Ich hasse Schmierentheater.« Er knallte die Tür zu.

Vronsky kroch unter dem Couchtisch hervor und starrte sie an. Ist es endlich aus? schien er sie zu fragen.

»Es ist aus. Aus und vorbei.« Jetzt weinte sie, lag bäuchlings auf der Couch und weinte. Sie weinte um all die vergangenen Jahre, um die ausgebrannte Liebe, die nur einen verkohlten Gestank hinterließ, unangenehm und widerwärtig. Vor ihrer Vorlesung um zehn mußte sie einen Termin mit einer der Scheidungsanwältinnen machen. Ihr wurde nicht nur klar, daß ihre Ehe zu Ende war, sondern auch, daß sie Nick nicht besonders mochte. Sie waren sich gegenseitig nur noch ein Ärgernis.

34

Becky

Eines Abends im März, als Becky und Terry Pizza aßen und die Nachrichten sahen, biß sie zu, und ihre Wange flammte auf. Sie stieß einen Schrei aus. Die Pizza fiel ihr aus der Hand, sie sprang auf und stieß dabei den Stuhl um. Terry starrte sie fassungslos an. »Erstickst du?«

Hätte es gestimmt, sie wäre tot umgefallen, denn er krümmte keinen Finger. »Irgendwas ist mit mir.« Sie merkte, es war ein Zahn, obwohl ihre gesamt linke Gesichtshälfte wütend pochte.

Daraus wurde eine Wurzelbehandlung, die vierhundert Dollar kostete und vier Nachmittage in Anspruch nahm. Der Zahnarzt fand noch drei weitere Löcher. Die Rebellion ihres Körpers jagte ihr einen tiefen Schreck ein. Würde sie bald ohne Zähne dasitzen wie Mama? Mama hatte seit zehn Jahren ein schlecht sitzendes Gebiß. Becky begann, mit Feuereifer ihre Zähne zu schrubben und sogar Zahnseide zu benutzen. Die Vorstellung, ihre schönen weißen Zähne könnten zerbröckeln, war grauenhaft. Wer würde noch eine Frau wollen, die ihre Zähne in einem Glas neben dem Bett aufbewahrte? Es dauerte bis weit in den April, ehe sie den Zahnarzt los war.

Ich werde älter, dachte sie, und mein Leben steht still. Ich verliere es. Ich muß mein Leben in die Hand nehmen und etwas tun. Sie versuchte mit Sylvie zu reden, die ihr riet, ein Kind zu kriegen. Sie redete mit Mama und bekam die Antwort, zu beten und auf Gott zu vertrauen. Sie redete mit Tommy, der sagte: »Wie wär's mit einer Urlaubsreise? Jeder ist mal fertig. Wir haben sowieso alle schlechte Zähne. Die ganze Familie. Sieh mal zu, ob du eine günstige Pauschalreise findest. Ich sehe meine Lieblingsschwester gar nicht gern so im Keller.«

Sie fuhr bei einem Reisebüro in der Nähe ihres Büros vorbei und raffte Prospekte über Jamaika, Trinidad, Grenada und die Jungferninseln zusammen. Als sie nach Hause kam, saß Terry zusammengesunken mitten auf dem Sofa.

»Was ist los, Liebling?« fragte sie vorsichtig. Als er das letzte Mal so niedergeschmettert gewesen war, hatten die Celtics den Einzug ins NBA-Finale verpaßt.

»Ich habe heute die rote Karte gekriegt. In zwei Wochen gehöre ich bei denen zur Geschichte. Sie bauen ab.«

»Du bist deinen Job los?«

»Hast du mich nicht gehört? Wir haben uns für den ganzen Krempel hier drin in Schulden gestürzt. Bei den Abzahlungen sind unsere Ersparnisse in zwei Monaten alle.«

Sie setzte sich und nahm seine schlaffe Hand. »Du findest einen anderen Job. Du bist intelligent und hast eine gute Ausbildung. Du kannst was Besseres finden.«

»Bei *der* Konkurrenz? Jeden Tag habe ich mir gesagt, daß ich von Glück sagen kann, überhaupt einen Job zu haben, und jetzt ist er futsch.«

»Aber es gibt doch Hunderte von Computerfirmen. Eine davon nimmt dich bestimmt mit Kußhand. Du mußt dich nur umtun und allen deine Unterlagen schicken.«

»Du hast leicht reden.«

Wie sich herausstellte, hatte Terry recht. Sie begriff langsam, wie schmal seine Ausbildung war. Er hatte gleich vom College weg seinen Job angetreten, und das war die Summe seiner Berufserfahrung: er hatte bei kleinen Firmen in der Gegend Computer und Finanzbuchhaltungsprogramme installiert. Er hatte nie selbst programmiert oder Spezialprogramme entwickelt. Es gab viel Konkurrenz für diese Art Job, die er beherrschte, denn jeder besser Ausgebildete erledigte das mit links; und es gab viele besser Ausgebildete mit viel größerer Erfahrung auf seinem Gebiet, die ihre Arbeit verloren hatten. Solange zahlreiche Firmen auf Computer umgerüstet hatten, waren jede Woche Jobs wie seiner entstanden. Aber damit war es jetzt vorbei.

Er ließ sich fünfzig Kopien seiner Bewerbungsunterlagen machen. Er verschickte sie, er trug sie aus, er hinterließ sie in Büros. Er hatte in der zweiten Woche ein Bewerbungsgespräch, zwei in der dritten und dann zwei Wochen lang nichts mehr. Seine Energie zerrann. Er stand nicht mehr auf, wenn sie aufstand. Er blieb im Bett und wurde wütend, wenn sie zuviel Krach machte. Meistens war er zu Hause, wenn sie heimkam, und wartete schon ungeduldig auf das Abendbrot. Manchmal war er mit Chris oder Lyle unterwegs.

Mr. Burgess spielte Golf und begann, Terry zweimal die Woche in seinen Club mitzunehmen, damit Terry jemanden kennenlernte, der ihn vielleicht einstellte. Terry verbrachte immer mehr Zeit damit, sein Golfspiel zu verbessern, vermutlich, um einem legendären Geschäftsmann zu imponieren, der ihn aufgrund der Güte seiner Golfschläge einstellte, um Computer zu installieren. Als Becky heranwuchs, hatte sie oft beobachtet, wie rasch sich arbeitslos gewordene Männer in einem Trott einrichteten, der ihre Tage und Abende füllte und ihnen wenig Zeit ließ, sich nach einem Job umzutun, an dessen Vorhandensein sie bald gar nicht mehr glaubten. Sie machte sich Sorgen. Sie reichten mit Ach und Krach bis zu jedem Monatsende. Sie kamen hin, aber nur so gerade.

Terry schien jedoch immer das Geld für Golf zu haben. Sie hatte den Verdacht, daß sein Vater ihm jedesmal ein paar Zwanzigdollarscheine zusteckte, aber da Terry ihr nichts erzählte und das Geld auch nicht in die gemeinsame Haushaltskasse tat, konnte sie es nicht beweisen. Sie gewöhnte sich an, heimlich seine Hosentaschen zu durchstöbern und ein paar Dollarscheine und etwas Kleingeld herauszunehmen, wenn sie seine Hose vom Fußboden oder von einem Stuhl aufhob, um sie wegzuhängen oder in den Wäschekorb zu tun.

Ihr ganzes Gehalt floß jetzt in den Unterhalt der Wohnung, das Essen und die Rechnungen. Sie konnte nicht mal mehr Mama ein bißchen was geben. Sie brauchten rasch ihre Ersparnisse auf. Er war stets sorglos mit Geld umgegangen und wußte nie genau, wieviel er in der Brieftasche hatte – was sie immer wieder erstaunte. Wenn sie einkaufen ging, rechnete sie ständig im Kopf nach. Sie benutzte nie einen Taschenrechner. Sie hatte nicht mal einen besessen, bis ihnen die Bank zur Kontoeröffnung einen spielkartengroßen Taschenrechner geschenkt hatte. Insgeheim verachtete sie ihn dafür, so schlampig mit Geld umzugehen, wenn sie so knapsen mußten, und langsam auch dafür, daß er nicht in der Lage war, sich auf den Weg zu machen und eine Stellung zu finden. Andere Männer waren auch arbeitslos geworden, andere Männer im gleichen Haus, und sie hatten was Neues gefunden.

Der Nachbar, der sich durch den Flirt mit Becky den Zorn seiner Frau zugezogen hatte, verlor seine Stellung. Er arbeitete zwei Monate lang im Burger King, bevor er einen anständigen Job als Manager eines Ferienhotels fand. Jeder Mann in ihrer Familie hatte hin und wieder als Aushilfe gejobbt. Aber Terry weigerte sich, etwas zu machen, was nicht in ›sein Gebiet‹ fiel.

Sie horchte die anderen Frauen im Büro aus. Zwei von ihnen hatten längere Zeiten mit arbeitslosen Ehemännern durchgemacht. Gwens Ehe war zerbrochen. Sie hatte das Haus verloren, in dem sie mit ihrem Mann gelebt hatte, und hockte seitdem mit ihrem kleinen Sohn in einer winzigen Wohnung. Mary Lou bekam einen verkniffenen Gesichtsausdruck. »Es war nicht so schlimm« sagte sie. »Es war nur ein Jahr. Nach einer Weile haben wir kaum noch miteinander geredet. Das schlimmste waren seine Wutanfälle. Wenn er rumgebrüllt, mich angeschrien und geschlagen hat. Vor diesem Jahr hatte ich ihn nie für einen jähzornigen Mann gehalten.«

Du mußt es einfach aussitzen, sagte Mary Lou. Gwen kam am nächsten Morgen in ihr Büro. »Ich merke dir an, daß du die Nase voll hast, wie ich damals. Aber denk dran, du verlierst alles, wenn du dich scheiden lädt. Erst hast du ein Haus, ein schönes Haus einen Schrank voller Kleider, du siehst dich nach neuen Möbeln und den neuesten Geräten um. Am Tag nach der Scheidung sitzt du in einem gemieteten Loch, du mußt hohe Rechnungen bezahlen und deine Sachen tragen, bis sie dir in Fetzen vom Leib fallen. Und du siehst nie wieder einen Ausweg.«

Mary Lou brachte ihr eine motivierende Kassette mit, die

ihr Mann benutzt hatte. Becky hörte sie sich auf der Heimfahrt an. Sie hatte das Gefühl, einen Energieschub zu bekommen. Sie nahm sich vor, etwas für sich selbst zu tun. Sie würde sich mit ihren Ängsten auseinandersetzen und Listen aufstellen, und sie würde jeden Tag ein Problem in Angriff nehmen, vor dem sie bislang zurückgeschreckt war. Sie würde stärker werden. Sie würde ihre Ziele erreichen. Jawohl.

Sie gab Terry beim Abendessen die Kassette. »Ist das dein Ernst? Ich habe mich mit Chris früher über Leute lustig gemacht, die so ein Zeug gehört haben. Ich weiß noch, in meinem Verbindungshaus war einer, der dieses Psychoblabla mit Löffeln fraß. Er entdeckte ständig das innere Kind, erweiterte seine Grenzen, all der Scheiß. Komm schon, Becky, sei mal ehrlich. Bring den Schrott den Mädchen in der Schreibzentrale zurück. Ich bin nicht blöde genug, um auf die flotten Sprüche dieser Billigpsychologie reinzufallen.«

»Wenn du dich allem und jedem überlegen fühlst, was dir helfen könnte, wo willst du dann Hilfe finden?«

»Ich brauche keine ›Hilfe‹. Ich brauche einen Job. Ich habe achtzig Bewerbungen verschickt. Ich gehe zu jedem Bewerbungsgespräch, das ich rausschinden kann. Ich gehe jedem Kontakt nach, der sich auftut. Laß mich in Ruhe. Ich kann nicht Firmen schaffen, die es nicht gibt, und ich kann nicht als einzelner die Wirtschaft in Ordnung bringen. Obwohl du dir das wahrscheinlich zutraust.«

Er stand von dem Tisch auf, an dem sie Stouffer's Tiefkühlmahlzeiten aßen, und stürmte aus der Wohnung, das Geschirr überließ er natürlich ihr. Sie beschloß, es auch stehenzulassen, wie er es tat. Sie ging hinunter zu Helen, um ihre Nöte einem mitfühlenden Ohr zu klagen, aber Helen war gerade im Aufbruch. »Ich will zu den Canals. Im nächsten Stück kommt eine ältere Frau vor, und ich lese heute abend dafür Probe. Warum kommst du nicht mit, Becky? Schaust du es dir mal an?«

Becky stieg in Helens Auto. Sagte die Kassette nicht: Wenn du nichts Neues ausprobierst, sitzt du im Alten fest?

Führe nicht das Leben eines Staubfängers. Geh voran. Sie ging voran. Wenn Terry zu schlau war, um schlau zu sein, sie war es nicht. Sie würde jede Hilfe annehmen, die sie kriegen konnte: von Gwen und Mary Lou Ratschläge, von der Kassette neue Energie und eine Checkliste ihrer Fortschritte, von Helen einen Fluchtweg aus der Ehe, die unter Belastung ausfranste wie eine billige Bluse aus dem Einkaufszentrum, als sie noch zu jung war, um etwas von Kleidung zu verstehen. Sie würde mit Helen mitgehen und auf der Bühne so tun, als wäre sie jemand anders.

Die Canal Theater Company traf sich in einem alten Freimaurerlogenhaus, das nicht genügend genutzt wurde. Wenn sich die Freimaurer am ersten Montag jedes Monats trafen, mußte die Theatergruppe für sie saubermachen. Aber danach gehörte das Haus wieder ihr. Die Obermimin schien eine Frau namens Cecilia zu sein, ein Knochengestell um die Fünfzig mit hennarotem Haar, langen klimpernden Ethnoohrringen und einem Patchworkrock, der den staubigen Fußboden auffegte. Sie wurde Ce-Ce gerufen und nahm sich äußerst wichtig. Becky fand sie unsympathisch, gab sich aber Mühe, sich bei ihr einzuschmeicheln. Sie diente sich an. Dann las sie Probe für die kleinste weibliche Rolle in dem Stück, das gerade besetzt wurde, Agatha Christies *Zeugin der Anklage.* Becky sollte eine der Geschworenen sein, wie Helen.

Es war ein ziemlich großes Ensemble. Becky war überrascht, denn sie hatte sich vorgestellt, sie machten einfache Stücke mit nur drei oder vier Personen, aber Helen erklärte ihr, je mehr Leute in einem Stück mitspielten, desto mehr Leute kamen in die Vorstellungen. Alle konnten ihrer Familie, ihren Freundinnen und Freunden, ihren Nachbarn und Kollegen zusetzen, ihrem Bühnenauftritt beizuwohnen, auch wenn die dann nichts weiter zu sehen bekamen als Susie mit Perücke in der Rolle des Stubenmädchens.

Das Ensemble reichte von Helen, der Ältesten, bis zu einem Schüler, der einen Polizisten spielte. Sein Lehrer spielte die männliche Hauptrolle. Helen hatte recht, es machte Spaß. Alle alberten herum. Ce-Ce war theatralisch und rief oft zur Ordnung, aber Becky merkte, daß sie eigentlich gar nichts dagegen hatte, wenn alle Quatsch machten. Kaffee stand warm, und viele hatten Kekse und Saft und Kartoffelchips mitgebracht. Becky, die beim Abendbrot zu wütend gewesen war, um zu essen, hielt sich an Kartoffelchips schadlos. Niemand war mit Ehe- oder Lebenspartner hier. Die meisten waren sicherlich verheiratet, aber hier nahmen sie eine Auszeit. Becky fragte sich, ob einige wirklich Ernst machten oder ob alles nur Flirt war.

Helen sagte auf dem Heimweg, daß sie bei den Trödlern nach Kleidern und Anzügen aus den vierziger Jahren suchen mußte. Dann waren da noch die Juristenroben und -perücken. Becky fiel auf, daß Helen sich am liebsten mit den Kostümen abmühte, denn das gab ihr das Gefühl, in der Gruppe wichtig zu sein. Helen spielte auch gern mit, bekam aber nicht oft Gelegenheit dazu. Becky lag nicht viel an ihrer Rolle, obwohl es ihr schon Spaß gemacht hätte, sich sexy oder exotisch zu kostümieren.

Vorläufig wollte sie alle sorgfältig beobachten und sich eine Möglichkeit überlegen, wie sie sich in den Augen der anderen sichtbar und wichtig machen konnte. Sie flirtete ein bißchen mit dem Lehrer, Dick Berg, der männlichen Hauptrolle, aber dann merkte sie, daß er etwas mit der Frau hatte, die die Romaine spielte, eine große, selbstsichere Blondine, die mit einem Krebsspezialisten in Hyannis verheiratet war. Sie tauschten ständig tiefe Blicke. Als Becky mit Helen fortging, sah sie, wie sie sich auf dem Parkplatz küßten. Ein Ort für handfeste Flirts, Spaß, Rollenspiel und wer weiß was sonst noch?

»Sie haben recht«, sagte sie zu Helen. »Das ist genau das Hobby, das ich brauche.«

35

Leila

Zak streichelte einen teilweise kahlrasierten Setter mit einer Operationsnaht. »Ich muß versuchen, mit Sams Geständnis zurechtzukommen, aber im wesentlichen ist mir etwas über mich selbst aufgegangen.«

Der blinde Kater Homer saß schnurrend auf ihrem Schoß. Sie wurde unverwandt von einem rotgelben Kater angestarrt, der einen elisabethanischen Kragen trug – damit er sich nicht seine Wunden aufleckte, hatte Zak erklärt. Vor dem Kamin lag eine dänische Dogge und winselte im Schlaf. »Eines Tages werde ich herkommen, und Sie werden ein Pferd im Wohnzimmer haben. Was ist Ihnen aufgegangen?«

»Als ich meine Frau und meine Tochter verlor, habe ich sie durch die Familie meines Bruders Mike ersetzt, sobald er starb. Wir standen uns nicht nahe. Wir waren Rivalen um die Zuwendung meiner Mutter. Nun war sein Revier freigeworden. Gut, Cathy gehörte auch dazu, aber das eigentliche Revier war Sam. Ich machte mich daran, mir Sam zu erfinden. Ich sah ihn als mein eigenes Ich. Ich hatte meine Tochter verloren, aber jetzt hatte ich einen Sohn, ein jüngeres Ich.«

»In welcher Weise, meinen Sie, haben Sie ihn sich erfunden?«

»Er ist ein Einzelgänger, ohne Selbstsicherheit, intelligent. Ich sah in ihm einen Jungen, der das gleiche wollte, was ich gewollt hatte, geliebt werden, geachtet werden, auch ohne so zu sein, wie ein junger Mann zu sein hat. Ich liebte ihn, um meine eigene unglückliche Jugend neu zu erfinden. Das darf man mit niemandem machen.«

»Meinen Sie, es hat Sam gestört?«

»Ich meine, er ließ es sich gefallen und genoß die Zuwendung. Aber mein Bedürfnis, ihn als mein eigenes Ich zu sehen, hat mich daran gehindert, ihn zu verstehen.«

»Weil Sie selbst Terry Burgess nicht hätten umbringen können?«

»Ich habe mich damals wie ein komplettes Arschloch verhalten, nur um zu bumsen. Wie ein brünstiger junger Hund. Aber als Connie Roberts mich dann bat, ihr die Prüfungsunterlagen für Gesellschaftskunde zu stehlen – ich war der Liebling und der Schlattenschammes von unserem Gesellschaftskundelehrer –, hatte ich genug Verstand, mir auszurechnen, daß es nicht mein Körper war, der sie interessierte. Mit sechzehn hatte ich bereits etliche Pannensicherungen eingebaut.«

»Sie haben nie ernsthaft geglaubt, daß er es getan hat, bis er gestanden hat.«

»Aber wissen wir wirklich, daß er es getan hat? Er hat gestanden, richtig, aber er ist unglücklich und durcheinander. Vielleicht ist er jetzt darauf aus, sich beim Staatsanwalt beliebt zu machen. Zu sagen, was der von ihm hören will. Vielleicht schützt er Becky immer noch. Angenommen, er weiß oder hat den starken Verdacht, daß sie es getan hat, und übernimmt jetzt einen Teil ihrer Schuld.« Er setzte sich anders hin.

»Aber Zak! Er hat sie in seinem Geständnis mitbelastet.«

»Vielleicht weiß er nicht mehr, was er getan hat. Vielleicht ist er durcheinander und weiß nicht mehr weiter. Er hat gesagt, daß er das Gefühl für sich selbst verliert.«

»Zak, er hat gestanden, und Sie glauben nicht ernsthaft, daß er sich das alles nur ausgedacht hat.«

Zak schwieg. Er stand auf, um im Feuer zu stochern. Er hockte mit dem Rücken zu ihr und werkelte vor sich hin. Schließlich wandte er sich mit einem hörbaren Seufzer um. »Ich weiß nicht, was ich glaube. Ich kann nur nicht glauben, daß Sam zu einer derartigen Gewalttat fähig ist.«

»Der Mord entzieht sich mir immer noch. Ich sehe ihn einfach nicht.«

»Haben Sie die Berichte gelesen? Es war ein Abschlachten. Dieser Mann wurde zu Tode geprügelt. Es wurde wieder und wieder auf ihn eingeschlagen. Sehen Sie Sam so etwas tun?«

»Oder Becky.« Sie seufzte frustriert. »Ich hätte diesen Auftrag nie annehmen sollen.«

»Ich merke gerade, daß ich sauer auf ihn bin. Ganz kleinlich und egoistisch. Meine Gefühle sind verletzt, weil er mich angelogen hat. Falls er gestehen wollte, habe ich auf ihn wohl nicht wie ein einfühlsamer Zuhörer gewirkt. Ich war nur wild entschlossen, seine Unschuld zu beweisen.«

»An jemanden zu glauben ist nicht die schlimmste Tugend der Welt, Zak.«

»Manchmal ist es die blindeste.«

Sie verschränkte die Arme und wippte mit dem Fuß. »Wenn Sie Sam nicht Ihre Liebe und Ihr Vertrauen geschenkt hätten, würden Sie sich jetzt selbst die Schuld geben an dem, was er getan hat.«

»Falls er es getan hat. Falls er überhaupt noch weiß, ob er es getan hat oder nicht. Er ist schließlich nur ein Halbwüchsiger in einer Notlage. Wissen Sie, manchmal denke ich, viel von dem, was wir eine Person nennen, ist ein fiktives Konstrukt. Wir sagen Dinge über uns selbst. Dieses mag ich, jenes mag ich nicht, und das gibt uns ein Gefühl der Kontinuität. Wir erinnern uns an gewisse Dinge, obwohl wir fünfundneunzig Prozent von dem, was uns geschieht, vergessen. Aber bin ich der gleiche Mann, der Corinne geheiratet hat? Wenn ich morgen einer geklonten Corinne begegnen würde, käme ich nie auf den Gedanken, sie zu heiraten. Ja, ich würde sogar vor ihr davonlaufen.«

»Was wollen Sie damit sagen? Daß Sam nicht existiert? Daß ich nicht existiere?«

»Nur, daß wir flüssiger sind, als wir meinen. Obwohl ich mich eigentlich nicht sehr flüssig fühle.« Er zuckte die Achseln. »Ich scheine ein Außenskelett festgefügter Erwartungen zu haben.«

»Wenn Sie dachten, Sam sei Ihr eigenes Ich, so dachte ich, er sei mein Sohn. Übrigens habe ich auch etwas Unangenehmes über mich selbst erfahren. Vielleicht kann ich Becky jetzt besser verstehen, denn ich habe gestern etwas Schreckliches getan.« Sie erzählte ihm die Geschichte. »Ich bin auch fähig zu Gewalt.«

Er schüttelte lächelnd den Kopf. »Haben Sie mit der Vase auf ihn eingedroschen?«

»Ich habe ihn an der Schulter getroffen.«

»Wäre es tödlich ausgegangen, wenn Sie ihn am Kopf getroffen hätten?«

»Wahrscheinlich nicht«, sagte sie widerwillig. »Natürlich nicht. Aber er hätte Schnittwunden im Gesicht davontragen können. Oder eine gebrochene Nase.«

»Zwischen einer blutigen Nase und einem zu Brei geschlagenen Schädel liegt ein weiter Weg. Haben Sie Ihrem Mann vorher noch nie eine Vase oder einen Teller an den Kopf geworfen?«

Sie schüttelte den Kopf. »Und Sie?«

»Ich habe zu viele Hemmungen, jemandem körperlich weh zu tun. Ich ziehe es vor, tückisch und sarkastisch zu sein. Aber Corinne warf öfter mit Gegenständen wie Kissen und Büchern. Oder sie warf Kleidungsstücke nach mir. Eine Vase kann Verletzungen zufügen, aber sie ist nicht unbedingt ein Mordinstrument.«

Sie zog eine finstere Miene. Er schaute sie an und mußte lachen, und sie lachte schließlich auch. »Ich habe mich schon als potentielle Mörderin gesehen.«

»Warum wollen Sie in sich eine Gewalttäterin sehen? Vielleicht braucht es nur einen gewissen Mangel an Fantasie, an Einfühlungsvermögen, um einen anderen Menschen zu töten.«

»Sie meinen, ich sehe Mord zu romantisch.«

»Männer bringen Frauen um. Frauen bringen Männer selten um. Aber Frauen meinen, weil sie in der Lage sind, sich Gewalttätigkeit vorzustellen, seien sie auch dazu fähig. Sie haben Schuldgefühle, weil Sie Ihrem Mann weh tun wollten. Es widerstrebt mir übrigens sehr, ihn noch so zu nennen.«

»Nick. Er heißt Nick.«

»Er ist eigentlich nicht mehr Ihr Mann. Was hat Ihre Anwältin gesagt?«

»Wenn Nick in die Scheidung einwilligt, wird es leicht. Ich kann mir nicht vorstellen, warum er nicht einwilligen sollte. Das Problem wird die finanzielle Vereinbarung.«

»Ich nehme an, Sie sind die Hauptverdienerin.«

»Wie nett von Ihnen, das anzunehmen. Das tut sonst nie jemand. Ja. Ich habe während der letzten zehn Jahre etwa zwei Drittel unseres gemeinsamen Einkommens nach Hause gebracht. Aber uns gehört alles gemeinsam.«

»Es ist doch erstaunlich, daß ein Mann und eine Frau mit Küssen beginnen, und zwanzig Jahre später ist das stärkste Band der gemeinsame Besitz.«

»Ich habe jetzt den starken Drang, frei zu sein. Seit ich mich schließlich damit abgefunden habe, daß meine Ehe vorbei ist, möchte ich auch ihre gesetzliche Auflösung. Ich hasse den Gedanken, daß wir vor dem Gesetz noch ein Paar sind, daß wir wie zusammengekettete Sträflinge aneinander gebunden sind.«

»Tragödie am Nachmittag! Das ist nur ein Konstrukt des Rechtswesens. Lassen Sie morgen die Schlösser auswechseln. Packen Sie seine Sachen zusammen und lassen Sie sie im Charles abliefern. Brauchen Sie Hilfe?«

»Ein Teil von mir will, daß endlich Schluß ist, und ein Teil von mir glaubt es nicht. Wir waren zusammen, seit ich erwachsen bin.«

»Lieben Sie ihn noch?«

»Nein. Auch das ist mir klargeworden. Ich habe Angst gehabt, es zu sehen, aber diese letzte Erschütterung war zu viel für ein Gebäude, das schon stark unterhöhlt war ...Wie langweilig. Dabei kennen Sie Nick nicht einmal.«

»Machen Sie eine Liste, was Sie bei der Scheidung wollen, und geben Sie sie Ihrer Anwältin. Was Sie haben müssen und was Sie haben möchten.«

»Sind Sie immer so vom Verstand geleitet? Werden Sie nie von Schuldgefühlen heimgesucht? Das glaube ich nicht.«

»Ich war der jüngere Sohn, aber ich habe das klassische Muster des ältesten. Ich fühle mich nicht schuldig, ich fühle mich verantwortlich. Wenn Sie sich eine Erkältung holen, hätte ich das verhindern müssen. Ich versuche immer, andere zu retten. Ich will zu Hilfe eilen, besonders Frauen, aber wenn ich es recht bedenke, war es bei Sam das gleiche.

Einspringen. Ein Loch stopfen. Alles heil machen. Gute Disposition für einen Tierarzt, nicht?«

»War es so bei Ihrer Frau?«

Er zog die Stirn kraus und streichelte geistesabwesend den rotgelben Kater. »Ich versuche mich zu erinnern, wie es für mich war, als ich sie kennenlernte. Sie war hübsch, aber schutzlos. Hatte keinen Sinn dafür, auf sich achtzugeben – so schien es mir, dem vernünftigen, bürgerlichen, Hast-du-auch-nicht-vergessen-den-Herd-abzustellen-Typ. Der zweimal nachschauen geht, ob die Tür auch wirklich abgeschlossen ist. Der in seine Brieftasche schaut, bevor er aus dem Haus geht, und dann noch mal im Auto, bevor er losfährt.«

»Nach zwanzig Jahren als die Verantwortliche finde ich das entzückend. Wie herrlich, wenn jemand anders sich Sorgen macht, ob der Herd angeblieben ist.« Sie gähnte. »Wie spät ist es? Ich muß gehen. Die Fahrt dauert zwei Stunden, und ich werde nicht vor Mitternacht zu Hause sein.« Sie stand auf und griff nach ihrer Handtasche.

Er trat vor sie. »Bleiben Sie.«

»Bleiben? Warum wäre es leichter, morgens zurückzufahren? Ich wäre nicht so müde, das ist wahr, aber es wäre mehr Verkehr.«

Er legte ihr die Hände auf die Schultern. »Darin war ich immer fürchterlich. Meistens machen Frauen sich an mich heran und nicht umgekehrt. Tierärzte werden immer angeflirtet. Hat wohl was mit unserem handgreiflichen Beruf zu tun. Es fällt mir schwer, um das zu bitten, was ich möchte. Aber bleiben Sie bei mir«

Ihr blieb der Mund offen. Es dauerte einen Moment, bevor ihr einfiel, ihn zuzumachen. »Ich kann doch nicht …«

»Sie können, wenn Sie wollen.«

»Warum möchten Sie, daß ich bleibe? Sicher, wir haben angefangen, wirklich miteinander zu reden, und ich mag das sehr. Aber … warum wollen Sie plötzlich mit mir ins Bett gehen?«

»Nicht so plötzlich. Wir haben viel Zeit miteinander verbracht. Ich finde Sie attraktiv, und jetzt sind Sie nicht mehr gebunden.«

»Sie wollen mich retten. Mein Unglück schreit aus mir heraus, und nun wollen Sie mich retten.«

»Nein, diesmal können Sie mich retten. Sie sind ein Fels, Leila. Jeder vernünftige Mann würde Sie an sich reißen.« Er nahm ihr Gesicht in beide Hände und küßte sie.

Ein ganz fremdes Gefühl, sein Gesicht sehr glatt, wo der Bart gewesen war, seine Lippen, die sich an ihren rieben, und dann seine Zunge, die in ihren Mund eindrang. Sie geriet fast in Panik. Sie wich zurück, und er ließ sie los.

»Zak, ich kann das nicht. Ich bin keine impulsive Person. Ich habe seit über zwanzig Jahren keinen anderen Mann mehr ernsthaft in Betracht gezogen –«

Er lächelte, stand immer noch dicht vor ihr, eine Hand lag warm und schwer auf ihrer Schulter. »Sie können sich gar nicht vorstellen, wie liebenswert ich das finde. Also ziehen Sie mich ernsthaft in Betracht. Das ist kein Jetzt-oder-nie-Antrag.«

»Bitte fühlen Sie sich nicht abgewiesen. Sie verstehen nicht, wie asexuell mein Leben gewesen ist. Es ist Jahre her, seit Nick und ich oft miteinander geschlafen haben. Allein die Vorstellung, daß ein Mann sich von mir angezogen fühlt, fällt mir schwer.«

»Weil Sie nicht jung sind. Weil Sie nicht modisch fleischlos sind. Sie sind eine ansehnliche Frau von stattlicher Statur und solider Ausstrahlung. Ich finde Sie interessant. Sie können auf der Couch schlafen, wenn Sie mögen. Ich werde Sie nicht behelligen.«

»Nein, ich bin zu durcheinander. Ich muß zurückfahren und meine Katze füttern und die Sachen für meine Vorlesungen zusammensuchen. Und ich muß meine Anwältin anrufen und ihr grünes Licht geben. Außerdem sind Sie Sams Onkel, Zak. Ich versuche, objektiv über ihn zu schreiben.«

»Sie müssen über ihn nicht zu Gericht sitzen. Oder glauben Sie, wenn wir jetzt miteinander ins Bett gingen, dann würde das Ihre Meinung über seine Schuld beeinflussen?«

»Würden Sie das nicht erwarten?«

»Nein, das kann ich Ihnen versprechen. Ich habe genug

wissenschaftliche Prägung, um empirische Daten und Schlußfolgerungen zu respektieren.«

»Auch wenn sie in eine unerwünschte Richtung führen? Ich bin nicht überzeugt. Ich bin nicht überzeugt, daß mich das nicht parteilich machen würde.«

Er begleitete sie zur Tür und gab ihr einen kurzen Abschiedskuß, den sie scheu, fast verstohlen erwiderte. »Versprechen Sie mir nur, mich in Betracht zu ziehen.«

»Das verspreche ich.«

Erst als sie dann in ihrem Bett lag und Vronsky sich an sie schmiegte, durchlebte sie noch einmal den Kuß von Zak, diesmal mit Lust. Die Erinnerung an seinen warmen Mund, seinen schlanken Körper, nahezu gleich groß und schwer wie sie, weckte ihre Sinne, wie es der Augenblick nicht getan hatte. Sie mußte ihm verständlich machen, daß sie einfach keine andere Beziehung eingehen konnte. Es würde ein Jahr, zwei Jahre, vielleicht noch länger dauern, bis sie nicht mehr so besetzt war, bis sie sich auf einen anderen Mann einlassen konnte. Sie hoffte, ihm das klarmachen zu können, ohne daß er sich abwandte, denn sie war gern mit ihm zusammen. Sie konnte unmöglich etwas mit ihm anfangen, solange sie über seinen Neffen schrieb. Bis sie mit dem Buch fertig war, in gut zwei Jahren, war er wahrscheinlich wieder verheiratet. Verflixte Ungleichzeitigkeit. Wirklich schade.

36

Becky

Becky war nie bewußt gewesen, wie sehr sie die fünfundvierzig Minuten, die sie früher als Terry von der Arbeit kam, genossen hatte. Diese knappe Stunde war einer der Gründe gewesen, warum sie ihre Einkäufe am Wochenende erledigte oder in ihrer Mittagspause. Manchmal stellte sie im Fernsehen »Hard Copy« oder »A Current Affair« an, aber sie sah nicht hin. Sie wollte von angenehmen Menschen umgeben sein, deren Gespräche sie umsummten, während sie sich zu schaffen machte. Nach dem Tagesstreß schwebte sie durch die Wohnung, hob eine Socke von Terry für den Wäschekorb auf, sprühte ein wenig Politur auf den Couchtisch. Das war die Stunde, in der sie sich der Liebe zu ihrer angebeteten Wohnung hingab, die so ordentlich, so sauber, so hübsch war. Manchmal saß sie nur da und schaute sich um, stellte sich vor, wie sie einen Sessel stellen würde, den sie im Sonntagsmagazin vom *Globe* gesehen hatte, wie sie etwas Farbenfrohes über der Couch aufhängen konnte.

Jetzt saß jeden Tag, wenn sie nach Hause kam, Terry schon da und wartete. Wartete auf das Abendbrot. Wartete darauf, unterhalten zu werden. Wartete auf jemanden, an dem er seine Verbitterung auslassen konnte. Jetzt war die Wohnung nie mehr ordentlich. Sein Golfsweater hing über der Sessellehne. Seine Schläger fielen ihr entgegen, wenn sie den Schrank im Flur aufmachte. Die Verpackungen von einer Fertigmahlzeit lagen auf der Anrichte, und etwas Klebriges war auf den Fußboden getropft. Unter der Couch trieb sich eine leere Kartoffelchipstüte herum. *Sports Illustrated* war halb hinter ein Kissen gerutscht.

Er sah sich alle Reality-Shows an, in denen Verbrechen und Verhaftungen ausgewalzt wurden. Sie haßte diese Sendungen. Es wimmelte darin von feisten alten Polizisten und anderen langweiligen Leuten. Wenn er sich Skandal-Shows ansah, dann wurde darin wenigstens über etwas Interessantes geredet, zum Beispiel, was Cher und Madonna gerade taten. Darauf konnte sie einsteigen. In einer solchen Show konnte sie sich selbst als Reporterin sehen. Sie würde berühmte Leute kennenlernen, und alle wären nett zu ihr, weil sie gute Publicity wollten. Er sah sich auch das todlangweilige »Recht im Alltag« an, wo immer der gleiche Richter jeden Tag die Urteile herunterleierte, während Verlierer einander wegen tropfender Wasserhähne verklagten. Sie konnte viel vom Fernsehen lernen, aber nicht von einer Sendung, in der die Bullen Razzien in Siedlungen veranstalteten, wie Becky sie kannte, oder in der zwei Verlierer sich vor Gericht darüber stritten, daß ein Hund falsch geschoren worden war. Aber meistens sah er sich Sportsendungen an. Eigentlich hätten sie die Kabelprogramme aufgeben müssen, um die Gebühr zu sparen, aber dazu waren beide nicht bereit. Becky bekam sowieso Rabatt. Es würde im Büro einen schlechten Eindruck machen, wenn sie das abbestellte.

Es gab ein neues Burgess-Familienlied. Seine Mutter hatte es vor zwei Wochen vom Stapel gelassen, bei dem Sonntagsessen, das inzwischen zum Tiefpunkt ihrer Woche geworden war. Ihr kam es vor, als säßen sie zwölf Stunden lang da, bevor sie mit Mrs. Burgess in der Küche eingesperrt war. »Wenn ihr Kinder nur nicht so überstürzt geheiratet hättet, gäbe es jetzt kein Problem. Terry könnte einfach wieder in sein Zimmer ziehen und hätte viel Zeit, sich nach einer neuen Stellung umzusehen, sogar, um weiterzustudieren und seinen Magister zu machen.«

»Ich dachte, Sie fanden es eine Last, Terry so viele Jahre nach dem College noch im Haus zu haben. Ich erinnere mich, daß das ein Problem war.«

»Unsinn«, raunzte Mr. Burgess. »In unserer Familie halten wir zusammen. So sind wir nun mal. Altmodisch.«

Hätte sie nicht die Zuflucht der Theatergruppe gehabt, sie hätte nicht gewußt, wie sie mit dem immer noch arbeitslosen Terry den Mai überstehen sollte. Sie bezweifelte, daß er überhaupt noch ernsthaft suchte, er schien nur noch darauf zu warten, daß sein Vater einen Job bei einem seiner Golfspezis aus dem Hut zauberte. Hin und wieder, wenn die Sonntagsstellenangebote etwas enthielten, was in Frage kam, raffte er sich zu einem Anflug von Tatkraft auf, aber die verpuffte bald wieder. »Wenn wir diese Wohnung nicht auf dem Buckel hätten und die Möbel und Geräte und das ganze dämliche Zeug, könnte ich mich einfach entspannen. Das als Urlaub nehmen. Aber nein, wir mußten uns total verschulden und wofür?«

Wenn er das so sehen wollte, bitte. Wofür? Für sie. Damit sie zusammen und verheiratet sein konnten. Jetzt war das lästig geworden, ein Fehler, eine Verpflichtung. Manchmal redete er davon, die Wohnung abzustoßen, wie er das nannte, aber er unternahm nichts, denn der Immobilienmarkt war flau.

»Ich möchte hier nicht ausziehen. Ich hänge an der Wohnung. Ich hänge sehr daran.«

Er sah sie an, als sei sie übergeschnappt. »Wie kann man daran hängen? Das ist nur eine Wohnung wie tausend andere. Das ist nichts Reales wie ein Haus.« Ihm schien das wirklich Rätsel aufzugeben.

»Mir ist sie real genug.« Sie schlug mit der Faust an den Türrahmen. »Ich hänge an dieser Wohnung, Terry. Also warum schicken deine Eltern dich nicht wieder auf die Uni, wenn das dein Wunsch ist?«

»Vielleicht im Herbst. Wenn wir das Ding hier verkaufen können. Du könntest mit nach Amherst ziehen. Oder du könntest wieder zu deinen Eltern ziehen und Geld sparen.«

Das war eine Falle. Er versuchte, sie wieder ihren Eltern aufzuhalsen. Sie bekam es mit der Angst. Wenigstens war er faul, so daß er sich vielleicht nicht darum bemühen würde, zur Uni zugelassen zu werden, und seine Eltern schienen nicht wild darauf, das Geld dafür auszugeben. Es kam jedenfalls nicht in Frage, daß er die Wohnung unter ihrem Hintern weg verkaufte. Sie konnte für die Wohnung aufkommen. Sie kam jetzt schon dafür auf. »Meine Eltern haben keinen Platz für mich. Ich sehe keinen Grund, warum ich nicht hier und in meiner Stellung bleiben kann, wenn du weiterstudierst. Von hier aus habe ich es nicht weit zum Büro. Du dürftest nicht lange brauchen, um deinen Magister in Informatik zu bekommen.«

»Das wird schwer genug«, brummte er. »Meine Eltern werden das Geld aus der Wohnung abziehen und für mein Studium nehmen wollen.«

»Ich ziehe nicht aus«, sagte sie. »Wenn du wieder studieren willst, schön, aber ich ziehe nicht aus.«

»Das werden wir ja sehen«, sagte er.

Manchmal hatten sie gute Zeiten, dann aßen sie Pizza und lachten und gingen ins Kino. Tommy brachte es immer noch fertig, daß Terry sich zusammennahm und heiterer wurde. Doch die meiste Zeit über führten sie einen stummen Krieg gegeneinander. Wer gab nach? Wer wankte zuerst? Sie nicht, schwor sie sich. Er würde ihr nicht ihre geliebte Wohnung wegnehmen. Seine Eltern hatten ihn aus dem Haus haben wollen, und die Wohnung über der Reinigung war ihnen peinlich gewesen. Aber sie hatten sich mit der Heirat nie abgefunden, und sie benutzten seine Arbeitslosigkeit nun als Waffe gegen sie, obwohl sie diejenige war, die für seinen Lebensunterhalt aufkam. Sie fütterte ihn mit durch, und sie war es leid, aber sie zog hier nicht aus. Wenn jemand auszog, dann er.

Manchmal hatte sie das Gefühl, unsichtbar geworden zu sein. Sie betrachtete sich intensiv im Spiegel, und ihr gefiel, was sie sah, aber Terry sah einfach durch sie hindurch. Sogar der Grapscher im Büro hatte aufgehört, ihr schöne Augen zu machen, seit sie seinem Chef gehörte. Dabei verdiente sie es, wahrgenommen zu werden. Ihr Bedürfnis nach Anerkennung war so stark, daß sie es pochen spürte wie damals ihren schlimmen Zahn.

Am Freitag lud Dick Berg das Ensemble nach der Probe zu sich ein. Sein Haus faszinierte sie. Er war Lehrer und seine Frau war Chiropraktikerin, und zusammen verdienten sie offensichtlich gut. Das Haus war neu und voller unerwarteter spitzer Winkel. Draußen herrschte schon Dunkelheit, deshalb konnte sie nicht sehen, ob es eine Aussicht hatte, aber es gab mehrere Terrassen. Sie hatte den Eindruck, je reicher die Leute waren, desto mehr Terrassen hatten sie. Nur noch Leute wie ihre Eltern hatten heutzutage eine Veranda. Als sie das erste Mal die Burgesses von ihren Terrassen hatte reden hören, war ihr nach Lachen zumute gewesen. Was meinten sie denn, wo sie wohnten, in einem Weinberg? Inzwischen hatte sie sich an das Wort gewöhnt. Die Decke im Wohnzimmer war hoch und steil geneigt. Dick Berg bezeichnete sie als Kathedraldecke.

Am meisten beeindruckte sie die Innenausstattung. »Ist das nicht toll?« murmelte Sam ihr zu. »Wo du auch hinschaust, gibt es was zu sehen. Es ist so aufregend hier. Ich find's wahnsinnig.« Sie saß mit Sam zusammen auf einer niedrigen, wulstigen Couch und bestaunte alles. Er war ein Junge, dessen Vater gestorben war und dessen Mutter sich mühsam durchschlug. Er hatte sich ihr nach den ersten paar Wochen angeschlossen, und sie genoß es, die große Schwester zu spielen. Er gab ihr nicht das Gefühl, ein dummes Trampel zu sein. Er tat nicht so, als könnten die echten Ölbilder in schrillen Farben und zerklüfteten Formen an den Wänden ihn nicht beeindrucken, oder die herunterhängenden Drahtgebilde, die sie Mobiles nannten, oder die grüne, langgezogene nackte Frau aus Rohren auf dem breiten Holzgeländer der Treppe, die zum Tagesraum unten führte. Mr. und Mrs. Berg hatten in ihrem Wohnzimmer nicht mal einen Fernseher. Der war in den Tagesraum unten verbannt, wo die Möbel abgewetzt waren. Dieses Zimmer war dazu da, Besuch zu beeindrucken, und sie war beeindruckt.

»Gibt es in deinem Haus Ölbilder und so was?« fragte sie Sam.

»Es steht mit dem Zeug voll, das Mom macht. Sie ist Töpferin.«

Sam war süß, immer ein bißchen verloren und sehnsüchtig. Er war kleiner als Terry, aber nicht mager. Für einen Jungen in seinem Alter war er eigentlich ganz ordentlich gebaut, besonders sein Oberkörper. Sie gaben ein hübsches Paar ab, trotz des Altersunterschiedes.

Sam wollte gemocht werden. Er war ein einsamer Junge. Er machte aus dem gleichen Grund in dem Stück mit wie sie: die Gruppe bot eine warme Tasche, in die beide hineinschlüpfen konnten. Ganz plötzlich hatte Becky vierzehn neue Freunde. Sie hatte Menschen, die sie so oft sah wie ihren Ehemann, Menschen, zu denen sie eine viel wärmere Beziehung hatte. Sie tranken zusammen, sie knabberten zusammen, sie küßten sich zur Begrüßung und zum Abschied. Becky hatte noch nie so viele Freunde gehabt, und interessante dazu.

Es gab ein gewisses Maß an Pärchenbildung, an ernsten Flirts. Sie fand viele der Männer schon in festen Händen. Aber an Fred war sie definitiv nicht interessiert. Fred hatte ein kleines Hotel garni und war Allergiker, er reagierte auf

Katzen, Hunde, Erdbeeren, Tomaten, Kreuzkraut, Rosen, Gras, Weizen und alles, was lebte oder je gelebt hatte. Guy war schwul. Sie wußte, daß die Konstellation sich mit jedem Stück änderte, deshalb wartete sie ruhig ab. Bis dahin flirtete sie mit Sam, der sie anhimmelte und ihr nachlief wie ein Hündchen. Terry hatte sie im ersten Jahr mit dieser völligen Versunkenheit angeschaut. Sie konnte sich noch an diesen Blick erinnern und hätte am liebsten geheult.

Wenn sie von der Theatergruppe nach Hause kam, sirrte sie vor Energie und versuchte Terry zu verführen. Das Problem war, daß ihm nach einer Weile das Muster auffiel, und um sie zu ärgern, verweigerte er sich. Sie schliefen nur noch an den Wochenenden miteinander, gewöhnlich zweimal. Die Gruppe machte sie heiß. Sie war kein Star, sie gehörte nicht mal zum Stammensemble, trotzdem machte es ihr Spaß. Auf dem Heimweg schwatzte sie mit Helen wie mit einer Mitverschwörerin. Manchmal vergaß sie völlig, daß Helen eine alte Frau war, und redete mit ihr genauso offen, wie sie es mit Sylvie getan hatte.

Becky war stolz darauf, niemals etwas ihr Angetanes zu vergessen, weder etwas Gutes noch etwas Schlechtes. Papa vergaß niemals einen, der ihm in schlechten Zeiten geholfen hatte. Aber wehe denen, die ihm übel mitgespielt hatten, denen schwor er Rache, eines schönen Tages eiskalt serviert, bis zum letzten Bissen ausgekostet. Schwächlinge vergaben und vergaßen, und nur solche ohne einen Funken Ehre unterließen es, eine gute Tat zu erwidern. Sie bot an, Florrie auszuführen und Helens Einkäufe mit zu erledigen. Helen war die einzige Person außer Tommy und Belle, der sie sich rückhaltlos über ihre Ehe anvertraute.

»Wozu taugt er denn?« sagte Helen offen, als sie mit Becky zur Probe fuhr. »Er arbeitet nicht. Er zieht dich nur runter. Er überläßt dir alle Arbeit.«

»Ich hoffe immer noch, er reißt sich irgendwann zusammen. Als wir geheiratet haben, war ich so glücklich.«

»Wenn du einen Nichtsnutz heiratest, bist du sechs Monate lang glücklich. Dann geht der Lack ab, und du siehst, worauf du dich eingelassen hast.«

»Wenn er sich nur endlich einen Job suchen würde, dann hätte ich ihn nicht ständig auf dem Hals. Dann würden seine Eltern endlich aufhören von wegen, wie töricht die Ehe war und wieviel sie kostet.«

Manchmal machte Terry bissige Sprüche über die Theatergruppe, aber sie mied jeden Streit. Sie sagte ihm nicht Bescheid, sie entschwand einfach. Meistens schien er es kaum zu bemerken. Hin und wieder ging er mit alten Verbindungsfreunden aus seiner Collegezeit oder mit seinem Bruder Chris aus. Er glitt in seine Junggesellengewohnheiten zurück. Einige Abende verbrachte er im Haus seiner Eltern.

Zur Premiere brachte Terry seine Eltern und Chris und dessen Freundin mit. Das Stück schien ihnen zu gefallen, obwohl die Freundin sagte, daß sie es schon im Kabelfernsehen mit Marlene Dietrich gesehen hatte, und daneben war das hier ein Witz. Becky war für ihre Mitspieler beleidigt. Hinterher wäre sie gern zur Premierenfeier gegangen, aber Terry wollte nicht. »Die ganze Fahrt, um dich fünf Worte sagen zu sehen. Und das soll dir Erfahrung fürs Kabelfernsehen geben?«

»Selbstvertrauen. Das war meine erste Rolle. Ich finde es in Ordnung, klein anzufangen und mich zu größeren Rollen hochzuarbeiten. Ich lerne vom Zuschauen. Und ich lerne korrekt und deutlich sprechen. Dick Berg sagt uns immer, wenn wir unkorrekt sprechen.«

»Wirklich?« Mrs. Burgess lachte. »Da hat er aber viel zu tun.«

Am nächsten Abend sagte Sam zu ihr: »Ich war so enttäuscht, daß du nicht zur Feier gekommen bist. Du hast wirklich was versäumt. Es gab Champagner.« Der erste Akt lief gerade, und sie waren hinter der Bühne, bei der Kaffeemaschine.

»Terry wollte nicht bleiben. Das nächste Mal werde ich ihn überreden, erst zur zweiten Vorstellung zu kommen, falls wir im nächsten Stück mitspielen, damit ich auf die Premierenfeier kann.«

Sam zog sie in die leere Garderobe. »Wir werden mitspielen«, sagte er gebieterisch. »Alle mögen uns, Ce-Ce hat gesagt, du wärst eine gute jugendliche Naive. Sie meint damit, wie hübsch du bist.«

»Ich, hübsch? Warum sagst du das?« Sie wandte sich ein wenig zur Seite und warf ihm unter den Wimpern hervor einen Blick zu.

»Ich denke ständig an dich, Becky. Ich habe noch nie jemanden wie dich gekannt.« Er schaute sie unverwandt an.

Das ist nur ein Junge mit Überdruck, sagte sie sich. Wahrscheinlich schaut er alle Mädchen so an. In dem Alter konnte man sich in ein Foto in einer Illustrierten verlieben. Man konnte heiß für einen Popstar schwärmen, weil sein Videoclip so toll war. Sie lächelte nur. »Du kennst wohl nicht viele Frauen? Ich bin einfach ich.«

»Ich war völlig fertig, als du gestern abend nicht hier warst. Ich hatte mich so auf die Feier gefreut. Ich wußte, es wird getanzt – ich dachte, ich könnte mit dir tanzen. Und ich wollte das tun.« Mit einer Miene angsterfüllter Verzweiflung stürzte er vor und küßte sie.

Sie erwartete einen kurzen Schmatz, aber er küßte sie richtig, seine Zunge teilte ihre Lippen, seine Brust und seine Hüften preßten sich an sie. Sie dachte daran, ihn wegzustoßen, aber warum sollte sie? Es war ein schönes Gefühl. Sie war überrascht und neugierig. Sie hatte ihm soviel Unverfrorenheit gar nicht zugetraut. Er fühlte sich auch nicht wie ein Junge an. Sein Körper fühlte sich härter an als der von Terry, gedrungener, aber muskulöser. Wie sich wohl seine Haut anfühlte? Seine Hände lagen auf ihrem Rücken und auf ihrem Kreuz, direkt über dem Po, und hielten sie fest. Es erregte sie. Langsam, ohne den Kuß zu unterbrechen, schob sie sich näher und spürte das Drängen seines straff gespannten Bauches und seiner Hüften, zumal sie zwischen ihm und einem Tisch eingekeilt war. Dann spürte sie seine Erektion, und ihr stockte der Atem. Sie spürte jenen scharfen Schmerz zwischen den Schenkeln.

Er wurde zu erregt. Sie hatte nicht vor, es sofort und hier mit ihm zu tun, zwischen den Kulissen, während zehn Meter weiter die anderen auf der Bühne standen. Sie machte sich abrupt von ihm los.

Er stand einen Augenblick mit baumelnden Händen da. »Bist du böse auf mich?«

»Du hast mich überrumpelt. Nein, ich bin nicht wütend. Ich bin ein bißchen geschmeichelt und ein bißchen besorgt. Ich muß darüber nachdenken.«

»Becky, ich bin verrückt nach dir. Den ganzen Tag über denke ich an dich, jede Nacht denke ich an dich.«

»Dann denk weiter an mich.« Sie ging an ihm vorbei aus den Kulissen hinaus. »Und von jetzt an werde ich auch an dich denken.«

37

Mary

Mary verbrachte die Nacht im Auto in einer Garage, aber jetzt hatte sie ihren kleinen Reisewecker, so daß sie früh genug aufstand, um nicht überrascht zu werden, und ihren wunderbaren Schlafsack, der sie am Leben und einigermaßen warm hielt. Es war Samstag. Als erstes würde sie ins Stadtzentrum fahren. Filene's Keller, der Schnäppchenladen, machte in der Weihnachtssaison um acht auf. Sie brauchte eine Baumwollstrumpfhose. Im Laufe des Morgens konnte sie sich dann draußen auf eine Bank setzen, wenn es nicht zu kalt war, oder sie konnte oben in die Damentoilette. In den besseren Konfektionsgeschäften standen in den Umkleidekabinen manchmal Stühle.

Später würde sie zum Chestnut Hill- oder zum Arsenal-Einkaufszentrum fahren. Einkaufszentren waren an Wintertagen besser, aber sie machten nicht so früh auf wie die Geschäfte im Stadtzentrum. Dazwischen würde sie vielleicht Beverly besuchen. Die Vorweihnachtszeit war eine Zeit der Menschenmengen, und sie konnte ohne Angst verweilen. Alle hatten Einkaufstüten, und das einzige Problem mit dem Hinsetzen war, einen freien Platz zu finden.

Aber diese Zeit gab ihr auch zu spüren, wie ausgestoßen sie war. Sie hatte keinen Baum, denn sie hatte keinen Ort, wo sie einen aufstellen konnte. Die Weihnachtslieder schienen ihr Vorwürfe zu machen. Niemand war zu Weihnachten allein. Alle hatten eine Familie, zu der sie heimkehrten oder die zu ihnen heimkehrte.

Manchmal malte sie sich aus, nach Hawaii zu ziehen, um in Jaimes Nähe zu sein. Aber er hatte sie gewarnt, wie teuer das Leben auf den Inseln war und wie schwer es für sie sein würde, dort ein Auskommen zu finden. Vielleicht sollte sie trotzdem ihr Erspartes für ein Hinflugticket nach Hawaii ausgeben und nicht für ein Auto als fahrbare Heimstatt. Sie liebte den Gedanken, eine Wahl zu haben. Dort konnte sie immer im Freien schlafen. Sie nahm sich vor, ernsthaft darüber nachzudenken. Jawohl. Sie hatte die Geschenke für Jaimes zwei Jungen vor Thanksgiving abgeschickt. Päckchen brauchten immer endlos, bis sie bei ihrem Sohn ankamen.

Seine Frau würde losgehen und ihr eine Handtasche oder ein Tuch oder so etwas kaufen. Eine normale Handtasche konnte sie nicht gebrauchen, denn sie hatte ihre große Reisetasche. Also schickte sie die Sachen Cindy oder Marissa als Geschenk. Sie beschloß, Cindy anzurufen. Am Samstag war Cindy ab zehn in ihrer Boutique.

Sie hatte Magenschmerzen und wurde den Wunsch nach etwas zu essen nicht los. Sie stellte sich Spiegeleier vor. Sie hatte Eier immer kurz gebraten oder pochiert gegessen, mit einer schönen Scheibe kanadischem Frühstücksspeck und Toastbrot aus dem ganzen Korn. Jim haßte es, wenn die Eier noch glibberig waren. Für ihn mußten sie so durchgebraten sein, daß das Gelb fest war und das Weiß für ihren Geschmack zäh wie Gummi. Sein Toast mußte fast verbrannt sein. Andererseits briet sie ihren Frühstücksspeck länger als seinen.

Sie würde ins Grab gehen und noch genau wissen, wie Jim sein Lendensteak gebraten haben wollte, welche Barbecuesoße er bevorzugte, wie die Hemden nur leicht gestärkt sein durften, welche Krawatten er mochte und bei welchen er sich lieber schlagen ließ, als daß er sie trug. Er konnte nichts Schlimmeres über Kleidung sagen, als daß sie auffallend oder grell war. Sie kannte seine Sockengröße und seine Pyjamagröße, wußte, welche Gemüse er aß und welche Eiscreme er am liebsten mochte – Schokosplitter und Erdbeer mit Vanille. Er liebte Erdnußkrokant, aber als er älter wurde, konnte er den nicht mehr essen, denn ihm taten davon die Zähne weh und die Krümel setzten sich in die Plomben.

Was er wohl von ihr erinnerte? Ob er je an sie dachte? Cindy sagte: Es stört ihn schon, wenn ich deinen Namen erwähne. Er mag den Gedanken nicht, daß ich hin und wieder mit dir zusammen bin. Er denkt, du ziehst nur über ihn her, nehme ich an. Jedenfalls, Mutter, fragt er nie nach dir.

Sie konnte nicht aufhören, sich den Geschmack von Eiern vorzustellen. Sie wußte, Eier waren angeblich ungesund, obwohl ihr von klein auf gesagt worden war, daß Eier ein nahezu vollkommenes Nahrungsmittel waren, wie Vollmilch. Alle zehn Jahre wurden die Regeln geändert. Sie konnte sich noch an die Steak-und-Grapefruit-Diät erinnern, die galt sogar als besonders gesund. Das war die Standarddiät gewesen, mit der sie abzunehmen versucht hatte. Inzwischen war Steak so verrufen wie eine doppelte Portion Schokoladeneis mit Schlagsahne. Jetzt aß sie Frühstücksflocken oder Brot. Aber ein richtiges Frühstück würde für sie immer eines bleiben, wie sie es jeden Morgen für Jim und die Kinder bereitet hatte: Grapefruit, Eier und Schinken, Toast und Kaffee.

Ihr Magen knurrte. Sie ging im ersten Stock von Jordan Marsh auf die Toilette und durchsuchte ihre Handtasche, ob sie noch etwas zu essen hatte. Nach Übernachtungen in den Häusern ihrer Kunden hatte sie oft ein bißchen was dabei, Obst, Cracker. Schließlich ging sie in Filene's Keller ins zweite Untergeschoß und gönnte sich einen großen Café latte, was nur ein Glas Milch mit Kaffee war. Sie trank es langsam, mit viel Zucker. Jemand hatte ein Stück Croissant liegengelassen, und sie schnappte es sich. Der Kauf des Weckers und das Essen in Cafeterias und McDonald's diese Woche hatten für Ebbe gesorgt, außerdem mußte sie heute wahrscheinlich in einem Motel übernachten. Sie durfte sich keine richtige Mahlzeit leisten.

Von einer Zelle aus rief sie die Reinigungsfirma an, um zu hören, ob jemand seinen Hund ausgeführt oder seine Katze gefüttert haben wollte. Nichts. Warum fingen die Leute nicht an, wegzufahren? Warum flogen sie nicht nach Florida oder Europa oder Asien? Es war höchste Zeit. Morgen flogen die DeMotts nach L.A.

Schließlich konnte sie Cindy in ihrer Boutique anrufen. Nach dem Wie geht es dir konnte sie sich nicht die Frage verkneifen: »Hat Marissa der Pullover gefallen?«

Ein Schweigen entstand. »Er hat ihr gepaßt«, sagte Cindy, als sei sie verzweifelt bemüht, sich etwas Positives einfallen zu lassen. »Er hat ihr sehr gut gepaßt. Er ist sehr ... praktisch. Er ist nicht die Art Designer-Pullover, die sie sonst trägt, aber ich bin sicher, sie findet irgendeine Verwendung dafür. Ich habe ihn völlig neu einpacken müssen – als er ankam, sah er aus, als wäre er überfahren worden. Hast du dein Geschenk bekommen?«

»Es kam vor zwei Tagen«, beruhigte Mary ihre Tochter. Unter ihrem alten Mantel trug sie den marineblauen Blazer, den Cindy ihr geschickt hatte: eine weitere Wärmeschicht und etwas Gutes zum Vorzeigen. Sie würde ihn sorgfältig aufhängen, während sie putzte, und ihn niemals in den Häusern ihrer Kunden tragen, diesen nagelneuen Blazer aus reiner Wolle, an dem noch alle Knöpfe dran waren. Wenn sie besonders seriös aussehen wollte, ging sie auf eine Toilette, zog ihre normalen zwei Pulloverschichten aus und verstaute sie in ihrer Reisetasche. Dann ging sie mit aufgeknöpftem Mantel oder trug ihn sogar über dem Arm, um ihre jungfräuliche neue Jacke zur Schau zu stellen.

Es war nicht Ungeduld, die sie zwang, den Blazer gleich im Postamt auszupacken. Sie konnte keinen Karton mit sich herumschleppen. Einmal hatte ihr Jaime einen Karton mit frischen Ananas geschickt. Es war hoffnungslos. Sie mußte alle weggeben. Dieses Jahr hatte sie ihn – was praktisch hieß, seine Frau – um ein Make-up-Set gebeten. Wenn sie

Make-up hatte, konnte sie sich leichter ein achtbares Aussehen geben.

»Ich tue für Marissa, was ich kann, Cindy. Die Art Sachen, die sie trägt, sind für mich unerschwinglich. So etwas kann ich mir nicht mal selbst leisten. Ich dachte, der würde ihr passen, und vielleicht trägt sie ihn ja am Wochenende?«

»Also Mutter, wenn du dir Geschenke nicht leisten kannst, dann solltest du keine kaufen.«

»Aber ich möchte meinen Enkelkindern etwas zu Weihnachten schenken. Ich werde am ersten Feiertag vormittags anrufen. Werdet ihr zu Hause sein?«

»Bis eins. Dann fahren wir zu ... weg.«

Das hieß Jim. »Ich rufe morgens an. Ich möchte mit beiden sprechen. Ich liebe dich, Cindy.«

»Ich dich auch, Mom. Ich muß jetzt Schluß machen, ich habe eine Kundin. Mach's gut.«

Mit Cindy zu reden hinterließ in ihr Leere. Sie wollte stets mehr von einem Telefongespräch, als Cindy ihr geben konnte. Es sollte ihr ein Gefühl von Familie, von Bindungen, von ihrer eigenen Vergangenheit geben. Sie war zum Wohlergehen ihrer Tochter einfach nicht nötig. Jetzt hatte sie das Bedürfnis, Beverly zu sehen, die einzige Person, mit der sie offen redete. Mit Beverly verband sie etwas, was vielleicht stärker war als Blutsbande.

Auf dem Weg von der U-Bahn zum Krankenhaus kam sie an einem 7-Eleven vorbei. Sie ging hinein und kaufte einen Himbeerjoghurt und aß ihn dort im Stehen. Ihr war egal, was sie von ihr dachten. Der Mann hinter dem Ladentisch schien sowieso halb zu schlafen, und ihm war es schnurz, ob sie den Joghurt aß oder sich in die Haare schmierte.

Als sie sich weiter voranschleppte, fühlte sie sich ein bißchen besser. Die Sonne berührte ihren Arm mit schwacher Wärme. Heute würde sie in einem Motel übernachten müssen, oder sie würde die Nacht nicht überleben. Sie würde so gegen vier einchecken und bleiben, bis sie um elf Uhr am nächsten Morgen hinaus mußte. Sie würde mehrere heiße Bäder nehmen. Sie würde schlafen und schlafen.

Sie würde es warm haben und ihre Sachen im Waschbekken auswaschen und im Badezimmer aufhängen. Sie würde neunzehn Stunden völliger Entspannung haben. Den ganzen Tag über konnte sie sich das ausmalen. Sie wußte, wie sie einchecken mußte, unter Angabe eines Autokennzeichens. Sie würde das Kennzeichen der Anzios benutzen, denn sie hatte ja gerade in deren Auto geschlafen.

Dann am Sonntag konnte sie zu den DeMotts. Sie hatte sich deren Flugtickets in Mr. DeMotts Sockenschublade genau angesehen. Sie flogen mit der Neunuhrmaschine nach L.A., müßten also längst weg sein, wenn sie gegen Mittag eintraf. Sie würde einfach leise hineingehen. Nachbarn würden sich bei solchem Wetter nicht draußen zu schaffen machen. Die Heizung würde an sein, damit die Rohre nicht einfroren und platzten. Nur noch heute durch den Tag kommen, danach war es dann leichter. So leicht, wie es je wurde. Die DeMotts hatten keine Haustiere, also mußte sie sehr aufpassen, denn wenn sie früher zurückkamen, hatte sie keine Ausrede, aber das Haus war groß und lag weit hinten auf dem Grundstück. Ihr blieb Zeit bis Donnerstag früh, vier ganze Nächte in Wärme und Ruhe.

38

Leila

Leila hatte am Rande wahrgenommen, daß Weihnachten bevorstand, wenn sie den Square überquerte und die Mass Avenue entlangging. Die Geschäfte waren seit einem Monat dekoriert und in manchen Fällen seit Halloween, daher wurde ihr das Nahen des Festes erst richtig bewußt, als ihre Studenten alle davon redeten, was sie nach den Prüfungen tun würden. Plötzlich war keine Zeit mehr, das Material durchzugehen, keine Zeit mehr, um zu erklären, was ihre Studenten nicht recht verstanden hatten, keine Zeit mehr, die Diskussion in Gang zu bringen, die Schüchternen herauszulocken, sie mit Informationen und Erkenntnissen zu überschütten, damit sie Feuer fingen. Ein Semester, weder das beste noch das schlechteste ihrer Dozentinnenlaufhahn, ging zu Ende. Ihr Buchmanuskript wanderte zu ihrem Verlag. Sie hielt ihre Prüfungen ab, und sie saß am Donnerstag abend gerade über den ermüdenden Korrekturen, als David anrief.

»Ich dachte, ich komme erst mal nach Hause, fliege dann aber früher zurück und besuche Ikuko. Sie holt mich in L.A. mit dem Auto ab.«

Leila wollte sich auf keinen Fall anmerken lassen, wie sehr es sie enttäuschte, daß seine Zeit zu Hause beschnitten war. »Hoffentlich kannst du dein Ticket noch ändern lassen. Es ist reichlich spät dafür. Das kostet, glaube ich, eine Strafgebühr.«

»Ich habe es schon ändern lassen. Ich habe die Differenz bezahlt.«

Er hatte es getan, bevor er überhaupt mit ihr gesprochen hatte. »Dafür, daß ihr euch noch nicht so lange kennt, scheint es dir recht ernst mit dieser Ikuko zu sein.«

»Sie gefällt mir eben. Und ich bin neugierig, wie es bei ihr zu Hause ist.«

Sie bekam von ihm nie zu hören, daß er sexuell total abgefahren oder wahnsinnig verliebt war. Egal, was er erlebte, wenn er über das Mädchen mit ihr sprach, blieb seine Stimme stets kühl und vernunftbetont. Ihr wurde klar, daß sie ihm ihre Situation sagen mußte. »David, dein Vater und ich leben getrennt.«

»Was meinst du damit? Daß er in New York ist und du in Cambridge?«

»Daß er mit seiner schwangeren Freundin wieder in Cambridge ist und wir beide uns Scheidungsanwälte genommen haben.«

»Warum denn so plötzlich?« Er klang gekränkt.

»Du hast mehrmals gesagt, daß ich ihn verlassen soll.«

»Aber du hast ihn nie verlassen. Du hast mit seiner … ewigen Herumtreiberei gelebt. Warum jetzt der Bruch?«

»Seine Freundin bekommt ein Kind, vergiß das nicht. Das ist etwas ganz anderes, als mit irgendeiner Schauspielerin in Minneapolis ein paarmal ins Bett zu gehen. Es hat mir nie gefallen, aber es war nicht vor meiner Nase, und er hatte immer fünfundsiebzig Entschuldigungen, wie angespannt er war, wie verunsichert. Ich hatte das Gefühl, da ich ihn nicht begleiten konnte, mußte ich ihm verzeihen, was er tat, wenn er in anderen Städten zu einsam war oder unter Premierendruck stand. Das hier ist anders.«

»Ich finde, ihr solltet zu einem Eheberater gehen und das bereinigen.«

»David, darüber sind wir hinaus. Weder er noch ich wollen irgend etwas bereinigen.«

»Mutter, du wirst völlig allein sein. Ich bin hier unten. Du kannst nicht allein leben. Ich bin überzeugt, daß er dich eigentlich nicht verlassen will.«

»Ich kann nicht mehr. Ich bekomme von ihm nicht genug, um ertragen zu können, was er tut. Es ist nicht mehr genug Gefühl übrig. Nicht mehr genug Kraft in der Beziehung. Sie ist verschlissen.«

»Wie kann sie plötzlich verschlissen sein? Du mußt es nur versuchen.«

»Ich bin es müde, es immer wieder zu versuchen, David. Ich dachte, du würdest das verstehen.«

»Wie willst du denn zurechtkommen?«

»In welcher Beziehung?«

»Mutter, wie willst du die Rechnungen bezahlen?«

Sie schwieg einen Moment. »Kann es sein, daß du nicht weißt, daß in der Hauptsache ich diesen Haushalt in den letzten zehn Jahren getragen habe?«

»Ich habe gewußt, daß du arbeitest, sicher. Aber du hast nie gesagt, daß du das meiste Geld verdienst.«

»Warum hätte ich das sagen sollen?« Sie hatte angenommen, daß David sich darüber im klaren war. Was waren sie für eine Familie: David wußte von Nicks Liebschaften, aber beide hatten sie ihre Einkommensverhältnisse streng vor ihm geheimgehalten. »Nick ist nur Lehrbeauftragter, und seine Regiegagen sind nie sehr hoch. Diese letzte jetzt ist wahrscheinlich die beste gewesen, die er je bekommen hat, aber damit ist es nun auch vorbei.« Sie hatte ein schlechtes Gewissen, ihm das endlich zu sagen. Nick und sie hatten nie offen über die Situation gesprochen, nicht einmal untereinander, geschweige denn David gegenüber. Es war eine Menge, was sie ihm da plötzlich aufbürdete.

David schwieg. Sie hielt auch den Mund und wartete. »Das ist ein ziemlicher Schock«, sagte er schließlich. »Ich finde es irgendwie lächerlich, sich nach so vielen Jahren scheiden zu lassen. Wer ist denn die Torte? Doch bloß eine Schauspielerin wie die anderen auch. Das kann jeden Tag vorbei sein. Wenn er wieder in Cambridge ist, dann ist sie doch in New York?«

»Sie ist mitgekommen. Und es wird einundzwanzig Jahre lang nicht vorbei sein. Es ist ein Kind unterwegs. Und Kinder sind ungeheuer real, David. Sie ändern alles. So war es bei dir. So wird es bei diesem sein. So ist es bereits.«

»Vielleicht könnten wir es einfach adoptieren –«

»Warum sollte Sheryl uns ihr Kind geben? Sei realistisch. Das ist ihr Machtinstrument. Und willst du die Uni hinschmeißen und ein Kind aufziehen? Ich kann es nicht.«

Sie hörte ein Geräusch, als ob er nach etwas schlug oder trat. »Ich kann einfach nicht glauben, daß seit Thanksgiving alles den Bach runtergegangen ist.«

Sie hatte sich nie auf Weihnachten gefreut, ein Fest, das in ihrer Kindheit nichts als eine Quelle der Peinlichkeit und der Nichtzugehörigkeit gewesen war, ein Gefühl, das ihr auch später noch ein paarmal begegnet war, wenn in ihrem Freundeskreis Lieder aus den Ferienlagern gesungen wurden. Sie war nie ins Sommerlager gefahren. Sie wußte nicht, woher all die dümmlichen Lieder kamen, so daß sie sich unwohl, gelangweilt und ausgeschlossen in einem gefühlt hatte. Und dieses Gefühl hoch zehn war Weihnachten in ihrer Kindheit gewesen. Weihnachten war eine ganze Industrie: Weihnachtspapier, Weihnachtskarten, Weihnachtsgeschenke, Weihnachtsbäume, Weihnachtsschmuck, Weihnachtslieder, Weihnachtsgebäck, auch das Fernsehen und selbst die Uni hallten von Weihnachten wider. Sogar im Wetterbericht wurde debattiert, ob es nun eine weiße Weihnacht werden würde.

Dieses Jahr gab es keinen Baum. Weihnachten war ihr immer wie eine Verschwörung vorgekommen, ihre freie Zeit zwischen den Prüfungskorrekturen und den Vorbereitungen auf das nächste Semester zu beschneiden. Ein Anschlag, ihr die Zeit zum Lesen und zum Ausspannen zu stehlen.

Sie hatte gedacht, David würde ihre Entscheidung verstehen. Er war immer auf ihrer Seite gewesen. Sie hätte wissen müssen daß eine tiefgreifende Änderung in seiner Familie ihn verstörte. Kinder wollten ihre Eltern immer *in situ, in stasis.* Je rascher sie sich änderten, desto mehr hatten ihre Eltern die gleichen zu bleiben.

David war ihr bei ihrer nächsten Begegnung mit Sam sehr im Kopf. Es war ein seltsames Gefühl, zu Cathy zu fahren, um ihn zu sehen, denn Sam war auf Kaution zu Hause. Er sah munterer aus. Seine Haut hatte mehr Farbe, aber sein Energiepegel schien immer noch niedrig zu sein. »Ich darf nicht zu Gene. Er ist schon einen Monat draußen. Er ist mein bester Freund, und er fehlt mir total. Und die Schule will mich auch nicht mehr haben.«

»Was machen Sie wegen des Unterrichts?«

»Ich habe einen Hauslehrer. Ich bin im Rückstand. Ich muß jeden Tag stundenlang lernen, um aufzuholen. Zak versucht mir zu helfen, aber er weiß viel von dem Zeug nicht mehr. Es ist absolut öde, ganz allein allen möglichen Quatsch lernen zu müssen. Wenn wenigstens Gene und ich zusammen lernen dürften.«

Seiner Schilderung nach hatte Becky ihn zu dem Mord verführt. Leila fragte: »Alles war ihre Idee?«

»Sie war ganz besessen davon. Sobald sie anfing, davon zu reden, hörte sie nicht mehr auf. ›Tu's, oder du siehst mich nie wieder. Tu's, oder er macht uns beide fertig. Er weiß Bescheid. Er wird uns erledigen. Er weiß Bescheid, und wir müssen rasch handeln.‹« Sam klang tief deprimiert.

Seine Stimme schwoll theatralisch, aber es war keine Kraft hinter den Worten. Hinter der Fassade einer zurechtgelegten und offensichtlich geprobten Aussage schien er in kalte Lethargie versunken.

Sie wagte sich vor. »Haben Sie Schuldgefühle, sie bloßgestellt zu haben?«

»Was soll's? Wir können sowieso nie mehr zusammen sein.«

Etwas war merkwürdig an der Antwort. »Weil Sie nicht mehr mit ihr zusammen sein können, erscheint es Ihnen sinnlos, sie schützen zu wollen?«

»Sie schützen? Sehen Sie sich doch an, was mir passiert ist, als ich sie schützen wollte.« Er lachte bitter. »Mein ganzes Leben hat sich in Scheiße verwandelt. Wenn ich ihr nicht begegnet wäre, dann wäre ich jetzt auf dem Weg zur Uni in Amherst. Meine größte Sorge wäre, welchen Zimmergenossen ich im Studentenheim kriege. Ich dachte eben, ich wäre ein starker Typ.«

Sie lehnte sich zurück und versuchte sich vorzustellen, daß David aus Liebe zu Ikuko auf jemanden einschlug, ihren Vater zum Beispiel oder einen Onkel, der sich an ihr vergangen hatte. Sie konnte sich bei diesem Jungen mit ähnlichem Haar wie sein Onkel und spitzigen, nahezu zarten Gesichtszügen nicht vorstellen, daß er genug Leidenschaft für Becky aufbrachte (die, fiel ihr ein, ähnlich spitzige Gesichtszüge hatte, mit einer Andeutung von Zerbrechlichkeit, von Kleinwüchsigkeit), um für sie zu töten. Sie konnte sich eine so abgründige Liebe bei beiden nicht vorstellen.

»Zak ist völlig fertig, weil ich gestanden habe«, sagte Sam und putzte seine Brille. »Aber er saß mir ständig im Nacken, die Wahrheit zu sagen. Und was blieb mir schon anderes übrig? Die haben mich doch völlig in der Hand. Jetzt ist es eine Frage des Überlebens.«

»Er brauchte den Glauben an Ihre Unschuld.«

»Dann ist er kein guter Menschenkenner, wie? Oder vielleicht war er einfach nie so verrückt nach einer Frau, um zu wissen, wie sehr ich ihretwegen den Kopf verlieren konnte.

Becky.« Er schien Schwierigkeiten zu haben, ihren Namen auszusprechen.

»Sind Sie wütend, weil er so fest an Ihre Unschuld geglaubt hat?«

»Schätze schon. Das macht mich zusätzlich fertig, das Gefühl, ihn belügen zu müssen. Ich stecke tief genug drin, auch ohne die Sorge, wie es meinem Onkel damit geht.«

»Finden Sie, er denkt nur an sich?«

»Eigentlich nicht. Er gibt sich Mühe.« Sam musterte sie. »Er mag Sie.«

»Ich mag ihn auch. Schließlich gilt er als sehr guter Tierarzt.« Sogar für ihre Ohren klang das lächerlich. Wie eine unnötige Rechtfertigung der dümmsten Art.

»Frauen machen sich andauernd an ihn ran, aber bisher war er nicht interessiert. Außerdem haben wir ihn echt gebraucht. Mom hat nur Scheiße gebaut, bevor er alles geregelt hat. Sie hat das Konto immer so total überzogen, daß ich es aufstocken mußte. Ich war vierzehn und mußte die Haushaltsausgaben berechnen. Vielleicht bin ich deshalb jetzt ein bißchen bemackt.« Er sah sie hoffnungsvoll an.

Sie hätte am liebsten gesagt, daß sie ihn im Verdacht hatte, überhaupt nicht bemackt zu sein, aber sie nickte nur nachdenklich. »Wo ist sie übrigens?«

»Sie ist arbeiten.« Er zog ein angewidertes Gesicht. »In meiner ersten Woche zu Hause hat sie praktisch auf mir gegluckt. Als ob ich gleich nach Kolumbien abhaue und beim Drogenkartell einsteige. Wo soll ich denn hin? Ich besitze gerade mal zwanzig Dollar. Also werde ich aus dem Haus rennen und den Typ an der Tankstelle kaltmachen oder was?«

»Ich denke, sie ist einfach in Sorge um Sie. Beide sind das.«

»Zak benimmt sich, als wäre meine Mutter blöde – ich meine, sie ist kein Genie, aber das Problem ist, daß sie oft was ganz anderes will als er. Wie wenn ich Leuten alle Vitamine und Mineralien in irgendwelchen Cornflakes aufzähle, dabei finden die, die schmecken wie Hundefutter, und würden lieber verhungern.«

»Neigt er dazu, andere zu gängeln?«

»Nein, das ist *ihr* Talent.«

»Cathys?«

»Nein, *ihrs,* Becky. Die konnte mit mir machen, was sie wollte. Ich war völlig besetzt von ihr, total behämmert!« Sein Gesicht verzerrte sich zu einer Leidensmaske. »In der Schule kam ich mir so schlau vor, dabei war ich der Dumme. Der Dümmste von allen.«

Als sie nach Hause kam, drohte ihr Anrufbeantworter zu platzen. Jane: »Brauchst du Hilfe wegen der Scheidung und so? Denk dran, ich bin für dich da.« David: »Mom, ich hatte gerade ein Gespräch mit Dad, das war echt total daneben. Ich glaube, er hat sie nicht mehr alle. Ich kenne welche in meinem Alter, die haben mehr Ahnung von Beziehungen als er.« Zak: »Ich dachte mir, ich komme morgen in die Stadt, Samstag. An der Tufts ist ein Kolloquium über ansteckende Bauchfellentzündung bei Katzen. Vielleicht können wir abends essen gehen. Ich könnte so gegen sechs.« Studentin: »Ich weiß, Sie haben gesagt, Sie möchten nicht zu Hause angerufen werden, aber ich habe Ihre Nummer aus dem Telefonbuch, und ich muß wissen, ob ich bestanden habe. Unbedingt.« Phyllis: »Unter uns, Joan und ich finden, Nick hat den Arsch offen. Du weißt ja, von seiner Familie kriege ich Pickel. Meiner Meinung nach hat er dich nie mit der Achtung behandelt, die du verdienst, und ich hätte mir nicht die Hälfte von dem bieten lassen. Aber wie wirst du zurechtkommen?« Nick: »Wir müssen reden. Das kann nicht länger aufgeschoben werden. Neue Schlösser anbringen zu lassen war primitiv und pubertär. Ich bin heute abend um acht da.«

Ihr erster Gedanke war, sofort das Haus zu verlassen. Jane anzurufen und zu fragen, ob sie bei ihr übernachten konnte. Dann fragte sie sich, wovor hatte sie eigentlich Angst? Es war sicher nicht angenehm, den Mann zu treffen, der seit ihrer Volljährigkeit ihr Ehemann gewesen war, aber wahrscheinlich war es notwendig. Wegzulaufen schob das Gespräch nur hinaus. Die Telefonnummer, die er hinterlassen hatte, war nicht die vom Charles. Hatten sie schon eine Wohnung gefunden?

Sein Anwalt hatte also mit ihrer Anwältin gesprochen. Sie wollte frei sein, und vermutlich wollte auch er sich losmachen. Sie merkte, daß sie nicht klar denken konnte. Vielleicht war es besser, ihm zu begegnen und sich den vorhandenen und nicht vorhandenen Möglichkeiten zu stellen. Sollte sie ihn anrufen? Nein, laß ihn zappeln. Vronsky stand vorwurfsvoll auf ihrem Schreibtisch. Sie war ziemlich viel fort gewesen. Sie entschuldigte sich bei ihm, und er schubberte sich an ihrer Hand. Die Feiertage wurden bestimmt seltsam. Vielleicht blieb ihr recht viel Zeit zum Arbeiten.

Um Viertel vor acht hatte sie arge Magenschmerzen und hatte sich gerade zum vierten Mal umgezogen. Sie nahm die Zeitung zur Hand, las zwei Artikel, ohne zu begreifen, worum es ging, stellte den Fernseher an und sah eine Sendung mit viel Grün auf dem Bildschirm. Sie stand auf, sie setzte sich hin. Sie ging nach oben. Sie meinte, ihn an der Tür zu hören, und stürzte wieder hinunter. Sie beobachtete die Zahlen auf der Kontrollanzeige des Geschirrspülers und schaute zu, wie sie sich aus 45 in 38 Minuten verwandelten. Sie bürstete sich noch einmal die Haare. Sie entfernte Fusseln und Katzenhaare von der Couch. Vielleicht würde sie anfangen, Katzen zu sammeln, wie es sich für eine schrullige alleinstehende Dame gehörte. Sie würde braune Katzen haben, schwarze Katzen, gestreifte, gefleckte, rote, gelbe, weiße und graue Katzen, Katzen mit langem Fell und kurzhaarige Katzen. Sie würde Katzen haben, wie manche Leute Mäuse hatten. Der Gedanke war das erste, was sie seit dem Abhören des Anrufbeantworters amüsierte. Es war fünf nach. Wo steckte er? Es sähe ihm ähnlich, ihr erst durch die Ankündigung seines Kommens den Nerv zu rauben und es sich dann anders zu überlegen.

Um acht Uhr zweiundzwanzig hörte sie ein Auto in die Auffahrt biegen. Sie gestattete sich nicht, in Panik nach oben zu laufen und zum vierzehnten Mal ihr Haar zu bürsten und ihr Aussehen zu überprüfen. Sie zwang sich, in die

Küche zu gehen und Geschirr wegzustellen. Unter dem Geklapper klingelte es an der Tür.

Sie ertappte sich dabei, wie sie mit einer törichten Grimasse auf dem Gesicht zur Tür hoppelte. Sie blieb stehen und strich sich energisch über Augen und Wangen, um das verzerrte Angstlächeln zu verbannen. Sie setzte ein höflich fragendes Gesicht auf, dann öffnete sie die Tür mit einem Ruck. »Hallo, Nick«, sagte sie ruhig. Zumindest ihre Stimme hatte sie unter Kontrolle. »Komm herein.« Sie trat höflich beiseite und wies ihn ins Wohnzimmer wobei ihr kurz der Wunsch kam, es umgestaltet oder wenigstens renoviert zu haben.

Er schaute sich um, nickte flüchtig und setzte sich in seinen angestammten Ledersessel. »Dir geht's gut?«

»Bestens.« Sie nahm seinen Mantel und hängte ihn an die Flurgarderobe, wegen der Förmlichkeit der Geste und um sich Zeit zu geben für eine glatte Fassade. »Und dir?«

»Das ist natürlich alles sehr aufreibend.« Er sah den Stapel seiner Drucksachen. Die übrige Post wurde ihm nachgeschickt. »Ich möchte keinen Krieg mit dir.«

»Hast du mit Sheryl eine Wohnung gefunden?«

»In Auston, nur vorübergehend. Ich möchte dieses Haus verkaufen. Wir können uns den Erlös teilen.«

Ihr erster Impuls war, das zu verweigern. Dann dachte sie an die schiere Größe des Hauses, die Steuern, die überflüssigen Zimmer. »Wir können versuchen, es zu verkaufen. Der Immobilienmarkt boomt nicht mehr so wie in den Achtzigern, Nick. Melanies Haus sucht seit ihrem Tod einen Käufer, und ich glaube, noch kein halbes Dutzend Leute haben es besichtigt.« Sie war bereit, ihn anzusehen. In ihrem Geiste war er der Nick von vor zehn Jahren gewesen. Nun sah sie einen Mann in mittleren Jahren, den sie sehr, sehr gut kannte, einen Mann, dem zu viele lange Nächte anzusehen waren. Sein Bart sah dunkler aus. Sie überlegte, ob er irgend etwas benutzte, um das Grau zu mindern. Das war jetzt Sheryls Problem. Dieser Körper mußte nicht mehr von ihr instand gehalten werden.

»Halt mich nicht hin mit Warten auf einen Verkaufspreis, der doch nicht kommt. Ich hätte lieber hundertfünfzig auf die Hand als mögliche zweihundert pro Nase erst in fünf Jahren«, sagte er. »Wir wollen es schätzen lassen.«

Sie antwortete nicht. Ihr eilte es nicht mit einem Umzug, und ihr machte es auch nichts aus, wenn das Haus für längere Zeit zum Verkauf stand.

»Wir werden jeder unser Auto behalten, nehme ich an. Beide sind nicht neu oder nobel. Da gibt es keinen Anlaß zu Streit.«

»Nick, diese finanziellen Einzelheiten werden am besten von unseren Anwälten ausgearbeitet. Ich dachte, du hättest etwas Persönliches zu besprechen.«

»Das ist alles sehr deprimierend. Ich dachte, du hättest Verständnis für meine Bedürfnisse. Ich gebe ja zu, die Sache mit Sheryl ist aus dem Ruder gelaufen, und sie ist labil. Vielleicht hätte ich mir nicht eine aussuchen sollen, die so ... jung und verletzlich ist. Aber sie bekommt ein Kind, und ich fühle mich verantwortlich.« Er legte die Hände auf die Knie. »Du müßtest es doch billigen, wenn ein Mann sich verantwortlich fühlt.«

»Ich finde diese Argumentation schäbig. Du sagst: Ich fühle mich verantwortlich für das, was ich getan habe, und du wirst dafür bezahlen. Oder wie ein Mörder, der sagt: Aber ich habe hinterher saubergemacht, ich habe die Blutflecke weggewischt. Es muß mir doch hoch angerechnet werden, daß ich meinen Dreck weggeräumt habe.«

»Hast du eigentlich mal Becky Burgess kennengelernt?« fragte er, plötzlich abgelenkt.

»Ich sehe sie regelmäßig«, sagte Leila trocken. »Gibt es sonst noch etwas, was du heute abend besprechen möchtest?«

»Du brauchst dich nicht so beinhart zu geben. Du bist groß für eine Frau, und mit der kampfbetonten Haltung wirkst du wie eine Polizeibeamtin.«

»Wir verstehen uns jetzt nicht besonders gut, Nick, und wir mögen uns nicht besonders. Möchtest du David sehen, wenn er nach Hause kommt?«

»Selbstverständlich! Wahrscheinlich hast du ihm des

langen und des breiten deine Seelenqualen ausgeschüttet, aber er ist immer noch mein Sohn, und es ist meine feste Absicht, daß er Sheryl kennenlernt, und ich möchte, daß er meine Situation versteht.«

»Das machst du im einzelnen mit ihm aus, nicht mit mir, bitte. Mich interessiert, wann du zum ersten Mal daran gedacht hast, unsere Ehe zu beenden.«

Er sah sie erstaunt an. »Jeder denkt daran, auszubrechen. Jedesmal, wenn man eine neue Beziehung eingeht, denkt man daran, wegzugehen und neu anzufangen. Das ist natürlich. Irgendwann wird es langweilig. Was sollte ich schließlich in all den fremden Städten mit mir anfangen? Du warst nie da.«

»Du wolltest mich nie da haben. Es war nicht nur, daß ich meine Arbeit hatte, auch wenn ich mich freimachen konnte, wolltest du mich nicht da haben. Ich hätte mir lange Wochenende einrichten können. Ich kenne eine Frau in der Fachschaft für Psychologie, deren Mann in Yale unterrichtet. Die eine Hälfte der Woche verbringen sie zusammen, die andere getrennt. So leben sie seit sieben Jahren, und sie sind sich, glaube ich, treu.«

»Dich reizen andere Männer nicht, weil du Männer einfach nicht besonders magst.«

»Ich frage dich, wann es für dich zu Ende war.«

Er rieb sich den Bart und runzelte die Stirn. »Letztes Frühjahr habe ich daran gedacht. Als ich im Mai nach L.A. ging und anfing, mein Leben mit dem von Tim zu vergleichen. Er hat ein Haus in Malibu, er geht zu allen großen Partys, und die Oberkellner begrüßen ihn mit Namen. Er hat einen privaten Trainer, der ihn in Form hält. Wir sind gleich alt, wir haben zusammen an der NYU studiert, wir hatten beide Rollen in *Maß für Maß* im Central Park ... Ich hatte das Gefühl, bis zum Kinn im Dreck zu stecken.«

»Letztes Frühjahr!« Sie war wie vor den Kopf gestoßen. All die Monate, den ganzen Sommer hindurch hatte sie gedacht, er würde sich nun auf eine ruhigere zweite Lebenshälfte mit ihr einlassen. Nichts von dem, was sie ihm geben konnte, hatte irgend etwas mit dieser Vision in seinem Kopf zu tun. Sie gehörte da nicht hinein. Sie konnte nicht einmal Verständnis für diese Wünsche aufbringen, denn sie waren ihr so fremd, als träumte er davon, ein Goldfisch oder ein Känguruh zu werden. »Nick, was tust du hier heute abend? Was willst du?«

»Verdammte Kacke, Leila, wir waren zwanzig Jahre und mehr verheiratet ...«

Ihr kam der Gedanke, daß er die genaue Zahl wahrscheinlich nicht wußte. »Vierundzwanzig Jahre, sechs Monate und neun Tage.« Sie schüttelte den Kopf. »Wir werden uns nie über unsere Ehe verständigen können. Sie sah einfach zu anders aus – von unten und von oben.«

»Seit Jahren spielst du die fromme Dulderin, als ob ich etwas bin, was ertragen werden muß. Sheryl liebt mich. Sie liebt mich leidenschaftlich.«

Leila stand auf und holte seinen Mantel. »Das reicht, Nick. Wir werden uns nur noch in Gegenwart unserer Anwälte sehen, und wir werden nicht über Liebe und Leidenschaft reden und über deine Rechtfertigungen, warum du mit sehr jungen Frauen schläfst. Gute Nacht.«

»Du bist zum Abgewöhnen, Leila. Wir hätten länger zusammenbleiben können, wenn du mir mehr vergeben und mehr gegeben hättest.«

»Ich habe zu Hause gegeben und auch in der Uni. Ich habe mich völlig verausgabt. Du bekommst ja nun, was du verdienst. Genieße es.«

»Das habe ich auch vor.« Er knallte die Tür zu.

»Und ich auch«, sagte sie zu der Tür. »Falls ich noch weiß, wie das geht. Wenigstens weiß ich die Stille zu genießen.« Sie beschloß, sich nicht mehr mit ihm zu treffen. Es war zu schmerzhaft. Sie fühlte sich wie nach einer Mahlzeit aus Glasscherben.

39

Becky

Becky wünschte sich Tag und Nacht, Geld für Mama zu haben. Mama war mit Schmerzen in der Brust, die sich als Herzschmerzen herausstellten, ins Krankenhaus gekommen. Sie sah zehn Jahre älter aus, und ihre Haut war flekkig. Becky hatte Angst um sie. Wenn Terry sich bloß einen Job besorgen würde, irgendeinen, dann könnte sie ein wenig Geld für ihre Mutter abzweigen. Mama durfte kein Fett essen, aber wer konnte sich in einem Haus voll hungriger Mäuler teure Diätkost leisten? Gebratener Mehlteig war die einfachste Methode, die Kinder jeden Morgen satt zu kriegen.

Tommy hatte seine Frau und sein Kind zu ernähren. Tommy wußte, daß er mehr Geld verdienen mußte, als die Kammuschelfischerei brachte. »Ich werde mehr für Die Typen machen«, sagte er leise zu ihr. Er hatte sich einen Schnurrbart stehen lassen, einen rabenschwarzen, den er sich gerne rieb. Der große, glänzende Schnurrbart stand ihm im Gesicht wie eine Schleife auf einem Päckchen.

»Das darfst du nicht tun! Du weißt doch, was Papa immer sagt.«

»Und schau dir an, wohin es Papa gebracht hat. Sauber bleiben füllt dir nicht die Taschen. Jemand muß ja seinen Arsch hinhalten. Joey ist tot. Jemand muß die Familie über Wasser halten, und andere Rettungsleinen sehe ich nicht.«

»Ich würde so gerne helfen, Tommy, wirklich.«

»Du tust, was du kannst, Becca, das weiß ich. Wenn das Papiergewicht, das du geheiratet hast, sich mal von seinem Arsch erheben würde, wäre dein Leben schon viel leichter.«

Vor einem Jahr, noch vor sechs Monaten, wäre sie aufgesprungen, um ihren Mann zu verteidigen. Jetzt zuckte sie nur die Achseln. »Ich weiß nicht, was ich mit ihm anfangen soll. Ich habe nichts, was mir gehört, Tommy. Er und seine Eltern haben überall die Hand drauf.«

»Du zahlst doch die Miete.«

»Aber seine Eltern haben den Kaufvertrag mit unterschrieben. Das ist nicht die Miete, das ist Wohngeld und Heizung.«

»Und wenn sie's Trinkgeld nennen, du zahlst es jeden Monat. Er ist eine von den Verpackungen, in denen du sowas wie Deodorant kaufst, sieht aus, als wäre ein Liter drin, und wenn du den ganzen Papier- und Plastikkram entfernst, bleibt ein winziges Fläschchen übrig, das keinen grünen Lappen wert ist.«

Sie lachte, sie konnte nicht anders. »Ich habe einen Fehler gemacht. Ich habe ihn für was Besonderes gehalten. Wenn ich mich jetzt von ihm scheiden lasse, bin ich alles Geld los, das ich reingesteckt habe. Tommy, ich hoffe, Mattie weiß, was sie an dir hat.«

Er grinste. »Sie weiß es. Sie hat lange genug drauf gewartet. Jetzt sag kein Wort davon zu Terry.«

»Warum sollte ich? Wir sagen nie was zueinander, außer wenn wir uns streiten.«

Zwei Jahre lang, so kam es ihr vor, hatte sie sich ständig den Kopf zerbrochen, wie sie es Terry recht machen konnte, sich für ihn attraktiv machen, ihn besänftigen konnte. Jetzt dachte sie selten an ihn, höchstens, wenn sie ihn vor der Nase hatte oder hinter ihm herräumen und -putzen mußte. Nein, sie dachte an Sam. Er war bloß ein Junge, das wußte sie, aber er brachte sie wieder in Fahrt.

Bei der nächsten Vorstellung wartete sie ab, was passieren würde. Hatte er es mit der Angst bekommen? Würde er es wagen, sich noch einmal an sie heranzumachen? Sie ging weder auf ihn zu noch von ihm weg. Wenn er mir heute abend nachkommt, dann weiß ich, es ist echt. Das Stück war halb vorbei, und sie standen beide hinter der Bühne. Sie ging zur Toilette in den Keller hinunter. Als sie herauskam, erwartete er sie schon. »Bitte!« sagte er. »Bitte!« Seine Stimme war ganz rauh vor Anspannung.

Der Keller war feucht und kalt. Er packte ihren Arm und zog sie in einen Raum, in dem sie die Kulissen gezimmert hatten. Er machte die Tür zu und begann sofort, sie zu küssen, als hätte er an überhaupt nichts anderes gedacht. Er hielt sie so eng an sich, als könnte er sie durch die Sachen hindurch in seinen Körper ziehen. Er war kräftig für seine Größe. Sie küßten sich endlos, fast brutal. Sie war sicher, daß er noch Jungfrau war. Das erregte sie. Sie wollte zwar. Aber nicht hier und jetzt. Sie stieß ihn fort. »Wir müssen nach oben. Wir versäumen sonst unsere Auftritte, und das wäre das Ende.«

Er hörte auf sie und ließ los. Beide gingen nach oben und ordneten fieberhaft ihre Kleidung. Sie war erstaunt, als sie merkte, daß erst die nächste Szene lief. Sie waren nur neun oder zehn Minuten unten gewesen.

Allein von der Art, wie Sam sie ansah, durchströmte es sie heiß. Sie überlegte nicht, was sie tun sollte. Sie wußte es. Aber sie wollte ihn warten lassen. Er sollte sie so sehr begehren, bis er es nicht mehr ertragen konnte. Dieses heftige Verlangen war das Stärkste, was sie je in ihrem Leben berührt hatte. Es war, als steckte sie die Finger in eine Steckdose. Die Haare auf dem Kopf standen ihr zu Berge.

Sie sahen sich erst am Freitag wieder, bei der nächsten Vorstellung. Noch zwei Wochenenden, dann begannen die Proben für ein neues Stück. Sie war bereit, jede Rolle zu spielen. Kulissen zu zimmern, Kostüme zu nähen, auf den Knien den Fußboden aufzuwischen.

Als sie heimkam, war Terry noch nicht zu Hause. Er war wohl mit Lyle oder Chris aus. Trotzdem ging sie am nächsten Morgen seine Sachen durch, während er unter der Dusche stand. An seinem Hemd und seinem Jackett haftete ein Duft. Kein After-shave. Parfüm. Sylvies Tante Marie benutzte das. Cerissa, so hieß es. Wer immer den Duft an seinem Hemd hinterlassen hatte, es war nicht Tante Marie und bestimmt nicht Chris oder Lyle. Vielleicht war er tanzen gewesen. Vielleicht hatte er jemandes Freundin umarmt – aber die Frauen in seinen Kreisen umarmten nicht. Sie hielten höchsten die Wange für einen flüchtigen Kuß hin. Sie nahm sich einen Fünf- und zwei Eindollarscheine und ein paar Vierteldollarmünzen. Fast jeden Tag erleichterte sie seine Taschen. Sie hatte nur scharfe, sengende Verachtung dafür übrig, daß er nie wußte, wieviel Geld er hatte. Sie mußte krebsen, um alles zusammenzuhalten, und er machte sich nicht einmal die Mühe, sein Geld zu zählen. Seine Eltern gaben ihm welches, und er stopfte es in die Tasche. Die hatten's ja.

Sie mußte Terry aufmerksamer beobachten. Wenn er eine Freundin hatte, war sie in ernsten Schwierigkeiten. Aber sie nahm es auch als Zeichen, daß sie dem Verlangen ihres Herzens stattgeben durfte, wenn es denn ihr Herz war, was da verlangte. Sie hatte noch nie zuvor reine Lust empfunden, so ohne alle Zutaten, der pure Zucker, es brannte wie der Schnaps, den manche hier in der Garage destillierten. Sie hatte immer andere Dinge von Männern gewollt, eine Ehe, ein Heim, eine Erziehung, hübsche Sachen. Sam konnte ihr nichts geben als Sex und Anbetung.

Am Freitag sagte sie Helen, daß sie mit ihrem eigenen Auto zur Vorstellung fuhr, da sie unterwegs noch etwas zu erledigen hatte. Sie ging mit Sam nicht in den Keller, sondern flüsterte ihm zu: »Sag Dick Berg, daß deine Mutter dich abholt. Ich fahre dich nach Hause.«

Becky hatte gedacht, sie müßte eine Ausrede erfinden, um nach der Vorstellung warten zu können, bis alle gegangen waren, aber Dick Berg war völlig mit einem Schwarm ehemaliger Schüler beschäftigt, die sich das Stück angesehen hatten. Becky setzte sich einfach in ihr Auto und wartete, bis Sam einstieg. Sie fuhr sofort los, bevor er sie berühren konnte. Während der Fahrt machte sie höfliche Konversation. Er schien sehr nervös. Sie genoß das. Sie fand toll, daß seine Gefühle sich so körperlich zeigten wie bei Helens Hund Florrie. Er zitterte regelrecht. Es war herrlich aufregend, alles ihretwegen, und sie steuerte es. Sie hielt erst, als sie meinte, in der Nähe seines Hauses zu sein. Die Straße war unbeleuchtet. Sie parkte am Rand und machte die Scheinwerfer aus. Dann wandte sie sich zu ihm. »Möchtest du mich küssen?« fragte sie überflüssigerweise.

Was er an Raffinesse vermissen ließ, ersetzte er durch stürmische Leidenschaft. Außerdem lernte er rasch. Seine Zungenküsse hatten sich schon verbessert. Es war herrlich, küssen zu können ohne die Angst, überrascht zu werden oder einen Auftritt zu versäumen. Sie vergrub die Hand in seinem lockigen Haar, das wie das Fell eines edlen Pelztieres war, sie fuhr ihm mit den Händen über den Rücken. Stämmig gebaut. Stark. Er fühlte sich viel fester an als Terry. Es mußte schön sein, ihm die Sachen auszuziehen, aber im Auto kam das nicht in Frage. Immer nur ein Schritt auf einmal, damit er sich nie sicher sein konnte, ob sie es nun tun würde oder nicht. Sie lächelte an seiner Schulter.

Dieses Verlangen war wie der starke schwarze Kaffee, den Mama für Papa machte. Sie hatte ihn als Kind mit Milch und viel Zucker bekommen. Sie erinnerte sich an das erste Mal, als sie ihn wie ihr Vater früh am Morgen getrunken hatte. Ihr Kopf war davon zurückgeschnellt, so heiß war er, und ihr Herz hatte sofort zu rasen begonnen. Ja, hatte sie gedacht, das ist echt. Das ist das Wahre. Sam zu nehmen war auch so.

Sie legte seine Hand auf den obersten Knopf ihrer Bluse. Im Aufknöpfen war er weniger ungeschickt als Terry und wesentlich eifriger. Er berührte sie kurz durch den spitzenbesetzten Büstenhalter, dann griff er nach hinten und öffnete die Ösen. Seine Hände waren flink. Sie lächelte und sog den Atem ein. Würde er enttäuscht sein, daß nicht mehr an ihr dran war? Offenbar nicht. Außerdem würde er kaum Vergleiche anstellen. Sie hatten die Fenster heruntergekurbelt. Die Nacht war mild, und etwas duftete süß. Die kleineren Blätter raschelten verführerisch, wie Taft.

Sie begann sich zu verflüssigen, deshalb zog sie sich nach ein paar Minuten zurück und knöpfte die Bluse zu. Es war Zeit für Worte. »Du weißt, ich bin verheiratet. Du hast meinen Mann gesehen, Terry.«

»Ich liebe dich!« sagte Sam heftig und versuchte, sie wieder an sich zu ziehen.

»Ich glaube, ich liebe dich«, sagte sie und überlegte, was das wirklich hieß. Sie hatte fest geglaubt, zwei Männer zu lieben, und inzwischen haßte sie beide. »Aber wenn mein Mann dahinterkommt, wird er große Schwierigkeiten machen, im Ernst.« Sie wählte sorgfältig ihre Worte. Sie wollte ihn nicht verscheuchen, aber sie wollte auch nicht, daß er meinte, es sei alles ganz einfach.

»Würde er dich schlagen?«

Sie nickte. »Wir müssen aufpassen, daß er nicht dahinterkommt.«

»Warum kannst du ihn nicht verlassen?«

Sie hatte nicht vor, ihm einen Vortrag über Vermögensdinge zu halten, noch nicht. »Er würde mich nie gehen lassen. Nicht freiwillig. Ich muß dich jetzt nach Hause fahren.«

»Morgen? Können wir das morgen wieder machen?«

»Ich werde es versuchen.« Ihr gefiel es, ihn im Ungewissen zu lassen. Aber nichts hätte sie jetzt noch abhalten können. Sie fragte ihn nach seinem Stundenplan. Sie wollte wissen, wo er nach der Schule war. Seine Schwester hatte geheiratet und war aus dem Haus. Seine Mutter hatte ein Atelier, wo sie töpferte und unterrichtete. Sie kam dienstags bis samstags gegen sechs nach Hause. Sein Vater war tot, seine Mutter hatte einen Freund.

Becky beschloß, mit ihm zu schlafen. Sie wollte das mehr als irgend etwas sonst, dachte jedoch nicht daran, ihn das schon wissen zu lassen. Aber wo? Sie war nicht bereit, im Auto zu bumsen. Knutschen, das ging im Auto, aber sie wollte eine richtige Verführungsszene. Sie wollte ihm langsam die Sachen ausziehen und ihn anschauen und von ihm richtig angeschaut werden. Sie hatte noch hübsche Dessous, die Terry längst nicht mehr wahrnahm, ein Rest der Reizwäsche aus ihrer Zeit im Lady Grace. Ein paarmal hatte Terry nicht nur die üblichen Actionfilme aus der Videothek mitgebracht, sondern auch einen Porno. Aber sie hatten die Dinge, die in diesen Filmen zu sehen waren, nie getan. Meistens schaute Terry sich das an, bis sie beide heiß waren, und dann bestieg er sie einfach.

Sie war überzeugt, daß Sam alles tun würde, worum sie ihn bat. Sie hatte das Gefühl ungeheurer Macht. Sie hatte das Gefühl, riesengroß, ja fast bedrohlich geworden zu sein, als sie zu schnell nach Hause fuhr, um die Zeit mit Sam aufzuholen.

Am Samstag nachmittag, als Terry bei seinen Eltern war,

rief sie Sam zu Hause an. Sie hoffte, er würde zu Hause sein, denn er hatte ihr gesagt, daß er an den Wochenenden seine Schularbeiten nachholte. Trotzdem war sie ängstlich verkrampft, bis sie seine Stimme hörte.

»Bist du allein zu Haus?« fragte sie ihn.

»Ja. Ist er bei dir?«

»Er ist bei seinen Eltern. Da ist er immer. Laß ihn. Wo bist du?«

»In meinem Zimmer.«

»Ich liege auf meinem Bett. Ich habe einen schwarzen Body mit schmalen Trägerchen an, und oben kannst du durchsehen. Sonst habe ich nichts an.«

»Ich würde dich so gerne sehen.«

»Mach die Augen zu. Ich liege auf einer blauen Bettdekke. Jetzt lasse ich die Träger von den Schultern gleiten. Meine Finger kreisen ganz sacht um meine Brüste.«

Er stöhnte auf, und sie lächelte. »Jetzt drücke ich fest meine Brüste. Kannst du sie fühlen? Fester. Jetzt wieder sanfter. Jetzt gleitet meine Hand über meinen Bauch. Jetzt berühre ich die Haare. Meine Hand streicht nur darüber hinweg. Meine Hand gleitet über meinen Schamberg, drückt zu. Weißt du, wo das ist?«

»Ich möchte dich berühren. Ich möchte dich überall berühren.«

»Jetzt gleitet meine Hand zwischen meine Beine.« Sinnlos, zu technisch zu werden. Das Gelände war ihm nicht vertraut. Er würde lernen. »Ich berühre mich. Ich denke an dich und berühre mich.«

»Becky, Becky, laß mich das machen, laß mich das mit dir machen.«

»Vielleicht. Vielleicht auch nicht. Ich weiß nicht. Würdest du es jemandem erzählen, wenn ich mich von dir anfassen lasse?«

»Keiner Seele. Nicht mal meinem besten Freund. Ich schwöre es.«

Plötzlich hörte sie Terrys Schlüssel. »Mein Mann«, sagte sie und legte auf, raffte ihre Sachen zusammen und rannte ins Badezimmer. Sie warf den Body in den Wäschekorb und zog ihre Jeans an. Sie fühlte sich ungemütlich in der Hose. Sie hatte vorgehabt, sich zum Orgasmus zu bringen, aber erst, nachdem sie Sam so richtig aufgeheizt hatte. Sie wusch sich die Hände und trat forsch aus dem Badezimmer.

»Wie geht's dir?« fragte sie munter. »Was macht die Familie?«

»Chris möchte, daß ich nächstes Wochenende mit ihm zum Golfspielen nach Waterville fahre. Ein Typ aus seiner Firma hat da eine Ferienwohnung auf Time-Sharing-Basis, und wir können sie übers Wochenende haben … spottbillig.« Er schaute sie finster an, rechnete mit Protesten wegen der Geldverschwendung, solange er arbeitslos war. »Mit noch zwei anderen zusammen. Chris sagt, einer von denen hat vielleicht einen Job für mich. Auch wenn es das ganze Wochenende über regnet, kann ich den bearbeiten.«

Sie glaubte die Geschichte keinen Moment lang, aber es war ihr egal. Der Form halber, um nicht zu bereitwillig zu wirken, fragte sie: »Es ist doch hoffentlich nicht zu teuer? Vielleicht könntest du dich mit dem Typ auf andere Art treffen?«

»Wie denn? Ich würde nie an den rankommen. So bin ich das ganze Wochenende mit ihm zusammen und kann wirklich Eindruck machen. Ich würde dich mitnehmen, aber wir sind nur Männer, und du spielst nicht Golf.«

»Du wolltest es mir immer beibringen. Aber ich kann nicht weg. Das Stück. Am Wochenende sind die letzten Vorstellungen.«

»Du hast wirklich Spaß an der Schauspielerei?« Er fragte mit weniger Sarkasmus als seit Wochen.

»Ich bekomme Selbstvertrauen, und ich bekomme Erfahrung so daß ich meinen Chef vielleicht doch noch dazu überreden kann, mir eine Chance vor der Kamera zu geben.«

»Klingt toll«, sagte er mit deutlich hörbarer Unaufrichtigkeit. Sie dachte, er will weg, vielleicht mit der Cerissa-Dame, und ich will Sam ins Bett kriegen. Das ideale Wochenende für beide von uns. Ich muß mir nur seinen Zeitplan genau einprägen. »Ich bin so froh, daß du nicht aufgegeben hast und versuchst, neue Kontakte zu knüpfen.

Möchtest du heute vor der Vorstellung mexikanisch essen gehen? Ich muß erst um Viertel vor acht da sein.«

»Italienisch«, sagte er. »Dann gehe ich mit Chris und seiner neuen Freundin ins Kino.«

»Ach, wie heißt sie denn?«

Ein langes Schweigen folgte. Sie konnte sich vorstellen, wie er überlegte, ob er ihr den Namen der fraglichen Dame, offensichtlich der Cerissa-Benutzerin, sagen sollte. »Heather.«

»Das ist aber ein hübscher Name«, sagte Becky. »Heather wie?«

»Den Zunamen weiß ich nicht.«

So dumm war er nun auch wieder nicht, ihr den vollständigen Namen seiner Freundin zu sagen. Wenn sie nicht aufpaßte, würde er sie mit Hilfe seiner Eltern dieses Mädchens wegen abhalftern. »Ich werde das Wochenende ausnutzen, um die Wohnung mal gründlich zu putzen und alles aufzubügeln. Du weißt, wie ungern ich bügle!« Sie war wirklich eine gute Hausfrau, wie Helen ihr immer wieder sagte. Sie würde die Wohnung perfekt herrichten. Sie würde außerdem Sam hierher holen, ins Schlafzimmer. Sie spürte ihre Beine weich werden, wenn sie daran dachte, wie er gehorsam mit einer riesigen Erektion dalag. Vielleicht fiel ihnen etwas ein, wie er die ganze Nacht lang bleiben konnte.

»Ich bin dir wirklich dankbar, daß du das so gut aufnimmst. Es ist wichtig für mich. Dieser Typ kann mir echt nützlich sein.« Terry legte ihr versuchsweise die Hände auf die Schultern. Sie merkte, wie er begann, an Sex zu denken. Sie war nicht abgeneigt. Sie war von dem Telefongespräch immer noch scharf. Ihr machte der Gedanke Spaß, diese Energie Terry zuzuwenden, der sie im letzten halben Jahr selten erregt hatte. Sie hatte nicht das Gefühl, daß *sie* gemeint war, wenn er mit ihr schlief, sie stand einfach zur Verfügung.

Sie lächelte verführerisch. »Ich will dein Bestes, Terry, das weißt du.«

Sie strahlten sich an und küßten sich in enger Umarmung, ausnahmsweise einmal im Einklang miteinander, und beide – dessen war Becky sich völlig bewußt – logen sie das Blaue vom Himmel herunter.

40

Leila

Leila hatte gedacht, daß sie mit David schöne Ferien haben konnte, ohne Weihnachten heraufzubeschwören. Sie entdeckte, daß David an Weihnachten gewöhnt war und sich beraubt fühlte – oder das benutzte als einen Weg des Protestes gegen die Umwälzungen im Familienleben. Schließlich fuhren sie am 24. Dezember los und kauften einen kleinen Baum. Den alten Christbaumschmuck jedoch hatte sie Nick mitgegeben. Am vorigen Mittwoch hatte sie Mrs. Burke gebeten, ihn einzulassen, während sie in der Uni war. Sein Arbeitszimmer war ausgeräumt. Seine Kommode stand leer. Als sie nach Hause kam, enthielt sein Kleiderschrank nur noch abgelegte Sachen, die sie für Goodwill einpackte.

Sie hatte gehofft, Davids Gegenwart würde sie aufheitern, aber er zog sich für lange Telefongespräche mit Ikuko in Nicks ehemaliges Arbeitszimmer zurück. Dann stürzte er aus dem Haus, um alte Freunde zu treffen. Weihnachten, ließ er sie wissen, verbrachte er mit Nick und Sheryl. »Ich kann es schwer ablehnen, meinen Vater zu besuchen, und er heiratet sie schließlich. Offen gestanden möchte ich sehen, wie sie klarkommen, und hier gibt es ja kein Weihnachten, oder?«

Sie tat sich leid. Sie rief Jane an, von der sie sofort eingeladen wurde. Sie war jedoch nicht einem für sie bedeutungslosen Fest aus dem Weg gegangen und hatte damit David enttäuscht, um es dann mit Jane und Emily zu begehen. Sie bedankte sich überschwenglich bei Jane, lehnte aber ab. Dann saß sie da, streichelte Vronsky und überlegte, was sie mit sich anfangen sollte.

Das Loch in ihrem Leben durch Melanies Tod hatte starken Einfluß auf das Ende ihrer Ehe gehabt. Sie war bedürftig, und das hatte sie nicht zu sein. Sie war nicht die Ehehälfte, der Szenen und Ansprüche gestattet waren. Sie hatte den stillschweigenden Ehevertrag gebrochen. Vielleicht hatte sie nur die zuverlässige Ernährerin sein können, weil auch sie genährt wurde, und ohne Melanie war sie plötzlich einsam, und ihre Bedürfnisse blieben ungestillt. Sie dachte immer noch in den Gedankenbahnen einer Ehefrau.

Sie rief Zak an. Sie ließ ihm wenig Zeit, Fragen zu stellen, sondern erzählte ihm, was geschehen war, und fragte ihn, ob sie sich sofort auf den Weg zu ihm machen konnte.

»Fahr los. Ich habe gerade von meinem Nachbarn einen Eimer voll Austern bekommen, nachdem er sich auf meinem Grund eine junge Tanne abhacken durfte. Ißt du trejf?«

»Ja, sicher. Warum in Boston wohnen, wenn man keine Meeresfrüchte ißt? Ich bringe eine Flasche Weißwein mit.«

Ihr fiel ein, daß es immer noch den kleinen Weinkeller unter der Treppe gab, falls Nick ihn nicht geplündert hatte. Sie jedenfalls hatte sich nicht heftig daraus bedient. Sie stellte fest, daß Nick die Hälfte der Flaschen mitgenommen hatte, aber sie fand einen ansprechenden Chardonnay und klemmte ihn neben dem Ersatzreifen im Kofferraum fest, damit er auf der Fahrt kühlte.

Das Wetter war umgeschlagen. Keine weiße Weihnacht, sondern eine graue, schniefige. In der Nacht zuvor hatte es geregnet, und die Temperatur hatte sich bei fünf Grad eingenistet. Überall weinten Schneewehen, und Pfützen umgaben die verstopften Gullys. Es war ein matschiger, milder Tag.

Als sie die Sagamorebrücke überquerte, klarte es auf. Plötzlich lag der Boden bloß, obwohl in der Woche zuvor auf dem Cape mehr Schnee gefallen war als in Boston. Braunes Gras stach aus den Harschresten. Der Himmel glitzerte in hartem Tiefblau und war belebt von Möwen, die zu einem Rendezvous oder einer Mahlzeit hasteten.

Fast wollte sie umdrehen, fragte sich, was sie da eigentlich trieb, aber eine Rückkehr in das Haus, in dem sie sich völlig verlassen fühlte, kam einer Niederlage gleich, und was sollte sie Zak sagen? Ich habe es mir anders überlegt. Ich fand plötzlich, mich auf eine Affäre einzulassen ist nicht die tolle Art, einen Tag zu vertreiben, an dem ich in Selbstmitleid schwimme, deshalb habe ich mein Wort gebrochen.

War sie im Begriff, sich auf eine Affäre einzulassen? Sie mußte zugeben, daß sie es nicht ausschließen konnte, weigerte sich aber, sich schon festzulegen. Immerhin hatte sie oft an ihn gedacht. Und andere Freier gab es nicht. Zur Wahl standen nur etwas oder nichts. Aber allein leben war eine vernünftige Wahl. Schließlich hatte sie in den letzten Monaten nicht unbedingt dagesessen und stricken und stikken gelernt. Ihr Leben war prall voll, auch wenn es ihr Bett nicht war. Nun gab sie sich dem Glücksspiel anheim, sie, die Sicherheit vorzog, das Wohlbekannte, die aufgewachsen war mit einer Verachtung für Menschen, die gedankenlos Risiken eingingen und sich auf ihr Glück verließen. Und doch erwog sie jetzt, aus der Reihe zu tanzen.

Dann war da auch noch sexuelle Neugier. Sie war vor Nick nur mit zwei Jungen zusammengewesen und seitdem mit keinem anderen Mann mehr. Ihr gesamtes Sexualleben bestand aus einem Achtzehnjährigen, einem Neunzehnjährigen und Nick. Sie wollte nicht, daß Nick der letzte Mann blieb, mit dem sie ins Bett gegangen war, aber im Zeitalter von Aids wollte sie auch nicht irgendwen aufgabeln. Die nächste Möglichkeit ergab sich dann erst wieder auf der nächsten großen Konferenz, zu der sie fuhr, aber sie hatte Konferenzliebeleien immer abgeschmackt gefunden. Außerdem nahmen der Erfahrungsaustausch und die Netzwerkarbeit mit anderen Frauen sie immer viel zu sehr in Anspruch. Sie sollte sich wirklich nicht mit jemandem aus dem Fall einlassen, aber er war nicht die Hauptfigur. Und ihr ging es nicht darum, ihr Leben umzustrukturieren. Eine Art Freundschaft mit Sex, war das möglich? Mehr zierendes Beiwerk als zentraler Kern.

Es war eine Wahl abseits der Norm, wie Phyllis sie getroffen hatte, ein Sprung in eine andere Art des Liebens. Zak war jünger als Leila. Es war gut möglich, daß er sich im nächsten Jahr oder im übernächsten nach einer jüngeren Frau und einer neuen Familie sehnte. Auch widersprach es ihren Berufsgrundsätzen, sich mit ihm einzulassen. Aber es eröffnete ihr auch neue, lebendige Möglichkeiten.

Anders als in Cambridge sah der Tag hier einladend aus. Sie war unter einem durchnäßten Wollteppich hervorgekrochen in klare Luft. Auch wenn nichts dabei herauskam als ein Spaziergang, war es die Fahrt wert. Vom Shoot Flying Hill auf der 6 konnte sie dunkles Wasser leuchten sehen, das Meer pulste von Ionenmöglichkeiten, die dem Leben in den Wohnsilos der City unbekannt waren – auch in so angenehmen, baumbestandenen Wohnvierteln wie dem ihren. Sexuelle Möglichkeiten pulsten wie Ionen unter diesem strahlenden Himmel.

Sie kam gut voran und gelangte bald zu seiner gewundenen kleinen Nebenstraße. Ohne Schnee sah der Wald eher wie Mitte Oktober als Ende Dezember aus, doch die Sonne stand tief und schien rostrot durch die kahlen Zweige der Eichen. Er war draußen, hatte eine karierte Wolljacke an, schwang eine Axt und spaltete Holzscheite. Sie rief ihm zu, und er kam lächelnd angeschlendert. »Herrlicher Tag.«

Er ging mit ihr spazieren und führte sie durch die Pechkiefern und Zwergeichen zum Meer. Der Pfad leuchtete weiß trotz des rostroten Lichts. Die Bäume wurden kürzer und verrenkter. Sie dachte an alte chassidische Tänze. Schließlich überquerten sie eine schmale Asphaltstraße, folgten ihr für etwa hundert Meter und dann einem Weg durch Berberitzen und Strandquecke über eine Düne, durch eine Mulde und hinauf zum Meer. Sie würde sich nie daran gewöhnen, es plötzlich zu sehen, stets reichte es viel weiter, als sie erwartete. Es hatte den Strand bis fast an die Mergelsteilküste weggefressen. »Bei Flut ist um diese Jahreszeit der Strand völlig verschwunden.« Ein Pfad hatte sich in den Mergel eingegraben, und sie kletterten hinunter. Der von den Winterunwettern gerillte Mergel sah aus wie Elefantenhaut.

Es war frostig am Strand. Sie knöpfte ihren Mantel bis zum Hals zu und stopfte die Hände in die Taschen. Die Luft elektrisierte sie. Ihr Kopf kribbelte von innen. Sie schlenderten Seite an Seite, Wellen in der Farbe von Eisenspänen bäumten sich auf und stürzten nieder, Schlammwölkchen landeten zu ihren Füßen. »Es ist merkwürdig, nach so langer Zeit wieder hier zu sein. Ich bin natürlich weggegangen, als ich aufs College kam, und war nur im Sommer hier. Aber alle, mit denen ich zusammen aufgewachsen bin, sind noch hier«, sagte er.

»Finden die es komisch, daß du zurückgekommen bist? Bist du für sie ein Erfolgsmensch oder ein Versager?«

»Sie denken nicht in solchen Begriffen. Und sie finden es überhaupt nicht sonderbar, daß ich zurückgekehrt bin. Mehr, als wäre ich endlich zur Vernunft gekommen. Vielleicht bin ich das auch. In L.A. hat mir nie jemand Austern geschenkt. Ich habe hier sogar Hummer geschenkt bekommen, und ich kann soviel Fisch haben, wie ich kochen kann. Im Grunde genommen ist es so: ich bin der Tierarzt, ich bin nützlich, ich fülle eine Lücke.«

»Ich bin in Strawberry Mansion in Philadelphia aufgewachsen. Ich kann mir nicht vorstellen, dahin zurückzukehren. Meine Mutter ist von da weggezogen, sobald sie es sich leisten konnte.«

»Ich kenne das Viertel. Jetzt ist es schwarz ...«

»Das war es damals auch schon. Woher kennst du es?«

»Ich habe in Philadelphia studiert. Mir gefiel die Stadt sogar. Ich habe gerne da studiert.« Sie langten durchgefroren bei seinem Haus an. Er machte Kakao.

»Den habe ich nicht mehr getrunken, seit David klein war.«

»Ja, er schmeckt nach Kindheit, nicht? Dem besseren Teil der Kindheit. Der schlimmste Teil schmeckt wie eine Handvoll gefrorener Straßendreck.«

Um drei Uhr senkte sich die Sonne zu dem kleinen Teich. Leila half ihm das Holz hineintragen. Es wurde rasch kalt, die Luft verfestigte sich und wurde schwerer. Etwas schaute sie von der anderen Seite des Teiches an und war verschwunden, etwas Graues von der Größe eines Schäferhundes. »Was war das?«

»Ein Kojote.« Sie brachten das letzte Holz hinein.

»War das der, den du in der Tierklinik hattest?«

»Der ist immer noch Patient. Wir haben überall auf dem Cape Kojoten. Sie sind frech. Manchmal kommen sie am hellen Tag bis an die Häuser.«

»Und nachts hörst du sie heulen?«

»Wir haben stumme Kojoten, soweit ich feststellen konnte. Ich habe Füchse bellen hören, aber ich habe noch nie einen Kojoten einen Laut von sich geben hören. Sie sind wie Geisterhunde. Du siehst sie, und schon sind sie verschwunden. Vor zwei Tagen habe ich einen Fuchs gefunden, dem von einem Kojoten die Kehle zerfleischt worden war. Hat mir ziemlich zugesetzt.« Er machte sich umständlich am Feuer zu schaffen.

Wenn sie das Tier nicht gesehen hätte, sie hätte ihm vielleicht nicht geglaubt. Nach und nach kam sie zu der Einsicht, daß Zak dazu neigte, strikt bei der Wahrheit zu bleiben. Im Gegensatz zu Nick erfand oder übertrieb er wahrscheinlich nie eine Geschichte, um eine Abendgesellschaft zu unterhalten. »Siehst du auch Rehe?«

»Oft, in der Morgendämmerung. Aber ich sage es keinem meiner Freunde von früher, denn die gehen alle auf die Jagd. Sie fragen mich immer, ob ich Rehe gesehen habe, und ich stimme immer ein Klagelied an, wie sie seit meiner Kindheit verschwunden sind.«

Sie rubbelte sich die Hände, um die Wärme zurückzubringen. »Wenn du von deiner Kindheit sprichst, habe ich das Gefühl, daß du jahrelang nicht mehr daran gedacht hast.« Sie kuschelte sich unter einer Decke auf dem Sofa zurecht. »Vielleicht hattest du einen flotten Spruch darüber, daß du auf dem Cape aufgewachsen bist, der Freund der Fischersleute, aber du hast nie daran gedacht.«

Er legte Scheite aufs Feuer. Schließlich schloß er die Glastür. »Es ist toll, hier aufzuwachsen, aber du hast recht, ich habe es aus meinem Gedächtnis verdrängt. Ich war der schicke Tierarzt der Stars – oder jedenfalls der Leute, die sich am Rand der Medien tummelten. Ich habe doppelt soviel verdient wie hier und dreimal soviel ausgegeben.« Er stand gewandt auf und legte den Arm um sie. »Oben ist die Heizung an. In meinem Zimmer ist es warm. Da kann ich dich aufwärmen.«

Sie hatte seinen Zugriff nicht so früh erwartet. Sie hatte erwartet, nach dem Essen viel Zeit für einen Entschluß zu haben, mit David als triftigem Grund, um nach Hause zu fahren, falls sie das wollte. Aber er war nicht dumm. Diesmal gestattete er ihr bestimmt nicht, so zu tun, als hinge die Frage einer Beziehung nicht die ganze Zeit über ihnen wie ein großes Fragezeichen über dem Kopf einer Comicfigur. Sie war hundertsechzig Kilometer und zwei Stunden gefahren, um mit ihm zusammen zu sein. Heute konnte sie sich nicht auf Sam oder Becky oder Cathy hinausreden. Sie war einfach gekommen, um ihn zu sehen.

Zur Antwort gab sie ihm die Hand und stand auf. »Wir probieren es«, sagte sie, und das kam so leise heraus, daß sie nicht wußte, ob er es gehört hatte.

Er hatte, denn er lächelte plötzlich, ein warmes, überraschtes Lächeln, das tiefe Falten in seine Wangen prägte. »Sag das nicht, als ob du einwilligst, einen Fallschirmsprung zu probieren. Ich bin überzeugt, wir können es einigermaßen angenehm gestalten! Und hinterher bekommst du Austern zu essen.«

»Soll man die nicht vorher essen?«

»Das Wichtigste zuerst.« Hand in Hand stiegen sie die Treppe hinauf. Es war wärmer im ersten Stock, wie er versprochen hatte. Sie konnte ein Schuldgefühl nicht ganz abschütteln. Fünfundzwanzig Jahre waren vergangen, seit sie mit einem anderen Mann als Nick intimen Kontakt gehabt hatte. Sie konnte sich an ihre beiden ersten Liebhaber zwar noch erinnern, aber nur schemenhaft. Sie waren einfach aus ihren Gedanken und ihrer Fantasie verschwunden, als Nick von ihr Besitz ergriff.

Als beide die Stufen hinaufstiegen und dann Seite an Seite, die Arme um die Schultern gelegt, den Flur entlanggingen, wobei ihre Hüften freundschaftlich vertraut gegeneinanderstießen, fühlte sie sich übergroß und linkisch. Was tat sie da? Aber Nick war bei seiner fünfundzwanzigjährigen zukünftigen Ehefrau und Mutter seines zukünftigen Kindes. Wenn Nick an Leila dachte, dachte er nicht an Sex; er dachte an Immobilienpreise und Studiengebühren. Dieser Mann sah sie an, eine hochgewachsene, hölzerne Akademikerin, die nie eine Schönheit gewesen und nicht mehr jung war, sah sie an und wollte sie.

Sein Schlafzimmer war wohl aus zwei Stuben entstanden, denn zwischen den alten Dielen lag ein Mittelstreifen aus neu eingesetzten. Zwei Dachgauben blickten auf den Teich, wo ein großer schlanker Vogel durch das Schilf auf der anderen Seite stakste, sich als Silhouette vor dem schmalen Sonnenuntergang abzeichnete, wachsam den Kopf hin- und herwandte und dann weiterstelzte. »Ist das ein Reiher?«

»Der berühmte Große Blaureiher. Er ist immer eine Gnade. Sie wirken so heilig, wie Wesen aus uralter Zeit. Ich wage nicht einmal, sie aus der Nähe zu beobachten.«

Das Zimmer war in Rot und Blau gehalten, zwei überwiegend terrakottafarbene Hopibrücken auf dem Fußboden, schlichte dunkelblaue Vorhänge, eine Patchworktagesdecke aus rotem und blauem Samt, ein Haufen Kissen. Offensichtlich las er im Bett, denn das Kopfende war ein überquellendes Bücherregal. Das Bett hatte Doppelgröße und war aus schönem hellem Holz.

»Leila, hast du Angst, daß du mir nicht gefallen wirst, Angst, daß ich dir nicht gefallen werde, oder Angst, *daß* ich dir gefallen werde?« Er stand neben dem Bett und hielt sie bei den Schultern.

»Das faßt es in etwa zusammen.«

»Du könntest auch besorgt sein, daß ich Aids habe.«

»Daran kannst du sehen, wie lange ich schon weg vom Fenster bin, vom Fleischmarkt. Der Gedanke ist mir noch gar nicht gekommen.«

»Ach was, ich mag nette vernünftige berufstätige Frauen, die hinterher mit mir reden können und keinen Beschützer brauchen. Die schon wissen, wie alles gemacht wird. Ich habe es satt, Unterweisung in Lebenstüchtigkeit zu geben. Ich bin lebenstüchtig. Ich bin übrigens kein Risikopartner. Ich habe meine Frau nie betrogen.«

»Ich finde das lobenswert.«

»Sie fand das nicht.« Er seufzte und zog sie an sich. »Schluß mit dem Selbstmitleid. Nun wollen wir einander Vergnügen bereiten.«

Sein Körper war ganz anders als der von Nick. Für einen Augenblick fühlte es sich falsch an, als umarmte sie David, denn er hatte eher Davids Figur. Aber David war größer als sie. Zak hatte fast genau ihre Größe und ihr Gewicht. Sie hatte es immer genossen, daß Nick ihr das Gefühl gab, eine zierliche Frau zu sein, aber sie merkte, sie mochte auch das Gefühl, daß Zak und sie einander gewachsen waren, ein Gespann wie zwei Pferde, die die gleiche Last ziehen konnten und im gleichen Schritt gingen.

Er küßte offenbar gern, denn auch nachdem sie sich aufs Bett gelegt hatten, taten sie eine lange, intensive, elektrisch aufgeladene Zeit nichts als küssen. Ihr Atem begann in der Kehle zu stocken. Seine Hände fühlten sie wirklich. Sex war für lange Zeit mit Fragen und Treulosigkeiten und Ängsten belastet gewesen. Das hier war für sie unkomplizierter. Das erinnerte sie daran, wie es für sie gewesen war, vor langer Zeit, bevor David geboren wurde und bevor Nick sich mit anderen Frauen einließ. Damals war Sex eine Art Zwiegespräch der Körper gewesen, ein leuchtender Austausch von Genuß, in dem sie sich gleichwertig gefühlt hatte, zärtlich geliebt, selbstsicher, ja sogar strahlend. Vor langer Zeit. Gleichgültig, was daraus wurde, wieder Verlangen zu spüren, einfach bei einem anderen Körper zu sein, der sie berührte, war ein kleines, aber kostbares Wunder.

Die Unterbrechung für das Ausziehen empfand sie als peinlich. Sie wandte sich von ihm ab, ihren Körper zu entblößen machte sie verlegen. Sie sah nicht aus wie die Nackedeis im Kino, Knochengestelle, auf denen die Haut spannte wie Plastikfolie über einem Stock. Sie war eine kräftige, stattliche Frau, die viel zu Fuß ging und vernünftig aß. Ihre Haut war gut, aber hier gab es Ausbuchtungen, dort Einbuchtungen. Ihr Körper war in Gebrauch gewesen und verbarg seine Geschichte nicht. Hätte sie doch nur bis nach dem Essen gewartet, bis zum vollen Einbruch der Dunkelheit.

Sie stand immer noch mit dem Rücken zu ihm und nestelte an ihren Sachen auf einem Stuhl, da trat er hinter sie und drehte sie zu sich um. »Leila, was ist? Komm zu mir.« Er zog sie an sich und schmiegte seine Wange an ihre. Ihr Atem zischte, als sie Haut auf Haut fühlte. Sie spürte seine Erektion und stieß langsam den Atem aus, fast wurde ihr schwindlig. Wie hatte sie es früher fertiggebracht, sich der Liebe hinzugeben und gleichzeitig zu atmen? »Du schämst dich plötzlich vor mir. Komm, laß uns ins Bett gehen, bevor wir erfrieren.«

Dankbar schlüpfte sie unter die Decke und hielt ihn fest in den Armen. Er war straff, seine Muskulatur fest. Nicht, daß er sich jugendlich anfühlte. Er hatte einen Bauch, und seine Brust war kraus behaart und rauh, aber Oberkörper und Arme waren fest vom vielen Holzhacken, und seine Beine waren hager vom vielen Laufen. Sie mochte es, ihn zu berühren. Sie mochte es, wie sich die Haut auf seinem Rükken für ihre erkundenden Hände anfühlte. Sie mochte es, wie sein Körper zu ihrem paßte.

Als er sie zum ersten Mal zwischen den Beinen berührte, spürte sie einen stechenden Schmerz, fast ein Brennen wie bei einer Entzündung. Es war, als sei die Erregung zu ungestüm, zu roh. Aber der Schmerz verging, und die Erregung wuchs. Für ihr Gefühl schienen sie beide ein Drehbuch im Kopf zu haben, das ihre Fertigkeiten herausstellen sollte, aber sie hatten kaum begonnen, einander anzulecken, da überkam beide Ungeduld oder heftiges Verlangen. Sie stieß ihn einfach in sich hinein, und sie fingen an zu bumsen. Nach einer Minute verlangsamte er den Rhythmus, wahrscheinlich, um die Beherrschung zu behalten, und sie machten weiter und weiter. Ihr Körper erinnerte sich an alte Gefühle, an alte Tricks. Sie spürte, wie ein Anschwellen sich in ihr belebte, als vergrößerte sich ihr Körper, um das ganze Bett zu füllen, das Zimmer, das Weltall. Kaum zu glauben, denn bei ihren bisherigen Liebhabern war sie nie beim ersten Mal gekommen, aber sie spürte den Lavastrom der Befriedigung, heiß und wieder mit einem Schmerzstich, als hätte ihr Körper halb vergessen, das zu genießen. Sie kam nicht stark, aber sie war erstaunt, daß sie seiner sicher genug war, entspannt genug, um überhaupt zu kommen. Dann drang er tiefer in sie ein, zog ihre Beine um seine Hüften und begann, seinem eigenen Höhepunkt zuzustreben. Ihre Schenkel schmerzten von der Überdehnung, denn sie hatte im letzten halben Jahr oder noch länger nicht oft genug mit Nick geschlafen, um ihre Muskeln geschmeidig zu halten.

Sie lagen Seite an Seite in zufriedenem Schweigen, mehrere Tiere sprangen aufs Bett und ließen sich um sie herum nieder. Ein Hundeschwanz klopfte auf die Decke. Eine Katze schnurrte an ihrem Ohr. Sie wurde mit einem kleinen Schreck in einem dunklen Zimmer wach. Der Wecker zeigte halb fünf. Für einen Augenblick wußte sie nicht, ob es Nachmittag oder früher Morgen war, aber dann merkte sie, daß sie nur eine Viertelstunde gedöst hatte.

»Ach, du bist wach«, sagte er und streichelte sacht ihre Schulter. »Das ist eine Situation, in der ich es nicht als Schande empfinde, ein anderes Wesen einzuschläfern. Möchtest du noch rasch duschen? Dann mache ich Essen.«

Er wollte keine Hilfe von ihr, sondern machte es ihr im Wohnzimmer gemütlich und legte ihr eine CD vom Kronos-Quartett mit einer Art afrikanischer Musik auf. Sie schlug Wein aus und trank einen Kaffee. Sie fühlte sich verwöhnt, mit Musik und einem Buch über Wasservögel in einen Schaukelstuhl gekuschelt. Das Experiment schien gelungen zu sein. Sie hatte kein schlechtes Gewissen. Sie war mit sich zufrieden und kam sich erfinderisch vor, als habe sie eine ungeahnte Möglichkeit entdeckt, das Leben zu genießen. Sie dachte tatsächlich wie die Achtzehnjährige von früher, die sich eingebildet hatte, daß sie und ihr Freund den Geschlechtsakt erfunden hatten, und nicht glauben konnte, daß ihre Eltern ihn je genossen hatten, oder daß all die verknöcherten Mumien das auch taten.

Nach dem Essen wollte sie in die Stadt zurückfahren, nicht um Zak zu entkommen, sondern um für David zu Hause zu sein. Zak würde das bestimmt verstehen. David war nur noch zwei Tage bei ihr, und dann ging es ab zu Ikuko. Seltsamerweise machte ihr das jetzt nicht mehr so viel aus. Mit einem Mal sah sie fast alles in ihrem Leben mit größerer Gelassenheit.

41

Mary

Mary hatte wenig zu tun, da viele verreist waren. Aber dafür hatte sie ein Dach über dem Kopf. Und dann stand ihr Geld für die Haustierversorgung zu. Viel aus dem Haus gehen konnte auffallen, kam also nicht in Frage. Aber sie war es zufrieden, unterzutauchen und sich vor den Fernseher zu setzen. Sie kochte sich sogar eine Suppe, wozu sie sonst kaum Gelegenheit hatte. Sie trank den ganzen Tag lang heißen Tee. Sie badete ausgiebig zweimal am Tag und ließ ihren geplagten schmerzenden Körper weichen, bis er glänzte. Sie probierte von jedem Schaumbad, Badegel und Badeöl. Rose von Damaskus war ihr am liebsten. Sie wusch sich das Haar, wusch und bügelte ihre Sachen, putzte ihre Schuhe und reinigte ihre Galoschen. Bei feuchtkaltem Wetter wurde alles naß und trocknete nie richtig, bis sie roch wie ein Garagenfußboden.

Manchmal gestattete sie sich, so zu tun, als wohnte sie in dem Haus der Anzios. Sie waren nach Pittsburgh geflogen, wo seine Mutter lebte. Am dritten Feiertag kamen sie zurück, aber dann reisten die Baers ab. Sie mußte morgen in aller Frühe sorgfältig saubermachen und ihr Lager abbrechen. Die Einkaufszentren würden wimmeln, und sie konnte ohne weiteres verweilen.

Heute, am zweiten Weihnachtsfeiertag, mußte sie Beverly besuchen. Sie hatte bei Goodwill eine wollene Hose für sie erstanden. Das Futter war zerrissen, aber Mary hatte den Abend damit zugebracht, es in Ordnung zu bringen. Sie hatte auch die Taschen geändert, damit viel hineinging. Die Hose war dunkelrot und schön warm. Sie hatte auch ein paar Pralinen für Beverly, die von einer Party bei den Millers stammten. Als sie dort saubermachte hatte sie diskret einige Leckerbissen verschwinden lassen, darunter den größeren Teil von einer Platte mit nur leicht angetrockneten winzigen Sandwiches, Canapés, wie sie sie in ihrer Zeit als Gastgeberin in Bethesda aufzutischen pflegte. Das war ihr Abendbrot gewesen, leider war ihr von der Paté etwas übel geworden. Ihr Magen war wohl inzwischen empfindlicher. Als sie jünger war, konnte sie alles vertragen, ganz egal, wie scharf es gewürzt war, und mußte nicht einmal aufstoßen. Jim sagte immer: Mary hat einen Magen aus Asbest.

Ein Partyservice mußte ein angenehmes Geschäft sein. Ständig konnte man naschen. Heirate einen Mann mit einem aussichtsreichen Beruf, hatten ihre Eltern ihr gesagt, als sie ein junges Mädchen war. Sie hätten ihr sagen sollen: mach einen Partyservice auf, kauf dir ein Haus mit Grundstück und zahle es so schnell wie möglich ab. Kümmere dich nicht um den Rest. Besorg dir eine Arbeit, die mit Essen zu tun hat, und ein Dach über dem Kopf, das dir gehört und dir ganz allein. Leider war das ein Ratschlag, den kein romantisches junges Mädchen je beherzigen würde.

Das Schwesternzimmer war lieblos geschmückt, ein Teller mit Weihnachtsgebäck stand auf dem Tresen. Beverly war auf und saß in ihrem halbleeren Krankenzimmer. Zwei Patientinnen waren zu Weihnachten entlassen worden. Keine der Frauen, mit denen Beverly anfangs das Zimmer geteilt hatte, war noch da. Andere Frauen hatten ihren Platz eingenommen und waren auch schon wieder draußen. Beverlys Verletzungen waren schwer gewesen, ihr Zustand ernst, aber sie wurde auch dabehalten, um nicht auf die Straße entlassen werden zu müssen. Jemand hatte sich für sie eingesetzt. Ein Hilfsprogramm war für sie gefunden worden, aber hier mußte sie bald raus.

Beverly fummelte an ihrem kurzgeschorenen grauen Haar, das wieder nachwuchs, wo ihr der Kopf rasiert worden war. »Man wird sie in die Pine Street entlassen.«

Mary nickte. Sie hatte Mrs. Landsman zugesetzt, einen Platz für Beverly zu besorgen. »Du kannst in deinem Zustand nicht auf die Straße. Du bleibst besser in einer Notunterkunft, bis das Wetter wärmer wird. Solange sie dich bleiben lassen.«

»Sie ist immer durchgekommen. Sie ist zäh. Aber sie haßt den Krach und die Schnüffelei. Sie kennt Pine Street von früher. Zur Nacht nehmen sie dir alles weg. Andauernd mußt du dich anstellen und warten. Sie nehmen dir deine Seele weg.«

»Mir hat es auch nicht gefallen«, sagte Mary. »Aber wenn ich verletzt wäre, würde ich es machen, bis ich wieder auf dem Damm bin. Es soll da jetzt besser sein.«

Beverly war begeistert von der Hose. Warum konnte sie das Richtige für ihre Freundin tun und nie für ihre Tochter oder ihre Enkelkinder? Als sie in der Nacht auf dem Sofa der Anzios lag, dachte sie immer wieder daran, wenn Beverly aus dem Krankenhaus hinaus mußte. Es war einer der schlimmsten Tage ihres Lebens gewesen, als sie aus ihrer kleinen Wohnung hinaus mußte. Nicht, daß die Wohnung so wundervoll war – sie hatte sich dafür geschämt, hatte sich nicht klargemacht, wie glücklich sie sich schätzen konnte, ein sogenanntes Studio zu haben, gleichgültig, wie laut und baufällig und von Mäusen heimgesucht, die ihre Nahrungsmittel verdarben. Die Boston University hatte das Gebäude gekauft, um daraus ein Studentenwohnheim zu machen.

Ihre Wohnung und ihre Arbeitsstelle verschwanden zusammen. Sie arbeitete in einem Schreibwarengeschäft im gleichen Block, und die Sanierung warf den Laden ein paar Monate vor ihrer Wohnungsräumung hinaus. Für Teodoros Schreibwaren fand sich nirgendwo eine Miete, die billig genug war, daß ein Geschäft mit so geringer Verdienstspanne sich trug. Mr. Teodoro arbeitete bald bei Stop & Shop, und sie gab ihr letztes Geld in Motels der Unterklasse aus.

Schon vor der Zwangsräumung war ihr klar geworden, daß sie sich nichts, was ihr angeboten wurde, leisten konnte, und die Wartezeit für sozialen Wohnungsbau dauerte ewig und drei Tage. Schließlich wurden ihre paar Sachen auf den Bürgersteig geworfen, ein jämmerliches Häufchen, von dem sie weggehen mußte mit ihren beiden Koffern, ihrem Regenmantel, ihrem Wintermantel und ihrer Steppdekke. Sie war zu benommen, zu betäubt, um zu weinen. Sie schaute immer wieder zu ihrem Tisch zurück, ihrem Stuhl, ihrem Bett, ihren Töpfen, ihrem Geschirr. Was sollte aus ihr werden?

In ihrer Jugend hatte es immer Viertel mit billigen Logierhäusern gegeben. Wann waren die verschwunden? Wo wohnten arme Leute jetzt? Alles, was sie finden konnte, überstieg ihren Verdienst. Sie schrieb Cindy, und sie schrieb Jaime. Cindy schickte ihr einen Brief voller Ratschläge, wie sie ihr Geld einteilen sollte, einen Scheck über zweihundert Dollar und ein langes Klagelied, wie teuer es im Gebiet um Washington war, zwei Kinder großzuziehen. Beide gingen auf Privatschulen. Sie hatte einfach kein frei verfügbares Geld. Was war aus der Abfindung geworden, die Daddy ihr gewährt hatte?

Mir gewährt, dachte Mary. Ich habe mir jeden Penny davon verdient, und er hat mir keinen einzigen Cent mehr gegeben, als der widerliche Richter ihm abverlangt hat. Wo war das Geld hin? Sie hatte sich davon eine Wohnung besorgt. Rechnungen bezahlt. Eine Krankenversicherung gekauft, die jetzt verfallen war, weil sie die Beiträge nicht zahlen konnte. Einen Wintermantel. Kautionen für Telefon, Strom und Miete hinterlegt. Ihr Auto reparieren lassen, solange sie sich noch ein Auto leisten konnte.

Jaime steckte einen Zwanziger in einen Umschlag und schrieb, er werde Geld schicken, wann immer er könne. Im nächsten Monat schickte er wieder einen Zwanziger. Im Monat darauf nichts. Dann wieder einen. Ab und an schickte er einen Zwanziger, sorgfältig zusammengefaltet in einer Witzkarte. Sie verzieh ihm, daß er ihr nicht half. Über die Jahre hatte er ihr auf seine impulsive und chaotische Art wahrscheinlich mehr zukommen lassen als Cindy mit ihren Listen und Ausreden. Und dabei hatte er weit weniger Geld. Cindy verdiente ganz gut mit ihrer lächerlichen Boutique, und ihr Mann verdiente sich dumm und dämlich.

Die nächsten zwei Monate lang ging Mary jeden Tag auf Jobsuche, aber Jobs waren wie Ex-Ehemänner: sie wollten eine Junge und Schlanke. Mary hatte in dem Mietshaus Freunde gehabt, aber die waren nun in alle Winde zerstreut. Mehrere waren dahin zurückgegangen, wo sie hergekommen waren, bei Verwandten in Tennessee oder Kansas untergeschlüpft. Drei Frauen waren zusammen in ein Sommerhaus am Revere Beach gezogen, das den Winter über vermietet wurde, und ließen sie das Telefon benutzen. Drei Wochen kam sie im YWCA unter, dann war ihr Geld alle. Sie fand keine Arbeit, und bald war sie bei ihren letzten zehn Dollars angekommen. Sie hatte entsetzliche Angst.

Sie hatte ihre Mikrowelle verkauft, ihren Schmuck, ihre gute Uhr, ihren Radiowecker und das meiste ihrer Garderobe. Sie mußte sich von den Überbleibseln ihres Lebens trennen, den Fotos, den Briefen, den Erinnerungsstücken. Sie warf ihre Schulzeugnisse und Auszeichnungen und Abschlußdiplome weg. Ebenso ihre Heirats- und Scheidungsunterlagen. Die meisten der Erinnerungsstücke an ihre Kinder schickte sie Cindy und Jaime, behielt nur ein paar Fotos. Jaime schickte sie die meisten Fotos ihrer Eltern, ihrer Großeltern, ihre Kinderfotos, die Zeugnisse ihres Lebens. Die Briefe zerriß sie einfach.

Sie endete mit dem, was ihr auf den Leib paßte und in einen kleinen Koffer und in eine Reisetasche aus Stoff, die sie immer als Strandtasche für die Sachen ihrer Kinder benutzt hatte. Am 7. April ging sie aus dem YWCA, das sie ihr Heim genannt hatte, hinaus und in die Stadt, ohne die geringste Ahnung, was aus ihr werden sollte.

Sie saß auf der Straße, starr vor Angst. Sie hatte keine Ahnung, was sie mit sich anfangen sollte, wohin sie gehen, wie sie durchkommen sollte. Binnen sechs Monaten war sie von einer Frau mit einer Arbeitsstelle und einer kleinen Wohnung und Garderobe und Gegenständen – Radiowekker, elektrische Zahnbürste, Mikrowelle –, die für sie selbstverständliche Requisiten eines normalen Lebens gewesen waren, zu einer Frau mit einem kleinen Koffer und einer großen Stofftasche geworden. Sie wußte nicht, wo sie auf die Toilette gehen sollte. Tagsüber benutzte sie die Toilette der Stadtbibliothek oder die Toiletten in den Warenhäusern.

In der ersten Nacht versuchte sie, in einem Hauseingang zu schlafen, und ihr wurde der Koffer gestohlen. Das vereinfachte alles. Die, die schon länger ›Platte machten‹, sagten ihr, was sie zu tun hatte. Sie fanden Mary komisch, weil sie versuchte, auf der Straße unter einer lachsrosa Satindaunensteppdecke zu schlafen, die sie noch aus ihrem alten Leben hatte, und weil sie ein kleines Kopfkissen mit sich herumschleppte.

Während der ersten Tage auf der Straße brach sie immer wieder in Tränen aus. Sie konnte nicht fassen, daß all das wirklich geschah. Sie wurde schmutzig. Sie stank. Ihr Sachen gingen kaputt, starrten vor Schmutz und waren zerdrückt, weil sie darin nächtigte. Sie war Mary Ferguson Burke. Sie war aufs College gegangen. Sie hatte zwei Kinder großgezogen. Sie hatte den Unterstaatssekretär aus dem Wirtschaftsministerium zu Gast gehabt. Sie war Mitglied in einem Country Club gewesen. Sie hatte eine Küche mit den neuesten Gerätschaften gehabt. Sie war mit Cindy fotografiert worden, beide hoch zu Roß, für einen Artikel über Freizeitaktivitäten in der Lokalzeitung. Sie hatte vierzig Paar Schuhe besessen und acht Mäntel und ein Dutzend Cocktailkleider. Jetzt schlief sie in einem großen Karton auf Hinterhöfen, trug schmutzige Lumpen und stank wie Müll.

Wenn die Menschen sie ansahen, sahen sie gleich wieder weg, oder sie sahen durch sie hindurch. Sie warfen ihr Blikke voller Abscheu zu. Sie war ein Hundehaufen auf dem Pflaster. Sie gehörte aufgekehrt und in eine Mülltonne. Eine jüngere schwarze Frau namens Samantha nahm sich ihrer an. Sie war in einer Seitengasse von einem Auto überfahren worden und humpelte auf dem linken Bein. Sie hatte kaum noch Zähne, aber immer noch ein Lächeln, das Mary wärmte. Mary lernte, ihr aus dem Weg zu gehen, wenn sie noch nichts zu trinken gehabt hatte, und dann wieder, wenn sie zu viel gehabt hatte, aber dazwischen war Samantha freundlich und hilfsbereit. Sie beschloß, Mary sollte es mit Notunterkünften versuchen, und brachte sie zu der Frauenabteilung des Pine Street Inn. Samantha zog das Leben auf der Straße vor, denn sie war wahnsinnig in einen Alki verliebt, der Sly genannt wurde. Sie brachte Mary zum Morgan Memorial, zeigte ihr die Asyle, die Suppenküchen und wo sie ein warmes Plätzchen finden konnte, wo es Wasser gab, wie sie auf Hinterhöfen pinkeln konnte, ohne gesehen zu werden. »Denk dran, Liebchen, alles, was du nötig mußt, ist verboten. Du darfst nicht schlafen, dich waschen, pinkeln oder scheißen. Alles, was du nötig mußt, darfst du nicht, wenn die Bullen dich sehen. Ich kann nicht mehr durchgehen. Die kennen mich. Aber du, du kannst dich immer noch untermischen, du darfst bloß nicht vor dich hinschlurfen. Du mußt den Kopf hoch tragen und wie eine von den braven weißen Frauen aussehen. Dann gehst du durch und kannst rumhängen, ohne daß sie dich andauernd schikanieren. Die prügeln gerne auf uns ein. Ich geh' nicht mehr durch, aber du ja. Wenn du dir ein bißchen Mühe gibst.«

Samantha, Tod durch Unterkühlung, im Januar vor drei Jahren. Sie hatte es in den Abendnachrichten gesehen, als sie im Haus von Kunden kampierte. Samantha war die erste schwarze Freundin, die sie gehabt hatte. Ohne Samantha hätte sie es nicht gepackt.

Sogar nach ihrer Zeit auf Platte überwältigte sie der Gestank in der Notunterkunft: Schweiß, Erbrochenes, Urin, Dreck, Desinfektionsmittel, die Gerüche aus der Suppenküche. In jedem Moment husteten zwanzig gleichzeitig. Schlange stehen, um hineinzukommen. Schlange stehen in der häßlichen Eingangshalle. Schlange stehen für den Styroporbecher, den Pappteller, das Plastikbesteck, den abendlichen Mehlpamps. Schlange stehen für das Handtuch. Schlange stehen für die Dusche. Schlange stehen für das Bett für eine Nacht. Schlange stehen für einen Spind, nur auf Warteliste zu haben, nach frühestens vier Monaten.

Schlange stehen für Medizin, die Beruhigungsmittel. Viele Frauen schluckten Thorazin oder etwas ähnlich Abstumpfendes. Schlange stehen für ein sauberes Nachthemd.

Die Betten standen dreißig Zentimeter weit auseinander, und sie schlief auf ihrer Handtasche und ihrer Brieftasche. Sie hörte die Frauen um sich herum, die eine führte halblaut Selbstgespräche, die andere hatte irgendwelche Entzugserscheinungen, wieder eine andere weinte nur. Sie hörte alle und roch alle und konnte sich vorstellen, wie sie auf andere wirken mußte.

Sie wollte sich nicht in die gesichtslose Menge der »Gäste« hinabstoßen lassen. Sie war keine Alkoholikerin, sie war nicht drogenabhängig, sie war noch nicht so zugerichtet, daß sie nicht mehr arbeiten konnte. Sie begann, freiwillige Aufgaben zu übernehmen. Sie wollte sich in den Augen des Personals von den hilflosen, hoffnungslosen Frauen dort unterscheiden. Aber es kam sie hart an. Es kam sie hart an, sich zu erinnern, daß sie einmal ein richtiges Leben gehabt hatte. Um fünf Uhr mußten sie aufstehen, und um acht standen sie wieder draußen auf der Straße, um den Tag bis zum späten Nachmittag herumzubringen.

Sie war sich vorgekommen wie ein Plumpsack, für den nirgends sonst Platz war, nur in dieser Verwahranstalt. Viele Frauen waren krank. Einige waren stark unterernährt. Viele hatte schwärende Wunden an Beinen oder Füßen, die gräßlich stanken. Das war unvermeidlich, wenn eine Frau den ganzen Tag lang in schlecht passenden Schuhen und noch schlechter passenden durchlöcherten Socken auf dem Pflaster herumlief.

Es gab keine Privatsphäre, keine Stille, kein Plätzchen, das sie ihr eigen nennen konnte. In jeder Nacht, in der es ihr gelang, trotz der begrenzten Bettenzahl in die Unterkunft aufgenommen zu werden, wußte sie nie, in welchem Bett sie schlafen würde. Nichts gehörte ihr. Sie wurde »Gast« genannt, aber sie war nur geduldet. Wenn du dich beschwertest, warst du draußen. Das Personal hatte ständig aktualisierte schwarze Listen von Frauen, die nicht mehr hineindurften. Im Winter und manchmal sogar bei wärmerem Wetter hieß das Leben oder Tod. Das Leben auf der Straße brachte dich sowieso langsam um, aber manchmal sorgten andere oder das Wetter dafür, daß es wesentlich schneller ging.

Sie übernahm freiwillig Aufgaben, sie machte sich nützlich, und das Personal mochte das. Bald stank sie nicht mehr. Sie duschte, sie wusch sich die Haare. Sie bemühte sich wieder um Arbeit, aber die Notunterkunft als Adresse anzugeben war riskant. Trotzdem war es immer noch besser als gar keine Adresse. Sie war Sekretärin gewesen, sie hatte als Verkäuferin gearbeitet, sie war Kassiererin gewesen. Sie konnte nichts finden. Sie sah weit älter aus als noch vor sechs Monaten. Ihr Haar war schütter und eisgrau und hatte einen komischen Fleck, den sie sich in einer Nacht auf einem Abluftgitter geholt hatte.

Sie gab sich Mühe mit ihrem Äußeren, aber es war schwierig. In der gesamten Unterkunft gab es nur drei kleine Spiegel über den drei Waschbecken. Das Licht war trübe. Trotzdem legte sie am Samstag Make-up auf und fuhr ihre alten Freundinnen in Revere Beach besuchen. Die waren auch in Panik. Ende Mai mußten sie dort ausziehen und hatten keine Ahnung, wo sie hin sollten. Sie fragten, wo sie wohnte, und sie sagte, bei einer Freundin. Ich übernachte auf ihrer Couch – es ist nur vorübergehend. Sie entschuldigten sich und sagten, daß sie ihr leider nicht ihre Couch anbieten konnten, da Gigi schon darauf schlief. Aber Gigi schnitt ihr die Haare und machte ihr eine Dauerwelle. Es war wundervoll, mit Menschen zusammenzusein, die sich an sie erinnerten, die nicht wußten, daß sie keine Person mehr war, sondern nur noch eine Ziffer in einer Statistik, eine der Verachteten, der vom Tisch Verwiesenen.

Die Notunterkunft war ein Auffangbecken, um Frauen für eine weitere Nacht am Leben zu erhalten. Als sie schließlich Arbeit bei der Reinigungsfirma fand, beschloß sie, sich wieder unter die Lebenden zu reihen, ganz egal, wieviel Listen und Notlügen das erforderte. Wie eine Maus würde sie sich heimlich in den Wänden der Besserverdienenden einnisten. Und das war ihr gelungen.

42

Becky

Am Samstag morgen wünschte Becky Terry ein wunderschönes Wochenende, gab ihm einen Abschiedskuß und sagte ihm, sie ginge in den Waschsalon. Am Tag zuvor hatte sie mit Sylvie das Auto getauscht. Becky hatte ihr anvertraut, daß sie Terry im Verdacht hatte, eine Affäre zu haben, und ihm nachfahren wollte, um das herauszukriegen. Sie hatte sich außerdem, unter dem Vorwand, das sei für einen Scherz im Büro, eine dunkelbraune Perücke geborgt. Mit Sonnenbrille und Perücke hatte sie keine Angst, von Terry erkannt zu werden. Er war sowieso nicht der schärfste Beobachter aller Zeiten. Sie war sogar halb überzeugt, daß er nicht gemerkt hätte, wenn sie ihm in ihrem eigenen Auto nachgefahren wäre. Aber die Vorsichtsmaßnahmen machten ihr Spaß. Sie gaben ihr das Gefühl, in einem Fernsehkrimi die Kommissarin zu sein, durchsetzungsfähig und tüchtig, mit einer Pistole im Handschuhfach. Papa hatte eine Schrotflinte, die Joey immer zur Kaninchenjagd genommen hatte. Jahrelang hatte Papa eine verbotene zweiundzwanziger Halbautomatik auf dem Boot gehabt, aber als die Küstenwache anfing, Fischkutter mit Drogenschmuggel in Verbindung zu bringen, und Durchsuchungen anstellte, hatte er sie mit nach Hause genommen und bewahrte sie im Nachttisch neben seinem Bett auf. Becky hatte noch nie eine Pistole benutzt. Vielleicht würde sie Tommy bitten, es ihr zu zeigen.

Sie wartete in Sylvies Auto. Sie wettete, er würde nach rechts zum Sund abbiegen. Er tat es. Wenn er zum Haus seiner Eltern fuhr, würde sie umdrehen. An der zweiten Ampel bog er links ab, zu seinen Eltern, und sie zuckte die Achseln. Ein kleines Stück wollte sie ihm noch nachfahren. Vielleicht war Cerissa/Heather eine Ausgeburt ihrer schuldbewußten Fantasie.

Doch dann, statt geradeaus zu fahren, bog er nach Norden ab. Das war nicht der Weg zu seinen Eltern. Sie folgte ihm zwei weitere Abbiegungen lang in die gewundenen Straßen einer neuen Villensiedlung, wo junge Bäumchen auf den Bürgersteigen vor ziemlich großen, aber recht eng beieinanderstehenden Häusern fröstelten. Sie hielt an und sah ihm ein Stück weit nach. Dann fuhr sie langsam weiter. Er hatte in der Auffahrt eines von üppigen Sträuchern umstandenen Hauses geparkt. Die Sträucher mußten nahezu voll ausgewachsen eingepflanzt worden sein, denn das Haus konnte wie die anderen kaum älter als drei oder vier Jahre sein. Frisch gesetzte Rosensträucher blühten entlang der Auffahrt.

Sie wartete am Ende der Sackgasse. Er kam mit einer großen Blondine im Safari-Look heraus, sie hatte Golfschläger und eine leuchtend blaue Reisetasche dabei. Sie lachte und warf das Haar in den Nacken, das genauso blond wie Beckys war. Becky spähte über den Rand ihrer Sonnenbrille. Die Blondine war auch nicht hübscher als sie. Aber das Haus war sogar noch größer als das seiner Eltern, wenn auch die Lage nicht so gut war, in einer Siedlung und nicht am Wasser. Trotzdem, ihre Familie hatte Knete. Becky wurde durch ein geeigneteres Modell ersetzt. Sie war zu jeder Wette bereit: Wenn seine Eltern ihn nicht selbst mit Heather, der Safarikönigin, bekannt gemacht hatten, dann waren sie zumindest mit der Affäre einverstanden.

Jetzt fuhr er zu seinen Eltern. Sie folgte ihm noch ein Stück, um sicherzugehen. Er nahm Heather mit ins Haus seiner Eltern, wahrscheinlich, um Chris abzuholen. Sie erinnerte sich mit Bitterkeit daran, wie sie mit Sylvie Ted Topper beobachtet und das mit seiner Verlobten herausbekommen hatte. Ted und Terry verschmolzen in ihren Gedanken zu einem Mann, der sie im Stich gelassen hatte. Sie wurde immer wieder von Männern betrogen, denen sie vertraut hatte. Sie schenkte ihre Liebe immer wieder Männern, die sich als reine Fassade ohne Herz entpuppten.

Sie machte eine scharfe Kehrtwendung, wobei sie einem alten Macker den Stinkefinger zeigte, und fuhr zurück zur Wohnung. Sie hatte soeben die Genehmigung erhalten, mit

Sam die Post abgehen zu lassen, aber sie log sich nicht vor, daß sie das nicht sowieso getan hätte. Nein, jetzt kämpfte sie ums Überleben. Sie zog nicht zu ihren Eltern zurück. Sie zog nicht aus, weder morgen noch übermorgen, nie. Dies war *ihr* Heim, nicht seins. Ihm lag nichts daran. Sie liebte es leidenschaftlich. Er kriegte sie hier nicht raus. Sie würde sich mit allen Mitteln wehren. Sie würde ihm zeigen, was es hieß, sie ausbooten, sie dahin zurückstoßen zu wollen, wo sie herkam. Lieber sah sie ihn tot.

Sie stellte sich vor, wie er in den White Mountains abstürzte und sich den Hals brach. Wie er nach einem Verkehrsunfall an Kopfverletzungen starb. Wie er gelähmt im Rollstuhl saß und nicht einmal sprechen konnte. Sie würde mit Sam direkt vor seiner Nase bumsen. Sie würde es ihm zeigen.

Sam hatte kein Auto. Sie rief ihn erst mittags an, um sicherzugehen, daß seine Mutter nicht zu Hause war. Sie bat ihn, bis ans Ende seiner Straße zu gehen und dort auf sie zu warten. Das war sicherer. Sie mußte ungeheuer aufpassen, daß niemand sie zusammen sah, denn Terry brauchte nur von Sam Wind zu bekommen, um sie auf der Stelle fallenzulassen.

Sam tigerte schon auf und ab, sah auf die Uhr und suchte die Gegend ab. Sowie er eingestiegen war, fuhr sie los. »Ist *er* weg?« Sam benutzte nie Terrys Namen.

»Er ist mit seinem Bruder zu einem Golfwochenende weggefahren.« Sie erzählte ihm nichts von Heather. Sie wollte ihren Wert nicht durch Terrys Untreue mindern. Nein, sie wollte Terry als den eifersüchtigen, besitzergreifenden Ehemann schildern, vor dem sie sich beide in acht nehmen mußten, damit Sam nicht leichtsinnig wurde.

»Spielst du gerne Golf?« Nervös machte er Konversation.

»Ich hab's noch nie versucht.«

»Ich bin mal mit meinem Freund Gene Golf spielen gegangen, wir haben Schläger gemietet, aber wir waren miserabel.«

Er beteiligte sich artig an diesen sinnlosen Gesprächen – welchen Kuchen magst du? Hast du gestern abend ferngesehen? –, und starrte dabei unablässig auf ihren Busen. Sie mußte lächeln. Er war wirklich süß, ihr Sam. Als sie parkte, befahl sie ihm, im Auto zu bleiben, und ermahnte ihn, es abzuschließen. Er sollte zehn Minuten warten und dann leise heraufkommen. Sie lief nach oben und riß sich die Jeans und die Bluse vom Leib. Sie hatte ein trägerloses, spitzenbesetztes blaues Bustier und einen blauen Bikinislip an. Jetzt zog sie ein dazu passendes Negligé darüber. Diese Sachen hatte sie in ihrer Hochzeitsnacht getragen. Sie hatte sie seit Monaten nicht mehr angehabt. Terry sah sie sowieso kaum noch an. Er hatte sich inzwischen angewöhnt, bei laufendem Fernseher zu bumsen. In letzter Zeit allerdings schlief er kaum noch mit ihr. Daher auch ihr Verdacht, daß er sich das woanders holte.

Als sie die Tür aufmachte und Sam hereinwinkte, sah sie, wie ihr Anblick ihn fast von den Beinen holte. Er stürzte vor und riß sie an sich. Sie hatte geplant, es hinzuziehen, ein paar Stunden lang mit ihm zu spielen, aber er küßte sie so heftig, daß sie kaum Luft bekam, und seine Hände umschlossen schon ihre Brüste. Zum Teufel mit dem Hinauszögern. Für Spaß und Spiele würde sie später sorgen. Er drängte sie zur Couch.

»Nein«, sagte sie. »Wir gehen ins Schlafzimmer. Das ist schöner.«

»Werden wir's tun? Wirst du?«

Sie antwortete nicht, sondern führte ihn bei der Hand ins Schlafzimmer und machte die Tür zu. »Zieh dich aus«, sagte sie. »Völlig.«

Errötend gehorchte er. Er wurde dunkelrot. Es war wundervoll. Seine Erektion war so stark, daß er kaum die Shorts herunterbekam.

»Deine Socken auch.«

Die hatte er vergessen. Dann stand er da, sah verlegen und dümmlich aus und herrlich. »Leg dich aufs Bett«, sagte sie.

Er gehorchte und starrte auf ihren Körper. Ihr gefiel, wie er gehorchte. Sie wurde richtig high davon, wie sie es von Drogen gehört hatte. Sie streifte langsam das Negligé ab und stand vor ihm. »Gefalle ich dir?«

»Du bist schön! Ich möchte dich küssen.«

»Schau mich an. Nur schauen.« Langsam griff sie nach hinten und hakte das Bustier auf. Dann rollte sie langsam den Bikinislip herunter. »Lieg still. Nicht bewegen.«

Er gehorchte, aber er zitterte. Seine Erektion hob sich fast violett von seiner Haut ab. Nun war sie nackt und stieg aufs Bett und kniete über ihm. Sie fuhr ihm mit den Händen über die Brust und die Brustwarzen. Sie berührte seine Rippen und seine Hüften. Sie strich ihm über die Schenkel. Er zitterte sichtbar, aber er gehorchte. Das gefiel ihr. Schließlich schloß sich ihre Hand um seinen Penis, und seine Beherrschung versagte. Er packte sie, warf sie aufs Bett und küßte sie. Sie wehrte sich nicht. Sie war für ihn bereit.

»Leg deine Hand zwischen meine Beine und berühre mich«, sagte sie ihm ins Ohr. »Tu mir nicht weh. Sei sanft.«

Er berührte sie vorsichtig. Offenkundig hatte er nicht allzu viel Ahnung, was er da tat, aber er tastete sich voran. Schließlich glitt sein Finger in sie, und er stöhnte auf, als könnte er mit dem Finger einen Orgasmus bekommen. Aber sie konnte es. Und zwar sehr rasch. Sie schrie nicht auf, sondern ließ sich davon durchströmen. Dann nahm sie seinen Penis, spreizte weit die Beine und führte ihn ein. Sam stieß einen kurzen, tiefen, von ihrem Hals gedämpften Schrei aus und begann zuzustoßen. Er kam sehr rasch, wie sie es nicht anders erwartet hatte.

»Mein Gott, mein Gott«, sagte er immer wieder.

»Das hat dir gefallen.«

Er nickte stumm. »Du bist so schön. Genau davon habe ich geträumt, immer wieder.«

»Wir werden es immer wieder machen, das verspreche ich dir. Wenn du gut zu mir bist.«

»Ich liebe dich, Becky, ich liebe dich so sehr. Darf ich dich anschauen?«

»Du darfst mit mir alles tun, was du willst, verstehst du? Solange du gut zu mir bist und tust, was ich sage.«

»Alles, was ich will?«

Sie kniete über ihm und sah ihm in die Augen. »Alles.« Sie hielt es für unwahrscheinlich, daß ihm allzu originelle

Übungen einfallen würden, aber sie hatte durchaus einige Ideen.

»Darf ich deine Brüste küssen? Darf ich sie in den Mund nehmen?«

Sie begannen einander zu erkunden, mit den Fingern, mit der Zunge. Becky schien in einem Zustand fortwährenden Verlangens zu sein. Ted Topper war ein weitaus geschickterer und erfahrenerer Liebhaber gewesen, aber Sam tat ihr wohl. Sie hatte das Gefühl, sich sexuellem Verlangen noch nie ganz hingegeben zu haben, noch nie so wie heute nachmittag. Sie brachte ihm Cunnilingus bei und nahm ihn in den Mund. Er faßte sich angenehm an. Schnuckelig. Seine Haut glatt und fest. Er war gedrungen und muskulös. Er wollte ihr unbedingt gefallen. Er würde sich in Stücke reißen, um es ihr recht zu machen.

Gegen zwei standen sie auf, setzten sich an den Küchentisch, aßen Reste und was sie in Kühlschrank und Küchenschränken fanden. Dann duschten sie zusammen und kehrten zurück in das verwüstete Bett. So hatte es immer sein sollen, und so war es nie gewesen. Sam sah in ihr das Wichtigste auf der Welt. Er sagte ihr immer wieder, wie schön sie sei, und er meinte es. Wenn er mit ihr schlief, dann dachte er an nichts anderes. Er war nicht besetzt. Er träumte nicht von einem Model, daß er in der Bademodenausgabe von *Sports Illustrated* gesehen hatte oder im letzten *Penthouse.* Er wollte sie. Er wollte sie leidenschaftlich, wie es sich für einen Mann gehörte. Er war immer bereit. So hatte sie sich Sex mit einem Mann vorgestellt, bevor sie mit dem ersten ins Bett gegangen war. Die völlige Erfüllung, so daß sie sich nie auch nur einen Moment lang wünschte, woanders zu sein, jemand anders zu sein, Teil der goldenen Welt im Fernsehen, wo das wirkliche Leben stattfand.

Nach einem weiteren Durchgang waren beide schläfrig. Sie stellte den Wecker, so daß sie Zeit hatten, etwas zu essen, bevor sie zur Vorstellung fuhren. Sie schliefen umarmt ein.

Becky wachte vor ihm auf und machte sich sacht los. Sie stützte sich auf den Ellbogen und betrachtete ihn. Er gehörte ihr. Noch nie hatte ihr ein Mann so unbedingt gehört. Seine Mutter wußte es noch nicht, aber sie hatte ihn ihr weggenommen. Er taugte zu nichts von dem, was sie bisher von Männern gewollt hatte. Im kommenden Herbst ging er aufs College. Er hatte nicht mal einen Job. Er konnte ihr weder Geld noch Sicherheit noch vielversprechende Kontakte bieten. Von allen Männern, mit denen sie zusammengewesen war, hatte Ted Topper den aufwendigsten Lebensstil und die meisten Verbindungen gehabt, aber er war nicht bereit gewesen, das mit ihr zu teilen. Sie war nur ein Hotelzimmer außerhalb seines Lebenshauses gewesen. Von Terry hatte sie sich viel erwartet und nichts bekommen. Er wollte ihr noch das stehlen, was sie in jahrelanger Arbeit geschaffen hatte. Was hatte er je in diese Wohnung gesteckt außer dem Geld seiner Eltern? Sie hatte die Möbel ausgesucht, sie hatte die Vorhänge genäht, sie hatte die Wände abgelaugt und tapeziert. Wenigstens wollte Sam mehr als alles andere auf der Welt mit ihr ins Bett. Er sah sie mit rasendem Hunger an. Er wollte sie mehr, als er Pizza essen oder mit Freunden ein Baseballspiel sehen wollte. Er wollte sie mehr, als er mit einer Ziege namens Heather zum Golfspielen fahren wollte.

Als er wach wurde, fragte er sie: »Kann ich über Nacht bleiben? Ich habe meiner Mom gesagt, daß ich wahrscheinlich bei meinem Freund Gene schlafe.«

»Wird sie das nicht nachprüfen?«

»Meine Mom tut so was nicht. Außerdem habe ich sofort gemerkt, daß sie gedacht hat, dann kann ihr Freund bei ihr schlafen. Sie läßt ihn sonst nie über Nacht bleiben. Sie denkt, das ist schlecht für meine Moral.« Er griente. »Vielleicht habe ich gar keine zu verlieren.«

»Wichtig ist, daß wir uns lieben, nicht deine Moral. Manchmal frage ich mich, ob du mich wirklich liebst. Ich riskiere eine Menge für dich.« Sie legte ihm die Hand auf die Brust, malte Kreise in dem spärlichen Haarwuchs.

Er packte sie bei den Schultern. »Du mußt mir glauben, wie sehr ich dich liebe. Ich kann nachts nicht schlafen, weil ich an dich denken muß. Dann bricht mir der Schweiß aus.«

Das war Sex, nicht Liebe, aber was machte das schon? »Du kannst bleiben. Ich glaube, wir sind sicher. Aber du mußt begreifen, daß er gefährlich ist. Er ist schrecklich jähzornig.« Sie mußte fast kichern, als sie das sagte. Terry war reizbar und mürrisch, aber kaum gefährlich. Ohne groß darüber nachzudenken, machte sie aus Terry einen Schurken. Sie mußte ein Druckmittel finden, daß Terry die Wohnung aufgab und einfach auszog. Ihm Angst einjagen. Ihn zwingen. Aber wie? Seine Eltern würden trotzdem ihr Geld zurückverlangen.

Es stellte sich heraus, daß Sam kochen konnte. Sie hatte Hackfleisch aufgetaut, und er machte Hamburger, während sie einen Salat zusammenstellte. Es war richtig schön. Mit Terry tat sie so etwas nie. Terry wollte eigentlich gar nicht mit ihr zusammenleben, das war das Problem. Er war widerstrebend zu Hause ausgezogen, hatte sie in einem Anfall von Trotz geheiratet. Eigentlich wollte er einfach zu Hause wohnen und bekocht und bewaschen werden, wobei seine hingeworfenen Sachen auf geheimnisvolle Weise vom Fußboden verschwanden, um sauber und gebügelt wieder aufzutauchen. Er ging gern mit einem Mädchen aus. Er ging gern mit seinem Bruder aus und mit seinen alten College- und Schulfreunden und mit seinen neuen Golffreunden. Verheiratet zu sein und ein eigenes Leben und ein eigenes Heim zu haben war ihm kein Bedürfnis. Er wollte nicht erwachsen werden. Sam, der am Herd stand und Hamburger wendete, kam ihr weitaus erwachsener vor als Terry.

»Bei der Vorstellung heute abend«, sagte sie streng, »wirst du mir keine schönen Augen machen. Wir stehlen uns nicht zum Knutschen in einen Winkel. Wir kommen heute abend hierher zurück ins Bett, und du weißt das, also benimm dich und tu so, als ob nichts zwischen uns wäre. Das ist lebenswichtig. Du mußt auf mich hören. Eine aus der Theatergruppe wohnt auch in diesem Haus, Helen, direkt unter uns.«

»Die alte Frau?« Er blickte zum Küchenfußboden. »Die ist direkt unter uns?«

»Du hast es kapiert. Deshalb müssen wir vorsichtig sein. Solange ich meinen Mann am Hals habe, müssen wir ungeheuer vorsichtig sein. Hast du verstanden?«

Während der Vorstellung tat er sein Bestes. Sie fing ein paarmal seinen verzückten Blick auf, aber im großen und ganzen versuchte er, brav zu sein. Er gab sich immer Mühe zu tun, was sie sagte, und das gefiel ihr sehr. Es war herrlich, daß er so versessen darauf war, ihr alles recht zu machen. Es war berauschend, es war prickelnd, es war himmlisch. Sie merkte, daß Helen sie beide beobachtete, aber sonst keiner. Die waren alle mit sich selbst beschäftigt. Sie mußte mit Helen reden. Vielleicht hatte Helen Sam im Haus gesehen. Wenn ja, mußte Becky sich eine Ausrede dafür ausdenken. Was konnte er dort tun? Etwas reparieren? Unglaubwürdig. Sie half ihm bei einem Referat? Ihr würde schon etwas einfallen. Die besten Lügen waren glaubhaft und langweilig. Das Komischste war, daß sie Terry kaum etwas vorzulügen brauchte. Sie interessierte ihn einfach nicht genug. Er selbst neigte eher dazu, sie abzuwimmeln als sie zu belügen.

Sie schlief gerne mit dem Jungen, wachte gerne mit ihm auf. Er roch sogar gut. Seine Mutter hatte ihn zu peinlicher Sauberkeit erzogen. Sie konnte an jedem Teil seines Körpers mit Genuß knabbern. Am Morgen sprang eine innere Tür in Sam auf. Plötzlich begann er mit ihr zu reden.

»Es macht dir nichts aus, daß ich Jude bin? In meiner Gegend wohnen so wenig Juden, daß ich immer überlegt habe, wie das wird, wenn ich richtig anfange, mich mit Mädchen einzulassen. Ich meine, ich bin mit Mädchen ausgegangen, aber das hatte nie was zu bedeuten. Es wurde einfach erwartet, also habe ich es gemacht.«

Sie hatte einen Schreck bekommen. »Du bist Jude?«

»Wußtest du das nicht? Das wissen doch alle sofort. Ich glaube, nur Juden heißen heute noch Sam.«

»Ich kenne sonst keine Juden. Warum soll es mir was ausmachen? Ich meine, ich habe über Juden gemeine Sachen gehört, aber es werden auch widerliche Sachen über Schwarze und Italiener gesagt, und meine beste Freundin ist Italienerin. Und ich weiß, was über Portugiesen gesagt wird. Wußtest du, daß ich Portugiesin bin?«

»Nein«, sagte er. »Es stimmt, von Portugiesen heißt es, sie sind schmutzig und dumm. Die Leute, die so was behaupten, brauchen das, um sich besser vorzukommen als andere.«

In ein paar Stunden erfuhr sie am Sonntag vormittag mehr von Sam als in den vergangenen sechs Wochen. Er liebte seine Mutter; Becky fand das gut. Er schien nicht viel von Cathy zu erwarten. Das ähnelte Beckys eigener Haltung zu ihrer Mutter. Er hielt sich für fähiger, für ausgeglichener als Cathy, und anstatt viel von ihr zu erwarten, sehnte er sich danach, sie eines Tages unterstützen zu können.

Er hatte einen Onkel, dem er nahestand, ein Tierarzt, der wahrscheinlich gut verdiente. So kam es wohl, daß er aufs College konnte. In der zehnten Klasse hatte er eine Freundin, die er wirklich mochte, Rachel, und sie waren so weit gegangen, sich durch die Sachen hindurch anzufassen, wenn beide bei ihr zu Hause auf dem Sofa saßen. Der Feinkostladen ihres Vaters war eingegangen, und sie waren nach Arizona gezogen. Bis Sam Becky kennenlernte, war sein Traum, daß Rachel zurückkam. Sie schrieben sich, aber weniger oft als früher. Jetzt würde er wahrscheinlich aufhören, Rachel zu schreiben, denn es wäre eine Täuschung, da er nur Becky liebte. Vor Becky hatte er nicht gewußt, was Liebe war.

Becky hörte sich seine glühenden Liebesschwüre mit stummer Skepsis und großem Genuß an. So sollten Männer mit Frauen reden, auch wenn sie es kaum je taten.

Plötzlich klingelte es. Sie erstarrte. Das konnte nicht Terry sein, der würde einfach seinen Schlüssel benutzen. Helen? Terrys Eltern, die ihr nachspionierten? Sie packte Sam beim Arm, schob ihn ins Schlafzimmer und schloß die Tür. »Keinen Laut!« Sie rannte im Bademantel zur Tür. »Wer ist da?«

»Tommy. Becca, mach auf. Schnell!«

Sie öffnete die Tür. »Hallo, Tommy. Ich bin nicht mal angezogen. Was gibt's denn?«

Er machte die Tür hinter sich zu und schloß ab. »Hör zu, du mußt bis Mitte nächster Woche was für mich aufbewahren. Dann hol' ich mir's wieder ab. Stell keine Fragen, und du hörst keine Lügen.« Er gab ihr ein Buch. »Es ist hohl, aber mach es ja nicht auf, bei deinem Leben. Steck es einfach in deine Kommode, und am Mittwoch komme ich um halb sechs und hole es wieder ab.«

Dann sah er zur geschlossenen Schlafzimmertür. »Wer ist da drin, Becca?«

»Niemand, Tommy. Terry ist mit seinem Bruder in New Hampshire.«

»Weiß ich, oder meinst du, ich komme hier reingeplatzt, wenn er auf seinem Arsch hockt und wie immer in den Fernseher glotzt? Wer ist da drin, Becca?« Er drängte an ihr vorbei.

Becky hielt sich den Bademantel zu und warf sich zwischen ihn und die Tür. »Das geht dich überhaupt nichts an, Tommy. Wenn ich dir einen Gefallen tun soll, dann tu du mir auch einen und geh.«

»Ich muß wissen, wer er ist. Meinst du, ich vertrete die Interessen von Mr. Dauerglotzer, dem Fröhlichen Golfer? Ich komm' extra her und biete ihm an, auf den Kuttern ein bißchen Schotter zu machen, ich tu' ihm einen Gefallen, weil er der Emton von meiner Lieblingsschwester ist. Und er tut, als halte ich ihm einen Haufen Hundescheiße hin. Also wer ist da drin?« Tommy schubste sie weg und stieß die Tür auf.

Sam stand an die Wand gepreßt. Er richtete sich auf und versuchte, imposant auszusehen. Er hatte seine Hose angezogen und nestelte an seinem Hemd. »Meine Fresse.« Tommy prallte zurück. »Wer ist der Bengel?«

»Tommy, kümmere dich um deinen eigenen Kram. Er heißt Sam, und er spielt auch in dem Stück mit. Ich habe mit ihm geschlafen, na und? Ich habe noch nie in meinem Leben Terry oder sonstwen betrogen, und ich hab's satt. Ich brauche auch etwas Liebe.«

»Sie sind doch nicht Terry?« fragte Sam und gab sich Mühe, die Stimme bedrohlich zu senken.

»Wenn ich's wäre, würdest du jetzt ziemlich in der Patsche sitzen, hm? Ich bin ihr Bruder Tommy Souza.« Er streckte die Hand hin, und Sam schüttelte sie zögernd. »Na, ich hoffe, du weißt, was für eine gute Frau du da hast. Ich weiß nicht, was ihr beide euch dabei denkt, aber ihr Mann taugt einen Dreck.«

Tommy führte Becky am Ellbogen aus dem Schlafzimmer und machte die Tür hinter sich zu. Er zischte: »Du versteckst das und sagst dem Bengel nichts.«

»Geht klar«, murmelte sie. »Aber du erzählst es niemandem, ja?«

»Geh sachte mit ihm um, Becca. Er ist noch ein halbes Kind. Hab ein bißchen Spaß, aber nimm's nicht zu ernst. Das ist nichts, worauf du bauen kannst.«

»Er ist nach mir verrückt, Tommy. Er würde alles für mich tun.«

»In seinem Alter tut er alles, um zu bumsen. Versprich mir, daß du dir nicht dein Leben versaust, bloß um mit einem Bengel von der Schule ins Bett zu hüpfen. Sowieso besser, du schickst ihn jetzt nach Hause. Terry kann jeden Moment kommen.«

Sie flüsterte Tommy ins Ohr: »Terry ist mit einer Frau zusammen. Er hat eine Freundin mit Knete. Heather heißt sie.«

Tommy zog ein Gesicht, ein Mundwinkel zeigte dabei nach unten. »Wir müssen ihn loswerden, Becca. Er schadet dir nur.«

»Aber ich will die Wohnung behalten.«

Er zuckte die Achseln. »Manchmal muß man seine Verluste in den Wind schreiben und die Flatter machen.«

»Nein.« Sie stellte sich breitbeinig hin und schüttelte den Kopf. »Diesmal nicht. Diesmal soll jemand anders bluten.«

43

Leila

Leila war von Davids Besuch enttäuscht. Er verbrachte sehr viel Zeit am Telefon mit Ikuko, lange Gespräche hinter geschlossenen Türen. Hinterher war er übelgelaunt und unkonzentriert. Es hatte zwar Mädchen in seinem Leben gegeben, seit er dreizehn war, aber zum ersten Mal nahm nun ein Mädchen eine zentrale Stellung in seinem Leben ein. Sie sollte sich eigentlich freuen, daß seine Gefühle endlich erwacht waren, aber sie wünschte sich ein wenig mehr Zuwendung von ihm, als er ihr zugestand. Nach Hause kommen war eine Pflicht, der er nachkam. Seine Gedanken waren ganz bei Ikuko.

Dessen ungeachtet hatte es ihm gar nicht gefallen, daß Leila noch nicht zu Hause war, als er am Abend zuvor heimkam. Wie gut, daß sie nicht die Nacht mit Zak verbracht hatte. »Wer ist dieser Knilch?«

Sie saßen beim Frühstück. »Er ist Tierarzt. Der Onkel von einem der beiden, die unter Mordanklage stehen, von Sam. Ein Junge, zwei Jahre jünger als du.«

»Er hat getötet, weil er nach dieser älteren Frau verrückt war. Das ist faszinierend. Ikuko ist ein Jahr älter als ich.«

»Ich hoffe, du planst nicht, ihretwegen einen deiner Professoren umzubringen.«

»Das ist so total ausgerastet und extrem. Was hat er sich dabei gedacht? Hat er geglaubt, er wird nie erwischt? Dabei ist doch klar, wenn ich drauf komme, wie es zu machen ist, dann kann auch jemand anders drauf kommen, wie ich es gemacht habe.«

Sie schob ihren Teller beiseite und stützte einen Ellbogen auf den Tisch. »Das Merkwürdige ist, daß beide sympathisch sind, Sam und Becky. Beide sind glaubwürdig und einnehmend und interessant. Und widersprechen sich. Er oder sie lügt.«

»Wer kann besser lügen?«

»Ich glaube, Becky hat mehr Übung darin.« Schließlich hatte Becky während ihrer Ehe mit Terry eine Affäre mit Sam unterhalten. Sam hatte nur Cathy etwas vormachen müssen, eine Aufgabe, für die kein Zehnjähriger sich anstrengen mußte. »Seltsam, wie wenig Gespür ich für Terry habe. In Mordfällen überschattet das Opfer in der Regel alles. Aber Terry ist wie jemand, der von einem umstürzenden Baum erschlagen worden ist. Lediglich irgendein Mann, der zur falschen Zeit in der falschen Ehe war.«

»Aber er ist nicht einfach aus einem vorbeifahrenden Auto abgeknallt worden, Mutter. Er muß sich ganz schön verhaßt gemacht haben. Vielleicht hat er sie geschlagen, oder er war Fixer.«

»Sie deutet an, daß er sie geschlagen hat. Aber ich habe viele mißhandelte Frauen kennengelernt, und sie paßt in keines der Muster.«

»Vielleicht haben sich die drei wahnsinnig gestritten, und es kam zum Knall. Würdest du zum Beispiel Vater etwas antun wollen, wenn du könntest?« Er sah sie aus den Augenwinkeln an, wie nach einer Fangfrage.

Ihr wurde kalt. »Was hat er gesagt?«

»Daß du über ihn hergefallen bist.«

»Ich habe eine Blumenvase nach ihm geworfen.«

»Ach. Das war alles? Bei ihm klang es wie großes Theater.«

»Theater ist sein Beruf.«

»Mir war klar, daß er übertrieben hat. Hör mal, ich möchte, daß wir alle heute abend zusammen essen gehen. Ich habe es Vater versprochen, und ich möchte, daß wir wenigstens einmal wie eine Familie zusammensitzen.« Er beugte sich vor, als könnte er sie aus kürzerer Entfernung besser überzeugen.

»Dein Vater und ich verkehren nicht miteinander.«

»Du kannst doch nicht so tun, als ob Sheryl nicht existiert. Bist du nicht neugierig?«

»Ich erinnere mich vage an sie, als sie Nicks Studentin war.« Sie konnte David nicht offen erklären, daß sie das Gefühl hatte, Sheryl schon begegnet zu sein, wieder und wieder und wieder. Sie waren immer dünn, sie waren immer in den Zwanzigern. Sie gehörten nie zu denen, die unweigerlich zu plötzlichem oder langanhaltendem Erfolg aufschossen. Sie waren die jugendlichen Naiven, die irgendwann welkten, wenn sie Glück hatten, ins Charakterfach, wenn nicht, dann in das, was sie mit dem Rest ihres Lebens anfingen. Sie waren immer ein wenig verzweifelt, hektisch bemüht, zu gefallen. Sie sahen in Nick eine Chance, aufzusteigen, sichtbar zu werden, weitere Rollen und feste Engagements zu bekommen. Sheryl unterschied sich auffällig von den anderen Naiven, wenn auch nur in einer Hinsicht. Sie hatte es nicht darauf abgesehen, ihr Los als Schauspielerin zu verbessern, nicht durch eine Schwangerschaft und gewiß nicht durch den Entschluß, das Kind zu bekommen; ihr Wunsch war nicht gewesen, Nick zu benutzen, sondern Nick zu besitzen. Deshalb war die Inszenierung abgesetzt worden, ohne daß es der Affäre ebenso erging. Warum sollte Leila ihr je begegnen wollen?

»Er wird sie heiraten, er hat es mir gesagt«, fuhr David fort und richtete einen wohlwollend besorgten Blick auf sie, als sei sie schwer von Begriff. »Du solltest über deinen Widerstand hinausschauen.«

»Ich habe nichts dagegen, daß er sie heiratet. Schließlich ist ein Kind unterwegs. David, ich glaube, du möchtest mich stärker in dieses Schlamassel verwickeln, als mir lieb ist.«

»Mutter, deine Verdrängungshaltung –«

»Verdrängung von was?« Sie zog ein Gesicht wegen des Psychojargons. War das Ikukos Einfluß? »Ich bin mir des Fortgangs meiner Scheidung sehr wohl bewußt.«

»Verdrängung von Schmerz. Du unterdrückst Affekte. Ach ja, heute ist ja der Tag, an dem ich nach fünfundzwanzig Ehejahren geschieden werde. Sonst noch was?«

»David, versuch zu verstehen, ich habe mein Leidenspensum absolviert, als dein Vater seine Affären hatte. Jetzt ist er Sheryls Problem, nicht mehr meins. Dies ist die Lösung einer Situation, die immer unerträglicher wurde. Ich habe gegeben, aber nichts bekommen, da habe ich lieber eine Katze.«

»Und einen Freund?«

»Ich kann über Zak noch nichts sagen. Aber wenn du darauf bestehst, daß ich heute abend mitkomme –«

»Ich habe Dad versprochen, daß du kommst.«

»Warum will er das?«

»Er sagt, ihm fehlen die Gespräche mit dir.«

»Seltsam. Mir fehlen die Gespräche mit ihm nicht. Dabei hatte ich gedacht, sie würden mir fehlen.« Sie sah ihren Sohn unverwandt an. Sie war von seiner Reaktion auf die Scheidung enttäuscht. Sie mußte sogar gegen ein Gefühl von Verrat ankämpfen. Doch fairerweise mußte sie ihm eigene Interessen zugestehen, die sich von ihren sehr unterschieden. »Du willst wirklich, daß ich das tue? Mit deinem Vater und seiner Freundin in einem Restaurant sitze?«

»Du mußt den Dialog wiedereröffnen, Mutter. Ihr redet nicht miteinander. Alles, was ihr tut, ihr nehmt euch Rechtsanwälte, um die Dinge auszuhandeln. Nach dem, was Dad sagt, willst du nicht darüber reden«, er warf ihr einen vorwurfsvollen Blick zu, »du hast schon ausgerechnet, wie ihr alles zwischen euch aufteilt. Du kannst nicht einfach so tun, als ob er tot ist oder so was.«

»Ich habe offen gestanden vorläufig kein Verlangen danach, ihn zu sehen. Aber wenn es dir so wichtig ist, werde ich Zak anrufen. Ich möchte ihn dabeihaben, einfach um des Gleichgewichts willen. Falls er bereit ist.«

Zak war nicht nur bereit, er war neugierig. Nun saß sie in der Klemme. Hatte sie Angst? Sie hielt mit kalten, skeptischen Augen Innenschau, vermochte aber nichts zu finden als matten Überdruß an Nick, das Bedürfnis, Schmerz und Peinlichkeiten zu vermeiden, und den brennenden Wunsch, die Scheidung hinter sich zu bringen, damit dieses Kapitel für immer hinter dem Horizont versank. Trotzdem schuldete sie ihrem Sohn diesen unangenehmen Abend. Er hatte sich an die Vorstellung gewöhnt, daß sie sich von seinem Vater alles bieten ließ und die Ehe immer wieder kittete. Sie verstand jetzt, daß Davids gelegentliche Aufrufe an sie, Nick zu verlassen, nie ernst gemeint gewesen waren, sondern eher ein indirekter Appell, endlich mit den Klagen aufzuhören.

David handelte die näheren Umstände des Treffens aus und nahm die Tischreservierung vor. Leila hörte mit an, wie er seinen besten Freund nach den chinesischen Restaurants in Cambridge ausfragte, die gegenwärtig in waren. Während Leila ihre Garderobe durchging, dachte sie säuerlich daran, daß jedes Fakultätsmitglied zusammen mit einem Parkplatz einen Restaurantführer erhielt. Du sollst ein jährliches Gehalt in Höhe X erhalten und die Möglichkeit, erstklassige chinesische Restaurants aufzusuchen. Sie fand nichts, was sie anziehen mochte.

Schließlich stürzte sie zu einer Boutique auf der Mass Avenue, an der sie immer auf dem Weg zur Uni vorbeikam, kaufte ein Hemdblusenkleid aus pflaumenblauer Seide und raste damit zurück. Zak war schon da und plauderte mit David. Sie lief nach oben, zog sich um und war rechtzeitig wieder unten, steckte sich noch im Hinuntergehen die Ohrringe an. Sie konnte nicht rechtfertigen, was sie gerade getan hatte, aber sie wollte auf keinen Fall in einer Aufmachung erscheinen, die Nick schon fünfzigmal gesehen und vielleicht sogar selbst ausgesucht hatte. Spontaner Kleiderkauf kam ihr gefährlich unmoralisch vor, als könnte sie sich in Debbie verwandeln. Debbie heiratete, wurde schwanger, verließ einen Mann, kaufte ein Pferd, schmiß einen Job hin, zog um, und alles aus einer spontanen Regung heraus. Debbies Leben hatte Leila immer an ein Zimmer gemahnt, in dem gerade ein heftiger Streit stattgefunden hatte. So, wie im Moment ihr eigenes Schlafzimmer aussehen mußte.

Zak begrüßte sie mit einem flüchtigen Kuß, züchtig, aber besitzergreifend. David und Zak, die beide ein gewisses Interesse für naturgeschichtliche Entwicklung aufbrachten, hatten sich beim Thema Tierleben gefunden. Beide waren offensichtlich befangen, gaben sich aber Mühe, mit einer nicht einprogrammierten Situation wohlerzogen umzugehen.

Wie Leila vorausgesehen hatte, waren sie die ersten im Restaurant und warteten an der Bar. Und warteten. Schließlich ließen sie sich einen Tisch geben und bestellten Teigtaschen. Eine halbe Stunde später rauschte Nick herein und schob die Frau vor sich her, an die Leila sich erinnerte. Sheryl war etwas kleiner als Leila und wesentlich dünner. Sie hatte glattes, aschblondes, unmittelbar unter den Ohren abgeschnittenes Haar, hohe Wangenknochen und rauchige graubraune Augen, ein Gesicht, das ein wenig in die Breite gezogen wirkte. Während sie miteinander bekannt gemacht wurden, erinnerte Leila sich wieder an ihre Stimme. Die war das Attraktivste an Sheryl, tief, kehlig, dickflüssig wie heiße Sahnebonbons. Sie war sorgfältig zurechtgemacht, in einem beigefarbenen Mantelkleid, und noch nicht sichtbar schwanger.

Nick schien von Zak verschreckt. Er brauchte drei Anläufe, um sich seinen Namen richtig zu merken. Die Vergeßlichkeit war nicht vorgetäuscht, dachte sie. Er hatte wirklich Schwierigkeiten, war zu überrascht. Er hatte überhaupt nicht damit gerechnet, daß sie mit einem neuen Freund erschien.

Zak hatte sich stadtfein gemacht, keine Holzfällerjacke, kein wetterfester Jeansstoff oder Flanell. Er trug ein Hemd aus grüner Waschseide und ein Jackett aus schwarzem Kaschmir. Neben Nick wirkte er schmächtig. Er hatte sich so gesetzt, daß Leila zwischen ihm und David saß. Unter dem Tisch berührten sich ihre Knie. Er war ein stillerer Gesellschafter als Nick. Er forderte nicht alle Aufmerksamkeit, wie sie das von Nick kannte.

Sie versuchte dahinter zu kommen, warum Zak wesentlich jünger wirkte als Nick; ihr Altersunterschied betrug nur fünf Jahre. Zak war schmächtiger, ja. Zak lehnte sich zurück und beobachtete mehr und warf hin und wieder Bemerkungen ein. Nick dröhnte. Er hielt immer Vorträge. An jedem Tisch spielte er den Patriarchen.

Sie schaute wiederholt auf die Uhr. Anderthalb Stunden, maximal zwei, und dann nichts wie weg. Morgen flog David zu seiner Freundin. Sie tat das hier ihm zuliebe, aber jeder einzelne Augenblick war eine Tortur. Die Aufgabe der Bestellungen artete in ein Gezänk aus, vor dem sie am liebsten schreiend auf die Straße geflohen wäre. Von mir aus Abfälle, wollte sie sagen. Bestellt doch, sie sollen die Küche auffegen und es servieren. Was für eine trostlose Art, die Zeit totzuschlagen: an diesem Tisch ihrem Ex-Ehemann und seiner neuen Freundin gegenüberzusitzen und Vergleiche anzustellen, sämtliche Spielarten des Versagens durchzugehen.

Zak erklärte gerade, wer er war. »Ach so«, unterbrach Nick plötzlich. »Leila hat ihren fetten Kater zu Ihnen gebracht. In den ist sie völlig vernarrt. Und Sie haben ihm die eingeleckten Haarbälle herausoperiert.«

Zak richtete sich auf. »Meine Praxis befindet sich auf dem Cape. Leila und ich haben uns durch das gemeinsame Interesse an einem Mordfall kennengelernt.«

David sagte: »Zak ist der Onkel von Sam, das ist der Typ, der nur ein bißchen jünger ist als ich und aus Liebe gemordet hat. Er war auch ein guter Schüler. Und ist Jude. Stell dir mal vor, wie wahnsinnig sie ihn gefesselt haben muß.«

Zak sprach leise, aber im Ton einer warnend rasselnden Schlange. »Sam mag einen Mord oder Körperverletzung begangen haben oder auch nicht. Er wird vor Gericht stehen. Und dort werden solche Dinge entschieden.« Er wandte sich wieder an Nick. »Wie ist denn Ihre Inszenierung in New York gelaufen? Hatten Sie dort nicht kürzlich Premiere?«

Zak wußte ganz genau, daß die Inszenierung abgesetzt war, denn sie hatte es ihm erzählt. Leila dachte daran, auf die Toilette zu gehen und dort ein Weilchen zu sitzen, so ein oder zwei Stunden. Aber erst hätte sie gern ihrem Sohn den Hintern versohlt. War sie wirklich mit diesem unsympathischen Mann verheiratet gewesen? Liebe war eine Krankheit. Liebe war eine lange, eintönige Selbsttäuschung. Ein Einpersonenkult mit Gehirnwäsche.

»Ich bin Meryl begegnet, einen Tag, bevor wir in Manhatten unsere Koffer gepackt haben«, sagte Nick zu ihr. »Du erinnerst dich doch an Meryl aus meiner Zeit am Sommertheater. Meryl Streep«, fügte er für Zak hinzu.

»Wie es wohl inzwischen ihren Corgis geht?« sann Zak laut nach. »Sie hatten alle Atemprobleme.«

Wurde dieser Boxkampf nach Punkten ausgetragen, oder erwartete jemand einen K.o.? Sie zogen sich auf sicheren Boden zurück, das Wetter, Winterstürme, die Erwärmung der Erdatmosphäre. Danach unterhielten sie sich ernsthaft über die Schwierigkeiten der Wohnungssuche. Sheryl beschrieb mit zickiger Lebhaftigkeit die siebzehn völlig unzumutbaren Wohnungen, die sie besichtigt hatten. David beantwortete Fragen nach Cal Tech. Ein Vergleich der beiden Küsten wurde ausgewalzt. Osten war Osten, und Westen war Westen, und der Mittelwesten war noch mal etwas völlig anderes, kamen sie schließlich überein.

»Du bist ungewöhnlich schweigsam«, sagte Nick plötzlich scharf. »Langweilen wir dich? Vielleicht hättest du den Abend lieber allein mit deinem neuen Freund verbracht.«

Sie schreckte so zusammen, daß sie ein Stück Szechuanrindfleisch in ihren Schoß fallen ließ und einen Fleck in das neue Seidenkleid machte. »Ich bin ein wenig müde«, sagte sie leiser als beabsichtigt. »Die Prüfungen, mein Buch, das neue, an dem ich arbeite, all so was.«

Zak riß das Gespräch an sich mit Anekdoten, wie ihm immer der Spaß verdorben wurde, wenn er auf dem Cape irgendwo essen ging, weil die Leute ihn mit den Symptomen und Schwächen ihrer Haustiere überfielen.

Sie versuchte zu ergründen, was sie so aus der Fassung gebracht hatte. Der unterschwellige Vorwurf? Wie kannst du es wagen, eine Affäre zu haben. Nein, es war die harte, stechende Stimme. In der Zeit, als sie manchmal geplant hatte, Nick für eine Woche oder ein Wochenende zu begleiten, als David noch ein Baby war und eingewickelt und mitgenommen werden konnte, hatte sie schließlich begriffen, daß er es immer so einrichtete, sich unmittelbar vor seiner Abreise mit ihr zu streiten und hinauszustürmen, damit sie ihn ja nicht begleitete.

Zaks Hand schloß sich unter dem Tisch um ihr Knie. Es war keine sexuelle Geste, sondern sollte ihr Beistand geben. »Und«, wandte sie sich an Sheryl, die es geschafft hatte, sie den ganzen Abend nicht anzuschauen, »wie geht es Ihnen damit, nach vier Jahren wieder in Boston zu sein?«

»Für unsere Kinder ist es besser, hier aufzuwachsen. Ich vermisse mein Leben dort, ich vermisse meine Freunde, aber schließlich wird Nick auch wieder in Manhattan inszenieren.«

David aß alle Reste auf. »Wollen wir noch was bestellen? Oder haben wir genug gehabt?«

»Ich denke, wir hatten genug«, sagte Zak trocken. »Es war köstlich. Ich war natürlich sehr neugierig auf Sie.« Mit Blick zu Nick.

»Ich wußte gar nicht, daß es Sie überhaupt gibt.«

»Sie kennen ja Leila – ein tiefes und verschwiegenes Wasser«, sagte Zak lächelnd.

Sie merkte, daß Zak sich gut amüsierte. Sheryl hatte sich von dem Abend vielleicht mehr Genuß versprochen, als er ihr dann brachte. Zweifellos hatte Nick Leila als laut und dogmatisch beschrieben, die Fakultätsfeministin vom Dienst. Sie beschloß, Zak nicht zu bitten, zum Cape zurückzufahren. Da David das eingerührt hatte, mußte er auch ertragen, daß Zak bei ihr übernachtete, denn sie hatte nicht vor, Zak in das zugige Gästezimmer zu verbannen. Ihr Gefühl war, daß David durch seine Drängelei ihre Beziehung einen weiteren Schritt vorangestoßen hatte, den weder sie noch Zak sich so vorgenommen hatten. Zak trat gern als ihr Ritter auf, das war nicht zu übersehen. Aber sobald David wieder fort war, mußten sie miteinander reden.

44

Becky

Am späten Sonntag vormittag stellte Becky Sam dazu an, die Bettwäsche zu wechseln und ihr beim Aufräumen zu helfen, bis sie ihn mittags nach Hause fuhr und dann mit Sylvie das Auto tauschte. Als sie zurückkam, raste sie sofort los, um die Wäsche zu machen. Nach einer wütenden Putzorgie war sie um drei so weit, daß die Wohnung unbenutzt und proper aussah. Becky war wund von so viel Sex. Sie nahm ein Bad und stand dann in der Mitte des Wohnzimmers. Sonntags fuhren sie sonst immer zu Terrys Eltern. Nicht, daß sie das etwa vermißte, aber sie fühlte sich aus dem Gleis geworfen. Ihr Leben hatte sich auf festen Gleisen bewegt. Jetzt hatte sie sich ins Freie gestürzt, in Gefahren und Freuden, in das erregende und erschreckende Gefühl, tun zu können, was sie wollte.

Sie hatte Tommys Päckchen zwischen ihre Unterwäsche gelegt. Sie konnte sich nicht vorstellen, daß Terry ihre Schublade durchsuchte, wie sie es jetzt mit seinen tun würde.

Zuerst durchstöberte sie seine Kommode. Kondome. Die benutzte er bei ihr nicht. Sie nahm die Pille. Zwischen seinen Socken etwas weit Interessanteres. Versicherungsunterlagen. Die Autoversicherung, die Versicherung für die Wohnung, die Krankenversicherung, die seine Eltern bezahlten, seit er arbeitslos war. Seine Lebensversicherung, die ihm Chris verkauft hatte und in der sie seit der Heirat als die Begünstigte eingetragen war. Da war sie. Zweihunderttausend Dollar wert. Aber unter der Versicherungspolice lag ein brauner Umschlag mit Unterlagen von Chris.

Sie zog ein Formular zur Änderung der Begünstigten heraus. Eine Notiz in der Handschrift von Chris bat Terry, Abschnitte eins bis sechs auszufüllen, um die Begünstigte von Becky in seine Mutter zu ändern. Terry hatte angefangen, die Formulare auszufüllen, seinen Namen und sein Geburtsdatum eingesetzt, aber dann aufgehört. Er wollte sie also wirklich abschieben. Sie nahm den Zettel mit den Anweisungen von Chris heraus, zerriß ihn in zwanzig Schnipsel und spülte ihn in der Toilette hinunter. Das dürfte für Aufschub sorgen. Sie wagte nicht, die Formulare zu beseitigen, bevor sie sich einen Schlachtplan überlegt hatte.

Terry war eindeutig sehr viel mehr wert, wenn er tot war. Lebendig kostete er sie nur und würde sie noch mehr kosten. Warum konnte er nicht einen netten kleinen Unfall haben? Nein, der nicht. In der Hinsicht hatte er Glück. Er schnitt sich kaum je beim Rasieren. Sam war immer so aufgeregt und stieß etwas um oder rannte in seiner Hektik gegen den Tisch, aber Terry verschüttete nicht einmal Kaffee. Er dachte gar nicht daran, ihr zuliebe einem Unfall zu erliegen.

In den Taschen seiner Jacketts fand sie Restaurantrechnungen und Kinokarten. Sie mußte sich unbedingt die Master Card-Abrechnung ansehen. Sie fand auch ein Papierschirmchen von einem Rumcocktail. Während ihrer Vorstellungen am Wochenende war er offensichtlich ausgegangen. Das sah gar nicht gut aus.

Sie spielte mit dem Gedanken, ihn mit Sam eifersüchtig zu machen, aber angesichts dieser geballten Anzeichen bezweifelte sie, ihn zu fruchtbarer Eifersucht provozieren zu können. Er wäre nur erleichtert, sie los zu sein. Sie mußte aufpassen. Aber sie mußte auch Sam bei der Stange halten. Sie brauchte Sam. Sie mußte es schaffen, ein wachsames Auge auf Terry zu haben und zugleich Zeit für Sex mit Sam zu finden. In dieser Woche stand das Vorsprechen fürs nächste Stück an, das Ce-Ce am Dienstag bekanntgeben sollte. Dann wurde wieder an Wochentagen geprobt, und am Wochenende hatte sie frei. Sie mußte das zu ihrem Vorteil nutzen.

Zweihunderttausend Dollar. Das war eine enorme Summe. Sie konnte es anlegen. Clevere Leute machten das. Sie würde die Burgesses ausbezahlen und sich ein neues Auto kaufen. Sobald Sam auf dem College war, konnte sie hinfahren und ihn an Wochenenden besuchen. Es war nur drei Stunden weit. Sie würde auch die Wohnung auf einen Schlag abbezahlen, damit sie nicht jeden Monat die Tilgungsraten hatte. Dann blieb ihr immer noch die Hälfte des Geldes. Sie würde an Seminaren und Medienkongressen teilnehmen und Kontakte für einen richtigen Job knüpfen.

Tagträume über das Geld waren sinnlos. Völlig sinnlos. Es würde ihr ganzes Leben ändern. Es würde alles ins Lot bringen. Sie wäre so unabhängig wie Tante Marie. Sie könnte sich Sam als Liebhaber leisten. Sie müßte sich nicht mit zwei Kostümen behelfen, sondern hätte den ganzen

Schrank voll. Sie könnte ihrer Familie großzügig helfen. Terry nutzte wirklich niemandem etwas. Wenn er morgen tot umfiel, dann trauerten seine Eltern – aber wer sonst? Nicht mal die hatten ihn dauernd um sich haben wollen.

Aber was konnte sie tun? Ihr war die Zeit davongelaufen. Konnte sie Terry einwickeln und Zeit schinden, um nachzudenken, um sich einen Plan zurechtzulegen? Sie zog sich sorgfältig an. Sie machte sich die Nägel und benutzte Parfüm. Sie war nervös, als handelte es sich um ein entscheidendes Rendezvous und nicht um ihren verachteten Mann, der eine Freundin hatte und sie eiskalt abservieren wollte. Ihr Magen war so verkrampft, daß sie Angst hatte, sich übergeben zu müssen. Spannungskopfschmerzen umschlossen ihre Stirn mit Eisenbändern.

Schließlich hörte sie um halb acht seinen Schlüssel. Sie sprang auf, zwang sich zu einem strahlenden Lächeln. »Terry! Wie war es?«

Seine Augen verengten sich. Einen Moment lang sah er hinterhältig und mißtrauisch aus. Dann kam er herein, warf seine Golfsachen auf einen Stuhl und reckte sich. »Viel Verkehr. Auf dem Platz war ich nur zwei über par.«

»Was ist mit dem Mann, der dir einen Job besorgen kann?«

»Er hat sich nicht festgelegt, aber es sieht vielversprechend aus. Ich werde wieder mit ihm reden.«

Da wette ich drauf, dachte sie, im Bett. Egal. »Möchtest du was essen?«

»Hab' schon gegessen.« Er setzte sich auf die Couch und tastete nach der Fernbedienung.

»Du hast mir dieses Wochenende gefehlt«, versuchte sie es und setzte sich neben ihn. »Ich habe mir überlegt, ich würde gern Golf spielen lernen, damit ich dich begleiten kann.«

»Das würde dir nicht gefallen. Nur Männer unter sich.«

»Ich möchte nur, daß wir mehr Zeit miteinander verbringen. Ich habe an diesem Wochenende mal ernsthaft über unsere Ehe nachgedacht und wie wir sie verbessern können. Du bedeutest mir so viel.« Sie sah ihn an. Er hatte wirklich ein sehr merkwürdiges Kinn. Kein fliehendes Kinn im üblichen Sinn, es verschwand einfach ansatzlos in seinem Hals. Sie redete lieb mit ihm, mit der Babystimme, die sie in ihren romantischen Momenten benutzte, aber sie sah ihn an, als wäre er ein Fremder, der mal neben ihr im Bus gesessen hatte. Ihr war unerfindlich, warum sie ihn anfangs so toll gefunden hatte. Er wirkte ausgelaugt, blutleer, unscheinbar. Sie sah im Geiste, wie sie ihm die Fernbedienung entriß und in seinen Mund stopfte. Sie mußte lächeln.

Er schaute auf ihr Lächeln, und seine Augen wichen aus. »Ach ja? Ich weiß nicht. Wie Mutter schon sagt, wir haben völlig überstürzt geheiratet. Meinst du nicht auch, es war ein Fehler?«

»Überhaupt nicht! Ich liebe dich, Terry«, sagte sie und gab sich größte Mühe, Leidenschaft mit heiligem Ernst zu verbinden. »Ich bin noch nie einem Mann begegnet, der für mich etwas so ganz Besonderes war. Für mich war es kein Fehler. Als wir geheiratet haben, war das der schönste, wundervollste Tag in meinem Leben.«

Er rutschte hin und her, seine Augen wanderten zu dem leeren Fernsehschirm. »Meinst du nicht, daß wir vielleicht … zu gegensätzlich sind? Wir kommen schließlich aus sehr unterschiedlichen Welten.«

Und das ist dir erst an diesem Wochenende aufgefallen, du Trottel? »Ich finde, wir ergänzen uns, wie du gesagt hast, als wir heiraten wollten. Ich fand das wirklich aufschlußreich, Terry, und ich finde, es stimmt immer noch. Wenn du ein bestimmter Typ Mensch bist, warum dasselbe in Grün heiraten? Was lernst du da schon? Du weißt doch alles, was die andere Person weiß. Aber du, Terry, du überraschst mich immer noch. Und ich glaube, vielleicht kann ich dich auch immer noch überraschen.« Sie legte ihm die Hand auf den Nacken und begann sanft zu kneten.

»Hör auf, Becky. Ich bin müde. Ich habe den ganzen Tag auf dem Platz gestanden.«

Wohl eher den ganzen Tag gevögelt. Sie verspürte im Moment gewiß kein Verlangen nach Sex, am allerwenigsten mit ihm, aber es schien trotzdem eine gute Idee. Er blieb jedoch unter ihrer Hand völlig passiv. Wenn sie das mit Sam gemacht hätte, wäre der längst aus seinen Klamotten. Sie ließ los und rückte weg. Ihr Angebot war deutlich genug gewesen. »Ich verstehe«, sagte sie mit Tremolo. »Nur, ich finde dich so attraktiv, und du hast mir so gefehlt.«

»Im Ernst?« Er sah ein wenig geschmeichelt aus. »Was hast du so gemacht?«

»Ich war zur Vorstellung. Es war das letzte Wochenende. Ich habe die Wäsche gemacht und einen gründlichen Hausputz. Ich habe Sylvie besucht und meinen Bruder Tommy. Ein nettes, geruhsames Wochenende. Ich habe viel an dich gedacht. Ich habe über uns nachgedacht und was ich besser machen möchte.«

Er sah verlegen aus, ruckelte mit den Schultern. Das arme Schwein hatte wahrscheinlich das ganze Wochenende lang Heather versprochen, daß er die Neuigkeit seiner blöden demnächst Verflossenen beibringen würde und daß die Ehe sowieso am Ende war. Sie dachte gar nicht daran, es ihm leicht zu machen. Sie brauchte Zeit, um sich einen Schlachtplan zu überlegen, Zeit, um Sam zu bearbeiten. Sie hatte Zweifel, ob sie Terry halten konnte, und wußte auch nicht genau, ob sie es wollte. Sie zuckte innerlich zusammen, wenn sie daran dachte, daß sie nun an sieben Tagen in der Woche die treusorgende Ehefrau spielen mußte, während er sich gnädig anbeten ließ. Wäre es ihr nicht um die Wohnung gegangen, sie hätte ihn einfach zur Tür rausgescheucht. Sogar das alte Auto, das sie fuhr, war auf seinen Namen zugelassen. Sie besaß nichts außer den Kleidern in ihrem Schrank. Wenn mit der Ehe Schluß war, dann stand sie mit fünfundzwanzig ohne einen Penny da.

Sie sah sich wieder zu Hause, in einem Job, wo sie nie vorankommen konnte. Sie würde sich nach einer eigenen Wohnung umsehen müssen, nach einer wie der über der Reinigung. Sie würde sich ein eigenes Auto kaufen müssen, denn ohne fahrbaren Untersatz kam sie nicht mal zur Arbeit. Es sei denn, sie ließen ihr das Wrack, das sie fuhr. Sie hatte sich an den Komfort gewöhnt, an ein sauberes Badezimmer, wo sie duschen konnte, wann sie wollte, an Ruhe, an Platz. Sie liebte ihre Familie, aber sie konnte sich nicht mit dem Schuhanzieher wieder in dieses schmutzige, laute, überfüllte Haus zurückzwängen.

Sie saß da und lächelte ihn auf der Couch an, während er von Kanal zu Kanal zappte. Du weißt nicht, was ausweglose Verzweiflung ist, sagte sie ihm in Gedanken und lächelte unentwegt. Du versuchst mich loszuwerden. Aber so leicht gehe ich nicht unter. Ich lege mich nicht hin und lasse mich von der Schwelle kehren. Jetzt ist Krieg. Wir werden ja sehen, wer mit härteren Bandagen, wer unsauberer kämpfen kann. Wir werden ja sehen, wer gewinnt.

Das nächste Stück, das sie machten, war *Dracula*. Ce-Ce sagte, Vampire seien total in. Diesmal hatten Becky und Sam größere Rollen. Sam war Renfield, der Irre unter Draculas Bann. Er hatte Spaß daran, Quatsch zu machen und so zu tun, als ob er Fliegen aß. Becky war Lucy, Minnas Freundin, die zum Vampir wurde und kleine Kinder überfiel. Alle achteten jetzt mehr auf sie. Sie sollte ein langes Kleid tragen und dann einen wallenden Morgenmantel, wenn sie von den Toten zurückkehrte. Sie mußte kreischen wie am Spieß, wenn sie sie noch einmal töteten und ihr einen Pfahl ins Herz rammten. Dick Berg war natürlich Dracula. Sie hatten zusammen eine feurige Szene, wo er zärtlich wurde und ihr in den Hals biß.

Nach den Proben fuhr sie Sam nach Hause, und sie hielten am Rand seiner Straße. Sex auf dem Rücksitz war nur zweite Wahl, aber gut genug, um ihn bei Leidenschaft zu halten. Er wollte sie jeden Abend sehen, aber das ging erst am Wochenende, wenn seine Mutter in ihrem Atelier war. Am Samstag nachmittag fuhr Becky zu seinem Haus.

Es machte ihr Spaß, es in seinem Zimmer zu tun. Das Zimmer war nicht wie andere, die sie kannte. Er mußte es mit niemandem teilen. Als seine Schwester noch zu Hause gewohnt hatte, hatte sie ihr eigenes Zimmer gehabt. So sollte es sein. Sams Haus war kein Vorzeigeheim. Es war recht gemütlich und sauber, aber nicht so, wie Becky ihre Wohnung hielt. Zeitungen und Bücher lagen herum, überall standen wuchernde Zimmerpflanzen, Begonien, Usambaraveilchen, Kräuter. Die Bilder an den Wänden paßten nicht zu den Möbeln.

In Sams Zimmer gab es Bücher, Hanteln, einen Heimtrainer und einen Computer. Er hatte ein Surfboard und Schlittschuhe und einen kleinen Basketballkorb. Auf den Postern waren keine Rockstars, sondern Dinosaurier, Erdzeitalterschemata, Pflanzen und Tiere der Salzmarsch. Ein Mobile über seinem Bett war ein Modell des Sonnensystems. Es machte ihr Spaß, nach dem Lieben die Planeten um die Sonne wirbeln zu lassen, die Monde um ihre Planeten. So fühlte es sich mit Sam an: sie hatte unermeßliche Kraft und konnte ihm jederzeit alles abverlangen. Es war ein wundervolles Gefühl. Sie vergötterte ihn dafür, daß er ihr dieses Gefühl der Macht gab.

Statt Pin-up-Poster und Teenagerzeitschriften hatte er Naturführer über Muscheln und Vögel, über Reptilien und Amphibien. Ein Vogelnest, von einer Kohlmeise, wie er erklärte, thronte auf seinem Bücherregal. Er besaß ein perfektes Tritonshorn aus Mexiko und eine Sammlung Pantoffelmuscheln. Er war süß, er war himmlisch. Er war viel lustiger als Terry. Er wurde besser im Bett. Er tat alles, worum sie ihn bat, und nach dem ersten Mal konnte er auch länger bumsen. Aber der Hauptunterschied war außerhalb vom Bett: er sah sie an, wenn sie etwas sagte, und er hörte zu. Diese Beachtung, die sie einhüllte, schärfte sie sexuell. Es war ihr, als hätte sie sich ihr Leben lang danach gesehnt, daß jemand sie so anschaute, ihr zuhörte, sie zum Mittelpunkt erhob. Dieser Blick elektrisierte sie. Wie der Blick der Kamera in dem Video nach Joeys Tod; wie die Männer, die ihr am Strand nachsahen. So, aber hundertmal verstärkt.

Sie liebte es, ihm Dinge über Männer und Frauen zu erklären. Sie konnte sich Sam zuwenden, ohne sich selbst zu verlieren, ohne sich weicher und unkomplizierter geben zu müssen, als sie war. Sie brauchte ihm nicht zu schmeicheln. Sie brauchte für nichts Interesse zu heucheln, was ihr gleichgültig war. Sam war es, der tun mußte, was sie wollte. Sam war es, der lernte, wie er ihr Vergnügen bereiten konnte. Sam war es, der bat, der wartete, der hoffte. Sie war noch nie in einer Beziehung so glücklich gewesen. Aber vielleicht war sie noch nie glücklich gewesen. Sicher, ihre Wohnung machte sie glücklich, aber sie konnte sich nicht mehr erinnern, daß es mit Terry je eine Zeit ohne Streß gegeben hatte, wo der Raum zwischen ihnen nicht ein nur mit Vorsicht begehbares Minenfeld gewesen war.

In dieser Woche begann sie, in der Mittagspause nach Hause zu kommen. Zum einen wollte sie nicht, daß Terry seine Freundin in die Wohnung mitbrachte. Sie hoffte zwar, daß Heather zu weit weg arbeitete, um über Mittag herkommen zu können, aber sie wollte kein Risiko eingehen. Zum anderen war es Teil ihrer Kampagne der treusorgenden Ehefrau. Sie kam nach Hause, damit er etwas aß. »Wenn ich schon abends Proben habe, möchte ich wenigstens diese Zeit mit dir haben.« Ihre Mittagspause wurde dadurch zu Hektik pur, aber es war ja nicht für immer. Nichts an ihrer Zweisamkeit hatte noch ein langes Leben vor sich.

Sie saß ihm gegenüber vor ihrem Teller aus der Salatbar, während er seinen Cheeseburger mit Fritten aß, sie stellte sich vor, wie er an dem Fleisch erstickte und wie sie dasaß und lächelte, als ob nichts wäre. Sie dachte: Angenommen, ich stoße ihn die Treppe runter. Er würde sich wahrscheinlich nur das Bein brechen und wütend sein. Angenommen, ich mache was an seinem Auto. Aber was? Ich kenne mich ja nicht mal unter der Motorhaube von meinem eigenen Auto aus. Mein Zweihunderttausend-Dollar-Mann, da geht er hin. Wie kann ich ihn in Bargeld verwandeln?

Jeden Tag sah sie heimlich nach den Formularen in seiner Schublade. Bisher hatte er sie nicht ausgefüllt. Noch nicht. Aber sie konnte nicht warten, bis er die Formulare abschickte. Dann war es zu spät.

Nachdem Terry an dem Abend zu Bett gegangen war, stand sie leise auf und schlich sich in die Küche. Sie hieb sich mit dem Bügeleisen auf den Arm. Das war der schwerste Gegenstand, den sie finden konnte. Es war gar nicht so einfach, und es tat weh. Dann hieb sie sich auf die Hüfte.

Das müßte beeindruckend aussehen sich aber im Büro verbergen lassen.

Am Abend auf der Probe zeigte sie Sam die Blutergüsse. »Schau mal. Terry hat Verdacht geschöpft.«

»War er das? Er hat dich geschlagen?«

»Er schlägt mich immer, aber diesmal hat er mir wirklich weh getan. Ich weiß nicht, was ihn mißtrauisch gemacht hat. Weißt du, ich gehe nicht mehr mit ihm ins Bett. Ich fühle mich zu schlecht dabei. Ich gehöre zu dir, nicht zu ihm.«

»Ich hasse ihn. Ich möchte ihm die Fresse einschlagen. Ich möchte ihm den Schädel einschlagen. Ich schlage ihn zu Boden und zeig' es ihm.«

»Ich habe Angst, er tut noch was Schlimmeres. Er droht mir. Ich kann mich vielleicht nicht mehr mit dir treffen.«

»Verlaß ihn, Becky. Du mußt ihn verlassen. Ich kann die Schule hinschmeißen. Ich kann mir einen Job besorgen. Ich bin mindestens so stark wie er.«

»Das weiß ich«, sagte sie und strich ihm über Schultern und Arme. »Ich kann nicht zulassen, daß du meinetwegen dein Leben ruinierst. Du mußt die Schule abschließen und aufs College gehen. Ich will dein Bestes. Ich will auf dich stolz sein. Wir müssen jetzt zurück. Ich weiß bloß nicht, was ich tun soll. Er läßt mich nie im Leben gehen. Er hat gesagt, eher bringt er mich um.«

»Glaubst du ihm? Würde er dir wirklich was antun?«

Sie hielt ihren Arm und lächelte matt, aber tapfer. »Was meinst du denn?«

»Was sollen wir tun? Ich kann nicht ohne dich leben, Becky. Ich kann nicht!«

»Ich kann auch nicht ohne dich leben. Vielleicht sollten wir uns umbringen. Denn wenn wir's nicht tun und er uns auf die Spur kommt, bringt er uns um.«

»Das kann doch nicht wahr sein, Becky. Leute trennen sich andauernd. Er muß einfach akzeptieren, daß du einen anderen liebst, und dich gehen lassen. Dann können wir uns jeden Abend sehen. Wir können zusammen ausgehen.«

»Er liebt mich nicht, Sam, aber er ist krankhaft eifersüchtig. Er will mich nicht gehen lassen. Das hat er immer wieder gesagt. Wenn es so weitergeht, können wir nicht mehr zusammensein.« Sie hielt sich den Arm und rauschte hinaus. Und nun muß man das auf kleiner Flamme über Nacht köcheln lassen.

Am nächsten Tag fuhr sie mit Helen. Sie erzählte Sam, daß Terry sehr mißtrauisch sei und sie nicht wage, ihn nach Hause zu fahren. Er sah aus, als wollte er losweinen. Auf dem Rückweg im Auto legte Helen die Hand auf Beckys Knie. »Hast also genug von dem Kleinen? Oder was?«

Becky brachte einen Augenblick lang kein Wort heraus. Sie war zu erschrocken. Sie dachte daran, so zu tun, als verstünde sie nicht, was Helen meinte, aber Helen wohnte unter ihr. Wer wußte, was sie gehört hatte? Becky fragte schließlich: »Woher weißt du das?«

»Auf einmal mußt du unbedingt mit deinem Auto fahren? Und dann sehe ich, wie er bei dir einsteigt? Meinst du, mir ist nicht aufgefallen, daß er seit Wochen in dich verschossen ist? Hör mal, ich bin nicht blind und ich bin nicht blöd. Ich weiß, er ist ein hübscher Bengel. Zwischen dir und deinem Mann läuft nicht viel, das sieht ein Blinder mit dem Krückstock. Also spielst du ein bißchen herum. Da kann nichts passieren. Er war noch Jungfrau, stimmt's?«

Becky nickte, zu verdattert, um etwas zu sagen.

»Also kannst du dir bei ihm kein Aids holen. Er ist wie ein Häschen, hm? Er war das ganze letzte Wochenende bei dir, ich habe aufgepaßt. Keine Sorge. Ich sage es nicht deinem Mann. Du verdienst Besseres als diesen Lorbaß. Seit einem halben Jahr arbeitslos und geht Golf spielen. Eine Schande. Wenn der mein Mann wäre, würde ich ihn rauswerfen.«

»Wenn ich das nur könnte.«

»Ich habe den blauen Fleck auf deinem Arm gesehen, als ich dir die Maße fürs Kostüm genommen habe. Hat er das gemacht? Dein Mann?«

Becky nickte.

»Hat er das mit dem Jungen herausbekommen?«

»Nein, er hat keinen Verdacht. Aber er ist krankhaft eifersüchtig. Er ist in letzter Zeit schrecklich jähzornig ... vielleicht nimmt er irgendwas.«

»Drogen?«

»Ich weiß nicht. Ich habe nie was genommen. Du weißt ja, ich trinke kaum mal ein Bier in der ganzen Woche. Niemand in meiner Familie hat je Drogen genommen, also weiß ich nicht, wie das ist. Vielleicht ist es nur die Arbeitslosigkeit. Ihm brennt in letzter Zeit so schnell die Sicherung durch.« Sie probierte verschiedene Geschichten über Terry aus. Sie beobachtete Helen, um zu sehen, ob sie die schluckte.

Am Tag darauf kam Tommy am späten Nachmittag, um seine Sore abzuholen, aber Terry war immer noch da. Zu dritt saßen sie steif im Wohnzimmer und machten leere Konversation. »Warum gehst du nicht Pizza oder so was holen?«

»Habe *ich* mich hier zum Abendessen eingeladen?« gab Terry zurück.

»Laß mal, ich esse später was. Macht nichts. Ich war nur gerade im Dreh und dachte, ich komm' mal vorbei, meine Lieblingsschwester und ihren Mann besuchen. Ach, Becky, hast du die ... die Bluse, die Mattie sich von dir leihen möchte?«

»Aber ja, Tommy.« Sie eilte ins Schlafzimmer. Das Päckchen war in ihrer Kommode. Sie steckte es in einer blauen Bluse fest, die sie nie gemocht hatte, und trug die Bluse auf ihrem Bügel ins Wohnzimmer. »Hier, Tommy. Mattie kann sie mir ja nächste Woche zurückgeben.«

»Was soll das eigentlich?« Terry zog ein Gesicht.

»Mattie will sich mit der Kleinen fotografieren lassen und wollte dafür was Blaues und Schlichtes.«

Terry stand von der Couch auf. »Ist das nicht die Bluse, die meine Mutter dir geschenkt hat?«

»Ja. So eine hübsche Bluse, Mattie wird toll darin aussehen.«

»Ich finde nicht, daß du Sachen, die meine Mutter dir geschenkt hat, weggeben solltest.« Terry griff nach der Bluse. »Was ist das denn?«

Tommy stürzte vor, aber Terry hatte das innen festgesteckte Päckchen schon gefunden. »Was geht hier eigentlich vor?«

Tommy nahm ihm die Bluse weg, machte das Päckchen los und steckte es in die Tasche seiner Lederjacke. »Nur was Geschäftliches. Ich habe einen Ort gebraucht, wo ich ein paar Tage was lassen konnte.«

»Seid ihr beide wahnsinnig geworden? Schaff den verdammten Stoff hier raus! Wollt ihr mich in den Knast bringen? Wollt ihr mich alle machen? Ich kann's nicht fassen. Ich kann so viel Blödheit nicht fassen!« Terry tigerte hin und her und brüllte aus vollem Hals.

Tommy ballte die Faust. Becky sah ihm deutlich an, daß er überlegte, Terry auf die Bretter zu schicken, sich dann aber dagegen entschied. »Du weißt nichts davon. Und meine Schwester auch nicht. Du mußt nur den Mund halten. Es war ein Notfall und wird nicht wieder vorkommen.«

»Darauf kannst du Gift nehmen. Ich will dich in meinem Haus nie wieder sehen! Hau ab und verschwinde. Und nimm deine blöde Schwester mit.«

»Das meinst du nicht im Ernst. Becky hat von nichts gewußt. Sie hat noch nie in ihrem Leben was mit Drogen zu tun gehabt, und ich auch nicht. Ich bewahre das nur für einen Freund auf, weil wir offen gestanden alle das Geld brauchen. Du etwa nicht? Es sind harte Zeiten, und wir müssen uns alle gegenseitig helfen. Jetzt hör auf, meine Schwester anzublöken, und reg dich ab.«

Becky gab Tommy Zeichen, zu gehen. Sie meinte, besser mit Terry fertig zu werden, wenn Tommy draußen war. Der schien nicht überzeugt. »Kommst du auch zurecht?«

Becky nickte heftig und winkte ihn zur Tür hinaus. Terry starrte sie wütend an. »Du blödes Miststück! Willst du uns beide hinter Gitter bringen?«

»Terry, ich weiß ja, daß du recht hast. Aber ich hatte keine Ahnung, was in dem Päckchen war. Er hat mich nur gebeten, es aufzubewahren. Er hat gesagt, es wäre eine Überraschung für Mattie. Und er hat mich wirklich gebeten, ihr die Bluse zu borgen.« Sie rang die Hände und beobachtete ihn aus den Augenwinkeln. Das hatte noch gefehlt. Gerade, als sie dabei war, ihn weichzukriegen. Jetzt hatte er einen Vorwand, um sie abzuservieren. »Ich dachte, es wäre Schmuck, den er für Mattie gekauft hat. Ich habe keinen einzigen Blick in das Päckchen geworfen. Vielleicht war ich zu vertrauensselig, du weißt ja, ich neige dazu, viel zu vertrauensselig zu sein. Ich bitte dich wirklich um Verzeihung. Aber ich habe überhaupt nichts getan. Ich habe nur geglaubt, was er mir gesagt hat.«

»Dann bist du genauso blöde wie er! Deine ganze Familie, ihr seid nichts als stinkendes portugiesisches Gesindel von den Docks. Ihr stinkt alle nach Fisch. Ihr lebt in einer Bude, die stinkt wie das Männerklo in der U-Bahn. Und schlaft wahrscheinlich in einem Bett mit eurem Ziegenbock!«

Sie bekam kein Wort heraus. Sie brachte den Mund nicht auf. Tränen stiegen ihr in die Augen und liefen ihr übers Gesicht. Er gab ein Brechreizgeräusch von sich und knallte die Schlafzimmertür hinter sich zu, schloß sie aus. Aber ihre Tränen waren Tränen der Wut. Sie hatte keine Zeit mehr zu verlieren. Sie mußte Sam dazu kriegen, ihr zu helfen, und wenn das fehlschlug, dann Tommy. Sie mußte Terry loswerden, bevor er ihr weiter weh tun konnte. Sie würde ihm nie verzeihen, was er über sie und ihre Familie gesagt hatte, nie. Er war jetzt ihr Feind. Sie mußte ihn zu Geld machen.

45

Mary

Beverly blieb eine Weile in einer Notunterkunft. Dann zog sie wieder auf die Straße. Die Weihnachtsferien waren schon einige Zeit vorbei, und niemand von Marys Kunden verreiste. Wenn Beverly Mary sehen wollte, hinterließ sie eine Nachricht bei der Reinigungsfirma. Beverly wußte, daß

Mary Schwierigkeiten hatte, einen Schlafplatz zu finden. Jede Nacht sank das Thermometer auf zehn Grad unter Null. Sonntag fielen fast fünfzehn Zentimeter Schnee. Eine schwere Zeit, um in Kirchen oder unverschlossenen Garagen zu nächtigen. Mary hatte so wenig Schlaf gefunden, daß sie inzwischen schon im Stehen einnickte, was nicht nur quälend, sondern auch gefährlich war.

Am Dienstag trafen sie sich um sechs Uhr abends im Bahnhof Symphony. Sie saßen auf einer Bank und teilten, was sie hatten. Beverly hatte ein paar altbackene Krapfen, die sie an der Hintertür von Dunkin Donuts bekommen hatte. Mary hatte eine Dose Ölsardinen, die sie in Mrs. Baers Küche eingesteckt hatte, eine Apfelsine, zwei Mohrrüben und zwei Äpfel, die sie gekauft hatte, dazu einen Kanten Graubrot, den Mrs. Baer weggeworfen hatte.

Mary hatte gedacht, daß Beverly nur im Krankenhaus mit ihr vorliebnahm, wo sie hilflos einer Bürokratie ausgeliefert war, der sie mißtraute. Aber die beiden Frauen trafen sich auch weiterhin. Sie teilten, was sie an Nahrung hatten. Jede kannte die Probleme der anderen. Mit niemandem sonst konnte Mary offen und ehrlich über ihr Leben reden. Sie redete und redete, und Beverly auch. Sie beschrieben einander ihre Ehen, ohne irgend etwas zu beschönigen. Wenn sich Marys Leben in der Mittelschicht oder sogar gehobenen Mittelschicht abgespielt hatte und Beverlys in der Arbeiterschicht, so war das jetzt nicht mehr von Belang.

Passanten sahen sie schief an. Beverly war nicht mehr reinlich. Ihr Haar war eine struppige graubraune Masse unter ihrer speckigen orangeroten Mütze. Sie hatte mehrere Schichten alter Sachen übereinander an, hier und da lugten merkwürdige, ausgewaschene Farben hervor. Mary sah solide wie immer aus, das Haar gekämmt, die Wollmütze gerade auf, ihre Reisetasche und ihre ziemlich neue Handtasche in Ordnung.

Wenn Beverly allein dagesessen hätte, wären die Leute achtlos an ihr vorübergegangen. Mary kannte diese Unsichtbarkeit. Passanten nahmen nie Blickkontakt auf. Sie taten, als sähen sie nicht, daß das seltsame Altkleiderbündel im Hauseingang lebendig war. Sie erinnerte sich, wie diese Nichtachtung und Geringschätzung ihr die Würde genommen hatten. Sie hatte begonnen, allen Kontakten aus dem Weg zu gehen. Sie hatte zu Boden geschaut. Sie schlurfte mit gesenktem Kinn, damit sie nicht sah, wie die Leute durch sie hindurchblickten.

Nun saß sie steif und aufrecht und versuchte, die neugierigen Blicke auszusperren. »Wo übernachtest du denn?«

»Deswegen wollte sie dich sehen. Du bist auch willkommen.«

»Es ist zu spät für ein Heim.« Wenn sie ihre Arbeit beendet hatte, war es dafür immer zu spät. Um ein Bett zu ergattern, mußte sie vor vier Uhr da sein.

»Was anderes, was nur für uns. Ein großes verlassenes Haus. Houdini hat es gefunden. Du kennst doch Houdini?«

»Ich bin ihm mal begegnet.« Houdini lebte seit zehn Jahren auf der Straße. Er war berühmt dafür, in abgeschlossene Räumlichkeiten eindringen zu können, in Lieferwagen, in Gebäude. Er war oft genug gefaßt und ins Kittchen gesteckt worden, aber er kehrte stets wieder auf die Straße zurück und sah sich nach etwas um, wo er und alle, die er ließ, kampieren konnten.

»Er hat sie in seine neue Bude eingeladen. Sie bringt dich hin.«

»Bist du … jetzt mit ihm zusammen?«

»Mit Houdini? Der ist mit der Flasche verheiratet. Die Jungs sind oben. Houdini und ein Junge, der Maus gerufen wird. Sie ist unten. Sie hat eine eigene Wohnung, sogar eine Matratze. Du wirst sehen.«

Von der U-Bahnstation gingen sie nach Südosten. Das leerstehende Mietshaus war gleich hinter einem Sanierungsviertel mit teuren Eigentumswohnungen. Es war vernagelt und mit großen BETRETEN-VERBOTEN-Schildern versehen, aber Beverly führte sie um das Gebäude herum zur Kellertür. Die Tür war mit einer Kette und einem rostigen Vorhängeschloß gesichert, aber die Kette war durchgesägt und einfach wieder ineinander gelegt worden, damit es nicht auffiel. Ratten huschten fort, als sie hereinkamen.

Mary benutzte ihre Taschenlampe. Rote Augen wurden vom Lichtstrahl erfaßt und waren verschwunden. Beverly führte sie zur Treppe. Der Keller stank wie ein Pissoir, und Mary verspürte Brechreiz und zitterte vor Kälte. Es kam ihr hier so kalt vor wie draußen auf der Straße, nur ohne den eisigen, schneidenden Wind.

Sie schlichen hinauf, lauschten auf Gefahr. Mary wußte, wenn ein Haus von den Obdachlosen aufgebrochen worden war, dann konnte es auch von Dealern, Cracksüchtigen und Untergetauchten benutzt werden, von allen, die von der Straße herunter wollten. Aber sie schienen heute abend die ersten zu sein.

Die Angeln der Tür zu der Wohnung im Hochparterre waren kaputt. »Wir glauben, das haben die gemacht, um die Mieter loszuwerden«, sagte Beverly, sobald sie sich vergewissert hatten, daß keine Gefahr bestand. »Siehst du, da in der Küche ist ein Stuhl und ein Küchenschrank. Hier ist ihre Matratze. Du kannst auch darauf schlafen. Sie hat ihre eigene Decke.«

»Ich habe einen Schlafsack.« Mary entrollte ihn. »Das ist mein Schatz.«

»Super. Hat den jemand zu Goodwill oder zur Heilsarmee gegeben?«

Beverly konnte sie die Wahrheit sagen. »Ich habe ihn aus dem Schrank einer meiner Damen. Sie hat ihn nicht benutzt, und ihr Sohn ist ein verwöhntes Bürschchen. Er hat ihn vielleicht nur einmal benutzt –«

»Du brauchst dich nicht zu entschuldigen. Du wirst es heute nacht da drin schön gemütlich haben.« Beverly hockte im Badezimmer auf dem Fliesenboden, wo sie eine Radkappe hingelegt hatte. Der Boden war aus schwarzen und weißen Fliesen, die jetzt gesprungen und verdreckt waren. Die Badewanne war herausgerissen worden, aber das Waschbecken war noch da und die Toilette mit zerbrochener Brille. Aber es gab sowieso kein Wasser, bemerkte Mary.

»Wohl ist Wasser da«, sagte Beverly. »Wir haben hier alles, was man braucht. Die haben einen Eimer stehenlassen.

Den hat sie mit Schnee gefüllt, und der ist geschmolzen. Siehst du? Wir haben Trinkwasser. Jetzt sieh mal, was noch. Du bist eingeladen. Wir können uns heißes Wasser machen.« Sie kramte in ihrer Tasche.

Mary sagte stolz: »Wir können uns was Besseres leisten. Ich habe immer Teebeutel dabei. Du machst das Wasser heiß, und dann trinken wir Tee.«

»Richtigen Tee! Noch besser.«

Beverly hatte eine Tasse voll Sterno-Brenngel und Streichhölzer. Sie zündete das Sterno auf den Fliesen an und stellte ein Dreibein darüber mit einer alten Kaffeedose als Topf. Es gab sogar ein wenig Wärme ab. Mary zog ihre wollenen Handschuhe aus und rieb sich in der Nähe der Flamme die Hände. Seit sie Sylvester in einem schönen Haus übernachtet hatte, war sie nicht mehr so glücklich gewesen. Es war kalt, es war schmutzig, es war dunkel, aber sie hatte eine Freundin, sie leisteten einander Gesellschaft und gaben einander ein wenig Geborgenheit.

Mary hatte seit vielen Jahren mit niemandem mehr plaudern können. Früher hatte sie mit ihrem Mann geredet, sie hatte Freundinnen in der Nachbarschaft gehabt, verheiratete Hausfrauen wie sie. Sie hatte mit ihren Kindern geredet, bis die in das schwierige Alter kamen, wo sie ihre Geheimnisse vor ihr hüteten, als könnte das Mitwissen den jeweiligen Schwarm oder Herzenswunsch augenblicklich zerplatzen lassen wie eine Seifenblase. Ihre Damen redeten manchmal mit ihr, aber sie antwortete nie mit Persönlichem. Mrs. Landsman gegenüber zuzugeben, daß sie Beverly kannte, war ein einmaliges Wagnis, das sich nie wiederholen durfte.

Jetzt hatte sie eine Freundin, die sie verstand. Sie tauschten sich aus über all die Orte, an denen sie geschlafen oder eine Nacht zugebracht hatten, ohne einschlafen zu dürfen. An vielen öffentlichen Orten war Schlafen verboten. Sie durfte in einer Bibliothek sitzen, sie durfte in einem Bahnhof sitzen, aber Schlafen war nicht gestattet. Als Obdachlose waren ihr die Grundbedürfnisse verwehrt, hatten einfach nicht zu sein. Sie war eine Illegale. Sie hatte kein Recht, am Leben und da zu sein.

Gegen halb zehn hörten sie unten Geräusche. Das Sterno war schon lange ausgegangen. Sie drückten sich an eine Wand und warteten. »Es ist Houdini«, sagte Beverly erleichtert. »He, Houdini.«

Es war dunkel im Flur, und Mary konnte wenig sehen. Houdini war so klein, wie sie ihn in Erinnerung hatte, aber seine Gesichtszüge konnte sie nicht ausmachen. Er stank weithin nach Pisse und Alkohol. Der Junge bei ihm war knochig, ein bißchen größer als Houdini, hatte hellbraune Haut und hielt sich hinter ihm. »Hallo, Bev mein Schatz, wie geht's dir? Stellst du mir deine Freundin vor?«

»Wir sind uns vor Jahren schon mal begegnet, Houdini. Ich bin Mary. Ich habe dich kennengelernt, als ich mit Samantha unterwegs war. Erinnerst du dich noch an Samantha?«

»Ja, die liebenswerte Samantha.« Er bekreuzigte sich. »Willkommen in unserer bescheidenen Herberge, merkwürdige Mary, und denk dran, dein Zuhause ist da, wo du es dir machst. Wir sind oben, wenn die Damen uns brauchen. Komm schon, Maus. Heb dein Ende hoch. Wir haben nämlich ein schönes Stück Holz gefunden. Wir werden uns zum Aufwärmen ein kleines Feuerchen machen. Wir haben auch eine alte Autotür, die macht uns den Ofen.« Houdini und Maus schleppten sich mit ihren Funden nach oben. Houdini rief hinunter ins Treppenhaus: »Das ist hier das Ritz, meine Damen, und herzlich willkommen.«

»Sie hofft, wir können hier eine Weile bleiben«, sagte Beverly. »Das müssen hübsche Wohnungen gewesen sein. Die Leute fanden es bestimmt nicht toll, rausgeschmissen zu werden.«

»Es war furchtbar für mich, aus meiner Wohnung raus zu müssen. Ich hatte damit gerechnet, dort den Rest meines Lebens zuzubringen«, sagte Mary, als sie in ihren Schlafsack kroch.

Sie redeten über das Essen und das Wetter und die Kleidung. Sie redeten über die Stadtviertel und die Bullen und die anderen, die Menschen mit einem Zuhause. Sie lachten und kicherten viel. Mary dachte, so hatte sie nicht mehr geschwatzt, seit sie ein Teenager war und eine ihrer Freundinnen bei ihr übernachtete.

Es war kalt in der Wohnung, aber da die Fenster vernagelt waren, pfiff der Wind nicht hindurch. Mary legte ihren Schlafsack dicht an Beverlys Matratze. Oben hörten sie Houdini lachen, und einmal fiel etwas hin.

»Du hast keine Angst vor Houdini oder dem Jungen?«

Beverly lachte kurz auf. »Sie hat Angst vor den meisten Männern, aber nicht vor Houdini. Der ist in Ordnung. Der Junge ist zurückgeblieben. Tut keiner Fliege was zuleide. Houdini hat ein gutes Herz. Wenn er eine Bleibe findet, teilt er sie mit seinen Freunden. Andere würden so eine Bude wie die für sich behalten. Morgen wird sie sich auf die Suche nach einem Stück Teppich machen. Sie meint, hier läßt sich's eine Weile aushalten. Wir können es ein bißchen herrichten. Einen Tisch auftreiben oder was. Eine Pfanne, einen Topf. Wir können es uns hübsch machen. Sieh mal zu, ob du morgen Streichhölzer abstauben kannst. Ihre gehen zu Ende.«

Bevor beide sich schlafen legten, nahm Mary ihre Taschenlampe und ging hinunter, um eine Kellerecke als Toilette zu benutzen. Es war immer notwendig, äußerst vorsichtig zu sein, wenn sie im Dunkeln und in der Kälte ihre Notdurft verrichtete. Leicht konnte sie sich die Kleidung oder die Hände beschmutzen. Schlechter Geruch von einem Mißgeschick oder mangelnder Sorgfalt mußte vermieden werden. Sie konnte sich nicht einfach waschen, ihre Hände nicht und ihre Sachen schon gar nicht.

Sie hockte im Dunkeln und war gerade fertig, da hörte sie in der Nähe ein Geräusch. Sie leuchtete mit der Taschenlampe hin und stürzte dann vor, ohne zu überlegen. Eine tote Katze lag da. Mary nahm sich nicht die Zeit, um nachzuschauen, woran sie gestorben war. Die Ratten fraßen an ihr und hatten gerade zwei kleine Kätzchen totgebissen. Was sie gehört hatte, war ein drittes Kätzchen, das sich an den eiskalten Körper seiner Mutter schmiegte und fauchte. Sie nahm das Kätzchen auf, das wütend kratzte, und schob es unter ihren Mantel. Ihr fiel nichts weiter ein, als es anzumiauen. Langsam hörte es auf, sich zu wehren, und klammerte sich an sie. Sie trug es nach oben.

»Ich habe unten ein Katzenjunges gefunden, das von Ratten angefallen wurde. Ich habe es mitgebracht.«

»Du kannst es nicht behalten«, sagte Beverly. Das Kätzchen klammerte sich zitternd an den Mantel. Es war klein, aber unversehrt, vielleicht sechs, vielleicht acht Wochen alt. Die Ratten hätten kurzen Prozeß mit ihm gemacht, wie sie es mit seinen Geschwistern getan hatten. Mary sah unter dem Schwanz nach. *Ihren* Geschwistern. »Ich kann sie nicht zurücktun und sterben lassen. Sie hat Hunger.«

»Wer nicht?«

Schließlich gab Mary dem Kätzchen ein paar übriggebliebene Brotkrümel. Das Kätzchen aß sie. Was blieb ihm anderes übrig? Es kroch unter ihren Mantel und schmiegte sich um Wärme an ihren Körper, trat mit seinen stecknadelspitzen Krällchen nach Milch, die sie nicht geben konnte. Mary kroch mit dem klammernden Kätzchen in ihren Schlafsack und versuchte zu schlafen.

Am Morgen weckte sie im Dunkeln ihr Wecker. Sie säuberte sich, so gut sie konnte, und nahm dazu ein wenig von dem geschmolzenen Schnee. Das Kätzchen wagte sich nicht weit, war vielleicht vor Hunger zu schwach. Es saß auf dem Schlafsack und rief gelegentlich mit schwacher Stimme. Sie nahm ihre Taschen und steckte das Kätzchen in ihren Mantelausschnitt. Im 7-Eleven an der Ecke kaufte sie eine Dose Katzenfutter und fütterte das Kätzchen unter einem Vordach, behielt es dabei unter ihrem Mantel. Ihr Mantel würde nach Katzenfutter riechen.

Zum Glück ging sie zu Mrs. Landsman. Das war eine Frau mit einem weichen Herz für Katzen. Mrs. Landsman würde nach Hause kommen zu einem Zettel und einer kleinen Katze. Wenn Mary daraufhin gefeuert wurde, dann wurde sie eben gefeuert. Sie würde sagen, daß sie das Kätzchen draußen auf der Straße gefunden hatte, verlassen und am Verhungern.

Sie hatte dort sowieso seit Monaten nicht mehr übernachten können. Die Landsmans ließen sich scheiden, und das Haus sollte bald verkauft werden. Mrs. Landsman würde die Katze entweder behalten oder in ein Tierheim bringen, was einen gnädigeren Tod bedeutete, als bei lebendigem Leibe von Ratten gefressen zu werden wie ihre Geschwister. Kätzchen schnurrte jetzt, das kleine Bäuchlein aufgebläht vom Futter. Sie hatte es geschafft, in fünf Minuten die halbe Dose hineinzuschlingen. Mary hatte versprochen, sich mit Beverly wieder am Bahnhof Symphony zu treffen. Sie würde etwas zu essen organisieren. Mrs. Landsman hatte meistens etwas, was sie sich nehmen konnte, und sie würde Thunfisch und Brot kaufen. Dann würden sie für die Nacht in ihr neues Hotel gehen, Houdinis Ritz. Sie gehörte wieder wohin. Sie hatte eine Freundin, fast eine Familie. Sie konnten sich die Wohnung herrichten, und ob! An diesem Wochenende würde sie nach Möbeln und nützlichen Dingen Ausschau halten, die andere wegwarfen. Ausnahmsweise einmal hatte sie etwas, worauf sie sich freuen konnte: ein eigenes Zuhause mit Beverly.

46

Leila

Die Nacht war kurzweilig, wenn auch notgedrungen schallgedämpft. Am Morgen fuhr Zak weg, bevor David zum Frühstück erschien. Dann war alles Hektik, bis sie David reisefertig gemacht, zum Logan Airport gefahren und in seine Maschine nach Westen gesetzt hatte. Sie kam in das leere Haus zurück, nur Vronsky erwartete sie auf dem Läufer, der sein Begrüßungsplatz geworden war. Nachdem sie den unerwünschten Weihnachtsbaum in den Müll verfrachtet hatte, empfand sie eher Erleichterung als Traurigkeit.

David wurde erwachsen und enteilte zu seiner ersten ernsthaften Beziehung mit einem weiblichen Wesen. Ob sich daraus eine dauerhafte Bindung entwickelte oder nicht, auf jeden Fall war diese starke Zuneigung zu Ikuko ein gutes Zeichen. Manchmal hatte sie sich den Vorwurf gemacht, daß sie ihn zu eng an sich band, daß sie den abwesenden Ehemann teilweise durch den anwesenden Sohn ersetzte. Nun hatte er sich losgemacht. Auch ein Grund, warum sie ihre Verbindung mit Zak vor David nicht verheimlicht hatte.

Zak hatte ihr wie erhofft beigestanden. Im Lauf der Woche dachte sie von Zeit zu Zeit daran, ihn anzurufen, doch sie tat es nicht. Sie versuchte zu ergründen, was sie davon abhielt. Sie saß im Bett, umgeben von ihren Notizen über Becky, eine Hand auf Vronskys Nacken, und dachte nach. Sie spürte eine beruhigende Distanz zu Nick. Er ging nahtlos in der Zweisamkeit mit Sheryl auf. Ihr kam es sonderbar vor, wie Nick und sie in dem gleichen Bett geschlafen, Teile ihrer Körper ineinandergesteckt, die kleinen Dinge des täglichen Lebens miteinander geteilt haben konnten, und nun fast nichts mehr miteinander zu tun hatten. Er hatte sich in eine neue Paarung begeben und war im Begriff, eine neue Familie auszubrüten.

Vielleicht schob sie hinaus, sich mit Zak zu treffen, eben weil er als so hilfreicher Beschützer aufgetreten war. Er hatte sich verhalten wie … ein Ehemann. Er hatte seine Sache gut gemacht. Aber sie wünschte sich keinen Ehemann. Sie war gerade dabei, einen loszuwerden, der zwei Jahrzehnte lang mehr als die Hälfte ihres täglichen Energieausstoßes aufgesogen hatte. »Du und ich, wir beide haben einen angenehmen Ausgleich von Wünschen und Bedürfnissen erreicht«, sagte sie zu Vronsky und kraulte ihn sanft unter dem Kinn. »Ich weiß offen gestanden nicht, ob ich das mit Zak auch schaffe.« Ihr fiel auf, daß Zak nicht angerufen und ein Rendezvous vorgeschlagen hatte. Stand auch er unter dem Eindruck, mit ihr viel zu rasch ein Paar zu werden?

Sie besaßen beide die Fähig- und Fertigkeiten für eine ernsthafte Beziehung, aber vielleicht waren sie nur zu bereit, alles zusammenzuwerfen und laufen zu lassen. Ihr konnte passieren, daß sie schließlich mit ihm zusammenlebte, weil sich beide so gut darauf verstanden, mit Partnern zu leben. Er war trotz all seiner Reisen ein durch und durch häuslicher Mann.

Eine weitere Woche verging, ohne daß sie miteinander redeten. Becky taute langsam auf. Im Lauf des Gesprächs am Samstag beugte sie sich plötzlich vor und sagte zu Leila: »Sie meinen, ich habe es getan, das merke ich, aber trotzdem mögen Sie mich. Finden Sie das nicht irgendwie verrückt?«

»Wenn Sie jemandem etwas getan hätten, den ich geliebt habe, dann würde ich Sie hassen. Aber ich kannte Terry nicht, und seine Eltern waren unangenehm. Ich versuche, kein Urteil darüber zu fällen, ob Sie es getan haben, sondern einfach für alles offen zu sein.«

»Ich weiß, daß Sie das sagen müssen, aber keine von uns glaubt das auch nur dreißig Sekunden«, sagte Becky mit krausgezogener Nase.

»Versuchen Sie, es zu glauben. Aber ich bin froh, daß Sie wissen, daß ich Sie mag. Ich soll Ihnen eigentlich weder mit Zu- noch mit Abneigung begegnen, aber ich merke, ich kann mich einer Reaktion nicht entziehen.«

»Die Leute mögen mich jetzt lieber, falls sie nicht schon entschlossen waren, mich zu hassen«, sagte Becky und schaute dabei auf ihre Hände. »Es ist faszinierend. Meinen Sie, das ist, weil ich jetzt berühmt bin?«

»Glauben Sie, daß es daran liegt? Oder haben Sie sich verändert?« Sie dachte an die Interviews mit den Personen, die Becky gekannt hatten. Von ihrer Familie wurde sie fast ausnahmslos in den Himmel gehoben, aber von den Leuten, mit denen sie gearbeitet hatte, nicht. »Sie war ein intrigantes kleines Biest«, sagte eine ihrer Collegedozentinnen, eine Rundfunksprecherin. Leila fiel auf, daß viele von Becky in der Vergangenheit sprachen. »Sie war kalt. Ihr ging es nur um sich, andere waren ihr egal«, sagte eine Frau in Beckys Büro. »Man mußte ihr mächtig zusetzen, um ihr für eine Pizza, ein Hochzeitsgeschenk oder ein Abschiedsgeschenk ein paar Dollar aus dem Kreuz zu leiern.«

»Sie war tüchtig, aber sie hat ständig versucht, vor die

Kamera zu kommen«, sagte ihr Chef. »Das hat sie nie aufgegeben. Das war für sie der große Glanz.«

Ihr vorletzter Chef sagte: »Sie war nicht sonderlich umgänglich. Sie tat ihre Arbeit, aber sie gab nicht viel von sich selbst.«

Leila fand, Becky war vorsichtig und zurückhaltend, konnte aber auch charmant sein. Vielleicht hatte der Mord ihr Selbstvertrauen gestärkt. Behutsam tastete sich Leila in diese Richtung vor – ob Becky meinte, sich verändert zu haben.

»Ich bin immer zu vertrauensselig gewesen«, sagte Becky und sah Leila dabei unter den Wimpern hervor an.

Das glaubte Leila nicht. Sie fand, Becky war ständig auf der Hut. Sie mußte es sein.

»Was kann denn jetzt noch Schlimmeres passieren? Mein Mann ermordet, und ich stehe unter Anklage. Mein eigener Freund, mein Ex-Freund, beschuldigt mich. Ich kann es genausogut locker angehen, denn mich hat die Dampfwalze schon überrollt.«

Beide wußten, was ihr Schlimmeres drohte, deshalb erwähnte es keine, statt dessen fragte Leila, was sie am liebsten tun wollte. »Natürlich möchte ich freigesprochen werden. Dann werde ich erst mal ins Stadtzentrum von Boston ziehen, um dem Rummel und dem Tratsch zu entgehen.«

»Und wie weiter, wenn das klappt?«

»Erinnern Sie sich an die Frau, die eine Affäre mit dem Präsidentschaftskandidaten hatte, mit Gary Hart? Sie war in jeder Talkshow, und dann war sie Werbeträgerin für Jeans. Ich wäre lieber Fernsehmoderatorin, aber ich hätte auch nichts dagegen, Werbeträgerin für was Exklusives zu sein, für Designerjeans oder Parfüm oder so, solange ich so bekannt bin.«

Sie saßen im Besuchsraum des Barnstable-Untersuchungsgefängnisses, dem traurigsten und trostlosesten Ort, den Leila sich vorstellen konnte, aber Becky lächelte jetzt und hatte das spitze Kinn in die Hand gestützt. Becky ging alle Talkshows durch, die, die sie mochte, und die, die sie ätzend fand. Leila war seltsam gerührt. Becky war eine Leila ohne Bücher, ohne die Schätze der Bibliothek, um ihr eine Welt jenseits der Bildröhre zu erschließen. Ohne kulturellen Hintergrund konnte sich jeder Mädchentraum wie Tinnef anhören. Leila hatte gelernt, korrekt zu träumen.

Als Leila nach Hause kam, verspürte sie zum ersten Mal seit jenem Abend mit Nick und Sheryl den dringenden Wunsch, Zak zu sehen. Sie fühlte sich unsicher, wußte nicht genau, was das Schweigen an seinem Ende zu bedeuten hatte. Ganz offensichtlich waren beide rascher und weiter aufeinander zugegangen, als sie eigentlich vorgehabt hatten. Hatte er daraufhin den Rückzug angetreten? Ihr Zusammensein war jedesmal erstaunlich wohltuend und ungezwungen gewesen. Und doch reagierten beide mit Scheu. Sie merkte, sie konnte sich nicht dazu überwinden, ihn anzurufen. Der feige Weg: Sie schrieb ihm. »Lieber Zak, wir scheinen beide in unsere eigenen Kaninchenlöcher gestürzt zu sein. Hättest Du Lust, Dich mit mir zu treffen? Ich würde zur Abwechslung gern einmal für Dich kochen, falls Dir danach ist, diese oder nächste Woche in die Stadt zu kommen«, war ihre vierte Fassung, die sie auf eine witzige Grußkarte übertrug. Dann kam die Qual der Unterschrift. Schließlich einigte sie sich auf: *Herzlich, Leila.* Das dürfte ihn nicht zu sehr verschrecken und war hoffentlich behutsam und beiläufig genug. Vielleicht hatte das Wagnis einer neuen, ernsthaften Beziehung seinem Charakter so wenig entsprochen wie ihrem. Vollkommen untypisch hatte sie ihre eigenen Regeln gebrochen und ihr Glück gewagt.

Am Sonntag morgen klingelte das Telefon. Halb erwartete sie einen Anruf von Zak, aber es war Mrs. Burgess. »Wenn Sie heute kommen könnten – es müßte recht früh sein –, dann könnte ich mit Ihnen über meinen Sohn reden.«

Innerhalb einer Viertelstunde war sie auf dem Weg zum Cape, rasch, bevor Mrs. Burgess sich anders besann. Sie hatte keine Ahnung, was den Anruf ausgelöst hatte, aber sie freute sich. Mrs. Burgess begrüßte sie an der Tür und führte sie diesmal ins Familienwohnzimmer im Souterrain, einem Tummelplatz für ausziehbare Sofas, üppige Polstersessel, einen großen Fernseher, eine Stereoanlage, CDs und Zeitschriften. »Mein Mann und mein Sohn Chris sind heute zur Bootsausstellung, wir haben ein bißchen Zeit.«

»Sie möchten vor Ihrer Familie nicht über den Mord sprechen?«

»Mein Mann hatte zwei Herzinfarkte. Wir haben den Jungen nichts ... ich meine, wir haben es vor beiden und jetzt vor Chris verheimlicht. Beide Infarkte passierten, als die Jungen am College waren. Francis darf sich nicht aufregen. Ich versuche, mich zwischen ihn und das skandalöse Geschwätz zu stellen, aber es gelingt mir nicht immer, alles von ihm fernzuhalten.« Mrs. Burgess war eine Frau ohne Lebhaftigkeit, eine Frau, die vielleicht in ihrer Kindheit und Jugend derart zusammengestutzt worden war, daß sie für alle Zeit fast ohne jede Emphase sprach und nie laut wurde, aber was sie sagte, verriet innere Überzeugung.

Leila rückte ein Stück, um an den Spiegelungen von Mrs. Burgess' Brille vorbei die Augen der Frau zu sehen. Mrs. Burgess erlaubte ihrem Gesicht wenig Mienenspiel. »Sie waren der Meinung, in Gegenwart Ihres Gatten mit mir zu reden, könnte ihn bedrohlich aufregen?« Hier ist eine insgeheim gefühlsbetonte Frau, dachte Leila, ohne Ventil. Ob sie eines Tages explodiert?

»Ganz recht«, sagte Mrs. Burgess. »Wir leben unter dieser Gewitterwolke. Deshalb habe ich versucht, dieses Haus zu verkaufen. Wir brauchen etwas weniger Aufwendiges. Wir brauchen etwas in einer Seniorenwohnanlage mit ärztlicher Betreuung und einem Krankenhaus in der Nähe. Es bricht mir das Herz, aber ich konnte Terry nie deutlich sagen, warum die beiden auf eigenen Füßen stehen mußten. Ich wollte sie nicht weit fort von mir. Ich wollte nur, daß sie sich in einem eigenen hübschen Zuhause in unserer Nähe niederließen, damit wir diesen weißen Elefanten verkaufen können. Die Steuern sind horrende und ebenso die Instandhaltungskosten.«

»Aber Sie haben es nicht verkauft.«

»Der Immobilienmarkt ist flau. Und nach dem, was Terry zugestoßen ist, konnte ich Chris einfach nicht bitten, auszuziehen. Ich hatte Angst. Mein Sohn hat diese Megäre nur geheiratet, weil er sich abgelehnt fühlte. Das habe ich aber nie gewollt – ich habe nur versucht, seinen Vater zu schützen.«

»Warum haben Sie beschlossen, mit mir zu reden?«

»Ich grübele ständig darüber nach, was meiner Familie geschehen ist. Ich dachte, mit Ihnen zu reden hilft vielleicht. Aber ich fürchte, nichts wird je helfen. Ich lebe für den Tag, an dem der Prozeß endlich vorbei ist und diese Frau ein wenig von dem bekommt, was sie verdient.«

»Wird das nicht lediglich Ihre Gefühle wieder aufwühlen? Die Einzelheiten des Mordes und was dazu führte.«

»Ich kann nicht loslassen. Ich kann das nicht einen Tag vergessen. Es geht mir ständig durch den Kopf, und ich denke immer wieder, wie hätte ich ihn vor der Heirat mit ihr bewahren können. Dabei habe ich alles versucht – wirklich alles. Hoffentlich erlöst mich der Prozeß ein wenig davon. Manchmal denke ich, ich werde vor Zorn noch wahnsinnig, und habe keine Möglichkeit, das laut auszusprechen.«

Am Sonntag abend bekam sie einen Anruf von David. »Mom, erinnerst du dich an den Schlafsack, den du mir vor ein paar Jahren geschenkt hast?«

»Der superleichte Schlafsack von L.L. Bean, den du unbedingt haben wolltest und genau einmal benutzt hast. Ich erinnere mich an ihn, wenn auch nicht besonders gern.«

»Ach, komm, ich habe ihn mehr als einmal benutzt. Wir haben zu mehreren übers Wochenende eine Baude in Big Sur. Bitte schick ihn morgen ab.«

Sie sah in seinem Schrank nach, konnte den Schlafsack aber nicht finden. Sie räumte den ganzen Schrank aus. Sie hätte schwören können, daß der Schlafsack beim Großreinemachen von Davids Zimmer gleich nach Thanksgiving noch da gewesen war. Vielleicht hatte sie ihn in den Keller zu seinen Schlittschuhen getan?

Im Laufe der nächsten zwei Tage sah sie im Keller und auf dem Dachboden nach. Mittwoch früh legte sie Mrs. Burke einen Zettel hin, ob sie den Schlafsack weggepackt hatte. Leila überlegte kurz, ob Nick ihn vielleicht mitgenommen hatte, aber sie konnte sich nicht vorstellen, daß er Davids Schrank durchstöbert hatte. Wenn der Schlafsack nicht mit freundlicher Unterstützung von Mrs. Burke wieder auftauchte, mußte sie L.L. Bean anrufen, daß die ihm per Eilfracht einen neuen schickten. Irgendwie mußte ein Schlafsack her, aber sie wunderte sich doch, was aus dem alten geworden war.

Als sie nach einem langen Tag an der Uni nach Hause kam, saß Vronsky nicht auf dem Läufer, um sie zu begrüßen. Sie war sofort in Sorge. Hatte Mrs. Burke ihn aus Versehen hinausgelassen? Sie rief nach ihm, während sie ihren Mantel zum Trocknen aufhängte und sich die Stiefel auszog. Er kam nicht. Sie rannte durch die Zimmer im Erdgeschoß und hinauf in ihr Schlafzimmer. Da lag er, auf ihrem Bett. Krank? Nein, er hatte sich um ein schwarzweißes Katzenjunges gerollt, das nicht größer war als eine Staubmaus und sich an ihn klammerte. Beim Geräusch ihrer Stimme regte sich das Kätzchen und wäre ausgebüchst, wenn Vronsky es nicht mit einer schweren Pfote niedergehalten hätte. Seine weisen gelben Augen blickten Leila an, und er schnurrte laut. Vielen Dank für das Geschenk? War ihm nach Art von Adam im Schlaf aus einer Rippe ein Kätzchen gemacht worden? O je. Nur Männer konnten sich Geschichten ausdenken, in denen die kleinen Kinder Väterstirnen entsprangen oder aus reinen, geschlechtsfreien Körperteilen hervorgingen.

»Wo hast du es her?« fragte Leila. Der Bauch des Kätzchens war aufgedunsen, und es sah zerfressen aus. Vronsky hatte es geputzt. Leila setzte sich aufs Bett und untersuchte das Kätzchen, so gut sie konnte. Ein Weibchen, ausgemergelt, hatte aber vor kurzem etwas zu fressen bekommen. Am Hals eine häßliche Wunde. »Du hättest nie zu Vronsky hineindürfen. Flöhe, jede Menge Flöhe. Morgen kommst du zum Tierarzt.«

Unten fand sie auf dem Küchentisch einen Zettel von Mrs. Burke.

Liebe Mrs. Landsman,
es tut mir leid, aber von einem Schlafsack weiß ich nichts. Hoffentlich war er nicht unter den alten Sachen aus dem Zimmer Ihres Sohnes, die wir zu Goodwill gegeben haben?
Die kleine Katze habe ich heute morgen auf der Straße gefunden, bei einer toten Mutterkatze mit noch zwei von Ratten totgebissenen Kleinen. Ich konnte das Kätzchen nicht einfach liegenlassen, und meine Tochter ist allergisch. Wenn Sie es nicht wollen, bringen Sie es ins Tierheim, da wird es dann beseitigt. Hoffentlich haben Sie dadurch keine Umstände. Bis nächsten Mittwoch.
Hochachtungsvoll

Mrs. Mary Burke

Am Morgen brachte sie das Kätzchen zum Tierarzt. Vronsky kam ihr laut klagend bis an die Tür nach. Am Nachmittag holte sie eine flohfreie Katze mit Halsverband und allen Impfungen ab. »Es ist ein Weibchen«, sagte der Tierarzt. »Leidet an Unterernährung und einer Wunde, die ich für einen Rattenbiß halte.«

Es war klar, daß sie das Kätzchen behielt. Vronsky hätte ihr sonst nie verziehen. Sie brachte ihm das Kätzchen heim, und er beroch es. Sie hatte schon Angst, daß er das Kätzchen am Geruch nicht wiedererkannte, aber er packte es beim Nacken wie eine Mutterkatze und trug es ins Bett hinauf, dessen Wäsche sie gewechselt hatte, damit sich die Flöhe nicht auf ewig einnisteten.

Sie fütterte das Kätzchen mit dem Milchersatz, den ihr der Tierarzt verkauft hatte, und mit speziellem Katzenfutter aus der gleichen Quelle. Das Kätzchen aß alles und begann, in tiefer Baßstimme zu schnurren. Sie hatte es überhaupt noch nicht miauen hören. Sie bekam seine Stimme erst zu hören, als sie es ins Badezimmer trug, um die Wunde frisch zu verbinden, und Vronsky aussperrte. Da brach aus dem Kätzchen eine verzweifelte Altstimme hervor. Auf der anderen Seite der Tür sang Vronsky ein Baritonklagelied. Sie nannte die Katze Findel.

Am Abend, als sie im Bett lag und las, klingelte das Telefon. Sie rechnete mit Zak. Es war Phyllis. »Leila, du mußt nach San Diego fliegen. Debbie ist aufgeschmissen.«

»Mutter, wovon redest du?«

»Ich kann's nicht. Ich kann mir auf keinen Fall freinehmen. Die würden mich nur zu gerne feuern, eine Frau in meinem Alter. Und ich habe nicht die Kraft, damit fertigzuwerden.

»Mutter, was ist mit Debbie los?«

»Dieser Lump ist abgehauen. Er hat Debbie mit drei Kindern, Hühnern, Pferden, Hunden, Ziegen und einer Hypothek sitzen lassen. Und sie ist hochschwanger, wie du weißt. Sie hat mich angerufen und sich die Augen ausgeweint.«

»Aber Mutter, ich stecke selber mitten in der Scheidung –«

»Wurde auch Zeit. Was hat er je für dich getan? Allein bist du besser dran. Ich fand den immer die schlimmste Sorte Luftmensch. Du wirst das packen, Leila. Du bist ja die Starke.«

»Vielleicht habe ich es satt, die Starke zu sein –«

»Von wegen. Du würdest nicht für fünf Minuten mit Debbie tauschen. Nun setz dich in ein Flugzeug und bügle das aus. Debbie ist zu nichts fähig, kann nur dasitzen und sich die Haare raufen.«

»Ich werde mit ihr reden. Aber ich habe Verpflichtungen, Mutter. Ich kann nicht einfach wegfliegen, weil Debbie wieder in der Patsche sitzt.«

»Leila, wenn meine Arbeit nicht wäre, würde ich selber fahren. Aber ich kann nicht riskieren, sie zu verlieren. Bald schmeißen die mich endgültig raus, und dann bleibt mir nur noch die Sozialhilfe und mein Notgroschen. Joan und ich sparen zusammen mehr, als wir einzeln könnten, aber ich kann hier nicht weg.«

»Mutter, kannst du dir vorstellen, daß Debbie alles stehen- und liegenläßt und herkommt, weil meine Ehe gerade in Trümmer gegangen ist?«

»Würdest du das denn wollen? Du bist, wer du bist, und

sie ist, wer sie ist. Ich war die, die die Familie ernährt hat, und dein Vater war der, der in Trümmer gegangen ist. Jetzt habe ich eine Partnerin, die alles mit mir teilt, aber wie lange habe ich gebraucht, bis ich auf Gold gestoßen bin? Das wird dich von deinen eigenen Sorgen ablenken. Und du kannst David besuchen.«

»Ich bin mir nicht sicher, was David dazu sagt.« Sie sah endlose Telefongespräche vor sich, mit Debbie, die weinen würde; mit David, der nicht in seinem Studentenheim sein und dann zurückrufen würde, nachdem sie sich schlafen gelegt hatte. Sie mußte morgen früh ihr Reisebüro anrufen und bei der Reinigungsfirma eine Nachricht hinterlassen, damit Mrs. Burke die Katzen fütterte. Und wenn sie dann in Kalifornien war, was konnte sie tun? Mit Anfang zwanzig hatte sie ihrer Schwester jahrelang beizubringen versucht, wie sie leben sollte, mit dem einzigen Ergebnis, daß sie Debbie gegen sich aufbrachte. Normalerweise reagierte Leila auf jeden Bericht von Debbie mit Fassungslosigkeit. Wie konntest du das nur tun? Wie konntest du das bloß glauben? Was dachtest du denn, was passiert?

Wenn sie ihre jüngere Schwester ansah, sah sie eine Frau, die nicht an die Gesetze der Schwerkraft und von Ursache und Wirkung glaubte. Und was sah Debbie anderes in ihr als eine übereifrige, dröge Hausfrau, die jeden Penny zählte und jede Reaktion dosierte? Sie fand Debbie chaotisch, und Debbie fand sie befehlshaberisch. Es würde gewiß kein Vergnügen werden, aber ohne Zweifel brauchte Debbie sie.

Ihr fielen andere Jahre und andere Krisen ein. Ihr fiel ein, wie Debbie mit ihrem ersten Baby in Cincinnati verlassen worden war, und zwar mitten in einem geplatzten Kokain-Deal, vor dem ihr arbeitsloser Mann davongelaufen war und die ahnungslose Debbie mit ihrem Baby zwei aufgebrachten Gangstern ausgeliefert hatte. Ihr fiel ein, wie Debbie Robins Vater alles überlassen hatte bis auf zwei Kinder und einen Koffer voll Kleidung. Debbie hatte zu Phyllis gewollt, aber schon in Chicago war ihr die Handtasche gestohlen worden.

Phyllis hatte recht: Leila verabscheute die Rolle der Starken und Vernünftigen, die die Scherben aufsammeln und die offenen Rechnungen begleichen mußte, aber in Debbies Haut mochte sie nicht einen Tag lang stecken.

47

Becky

Becky kam am Freitag abend nach Hause und fand einen aufgebrachten Terry vor. »Ich möchte mal wissen, warum die alte Hexe unter uns von dieser Theaterspielerei fast eine Stunde früher nach Hause kommt als du.«

»Ganz einfach, Terry. Sie ist bloß für die Kostüme zuständig. Ich habe diesmal eine wichtige Rolle. Sie kann gehen, bevor wir mit der Probe fertig sind. Sie hat nur einen kleinen Auftritt im ersten Akt.« Sie legte sorgfältig ihre Strickjacke zusammen. »Es sieht dir gar nicht ähnlich, dir meinetwegen Gedanken zu machen.« Normalerweise interessierte er sich für sie nicht mal genug, um mißtrauisch zu werden. Auf dem Tischchen neben der Wohnungstür erspähte sie einen Brief, der an die Versicherungsgesellschaft von Chris adressiert war.

»Ich müßte ja ein Rad ab haben, nicht mißtrauisch zu werden. Ich hab' doch gesehen, wie du dich an dem Abend, als wir in der Vorstellung waren, an diesen Berg rangemacht hast.«

»Er ist verheiratet und außerdem ein entsetzlicher Stümper. Ich habe absolut kein Interesse an ihm. Er ist mir nicht mal sonderlich sympathisch.«

»Und warum hockst du dann so lange mit denen zusammen?«

»Ich höre sofort auf, Terry, wenn du das willst. Ich will es dir doch nur recht machen. Montag sage ich denen, sie sollen sich jemand anderen suchen.«

Er zuckte die Achseln und verlor sofort das Interesse. »Ist mir völlig gleich. Ich wollte nur wissen, wo du so spät warst.«

»Terry, das ist nur, damit ich etwas Bühnenerfahrung bekomme. In der ersten Produktion war ich bloß Laufbursche, aber in dieser hier habe ich eine größere Rolle. Ich würde liebend gerne aufhören. Ich würde lieber mehr Zeit mit dir verbringen.«

Mit einem Mal war er ganz geplättet. Dabei hatte er sich richtig aufgepumpt für einen Streit. Sie fühlte sich, als überquerte sie einen Fluß auf dünnem, schwarzem Eis. Sie mußte sich Schritt für Schritt behutsam vorwagen, stets zu Rückzug oder raschem Vorstoß bereit. Er wollte raus, aber er wußte nicht, wie er sie loswerden sollte. Sie spielte das Versöhnungsspiel, gab sofort klein bei, bot alles Erdenkliche an, um das Zerwürfnis, das er suchte, zu verhindern. Sie lächelte ein wenig bei dem Gedanken, daß er plante, sie loszuwerden, und daß sie plante, ihn loszuwerden.

Er stand da und starrte sie an. Er hatte sich in letzter Zeit angewöhnt, sie zu betrachten, als nähme er sie zum ersten Mal wahr und als gefiele ihm nicht, was er sah. »Warst du wieder mit deinem Bruder, dem Drogendealer, zusammen?«

»Er hat das nur für einen Freund in Verwahrung genommen. Er wird es nie wieder tun. Und nein, ich habe ihn die ganze Woche lang nicht gesehen. Ich weiß, daß du wütend auf ihn bist.«

»Warum soll ich sauer auf ihn sein? Er ist doch nicht anders als der Rest deiner Familie. Meine Eltern haben mich gewarnt, aber ich habe nicht auf sie gehört.«

»Ich habe mir mit deinen Eltern große Mühe gegeben, das weißt du.«

Er ließ sich in einen Sessel fallen, sein Mund verzog sich vor Verbitterung. »Wir passen nicht zusammen, Becky. Wir hätten nie heiraten dürfen. Das ist doch alles nur Krampf. Du gehörst zu deinen Leuten, und ich gehöre zu meinen.«

»Ich dachte, durch die Heirat gehören wir zueinander.«

»Es ist besser für jeden von uns, wenn wir hier rauskommen. Weißt du, daß unten am Ende vom Hausflur eingebrochen worden ist?«

»Helen hat es mir erzählt.«

Sie stellte sich vor, wie eine Kugel ihn zwischen die Augen traf. Aber sie hatte Sam beiläufig gefragt, ob er mit einer Schußwaffe umgehen konnte, und er konnte es nicht – zu schade, denn sie war sicher, Tommy würde ihr eine besorgen. Tommy würde alles tun, außer Terry umbringen. So weit würde er nicht für sie gehen. Niemand würde das tun außer Sam, falls sie ihn so weit bringen konnte.

Sie setzte sich zu Terry auf die Armlehne. »Ich bin müde«, sagte er, überzeugt, daß sie mit ihm schlafen wollte. Da irrst du dich gewaltig, dachte sie, strich ihm aber die Haare aus der Stirn. Was für eine seltsam fliehende Stirn er hatte. Sie mußte mit Sam einen Einbruch vortäuschen. Wie den anderen. Etwa so: Die Einbrecher waren am hellichten Tag über die Terrasse eingedrungen und hatten einen Fernseher, einen Videorecorder, Geld und Schmuck mitgehen lassen. Mal angenommen, sie hatten jemand zu Hause angetroffen. Wenn Terry ihnen dann entgegentrat, ergab das ein brauchbares Drehbuch. Wenn sie keine Schußwaffen hatten, was taten sie dann? Schlugen ihm irgendwas über den Schädel.

Aber Sam war nicht größer als Terry. Zu zweit konnten sie es sicher schaffen, Terry niederzuschlagen und es dann zu tun, aber es würde viel Krach machen. Sie kam immer noch jeden Tag nach Hause, um für sein Mittagessen zu sorgen. Sie versuchte, den Zeitpunkt ständig zu ändern, damit Terry sich nicht traute, seine Freundin da zu haben. Es war entscheidend, daß er nicht anfing, Heather in die Wohnung mitzubringen, denn das machte ihre Chancen zunichte.

»Becky, es hat keinen Sinn. Hör zu. Ziehst du freiwillig aus? Aber egal. Ich verkaufe die Wohnung, sobald ich mit einem Anwalt geredet habe.«

»Du willst zu einem Anwalt gehen?

»Mein Dad kennt einen. Du solltest dir auch einen nehmen.«

»Wann gehst du zum Anwalt?«

»Ich muß ihn anrufen.«

Gut. Er hatte es also noch nicht getan. »Bitte, ich möchte, daß wir vorher zu einem Eheberater gehen. Ich bitte dich. Ich werde einen guten ausfindig machen. Wenn wir auch mit Hilfe des Eheberaters nicht weiterkommen, dann willige ich in die Scheidung ein. Aber laß es uns bitte versuchen. Wir sind kirchlich getraut worden. Möchtest du die Ehe für nichtig erklären lassen? Das kann Monate dauern.«

»Meine Mutter möchte, daß ich diesen Weg einschlage. Sie sagt, es hat in der Familie noch nie eine Scheidung gegeben.«

»In meiner auch nicht. Wir könnten einen Priester aufsuchen. Die Kirche wird uns raten.«

»Becky, was soll das? Ich will nicht mehr mit dir zusammensein.« Er rückte von ihr ab.

Sie stand auf und ging in die Mitte des Zimmers. Dann fuhr sie herum. »Du willst lieber mit Heather zusammensein?«

Ihm blieb der Mund offen. Er klappte ihn mit einem leisen Schmatzlaut zu. »Woher … Heather?«

»Ich weiß sogar, wo sie wohnt.«

»Woher weißt du das von Heather? Wer hat es dir gesagt? Hast du einen Detektiv angeheuert?«

»Red keinen Unsinn, Terry. Ich hatte nicht mal einen Verdacht. Ich bin eben zu vertrauensselig. Mir kam nie der Gedanke, daß du mich betrügen könntest.«

»Wer hat es dir gesagt?«

»Das kann ich dir nicht sagen … Das gäbe böses Blut. Ich möchte doch nur, daß zwischen uns alles wieder gut wird.«

»Du Miststück, du! Wer hat es dir gesagt?« Er stand auf und ballte die Fäuste. Er ging auf sie los, packte sie bei den Schultern und schüttelte sie, daß ihr der Kopf nach hinten flog. Dann ließ er die Hände fallen, als hätte er sich an ihr verbrannt.

Würde er sie tatsächlich schlagen? Sie glaubte es nicht, aber er war rot im Gesicht. Seine Augen traten hervor, und seine Lippen waren dünn und weiß zusammengepreßt. »Ich kann es dir nicht sagen. Ich habe es nicht geglaubt, aber er hat mir alle Einzelheiten erzählt. Wie du mit ihr letztes Wochenende weggefahren bist. Alles.« Sie bewegte sich zur Tür, falls er wütend genug wurde, um zuzuschlagen.

»Wer kann dir das erzählen? Das weiß keiner außer Chris.«

»Chris hat mich immer gemocht, Terry, egal, was er dir sagt. Er sagt, du weißt gar nicht, was du an mir hast. Er hat sich Sorgen um mich gemacht.«

»Durch den Mistkerl habe ich Heather erst kennengelernt. Er ist als erster mit ihr ausgegangen! Nein, du lügst.« Er hieb mit der Faust auf den Tisch. Alles schepperte. »Du bist eine schlechte Lügnerin, Becky.«

»Ich sage ja nicht, wer es mir erzählt hat. Aber sie wohnt in der Seagull Lane. Ich weiß sogar das Haus. Ich weiß, du bist mit ihr ins Giuseppi's gegangen. Und wovon soll ich einen Detektiv bezahlen? Ich weiß nur, was man mir erzählt hat.«

»Du lügst! Chris würde mit dir nicht reden. Er würde es dir nie erzählen.«

»Glaub, was du willst.« Sie schlenderte ins Badezimmer. Als sie herauskam, hatte er ein Laken und eine Decke vom Bett abgezogen und lag auf der Couch mit dem Kopf unter der Decke. Sie ging leise ins Schlafzimmer, aber sie schlief nicht. Sie schmiedete finstere Pläne. Sie war inzwischen nur noch glücklich, wenn sie mit Sam zusammen war oder wenn sie sich vorstellte, wie Terry vor ihren Augen starb. Sie konnte ihn nur noch ertragen, indem sie sich immer wieder seine Bestrafung ausmalte.

Er war mäkelig am Morgen, motzte über die Milch und behauptete, sie sei auf der Kippe, als ob er nicht den ganzen Tag zu Hause war und einfach welche holen konnte. Sie lächelte. Es wirkte Wunder auf ihre Geduld, wenn sie sich vorstellte, ihm bald den Schädel einzuschlagen, sehr bald. Sie mußte rasch handeln. Sie hatte Helen angeboten, ihren Hund auszuführen. Sie sagte, sie würde Milch holen. Sie wartete, bis er im Badezimmer war, dann nahm sie das Couvert mit den Formularen vom Flurtisch und rannte hinaus. Sie zerriß sie in winzige Schnipsel und spülte sie in Helens Toilette hinunter, während Helen Florrie das Halsband ummachte. Aus einer Telefonzelle rief sie Sam an und dann Tommy. Als sie zurückkam, kochte er wegen der Formulare auf dem Tischchen.

»Ach, der Brief? Den habe ich gerade in den Kasten geworfen. Ich dachte, der sollte auf die Post. Tut mir leid.«

Wieder schien er völlig geplättet. »Du hast ihn abgeschickt?«

»Sollte ich das nicht?«

»Doch«, sagte er. »Doch. Danke.«

Am Samstag nachmittag fuhr sie zu Sam. Sie wartete, bis sie miteinander geschlafen hatten, auf seinem schmalen Bett unter dem Poster von der Marsch. Dann tat sie so, als müßte sie weinen. »Das ist das letzte Mal, das letzte Mal«, sagte sie mit zitternder Stimme in seinen Armen. Ihr war wirklich nach Heulen zumute. Alles war schwierig und angespannt, und ihr lief die Zeit davon.

»Was meinst du damit, das letzte Mal? Liebst du mich etwa nicht mehr?« Sam packte sie bei den Armen.

»Natürlich liebe ich dich. Ich liebe dich mehr als das Leben, glaub mir. Wenn er nur mich bedrohen würde, gäbe es kein Zögern. Für dich nehme ich jeden Schmerz, jede Gefahr auf mich.«

»Was meinst du damit, er droht dir? Terry? Schlägt er dich wieder?«

»Er hat mir befohlen, mit dem Theater aufzuhören. Er ist eifersüchtig. Er sieht, daß ich nicht mehr mit Helen zusammen fahre und nicht zur gleichen Zeit wie sie nach Hause komme. Er hat die ganze letzte Nacht aufgesessen. Dann habe ich heute nachmittag gemerkt, daß er mir nachgefahren ist, aber ich habe ihn abgehängt. Er wird bald etwas Schreckliches tun, Sam, das sage ich dir. Entweder mein Leben oder seins, das schwöre ich.«

»Was meinst du damit, entweder dein Leben oder seins?«

»Er wird mich umbringen. Wenn du mich wirklich liebhast, mußt du mir helfen, mich auf die einzig mögliche Art von ihm zu befreien. Er wird sich nie von mir scheiden lassen. Er wird mich nie gehen lassen. Er wird mich umbringen, und wenn er das mit dir herausbekommt, dann wird er dich auch umbringen.«

»Das ist nicht dein Ernst. Du bist durcheinander.« Er ließ sie los, setzte sich mit dem Rücken zur Wand auf und runzelte hilflos die Stirn.

»Das ist mein Ernst, Sam. Es geht um mein Leben und vielleicht auch um deins. Wenn wir ihn nicht umbringen, noch diese Woche, dann kann ich dich nie wieder sehen. Er zwingt mich, mit dem Theater aufzuhören. Er beobachtet mich die ganze Zeit. Heute abend oder an einem anderen Abend in dieser Woche werde ich nach Hause fahren, und am nächsten Tag wirst du es in den Nachrichten hören. Ich bin eine kleine Frau.«

Seine Hände zuckten. Er warf den Kopf hin und her, als wollte er sich Wasser aus den Ohren schütteln. Vielleicht eine halbe Stunde lang setzte sie ihm zu. Er wollte nicht glauben, daß keine andere Wahl blieb. Sie redete hartnäckig auf ihn ein und behielt dabei verstohlen die Uhr im Auge. Sie mußte ihn bis halb vier überzeugt haben, dann mußte sie fort. Sie war mit Tommy verabredet, der ihr Schlaftabletten versprochen hatte. Wenn Terry halb benommen war, wenn sie ihn im Bett überraschen konnten, dann war alles leichter.

Er sagte: »Wir können zusammen abhauen. Wir können morgen in den Bus steigen.«

»Und wo kriegen wir Geld her? Ich habe noch nicht mal zweihundert Dollar. Bildest du dir ein, er macht uns nicht ausfindig? Es gibt nur zwei Buslinien vom Cape.«

»Wir können dein Auto nehmen und verschwinden.«

»Meinst du, er macht das Auto nicht ausfindig? Er würde es wahrscheinlich als gestohlen melden. Es ist auf seinen Namen zugelassen, nicht auf meinen. Seine Eltern haben es ihm vor Jahren gekauft.«

»Wir könnten nach Kanada gehen. Nach Montreal.«

»Erstens kriegen wir da keine Arbeitserlaubnis. Zweitens mach dir klar, seine Familie hat Geld. Er kann es sich leisten, einen Detektiv anzuheuern, und das wird er auch tun. Wir wären auf der Flucht. Und wir könnten nie deine

Mom oder deinen Onkel besuchen. Du müßtest die Schule hinschmeißen und könntest sie nie abschließen. Du könntest nie aufs College gehen, wie du es verdienst.«

»Ich halte das nicht aus«, sagte er, und seine Hände gruben sich in ihre Schultern. »Es muß doch einen Weg geben. Wir dürfen nicht aufgeben! Nur du bist wichtig, alles andere ist mir egal.«

»Das glaube ich dir nicht. Sonst hättest du den Mut, zu tun, was wir tun müssen.«

»Es gibt Leute, die gehen zu Schönheitschirurgen und lassen ihr Aussehen ändern. Die lassen ihre Fingerabdrücke ändern, das habe ich gelesen.«

»Wer bezahlt die Operationen? Nein, du willst nur mit mir spielen.« Schließlich riß sie sich die Bettdecke herunter und umarmte ihn. »Ein letztes Mal zusammen und dann nie wieder. Nimm mich. Liebe mich, damit ich mich an dich erinnere. Denn ich werde nicht mehr mit dir allein sein können. Nie mehr.«

Sie erwartete halb, daß er nicht konnte, so verstört war er, doch in seinem Alter gab es wahrscheinlich nichts, was seine Potenz beeinträchtigte. Sie hatte ihn nicht zu ihrem Plan überreden können, aber mal sehen, was ein paar Tage ohne Sex ausrichten würden. Zum ersten Mal, seit sie mit ihm schlief, kam sie nicht. Sie ärgerte sich zu sehr, daß er sich gegen ihren Plan sträubte. Männer enttäuschten sie immer. Sogar Sam. Aber sie hatte noch Hoffnung, ihn herumzukriegen.

48

Mary

Mary war froh, das verlassene Gebäude zum Übernachten und Beverly zur Gesellschaft zu haben. Morgen, Mittwoch, sollte sie bei Mrs. Landsman putzen und für die nächsten paar Tage ihre Katzen füttern. Sie hatte Beverly noch nicht gesagt, daß sie vier Nächte lang fort sein würde. Endlich verreiste Mrs. Landsman wieder einmal. Sie flog morgen früh nach Kalifornien; sie würde schon fort sein, wenn Mary kam, um das Haus in Besitz zu nehmen.

Das versprach eine gemütliche Hausbesetzung zu werden. Mrs. L. hatte immer reichliche Vorräte im Kühlschrank und in der Speisekammer und führte auch nicht Buch über die Bestände. Es gab bequeme Sitzplätze und Vorhänge zum Zuziehen. Der Sohn und der Ehemann waren von der Bildfläche verschwunden. Mary würde sich um Bronskie kümmern und nach Kätzchen sehen, wie sie sich machte. Kätzchen, fand Mary, war wie sie, mißhandelt, unerwünscht. Aber Kätzchen hatte jetzt wenigstens ein Zuhause. Mrs. Landsman schien den Schlafsack wieder vergessen zu haben, zumindest hoffte Mary das.

Sie mußte sich überlegen, was sie Beverly sagen sollte. Sie hätte Beverly gern gebeten, mit ihr in das Haus zu kommen und auch dort zu bleiben, aber Beverly roch. Sie war unverkennbar eine Pennerin. Sie konnte nicht wie Mary unbemerkt durch Cambridge, diese reine Wohngegend, gehen. Menschen, die Beverly keines Blickes würdigten, wenn sie auf dem Bordstein hockte oder in einem Ladeneingang kauerte, würden sie anstarren und ihr Fragen stellen, wenn sie ihren Einkaufswagen mit den vielen Plastiktüten und ihrer Decke durch die Garden Street schob. Die Obdachlosen waren entweder unsichtbar an ihren üblichen Aufenthaltsorten oder aufs grellste sichtbar, wenn sie fern von ihren Ladeneingängen und Abluftgittern auftauchten.

Marys Trick, nicht obdachlos auszusehen, war eine Aufgabe, die ihr in den zehn Tagen, seit sie in dem leerstehenden Haus nächtigte, immer schwerer fiel. Normalerweise waren ihre Kunden nicht zu Hause, wenn sie kam, und ihre erste Verrichtung war, sich zu säubern und ihre Sachen zu waschen. Sie hatte schon Streichhölzer, einen alten Topf und zwei Plastikkanister zum Wasserholen stiebitzt, um das Leben im besetzten Haus zu verbessern.

Beverly bettelte ein bißchen, aber sie haßte es und stellte

sich auch sehr ungeschickt an. Houdini hatte seine Masche drauf. Er konnte immer noch Kartentricks, wenn seine Hände nicht zitterten. Sein Kumpel Maus war Analphabet, aber er konnte für billige Umzugsfirmen schleppen und asten. Ein- oder zweimal die Woche brauchten sie einen zusätzlichen Mann für einen größeren Umzug. Maus und Mary brachten regelmäßig Geld an, während Houdini und Beverly die Mülltonnen und Abfallbehälter und die Hinterhöfe in Back Bay abgrasten. Nach und nach richteten sie sich ein. Mary und Beverly hatten zwei kaputte Stühle und einen alten Resopalküchentisch. Vor den Fenstern hatten sie mehrere Streifen Teppichboden, um die Kälte abzuhalten. Sie schliefen auf einem weiteren alten Teppich, der unter Beverlys Matratze und Marys Schlafsack lag.

Jeden Morgen machten Houdini, Beverly und – falls er an dem Tag keinen Job hatte – Maus die Müllcontainerrunde, suchten nach Pfandflaschen und Dosen, Eß- und sonst Verwertbarem. Nach der Mittagspause klapperten sie die Fast-food-Läden ab und die Orte, wo Büroangestellte ihren Mittagsimbiß einnahmen.

»Hab' eine ganze Tüte voll Krapfen auf einer Bank im Bahnhof Arlington gefunden. Hat ein Idiot liegengelassen. Sind sogar noch frisch«, prahlte Houdini.

»Auf der Damentoilette bei Filene's hat sie einen Schal gefunden. Sie leiht ihn dir, Mary, und in einem Telefon hat sie zwanzig Cent gefunden. Der Schokoriegelautomat im U-Bahnhof Washington ist auch wieder kaputt, und wenn sie richtig daran rüttelt, kriegt sie das, was der letzte vor ihr gekauft hat. Sie hatte zu Mittag einen herrlichen Schokoriegel mit Nuß.« Der Lohn von Beverlys unablässigem Stöbern.

Sie gingen mit gesenktem Blick durch die Straßen, vorgebeugt, um eine Sicherheitsnadel zu entdecken, eine Haarnadel, einen Kamm, eine gute Kippe, ein halb gegessenes Sandwich, eine nützliche Plastiktüte, ein Geldstück, Dosen oder Flaschen, die sich zu klingender Münze machen ließen. Zwischendurch schauten sie sich immer wieder rasch um, ob keine Gefahr im Verzug war, Jugendliche, die sie zusammenschlagen wollten, ein Bulle, der sie auf dem Kieker hatte.

Obwohl sie sich Mühe gegeben hatten, unauffällig hinaus- und hineinzuschleichen, waren sie von Kids aus der Nachbarschaft bemerkt worden. Vor zwei Tagen war jemand drin gewesen, hatte ihr Zeug durcheinandergeschmissen, auf einen der Teppiche gepinkelt und Flaschen zerschlagen. Beverly war auf der Straße angegriffen worden und hatte sich angewöhnt, einen dicken Stock dabeizuhaben, den sie auf einer Seite angespitzt hatte. Sie hatte Angst, vergewaltigt zu werden, zusammengeschlagen und ausgeraubt. Sie hatte Angst vor den Kids, aber die Kids waren überall, und dies hier war ein gutes Quartier.

Mary war sich nicht einig, ob Beverlys Angst begründet war oder ihr noch von der Vergewaltigung und dem versuchten Totschlag in den Knochen saß. Mary war noch nie vergewaltigt worden, obwohl sie ein paarmal belästigt, umhergestoßen und verfolgt worden war. Beverly sagte, daß die meisten Pennerinnen vergewaltigt worden waren. Die Polizei hielt das meistens für einen Witz. Niemand war je wegen des brutalen Überfalls auf Beverly belangt worden.

Nein, Mary konnte Beverly nicht nach Cambridge mitnehmen. Sie würde die vier Nächte, die sie sicher hatte, bei Mrs. Landsman verbringen. Sie hatte sowieso mit einer Erkältung zu tun, wahrscheinlich von dem Rauch und dem ständigen Frieren. Sie zerbrach sich den Kopf, aber ihr fiel keine Methode ein, wie sie Beverly mit in Mrs. Landsmans großes und gemütliches Haus einschmuggeln konnte. Sie hatte ein schlechtes Gewissen, ihre Bleibe nicht zu teilen, wie Beverly es tat, aber Mary hatte das Gefühl, dann war alles aus.

Behutsam brachte Mary es bei Kaffee aus einem verbeulten Alutopf über einem Sterno-Feuer zur Sprache. »Eine meiner Damen sagt, ich kann die nächsten drei Nächte in ihrem Haus bleiben.« Später würde sie sagen, daß sie noch eine vierte Nacht bleiben konnte. »Dann komme ich wieder. Sie hat eine dringende Familienangelegenheit und möchte, daß ich da schlafe und auf die Kinder aufpasse.«

»Zahlt sie dir was extra?«

»Ein bißchen. Du weißt ja, wie sie sind.« Sie hatte ein schlechtes Gewissen, weil sie Beverly belog und die Wärme und das gute Bett für sich behielt, aber Beverly war von dem Leben auf der Straße völlig verbogen. Sie führte laute Selbstgespräche, und sie schwang unterwegs drohend ihren neuen Stock. Mary hatte Angst, ihre wenigen Habseligkeiten im Quartier zu lassen, falls die Kids wiederkamen.

»Ich spare auf ein Auto«, gestand Mary. »Ich weiß, ich bringe nicht genug für eine Wohnung zusammen, aber wenn ich einen alten Kombi oder einen alten Lieferwagen kaufen könnte, dann hätte ich's geschafft.«

»Sie hätte gern so einen Wohnwagen«, sagte Beverly und lehnte sich auf ihrer speckigen Decke zurück. »Wohnmobile heißen die. Du kannst dich einfach reinsetzen und drin wohnen wie in einem Haus. Der Sonne folgen. Wär' das nicht was? Ein paar von uns kriegten mal ein Zelt auf einem Campingplatz auf dem Cape, da haben wir eine Woche lang geschlafen. Das war super. Dann haben wir noch eine Woche im Wald geschlafen. Dann hat es ununterbrochen geregnet, und wir mußten zurückkommen.«

»Die vielen leerstehenden Sommerhäuser, manchmal denke ich daran. Ich habe letztes Jahr in einem Einkaufszentrum eine Frau wie wir getroffen, und wir kamen ins Gespräch. Wir haben uns gegenseitig erkannt. Sie hatte zwei Jahre in Maine zugebracht. Da hat sie in den Sommerhäusern reicher Leute übernachtet.« Reiche Leute. Mary lächelte. Als sie noch verheiratet war, hatten solche Leute in ihrem Haus gespeist. Das waren keine reichen Leute. Nur für die Armen. Das waren Besserverdienende. »Aber sie ist erwischt worden. Eins der Kinder kam überraschend und hat die Polizei geholt.«

»Und was haben sie mit ihr gemacht?«

»Die Kids haben sie übel zugerichtet. Die Polizei hat sie über Nacht dabehalten, und dann hat einer von der Behörde sie in einen Bus nach Boston gesetzt. Sie wollte sich nach einer anderen Feriengegend umsehen. Sie dachte an Martha's Vineyard.«

Beverly rieb sich die wunden Füße. »Wo soll's hingehen in Maine? Maine kennt sie wie ihre Jackentasche. Gefällt dir das nicht, wie wir hier aufsitzen und reden können? Das ist die wahre Freiheit, Mary. Wir können es uns hübsch machen, unser eigenes Heim.« Beverly klang ruhig, zufrieden.

Mary hatte heute für Mrs. Solano gearbeitet und übriggebliebenes Brot dabei, schönes italienisches Bäckerbrot, und ein paar Äpfel, die sie in vier Stücke teilten. Auch ein paar Biskotti und Walnüsse und Mohrrüben. Sie nahm nur, was nicht vermißt werden würde. Houdini konnte weder die Walnüsse noch die Mohrrüben kauen, da er nicht mehr genug Zähne hatte, aber er tunkte die Biscotti in Wasser. Sie hatte unterwegs Würstchen gekauft, die sie in der verbeulten Pfanne heiß machten. Es dauerte ewig auf dem Sterno-Feuer, aber der Geruch war köstlich. Sie aßen sie zu dem Brot.

»Manchmal träume ich vom Essen«, sagte Houdini. »Brathühnchen. Hühnchen als Sonntagsessen mochte ich besonders gern. Und Schokoladenkuchen.«

Houdinis Füße bereiteten ihm Qualen. Mary konnte nicht im Raum bleiben, wenn er seine Füße auswickelte, sie mußte würgen, aber Beverly half ihm. Mary schämte sich, daß sie den Gestank nicht ertragen konnte. Er hatte Geschwüre an den Füßen, und die Socken waren in die Haut eingewachsen. Schließlich zogen sich Maus und Houdini nach oben zurück. Manchmal fragte sie sich, ob sie ein Liebespaar waren, aber das glaubte sie nicht. Beide tranken anstelle von Sex. Und wenn sie es waren, so war das ihr gutes Recht. Es war wenig genug, was sie alle sich an Trost spenden konnten. Vor Jahren hätte sie einen alten Mann (falls Houdini überhaupt alt war) mit einem Jungen zusammen, beides Männer, für eine schreckliche Sünde und einen Skandal gehalten, noch verschlimmert durch die Rassenmischung, aber so dachte sie nicht mehr. Die beiden sorgten füreinander, so gut sie konnten. Wenn sie etwas auf der Straße gelernt hatte, dann war es, Menschen nach ihrer Gutherzigkeit zu beurteilen, nicht nach ihrem Aussehen oder ihrer Rasse. Jim, der sie die Heilige Jungfrau genannt hatte, wenn sie sich über das Treiben anderer in Bethesda empörte, wäre jetzt schockiert von ihrer Nachsichtigkeit gegenüber allem möglichen, was er als abartig bezeichnet hätte.

Hier zu kampieren war für sie ein Risiko, ein Spiel mit dem Leben außerhalb der Grenzen des Erlaubten, mit dem Leben auf der Straße, aber sie hatte seit Jahren zu niemandem mehr solches Vertrauen gehabt. Sie war ehrlich zu Beverly und den Jungs, sie war sie selbst. Sie konnte sich gestatten, Beverly gern zu haben. Die Gesellschaft ihrer Freundin würde ihr morgen Abend fehlen. Eine Freundin: Wie konnte irgendeine ihrer Damen in den komfortablen Häusern verstehen, wie rar und kostbar es für sie war, eine Freundin zu haben? Als sie in Bethesda gelebt hatte, waren Freundinnen Frauen, mit denen sie Tennis spielte, in den Schönheitssalon ging, Bridge spielte und Kochrezepte tauschte. Mit Beverly teilte sie die Wahrheit ihres Lebens, sie teilte mit ihr Sicherheit und Gefahr, sie teilte mit ihr, was sie zusammen an Essen und Wärme hatten. Auf der Straße konnte Freundschaft Leben oder Tod bedeuten. Samanthas Freundschaft hatte ihr vor acht Jahren das Leben gerettet.

»Ihr Kopf macht ihr manchmal zu schaffen«, gestand Beverly. »Er tut weh, da, wo sie was gemacht haben. Sie kriegt fürchterliche Kopfschmerzen. Wenn sie bloß das Zeug hätte, das sie ihr im Krankenhaus gegeben haben. Aber solche Tabletten sieht sie nie auf der Straße rumliegen.«

»Ich werde bei meinen Damen in die Arzneischränke schauen und mal sehen, was ich finden kann.« Mary kroch voll angezogen in ihren Schlafsack und schlief trotz der Kälte ein. Sie wachte im Laufe der Nacht immer drei- bis viermal auf. Sie mußte austreten. Jemand schrie auf der Straße, oder ein Auto stieß mit einem anderen zusammen, daß es weithin krachte. Eine Prügelei brach aus. Flaschen wurden gegen das Haus geworfen. Sie nahm das nicht persönlich, da das Haus verlassen aussah. Sie spähte nie hinaus, aus Angst, gesehen zu werden. Streitereien und Rivalitätskämpfe in der Nachbarschaft waren nicht ihre Sorge. Nur das Überleben.

Sie wachte schwitzend auf. Ihr erster Gedanke war, sie

hatte Fieber. Denn es konnte doch nicht sein, daß ihr zu warm war. Dann bekam sie keine Luft und merkte, es war Rauch. Sie krabbelte aus ihrem Schlafsack und stopfte ihn in ihre Reisetasche. Dann schüttelte sie Beverly. »Es brennt!« schrie sie.

Beverly wachte nicht auf. Sie stöhnte und drehte sich um. Mary nahm den Wassereimer und schüttelte ihn über Beverly, die sich fluchend aufrichtete. Mary hatte sich aus Versehen auch selbst mit Wasser begossen. Ihre Füße waren durchnäßt, und sie hatte sich vorne naßgespritzt. »Was zum Teufel tust du da? Bist du verrückt geworden? Sie ist klatschnaß«, kreischte Beverly.

Mary rannte auf den Hausflur und rief nach oben, schrie nach Houdini und Maus. Das Treppenhaus war voller Rauch. »Beverly, wir müssen sofort raus.« Sie versuchte sich zu erinnern, ob es eine Feuerleiter gab. »Komm, Beverly, los!« Sie lief die Treppe hinauf und rief nach Houdini und Maus. Unten stand alles in Flammen. Sie roch etwas. Benzin. Jemand hatte das Haus in Brand gesteckt. »Beverly, komm, das Haus geht in Flammen auf! Komm jetzt!« Sie lief zurück, zog Beverly auf die Füße und versuchte sie hinauszuzerren.

»Laß sie in Ruhe, sie muß ihr Zeug holen«, sagte Beverly zwischen Hustenanfällen. Keuchend und blind tastend stieß sie Mary weg. Mary fiel hinten über und schlug hart mit der Hüfte auf.

»Los, Beverly, los!« Mary stampfte verzweifelt mit dem Fuß auf und schnappte sich ihre Taschen. Das meiste von ihrem Zeug lag in der Ecke, und es war zu spät. Den Mantel halb an, rannte sie zur Treppe und stürzte sich in den Rauch. Ihre Augen brannten, und sie bekam keine Luft. Sie rannte weiter. Ihr Mantel fing Feuer. Sie ließ ihn fallen und rannte weiter. Das Feuer war im Erdgeschoß gelegt worden. Sie rannte hindurch und die Kellertreppe hinunter und durch den Keller auf die Straße. Die Brandstifter hatten sie wenigstens nicht eingeschlossen. Die Tür stand offen. Sie rannte hinaus. Ihr Pullover hatte Feuer gefangen. Sie erinnerte sich, daß man sich hinwerfen und wälzen mußte. Sie wälzte sich auf dem nassen, dreckigen Boden. Dann nahm sie ihre Sachen, stampfte Schwelendes aus, die Funken, die herabgefallen waren. Sie war ohne Mantel. Sie machte den Reißverschluß von ihrem Schlafsack auf und legte ihn sich um die Schultern. Als sie sich umwandte, konnte sie die Flammen sogar durch die vernagelten Fenster sehen. »Beverly! Beverly!« schrie sie. »Houdini! Maus!« Sie rief, bis sie heiser war. Jemand stieß ein Fenster auf und brüllte sie an, Ruhe zu geben.

»Rufen Sie die Feuerwehr«, krächzte sie. »Das Haus brennt.«

Sie hustete immer noch. Sie hatte zu viel Rauch eingeatmet. Ihr war schwindlig, und sie bekam kaum Luft. Sie konnte nicht genug Sauerstoff in die Lunge bekommen. Sie fror und war naß, aber sie konnte nichts an ihrem Arm ertragen. Ihr rechter Arm war schlimm verbrannt. Er tat so weh, daß ihr die Tränen übers Gesicht liefen. Vielleicht konnte sie zu einer Unfallstation gehen. Vielleicht würde sie dort versorgt werden. Sie mußte ja am Morgen arbeiten.

Es kam ihr wie eine halbe Stunde vor, bis die Feuerwehr eintraf. »Drei Menschen kampieren in dem Haus«, sagte sie zu einem Feuerwehrmann und zerrte ihn am Ärmel.

»Gehen Sie aus dem Weg, Lady. Gehen Sie nach Hause. Wenn die noch am Leben sind, finden wir sie.«

Aber das waren sie natürlich nicht mehr.

49

Leila

Leila stieg in San Diego bei zweiundzwanzig Grad unter einer trockenen Sonne aus dem Flugzeug, aber ihre Schwester Debbie war nicht da. Statt dessen wartete am Kofferkarussell eine große, großknochige Frau mit einem Schopf stacheliger weißer Haare. »Tagchen. Ich bin Debbies Nachbarin

Babs. Sie hat mich gebeten, Sie vom Flughafen abzuholen. Mein Wagen steht draußen auf dem Parkplatz.«

Babs war auf der Fahrt nach Santa Ysabel nicht gesprächig. Leila erfuhr, daß Babs noch nie im Osten gewesen war, eines jener seltenen Exemplare, eine waschechte Kalifornierin aus Mecca, wo nahe der Anza-Borrego-Wüste Dattelplantagen waren. Babs war verheiratet gewesen, hatte vier Kinder, alle schon erwachsen, und war Witwe. Das war die Summe dessen, was Leila, die Mörderinnen und mißhandelte Frauen, Angreiferinnen und Opfer mit bemerkenswertem Erfolg interviewt hatte, der schweigsamen Frau am Steuer des alten roten Kastenwagens entlocken konnte. Das und ein paar Ansichten. Oststaatler waren zu wenig nutze. Debbie war hoffnungslos, aber gut mit Pferden. Debbies Kinder waren in Ordnung, besonders Robin. Debbies Ehemann Red war eine Landplage gewesen.

Als sie die erstaunlich grünen Berge erreichten, begann stellenweise Schnee den Boden zu überkrusten. Diese südlichen Küstenberge waren selten über tausend Meter hoch, aber das genügte, um nicht nur das Klima, sondern auch die Jahreszeit zu ändern. Leila dachte, es wäre nett gewesen, wenn jemand sie gewarnt hätte. Sie hatte Sachen mitgebracht, die für L.A. im Januar geeignet waren, aber offenbar nicht für Santa Ysabel. Sie war gereizt und verärgert, daß Debbie sie nicht abgeholt hatte.

»Sie haßt es, in dem rumpelnden Kastenwagen zu fahren. Hat Angst, das Baby zu verlieren.«

Debbie hatte bereits drei Kinder von drei verschiedenen Ehemännern beziehungsweise Freunden. Nur einer der Exmänner, der Therapeut Bruce, zahlte regelmäßig für sein Kind Unterhalt. Hin und wieder kam ein Scheck von dem Musiker. Leila war noch nie hiergewesen. Bei ihrem letzten Besuch hatte Debbie in Pomona gewohnt, im Valley, war dem Kaufzwang verfallen und hatte mit ihren Kreditkarten sechstausend Dollar Schulden angehäuft.

Nachdem der Therapeutengatte sich aus dem Staub gemacht und die finanzielle Landschaft mit Briefen gepflastert hatte, daß er für ihre Schulden nicht mehr aufkam, war

Debbie zu der Überzeugung gelangt, von der Konsumkultur korrumpiert worden zu sein. Sie war bereit gewesen für den Vorstadtcowboy, Red Rodgers. Red hatte Debbie hierher verpflanzt, wo der verbeulte Kastenwagen über tiefe Furchen im schlammigen und steinigen Boden holperte, unter den Kiefern zu einem kargen Ranchhaus, das aussah wie aus einer Genossenschaftssiedlung entführt.

Es war von einer Koppel umgeben, wo ein Pferd und ein Fohlen im dünnen Schnee standen, von Nebengebäuden, Schuppen, einem Hühnerstall, einem Viehstall, den Überbleibseln eines Gemüsebeets und mehreren Autowracks, alles verstreut bis in den umgebenden Wald. Der Wald war schön, aber das Haus hatte einen ausgeblichenen rosa Anstrich und Regenrinnen aus Aluminium. Ein Dreirad lag neben den Resten eines Schneemanns. Warum fühlte sie sich so deprimiert? Warum wollte sie auf der Stelle kehrtmachen und nach Cambridge zurückeilen?

Debbie erwartete sie in der Küche. Drei Kinder und ein viertes unterwegs, und sie war immer noch schlank. Ihr Bauch war riesig, aber der Rest blieb kindlich. Neben Debbie zu stehen gab Leila immer ein Gefühl von Riesenwuchs, von schlaffem, üppigem, wucherndem Fleisch. Weder in ihrer Kindheit noch in ihrer Jugend hatte es je Verwechslungen bei den Kleidungsstücken gegeben. Ihr gehörten die Übergrößen, Debbie die niedlichen Kleidchen.

Die beiden älteren Kinder, Abel und Robin, waren in der Schule. Der Kleine, Ben, starrte sie finster hinter Debbie hervor an. Er war blond und spillerig und mucksch. Er zerrte an der Hand seiner Mutter, hatte die Zähne gebleckt und knurrte fast. Leila ließ sich auf einen Stuhl fallen. »Ich bin um halb fünf eurer Zeit aufgebrochen. Ich bin erledigt.«

Debbie flehte die Decke an. »Also wirklich, Leila, man könnte glatt denken, du reist nicht gerne! Dabei reist du mehr als alle, die ich kenne – bis auf Bung natürlich.« Der Musiker. »Ich bleibe lieber zu Hause.«

»Ich genauso«, sagte Babs. »Hast du 'n Schluck Heißen auf dem Herd? Der käm' jetzt recht.«

»Du weißt, ich darf keinen Kaffee trinken, Babs. Das wäre nicht gut für mein Baby.« Debbie tätschelte ihren Bauch.

Leila stellte im Kopf eine Liste zusammen, was sie in der Stadt besorgen mußte. Ohne Kaffee würde sie den Tag nicht überleben. Debbie stand auf, um Kräutertee zu kochen, den Babs als letzten Ausweg akzeptierte. Als Debbie dastand, war der Kontrast zwischen ihrem immer runder werdenden Bauch und den nahezu spindeldürren Armen und Beinen, dem langen schlanken Hals noch augenfälliger, fast spinnenartig.

Leila war wütend auf sich, weil sie gejammert hatte. Sie durfte mit Debbie nicht auf dem falschen Fuß anfangen. Sie hatten eine lange und vertrackte Geschichte miteinander, die beiden nur Unzufriedenheit beschert hatte. Jetzt, wo Leila gerade einen Ehemann verloren hatte, sollte sie versuchen, zu ihrer einzigen Schwester eine Verbindung herzustellen, die beiden etwas bedeutete. Debbie war immer die Flatterhafte mit den zerbrochenen Beziehungen gewesen, während die solide Leila in ihrer Ehe rotierte.

Als Babs ihren Tee ausgetrunken hatte und hinausgestampft war, brach Debbie sofort in Tränen aus. Am Küchentisch weinte sie mit dem Kopf auf den Händen. Ben starrte Leila noch finsterer an, gab ihr die Schuld an dem Jammer seiner Mutter. Schließlich begann er, mit den Fäusten auf Leilas Knie einzutrommeln, denn da kam er am leichtesten ran. Debbie hörte auf zu weinen. »Ben, benimm dich. Du kannst nicht einfach auf deine Tante losgehen und sie hauen.«

Ben drückte sich schutzsuchend an seine Mutter. »Ben, Thanksgiving warst du bei mir zu Hause. Wir haben Pute gegessen, und du hast mit meiner Katze gespielt, mit Vronsky, weißt du noch?«

Ben steckte den Daumen in den Mund und sah verwirrt aus.

»Debbie, warum ist Roy – ich meine Red gegangen? Besteht Aussicht, daß er zurückkommt?«

»Er fuhr andauernd nach San Diego, er hatte da angeblich mit einem Neubauprojekt zu tun. Aber er hatte eine Freundin, stellte sich heraus. Sie leitet ein Hotel in Del Mar. Sie verdient gut, und sie hat keine Kinder.«

»Eine ältere Frau?«

Debbie schüttelte genervt den Kopf. »Älter als wer? Leila, ich bin zweiundvierzig. Warum hältst du mich immer noch für ein Kind?«

»Er hat sich einen tollen Zeitpunkt ausgesucht. Wie weit bist du, fünfter oder sechster Monat?«

»Du verstehst nicht, ich kriege gern Kinder. Vielleicht ist das mein letztes. Ich habe das Gefühl, du schaust mich an und denkst: Die arme Debbie! Wiedermal hat ein Mann sie verlassen. Aber was ich sehe, ist: Es hat ein paar Jahre gedauert, und ich habe davon dies tolle Kind. Ich habe ihn genommen, damit er mir ein Kind schenkt. Und die Kinder gehören wirklich mir allein, bis auf Ben. Sein Vater Bruce – erinnerst du dich an Bruce? – kümmert sich um alle.«

»Er ist ein Heiliger. Kriegst du von Red wenigstens ein bißchen Geld?«

»In der Beziehung verhält er sich gut. Die neue Frau hat Schotter, also ist er großzügig. Und wie ich schon gesagt habe, Bruce schickt jeden Monat Unterhalt für Ben.«

»Hat er immer noch das halbe Sorgerecht?«

»Er kommt und holt sie jeden Monat für ein Wochenende ab, alle außer Abel. Abel will nicht mit. Er hat sich nie mit Bruce verstanden. Robin mag Bruce. Also fahren Robin und Ben jeden vierten Freitag. Er verwöhnt sie.« Debbie zuckte die Achseln.

Leila machte Abendessen. »Warum übernehme ich immer die Küche, wenn wir zusammen sind?«

»Du nimmst gern alles in die Hand«, sagte Debbie. »Warum sollte ich was dagegen haben? Ich muß an den übrigen dreihundertsechzig Tagen im Jahr Abendbrot auf den Tisch bringen.«

»Zu Hause koche ich gar nicht viel.«

»Das glaube ich dir nicht. Du hast immer gerne die Superköchin gespielt.«

»Debbie, ich bin allein. Nick lebt mit einer anderen Frau

zusammen. David ist fort auf dem College. Ich bin dabei, das Haus in Cambridge zu verkaufen.«

»Was hast du denn vor?« Debbie sah entsetzt aus. »Du hast doch nicht etwa vor, hierher zu ziehen? Daran denkst du hoffentlich nicht. Ich weiß, Mom ist fähig, dir das einzureden.«

»Debbie! Ich habe eine feste Dozentur am Lesley. Ich habe nicht mal vor, aus Cambridge wegzuziehen, wenn ich etwas Erschwingliches finden kann. Da ist mein Freundeskreis.«

Debbie schaute skeptisch drein, neigte, wie sie es schon immer getan hatte, leicht den Kopf und schaute unter gesenkten Lidern hervor. »Wenn Nick weg ist und David hier am College, was soll dich halten?«

»Mein Leben, Debbie, mein Leben. Ich will kein anderes. Ich will mir nur das, das ich habe, verschönern.«

»Ich brauche zwar Hilfe, aber du und ich unter einem Dach, das würde nie funktionieren.«

Leila hatte Lust, laut herauszuschreien, daß Debbie die letzte Person im ganzen Land war, mit der sie zusammenleben mochte. »Da hast du vollkommen recht«, begnügte sie sich zu sagen. »Debbie, laß uns versuchen, diesmal miteinander zu reden, statt gegeneinander anzureden.«

»Das wäre mal was anderes.«

»Was soll ich tun, solange ich hier bin?«

»Mir einfach zuhören und nicht immer gleich die Latte deiner Moral anlegen. Hilf mir die Finanzen durchrechnen. Besorg mir einen Anwalt. So was alles.« Debbie sprang auf und wischte sich energisch das Gesicht ab. »Mein Vier-Uhr-Termin muß jeden Moment hier sein.«

»Kannst du das noch trotz der Schwangerschaft?«

»Ich hebe sie nicht. Ich komm' schon klar. Ich weiß, wie ich mich bewegen muß.«

Debbie nannte sich Massagetherapeutin. Sie machte ganz normale Massagen bei Muskelzerrungen und -überbeanspruchungen, zur Schmerzlinderung nach Unfällen und Überanstrengung, aber sie bot auch Beratungen an. Sie konnte gut massieren, und ihre Ratschläge mußten hilfreich sein, denn wenn sie lange genug an einem Ort blieb, gelang es ihr, einen Kundenkreis aufzubauen. Sie konnte sich ihren eigenen Stundenplan machen und zu Hause arbeiten. Manchmal verdiente sie zweihundert Dollar am Tag, sobald sie niedergelassen war; manchmal nichts.

»Warum kann sie nicht was sparen?« klagte Phyllis. »Sie verdient mehr als ich, trotz all meiner Berufserfahrung. Warum kann sie sich nicht was weglegen?«

»Mit drei Kindern? Mach dir nichts vor, da kann sie nicht weit kommen.«

Das war ein Gespräch, das sie mit Phyllis in den letzten Jahren wieder und wieder geführt hatte. Phyllis konnte wenig für Debbie tun, außer den Kindern manchmal ein Geschenk zu kaufen und ihnen hin und wieder einen kleinen Scheck und ein Video von Oma zu schicken. Phyllis hatte sich eine Videokamera gekauft und nahm alles auf, von Kegelabenden bis zu Familiengrüßen.

Robin kam aus der Schule, der Schulbus setzte sie am Ende der Straße ab. Sie kletterte auf Leilas Schoß. Robin war acht und sehr dunkel, ihr schwarzes Haar war zu Zöpfen mit roten Schleifen geflochten. Sie klammerte sich an Leila. »Wo ist David?« Sie schwärmte für ihren Cousin.

»David ist am College.«

»Kommt er nicht?«

»Diesmal nicht. Er kann nicht vom Unterricht weg.«

Abel kam als letzter nach Hause. Er traf erst ein, als Debbie mit ihrem Fünf-Uhr-Termin fertig war und Leila die Spaghettisoße auf kleiner Flamme hielt. Sie verbot sich zu sagen: Wie du gewachsen bist. Sie erinnerte sich an Davids Wachstumsausbrüche. Es brachte ihn in Verlegenheit, wenn das kommentiert wurde. Abel hatte dunkelbraunes, lockiges Haar wie Sam, aber er war wesentlich größer und außergewöhnlich dünn. Seine Basketballsachen steckten in einer Segeltuchtasche. Leila rechnete. Abel wurde in drei Wochen fünfzehn. War sein Vater hochgewachsen gewesen? Sie konnte sich nicht mehr erinnern. Sie beobachtete ihn beim Abendessen und dachte an David mit fünfzehn.

Abel war im mürrischen Alter, zornig, weil er da, wo sie

wohnten, ein Auto brauchte und noch zu jung dafür war, und außerdem war dafür sowieso kein Geld da. Er war zornig, weil ein Geschlecht zuviel auf der Welt war und er damit noch gar nicht klarkam. Er war zornig, weil er so rasch wuchs, daß sein Körper weh tat und seine Stimme kickste und ihn manchmal verriet. Er war zornig, weil er einsfünfundachtzig war und sich immer noch nicht rasieren mußte. Er war zornig, weil er insgeheim überzeugt war, eine Art perverses Monster zu sein und weil er nichts mit sich anzufangen wußte und weil irgend jemand daran schuld sein mußte – wahrscheinlich seine Mutter. Leila erkannte das Alter und das Stadium wieder.

Sie war geradezu lächerlich überrascht, daß Abel schon dermaßen groß und dermaßen alt war, als müßte das bei Debbies Kindern wesentlich langsamer gehen als bei David. Debbie hatte recht, ihre Schwester war in ihrer Vorstellung jünger als in Wirklichkeit. Sie wartete immer noch darauf, daß Debbie erwachsen wurde, während Debbie seit vielen Jahren die ihr entsprechenden Entscheidungen traf, die stets von dem abwichen, was Leila an ihrer Stelle gewollt hätte.

Sie setzte sich mit Debbie hin, mit ihren Bankauszügen, ihrem Hypothekenbuch, ihren Steuererklärungen, ihren geschätzten Einkünften. Debbie wurde bald gereizt. Für sie stank Finanzplanung nach Berechnung. »Ich nehme gerne jeden Tag, wie er kommt«, sagte Debbie. »Ich halte nichts davon, so zu tun, als könnten wir die Zukunft wissen. Die Erde kann morgen in die Luft fliegen. Wir können alle in einer Atomkatastrophe sterben. Warum soll ich so tun, als wüßte ich, was ich nächstes Jahr verdienen werde? Ich kann bei einem Autounfall sterben. Ich kann im Lotto gewinnen.«

Hier war Debbie, die keine Ahnung hatte, wieviel sie im Jahr verdiente und wo das Geld blieb, und saß am Küchentisch mit Leila, die stets genau wußte, wieviel Geld sie auf dem Konto hatte und welche Ausgaben für den Monat anstanden. Hier war Debbie, die vielleicht halb soviel verdiente wie Leila und sagte, daß sie sich ums Geld nie Sorgen machte, zu Leila, die den letzten Monat damit verbracht hatte, einen Finanzplan für die Zeit nach der Scheidung aufzustellen. Durch die Tür zum Wohnzimmer drang der Lärm vom Fernseher und vom Gezänk der beiden älteren Kinder. Warum verunsicherte Debbie sie? Sie hatte das Gefühl, Eigenschaften verteidigen zu müssen, die sie sonst selbstverständlich fand oder auf die sie stolz war.

Während der nächste Tag sich dahinquälte, gelang es ihr nicht, Debbie groß zu helfen, denn alte Ärgernisse veranlaßten beide, eingebildeten Hieben und auch wirklichen auszuweichen und einander zu umtänzeln. Trotzdem war völlig klar, daß Debbie es ohne Hilfe nicht schaffen würde. Es konnte sein, daß sie rasch einen anderen Mann fand. Aber so rasch nun auch wieder nicht. Sie war zu schwanger. Außerdem würde Debbie es mit vier Kindern schwerer als mit dreien haben, einen neuen Mann zu finden, und doch war Leila sich nicht sicher, ob da das Problem lag. Ein Mann war vielleicht nur ein Teil der Lösung.

Leila hatte bisher gedacht, daß Red, der Vorstadtcowboy, Debbie seine Träume aufgehalst, sie in die Pampa verschleppt und mit allerlei brüllendem Vieh sitzengelassen hatte. Aber Debbie bestand darauf, immer noch zu reiten, gegen den Rat ihrer Ärztin. Sie sagte, ihre Stute sei sanft. Sie versuchte auch Leila auf ein Pferd zu kriegen, vergebens. Statt dessen ritt Debbie täglich mit Babs aus, die vom fünfhundert Meter entfernten Nachbarhaus angaloppiert kam. Sie standen im Vorgarten und redeten über Pferde und Ziegen und das Wetter.

Debbie hatte sich mit der Mutterrolle immer viel leichter getan als Leila. Leila war nie die Mutter gewesen, die Plätzchen buk und schöne Halloweenkostüme und -masken bastelte. Leila versuchte meistens, David dazu zu kriegen, Äpfel und Apfelsinen statt Plätzchen zu essen, und Halloweenkostüme wurden entweder in einer Geschenkboutique gekauft oder blieben dem Einfallsreichtum ihres Sohnes überlassen.

Jetzt sah sie in Debbie die Landfrau. Das Fohlen sollte Robin gehören. Robin und Debbie striegelten am Nachmittag ihre Tiere Seite an Seite und fachsimpelten über Pferde. Leila verstand nicht einmal, wovon sie redeten, einem bevorstehenden Turnier in irgendeiner altertümlichen Reiterdisziplin. Abels Aufgabe war die Versorgung der Hühner. Er verkaufte auch Eier. Red mochte fort sein, aber Debbie hatte Wurzeln geschlagen, wie sie es in Pomona oder Cincinnati oder St. Louis oder Atlanta nie getan hatte. Die Stute, weit entfernt davon, eine Belastung zu sein, schien Debbie die Bekanntschaft etlicher Frauen eingetragen zu haben: manche zehn Jahre jünger, manche wie Babs wesentlich älter. Debbie hatte durch den Kindergarten und die Schule immer Anschluß an andere Mütter gefunden, aber hier entwickelte sie andere Bindungen. Frauen mit Pferden schienen sich automatisch miteinander anzufreunden.

Es kam nicht in Frage, Debbie beim Schlafittchen zu pakken und nach Cambridge zu holen, wie sie gedacht hatte. Was sie für Debbie tun konnte, mußte hier getan werden. Wenn Debbie Hilfe im Haushalt hatte, konnte sie mehr arbeiten, und dann entspannte sich die Finanzlage. Wenigstens hatten sie Ziegenmilch, Käse und Eier.

»Hast du mal daran gedacht, eine andere Frau bei dir aufzunehmen?«

»Ich habe eine Annonce in die Zeitung gesetzt, aber die Frauen, die dann kamen, die brauchten selber jemanden, der sich um sie kümmerte. Du denkst, ich bin eine Traumtänzerin, aber das habe sogar ich gemerkt.«

»Will Red dich dazu bringen, das hier zu verkaufen?«

Debbie schüttelte den Kopf. »Er hat ein dermaßen schlechtes Gewissen, mich schwanger zu verlassen, daß er mir das Haus schenkt. Außerdem gefällt ihm das Haus seiner Freundin besser, von da zum Wasser sind es nur drei Querstraßen. Er will bloß, daß ich bei der Scheidung stillhalte und ihn nicht wegen des Babys belämmere.«

»Für ihn wahrscheinlich das Bequemste.«

»Anfangs wollte er unbedingt hier oben wohnen, dann kam letzten Winter bei ihm der Sinneswandel. Er fand den Winter sterbenslangweilig. Damals hat er angefangen, vom Umzug nach San Diego zu reden. Ich wußte, jetzt gibt's Probleme. Wenn ich bereit gewesen wäre, die Sachen zu pakken und mit ihm in die Stadt zu ziehen, dann hätte er nie was mit der Frau angefangen.« Debbie fuhr sich nervös mit den Händen durchs Haar. »Wenn ich vor die Entscheidung gestellt bin, wähle ich ihn oder das hier, dann will ich das hier. Ich weiß, du hältst mich für verrückt, aber so ist es nun mal. Ich bin lieber arm, aber wohne hier und nicht in einem kleinen Haus oder einer Wohnung im Valley.« In Erwartung einer Gardinenpredigt zog Debbie ein finsteres Gesicht, aber Leila nickte nur.

»Ich verstehe.«

50

Becky

Becky meldete sich zu der Probe am Montag krank und verbrachte den Abend damit, Terry praktisch auf dem Schoß zu sitzen. Sie hatte zwei Bücher, wie sich eine Ehe retten ließ, gekauft und bestand darauf, ihm die triftigsten Stellen vorzulesen. Seine Augen wurden glasig. Sie empfand fast Mitleid für ihn. Wenn es möglich gewesen wäre, ihn zu Tode zu langweilen, wäre er schon tot.

»Becky«, sagte er mit resigniertem Gesichtsausdruck. »Warum willst du bei mir bleiben? Dir kann es doch auch nicht besser als mir damit gehen, wie es in letzter Zeit gelaufen ist. Warum nicht Schluß machen?«

»Eine Scheidung ist unmoralisch«, sagte sie, etwas, was ihrer Überzeugung nach beide keine zwei Minuten lang glaubten. »Wenn du eine Nichtigkeitserklärung haben willst, wäre ich einverstanden, denn dann könnten wir beide wieder heiraten. Aber warum sollen wir es nicht versuchen? Wir haben uns geliebt. Ich liebe dich immer noch.« Sie konnte ihm schlecht die Wahrheit erklären, daß sie die Wohnung wollte und nicht ihn, daß sie sich verzweifelt an den Mittelstandsstatus klammerte, um ja nicht wieder zu den Habenichtsen zu gehören.

»Becky, das ist Wahnsinn. Eigentlich können wir uns nicht mal leiden. Du läufst nicht Ski, du spielst nicht Golf, du treibst keinerlei Sport, du guckst nicht mal Sport im Fernsehen. Du kannst weder meine Familie noch meine Freunde leiden. Du willst tanzen gehen und auf Partys. Ich sehe darin keinen Sinn, wenn ich schon ein Mädchen habe. So was ist für meine Begriffe doch nur dazu da, um jemanden aufzugabeln. Wir haben kein gemeinsames Leben, siehst du das nicht ein? Wir sind wie eine Wohngemeinschaft. Wir essen an fünf Abenden in der Woche Pizza.«

»Ich habe versucht, was zu kochen. Ich bin müde, wenn ich von der Arbeit nach Hause komme.«

»Du hast genau ein einziges Mal was zu kochen versucht, für meine Eltern, und jede Sekunde davon gehaßt. Das war ein schlechter Witz. Becky, ich habe das Gefühl, daß alles, was ich hier tue, für dich nur die Wohnung eindreckt. Wenn ich den Sportteil hinlege, hebst du ihn sofort auf und wirfst ihn in den Müll. Ich ziehe ein Jackett aus, und du trägst es weg. Du putzt ständig hinter mir her, als wäre ich ein alter Hund, merkst du das nicht? Du siehst meine Sachen an, als wären sie voller Hundescheiße.«

Sie war überrascht, daß er sie bei ihrem körperlichen Ekel ertappt hatte, denn sie war sicher gewesen, das nicht zu zeigen. Seit sie das erste Mal mit Sam geschlafen hatte, war ihr Terry widerlich. »Ich versuche nur, unser Heim sauberzuhalten – wie deine Mutter.«

Am Dienstag abend drängte er sie, wieder zur Probe zu gehen, er bat sie fast darum. Sie fügte sich scheinbar widerwillig. Sie brachte sich eine schöne Prellung an der Hüfte bei. Sie mußte die Jeans herunterziehen, um sie Sam zu zeigen, hinter der Bühne, während Dracula mit Minna beschäftigt war.

»Nein, nein, ich kann mich nicht mit dir treffen«, sagte sie sehnsüchtig. »Es wäre dir gegenüber nicht fair. Es ist zu gefährlich. Jede Nacht liege ich im Bett und denke an dich. Manchmal mache ich es mir sogar selbst, Sam, wenn ich an dich denke. Aber diese Nachmittage und diese Nächte sind uns nun genommen. Jetzt steht Terry zwischen uns.«

Manchmal fürchtete sie, daß sie es einen Zacken übertrieb, aber Sam reagierte gar nicht schlecht. Er war völlig fertig. Er flehte. Er bettelte.

Am Donnerstag schließlich, der letzten Probe vor Montag abend, sagte sie ihm, sie würde versuchen, sich am Samstag hinauszustehlen. Wenn sie nicht kam, dann wußte er, daß Terry sie festgehalten hatte – mit Gewalt. Ihre Stimme zitterte. Vielleicht hatte sie wirklich Talent zur Schauspielerin. Nein, sie trat lieber in einer Show wie »Entertainment Tonight« auf oder bei Barbara Walters. Ich möchte nur ich selber sein, dachte sie, das Beste von dem, was ich bin. Wenn sie nur Terry aus dem Weg räumen könnte. Dies war die erste Woche, in der Sam ohne Sex auskommen mußte, und er siedete bereits. Er versuchte immer wieder, sie in den Keller zu ziehen, aber sie fand Ausreden. Sie dachte gar nicht daran, im Keller mit ihm zu vögeln.

Am Samstag stahl sie sich wirklich fort, um ihn zu sehen, während Terry vermutlich mit Heather zusammen war. Er hatte ihr versprochen, sich nicht mit Heather zu treffen, solange sie versuchten, ins reine zu kommen. Sie glaubte ihm zwar nicht, aber sie mußte Sam festnageln. Sie durfte ihn nicht vom Haken lassen. An dem Nachmittag war sie stürmisch. Sie hatte ihr bestes Lady Grace-Bustier angelegt, einen Slip aus blauem Satin und schwarze Netzstrumpfhosen. Die waren unbequem im Schritt, aber sie wußte, die würden sein Blut zum Kochen bringen.

Der blaue Fleck auf ihrer Hüfte hob sich von ihrer hellen Haut ab. Er küßte ihn, sein Gesicht zog sich zusammen, als müßte er gleich weinen. »Wie konnte er so was tun?«

Als sie unter ihm lag, begann sie zu weinen. Sie brauchte es kaum zu spielen, nur ein bißchen, denn sie war zu nervös, zu angespannt, um in Erregung zu geraten, und er tat ihr richtig weh. »Ich werde dich nie wieder sehen. Nie wieder! Ich kann es nicht ertragen. Das ist das allerletzte Mal.«

»Ich tu's.« Während er in sie stieß, stöhnte er. »Ich tu's. Ich bring' ihn um. Ich tu's. Ich werd' dir zeigen, daß ich ein Mann bin. Ich tu's.«

Nachdem sie sich gewaschen hatte, blieb nur noch Zeit,

ihren Plan zu erläutern. Er starrte sie an, völlig baff, als hatte er gedacht, wenn er sagte, er würde es tun, dann war es damit erledigt und sie zufrieden – als wäre es ein Unsinn, den er beim Bumsen sagen und dann vergessen konnte, sobald er von ihr herunterstieg. »Wenn du wirklich mein Mann bist, dann wirst du es am Montag beweisen. Du wirst mir zeigen, daß du es tun kannst. Du wirst mir zeigen, daß du wirklich den Schneid dafür hast.«

Tommy wollte ein Auto für Sam auftreiben. Sie traf sich mit ihrem Bruder an der Brücke, und sie gingen an der Kanalböschung entlang. Es war ein warmer Junitag, schwül, mit Wolken, die aussahen wie aus Zement gemacht. Mükken umschwirrten sie. Becky packte aus und erzählte Tommy, was sie vorhatte.

»Paß auf, daß du das Richtige nimmst. Bargeld. Gold. Den Fernseher, den Videorecorder, gute Uhren, Kameras.«

»Was ist mit Golfschlägern?«

»Nimm sie. Alles, was sich weiterverkaufen läßt. Aber paß auf, daß dich niemand sieht. Zerwühl die Schubladen und schmeiß alles rum. Es muß danach aussehen, daß die nicht gewußt haben, wo was ist.« Tommy legte ihr die Hand auf die Schulter. »Wenn wir die Kohle hätten, könnten wir uns einen Killer mieten. Aber dann kann man erpreßt werden. Tu's selber und tu's richtig. Für mich kannst du's gar nicht bald genug tun. Macht mich nervös, daß der rumläuft und mich jederzeit verpfeifen kann. Der kann mich total reinreißen.«

»Das ist meine einzige Chance, Tommy. Er will mir alles wegnehmen, was ich mir so hart erarbeitet habe.«

»Der Kleine, kann er fahren? Hat er einen Führerschein?«

»Sicher. Er hat nur kein Auto.«

»Denn uns fehlt bloß noch, daß er das Auto zu Schrott fährt, jemand hinten draufknallt oder eine Kurve zu schnell nimmt und in einem Schaufenster landet. Er muß vorsichtig fahren. Kann er das?«

»Er ist kein Chaot, Tommy. Er ist ein guter Junge, und er ist verrückt nach mir. Er wird alles tun, was ich ihm sage.«

»So mögen wir sie, du und ich.« Er drückte ihre Schulter.

»Viel Glück, Becca. Wir müssen beide Sachen anfassen, von denen wir nie gedacht hätten, daß wir sie machen müssen, nur um nicht abzusaufen. Es ist ein Schweineleben, und es wird uns nichts geschenkt. Wir sehen uns.«

Montag mittag verrührte sie zwei Schlaftabletten in der Suppe, die sie Terry warm machte. Dann hastete sie wieder ins Büro. Sie hatte sich den Montag ausgesucht, denn am frühen Nachmittag mußte sie zweitausend Prospekte vom Copyshop abholen. Sound Cable bot sein Programm in einem neuen Gebiet an. Wenn sie Glück hatte, fiel niemandem auf, wie lange sie weg war. Außerdem wollte sie Sam nicht genug Zeit lassen, um nachzudenken, sich anders zu besinnen. Sie war überzeugt, daß er sich die Tat ausreden konnte. Sie fuhr auf geradem Weg zu ihrer Wohnung, parkte aber weiter weg und ging hinten herum durch die Kellertür ins Haus. Sam wartete schon hinter der Tür. Sie hatte ihm dafür einen Schlüssel machen lassen. »Immer wenn du den Schlüssel anschaust, und daran denkst, ihn ins Schloß zu stecken, dann denk daran, wie du deinen süßen Schwanz in mich steckst«, sagte sie und drückte sanft seine Eier, während sie ihn küßte. Sam schwitzte, obwohl der Tag nur mäßig warm war.

»Wir können das nicht tun. Ich meine, nicht in echt.« Er packte fest ihren Arm.

»Nein?« Sie starrte ihn wütend an. »Dann hör auf, mit mir zu spielen. Du liebst mich nicht. Geh doch und liefere mich ihm aus. Geh!«

Eine Minute lang dachte sie, er würde kehrtmachen. Er sah todunglücklich aus. Er rang die Hände, bis sie ihn am liebsten getreten hatte, aber sie blieb an die Wand gelehnt.

»Becky«, jammerte er. »Becky, wir können das nicht tun.«

»Wenn wir es tun, werden wir uns sehen können, sooft du willst. Dann werde ich genug Geld haben, dir in deine College-Stadt zu folgen.« Sie stürzte vor und warf ihm die Arme um den Hals, preßte sich an ihn. »Wir müssen es tun! Wir müssen!«

Er hielt sie an sich gedrückt und schluchzte fast in ihr

Haar. Sie spürte in seinem Jackett den Hammer, den er wie befohlen mitgebracht hatte. Sie fuhr mit der Hand an dem Hammer entlang und dann hinunter zu seinem Schwanz unter der derben Jeansverpackung. »Wir werden zusammensein, Sam. Für uns! Weil ich dich liebe. Weil du mich liebst.« Sie machte sich los und trat zurück. »Wir müssen uns beeilen. Wir dürfen hier nicht rumtrödeln.« Ohne sich umzuschauen ging sie das Wagnis ein, hinaufzugehen. Dann hörte sie ihn hinter sich.

Sie machte vorsichtig die Tür zum Treppenhaus auf und spähte hinaus. Wie sie erwartet hatte, war niemand zu sehen. Tagsüber war niemand außer Helen zu Hause, und bei der konnte sie sich aus allem herausreden. Helen machte mit ihr gemeinsame Sache. Helen würde nichts Verdächtiges gehört haben, dessen war sie sicher. Sie ging leise den Flur entlang und die Treppe am anderen Ende hinauf. Ihre Tür war die zweite. Sie schloß auf und winkte Sam herein. Dann schob sie sich an ihm vorbei. Vom Fernseher im Schlafzimmer kamen die Geräusche einer Seifenoper. Sie hoffte, daß Terry darüber eingeschlafen war. Denn die Tabletten waren Hämmer. Sie hoffte, er lag da und schnarchte.

Sie stand mit Sam hinter sich im Wohnzimmer, und plötzlich überkam sie panische Angst. Was sie da tat, schien absurd. Sie konnte es unmöglich tun. Sie fühlte sich zu schutzlos, um weiter auf das Schlafzimmer zuzugehen, wo der Fernseher dröhnte. Helen hatte ihr erzählt, daß Terry sich den halben Tag lang Seifenopern ansah, aber sie hatte das für Übertreibung gehalten. Bei Tommy tat Terry immer, als sei er was Besseres, aber Tommy war draußen beim Kammuschelfischen, was nie ein Picknick war, und wenn er Drogen für Die Typen beförderte, dann war es nur für seine Familie. Die Menschen taten für ihren Lebensunterhalt, was sie tun mußten, so wie Joey und ihr Onkel bei schlechtem Wetter hinausgefahren waren, weil sie es nötig hatten. Nur Terry war sich zu gut, eine Arbeit anzunehmen, die ihm nicht fein genug war. Seine Eltern steckten ihm ja genug Geld zu. Seine Eltern wollten, daß er ihr den Laufpaß gab und sie unter die Räder kommen ließ, die Wohnung verkaufte und wieder zu Hause unterkroch. Terry würde nie arbeiten, und er würde ihr die Früchte ihrer Arbeit stehlen. Aber sie konnte ihn zu Geld machen. Sie drehte sich um und starrte Sam finster an. »Jetzt!« fauchte sie. »Rasch. Es gibt kein Zurück. Jetzt.«

Sam sah aus, als müßte er sich übergeben. Er schluckte. Er stand da, als hätte er Muskelstarrkrampf, einen Fuß vor, einen Arm leicht angehoben.

»Nimm den Hammer raus«, flüsterte sie. Im Flurschrank fand sie Terrys Golfschläger. Sie nahm den großen mit dem Metallkopf. Hoffentlich schlief er. Mit zwei Schlaftabletten im Magen müßte er weg sein. Einen Moment lang fuhr ihr durch den Kopf: was, wenn Heather bei ihm war? Aber nein, die Frau hatte bestimmt einen Job und zu tun. Er bändelte nicht mit einer an, die kein Einkommen hatte. Sam folgte ihr, als sie zur offenen Schlafzimmertür schlich. Im Geiste sah sie Terry auf dem Bett liegen, auf dem Rücken, die Arme von sich gestreckt, den Mund offen, wie er immer schlief, leise schnarchend. Sam würde den Hammer auf seinen Kopf niedersausen lassen. Terry würde gar nicht erst aufwachen. Es wäre vorbei. Ein rascher und gnädiger Tod. Er würde überhaupt nicht mitkriegen, was los war. Das Ganze würde unter der Geräuschkulisse von »General Hospital« passieren. Dann würden sie den Einbruch vortäuschen und verschwinden. Schnell und sauber. In fünf Minuten würde alles vorbei sein.

51

Leila

Leila verbrachte die letzte Nacht in einem Sheraton beim Flughafen von San Diego, da ihre Maschine um acht Uhr morgens ging und sie bei Debbie um vier Uhr hätte aufstehen müssen. Sie schämte sich, wie sehr sie es genoß, ihren seidenen Kimono anzuziehen und sich etwas vom Zimmerkellner bringen zu lassen, im Fernseher das Nachrichtenmagazin »60 Minutes« anzustellen und sich ein Bad einzulassen. Das Hotel kam ihr nach Debbies Haus friedlich vor, das Zimmer sündhaft geräumig. Sie merkte, wie sie sich langsam aus der Verteidigungshaltung bei ihrer Schwester aufrichtete. Alles an ihr war kritisch betrachtet worden, von dem Kleid, das sie anhatte, bis zu dem Kaffee, den sie trank, und den Eiern, die sie nicht aß.

Im Flugzeug bereitete sie sich auf ihren Unterricht vor und ging die Interviewnotate durch, die sie sich vor der Abreise ausgedruckt hatte. Sie war übermüdet, denn sie hatte bei Debbie schlecht geschlafen, in dem Bett, das sie mit Robin teilen mußte. Sie sehnte sich danach, zu Hause zu sein. Auf Mrs. Burke war Verlaß, was das Füttern von Vronsky anging, aber ihr war bange wegen Findel. So junge Kätzchen waren empfindlich, und dieses hatte schon genug durchgemacht. Es war unmöglich, die kleine Katze so oft am Tag zu füttern, wie sie es brauchte, aber wenigstens konnten ihr reichliche Portionen hingestellt werden.

Der Flug war unruhig und unangenehm. Die Anschlußmaschine hatte Verspätung, die sie bis Boston beibehielt. Die Kälte griff nach Leila, als sie ihr Auto suchte. Den Berufsverkehr hatte sie verpaßt, so kam sie zügig durch den Tunnel und nach Cambridge. In der Diele war Licht an, wie sie es auch immer anließ. Vronsky begrüßte sie in einem Zustand höchster Erregung. Findel war nicht zu sehen. »Wo ist deine Tochter?« fragte sie ihn.

Er führte sie sofort in die Küche, wo Findel auf dem Herd lag, zusammengerollt neben einem Zündbrenner. Sie sah jämmerlich aus. Von Futter keine Spur. Die Näpfe waren saubergeleckt. Eine Tüte mit Trockenfutter lag auf dem Fußboden. Offensichtlich hatte Vronsky die heruntergezerrt. Aber das Kätzchen hatte das Trockenfutter wahrscheinlich nicht kauen können. Es atmete schwach und war am Verdursten, denn der Wassernapf war leer.

»Wo ist denn dieses blöde Weibsbild?« sagte Leila zu Vronsky. »Ihr Ärmsten. Menschen, die ihren Verpflichtungen gegenüber Kindern und Tieren nicht nachkommen, kann ich nicht ausstehen. Mrs. Burke ist gefeuert!« Sie ließ Wasser in einen Napf. Sie holte aus dem Badezimmer im Erdgeschoß eine Pipette. Sie flößte Findel Wasser ein. Findel konnte schlucken. Und miaute leise.

Leila ließ ihr Gepäck stehen, wo es stand, und ihren Mantel liegen, wo er hingefallen war, und gab Vronsky sein Futter. Dann öffnete sie eine Dose Hühnerfleisch und verrührte es im Mixer mit Wasser zu einem Brei. Sie nahm Findel auf den Schoß und tupfte ihr den Brei ins Mäulchen. Findel schluckte. Regte das Zünglein. Das kleine Tierchen wollte leben. Es war völlig geschwächt, begann aber, den Wasserhühnerbrei aufzuschlecken. Es schleckte und schleckte, bis es erschöpft war und einschlief.

Leila ging in ihr Arbeitszimmer, um den Anrufbeantworter abzuhören. Jane. Eine Studentin, die um eine nochmalige Terminverlängerung für die Abgabe einer Seminararbeit bat. Phyllis, die wissen wollte, ob sie schon zurück war. Zak. Eine höfliche Anfrage, ob sie Zeit hatte, gestern Abend essen zu gehen. Ach ja. Cathy, wegen irgend etwas sehr aufgeregt. Keine Mrs. Burke. Die Frau besaß nicht mal den Anstand, anzurufen und zu sagen, daß sie es nicht einrichten konnte, obwohl, wenn Leila darüber nachdachte, war es ziemlich sinnlos, ein leeres Haus anzurufen und zu sagen: ich kann nicht kommen. Für wen sollte die Nachricht sein, für die verhungernden Katzen?

Vronsky redete immer noch. Er lief nach oben und beschwerte sich. Leila folgte ihm mit ihrem Koffer, hatte den Drang, sofort auszupacken, damit sie raschestens in ihr Leben zurückkehren konnte. Etwas stank. Da war ein Geruch – Urin, Erbrochenes etwas Angebranntes. Hatten die Katzen gekotzt? Als sie zu ihrem Schlafzimmer ging, wurde der Geruch immer stärker. Sie erstarrte. Vronsky lief ins Schlafzimmer voraus und rief sie laut, ein ungeduldiges Miauen. Vorsichtig ging sie näher, blieb in der Tür stehen. Das Bett war gemacht, aber jemand lag darauf, in Davids Schlafsack, den sie so gesucht hatte. Der Schlafsack war verdreckt und angekokelt. Es war Mrs. Burke, die auf dem Bett lag.

Mrs. Burke schlug die Augen auf und versuchte, sich aufzurichten, war aber offensichtlich zu schwach. Sie stöhnte wieder, warf den Kopf hin und her. Das Zimmer stank nach Verkohltem und stark nach Brechdurchfall. Die Frau hatte ein Nachthemd an, um einen Arm war ein schmutziger Verband. Mrs. Burke lag unruhig, sie begann, krampfhaft zu husten, ein erstickender Husten aus den Tiefen der Lunge. Leila war von dem Anblick von Mrs. Burke auf ihrem Bett wie vor den Kopf gestoßen und wußte nichts zu sagen. Vorsichtig berührte sie Mrs. Burkes schweißnasse Stirn. Sie glühte vor Fieber.

»Wasser«, stieß Mrs. Burke hervor. »Krank.«

Leila brachte ihr ein Glas Wasser. Verstohlen hob sie Mrs. Burkes voluminöse Handtasche auf und nahm sie mit aus dem Zimmer. »Ich bin gleich zurück mit etwas Suppe. Meinen Sie, Sie werden sie drinbehalten?«

Sie öffnete eine Dose Hühnersuppe. Sie sah nach Findel und legte sie auf ein Kissen vor einen Heizkörper, drehte die Heizung auf und gab Findel noch ein bißchen Hühnerbrei. Während die Suppe heiß wurde, setzte sie sich an den Küchentisch und durchstöberte Mrs. Burkes große Handtasche. Make-up in einem alten Döschen, Schals, mehrere Schlüpfer, zwei Büstenhalter, Socken, eine Strumpfhose, Leder- und Wollhandschuhe, ein Slip, zwei zusammengerollte Blusen, Aspirin, ein Kettchen Sicherheitsnadeln, ein Handspiegel, eine Haarbürste, eine Quittung von der Unfallstation des Boston City Hospital mit dem Zusatz *Bar bezahlt für Behandlung von Brandwunden durch Feuereinwirkung.* Die Quittung trug das Datum der Nacht vor Leilas Abflug nach San Diego.

Sie begann zu erraten, was geschehen war. Mrs. Burke mußte sich bei einem Feuer im Haus ihrer Tochter Verbrennungen zugezogen haben – ja, richtig, sie wohnte bei ihrer Tochter. Ihrer verheirateten Tochter, die sich schämte, daß ihre Mutter putzen ging. Offenbar hatte Mrs. Burke beschlossen, trotzdem zur Arbeit zu gehen, und war dann zusammengebrochen. Leila suchte nach der Tochter in dem zerfledderten Adreßbuch. Die meisten Adressen waren in der Gegend von Washington. Die einzigen Burkes waren ein Jim Burke in Virginia und ein Jaime Burke in Honululu. Die Tochter war sicher verheiratet und hatte den Namen ihres Mannes angenommen. Sie rief die Reinigungsfirma an. Es war nur ein Anrufbeantworter dran, und sie hinterließ eine Nachricht.

Nun gut, sobald Mrs. Burke wieder halbwegs klar im Kopf war, konnte sie ihr die Telefonnummer ihrer Tochter sagen. Jetzt brauchte sie erst einmal ärztliche Hilfe. Leila rief Emily an.

»In deinem Bett. Das muß ein schöner Schreck gewesen sein. So ähnlich wie bei den sieben Zwergen, aber in deinem Bett liegt kein Schneewittchen. Klingt mir nach Lungenentzündung. Weißt du was? Ich komme in einer halben Stunde mit meinem schwarzen Täschchen vorbei und schaue sie mir an. Inzwischen solltest du weiter versuchen, die Angehörigen der Frau zu finden. Vielleicht haben sie sie als vermißt gemeldet.«

Sie fütterte Mrs. Burke, die kaum den Kopf heben konnte. »Eine Freundin von mir ist Ärztin und kommt vorbei. Sie meint, vielleicht haben Sie eine Lungenentzündung.«

»Muß aufstehen«, sagte Mrs. Burke mühsam zwischen Hustenanfällen. Sie hustete scheußlichen grünen Schleim aus. Leila wurde etwas übel, aber sie nahm sich zusammen. Mrs. Burke, das Bett, ja das ganze Zimmer stank.

Sie konnte nur eins tun: Honolulu anrufen. Dort mußte Nachmittag sein. Sie bekam einen Anrufbeantworter an den Apparat. »Hier ist Leila Landsman«, sagte sie und hinterließ ihre Telefonnummer. »Es handelt sich um Ihre Mutter, Mary Burke. Sie ist sehr krank. Bitte rufen Sie mich so bald wie möglich an. Es ist sehr wichtig.«

Sie flößte Findel noch ein bißchen Brei ein und steckte sie in ihre Bluse. Dann setzte sie sich hin und aß den Rest der Suppe. Anscheinend hatte Mrs. Burke vor ihrem Zusammenbruch noch das Haus geputzt. Sie übergab Findel an Vronsky zum Waschen und machte das Bett in Davids Zimmer, wo sie, wie es aussah, die Nacht verbringen würde. Sie war noch nicht damit fertig, als es an der Tür klingelte.

Emily war sanft und gründlich. »Vierzig acht. Es ist tatsächlich Lungenentzündung. Ich gebe Ihnen Antibiotika, Mary. Woher sind die Verbrennungen?«

»Feuer«, sagte Mrs. Burke. »Feuer im Haus.«

»Dem Haus Ihrer Tochter?« fragte Leila.

Mrs. Burke antwortete nicht. Sie hustete nur.

Leila hätte Mrs. Burke gern gefragt, woher sie Davids Schlafsack hatte, aber dies schien kaum der passende Augenblick. Sie wollte Mrs. Burke nicht vor Emily in Verlegenheit bringen. Es war ja möglich, daß Mrs. Burke ihre Abwesenheit dazu benutzt hatte, nach dem verschwundenen Schlafsack zu suchen, und ihn gefunden hatte. Als sie dann wiedergekommen war, um die Katzen zu füttern, war sie zusammengebrochen und hineingekrochen. Vielleicht war es das beste, sich auf diese Geschichte zu einigen und nicht nachzuforschen, ob Mrs. Burke den Schlafsack gestohlen hatte. Sie sah nicht danach aus, als machte sie am Wochenende Campingausflüge.

Emily gab Mrs. Burke eine Penicillininjektion. Sie entfernte den Verband von dem verletzten Arm, trug Salbe auf und legte einen frischen Verband an. Sie ließ Leila drei Rezepte da und winkte ihr, mit hinunterzukommen. »Irgendwas stimmt hier nicht. Sie hat Spuren von leichten Erfrierungen an Händen und Füßen. Ihr Körper ist mit alten Narben bedeckt, Wunden, die schlecht verheilt sind. Ihre Füße sind unglaublich geschwollen. Das sind alles Zeichen eines harten Lebens, und ich meine wirklich hart.«

»Meinst du, ihre Tochter mißhandelt sie?«

»Ich weiß nicht, was ich davon halten soll. Paß auf, daß sie im Bett bleibt. Sieh zu, ob du ihre Angehörigen ausfindig machen kannst, aber guck sie dir genau an. Hier ist was faul. Vielleicht hat ihre Tochter bei dem Brand schwere Verletzungen erlitten. Vielleicht ist sie umgekommen. Ich lese nie Zeitung, nur sonntags. Denn sonst, warum haben die Angehörigen sie noch nicht geholt? Die müssen doch wissen, wo sie arbeitet. Normale Menschen hinterlassen Adressen, Telefonnummern, falls die Tochter sie in einem Notfall erreichen muß. Vielleicht liegt sie im Krankenhaus.«

»Vielleicht ist sie verreist. In Urlaub. Zu einer Tagung.«

»Was macht ihre Tochter beruflich?«

»Ich habe keine Ahnung. Mary Burke neigt nicht zum Plaudern. Ihr Privatleben behält sie strikt für sich. Nur ein einziges Mal ist sie mir gegenüber etwas mitteilsamer geworden, das war um die Zeit, als eine obdachlose Frau, die sie kannte, brutal überfallen worden ist.«

»Ich erinnere mich an den Fall. Vergewaltigt auch noch.« Emily rieb sich nachdenklich die Nase. »Es ist nur merkwürdig, daß ihre Tochter nicht die Polizei alarmiert hat.«

»Ich frage mich langsam, ob die Tochter existiert oder ob es da ein Geheimnis gibt. Die Tochter ist Prostituierte, zum Beispiel. Irgend so was.« Leila wollte Emily bezahlen, aber Emily lehnte ab.

»Hausbesuche mache ich nicht für Geld, sondern nur für Freunde. Außerdem hast du jetzt, glaube ich, genug am Hals. Ich glaube, es geht ihr ziemlich dreckig.«

»Ist sie in Lebensgefahr? Soll ich sie ins Krankenhaus bringen?«

»Pflege sie lieber hier oder finde die verschwundene Tochter. Die Lungenentzündung müßte bald auf die Antibiotika reagieren. Sie ist ein zähes altes Luder, Leila. Ich würde gern mit ihr reden, wenn das Fieber runter ist. Ich werde versuchen, morgen mittag vorbeizukommen. Wenn du die Tochter findest, ruf mich in der Praxis an und sag mir Bescheid.«

Nachdem Emily gegangen war, saß Leila mit dem Kopf in den Händen in ihrem Arbeitszimmer. Es war schon neun. Sie rief Zak an und erwartete halb den Anrufbeantworter. Niemand auf der Welt war zu Hause oder machte sich die Mühe, auf ihre dringenden Anrufe zu reagieren. Sie versuchte, sich etwas Nettes für Emily auszudenken. Etwas für die Jungen?

»Hier ist Zak Solomon.«

»Ich bin gerade aus Kalifornien zurück – meine Schwester hatte eine Krise. Als ich heute abend nach Hause kam, fand ich in meinem Bett meine Putzfrau mit akuter Lungenentzündung vor, ohne eine Möglichkeit, ihre Angehörigen zu benachrichtigen. Und mein neues Kätzchen war fast verhungert und verdurstet. Du siehst also, mein Angebot war ernst gemeint. Ich bin nur aus dem Gleis geworfen worden.«

»Ich dachte schon, du hast es dir anders überlegt.«

»Nein.«

»Eine kranke Putzfrau in deinem Bett, eine kranke kleine Katze und eine kranke Schwester? Bist du etwa der Pestengel?« Er lachte.

»Mein Leben ist sonst nicht die permanente Krise. Ich halte mich selber für eine ziemlich langweilige Person. Meine Schwester sagt mir, daß ich panische Angst davor habe, irgend etwas zu riskieren.«

»Als ich dich kennenlernte, warst du gerade dabei, die Scheidung einzuleiten.«

»Ich mache jetzt keine Bemerkungen über *deine* Familie. Und es stimmt, ich fühle mich total überfordert.«

»Dann sag mal, was hast du mit dem Kätzchen gemacht?« Er wartete, während sie ihre Bemühungen beschrieb. »Weißt du was? Lade mich für morgen abend zum Essen ein. Auch wenn deine Putzfrau noch dein Bett mit Beschlag belegt. Vielleicht solltest du dir vorübergehend eine Krankenpflegerin besorgen. Du scheinst ja sowieso für alles aufzukommen.«

»Ich muß morgen in die Uni. Komm um sieben … Zak? Ich freu' mich, dich zu sehen. Das war eine harte Woche.«

Sie rief Emily noch einmal an wegen einer Pflegerin, rief dann die Frau an, die Emily ihr genannt hatte, wurde weiterverwiesen an eine, die vielleicht konnte, und hatte endlich nach vierzig Minuten eine Pflegerin, die am nächsten Morgen kam. Dann ließ sie sich ein Bad einlaufen, und danach blätterte sie bei einer Flasche Beaujolais die Zeitungen der letzten fünf Tage durch, vom Boten gebracht, aber unberührt.

Sie holte die politischen Ereignisse nach, aber sie achtete auch auf Notizen über Brände. Es war schon nach elf, aber ihre innere Uhr ging immer noch nach Westküstenzeit. Sie fing mit der neuesten Zeitung an und arbeitete sich zurück. Sie war bei Freitag, als das Telefon klingelte.

»Hallo, ist da Leila Land? Sie haben angerufen und gesagt, es geht um meine Mutter.«

Sie erzählte es ihm kurz. Sie war noch nicht weit gekommen, als er sie unterbrach. »Nein, das muß ein Irrtum sein. Sind Sie sicher, daß das meine Mutter ist?«

»Ich habe Ihre Telefonnummer aus ihrem Adreßbuch. Sie haben den gleichen Familiennamen. Sie heißt Mary Elizabeth.«

»Das hört sich an wie meine Mutter, aber ich habe nur eine Schwester, und die wohnt in Chevy Chase in Maryland. Sie heißt Cindy.«

»Und mit Familiennamen?«

Ein kurzes Schweigen entstand. »Wir stehen uns nicht sonderlich nah in unserer Familie. Ich muß überlegen. Austin. Ja, genau! Ihr Mann heißt … Ron Austin. Aber Mutter hat nie bei ihr gewohnt. Sie haben sich nicht vertragen.«

»Sie haben keine weiteren Schwestern? Vielleicht eine Schwägerin?«

»Ich war schon mal verheiratet, aber Mutter wollte mit meiner Exfrau nichts zu tun haben. Nein, Sie müssen sich irren. Mutter hat nie bei Cindy gewohnt.«

»Wie erreichen Sie denn Ihre Mutter? Haben Sie eine Telefonnummer von ihr?«

»Wir schreiben uns. Ich habe ihre Adresse.« Er las die Nummer von einem Postfach am Kenmore Square vor. »Alle Jubeljahre ruft sie mich an, aber sie ist nicht fürs Telefonieren. Sie sagt, sie muß ständig daran denken, wieviel das kostet.«

Während er redete, sah sie in dem Adreßbuch nach, das sie Mrs. Burkes überdimensionierter Handtasche entnommen hatte. Ron und Cindy Austin waren aufgeführt, mit einer Anschrift in Chevy Chase. »Was soll ich denn nun wegen Ihrer Mutter unternehmen?«

»Ich hab' den Eindruck, Sie machen das ganz prima. Und aus der Entfernung kann ich kaum was anderes tun als ihr alles Gute wünschen.«

»Sie könnten ihr zum Beispiel Geld schicken. Ich weiß nicht, wann sie wieder arbeiten kann.«

»Ich werde sehen, was sich machen läßt, aber ich habe Familie, und die Geschäfte hier gehen sehr schlecht. Ich versuche, eine kleine Firma über Wasser zu halten, aber leicht ist das nicht. Ich werde sehen, was sich machen läßt, aber ich bin kein Krösus. Ich habe eine Frau und zwei kleine Kinder und muß aus meiner letzten Ehe noch Unterhalt zahlen. Aber meine Schwester, deren Mann verdient klotzig. Die wühlen im Geld. An die müssen Sie sich wenden, die müssen Sie anhauen.«

Als das Gespräch zu Ende war, dachte sie nach. Ohne Zweifel hatten ihn die Nachrichten von seiner Mutter etwas beunruhigt, aber in seinem jetzigen Leben kam Mary Burke nur am Rande vor. Sie hatte keinen Vorrang. Es war zu spät, um die Tochter in Maryland anzurufen; das mußte für morgen bleiben. Anhauen, hm? Wenn sie eines Tages in Mrs. Burkes Alter war und Hilfe brauchte, ob David dann auch dachte, daß sie ihn anhaute?

Sie war nicht überglücklich, eine kranke und fiebernde Frau, die sie auf persönlicher Ebene kaum kannte, wie einen gestrandeten und sterbenden Wal in ihrem Bett zu haben. Sie fand sich kleinlich in ihren Einwänden, aber sie fühlte sich auch in ihrer Privatsphäre verletzt. Außerdem sah sie die Verantwortung für die Lösung der Probleme auf sich zukommen. Morgen mußte sie die Tochter anrufen. Söhne konnten Verpflichtungen leichter abschütteln als Töchter, und vielleicht stand Mary ihrer Tochter näher?

Vielleicht gab es eine andere Verwandte im Gebiet von Boston, die sie als ihre Tochter bezeichnete. Familien hatten mehrere Zweige. Vielleicht ein Kind aus einer früheren Ehe oder sogar ein uneheliches Kind, vor vierzig Jahren noch ein Skandal. Eines, das sie zur Adoption freigegeben hatte? Vielleicht dramatisierte Leila zu sehr. Diese Tochter konnte sich als Kusine herausstellen oder als die Tochter einer guten Freundin. Wer die Frau auch war, mit der Mary zusammenwohnte, Leila würde sie ausfindig machen. Sie wollte ihr Schlafzimmer wiederhaben.

Sie ging die Zeitungen durch bis zu dem Tag, an dem sie abgeflogen war. Da stand etwas von einem Feuer. Leerstehendes Mietshaus, obdachlose Hausbesetzer. Vermutlich Brandstiftung. Frau als Beverly Bozeman identifiziert. Leila richtete sich abrupt auf, und Vronsky starrte sie an. So hieß die Frau, die überfallen und vergewaltigt worden war, die Frau, an der Mary Burke solchen Anteil genommen hatte. Drei Menschen bei Brand umgekommen.

Zu viele Übereinstimmungen. Langsam begann sie, an dem unsichtbaren Zuhause zu zweifeln.

Mit Findel im Arm und von Vronsky gefolgt ging sie in Davids Zimmer zu Bett. Es war ihr unangenehm, seine Privatsphäre zu verletzen. Sie betrat sein Zimmer selten, nur, wenn er um etwas bat. Sie legte sich Findel in die Achselhöhle, und Vronsky kuschelte sich an ihre Hüfte, aber lange, nachdem die beiden eingeschlafen waren, lag sie noch wach. Sie kam sich vor wie eine überarbeitete und unterbesetzte Sozialstation, mit mehr Klienten, als sie betreuen konnte. Ihr Leben war zu einer Serie äußerer Katastrophen geworden. Sie hatte die ganze Woche über keine Zeit gehabt, über das Ende ihrer Ehe nachzudenken und darüber, was sie wollte, wie sie jetzt leben wollte. Sie verspürte plötzlich starke Sehnsucht, Zak zu sehen, sich in ihm zu verkriechen. Sie sehnte sich nach warmem, trautem und sehr persönlichem Trost. Sie wollte mehr sein als eine Quelle der Hilfe, zumindest für einen Abend.

Morgen mußte sie das Problem der Tochter angehen.

52

Mary

Mary tauchte nach und nach aus ihrem brennenden Fieber auf. Anfangs hatte sie keine Ahnung, wo sie war. Dann fiel es ihr wieder ein, und sie versuchte auszureißen. Sie kämpfte sich aus dem Bett und schaffte es halb durchs Zimmer, bevor sie stürzte. Eine fremde Frau erschien, eine Pflegerin, half ihr ins Bett zurück und schalt sie aus, als wäre sie ein zurückgebliebenes Kind. »Aber, aber, Mary, das dürfen wir nicht. Wenn wir was wollen, müssen wir rufen oder das Glöckchen hier läuten. Sehen Sie? Auf dem Nachttisch. Mrs. Landsman hat uns ein kleines Glöckchen dagelassen.«

»Ich muß hier raus.«

Die Frau bugsierte sie ins Bett zurück. »Sie müssen nur eins: ausruhen, viel Wasser trinken und gesund werden. Sie hatten Lungenentzündung, und ihre Lungen waren voll Wasser. Sie waren ernsthaft krank.«

»Jetzt geht es mir besser.«

»Ja, es geht Ihnen besser. Sie reden wieder wie ein Mensch, statt nur zu stöhnen und zu ächzen und zu brabbeln. Stimmt. Aber wenn Sie versuchen, Ihren Körper zu zwingen, dann kriegen Sie einen Rückfall.« Die große Frau schnippte mit den Fingern. »Einfach so.«

Sie hatte Angst, aber sie konnte nicht wach bleiben. Sie sank in Erschöpfungsschlaf, wurde von ihrem Husten geweckt. Das Zimmer war dunkel. Diesmal wußte sie, wo sie war. Eine Katastrophe. Sie erinnerte sich dunkel daran, daß Mrs. Landsman ins Zimmer gekommen war und mit ihr geredet hatte.

Als die Pflegerin Suppe auf einem Tablett brachte, fragte sie: »Sind Sie heute morgen hergekommen?«

»Liebchen, ich habe Sie gepflegt. Heute ist der dritte Tag. Sie erinnern sich überhaupt nicht? Sie haben mir alles über Ihren Sohn erzählt.« Die Frau war vielleicht ein paar Jahre jünger als Mary und doch nicht so groß, wie sie ihr anfangs vorgekommen war.

»Alles über meinen Sohn? Ich kann mich nicht erinnern. Ich muß hier fort.«

Die Frau legte Mary eine knochige Hand auf die Schulter. »Sie müssen gar nichts außer auf mich hören und ruhen. Jetzt essen Sie Ihre Suppe.«

»Wo ist Mrs. Landsman?«

»Sie kommt später. Sie ist mit ihrem Freund chinesisch essen. Sie zahlt übrigens mein Honorar. Da haben Sie eine gute Freundin.«

Mary war nicht danach, ihr zu erklären, daß Mrs. Landsman nicht ihre Freundin, sondern eine ihrer Arbeitgeberinnen war. Sie wurde bestimmt entlassen. Die Firma würde sich nicht bieten lassen, daß sie tagelang verschwunden war. »Welcher Tag ist heute?«

»Sie essen den Teller Suppe auf, und dann sage ich es Ihnen. Sonst nicht.«

Mary löffelte langsam die warme Suppe in sich hinein. Auf ihrer Stirn erschienen Schweißtropfen. Sie glitt tiefer unter die Bettdecke.

»Heute ist Mittwoch. Mrs. Landsman hat Sie hier am Sonntag gefunden. Ich bin seit Montag morgen jeden Tag gekommen.«

»Ich muß die Firma anrufen, für die ich arbeite.«

»Da hat Mrs. Landsman schon angerufen. Sie hat Ihren Sohn und auch Ihre Tochter angerufen. Und hat die Ärztin gerufen. Wissen Sie noch? Eine kräftig gebaute Dame.«

Mary runzelte die Stirn. »Ach ja … Mrs. Landsman hat meine Tochter angerufen?«

Die Pflegerin nickte und brachte das Tablett hinaus. »Fragen Sie sie.«

Das ganze Kartenhaus ihres Lebens war zusammengestürzt. Was sollte jetzt aus ihr werden? Die Reinigungsfirma wußte jetzt bestimmt, daß sie obdachlos war, und würde sie auf keinen Fall behalten. Ihre Tochter wußte es bestimmt auch und würde sie nie mehr ihre Enkelkinder sehen lassen. Cindy würde eher vorgeben, Mary sei tot, als einzugestehen, daß ihre Mutter eine Obdachlose war. Das wäre eine Schande. Das *war* eine Schande, für alle, auch für sie selbst. Was sollte nur aus ihr werden?

Sie würde in eine Notunterkunft zurück und von vorn anfangen müssen. Aber sie war älter. Es würde schwerer werden. Sie hatte immer noch ihren Notgroschen. Da konnte keiner ran. Wenn Mrs. Landsman dachte, Mary würde ihr das Geld für die Pflegerin und die Ärztin zurückzahlen, dann hatte sie sich geirrt. Sie würde nichts von diesem Konto sagen. Es sei denn, Mrs. Landsman hatte das Sparbuch gefunden. Sie sah sich nach ihrer Reisetasche und ihrer

Handtasche um. Mrs. Landsman mußte sie genommen haben, denn wie hätte sie sonst Jaime und Cindy ausfindig machen können? Sie stellte sich vor, wie Mrs. Landsman ihre Sachen durchging, alles, was sie auf der Welt besaß, ihre kostbaren, armseligen Sachen. Und der Schlafsack. Mrs. Landsman mußte den Schlafsack gesehen haben.

Am Mittwoch war sie von der Unfallstation hierhergekommen und hatte langsam das Haus geputzt. Am nächsten Tag hatte sie bei Mrs. Anzio in Watertown geputzt. Sie hatte schon heftig gehustet, war schwach und fiebrig gewesen. Am Abend war sie in Mrs. Landsmans Haus zurückgekehrt, hatte sich schwindlig und krank gefühlt. Am Freitag hatte sie nicht zur Arbeit aufstehen können, und dann verschwamm alles.

Sie richtete sich mühsam aus den Kissen auf. Es war Mrs. Landsmans Bett. Die Angst überfiel sie. Was sollte aus ihr werden? Sie hörte unten Stimmen. Die Pflegerin kam hereinmarschiert. »Mary, ich gehe jetzt. Bis morgen. Sie trinken schön das Wasser auf dem Nachttisch, verstanden? Mrs. Landsman ist zurück.«

Mary wurde fast ohnmächtig. Sie wünschte sich immer wieder, sie schliefe noch in dem geräumten Haus, mit Beverly neben sich, trotz der Kälte gut bei ihr aufgehoben. Dann würde sie aus einem schrecklichen Alptraum aufwachen, und es wäre Mittwoch vor einer Woche. Ihre einzige Freundin war tot. Houdini und Maus waren gar nicht mehr aufgewacht. Sie waren alle tot. Nur sie blieb, um zu trauern. Sie wünschte, sie wäre im Schlaf gestorben, wäre nie zu diesem trostlosen, hoffnungslosen Leben erwacht. Sie war es müde, gegen den Untergang anzukämpfen. Sie war zu Tode erschöpft. Sie wünschte, sie wäre am Wochenende gestorben, als sie in hohem Fieber auf diesem Bett lag, das einer anderen Frau gehörte – wie alles jemand anders gehörte.

Mrs. Landsman kam ins Zimmer. »Ms. Odell sagt, daß Sie jetzt sprechen können. Das ist die Pflegerin, die gerade gegangen ist.« Mrs. Landsman hatte ein blaues Seidenkleid mit einem V-Ausschnitt an, so was trug sie sonst im Haus oder zur Arbeit nicht. Sie hatte hübsche Beine, sah Mary zu ihrer Überraschung. Mrs. Landsmans Gesicht war gerötet. Sie schien nervös und blieb an der Tür stehen. Ein Mann trat hinter ihr ein. Er war nur wenig größer als sie und ungefähr in ihrem Alter, schlank, mit lockigem, fast krausem Haar und einer Brille. War das der Freund, den die Pflegerin erwähnt hatte? Das glaubte Mary nicht. Frauen in mittleren Jahren, die verlassen wurden, tauchten nicht einen Monat später mit einem Freund auf, das wußte sie nur allzu gut.

Mary sagte nichts. Sie hatte das Gefühl, je weniger sie sagte, desto besser.

Mrs. Landsman kam widerstrebend weiter ins Zimmer. »Sie hatten Lungenentzündung, wie Ihnen die Pflegerin sicher gesagt hat. Ich fand Sie hier sehr, sehr krank vor, als ich am Sonntag abend aus San Diego zurückgekommen bin.«

Mary merkte, sie mußte etwas sagen. »Es tut mir leid, daß ich hier bin. Ich bin zusammengebrochen, als ich nach der Arbeit herkam, um die Katzen zu füttern.«

»Ich verstehe. Aber wo hätten Sie sonst hin sollen?« Mrs. Landsman kam ein paar Schritte näher und zog sich einen Stuhl ans Bett.

Der Mann lehnte sich an die Kommode, die Mr. Landsman gehört hatte. Er sah interessiert und leicht belustigt aus. Mary schaute immer wieder zu ihm herüber und wartete darauf, daß er etwas sagte. Männer, die sich im Hintergrund hielten und schwiegen, wenn Frauen redeten, war sie nicht gewohnt. Vielleicht fand er, das ging ihn nichts an, und hielt sich lieber raus. Aber warum blieb er dann im Zimmer? Er machte sie nervös. »Ich gehe, sobald ich kann. Ich wollte heute schon gehen, aber ich habe es nicht mal bis zur Tür geschafft.«

»Ich werde Sie morgen in das Zimmer meines Sohnes umbetten. Ich muß andauernd hier herein, um an meine Sachen zu kommen … Aber wenn Sie hier weggehen, wo wollen Sie dann hin?«

»Nach Hause, natürlich.«

»Niemand hat eine Adresse von Ihnen. Sogar Ihre Tochter hat nur eine Postfachnummer.«

»Sie haben mit meiner Tochter gesprochen? Was haben Sie ihr erzählt?«

»Eigentlich habe ich mehr versucht, von ihr Informationen zu bekommen. Sie weiß wohl nicht viel von Ihnen?«

»Sie hat ihre eigenen Probleme. Sie hat zwei Kinder, eins auf dem College und eins auf einer Privatschule. Sie haben eine große Hypothek aufgenommen und einen hohen Lebensstandard zu halten.«

»Soviel habe ich auch mitbekommen.« Mrs. Landsman seufzte.

»Mrs. Landsman, bitte lassen Sie meine Kinder in Ruhe. Ich will ihnen nicht zur Last fallen. Sie haben ihr eigenes Leben. Ich will nicht, daß jemand sich einmischt und sich zwischen mich und meine Kinder drängt.«

»Sie sollten Leila zu mir sagen. Und ich sollte Mary zu Ihnen sagen. Schließlich scheinen wir zusammen zu wohnen, zumindest eine Zeitlang. Sie sind obdachlos, nicht wahr?«

Mary sagte nichts. Ihr Herz krampfte sich zusammen. Sie spürte, wie ihr der Schweiß auf die Stirn trat. »Ich muß ausruhen. Ich kann nicht mehr reden.«

Mrs. Landsman stand auf. »Seien Sie unbesorgt. Wir werden schon einen Ausweg finden. Offen gestanden schäme ich mich, daß ich Ihre Notlage nicht schon vor langer Zeit bemerkt habe.«

»Haben Sie es der Firma gesagt?«

»Nur, daß Sie eine Lungenentzündung haben und eine Weile nicht zur Arbeit kommen können. Ich habe gesagt, Sie rufen an, sobald Sie wieder arbeiten können.«

»Das werden die nicht dulden. Einfach wegbleiben.«

»Offensichtlich haben die Ihnen sowieso nicht genug bezahlt, um davon zu leben.«

»Sobald ich gesund bin, tue ich mich um nach einer Stellung als Bankdirektor.« Mary wurde von Krampfhusten geschüttelt.

Mrs. Landsman lachte. »Ruhen Sie sich aus. Ich nehme an, Ms. Odell hat Ihnen Ihr Antibiotikum gegeben, bevor sie gegangen ist? Gut. Dann gute Nacht.«

Mary zerbrach sich den Kopf nach einem Ausweg, aber nicht einmal die Existenzangst konnte sie wach halten. Sie träumte, sie lief davon, sie wurde gejagt, sie träumte von Gefahr und Verfolgung, aber sie schlief weiter. Dann wurde sie wach und hörte im Nebenzimmer leise Stimmen. Gemurmel und Gelächter. Er war bei ihr. Mary war schockiert. Das hätte sie nicht von Mrs. Landsman gedacht. Sie war ja noch nicht mal geschieden.

Trotzdem, dachte Mary, Frauen überlebten, wie sie konnten. Wer weiß, wo Mrs. Landsman ihn aufgetrieben hatte, aber sie schien einen Freund zu haben. Er sah nicht halbseiden aus. Vielleicht war sie auf die Füße gefallen. Mary staunte nur. Sie hätte auf einen Stapel Bibeln geschworen, daß Mrs. Landsman nicht fremdgegangen war. Aber was tat sie jetzt? Zeigte ihre Beine her und ging mit einem anderen Mann ins Bett.

Nicht, daß Mary für den Versuch, eine neue Ehe einzugehen, kein Verständnis hatte. Sie war mit einem Mann nach Boston heraufgezogen, den sie durch Jim seit Jahren gekannt hatte. Doug hatte sich zwei Jahre früher scheiden lassen. Doug war mit ihr ein paar Monate lang hin und wieder zum Essen ausgegangen, aber dann versetzte seine Firma ihn nach Boston. Er wollte jemanden mitnehmen, dem er trauen konnte, der ihm half, sich zu etablieren. Sie hatte zwar über das simple Tippen hinaus keine Bürofähigkeiten, aber sie konnte gut organisieren. Sie war seine persönliche Assistentin in der Bostoner Niederlassung einer Kette geworden die Büroeinrichtungen verkaufte und einbaute. Sie hatte anständiges Geld verdient, hübsche Kleider getragen und eine entzückende kleine Wohnung gehabt.

Sie war kaum zwei Wochen mit Doug in Boston gewesen, als er sie drängte, mit ihm intim zu werden. Der Gedanke war ihr nicht angenehm gewesen, aber sie begriff, daß ihr kaum eine Wahl blieb. Sie wollte von ihm geheiratet werden. Sie sah sich bereits in dem hübschen Haus, das sie in Waltham für ihn gefunden hatte. Anfangs fühlte sich Doug in Boston gar nicht wohl. Er hatte zwanzig Jahre lang im Gebiet von Washington gelebt. Da kannte er sich aus, wußte, wie man da Geschäfte machte. In Boston war er einsam. Er fand das Klima rauh. Er vermißte die Küste mit dem Wattenmeer. Er schien ratlos, wie er sich körperlich und gesellschaftlich umstellen sollte.

Sie suchte ihm das Haus, sie kümmerte sich um seinen Umzug nach Norden, sie wartete auf die Möbelträger und packte ihm seine Sachen aus. Sie kaufte die Haushaltsdinge, die er brauchte. Er ließ ihr eine Kreditkarte ausstellen, damit sie für ihn einkaufen konnte. Sie fühlte sich fast wieder verheiratet. Die nächsten Jahre lang hatte sie unablässig gehofft, daß er sie heiraten würde, hatte sich aber nicht getraut, ihn zu drängen.

Immerhin hatte sie ihre eigene hübsche kleine Wohnung in Allston, nahe der Green Line. Sie war krankenversichert. Sie verdiente genug, um gut auszukommen, um hinunterfahren und ihre Tochter und die Enkelkinder besuchen zu können. Sie sparte für einen Besuch bei ihrem Sohn auf Hawaii. Sie schuf sich ein neues Leben.

Dann begann Doug sich für eine Frau bei einer Innenausstattungsfirma zu interessieren, mit der sie zusammenarbeiteten. Die Beziehung zwischen Mary und Doug verlief nach und nach im Sande. Zwei Monate, nachdem sie sich privat nicht mehr trafen, bekam sie ihre Kündigung. Umstrukturierung. Ihre Stelle wurde abgeschafft.

Acht Monate vergingen, bevor sie Arbeit in dem Schreibwarengeschäft am Kenmore Square fand. Inzwischen wohnte sie in einer Einzimmerwohnung ohne Fahrstuhl. Sie dachte damals, welch ein Abstieg das war. Sie beklagte sich bei ihrer Tochter, bis Cindy nicht mehr ans Telefon kam.

Mary kapierte. Sie hörte auf, sich zu beklagen. Sie hörte auf, Cindy ihre winzige Wohnung zu beschreiben oder sich laut Sorgen zu machen um ihre fehlende Krankenversicherung (der Ladenbesitzer konnte sich nicht leisten, die zu bezahlen, und sie verdiente nicht genug, um die Beiträge allein aufzubringen), und wie dringend sie ein Auto brauchte. Sie schwieg über sich, und Cindy war nun wieder bereit, von Zeit zu Zeit mit ihr über ihre Kinder und deren Leistungen und Probleme zu reden und über ihre eigenen Probleme, den anspruchsvollen Haushalt zu bestreiten. Die Kinder mußten unbedingt haben, was die anderen, oft aus besser gestellten Familien, auch hatten, ob es Kleidung war oder ein Auto oder Sportausrüstung.

Sie stellte sich die Frage, ob sie Doug geliebt hatte. Auf alle Fälle hatte sie ihn gern gehabt. Sie war von ihm abhängig gewesen und hatte sich vorgemacht, daß er auch völlig auf sie angewiesen war. Dabei war sie ersetzlich gewesen. Er nicht.

Sie konnte sich an Jims kleinste Geste erinnern, an die Art, wie er sich immer mit einem Fußgelenk das andere schubberte. Moskitos schienen ihn immer in die Fußgelenke zu stechen. Sie erinnerte sich an Wanderungen, die sie in Shenandoah gemacht hatten, die Hütte, in der sie sich geliebt hatten. Sie erinnerte sich, wie sie im Herbst Äpfel und Apfelsirup gekauft hatte und wie er Apfelwein geliebt hatte, der gerade zu moussieren begann. Sie konnte die Augen schließen und seinen Nacken oder seine Knie sehen.

Dougs Gesichtszüge dagegen konnte sie sich kaum ins Gedächtnis rufen. Die Fotos von ihm und ihr waren wie fast alles in ihrem Leben bis auf die paar Schnappschüsse von ihren Kindern und Enkelkindern in ihrer Brieftasche den Weg ihrer übrigen Besitztümer gegangen. Sie hatte ihre Erinnerungsstücke verloren, aber nicht ihre Erinnerungen.

Deshalb verstand sie, wonach Mrs. Landsman griff. Sie konnte ihr keinen Vorwurf daraus machen. Mrs. Landsman hatte sich nur wesentlich mehr damit beeilt. Vielleicht lag das daran, daß Mary in einer anderen Zeit aufgewachsen war. Außerdem war sie älter als Mrs. Landsman gewesen, als Jim sie verlassen hatte, sechsundvierzig. Sie wußte nicht genau, wie alt Mrs. Landsman war, aber wahrscheinlich war sie Ende dreißig. Diese acht oder zehn Jahre machten einen großen Unterschied.

Es störte sie nicht, durch die Wand leise Geräusche zu hören. Sie hatte schon seit Jahren kein Interesse mehr an Sex. Wovon sie träumte, das war weitaus elementarer: einen Ort zu haben, den sie Zuhause nennen konnte. Sie erinnerte sich an einen Obdachlosen, der jahrelang unentdeckt in einem Park zwischen Newton und Brookline gewohnt hatte. Er hatte sich eine notdürftige Schutzhütte gebaut und dort friedlich gelebt, ohne jemanden zu behelligen, unter den Rehen und Kaninchen. Aber die Parkwächter fanden ihn schließlich, rissen seinen Verschlag ab und setzten ihn an die Luft, alles im Namen des Naturschutzes.

Sie hatte das Ende ihrer Straße erreicht. Jetzt ging es in eine Notunterkunft, solange man sie dort bleiben ließ, und dann wieder auf die Straße, schlafen auf Abluftgittern, nach einem leerstehenden Mietshaus suchen, in Kellern und Garagen unterkriechen. Wie das kleine Kätzchen, das sie aufgelesen hatte, wie streunende Tiere, die auf die gnadenlose Straße ausgesetzt wurden, um dort rasch oder langsam zu sterben, wie der Zufall es wollte. Bald war sie wieder bei ihnen. Deshalb sollte sie lieber schlafen, solange sie noch in diesem warmen weichen Bett lag, denn Menschen wie ihr war der Schlaf verwehrt.

53

Becky

Becky schlich ins Schlafzimmer, Sam war unmittelbar hinter ihr. Sie spürte am Ellbogen das Leder seiner Jacke. Er hatte endlich den Hammer in der Hand. Sein Atem pfiff an ihrem Ohr.

Terry schlief nicht. »General Hospital« dröhnte aus dem Apparat. Er saß mit Kissen im Rücken im Schneidersitz auf dem Bett und telefonierte. »Dann sagen Sie Chris, er soll mich zurückrufen, sobald er hereinkommt. Ich bin sein Bruder, und ich rufe jetzt zum dritten Mal an.« Er knallte den Hörer auf. Die von ihr präparierte Suppe stand nahezu unberührt auf dem Nachttisch. Eine Schachtel von Domino's Pizzeria lag auf der verkrumpelten Bettdecke, von der Pizza war nur noch ein Drittel übrig. Der undankbare Mistkerl hatte noch nicht mal die Mahlzeit gegessen, für die sie extra nach Hause gekommen war. Sie hatte entsetzliche Angst, er könnte etwas sagen, das Sam verriet, wie sie ihn belogen hatte. Terry konnte plötzlich sagen: ich will die Scheidung, und zwar jetzt. Dann war ihre ganze mühsame Bearbeitung von Sam futsch. Sie war völlig starr. Sie hatte das Gefühl, sich nie mehr rühren zu können.

Er wählte wieder. Sam machte ein Geräusch in der Kehle und stürzte an ihr vorbei. Terry drehte sich um und sah beide. »Was zum Teufel? Wer sind Sie?«

Sam ging auf ihn los und holte mit dem Hammer aus. Terry schrie auf und rollte zur Seite. Der Hammer traf seine Schulter, und Terry schrie. Die Pizzareste flogen auf den Teppich. Der würde wochenlang nach Käse und Öl und Tomaten stinken. Terry schrie. Sam schwang wild den Hammer. Er traf Terry seitlich am Kopf, und Terry rollte schreiend vom Bett. Sie mußten ihn zum Schweigen bringen. Er machte genug Krach, um die Polizei zu alarmieren, um alle Leute im Umkreis einer Meile zu alarmieren. Becky rannte um das Bett und holte mit dem Golfschläger aus. Sie traf ihn am Kopf, aber er schrie nur noch lauter. Er wälzte sich hin und her und trat um sich. Sein Fuß traf sie am Knöchel, und sie fiel gegen das Bett. Sie stand wieder auf und traf ihn mit aller Kraft. Von einer Wunde am Ohr blutete er über den ganzen Teppich. Sie ließ den Schläger wieder niedersausen. Diesmal traf sie ihn ins Gesicht, und sie spürte seine Zähne wegbrechen. Blut quoll ihm aus dem Mund, zusammen mit einem entsetzlichen Schrei. »Bring ihn zum Schweigen!« schrie sie. Dieser Krach mußte aufhören.

Sam stand über Terry gebeugt und schlug mit dem Hammer zu. Diesmal traf er ihn mitten auf den Schädel, und der Knochen splitterte. Sam schlug und schlug und machte dabei ein komisches Geräusch wie ein greinendes Baby. Sie konnte mit dem Golfschläger erst wieder zuschlagen, als Sam innehielt. Dann ließ sie den Schläger an der Stelle niederkrachen, auf die Sam mit dem Hammer eingeschlagen hatte. Der Schädel besudelte alles mit Blut. Schließlich lag Terry still auf dem Teppich. Auf der guten blauen Bettdecke und dem beigefarbenen Teppichboden war überall Blut. Terry hatte sich eingenäßt, der Frotteebademantel war naß. Sam ließ den Hammer fallen und torkelte ins Badezimmer, um sich zu übergeben.

Sie mochte die Leiche nicht anfassen, aber sie zwang sich, nach dem Puls zu fühlen. Sie konnte keinen feststellen. Endlich. Sie stand auf und sah ihn an. Er hatte eine Riesenschweinerei gemacht, überall Blut und ein übler Geruch. Sam kam zurück und wischte sich das Gesicht mit einem Handtuch ab. »Nimm das Handtuch mit«, sagte sie. »Wir müssen es verschwinden lassen. Leg es jetzt auf den Fußboden und wickle darin den Hammer ein.«

Sam wollte den Hammer nicht anfassen. Blut klebte daran und Haare und etwas Graues wie Schleim. Sie hob ihn auf und legte ihn auf das Handtuch.

Sam riß sich zusammen. »Ich muß zur Terrassentür raus und es nach einem Einbruch aussehen lassen.«

»Schlag die Scheibe kaputt. Nimm irgendwas dafür. Nimm einen Golfschläger. Den nehmen wir dann auch mit.«

Während Sam rasch die Scheibe einschlug und dann die Tür von außen aufschloß, nahm sie den Teller mit der Schlaftablettensuppe, schüttete die Suppe in den Ausguß und stellte den Teller in den Geschirrspüler. Terry, dieser Faulpelz, hatte nicht mal den Geschirrspüler angestellt, in dem sich das Frühstücks- und das Mittagsgeschirr stapelte. Sie setzte das Gerät in Gang.

Dann trugen sie den Fernseher und den Videorecorder, Terrys Uhr, alles, was ihnen in die Hände fiel, hinunter in Helens Abstellkeller. Helen bewahrte da ihre Umzugskartons und ihre Wintersachen auf, aber sonst wenig. Becky hatte Helens Schlüssel. Sie mußten das Zeug hier lagern, bis sie es ohne Gefahr in ein oder zwei Tagen nachts wegschaffen konnten. Sie achtete darauf, Terrys Brieftasche zu leeren und die Kreditkarten herauszunehmen und alles Geld aus seiner Kommode. Rasch zog sie die Schubladen heraus und warf den Inhalt auf den Boden wie jemand, der nach Wertsachen sucht.

Die Golfschläger und den Hammer in dem blutigen Handtuch band Becky mit einer Schnur zusammen. »Wirf das in den Kanal. Das geht unter. Sei vor deiner Mutter zu Hause. Ruf mich nicht an. Ich melde mich, sobald sich alles beruhigt hat. Es wird nicht lange dauern.«

Sie stieg ins Auto und fuhr wieder ins Büro, schnell, aber auf der Hut vor Polizeistreifen. Sie wollte keinen Unfall verursachen. Sie wollte nicht als Temposünderin angehalten werden. Innerhalb von zehn Minuten bog sie in den Parkplatz und rannte in ihr Büro. Sie machte sich sofort ans Verschicken der Prospekte. Niemandem schien etwas aufgefallen zu sein. Sie arbeitete fieberhaft.

Ihr Chef kam um halb fünf vorbei. »Sind das die Rundbriefe? Ausnahmsweise einmal fertig?«

»Ich habe die Prospekte so gegen zwei bekommen. Dann habe ich sie etikettiert.«

»Toll«, sagte er ohne Nachdruck und schritt davon.

Sie beschloß, sich in dem Raum blicken zu lassen, wo die beiden Tippsen arbeiteten. »Was für ein Montag. Ich bin fix und alle!«

»Hier ist doch jeden Tag Montag«, sagte Gina. »Du hast was auf dem Rock.«

Becky fiel fast in Ohnmacht. Klebte Terrys Blut an ihr? Sie schaute hinunter. Einen Augenblick lang dachte sie, es wäre sein Hirn von dem Hammer. Dann merkte sie, daß es Pizza war. »Zu hastig in der Mittagspause.«

»Fährst du über Mittag nicht immer nach Hause?«

»Ich mache Terry gern ein warmes Essen. Sonst ernährt er sich nur von Junkfood. Und da ich in dem Stück mitspiele, haben wir wenig Zeit füreinander gehabt. Ich werde damit aufhören. Ich habe es am Wochenende versprochen. Genug ist genug.«

»Was schadet es denn, wenn es dir Spaß macht?« fragte Gina. »Rat mal, was ich am Samstag gemacht habe. Ich war mit meiner Nichte in Holiday on Ice.«

»Hat's dir gefallen? Vielleicht frage ich Terry, ob er Lust hat.«

Im Klo spülte sie das Stückchen Pizza in der Toilette hinunter, wischte ihren Rock ab und prüfte ihr Äußeres. Sie beschloß, die Schuhe zu wechseln, falls sie in irgendwas getreten war. Sie hatte im Büro immer ein Paar billige Schuhe stehen, falls es zu regnen anfing. Die waren nur aus Kunstleder und schon rissig, aber sie wollte kein Risiko eingehen. Sie wischte die Sohlen der Schuhe, die sie getragen hatte, sorgfältig ab. Sie durfte jetzt nicht unachtsam sein.

Sie arbeitete an den Rundbriefen, bis alle außer Mrs. O'Neill nach Hause gegangen waren. Mrs. O'Neill hatte die Angewohnheit, auf Kontrollgang zu gehen, bevor sie das Haus verließ. Während Mrs. O'Neill damit beschäftigt war, zerschnitt Becky Terrys Kreditkarten mit der Schere aus ihrem Schreibtisch. Dann steckte sie alle Schnipsel in einen Umschlag und den in ihre Handtasche. Sie hatte das Gefühl, völlig ruhig zu sein und alles gut im Griff zu haben. Sie liebte das Gefühl, alles im Griff zu haben. Niemand hatte je recht gewürdigt, wie intelligent und tüchtig sie war.

Sie mußte sich ganz normal verhalten. Sie hielt beim Einkaufszentrum und bestellte eine Pizza, wie sie es jede Woche dreimal tat. Der Typ hinter dem Tresen zwinkerte ihr immer zu. Er nannte sie die ehrgeizige Blondine, weil sie oft Überstunden machte. »Wenn Sie Ihren Mann satt haben, wissen Sie ja, wo Sie mich finden«, sagte er, als er ihre Bestellung annahm.

Sie hatte keinen Hunger, und es war Verschwendung, eine Pizza zu kaufen, die sie nie essen würde, aber sie mußte alles so tun, wie sie es immer tat. Sie warf die Schnipsel der Kreditkarten in einen Müllcontainer und achtete darauf, sie mit Handschuhen anzufassen und aus dem Büroumschlag herauszunehmen. Den faltete sie zusammen und steckte ihn in ihre Handtasche. Dann holte sie die Sachen von der Reinigung ab. Wieder kam es ihr wie Verschwendung vor, für Terrys Jackett und seine Hose zu bezahlen, aber sie schuf Beweise für ihre Unschuld. Sie holte die Post aus dem Briefkasten. Als sie an Helens Tür vorbeikam, klopfte sie. Helen öffnete einen Spalt und spähte hinter der Kette hervor. Dann machte sie die Tür auf. »Becky, was gibt's?«

»Ich fahre heute abend mit dir.«

»Ach? Hat sich's abgekühlt?«

»Ich habe letzte Woche Schluß gemacht. Ich schäme mich richtig. Terry gibt sich mehr Mühe. Ich glaube, wir können es schaffen.«

»Hat sich angehört, als ob er heute nachmittag eine Party gefeiert hat. Erst hatte er den verdammten Fernseher so laut an. Dann der Krach von der Party.«

»Eine Party?« Becky zwang sich, skeptisch dreinzuschauen. »Terry ist gar nicht der Partytyp. Ich kann mir das nicht vorstellen. Vielleicht hat er aufgeräumt.«

»Er hatte Freunde da. Sie haben rumgeschrien und sind rumgesprungen.«

»Ich rede mit ihm.«

»Von der Stampferei ist bei mir ein Bild von der Wand gefallen. Ich mag solche Orgien nicht.«

Becky nahm ihre Pizza. »Ich rede mit ihm, ganz bestimmt.« Sie ging langsam die Treppe hoch. Als sie die Tür aufschloß, war es unheimlich still in der Wohnung, in der sonst immer der Fernseher dröhnte. Ihr war ganz und gar nicht danach, ins Schlafzimmer zu gehen. Sie hatte das absurde Gefühl, er würde, wie er vorher nicht geschlafen hatte, jetzt nicht tot sein, sondern wütend auf dem Bett sitzen.

Sie zwang sich, alles wie sonst zu machen. Sie hängte ihren Mantel in den Schrank. Sie legte die Pizza auf den Küchentisch. Dann rief sie widerwillig: »Terry, ich bin's, Becky«, und ging durchs Wohnzimmer zur offenen Schlafzimmertür. Es roch. Überall auf dem Teppich und auf dem Bett war Blut. Sie sah nicht zu ihm hin, nur aus dem Augenwinkel. Sie wich zurück und schrie einmal auf, zur Übung. Dann zog sie sich weiter zurück und schrie, so laut sie konnte. »Hilfe! Hilfe!«

Sie rannte zu den Nachbarn. Holly Reicher machte die Tür auf, mit einem Handtuch um den Kopf. »Hallo, Becky, was gibt's?« Sie klang gelangweilt und ein bißchen genervt, als erwartete sie, daß Becky sich irgend etwas borgen wollte.

»Es ist was passiert! Mein Mann liegt auf dem Fußboden und blutet.«

»Ist er gestürzt? Ruf einen Arzt.«

»Ich habe solche Angst. Alles ist wüst durcheinander. Es ist was passiert.« Sie schlug die Hände vors Gesicht und sank an die Korridorwand.

»Brad!« brüllte Holly. »Brad!«

Er kam in den Flur. »Was ist denn?«

»Es ist was passiert«, kreischte Becky und probierte es mit Hysterie. »Er liegt in seinem Blut!«

»Wer ist euer Hausarzt?« Brad ging widerwillig in Beckys Wohnung. »Was ist denn hier los? Habt ihr euch gestritten? Wo ist denn euer Fernseher?«

»Ich bin gerade erst von der Arbeit nach Hause gekommen! Ich habe uns nur was zu essen geholt und bin reingekommen«, jammerte Becky. »Der Fernseher war heute morgen noch da.«

Brad ging durchs Zimmer und sah ins Schlafzimmer. »O mein Gott«, sagte er und versperrte die Tür. »Sieh nicht hin. Ich glaube, bei euch ist eingebrochen worden. Wir müssen einen Rettungswagen rufen. Und die Polizei.«

Becky schluchzte hysterisch und wischte sich heimlich Spucke ins Gesicht. Sie konnte sich nicht zwingen, Tränen zu weinen, aber sie konnte es ziemlich gut vortäuschen. Sie rieb sich die Augen, bis sie sicher war, daß sie rot und geschwollen aussahen. »Was ist mit Terry? Ist er schlimm verletzt?«

»Er ist sehr schlimm verletzt«, sagte Brad und führte sie am Ellbogen in seine Wohnung. »Komm rein und setz dich. Holly! Ruf die Polizei an. Sofort! Nebenan war ein Einbruch.«

Sie warf sich auf das Sofa und simulierte Schluchzen. In der Küche hörte sie Brad zu Holly sagen: »Ich glaube, er ist tot. Alles ist voller Blut, und er rührt sich nicht … Hallo, ja, ich möchte einen Einbruch melden, und … und der Mann ist wahrscheinlich tot, aber ich wollte nichts anfassen, deshalb habe ich ihn mir nicht näher angesehen … Nebenan.«

Becky gönnte sich eine Ruhepause, während Brad und Holly in der Küche leise miteinander redeten. Sie brachte ihre Haar durcheinander. Sie rieb sich die Augen noch heftiger und schaffte es diesmal, daß sie tränten. Sie beschloß, es war Zeit, ein bißchen dramatischer zu werden. Sie wankte in die Küche. »Ich gehe nach nebenan. Er braucht mich.«

»Becky, er braucht niemanden mehr. Setz dich«, sagte Brad nicht unfreundlich, und drückte sie bei den Schultern auf einen Stuhl. »Die Polizei ist auf dem Weg.«

»Hast du einen Rettungswagen gerufen?«

»Ich glaube, das ist nicht mehr nötig.«

»Was soll das heißen? Er ist bewußtlos. Er hat viel Blut verloren.«

»Becky, Terry ist tot. Setz dich und versuch dich zusammenzunehmen. Die Polizei muß jeden Moment hier sein. Die werden viele Fragen haben.«

Sie zogen sich ins Schlafzimmer zurück. Sie hörte Holly sagen: »Ich wußte doch gleich, ich hätte nicht aufmachen sollen.«

Brad sagte: »Sie ist hysterisch, ich mußte ihr helfen. Aber wir lassen uns Riegelschlösser an die Tür machen.«

»Du meinst, jemand hat eingebrochen?«

»Vielleicht hat er die selber reingelassen. Ich habe mich nicht umgesehen. Ich will nicht darin verwickelt werden. Vielleicht sind Drogen im Spiel. Aber die haben den Fernseher genommen. Das habe ich gleich gesehen.«

»Wir haben Glück, daß die nicht hier eingebrochen haben. Oder haben sie etwa? Wir schauen lieber mal nach.« Brad und Holly rannten durch die Wohnung und sahen sich um

Ich hasse sie, dachte Becky. Yuppieschweine. Ihr fiel ein, es wäre eine hübsche Zutat gewesen, in einer anderen Wohnung einzubrechen. Sie hätte sich dafür treten können, nicht daran gedacht zu haben. Vielleicht sollte sie mit Sam in ein paar Wochen noch einen Bruch machen, einfach um die Vorstellung zu verstärken, daß in der Gegend Einbrecher aktiv waren.

Plötzlich nahm Holly von ihr Notiz. »Ach, äh, möchtest du eine Tasse Kaffee oder irgendwas? Die Polizei müßte längst hier sein. Angenommen, bei uns würde gerade eingebrochen, wir wären schön aufgeschmissen!«

Becky blieb mit geschlossenen Augen auf der Couch. Sollte sie einen Schock mimen? Zu kompliziert. Hysterie konnte sie besser.

Endlich fuhr ein Polizeiwagen mit heulendem Martinshorn vor. Zwei Polizisten kamen die Treppe herauf, dahinter kam Helen. Unten bellte Florrie. »Ja«, sagte Helen gerade, »sicher hat mein Hund gebellt. Aber ich dachte, er feiert eine laute Party. Ich habe es rumsen und krachen gehört. Und der Fernseher lief ganz laut.«

Ein Polizist blieb mit gezogener Pistole an der Tür stehen, während der andere hineinging. Er kam zurück. »Ruf über Funk den Captain«, sagte er, und dann etwas, was sich für Becky wie eine Zahlenfolge anhörte.

»Die Nachbarn haben mich nicht zu ihm gelassen«, sagte Becky zu dem einen Polizisten. »Kann ich meinen Mann sehen?«

»Ich fürchte, wir müssen die Räumlichkeiten versiegeln.« Er führte sie auf den Treppenflur hinaus. »Bei einem Mordfall dürfen wir niemanden reinlassen. Warum gehen Sie nicht wieder nach nebenan und setzen sich hin?«

»Herr Wachtmeister«, jammerte Holly«, »wir kennen uns kaum. Ich habe zu tun. Ich wollte nur nicht unfreundlich sein. Sie kann nicht in meiner Wohnung bleiben.«

»Sie kann zu mir nach unten kommen«, sagte Helen. »Ich nehme sie gern auf. Manche Leute kümmern sich um ihre Nachbarn.«

»Gehen Sie runter, Miß … Mrs. Burgess. Wir reden bald mit Ihnen.«

Ein weiteres Polizeiauto kam. Becky schaute neben Helen aus dem Fenster zum Parkplatz. Dann kam noch eins. Aus dem einen stieg ein älterer Mann in einem Sportjackett, aus dem anderen stiegen zwei Männer in Zivil. Ein weiterer Streifenwagen hielt, und noch zwei Polizisten kamen. In ihrer Wohnung mußten sich die Polizisten inzwischen gegenseitig auf die Füße treten. Einer hatte eine Videokamera. Helen und Becky konnten sie oben hören. Nach den ersten fünf Minuten gab Becky sich keine Mühe mehr, hysterisch zu sein.

Helen sagte zu ihr: »Ich weiß, du bist durcheinander, und das ist ja auch alles schrecklich. Ich habe selber Angst. Wir brauchen hier mehr Sicherheitskräfte. Aber manchmal hat etwas Schlimmes auch sein Gutes.«

»Er wird mir fehlen, ganz egal, wie er sich verhalten hat. Er hat mich trotzdem geliebt.«

»Ganz bestimmt hat er das.« Helen klopfte ihr auf die Schulter. »Du hast überhaupt kein Abendbrot gehabt. Willst du einen Happen essen?«

»Ich habe keinen Hunger«, sagte Becky, aber ihr Magen knurrte. Mittags war sie zu nervös gewesen, um etwas zu essen.

»Wenn du keinen Hunger hast, ich habe welchen. Und du mußt zusehen, daß du bei Kräften bleibst. Ich mache uns Spaghetti, und du ißt was oder nicht, ganz wie du willst.«

Becky konnte sie oben hören. Was trieben die da? Im Treppenhaus war ein einziges Kommen und Gehen. Sie konnte sie lachen und reden hören. Draußen waren zwei Männer und suchten die Umgebung ab. Schließlich kam jemand an die Tür, der ältere Mann in dem Sportjackett. Es war ein gutes Jackett, fiel ihr auf, aus grauem Tweed. Sie mußte Formulare unterschreiben, damit ihr Auto und Terrys Auto durchsucht werden konnten.

»Ich brauche eine Liste von allen Personen, die im letzten Monat in Ihrer Wohnung gewesen sind«, sagte der Mann. Er war vielleicht fünfundvierzig, mit kurzgeschnittenem, graumeliertem Haar. Er war mittelgroß. Captain Edelson. An seiner linken Hand fehlte ein Finger. Sie gab sich Mühe, nicht auf den Stummel zu starren, aber er merkte es.

»Abgeschossen«, sagte er. »Schon vor Jahren. Heute würden sie ihn wahrscheinlich wieder annähen. Jetzt wollen wir mal mit der Liste anfangen. Wir müssen die Fingerabdrücke der Angehörigen und Freunde rausfiltern, damit wir wissen, wessen Fingerabdrücke nicht hingehören.«

Sie beschloß, Sam mit anzugeben, und sagte, daß sie am Wochenende vor dem Vorsprechen zusammen das Stück gelesen hätten. Sie gab auch Helen an, obwohl sie nicht glaubte, daß Helen oben gewesen war. Sie gab Terrys gesamte Familie an, seine Freunde und ungefähr die Hälfte ihres Freundeskreises. Sie wollte den Eindruck eines gesellschaftlich gut angepaßten Ehepaares erwecken, das sich mit beiden Familien gut stand. Er fragte sie auch nach Wertsachen. Er brachte sie nach oben, damit sie angab, was fehlte, aber sie durfte nichts anfassen oder gar mitnehmen, nicht mal ein Nachthemd oder frische Unterwäsche. Dann ging er mit ihr wieder zu Helen hinunter.

Er hatte noch weitere Fragen. »Hatte Ihr Mann eine Affäre? Nahm er Drogen? Hat er je Drogen genommen? Hatten Sie eine Affäre? Ich möchte Ihnen nicht zu nahe treten, bitte verstehen Sie, aber wir müssen das wissen. Das kommt im Laufe unserer Ermittlungen sowieso heraus. Hatte er Alkoholprobleme? Hatte er je Probleme mit Alkohol? Wie steht es bei Ihnen? Wo hat er gearbeitet? Ist er entlassen worden? Wurde er rausgeschmissen? Wie lange war er arbeitslos? Wie war Ihrer Meinung nach die Beziehung zu seinem Bruder? Hatten Sie Ihrer Meinung nach Geldprobleme?«

Sie gab Geldprobleme zu und eine schwierige Beziehung mit Konkurrenzkampf zwischen den Brüdern Chris und Terry. Sie mühte sich, das Bild eines liebenden jungen Paares mit wenig Geld und um so größeren Hoffnungen zu malen. Mit Kinderwünschen, die aber zurückgestellt werden mußten, bis größere finanzielle Sicherheit da war. Captain Edelson hatte die Angewohnheit, die gleiche Frage auf fünf verschiedene Arten zu stellen. Er ließ sie nicht in Ruhe, bis einer der Kriminalbeamten kam, um ihm mitzuteilen, daß der Amtsarzt eingetroffen war.

Als der Captain ging, fing Becky Helens Blick auf, ein prüfender und etwas befremdeter Blick. Becky krampfte sich der Magen zusammen. Sie schenkte Helen ein herzliches Lächeln, bis ihr klar wurde, wie unangebracht das war. Helen sagte leise: »Du hast dich prima gehalten. Vielleicht hast du bei der Liebeslaube ein bißchen dick aufgetragen, aber du warst prima.«

Becky sagte nichts. Sie war starr. Wußte Helen alles? War es so leicht zu erraten? Oder las sie nur zu viel in Helens

Reaktion hinein? Wie es wohl Sam ging? Was sollte sie jetzt mit sich anfangen? Wie sollte sie sich verhalten? Sie hätte Helen gern um Rat gefragt.

54

Leila

Leila saß mit Zak beim Frühstück. Beide gehörten zu denen, die sich davor wuschen und anzogen. Leila dachte, vielleicht signalisieren wir damit die Beendigung unserer Verletzlichkeit im Bett. Sie gehörten auch zu denen, die viel zu tun hatten und gern viel zu tun hatten. Das Herumsitzen am Frühstückstisch war unbehaglich. Beide hatten das Gefühl, mutmaßte sie, daß ihre neue Intimität zusätzliche Höflichkeit erforderte, aber bald würden sie auch ohne die langen Frühstücke auskommen und zu ihren jeweiligen Tagesabläufen aufbrechen. Er sagte gerade: »Du weißt gar nicht, wie komisch ich das finde. Ich würde sagen, niemand außer dir könnte je in eine Situation geraten, wo die Putzfrau im Schlafzimmer wohnt –«

»Wenn du es so komisch findest, dann möchtest du sie vielleicht mit zu dir nach Hause nehmen?«

Er hielt eine Friedenshand hoch. »Was ich eigentlich sagen wollte: Ich *würde* denken, das könnte niemand anders passieren, wäre mir nicht einmal eine Frau, mit der ich genau viermal ausgegangen war, mitsamt ihrer Tochter ins Haus gezogen, als sie exmittiert wurde. Ich habe zwei Monate gebraucht, um sie wieder raus zu bekommen. Ich war früher ein Gummibärchen.«

»Die ideale Spenderin. Null negativ. Das bin ich. Kann von kaum jemand Blut empfangen, kann aber fast allen spenden.«

Sie tauschten ein kleines schiefes Grinsen.

»Trotzdem«, sagte er, »wirst du etwas unternehmen

müssen wegen Mary Burke. Sie ist offensichtlich genauso ungern hier, wie du sie hier hast. Ich habe nicht den Eindruck, daß sie Vertrauen zu dir hat.«

»Ich kann nichts tun, bis Mrs. Burke oder Mary oder wie ich nun zu ihr sagen soll wieder gesund ist. Ich kann sie nicht auf die Straße setzen. Ihre Tochter hat endlich eingewilligt, die Hälfte der Kosten für die Pflegerin zu übernehmen, aber es war ein harter Kampf. Ich habe den Eindruck, die Tochter kann ohne eine Spur von Mitleid äußerst unbarmherzig sein, denn für sie zählt nur eins, und das sind ihre Kinder.« Findel steckte das Köpfchen aus Leilas Bluse und gähnte.

Zak mußte lächeln. »Du siehst zu komisch aus mit dem Kätzchen in deinem Ausschnitt. Ich weiß, es muß warm gehalten werden. Trotzdem fällt es schwer, zu erraten, mit wem man spricht, da du zwei Köpfe hast, und einer davon hat ein Fell ... Was ist mit dem Sohn auf Hawaii?«

»Ein gutartiger Verlierer. Er meint es nicht böse, aber er geht alles zu locker-flockig an, um sich groß darüber aufzuregen. Er ist zehntausend Kilometer weit weg und hat nicht das Geld für ein Flugticket. Er lebt mit Frau und Kindern in einer Wohnung. Oma könnte eine Woche lang auf der Wohnzimmercouch schlafen, aber das ist keine Dauerlösung.«

»Angenommen, du verfrachtest sie zu ihren Kindern, dem Sohn oder der Tochter? Der Sohn klingt menschlicher. Dann müßten die sich um sie kümmern?«

»Zak, sie ist kein Altkleiderbündel, das ich für die Obdachlosenhilfe zusammenschnüre. Sie ist eigenwillig. Sie war empört, daß ich ihre Kinder angerufen habe. Sie hat ihnen weisgemacht, daß sie in einem Wohnheim ohne eigenes Telefon lebt. Sie würde lieber alles mögliche ertragen, als ihren Kindern zur Last zu fallen.«

»Unbeugsamer Stolz. Tödlicher Stolz.«

»Oder sie schützt ihr Selbstwertgefühl einfach vor der Erkenntnis, daß, wenn sie sich darauf verläßt, daß ihre Kinder sie auffangen, sie fallengelassen wird.«

»Ich fände es schön, wenn du ein paar Tage zu mir aufs

Cape kommen könntest. Wir sind uns beide sehr bewußt, daß wir hier nicht allein sind.«

»Ich kann nicht, bis sie außer Gefahr ist. Außerdem dachte ich, wir hätten uns darauf geeinigt, es langsam angehen zu lassen.«

»Wir haben beide die Tendenz, uns zu verhalten, als wären wir nicht nur verheiratet, sondern als wären wir seit Jahren verheiratet.« Er lachte und schob seinen Stuhl zurück. »Ich hätte nie gedacht, daß ich jemandem mit einigen der gleichen Tugenden und Fehler begegnen würde, die ich in Beziehungen habe. Trotzdem fände ich es schön, wenn du kämst.«

»Wenn ich mich freimachen kann, werde ich ... darüber nachdenken. Das verspreche ich.« Sie sah ihm in die Augen, die heute morgen grüner als sonst wirkten. Seine Augenfarbe schien auf die Raumbeleuchtung und die Farben, die er trug, weit stärker zu reagieren, als ihre es je tat. Ihre Augen waren immer dunkelbraun, seine so wechselhaft wie das Wetter. »Wir müssen es langsam angehen. Wir wohnen hundertsechzig Kilometer auseinander. Das hilft. Ich möchte nicht mit dir zusammenleben, und ich möchte auf keinen Fall mit Mrs. Burke zusammenleben.«

»Wenn du ihr das Geld zur Mietkaution für eine billige Wohnung leihst, vielleicht kann sie die halten. Sie hätte es schwer, Kautionen für Miete, Gas, Strom und Wasser zusammenzukriegen, das viele Geld, das sie erstmal vorstrekken müßte.«

»Sie stand drei Jahre lang auf einer Liste für Sozialwohnungen, bis sie nichts mehr davon gehört hat. Der ganze billige Wohnraum, den es früher im South End gab, ist abgerissen oder saniert worden. Es gibt inzwischen mehr leerstehende Häuser als so was wie die Wohnheime und Einzelunterkünfte, in denen arme Leute früher gewohnt haben.«

Zak begann sich für die Heimfahrt fertigzumachen. Sie war sicher, daß er Verständnis für ihre Situation aufbrachte, aber ebenso sicher, daß er froh war, hinausgehen und ihr das Problem überlassen zu können, für das sie keine greifbare Lösung sah. Es hielt sie davon ab, sich mit Becky und Sam zu befassen.

Als die Pflegerin eintraf, betteten sie Mrs. Burke in Davids Zimmer um. Nachdem Leila ihr Bett völlig abgezogen hatte, fuhr sie zur Uni. Boston erging sich im Januartauwetter. Die Temperatur war auf einige Grad über Null gestiegen. Die Bäume tropften, die Häuser weinten von den Dächern, die Schneehaufen sanken unansehnlich in sich zusammen, und Gras begann durch die poröse Kruste des alten Schnees zu stiepsen. Ihr Haus kam ihr nicht mehr wie ihr eigenes vor, und so war sie froh, in ihr Büro entfliehen zu können. Sie erledigte jetzt die meisten Telefonate von dort. Es gefiel ihr nicht, Mrs. Burke da zu haben, aber sie sah die verzweifelte Not, und sie mußte, da es sonst niemand tat, die Verantwortung übernehmen. Vielleicht konnte sie ihre Kolleginnen überreden, Mary für den Anfang eine kleine Wohnung zu finanzieren. Sie nahm sich vor, sie noch heute auf ihre Reaktionen zu testen.

Als sie nach Hause kam, schien es Mary besserzugehen. Sie saß im Bett, trank englischen Breakfast-Tee und aß Toast mit Marmelade. Sie war abgemagert und sah noch nicht gesund aus. Ms. Odell hatte ihr die Haare gewaschen. Sie zeigten jetzt ein helleres Grau und waren vom Föhnen aufgeplustert. Mary hatte ein Flanellnachthemd an, das Leila ihr gekauft hatte.

»Ich habe die Firma angerufen, und die haben gesagt: Wenn ich nicht arbeiten kann, habe ich Pech gehabt. Sie haben schon eine andere Frau eingestellt. Der geben sie meine Kundschaft. Was soll aus mir werden?«

»Uns wird schon was einfallen«, sagte Leila mit hohlem Optimismus. »Wir werden was für Sie finden.«

»Rufen Sie ja nicht wieder meine Kinder an. Das dulde ich nicht!«

Leila hatte den Verdacht, daß Mary starke Worte gebrauchte, sich aber ziemlich schwach fühlte. »Ich werde sie nicht wieder anrufen. Von beiden erwarte ich jetzt, daß sie Schecks schicken, die einen Teil des Honorars der Pflegerin decken. Ich werde sie um nichts mehr bitten.« Leila klang sogar für ihre eigenen Ohren sauer. Sie war nicht gut auf diese Kinder zu sprechen. Sie erbte jetzt deren Mutter, nur weil die nicht behelligt werden wollten.

Sie zog sich in ihr Arbeitszimmer zurück. So durfte es nicht mehr lange weitergehen. Sie mußte eine andere Unterkunft für Mary finden. Sie fand sich verwöhnt und kleinlich, aber sie fühlte sich in ihren eigenen vier Wänden nicht mehr wohl.

Am nächsten Tag, Freitag, verkündete Mary, als Leila aus der Uni nach Hause kam: »Ich habe der Pflegerin gesagt, daß ich sie nicht mehr brauche. Ich schaffe es jetzt allein ins Badezimmer, und ich kann mich allein anziehen.«

»Sie können nicht weg, Sie sind zu schwach«, sagte Leila, stemmte die Hände in die Hüften und versuchte sich in ihrer besten Oberschwestermanier. »Sie können nicht zurück auf die Straße. Wenn Sie die Pflegerin nicht wollen, werde ich ihr das gerne sagen, das ist alles. Ich weiß, Sie wollen nicht bei mir bleiben, und ich bin auch nicht erfreut, aber es kommt nicht in Frage, daß Sie hier hinausmarschieren, ohne daß wir eine Lösung gefunden haben.«

»Ich habe seit fünfzehn Jahren für mich selbst gesorgt. Ich habe Situationen überlebt, die Sie nicht glauben würden. Ich kann es schaffen. Ich kenne mich aus.«

»Sie wären beinahe gestorben, Mary. Sie sind nicht in der Verfassung, an ungeheizten Orten zu schlafen. Sie können nicht in eine Notunterkunft, wo Sie sich zwölf Stunden am Tag auf der Straße herumdrücken müssen, bevor Sie wieder hineinkönnen. Wir werden eine andere Lösung finden.«

Übers Wochenende ließ sie das Haus in Marys Obhut. Mary stand jetzt für ein paar Stunden auf, was hieß, sie konnte die Katzen füttern. Findel hatte sich angewöhnt, Vronsky hinterherzulaufen, sein kleiner zuckelnder Schatten. Wenn er auf sein Lieblingsfensterbrett sprang, um die Straße zu beobachten, versuchte Findel den Sprung, verfehlte und hangelte sich dann mit ihren winzigen scharfen Krallen am Vorhang hoch.

Leila kehrte am Sonntag zurück und hatte viel für ihre Seminare vorzubereiten. Seit dem Krisenanruf ihrer Mutter und ihrem Flug nach San Diego hatte sie weder Sam noch Becky aufgesucht. Ihr war immer noch nichts Besseres eingefallen als ihr Plan, von ihren Kolleginnen feste Zusagen zu erbitten, gemeinsam Mary finanziell auf die Beine zu stellen und zu einer eigenen Wohnung zu verhelfen.

Als sie ankam, war Mary angezogen und putzte die Küche. »Das ist doch albern, Mary. Fühlen Sie sich bitte nicht verpflichtet, alles zu schrubben. Setzen Sie sich einfach hin und schauen Sie fern oder lesen Sie Zeitung. Ruhen Sie sich aus.«

»Ich mache mich gern nützlich.«

»Das ist unser beider Problem, glaube ich.«

Am Sonntag abend bekam sie einen Anruf von David. »Mom, ich habe Debbie besucht, wie du mich gebeten hast. Ikuko hat uns gestern hingefahren.«

»Ich habe dich nicht gebeten, sie zu besuchen, David. Ich habe nur gesagt, vielleicht hast du mal Lust, sie zu besuchen.«

»Na, jedenfalls ist es das totale Chaos! Tante Debbie ist vom Pferd gefallen –«

»Ist ihr was passiert?«

»Sie ist immer noch schwanger, wenn du das meinst. Sie hat sich das Fußgelenk gebrochen. Also haben wir das ganze Wochenende damit zugebracht, die Kinder und die Tiere zu füttern, es war die Härte! Sie hat eine Nachbarin, auch so eine Pferdetante, die hat uns angeherrscht, wir sollen dableiben, statt wieder ins College zu fahren. Es geht zu wie im Indianerslum, die Kinder heulen und die Tiere blöken und sie liegt da und darf nicht aufstehen. Ich sehe nicht ein, warum Abel nicht mehr machen kann.«

»Du erinnerst dich wohl nicht, wie du mit fünfzehn warst?«

»Ich bin auf Computer und auf Vögel abgefahren. Was ist daran schlimm?«

»Jedenfalls hast du mich gerade mehr deprimiert, als ich sagen kann. Erinnerst du dich an Mrs. Burke? Die jeden Mittwoch das Haus geputzt hat?« Sie berichtete ihm kurz.

»Also sie hat meinen Schlafsack gestohlen?«

»David, ich habe dir einen anderen geschickt. Du hast einen, sie hat einen, alle sind glücklich, nur ich nicht. Ich werde jetzt auflegen und mich in der Badewanne ersäufen.«

Es war zu viel. Sie flog nicht wieder nach Kalifornien. Sie betrieb nicht auf unabsehbare Zeit ein Hotel. Sie mußte das verdammte Haus verkaufen und sich etwas wesentlich Kleineres suchen. Sie mußte mit ihrem Buch vorankommen. Sams Prozeß war von Beckys abgetrennt worden und sollte nächste Woche beginnen. Sie saß in einem heißen Bad und versuchte vergeblich, ihren Kopf abzustellen. Sie war so müde, daß ihr nach Weinen zumute war.

Ein Satz von Zak im Zusammenhang mit seiner Rückkehr aus Kalifornien fiel ihr ein. »Ich beschloß, meine Schulden zu konsolidieren.« Sie marschierte zu Mary, in Davids Zimmer. »Ich habe mich gerade hingelegt«, sagte Mary abwehrend.

»Wie sehr hängen Sie an Boston?«

»Ich kann nicht zu meinen Kindern. Auf gar keinen Fall.«

»Ich dachte nicht an Ihre Kinder. Ich denke an meine Schwester, die im siebten Monat schwanger mit gebrochenem Fuß im Bett liegt, mit drei Kindern, keinem Mann, zwei Pferden, einer Ziege, Hühnern und einem Hund. Sobald sie nach der Entbindung wieder auf den Beinen ist, kann sie etwas verdienen. Aber im Moment ist nicht viel Geld da. Das Haus ist gar nicht so klein. Es liegt oben in den Bergen – es ist schön da, wenn auch sehr abgeschieden. Sie braucht dringend Hilfe ... Da war ich letzte Woche, aber ich kann nicht wieder hin. Ich habe meine Lehrveranstaltungen.«

»Ich habe mich nie vor harter Arbeit gefürchtet. Ich verstehe was von Säuglingspflege und auch von Kindererziehung. Ich habe zwei Kinder großgezogen. Ich kann kochen, ich kann einkaufen, ich kann alles tun, was die Pflegerin getan hat. Mit Hühnern kenne ich mich nicht aus, aber ich mag Pferde.«

»Sie würden mir einen Riesengefallen tun, wenn Sie in Erwägung ziehen würden, für eine Weile dort auszuhelfen.«

Mary setzte sich auf. Sie belebte sich und runzelte die Stirn. »Ich habe Pferde nie versorgt, aber ich bin geritten.

Ich habe vor Tieren keine Angst.« Sie rieb in nervöser Erregung die Hände. »Wenn sie mich brauchen kann, ich würde mich sofort auf den Weg machen. Ich bin gerne dort, wo es nicht so kalt ist. Ich brauche nur genug Geld für etwas zu essen. Ich brauche eine Bleibe und etwas zu tun.«

Leila rief Debbie an. Abel meldete sich. Sie versuchte, mit ihm ins Gespräch zu kommen, aber er tat sich viel zu leid, um mit einer fernen Tante Konversation zu machen. Dann kam Debbie an den Apparat. »Debbie, ich habe ein großes Problem, bei dem du mir helfen kannst.«

»Ich kann überhaupt nichts tun. Ich liege mit gebrochenem Knöchel flach auf dem Rücken und darf nichts Schwereres als ein Buch heben.«

»Dann wird das vielleicht auch für dich gut sein.« Sie legte ihren Plan dar.

»Ich weiß nicht«, sagte Debbie. »Wie ist sie denn?«

Leila rief aus ihrem Arbeitszimmer an, damit Mary sie nicht hörte, trotzdem sprach sie leiser: »Ich verstehe mich nicht mit ihr. Aber sie ist ein Arbeitstier. Sie ist nicht unterzukriegen und selbständig. Sie ist ehrlich.« Leila fiel der Schlafsack ein. »In gewisser Weise erinnert sie mich an Babs.«

»Klingt nicht wie dein Typ.«

»Ist sie auch nicht. Wenn dir die Idee nicht gefällt, dann vergiß es schnell.«

»Nein, das könnte mir helfen. Aber sie müßte mit Robin das Zimmer teilen. Laß mich mit ihr reden. Ich merke dann schon, ob es geht. Du hast keine Ahnung, mit wem ich leben kann und wen ich nicht ausstehen kann.«

»Keine Ahnung, stimmt. Ich hole sie ans Telefon.« Leila zog sich mit erhöhtem Puls und erhöhtem Blutdruck in ihr Arbeitszimmer zurück. Sie kam sich vor wie eine Heiratsvermittlerin, die schwitzte, während ihre Klienten ein belastetes, verkrampftes Gespräch führten. Bitte mögt euch, bitte heiratet und werdet glücklich bis ans Ende eurer Tage. Sie hatte ein schlechtes Gewissen, ihr eigenes Leben aufzuräumen, indem sie die beiden verkuppelte, aber sie mußte arbeiten. Es war intrigant, opportunistisch und der einzige Ausweg, der ihr einfiel.

Das Gespräch dauerte lange, vielleicht war das gut. Vielleicht. Sie hielt sich an Vronsky auf ihrem Schoß fest, der mit seinen großen Pfoten nach Milch trat und lauthals schnurrte. Findel saß, das Köpfchen geneigt, auf dem Schreibtisch und sah ihnen zu. Sie war ein aufmerksames kleines Ding, anhänglich bisher nur zu Vronsky, aber langsam kriegte sie in ihren Kopf, daß Leila die Futterquelle war. Wenn Leila sie ansah, schnurrte sie manchmal, als sei sie glücklich, bemerkt zu werden. Ein kleiner Lebenswille mit Fell. Kein Wunder, daß Mary sie aus einem Gott weiß wie kotigen Hinterhof gerettet hatte.

Sie war schwarz bis auf einen weißen Fingerabdruck auf der Stirn direkt über den Augen und weißen Füßchen wie Gamaschen. Ihre Augen nahmen ein klares Hellgrün an. Wahrscheinlich wurde sie eine kleine Katze mit herzförmigem Gesicht und spitzen Ohren. Ihre Schnurrhaare waren so weiß wie ihre Füße.

»Mein eigenes Leben ist völlig vernachlässigt worden«, erklärte sie den Katzen. »Ich fühle mich von den Bedürfnissen anderer erdrückt. Ich will einfach nur mit euch und meiner Arbeit in Ruhe und Frieden leben und produktiv sein. Über zwanzig Jahre lang habe ich mein Leben um Nick herum geführt. Ich möchte mich ausstrecken und meinen eigenen Raum füllen. Ich möchte einen Teilzeitliebhaber und keinen Ganztagsbeziehungsjob. Weder Mary noch Debbie mögen mich. Ich möchte, daß sie sich zusammentun und mich vergessen.«

55

Mary

Mary konnte sich noch erinnern, wie sie mit Doug nach Boston gezogen war und dann von Logan abgeflogen war, um zu Weihnachten Cindy und ihre Enkelkinder Marissa und

Cole zu besuchen. Sie hatte stets der Mittelschicht angehört, sie hatte stets in angenehmen Verhältnissen gelebt. Selbstverständlich flog sie ihre Kinder besuchen. Selbstverständlich. Dann war Logan jahrelang nur ein Ort gewesen, an dem sie die Nacht zubrachte, das Tor zu nichts als zu der Straße.

Heute hatte sie ein Flugticket in der Tasche und Mrs. Landsman an ihrer Seite, die aufpaßte, daß sie auch an Bord ging. Mrs. Landsman hatte das Ticket gekauft. Mary hatte nicht das Gefühl, ein Almosen anzunehmen, denn Mrs. Landsman hatte unumwunden auf den Tisch gepackt, worum es ging. »Meine Mutter hat mir jahrelang eingeschärft, die Verantwortung für meine jüngere Schwester zu übernehmen. Jetzt braucht sie Hilfe, die ich ihr nicht geben kann und die sie von mir nicht annehmen kann. Deshalb bringe ich Sie jetzt mit ihr zusammen. Wenn es funktioniert, werden Sie beide sich gegenseitig helfen, und wenn nicht, dann weiß ich auch keine Lösung.«

»Ist sie wie Sie?«

»So gut wie gar nicht. Wir sehen uns nicht mal ähnlich. Sie kommt nach unserem Vater.«

»Und Sie wollen wirklich nicht, daß ich Kätzchen mitnehme?«

»Findel und Vronsky werden auf keinen Fall getrennt. Beide haben sich klar dazu geäußert.« Mrs. L. mußte lächeln und sah wieder auf den Abflugmonitor.

»Sie brauchen nicht zu warten.«

»Ich leiste Ihnen gern Gesellschaft.«

Die Frau wollte nur sichergehen, daß Mary in das Flugzeug stieg, daß sie nicht einfach das Flugticket nahm und in Bargeld verwandelte. Mary hatte daran gedacht. Denn schließlich sollte sie ans andere Ende des Landes verfrachtet werden, wo sie keine Menschenseele kannte. Wie sollte sie zurückgelangen, wenn es schiefging? Sie kannte sich dort überhaupt nicht aus. Sie war hilflos und völlig abhängig von Mrs. Landsmans Schwester, Mrs. Rodgers. Ihr fiel aber ein, wie Houdini, Gott sei seiner Seele gnädig, ihr erzählt hatte, daß das Leben im Freien in Kalifornien leichter war.

Man konnte in einem Park kampieren, ohne zu erfrieren. Man konnte im Gebüsch schlafen, denn das war immer belaubt und bot ein Versteck.

Um die Wahrheit zu sagen, Mary wußte nicht, ob sie in das Flugzeug steigen würde, wenn Mrs. Landsman jetzt ging. Früher war Mary mehrere Male im Jahr mit ihrem Mann zusammen geflogen. Sie hatten seine Eltern besucht und ihre Eltern, hatten Ferien in Florida gemacht. Als die Kinder zur Schule gingen, waren sie einmal im August alle zusammen nach London und Paris und Amsterdam geflogen. Jetzt hatte Mary nicht mehr in einem Flugzeug gesessen, seit sie ihre Stelle bei Doug verloren hatte.

Das Ticket hatte so viel Geld gekostet, daß sie nicht darüber hinwegkam. Mit ihrem Sparkonto, jetzt in Form eines Barschecks an ihrem Schlüpfer festgesteckt, so daß ihr Notgroschen sicher war, falls ihr jemand die Brieftasche stahl, und dazu dem Geld für das Ticket hätte sie gerade genug, um sich ein altes Auto zu kaufen. Es wurmte sie, so viel Geld für einen Flug von nur sechs Stunden zu verpulvern.

Das Flugzeug kam ihr riesig vor, obwohl sie nur einen Teil des Ungeheuers durch das Fenster sehen konnte. Der Winter war noch lange nicht vorbei: was, wenn es abstürzte? Wem würde das etwas ausmachen? Sie würde sterben, und niemand würde sie beweinen. Cindy würde bestimmt nicht lange trauern. Jaime würde traurig sein, aber sie war für keines ihrer beiden Kinder von großer Bedeutung. Vielleicht konnte sie sich für diese Mrs. Rodgers unentbehrlich machen?

Mrs. Landsman erzählte ihr von dem Ort, an den sie reiste, in den Bergen. Sie konnte kaum zuhören. Die Stimme bellte sie an wie ein freundlicher Hund, der beachtet werden wollte. Was tat sie hier? Wo fuhr sie hin? Sie ließ alles, was sie langsam und unter großen Schmerzen über die Jahre gelernt hatte, hinter sich, wo es umsonst etwas zu essen gab, wo sie sich unbelästigt aufhalten konnte, wo sie eine Stunde dösen konnte, wo sie morgens, wo nachmittags und wo abends Schutz vor dem Wetter suchen konnte. In einer neuen und angsteinflößenden Umgebung war sie niemand.

Die Straße war gefährlich, aber sie kannte die Gefahren. Sie kannte ihre Runde von Kirchen und unverschlossenen Garagen, von Bürogebäuden und Busdepots und öffentlichen Bibliotheken und U-Bahnhöfen, von Orten, an denen sie der Hitze oder der Kälte oder dem Regen entfliehen konnte. Jetzt war sie der Gnade einer fremden Frau ausgeliefert, weit draußen auf dem Lande, wo sie sich nicht einfach zu Fuß davonmachen konnte. Dann saß sie fest. Sie spürte, wie ein Knoten aus Panik ihr in die Kehle stieg. Die ersten Passagiere wurden schon an Bord gebracht, es begann mit kleinen Kindern und Rollstühlen. Bald war es zu spät zur Flucht.

»Ich muß auf die Toilette, bevor ich ins Flugzeug steige.« Ihre Stimme quiekte.

»Gute Idee. Die ist da drüben.« Mrs. Landsman kam mit und wartete draußen.

Sie konnte darauf bestehen, einfach wegzugehen. Aber was sollte sie dann anfangen? Von der Reinigungsfirma war sie entlassen worden. Es gab Dutzende von Frauen, die sie augenblicklich ersetzten. Die Firma interessierten ihre Erklärungen nicht, wie sie in Mrs. Landsmans Haus gelandet war. Sie war der Arbeit ferngeblieben und war ersetzt worden. So einfach war das. Sie war einundsechzig Jahre alt, ohne Bleibe, ohne auch nur ein eigenes Bett und mit am Schlüpfer festgesteckten 527 Dollar Ersparnissen. Sie hatte die meisten ihrer kleinen Habseligkeiten in dem Feuer eingebüßt, das ihre Freunde umgebracht hatte. Sie war immer noch kurzatmig.

Sie ließ sich von Mrs. Landsman zu den abfliegenden Passagieren zurückbringen und reihte sich in die Schlange ein und bestieg das Flugzeug. Sie machte den Sicherheitsgurt an ihrem Sitz zu und schloß die Augen. Was sollte aus ihr werden? Sie wußte, Mrs. Landsman war gut zu ihr gewesen, aber sie würde die Frau nie leiden können. Es war schwer, eine zu mögen, deren Haus sie fünf Jahre lang geputzt hatte. Sie hatte Mrs. Landsmans Toiletten und Fußböden geschrubbt. Sie waren keine Freundinnen. Mary fand Mrs. Landsman streng und abweisend. Sie war auch ein wenig befremdet von dem Freund. Die Ärztin, die sie behandelt hatte, war lesbisch. Das war ihr unangenehm. Es war eines, bei Houdini und Maus wegzuschauen und sich nie ganz sicher zu sein; aber es war etwas anderes, eine Ärztin zu haben, die ganz offen mit einer anderen Frau zusammenlebte, und auch noch einer Professorin. Je mehr sie Mrs. Landsmans Leben von nahem sah, desto unbehaglicher fühlte sie sich.

Ob die Schwester, Mrs. Rodgers, genauso schwierig war? Sie klang weicher. Die Schwestern vertrugen sich nicht. Sie hoffte, das hatte etwas zu bedeuten. Sie steckte tief in der Klemme. Sie mußte sich unentbehrlich machen. Sie mußte sich einfügen. Sie mußte sich beliebt machen und geschickt anstellen und anpassen – wie damals nach ihrer Heirat. Wie mit Doug. Aber hier mußte sie sich einer Frau anpassen, einer unbekannten Frau. Sie fühlte sich, als würde sie durch die Luft geschleudert, wie das Mädchen, das im Zirkus aus der Kanone geschossen wurde, aber sie war sich nicht ganz sicher, ob in Kalifornien ein Netz ausgespannt sein würde, um sie aufzufangen, wenn das Flugzeug landete und sie in ein fremdes Land entließ.

56

Becky

Becky genoß die meisten Auswirkungen ihrer Berühmtheit. Sie trat in der Sendung »Local News and Views« auf, die jedes Wochenende auf den Kabelkanälen lief. Belle und Gracie waren fasziniert. Tommy zeigte eigentlich wenig Begeisterung. »Du solltest deinen Mund halten, Becca«, knurrte er. »Jedesmal, wenn ich den Fernseher anstelle, plappert dein Mundwerk. Komm runter. Je weniger du sagst, desto weniger Seil haben sie, um dich zu hängen. Und lächle nicht so viel. Am Anfang bist du ernst, aber nicht lange, und du griest, als hättest du gerade die Hauptrolle im Schulstück gekriegt.«

Als ob sie sich vor der Kamera nicht zu benehmen wüßte, als hätte sie nicht Journalistik studiert. Tommy war hinter dem Mond. Er kapierte nicht, daß dies ihre Chance war. Ihr Chef zog sogar ein paar ihrer Vorschläge in Betracht, die sie ihm im Lauf des letzten Jahres unterbreitet hatte. Er hatte aus der Ablage die Kosmetik-Show hervorgeholt, die sie mit Belle machen wollte, und die Idee für eine Morgenshow am Wochenende, zum Beispiel samstags um acht, in der zum Verkauf stehende Häuser in der Gegend gezeigt wurden. Von den Immobilienmaklern konnten sie dafür Zuschüsse kassieren. Auf der wöchentlichen Redaktionskonferenz am Freitag nachmittag sollten beide Vorschläge für den Herbst in die engere Wahl kommen.

Sobald der Rummel sich gelegt hatte, bekam sie bestimmt eine eigene Show, und dann hatte sie den Fuß in der Tür. Dann hatte sie Demovideos. Dann konnte sie sich nach einem richtigen Job umsehen. Tommy tickte nicht richtig, wenn er meinte, sie würde sich diese Gelegenheit, bei den Medienleuten im südöstlichen Massachusetts und in Boston bekannt zu werden, entgehen lassen. Sie hatte einen Einbruch inszeniert, und die Polizei suchte nach Dieben. Währenddessen war sie in Boston auf den Kanälen vier, fünf, sieben und sechsundfünfzig in den Nachrichten und in Providence auf den Kanälen sechs, zehn und zwölf. Ihr Foto war im *Herald*. Das Foto betonte ihre Nase zu sehr, aber ihr gefiel, wie sie im Fernsehen rüberkam. Tommy kapierte einfach ihren Schlachtplan nicht. Im Supermarkt und in der Reinigung wurde sie manchmal schon erkannt. Holly und Brad von nebenan, die nach dem Mord zwei Wochen lang nicht mit ihr geredet hatten, grüßten sie jetzt mit großem Hallo und luden sie zu ihrer nächsten Party ein.

Die Polizei fuhr jeden Nachmittag, dem Zeitpunkt der beiden Einbrüche, Streife. Sie konnten sich nicht leisten, jemand dort rund um die Uhr zu postieren. Ganz plangemäß hatte Becky die kleineren Dinge in aller Stille aus dem Abstellkeller geholt und in einem Kiefernwald auf halbem

Weg zum Büro vergraben oder in den Kanal geworfen. Sam hatte endlich den Videorecorder unter seiner Jacke herausgebracht und – so nahm sie an – im Kanal versenkt wie die Golfschläger und den Hammer. Der Fernseher mußte bis nächste Woche warten. Die Polizei hatte jeden Zentimeter Buschwerk und Rasen und den schütteren Wald dahinter abgekämmt. Sie befragten alle im Wohnkomplex. Nachmittags war kaum jemand zu Hause.

Es war wirklich lästig, bei ihrer Familie kampieren zu müssen. Sie haßte es. Die Polizei erlaubte ihr tagelang nicht mal, sich ihre Sachen zu holen, und sie mußte sich was von Belle und Laurie pumpen – Sachen, die sie normalerweise nicht anziehen würde. Sylvie sagte, daß sie ein paar Nächte bei ihr und Mario bleiben konnte, aber sie hatten auch nicht viel Platz, und Becky hatte sich mit Mario nie besonders verstanden. Schließlich sagte ihr der Kriminalbeamte, der sie meistens befragt hatte, Sergeant Beaumont, daß sie zurückkommen und die Wohnung reinigen lassen konnte.

Sergeant Beaumont kam an dem Abend, als sie wieder einzog, vorbei. »Übrigens, Terrys Bruder Chris sagt uns, Terry hatte eine Affäre. Und er meint, Sie wußten davon.«

Becky schrubbte das Badezimmer. »Mein Mann war mir einmal untreu, an einem Golfwochenende mit seinem Bruder. Sein Bruder mochte mich nicht, offen gestanden, und er hat diese andere Frau dazu eingeladen, als feststand, daß ich nicht mit konnte. Terry hat es mir gestanden, ja, aber ich würde das nicht unbedingt eine Affäre nennen. Er hat sich deswegen geschämt.«

»Sie müssen sehr aufgebracht gewesen sein.«

»Das war ich auch! Ich fühlte mich betrogen. Aber ich fühlte mich auch mit schuld daran, weil ich so mit der Theatergruppe beschäftigt war. Ich habe Terry versprochen, damit aufzuhören. Ich hatte das Gefühl, ihn im Stich gelassen zu haben, weil ich an den Wochenenden weg war. Er hatte eine Dummheit gemacht aber ich hatte eine genauso große Dummheit gemacht – ihn allein gelassen, um Theater zu spielen.«

Sie hatte kaum eine Nacht richtig geschlafen, seit sie

nicht mehr in ihre Wohnung durfte. Die Wohnung sah wirklich schlimm aus. Die Polizei hatte einiges von dem blutigen Bettzeug mitgenommen, aber der Teppich war voller Flecken. Sie ließ eine Reinigungsfirma kommen, die ihr ein Heidengeld abknöpfte. Sie wollte so schnell wie möglich alles wieder in Schuß haben. Bis zu dem Tag, an dem die Teppichreiniger kamen, schlief sie auf der Couch im Wohnzimmer. Das Schlafzimmer roch übel. Sie würde diesen Raum renovieren müssen. Die Bettdecke war fort, und bei dem Kampf waren die selbstgenähten Vorhänge zerrissen worden, auch die Nachttischlampe war zu Bruch gegangen.

Sie wollte nichts um sich haben, was sie an Terry erinnerte. Der Anblick seiner Jacketts und Hosen auf seiner Seite des Kleiderschranks, seiner Skier, seiner Kommode voller Socken, Unterwäsche und Pullover, seiner Sportsachen, alles weckte wieder ihren Zorn. Sie räumte sein Rasierzeug, sein After shave und seine Pickelsalbe aus dem Badezimmer und warf alles fort. Sie hatte sich so viel von ihm gefallen lassen müssen. Schließlich hatte sie seine Ausfälle erwidert. Sie hatte ihm seinen Zorn zurückgegeben. Sie hatte es ihm heimgezahlt. Er hatte versprochen, sie zu lieben, er hatte es in der Kirche versprochen, und dann hatte er mit Heather angebändelt und sie schäbig behandelt, ihre Eltern beleidigt, ihr Zuhause, ihre Familie, sie selbst. Sie packte seine Kleidung zusammen und brachte sie seinen Eltern vorbei. Vielleicht nahm Chris sich was davon. Sie wollte sie aus der Wohnung haben. Sie wollte ihn weg haben, ganz und gar.

Sie fand sich rücksichtsvoll und großzügig, aber die Burgesses reagierten merkwürdig, als müßte sie seine alten Turnschuhe und seine grauen Flanellhosen als Andenken behalten. »Das ist Terrys Kleidung? In Müllsäcken?«

»Ich hatte nicht genug Kartons. Ich dachte, vielleicht möchten Sie sie jemandem geben. Ich trage keine Männersachen, Mrs. Burgess, und ich dachte, vielleicht ist es Ihnen lieber, sie zu haben, als daß ich sie zu Goodwill gebe. Ich dachte, vielleicht möchte Chris ein paar Erinnerungsstücke an seinen Bruder.«

»Ich kann es einfach nicht fassen, daß du all seine Sachen wegtust.«

»Ein Therapeut, den ich wegen des Traumas aufgesucht habe, hat mir geraten, das könnte mir aus der Depression heraushelfen.«

Mrs. Burgess verzog das Gesicht. »Das ist alles, was von unserem Terry übrig ist. In Müllsäcken!«

Becky zügelte ihre Ungeduld. »Mrs. Burgess, was sollte ich denn damit machen? Ich habe doch nur zu tun versucht, was für uns alle das beste ist.«

Sie war ungeheuer erleichtert, wieder in ihrer Wohnung zu sein, aber sie konnte sich kaum entspannen. Sergeant Beaumont kam ständig abends und am Wochenende vorbei. Er rief nie vorher an. Er war ein hagerer Mann mit dichtem schwarzem Haar, das fettig aussah. Seine Augen hatte eine helle Farbe, blaßblau oder blaßgrau. Er hatte eine dünne spitze Nase und langfingrige Hände, die sich immer mit etwas beschäftigten, Gegenstände nahmen, einen Stift, eine Vase, sie untersuchten, sie um und um drehten. Es machte sie nervös. Er redete sie immer mit Becky an und tat, als wüßte er alles über sie, führte sich auf wie ein alter Pseudo-Onkel.

Manchmal erschien er während der Arbeitszeit im Büro, was ihr besonders auf die Nerven ging. Es machte schließlich keinen guten Eindruck, wenn die Polizei dauernd vorbeikam. Aber noch schlimmer war, nie zu wissen, wann er in ihrem Wohnzimmer aufkreuzte. Sie hatte sich kaum mit Sam treffen können, der sich bitterlich beklagte. Bei der Theatergruppe war sie ausgestiegen. Es schien etwas unpassend, auf der Bühne zu stehen, kurz nachdem ihr Mann ermordet worden war. Mama hatte ihr gesagt, mit dem Theaterspielen vorläufig aufzuhören. Für ihren Geschmack reichte es damit sowieso. Was brachte es, in einer Laiengruppe, die in einem Freimaurertempel auf dem Cape auftrat, Vampir zu spielen? Also wirklich. Das nutzte ihrem Aufstieg überhaupt nichts, zumal sie jetzt durch die örtlichen Medien bekannt wurde.

Sie schaffte es, Sam jeden Samstagnachmittag zu sehen.

Sie fuhr ihre Familie besuchen, und danach fuhr sie zu Sam. »Du hast gesagt, wir können dann die ganze Zeit zusammensein, und nun sehe ich dich kaum. Ich kann nicht lernen. Ich kann nicht arbeiten. Der Schulpsychologe hat mich heute zu sich gerufen, um mit mir über meine Zensuren zu sprechen. Ich kann mich nicht konzentrieren. Ich muß andauernd an dich denken und an das, was wir getan haben.«

»Die Polizei belagert mich, aber sie wissen nichts. Das wird sich bald geben, und dann sind wir frei. Wir müssen uns eben noch ein paar Wochen gedulden.« Sie konnte nicht fassen, wie unreif er reagierte. Es war ein Fehler gewesen, sich mit jemandem einzulassen, der praktisch noch ein Kind war.

»Aber wie erträgst du das? Willst du mich denn nicht sehen?«

»Natürlich will ich das! Ich kann nachts nicht schlafen. Ich denke jeden Tag an dich. Aber ich habe Angst vor der Polizei. Wir müssen uns vorsehen, nur noch ein paar Wochen lang. Dann können wir alles tun, was wir wollen. Alles.« Sie ließ das Wort kräftig schwingen, legte Sam die Hände auf die Schultern und schaute ihm tief in die Augen.

Die Wahrheit war, dachte sie, als sie nach Hause fuhr, daß sie Sam weniger anziehend fand. Mit Terry verglichen hatte er geleuchtet. Er war so sexy und liebevoll und völlig ihr zugewandt gewesen. Aber jetzt mußte sie ihr Leben in den Griff kriegen. Sie sehnte sich nicht danach, massenhaft Zeit mit einem Siebzehnjährigen zu verbringen, der sie anhimmelte. Sie mußte endlich ihre Ausbildung vervollkommnen, mußte an konkreten Plänen für die zwei Sendungen arbeiten, die ihr Chef in Erwägung zog. Sie mußte ein Manuskript für die Kosmetiksendung schreiben, ihr Lieblingsprojekt. Es war Zeit, die kaputte Lampe im Schlafzimmer zu ersetzen und die Bettdecke. Am Freitag waren ihre beiden Vorschläge besprochen worden. Der Chef schien eher zu der Immobiliensendung als möglicher Geldquelle zu neigen.

Sie fragte sich, wie lange es mit dem Versicherungsgeld dauern würde. Die Versicherungsgesellschaft ließ sich bestimmt Zeit, soviel stand fest. Jedenfalls mußte sie sich ein bißchen anspruchsvoller kleiden. Einer Witwe kam das durchaus zu. In Marineblau sah sie toll aus. Ein schwarzes Kostüm sah sicher elegant aus, wenn sie darunter Hellblau trug. Ein Verhältnis mit einem Siebzehnjährigen, ganz egal, wie anhänglich er war, paßte nicht in das neue Image, das sie sich geben mußte.

Trotzdem mußte sie Sam bei Laune halten, bis er aufs College kam. Dort würde er eine Beziehung mit einer Gleichaltrigen eingehen und das Abenteuer mit ihr vergessen. Nicht, daß er sie je ganz vergessen würde, denn sie war seine erste Liebe. Aber das würde langsam nachlassen. Bis dahin mußte sie dafür sorgen, daß er zufrieden, aber im Verborgenen blieb. Die Polizei machte dieses Jonglierkunststück schwer. Warum begriff Sam nicht, in welcher Gefahr sie steckten? Er konnte nicht weiter sehen, als sein Schwanz reichte. Jedesmal, wenn sie ein paar Augenblicke allein waren, versuchte sie, ihm Vorsicht einzureden, während er sie nur bespringen wollte.

Tommy fragte, ob er jetzt, wo Terry weg war, etwas Stoff in ihrer Wohnung zwischenlagern konnte, aber als sie ihm erzählte, wie oft die Polizei vorbeikam, ließ er den Gedanken fallen. Sie wollte nicht in Tommys Machenschaften verwickelt werden. Terry hatte recht gehabt: irgend etwas Illegales in ihrer Wohnung zu haben war idiotisch. Sie erlaubte Sam auch nicht, zu ihr zu kommen. Sie fuhr samstags zu ihm nach Hause, und zweimal, als sie früher von der Arbeit weg konnte, traf sie sich mit ihm nach der Schule. Wenn sie bei der Theatergruppe nicht aufgehört hätte, wäre es leichter gewesen, aber sie nahm Mamas Rat ernst. Die Leute würden etwas daran auszusetzen haben, daß eine Witwe einen Vampir spielte. Außerdem war sie der Meinung, daß es ihr nur schaden konnte, eine schlechte Person zu spielen. Sie sollte sich besser nicht in aller Öffentlichkeit hinstellen und Verlogenheit und Grausamkeit vorführen.

Sie verwandte viel Zeit darauf, sich bei Helen lieb Kind zu machen. Sie führte jeden Morgen, bevor sie zur Arbeit fuhr, Florrie aus. Sie verbrachte mehrere Abende in der Woche mit Helen vor dem Fernseher. Helen hatte in diesem Stück keine Rolle, sondern machte nur die Kostüme. Becky bot ihre Hilfe an. Helen wußte mehr, als gut war, und es war wichtig, sie bei Laune zu halten. Helen kochte gern. Sie waren wie eine kleine Familie. Eigentlich war Helen jetzt ihre beste Freundin, wie es jahrelang Sylvie gewesen war. Sie verstanden sich gut, fand Becky.

Seltsamerweise vermißte sie Terry manchmal. Obwohl sie sich immer vorgestellt hatte, wie wunderbar es wäre, von der Arbeit nach Hause zu kommen, ohne daß seine Sachen umherlagen und der Fernseher dröhnte, fand sie es ein wenig trostlos. Sie war gewohnt, Menschen um sich zu haben. Sie hatte noch nie allein in einer Wohnung geschlafen. Es ging ihr an die Nieren. Geräusche erschreckten sie. Sie begann darüber nachzudenken, ob sie nicht umziehen sollte, sobald das Versicherungsgeld herüberwuchs. Helen sagte ihr, sie sollte sich einen Hund anschaffen, und sie überlegte es sich. Aber keine Promenadenmischung wie Florrie. Sie wollte die richtige Sorte Hund. Sie begann sich umzuhören, welche Hunderassen am besten waren.

Captain Edelson erschien am Samstag um acht. Sie wußte, er wollte nur sehen, ob sie am Samstag abend ausging. Wie durchsichtig! Jedenfalls fand er sie bei Helen und bei der Arbeit an den Kostümen. Er bat sie, mit ihm nach oben zu gehen, zu einem Gespräch. Sie folgte ihm gehorsam in ihre Wohnung, die aufgeräumt und sauber war. Da gab es nichts Anstößiges für ihn zu entdecken. Er trug ein anderes Jackett, ein modisch kariertes zu khakibraunen Hosen. Sein Haar war hellgrau und kurz geschnitten. Die Adern auf seinen Händen traten hervor. An dem Finger neben dem fehlenden trug er einen Trauring. Seine Augen waren braun, eigentlich ganz hübsche Augen in einem Gesicht, dem sie keinen zweiten Blick geschenkt hätte. Er war einer von jenen Männern, die leicht übersehen wurden. Trotzdem war er besser angezogen als Sergeant Beaumont, und er befingerte auch nicht ständig ihre Sachen.

»Haben Sie schon etwas erfahren?« begann sie sofort. »Haben Sie Verdächtige gefunden?«

»Wir verfolgen mehrere Spuren«, sagte er ausdruckslos. »Wie geht es Ihnen? Mrs. Burgess war empört, daß Sie ihr Terrys Sachen in Müllsäcken vorbeigebracht haben.« Er setzte sich an den Küchentisch und wies sie auf den anderen Stuhl.

»Ich habe nicht genug Koffer oder Kartons! Ich wollte nur nett zu ihr sein.«

»Becky, Sie kennen einen jungen Mann namens Sam Solomon.«

Becky krampften sich Herz und Magen zusammen wie Metallfäuste. »Sam ... Ja, aus der Theatergruppe, bei der ich war.«

Er schwieg ein Weilchen und ließ den Blick auf ihr ruhen. Sie durchschaute den Kunstgriff. Das sollte Dramatik oder Spannung erzeugen. Er mußte schon besser schauspielern, um sie auszutricksen.

»Uns wurde gesagt, daß Sie eine intime Beziehung mit diesem jungen Mann hatten.«

»Mit Sam?« Sie riß die Augen auf. Sie ließ den Mund aufklappen. »Er geht ja noch zur Schule! Er ist noch ein Kind.«

»Er ist fast achtzehn. Er war mit Ihnen in der Theatergruppe.«

»Stimmt. Und ich mochte ihn. Ich habe mich mit Helen, meiner Nachbarin unten, angefreundet und mit Sam. Ich habe ihm geholfen, seinen Text zu lernen. Wir hatten alle nur winzige Rollen, aber wir haben uns gegenseitig den Rücken gestärkt ... Aber *intim?* Das ist lächerlich. Wer behauptet so etwas? Wer kommt überhaupt auf so eine Idee?« Helen würde sie nicht verpetzen. Aber wer dann? Niemand hatte es gewußt. Niemand außer Helen.

Captain Edelson schüttelte traurig den Kopf. »Ich verstehe, daß Ihnen eine solche Beziehung peinlich ist. Aber es ist besser für Sie, uns die Wahrheit zu sagen, Becky. Uns in einer Mordsache anzulügen wirft ein schlechtes Licht auf Sie.«

»Zuerst einmal, ich lüge nicht. Ich kann mir gar nicht vorstellen, wer überhaupt auf so eine Idee kommt. Ich war nett zu dem Jungen, ja, aber zu Helen bin ich genauso nett, sogar noch netter. Ich führe andauernd ihren Hund aus. Manchmal erledige ich Besorgungen für sie.«

»Anderen in der Theatergruppe ist die Beziehung aufgefallen. Sie haben gesehen, wie Sie sich mit ihm geküßt haben. Einer von Sams Lehrern schöpfte Verdacht.«

»Geküßt! Alle da küssen sich andauernd. Das ist nur Getue und Theater. Das hat nichts zu bedeuten.«

»Wir werden bald wieder mit Ihnen reden, Becky. Vielleicht überlegen Sie sich, ob es nicht doch noch etwas gibt, was Sie uns über Ihre Beziehung zu Ihrem Mann und über Ihre Beziehung zu Sam Solomon erzählen möchten.« Er stand auf.

»Statt mit Idioten zu reden, die sich Geschichten über jede Blondine in ihrem Umkreis ausdenken, warum finden Sie nicht heraus, wer in unsere Wohnung eingebrochen ist und unsere Sachen gestohlen hat? Die haben nämlich meinen Mann ermordet, und Sie haben noch keinen einzigen Verdächtigen vorzuweisen.«

»Da seien Sie sich nicht so sicher, Becky. Wir sehen uns noch.«

Sobald sie seinen Streifenwagen abfahren sah, rief sie Sam an. Seine Mutter war am Apparat. »Wer ist denn da?« Sie klang mißtrauisch.

»Ich bin in seiner Physikklasse. Ich muß ihn was fragen.«

Klack. Seine Mutter ging ihn holen. »Sam, die Polizei war gerade hier.«

»Becky? Bist du's? Wann kann ich dich sehen?«

»Schsch. Nenn meinen Namen nicht vor deiner Mutter. Die Polizei war gerade hier, und Dick Berg hat der Polizei von uns erzählt. Woher hat er das gewußt?«

»Er hat nichts gesagt. Das würde er nie tun.«

»Er hat es getan. Sam, hast du mit ihm über uns geredet? Hast du?«

»Er hat mich mal deinetwegen aufgezogen. Das ist alles.«

»Ich kann's nicht fassen. Wir sind echt in Gefahr.«

»Was macht das schon? Das beweist nicht das andere.«

»Aber es liefert ein Motiv. Es wirft ein schlechtes Licht auf mich. Jetzt hör mir zu, Sam, du streitest es ab, und du wirst es auch weiterhin abstreiten. Wir waren befreundet. Ich habe dir bei deinen Rollen geholfen. Das ist alles. Du hast mich bewundert. Mehr weißt du nicht. Hörst du?«

»Warum redest du so? Ich habe das Gefühl, ich bedeute dir nichts mehr.«

»Ich liebe dich, Sam. Paß auf, was deine Mutter von unserem Gespräch mitbekommt. Ich bin nur nervös wegen der Polizei. Wir müssen vorsichtig sein. Es ist nur noch für kurze Zeit. Wenn wir der Polizei weiterhin was vormachen können.«

»Ich habe einfach das Gefühl, du liebst mich nicht mehr.«

»Sam, ich habe Angst, und du solltest auch welche haben. Wir haben noch so viele Jahre. Wir müssen nur durch diesen Tunnel hindurch. Das ist schwierig. Das ist gefährlich. Wenn die Polizei mit dir redet, mußt du auf alles achten, was du sagst, und darauf, wie du dich verhältst, bis in deine kleinsten Reaktionen. Hast du verstanden?«

Er sagte, er hätte verstanden, aber sie wußte, er war einfach noch zu jung, um zu begreifen, was auf dem Spiel stand. Ihr graute bei dem Gedanken, ihr Schicksal Sams Verhören anheimgeben zu müssen. Sie hätte nie gedacht, daß die Polizei die Verbindung zu ihm aufspüren würde. Wer außer Helen wußte davon? Tommy natürlich, aber der würde nie etwas sagen. Sie glaubte nicht, daß Helen sie verraten hatte. Es war dieser verdammte Dick Berg, mit seiner bevormundenden Haltung Sam gegenüber, der versuchte, Sam vor ihr zu schützen. Als ob Dick Berg nicht mit der Frau herumknutschte, die Minna spielte, Beryl, die mit einem Krebsspezialisten verheiratet war. Er durfte sich Affären leisten, aber Becky nicht.

Sie hatte auch Ce-Ce im Verdacht. Ce-Ce hatte sie nie gemocht. Ce-Ce mochte Frauen, die ihr die Schleppe trugen, ihr schmeichelten, ihr sagten, wie bemerkenswert sie war. Becky fand Ce-Ce nicht bemerkenswert, nur grotesk. Mit ihrem hennagefärbten Haar und ihren klimpernden Armbändern sah sie aus wie aus dem Museum. Ce-Ce fand, alle Frauen hatten ihr nach dem Munde zu reden und sie zu beneiden, und alle Männer hatten mit ihr zu flirten. Wie konnte ein Kriminalbeamter Ce-Ce und Dick Berg ernst nehmen? Vielleicht tat er es gar nicht. Vielleicht angelte er nur, wollte ihr eine Reaktion entlocken. Alles, was Edelson hatte, waren Verdächtigungen und Klatsch. Meinte er, sie würde vor Schuldgefühlen zusammenklappen? Sie hatte nur getan, was getan werden mußte. Ihr war keine andere Wahl geblieben. Es gab nichts zu bereuen, nichts.

57

Leila

Sams Prozeß, von Beckys abgetrennt, war eigentlich nur eine Formsache, da er sich des Totschlags schuldig bekannte und kein Schwurgericht erforderlich war. Sein Strafmaß sollte erst nach Beckys Prozeß festgesetzt werden. Leila fand das eine außergewöhnlich unverhohlene Manipulation von seiten des Staates. Hilf uns, sie zu überführen, und deine eigene Strafe wird milder. Sie fuhr mit Zak zu Sam. Er saß wieder im Barnstable-Untersuchungsgefängnis. Sie hatte die ersten zwanzig Minuten.

Leila betrachtete Sam voller Mitleid. Sie konnte nicht umhin, ihn manchmal mit David zu verwechseln. Er schien, wie viele intelligente Jungen, eine Mischung aus extremer Sensibilität und totaler Gefühlskälte zu sein. Sie glaubte nicht, daß der Mann, den er getötet hatte, Terry Burgess, ihm außer als Problem auf der Seele lag. Vor dem Richter hatte Sam ein von seinem Anwalt gut einstudiertes Plädoyer gehalten, wie sehr er sich schämte und wie sehr die Schuld auf ihm lastete und wie schrecklich er sich gegenüber der Familie Burgess fühlte. Er hatte es mit dem gebührenden Ernst vorgetragen, aber sie glaubte ihm kein Wort. Sie spürte, daß er echte Reue empfand für den Kummer und die Sorgen, die er Cathy und Zak bereitete. Die Familie Burgess nannte er einen Lynchmob. Er konnte vom Leid seiner

Mutter nicht auf das von Mrs. Burgess schließen. Wenn er gezwungen war, Terry zu erwähnen, unterbrach er meistens den Blickkontakt und zog eine Grimasse. »Mir egal, was andere sagen, er war ein Schweinehund. Er hat sie geschlagen. Ich war ein Idiot, mich mit ihr einzulassen, aber er hat es verdient.«

Die Burgess-Gesichter erschienen in den Abendnachrichten, als Beckys Prozeß mit der Auswahl der Geschworenen begann. Eine Nahaufnahme von Mrs. Burgess mit ihrem langen, spitzen Kinn und ihren tadellosen Zähnen, die sie gerade fletschte; Mr. Burgess mit schlecht deckender Fernsehschminke auf wässerig gewordenem Fleisch und Augen, die vor Wut hervorquollen; Chris, der verdrossen dreinschaute.

Sams Zorn richtete sich gegen Becky. Er lehnte sich von dem dünnen Drahtgitter zurück und ballte die Fäuste. »Sie hat mich angelogen. Sie hat mir erzählt, er wollte sich nicht scheiden lassen. Er hat sie wirklich geschlagen, ich habe die blauen Flecke gesehen. Dabei wollte er die Scheidung, sagen seine Eltern. Aber die würden alles sagen. Sie hat mir das Gefühl gegeben, ich mußte sie retten, ich mußte einfach. Sie schien fürchterliche Angst vor ihm zu haben. Ich hatte ihn nur einmal gesehen, in der Vorstellung. Ich dachte, er war ein Schwergewicht. Aber er war nicht stark. Er war größer, aber er war nicht so stark wie ich. Sie hätte sich jederzeit scheiden lassen können, und dann würde ich jetzt aufs College gehen. Warum hat sie nicht einfach ganz normal die Scheidung eingereicht und mich in Ruhe gelassen?«

»Wie kamen Sie dazu, schließlich den Gedanken zu fassen, ihn umzubringen? Das muß doch ein großer Schritt gewesen sein?« Sie sprach die Frage aus, die sie sich wieder und wieder gestellt hatte.

»Es war, als ob es auf der ganzen Welt nur noch sie und mich gab. Ich war so verrückt nach ihr, ich kann's gar nicht sagen. In der Schule bin ich ganz schlecht geworden. Ich saß in Mathe da, ich saß in Sport da, ich saß über den Schularbeiten da, und ich konnte nur daran denken, mit ihr zusammen zu sein. Im Bett, meine ich. Nicht, daß wir oft ein Bett hatten. Meistens war es der Rücksitz von ihrem Auto. Ich wollte nur mit ihr allein sein und daß alles andere verschwindet.«

»Er war für Sie also nicht real?«

»Ich konnte mich nicht mal erinnern, wie er aussah. Kann ich immer noch nicht. Ich hatte keine zwei Worte mit ihm gewechselt. Sie müssen verstehen, von dem Augenblick an, wo ich sie geküßt habe und sie mich gelassen hat, wo sie mich geküßt hat wie sonst noch nie jemand, da war es nicht mehr real. Ich war in einem Film, verstehen Sie, ich war in einem Traum. Es war zu total gut, um real zu sein. Niemand sonst und nichts sonst kam zu mir durch. Ich konnte nicht mal hören, was andere zu mir sagten.«

»Sam, warum haben Sie und Gene den Videorecorder und den Fernseher versetzt? Brauchten Sie so nötig Geld?«

»Ich weiß, jetzt sieht es total idiotisch aus. Aber ich konnte wertvolle Sachen nicht in den Kanal schmeißen. Das war wie Verschwendung. Ich bin so erzogen, alles auf dem Teller aufzuessen, Klamotten zu tragen, bis sie kaputt sind, immer daran zu denken, was alles gekostet hat. Und Mom macht Mülltrennung und kompostiert. Ich konnte die Sachen nicht einfach so in den Kanal schmeißen, verstehen Sie? Ich konnte einfach nicht.«

»Aber warum haben Sie Ihren Freund mit hineingezogen?«

»*Sie* hatte ja kaum Zeit für mich nach dem Mord. Sie hat immer bloß gesagt, wir haben bald alle Zeit der Welt, bald ist es soweit, dabei hat sie's nicht mal versucht, sie hat's überhaupt nicht versucht.«

»Also haben Sie bei Ihrem besten Freund Hilfe gesucht?«

»Ich war am Durchdrehen. Ich fühlte mich so verloren. Ich konnte nicht glauben, daß wir das getan hatten, und nun konnte ich nicht mal mit ihr zusammensein. Ich mußte es Gene erzählen. Und der sagte: Du kannst das Zeug nicht einfach unter deinem Bett behalten. Wir verkaufen das. Vielleicht kriegen wir genug für alles, daß wir uns einen fahrbaren Untersatz kaufen können. Dann hätte ich wenigstens was gehabt. Dann hätte ich zu ihr fahren können, wann ich wollte.«

Ein paar Minuten später redete er über seine Pläne. »Zak sagt, vielleicht kann ich hier drin Kurse belegen. Dann habe ich wenigstens den College-Abschluß, wenn ich rauskomme.« Leila sah ihn an, jung, sein Gesicht noch ungeformt und sein Leben bereits ein Scherbenhaufen. Er machte ihr angst. Sie ertrug den Gedanken nicht, daß David einen dummen Fehler begehen konnte – jemanden auf der Straße überfahren, was immer –, und daß damit für den Rest seines Lebens alles völlig verändert war.

Vor sechs Monaten hatte Sam im Mittelpunkt von Cathys und Zaks Leben gestanden; jetzt war er ein Loch, um das sie sich bewegten. Sam gehörte dem Staat, dem Hilfsstaatsanwalt, der ihn täglich instruierte und seine Aussagen mit ihm durchging. Sam arbeitete an seinen Aussagen, wie er es für seine Schulfächer getan haben mußte, bevor Becky kam. Er war ein guter Schüler gewesen.

Während Zak bei Sam war, ging sie zwischen den Autos auf dem Parkplatz umher. Der Tag war mild. Der Schnee war geschmolzen, die abgestorbenen Gräser und das durchweichte Herbstlaub lagen bloß: eine naßkalte, einfarbige Welt, nur Beige- und Braun- und Grautöne. Die Massachusetts Bay in der Ferne wirkte wie aus Zink.

Für Zak und für Cathy waren die Gedanken an Sam mit einer tiefen Scham verknüpft. Er hatte sein Leben ruiniert. Er hatte seine eigenen Pläne gründlich vereitelt, und diese unvorstellbare Gewalttat hatte ihn von seinen Nächsten getrennt. Cathy liebte ihren Sohn, gewiß, und Zak liebte seinen Neffen, aber diese Liebe hatte eine verborgene wunde Stelle. Diese Liebe hatte das Vertrauen verloren. Ein unausgesprochenes Gefühl war da, daß mit Sam etwas nicht stimmte, etwas, das sie nicht greifen konnten, für das sie aber verantwortlich waren, ohne zu wissen, wie oder weshalb. Er war in weit stärkerem Maße ein Fremder, als ihnen bewußt gewesen war, und nun konnten sie es nicht vergessen.

Zak war immer schweigsam, wenn sie aus dem Gefängnis kamen. Oft besuchten sie Sam getrennt, denn Barnstable lag für Zak näher als für sie. Doch dann wieder, das wußte sie, schätzte Zak ihre Gesellschaft, auch in Schweigsamkeit. Für Wochenendbesuche bei Sam verabredeten sie sich. Danach fuhren sie meistens zum Cape. Angesichts der Kaufanwärter, die in ihrem Haus herumgeführt wurden, fand Leila es angenehm, hinauszukommen. Heute jedoch fuhren sie nach Cambridge, da sie Karten für Mark Morris hatten, zusammen mit Jane und Emily. Vorher wollte Jane kochen, immer ein interessantes, wenn auch manchmal grenzüberschreitendes Erlebnis. Jane mochte es, wenn alles authentisch war, auch wenn das bedeutete, ein Berbergericht auf dem Fußboden hockend mit nur einer Hand und ohne Besteck zu sich zu nehmen. Leila war um Zak unbesorgt. Der machte solche Dinge anstandslos mit. Ihre Hauptsorge war, Jane könnte eine so umständliche Zeremonie planen, daß sie zu spät ins Wang Center kamen.

Der Immobilienmarkt war flau, und bislang hatte Leila kein annehmbares Angebot erhalten. Nick war weitaus mehr hinterher, aber sie zog die Prozedur nicht unnötig in die Länge, um ihn zu ärgern. Sie wollte nur aus dem Verkauf mit genug Geld hervorgehen, um sich etwas anderes kaufen zu können. Sie wollte einen kleinen Garten; sie wollte zwei Schlafzimmer; sie wollte ihre Arbeitsstätte zu Fuß erreichen können – das ergab einen Radius von knapp drei Kilometern.

In ihrem Haus angekommen, ließ Zak sich in einen Sessel fallen. »Ich frage mich, ob ich fähig gewesen wäre, Corinne umzubringen. Aber das hier geschah vorsätzlich.«

Sie stellte die Kaffeemaschine an und setzte sich aufs Sofa. »Meinst du, daß in Sams Kopf viel Nachdenken stattgefunden hat?«

»Ich ertappe mich dabei, wie ich ihn anstarre, während wir reden, und mir vorzustellen versuche, wie er jemandem den Schädel mit einem Hammer zertrümmert. Die Polizei hat die Mordwaffen nie gefunden, aber laut Sam hat er einen Hammer benutzt und sie einen Golfschläger. Es war nicht eine der aseptischen Hinrichtungen von der anderen Straßenseite aus.«

Leila hatte die gleichen Berichte gelesen. »Hättest du ein besseres Gefühl, wenn es so gewesen wäre?«

»Ich verstehe das nicht. Wenn du nur auf einen Knopf zu drücken brauchtest, würdest du dir dann wünschen, dein Exmann möge aufhören zu existieren?«

»Ich kann es mir vorstellen«, sagte sie grimmig. *»Puff,* und er ist Luft.«

»Jedenfalls war das hier nicht *puff,* und Burgess hat sich nicht in Luft aufgelöst. Sie müssen zehn Minuten lang auf ihn eingedroschen haben. Ich sehe mich Corinne mit dem Würstchen, mit dem sie gestorben ist, überraschen. Ich sehe mich eine Szene machen und sie ein Drecksstück und eine Hure schimpfen. Ich sehe mich Gegenstände zertrümmern. Ich kann mich rachsüchtig wie ein Teufel sehen, wie ich versuche, ihr Lauren wegzunehmen. Aber ich kann mich nicht sehen, wie ich sie erschlage. Da ist eine Grenze, die ich nicht einmal in meiner Fantasie überschreiten kann.«

»In meinem Leben gibt es einen Punkt, wo ich aufgebe und meine Verluste abschreibe. Becky hatte diesen Punkt nicht. Ihre Gefühle sind wirklich verletzt, weil Sam sie preisgegeben hat. Sie sagt mir immer wieder, daß sie ihm vertraut hat, und nun ist er nur wie alle anderen Männer, die sie gekannt hat. Was hat sie von ihm unter Druck erwartet? Daß er die Schuld auf sich nimmt?«

»Wir wollen beide nicht gern wissen, was es für ein Gefühl war, den Entschluß zu einem Mord zu fassen und ihn dann auszuführen. Doch im Krieg begehen junge Männer und Jungen, die ebenso sanft und nachdenklich und sensibel sind wie Sam, Greueltaten an gegnerischen Soldaten und Krankenschwestern und Frauen und Müttern.«

»Vielleicht lernen sie einfach die große WIR/DIE-Unterscheidung. WIR schlagen zu. DIE werden geschlagen. WIR zählen. DIE zählen nicht. WIR können uns DIE einverleiben.«

Zak stand auf und streckte die Arme aus. »Es ist dieser riesige Mühlstein, den wir immer wieder bergauf rollen. Komm, wir lassen ihn los. Wir können vereinbaren, daß wir einander nicht umbringen werden.«

»Ich glaube, diesbezüglich könnte ich mich verbindlich festlegen.« Sie ging zu ihm, und für einen Augenblick hielten sie sich eng umschlungen. »Möchtest du es schriftlich?«

»Manchmal, Leila, komme ich mir vor wie ein Pflanzenfresser, im besten Fall eine Art Büffel, im Gegensatz zu einer geschmeidigen Rauhkatze. Wir bewundern Raubtiere – Panther, Löwen, Tiger, sogar Wölfe. Von Natur aus nachdenklich sein und eine Abneigung gegen die Anwendung von Gewalt haben heißt vielleicht irgendwie zweitklassig sein. In der Mitte der sozialen Nahrungskette stehen. Besonders als Mann. Diese Gesellschaft denkt, echte Männer sind gewalttätig.«

»Ich möchte kein Raubtier sein – ich möchte auch nicht mit einem zusammensein. Ich bin nicht überrascht, wenn ein Mann gewalttätig ist. Ich freue mich, wenn er es nicht ist. Aber ich habe gemischte Gefühle, wenn eine Frau gewalttätig ist. Einerseits haben wir das Gefühl, sie bringt uns in Verruf, senkt unsere moralischen Immobilienwerte. Andererseits, sie hat es geschafft, groß rauszukommen, also können wir das auch. Das ist einer der Gründe, warum Bekky mich fasziniert. Sie hat in jeder Hinsicht die Regeln gebrochen.«

»Wünschst du, du könntest das auch? Insgeheim?«

»Die Regeln, die ich brechen möchte, das sind die ungeschriebenen, die besagen, daß ich jetzt einsam sein werde, daß mein Leben nach der Scheidung leer und trostlos sein wird.« Sie preßte sich enger an ihn, spürte seinen beweglichen, festen Körper. »Ich möchte mit dir naiv und unbelastet von vorn anfangen. Ich möchte eine Beziehung so angehen, als gäbe es keine Erwartungen und keine ungeschriebenen Regeln über Erfolg und Versagen. Ich möchte eine Beziehung ohne Vorurteile und ohne alte Gewohnheiten angehen.«

»Das hört sich bescheiden an, ist aber eine riesige Forderung. Es ist der Versuch, unsere soziale DNA völlig neu zu schreiben.«

»Ich habe dich nie gefragt, was aus dem Kojoten in deiner Klinik geworden ist?«

»Ich habe ihn geheilt und an der Müllkippe freigelassen ... wie du jetzt darauf kommst, möchte ich, glaube ich, nicht wissen. Aber wir können uns doch einfach in aller Friedfertigkeit voranbuddeln und versuchen, einander zu lieben.« Seine Hand schloß sich warm um ihren Nacken.

Sie stand sehr still. Zum ersten Mal war das Wort Liebe zwischen ihnen ausgesprochen worden. Aber, dachte sie, ich habe Melanie ebenso sehr geliebt, wie ich Nick geliebt habe, und sie hat mich nicht aufgefressen. Sie hat mir nicht das Gefühl gegeben, massig und asexuell zu sein. Vielleicht können wir daran arbeiten, einander an Wochenenden auf vorsichtige und entspannte Art zu lieben, zwei Geschöpfe aus Glas und Knorpel. Dann lehnte sie sich zurück und lächelte ihn an, ihre Hände glitten zu seinem Po hinunter. »Wir müssen es eben versuchen.«

58

Mary

»Du kannst mir nicht befehlen, was ich tun soll.« Abel starrte sie wütend an. »Du bist nicht meine Großmutter. Außerdem ist meine Großmutter eine Lesbe.«

»Was ist denn das für ein Unsinn?« Mary war nervös. Sie stand vor dem überlaufenden Komposteimer, dessen Wegbringen zu Abels Pflichten gehörte. Ihre Autorität war fadenscheinig, erfunden. Er konnte sich einfach weigern, und was tat sie dann?

»Red hat das gesagt. Bevor er abgehauen ist. Und ich bin froh, daß er abgehauen ist, denn er war ein Arschloch. Mein Freund Lobo sagt, er war ein Abzocker und hat meine Mutter verladen.«

Sie beschloß, seine unflätige Sprache für den Augenblick zu überhören. Sie hatte genug am Hals. »Die Liebe läßt die Menschen das Beste in anderen sehen. Deine Mutter wollte an ihren Mann glauben – wie sie das Beste in dir sehen will. Du solltest nicht alles glauben, was ein Mann über seine Schwiegermutter sagt. Ich habe deine Großmutter nie kennengelernt, aber ich weiß, sie ist Krankenschwester. Sie war verheiratet und hat zwei Kinder, also würde ich einfach vergessen, was Red Rodgers über sie gesagt hat – und das meiste andere auch.« Mary stieß leicht an den Eimer.

»Du kannst mich zu nichts zwingen.«

»Du kommst in ein Alter, wo niemand außer dem Gesetz und deinem eigenen Verstand dich zu irgendwas zwingen kann«, sagte Mary und gab sich Mühe, daß ihre Stimme nicht zitterte. »Da ich ihn nicht heben kann, muß ich eben deine Mutter aus dem Bett holen, und sie bringt ihn raus.«

»Ich will nicht, daß sie das macht. Das ist nicht fair.«

»Sie oder ich, Abel, und ich kann es nicht.«

»Das ist Beschiß«, sagte Abel. »Ich muß immer die Drecksarbeit machen.«

»Das ist die Strafe fürs Großwerden«, sagte Mary. Sie konnte den Eimer hochheben, obwohl er ziemlich schwer war, aber wenn sie es tat, würde sie es jedesmal tun und dazu noch seine übrigen Aufgaben im Haushalt.

Robin, das kleine dunkle Kind mit den Indioaugen, war leicht. Sie hungerte nach Liebe. Sie war das einzige Mädchen, das Kind keiner Ehe, sondern einer Affäre. Mary hatte den Verdacht, daß der Vater Latino war, aber ihr war nichts über ihn mitgeteilt worden. Robin wollte einfach in den Arm genommen und bemuttert werden. Mary hatte sie sofort gewonnen. Sie teilten ein Zimmer, und immer, wenn Robin nachts Angst hatte, kam sie zu Mary ins Bett. Mary schmuste viel öfter mit ihr, als sie es mit ihren eigenen Kindern getan hatte. Robin war anschmiegsam genug, um sich durch Marys Hemmungen zu schlängeln. Robin hatte auch ihre Probleme. Sie blieb nicht immer bei der Wahrheit und war eine unersättliche Naschkatze. Wenn Mary nicht aufpaßte, überfutterte sie sich an Zuckerzeug und Keksen. Robin vergötterte Abel, der sie kaum beachtete.

Ben war schwierig. Das würde Zeit brauchen. Er klebte an seiner Mutter. Das Baby würde ihn ein bißchen abdrängen. Das mußte sie abwarten und dann auf ihn einwirken. Abel machte ihr die meisten Probleme. Er rebellierte gegen seine Mutter und sah in Mary eine Ersatzmutter, die gekommen war, um ihn zum Spuren zu bringen. Wenn sie ihn nicht auf ihre Seite brachte oder wenigstens seine Neutralität erreichte, würde sie nicht bleiben können, wenn Debbie erst wieder auf den Beinen war. Ohne Abels Einverständnis würde sie Debbie mehr Ärger machen, als sie ihr von Nutzen sein konnte.

Mary studierte ihn. Eine Strategie war, nichts von ihm zu verlangen, zu lächeln und ihn gehen zu lassen, aber sie hatte das starke Gefühl, das würde nichts bringen. Zum einen ging es ihr selbst gegen den Strich. Sie hatte ihren eigenen Kindern nichts durchgehen lassen, und sie würde sich nicht beherrschen können. Zum zweiten spürte sie, daß Laxheit nur Abels Verachtung düngen würde.

Er stieß gegen die Grenzen, aber er brauchte sie immer noch und wollte, daß sie an der alten Stelle blieben. Sie mußte ihn auf ihre Seite bekommen, aber sie hatte keine Ahnung, wie sie das schaffen sollte. Er war zu viele Male entwurzelt worden, er hatte zu viele Pseudoväter. Er hatte Menschen satt, die in sein Leben traten, sich Autorität anmaßten, das Regiment übernahmen und dann wieder verschwanden. Er war nicht liebenswert, aber sein verletzter Stolz störte sie nicht. Sie dachte, wahrscheinlich verstand sie das besser, als Debbie es tat. Debbie hatte Schwierigkeiten mit ihrem ältesten Sohn, und wenn Mary ihn herumkriegen konnte, dann hatte sie bei Debbie einen Stein im Brett.

Debbie war ihr gegenüber mißtrauisch. »Wenn meine Schwester meint, sie kann mich durch Sie beaufsichtigen, dann hat sie ein Rad ab. Ich will nichts von ihr, und ich brauche nichts von ihr. Sie meint, sie hat immer recht, es gibt nur eine Art, alles zu tun, und das ist ihre Art.« Debbie saß im Bett mit einem Kissenstapel im Rücken und zog die Stirn kraus. Ihr Fußgelenk steckte in leichtem Gips, und Krücken lehnten am Kopfende. Debbie sah überanstrengt und unglücklich aus.

»Mrs. Landsman hat mich hierher verfrachtet, damit ich

ihr aus den Augen bin und Sie ihr nicht mehr auf dem Gewissen lasten. Jetzt ist sie aus der Schlinge. Es liegt an uns, ob wir miteinander auskommen oder nicht.« Mary sprach mit beherzter, vorgetäuschter Zuversicht. »Ich habe die Vorräte aufgestockt und die Küche und das Badezimmer geputzt. Ich habe mit der Wäsche angefangen. Drei Kinder machen ganz schöne Wäscheberge. Das hatte ich vergessen.«

»Ich glaube, Robin braucht Socken. Könnten Sie in ihren Schubladen nachsehen, nachdem die Wäsche einsortiert ist?«

»Wir wollen eine Liste machen, welche Größen die Kinder haben – jedenfalls im Augenblick, ich weiß, wie rasch Abel wächst. Ich glaube, er ist seit meiner Ankunft gewachsen.« Vor fünf Tagen. Außer von Robin wurde sie von allen bislang nur geduldet.

Debbie seufzte. »Schießt der nicht in die Höhe? Ich kann mich nicht genau erinnern, wie groß sein Vater war …«

»Debbie …« Mrs. Rodgers hatte sie gebeten, sie mit Vornamen anzureden. Mary hatte sich nicht widersetzt. Hier war es ihre Strategie, nicht zurückhaltend zu sein, sondern jede Lücke und jeden Spalt und jede nachgiebige Stelle zu besetzen. »Soll ich Ihnen nicht die Haare waschen? Ich kann eine Waschschüssel herholen. Wir machen wahrscheinlich das Bettzeug naß, aber das können wir wechseln.«

»Ich schaffe es bis ins Badezimmer, wenn ich mich hinsetzen kann, während Sie das machen.«

Debbie taute auf, als Mary ihr das helle Haar wusch. »Meine Mutter hat das immer gemacht«, erzählte sie. »Ich weiß noch, wie sie gesungen hat, wenn sie mir die Haare wusch, alte Schlager. Melodien aus *South Pacific*. Sie konnte nie den Ton halten. Ich kann's auch nicht. Nur Leila kann's. Finden Sie, sie hat eine hübsche Singstimme?«

»So gut kenne ich sie nicht.«

»Sie mögen sie gar nicht so sehr, wie?«

Mary überlegte sich eine Antwort. Sie mußte immer bedenken, welche Wahrheit oder Lüge am günstigsten war. Schließlich sagte sie: »Nicht besonders. Ich hoffe, das kränkt

Sie nicht.« Sie wußte ganz genau, daß die Schwestern nicht ein Herz und eine Seele waren. Ebensowenig wie Cindy und Jaime. Mary hatte sie zu oft übereinander herziehen hören. Jaime fand Cindy opportunistisch und nannte sie ein Frettchen. Cindy fand, Jaime war ein Verlierer. War Mary das nicht auch?«

»Ich bin ganz anders als meine Schwester. Warum soll mich das kränken?«

»Sie sind viel herzlicher«, sagte Mary und spülte sanft Debbies Haare. »Sie haben so feines hübsches Haar und eine so zarte Haut. Sie sind ein heller Typ wie meine Tochter Cindy.«

»Haben Sie ein Foto von ihr?«

»Nur noch eins. Alle anderen sind in einem Feuer verbrannt.«

»Wie traurig.«

»Ich werde Cindy bitten, mir ein paar neue zu schicken, wenn ich ihr das nächste Mal schreibe.«

Debbie fragte sie nie, warum sie nicht bei ihrer Tochter lebte, denn Debbie wollte selbst nicht von ihrer Familie beaufsichtigt werden. Debbie hatte nichts von Reds Familie gehört, seit er sie verlassen hatte, kein einziges Wort, und sie war über ihre Mutter wegen etwas am letzten Thanksgiving verärgert, Mary wußte nicht, was. Sie würde versuchen, es herauszubekommen. Vielleicht wußte es Babs vom Nachbargrundstück, die auch gewonnen werden mußte. Sie war die wichtigste Außenstehende. Mary versuchte sie einzuschätzen. Sie konnten sich über die Pferde anfreunden. Zum Glück konnte Mary gut mit Tieren umgehen. Die Pferde wieherten schon leise, wenn sie sie sahen, und Min kam ans Gatter getrottet. Sie mußten bewegt werden. Min war grau mit einer weißen Blesse.

Zitternd und zagend kletterte Mary am nächsten Morgen auf Min und ritt mit Babs aus, voller Entschuldigungen für ihren schlechten Sitz. Aber es kam langsam wieder. Sie war früher mit Cindy oft ausgeritten, bis Cindy in das Alter kam, wo sie nicht mehr mit ihrer Mutter zusammen gesehen werden wollte. Hier mußte sie reiten. Das war etwas,

was sie mit Debbie teilen konnte. Debbie liebte ihre Pferde. Sie fehlten ihr. Mary war nach dem ersten Ausritt so wund, daß sie hätte heulen können, aber sie hielt den Mund. Ihre Muskeln würden sich dehnen. Jammern war ein Luxus, den sie sich nicht leisten konnte, denn sie war auf Bewährung.

Mary begann, die Pferde sorgfältig zu beobachten und dann Debbie zu berichten. Sie plauderten über die Pferde, als wären es Menschen, und Mary fand wirklich, Min und ihr Fohlen Sika waren weitaus netter als die meisten Menschen, mit denen sie in den letzten Jahren zu tun gehabt hatte. Sie hatten auch eine gute Beziehung zueinander, eine schöne Mutter-Tochter-Zuneigung, auch wenn Min nach Sikas Flanke schnappte, wenn ihr Sika zu übermütig wurde.

Es war schön hier. Sie erinnerte sich an all die Tage, an denen sie Häuser geputzt hatte und sich auf nichts freuen konnte als ein Cafeteria-Abendbrot und eine Nacht auf dem Flughafen oder in jemandes ungeheizter Garage. Wenn sie bei Debbie nicht bleiben konnte, wollte sie nicht zurück an die Ostküste. Sie würde nach San Diego gehen oder nach L.A. und versuchen, auf der Straße zu leben. Zugegeben, sie kannte niemanden, aber wer und was wartete an der Ostküste auf sie?

Die Luft war sauber und harzig. Sie mochte den Geruch der Tiere, selbst die Ziege war nicht schlimm. Es gab immer etwas zu tun – eine tropfende Stelle unter der Spüle abzudichten, gewaschene Gardinen aufzuhängen. Die Tiere brauchten ständig Pflege. Da waren der Einkauf, die Wäsche, das Kochen, das Saubermachen, Min und Sika mußten bewegt und gestriegelt und gefüttert und getränkt werden. Die Hühner, die sie mit ihren ausgeprägten Persönlichkeiten überraschten. Die Ziege, die so anhänglich war wie ein Hund und gemolken werden mußte. Wer würde glauben, daß ich das bin, dachte sie, als sie Nannie molk. Es wäre schön gewesen, wenn sie Kätzchen hätte behalten und hierher mitnehmen können. Mrs. Landsman ließ sie in Cambridge bestimmt nicht mal vor die Tür.

Wäre Mary nicht eine so kräftige, robuste Frau gewesen und einen harten Tag und eine noch härtere Nacht gewohnt, sie wäre nie mit den Anforderungen zurechtgekommen. Alles hatte sich aufgehäuft. Das Haus war verdreckt und vernachlässigt. Die Wäsche stank. Der Kühlschrank war leer bis auf ein bißchen verschimmelten Tofu und vergammelten Salat, ein paar offene Dosen und Flaschen. Eier natürlich. Sie hatten immer Eier und Ziegenmilch. Debbie hielt im Bett mit dem Flicken und Stopfen Schritt, aber sie langweilte sich fürchterlich. Fernsehen machte ihr keinen Spaß, Fernsehen machte sie rammdösig. Debbie spielte mit Ben und las ihm Geschichten vor.

»Das ist ein guter Schlafsack«, sagte Abel, als sie ihn lüftete. »Aber er riecht verbrannt.«

»Der war in einer Brandkatastrophe. Ich war in einer Brandkatastrophe.«

Abel sah ihr in die Augen, plötzlich hellwach. »So was wie ein Waldbrand?«

»Nein. Ein Haus ist abgebrannt. Drei Menschen sind dabei umgekommen. Ich habe versucht, meine Freundin zu retten, aber ich konnte sie nicht wach kriegen. Ich war die einzige, die entkommen ist.«

Er sah sie von der Seite an. »Quatsch. Echt?«

»Es stand in den Bostoner Zeitungen. Ich kann dir einen Ausschnitt zeigen, den Mrs. Landsman, deine Tante, mir gegeben hat. Meine Freundin ist dabei umgekommen.«

»Zeig mal.«

»Heute abend. Nach dem Essen.«

Hatte sie sich in eine Zwickmühle manövriert? Die Vorstellung daß sie in einer Brandkatastrophe gewesen war, hatte Abel fasziniert. Sie versuchte immer wieder, ihn zu erreichen. Wieviel Wahrheit durfte sie erzählen? Als sie mit dem Abwasch fertig war, stellte sich Abel ihr in den Weg. »Du wolltest mir was von einem Brand zeigen. Das hast du versprochen.«

Mary ging in das Zimmer, das sie mit Robin teilte, und fand den Zeitungsausschnitt zwischen ihren Sachen, alle ordentlich in zwei Schubladen einer Kommode verstaut, deren restliche zwei Schubladen leer standen. Sie gab ihm den Ausschnitt.

»Das warst du, die weggelaufen ist?« Abel staunte ungläubig.

»Die anderen waren eine Frau namens Beverly Bozeman, wie es da steht. Und zwei von der Straße, Houdini und Maus. Ich kannte Beverly Bozeman, weil ich auf dem Weg zur Arbeit immer an ihr vorbeikam. Sie war eine Obdachlose, die sich bei einem U-Bahnhof aufhielt. Jedenfalls wurde sie eines Nachts ...« Sie zögerte und entschied, mit fünfzehn konnte er die Nachricht von einer Vergewaltigung aushalten. »... von einem Mann überfallen, der mit einem Messer auf sie einstach, sie vergewaltigte und sie dann in einen Müllcontainer warf, weil er dachte, sie wäre tot – du kannst mir folgen?«

»Nur weil wir in der Pampa leben, heißt das noch lange nicht, daß ich mich nicht in der Großstadt auskenne. Ich habe in Cincinnati gewohnt, in Seattle und in L.A. Ich kenne Müllcontainer und weiß, was mit Frauen auf der Straße passiert.«

Das bezweifelte sie, aber sie fuhr fort und glättete beim Erzählen die Geschichte ein wenig. Sie erzählte, wie sie Beverly im Krankenhaus besucht hatte, sie spannend fand und sich mit ihr anfreundete. Dann beschrieb sie ihren Wunsch, verstehen zu wollen, wie Beverly eigentlich lebte, und ihren Entschluß, ein paar Nächte mit ihrer Freundin in einem leerstehenden Haus zu verbringen.

Abel war beeindruckt. »Das hast du wirklich gemacht? Hast deinen Schlafsack genommen und bist in ein unsicheres Viertel gegangen und hast in einem mit Brettern vernagelten Haus bei den Pennern und der Obdachlosen geschlafen?«

Mary sagte: »Ich wollte sehen, wie sie da lebten. Wie sollte ich das sonst rausfinden? Manchmal muß man ein Risiko eingehen, um Dinge zu erfahren. So, wie ich ins Flugzeug gestiegen und hierher gekommen bin, als ich euch alle noch nicht kannte. Du mußt manchmal ein Risiko eingehen, für neue Dinge, neue Menschen.«

»Hattest du nicht Angst vor den Typen? Houdini und Maus?«

»Das waren Freunde von Beverly und ganz harmlose Menschen.«

»Wieso konntest du einfach hingehen und so was machen?« Er sah sie schief an.

»Tja, Abel, meine eigenen Kinder sind erwachsen. Ich bin in dem Alter, wo ich was riskieren kann, und es geht niemanden was an, oder?«

»So was wie, wenn du fünfzehn bist wie ich und einen blöden Fehler machst, dann steht das in deiner Akte und hängt dir ewig nach. Aber wenn du alt bist, dann kommst du damit durch?«

Sie hatte ein schlechtes Gewissen, als sie die Küche aufräumte. Abel war wieder ins Wohnzimmer gegangen, um sich ein Basketballspiel anzugucken, aber vorher hatte er den Kompost hinausgebracht. Sie hatte aus ihren Freunden faszinierende Gestalten in einem Fernsehdrama gemacht mit sich selbst als Sensationsreporterin, die über ihnen ein bequemes Dasein führte, nach Belieben hinunter- und dann wieder in ihre Geborgenheit hinaufstieg. Sie schlachtete ihre Freunde aus, um einen aufsässigen Jungen zu beeindrucken. Wie Mrs. Landsman versprochen hatte, waren ihre Angaben über Marys Situation zufriedenstellend vage. Debbie wußte nur, daß Mary wegen einer Lungenentzündung ihre Arbeit verloren hatte und in Mrs. Landsmans Haus zusammengebrochen war. Sie glaubte nicht, daß Debbie sie je nach Einzelheiten ausquetschen würde. Hier hatte sie ihre Vergangenheit hinter sich gelassen wie die Ostküste. Wie ein in einem Schließfach vergessenes Paket. Sie hoffte nur, sie hatte bei dem Versuch, Abel zu beeindrukken, nicht zuviel verraten.

Debbie wurde gern gelobt, umsorgt, bemuttert. Sie hörte gern, daß sie immer noch hübsch war, aber noch lieber hörte sie, daß sie helle, ja sogar gescheit war. Mary tat ihr den Gefallen, jeden Tag. Sie lugte nach Anhaltspunkten, wie sie sich darstellen sollte, damit sie bleiben konnte. Damit sie sie behalten wollten. Damit sie sie nicht zurückschickten.

Wenn sie auch nicht den Gipfel des Berges erklomm, wenigstens rutschte sie nicht mehr ab. Sie hielt sich fest, mit Zähnen und Klauen.

59

Becky

Am Donnerstag stahl sie sich fünfundvierzig Minuten, um Sam zu sehen und mit ihm in der Nähe seines Hauses zu bumsen, im Auto auf einem Strandweg. Zum ersten Mal mit Sam täuschte sie einen Orgasmus vor, denn sie war zu nervös, daß jemand vorbeikommen konnte, aber Sam war auch so zufrieden. Er klammerte sich an sie.

»Die Polizei war da. Ein Captain Edelson. Er hat mir alle möglichen Fragen über dich gestellt, ob ich je in deiner Wohnung gewesen bin. Er hat mich gefragt, warum ich vom Theater nicht mehr mit Mr. Berg nach Hause gefahren bin. Ich habe gesagt, es hat mich nervös gemacht, daß er mein Lehrer ist. Ich glaube, er hat mir das nicht abgenommen.«

»Das nächste Mal sagst du ihm, er hat hinterher immer noch so lange mit seiner Freundin geknutscht, daß du nicht auf ihn warten konntest. Es kommt nicht darauf an, ob er dir glaubt oder nicht, solange er nichts beweisen kann.« Sie setzte sich auf und sah ihm in die haselnußbraunen Augen. »Das wichtigste ist, nicht unaufgefordert mit irgend etwas herauszurücken. Versuch nicht, bei ihm Eindruck zu machen. Erzähl keine Dramen, Sam –«

»Du redest mit mir, als wäre ich ein Vollidiot. Warum soll ich Dramen erzählen? Du bist es doch, die ständig die Reporter vollabert. Alle reden über dich und den Mord. Wenn du nicht in Panik geraten wärst und bei der Theatergruppe aufgehört hättest, könnten wir uns ohne Schwierigkeiten sehen, falls dir überhaupt daran liegt.«

»Ich habe dir doch erklärt, was meine Mutter gesagt hat, wie das aussehen würde. Ich kann ja wieder mitmachen, sobald sich alles beruhigt hat. Die werden uns nicht ewig im Nacken sitzen. Es wird einen anderen saftigen Fall geben, und dann kommen wir auf die kleine Flamme.«

»Nicht, wenn du es immer wieder aufrührst.«

Er war einfach eifersüchtig, weil die ganze Aufmerksamkeit ihr galt. »Meinst du etwa, es macht mir Spaß, mit denen zu reden? Ich versuche, die Berichterstattung so zu beeinflussen, daß der Verdacht nicht auf uns gelenkt wird. Ich tue es für uns beide.«

Auf der Heimfahrt stellte sie laut das Radio an. Wäre sie eine Frau gewesen, die fluchte, dann hätte sie jetzt einiges vom Stapel gelassen, aber ihre Mutter hatte sie dazu erzogen, keine Schimpfwörter in den Mund zu nehmen. Sie hätte Sam den Hals umdrehen mögen. Dieser kleine Rotzlümmel wollte ihr sagen, was sie zu tun hatte. Sie war völlig von seinem Urteilsvermögen abhängig, das so gut wie nicht vorhanden war, und von seiner Fähigkeit, den Mund zu halten, an der sie zu zweifeln begann. Sie hatte nicht gut gewählt. Hätte Tommy ihr geholfen, wenn sie ihn darum gebeten hätte? Aber dann hätte sie sich die Versicherungssumme mit Tommy teilen müssen, und er hätte wahrscheinlich nur einen Killer angeheuert, der sie dann erpressen konnte. Sam hatte nicht mal an das Geld gedacht.

Als sie nach Hause kam, wartete Captain Edelson in seinem Auto auf sie. »Kleinen Ausflug gemacht?«

»Ich fühlte mich so deprimiert. Ich bin zum Strand gefahren und spazierengegangen. Es ist schwer, in leere Räume heimzukommen … Haben Sie etwas gefunden? Jetzt ist schon über ein Monat vergangen, seit mein Mann ermordet worden ist.«

»Wir arbeiten noch an dem Fall. Wir werden ihn schon aufklären, verlassen Sie sich darauf.« Er folgte ihr in die Wohnung. Wenn Sergeant Beaumont den Onkel spielte, dem nichts Menschliches fremd war, so bot Captain Edelson keine derartige Pseudowärme. Er sah sie frostig an und redete mit monotoner Kühle. Sie war es müde, daß diese Männer ihr Fragen stellten und sie verstohlen beobachteten und andauernd herumschnüffelten. Sie raubten ihr das Privatleben. Sie suchten ihren Feierabend heim. Sie hatten sich zu Moral- und Anstandswächtern aufgeworfen, und wenn es nach ihnen ging, mußte sie zu Hause sitzen und einsam bleiben. Hatten sie nichts Besseres zu tun als eine schon genug geplagte Frau zu plagen?

»Wir haben eine Aussage von Miß Heather Joyce, wohnhaft Seagull Lane 148. Miß Joyce gibt zu, eine Beziehung zu Ihrem Ehemann Terrence Burgess, auch Terry genannt, unterhalten zu haben. Sie behauptet, daß Ihr Mann beabsichtigte, sich von Ihnen scheiden zu lassen und sie zu heiraten. Sie sagte, daß er Sie um die Scheidung gebeten hatte.«

»Das ist von A bis Z erfunden. Nein, er hat mich nie um die Scheidung gebeten. Das ist die Tussi, mit der Terrys Bruder Chris ihn für das Golfwochenende verkuppelt hat, auf das ich nicht mit konnte. Terry hat es mir gestanden. Aber nicht nur, daß er weit davon entfernt war, sie heiraten zu wollen, er hat gesagt, er wollte sie nie wiedersehen. Er hat gesagt, er schämte sich für das Techtelmechtel.«

»Sie hat aber ausgesagt, er wollte sich definitiv scheiden lassen.«

»Captain, ich bin nicht dafür verantwortlich, was mein Mann vielleicht zu einer Frau gesagt hat, mit der er ein Wochenende verbracht hat. Vielleicht hat er das gesagt. Vielleicht hat er ihr gesagt, daß er alleinstehend ist, was weiß ich. Aber das hat er nicht zu mir gesagt, seiner Frau. Zu mir hat er gesagt, wie leid es ihm tut. Er hat sogar geweint.«

»Laut der Aussage Ihres Schwagers Chris hatte Terrence vor, den Begünstigten seiner beträchtlichen Lebensversicherung zu ändern. Sie beläuft sich auf zweihunderttausend Dollar, die jetzt an Sie zahlbar sind. Chris sagt, Ihr Mann hatte vor, jetzt seine Mutter als die Begünstigte einzusetzen.«

»Captain, Sie verstehen das nicht. Chris hat Versicherungen verkauft, oder es zumindest versucht. Die gesamte Familie Burgess ist gegen alles unter der Sonne versichert. Ich glaube, sie haben sogar eine Versicherung auf mich abgeschlossen. Sie haben es getan, um Chris aus der Patsche zu helfen. Ich weiß nicht, wer der Begünstigte von Terrys Versicherung ist. Ich dachte, es wären seine Eltern, weil wir ihnen Geld aus dem Kauf der Eigentumswohnung schulden. Vor einiger Zeit hat Terry gesagt, wir sollten uns versichern lassen, falls wir beide arbeitslos werden, damit seine Eltern nicht ihr letztes Hemd verlieren, wenn wir die Zahlungen für die Eigentumswohnung nicht mehr aufbringen können. Ich glaube, wir hatten eine Art Hypothekenversicherung. Ich habe die Zahlungen für die Eigentumswohnung aufgebracht, aber wir waren nicht in der Lage, seinen Eltern das Geld zurückzugeben, verstehen Sie? Wir hatten deswegen ein schlechtes Gefühl. Aber Chris ist derjenige, der alles darüber weiß, denn er hat Versicherungen auf alle von uns ausgestellt.«

»Sie behaupten, Sie wußten nichts von der Lebensversicherung Ihres Mannes mit Ihnen als der Begünstigten?«

»Alle in der Familie hatten Versicherungen auf alle anderen. Ich habe mich nie darum gekümmert. Sie müssen verstehen, mein Schwager mochte mich nicht, und ich mochte ihn nicht. Ich hätte freiwillig nicht mal einen Hund bei ihm versichern lassen. Er hat mir die ganze Zeit in meiner Ehe Schwierigkeiten gemacht – oder er hat es zumindest versucht.«

»Sie deuten an, daß Ihr Schwager uns anlügt.«

»Captain, ich weiß nicht, was er alles gesagt hat. Chris und Terry waren immer in Konkurrenz miteinander. Sie waren sehr aufeinander fixiert, nicht immer auf gesunde Art. Ich dachte wirklich, Terry hätte die Versicherung so festgelegt, daß seine Eltern ihr Geld zurückbekommen.«

»Was meinen Sie mit nicht gesund? Drogen?«

»Terry hat im ganzen Leben nie Drogen genommen.«

»Sind Sie bereit, das zu beschwören?«

»Terry hat keine Drogen angerührt. Nie.«

»Denn sein früherer Verbindungsbruder Lyle Suttee behauptet, daß Terrence Burgess am College bei zwei Gelegenheiten Kokain genommen hat.«

»Das war, bevor ich ihn kannte. Ich kann mir nur schwer vorstellen, daß Terry je etwas Ungesetzliches getan hat.«

»Sie behaupten, daß Ihr Mann Ihnen von Heather Joyce erzählt hat und sein Bedauern ausgedrückt hat. Hat er versprochen, sie nie wiederzusehen?«

»Er hat es mir geschworen.«

»Kann jemand Ihre Geschichte bestätigen?«

»Na ja, Helen Coreggio unten habe ich von dem Golfwochenende erzählt. Das war ja nichts, was man überall verbreitet. Wenn ich es meiner Familie erzählt hätte, dann wäre womöglich einer meiner Brüder gekommen und hätte Terry den Marsch geblasen. Ich hatte das Gefühl, daß es ihm ehrlich leid tat und daß er es nicht wieder tun wollte. Ich hatte auch das Gefühl, es war meine Schuld, weil ich so mit der Theatergruppe beschäftigt war.«

»Das ist die, in der auch Ihr Freund ist, Sam Solomon?«

»Er ist nicht mein Freund. Er ist nur ein Schuljunge.«

»Ein Schuljunge, zu dem Sie sehr nett waren.«

»Ich war zu allen in der Gruppe nett. Warum auch nicht? Ich mochte sie. Ich habe gern in den Stücken mitgespielt. Mir gefällt nicht, was Sie sagen. Fragen Sie Helen Coreggio, ob da irgend etwas lief. Sie war fast immer dabei, wenn ich mit ihm zusammen war.«

»Außer, wenn Sie ihn nach Hause gefahren haben.«

»Meinen Sie, Dick Berg hatte eine Affäre mit ihm? Er hat Sam Solomon öfter nach Hause gefahren als ich. Manchmal hat Helen *mich* nach Hause gefahren.«

»Ihre Nachbarin Holly Reicher hat Sam auf einem Foto als jemanden erkannt, den sie hier gesehen hat.«

»Er hat mir das Textbuch von *Dracula* vorbeigebracht, und Helen und Sam und ich haben es zusammen gelesen und uns überlegt, für welche Rollen wir vorsprechen.«

»Wie oft war er hier?«

»Ich glaube, er war nur einmal im Haus, und wir waren hauptsächlich in Helens Wohnung.«

»Hauptsächlich? Was heißt das?«

»Das heißt, ich erinnere mich nicht genau, weil es nicht wichtig war. Er war nur ein netter Junge. Helen mochte ihn auch. Möglich, daß er in mich verschossen war, aber das war auch alles. Er war jedenfalls zu schüchtern, um lästig zu fallen.«

»Es muß doch schmeichelhaft für Sie gewesen sein, eine verheiratete Frau, deren Mann eine Affäre hatte, einen jungen Mann zu haben, der bis über beide Ohren in Sie verliebt war. Ein hübscher junger Mann, mit dem Sie nach jeder Probe und jeder Vorstellung allein waren.«

»Für ganze zehn Minuten in meinem Auto. Also wirklich! Ich habe das Gefühl, Sie erfinden eine Geschichte, die Sie nicht mal selber glauben.«

»Was ich glaube, ist unerheblich, Becky. Wichtig ist, was die Geschworenen für bewiesen halten werden.«

Die Polizei hatte Sam in ihrer Wohnung geortet. Sie mußte einen Zug machen. »Vielleicht war er in mich verliebt. Aber ich habe das nicht ernst genommen. Würden Sie die Schwärmerei eines Teenagers ernst nehmen? Ich fand, er war ein lieber und ernsthafter Junge. Das war alles. Vielleicht hätte ich nicht so nett zu ihm sein sollen, aber ich gebe mir immer Mühe, von allen gemocht zu werden. Jedenfalls bin ich auch zu anderen nett gewesen, wie zu Helen im Haus, die es Ihnen bestätigen kann. Ich helfe ihr beim Nähen und führe ihren Hund aus. Ich dachte nicht, zu einem Jungen in meiner Theatergruppe nett zu sein hätte irgendwas zu bedeuten – für mich oder für ihn. Wenn ich mich geirrt habe und er bis über beide Ohren verliebt war, dann habe ich das nicht gemerkt. Er ist nur ein Schuljunge.«

Sie fuhr am Samstag los zu Sam, merkte aber, daß ihr ein blaues Auto folgte. Also fuhr sie zu einem Einkaufszentrum am Kanal. Aus einer Telefonzelle in dem Gebäude rief sie Sam an. »Becky, die Polizei hat meinen Freund Gene verhört.«

»Warum?«

»Ich weiß nicht, warum«, jammerte er, und sie spürte einen kalten Hauch des Mißtrauens.

»Du warst doch nicht so blöde, ihm irgendwas zu sagen?«

»Vielleicht können wir uns Montag nachmittag treffen, wenn ich aus der Schule komme.«

»Hast du Gene irgendwas gesagt?«

Sam legte auf. Sie hätte ihn am liebsten erwürgt. Sie hätte am liebsten mit den Fäusten auf ihn eingetrommelt. Was konnte er seinem blöden Schulfreund gesagt haben?

Das blaue Auto stand immer noch auf dem Parkplatz, als sie mit irgendeiner Strumpfhose herauskam. Sie dachte daran, hinüberzuschlendern und den Kriminalbeamten zu fragen, ob er seinen Samstag genoß, aber dann entschied sie, die Unschuldigen erwarteten nicht, beschattet zu werden. Es fiel ihr schwer, zu widerstehen, denn sie sah sich schon cool und gefaßt wie Sharon Stone im Film zu dem Auto gehen und mit der Hand auf der Hüfte dastehen. Warum hatte die Polizei sich Sam vorgeknöpft? Sie hatte nie damit gerechnet, daß Sam vernommen würde. Was verband sie sichtbar miteinander? Und was hatte Gene mit allem zu tun? Das war Sams kleiner pummeliger Freund. Sie hatten in der High-School viele Fächer gemeinsam und wollten beide im Herbst an die University of Massachusetts in Amherst gehen. Sie fühlte sich langsam von der Polizei ungeheuer belästigt, und sie fragte sich, ob es nicht jemanden gab wie einen Sheriff oder einen Stadtrat, bei dem sie sich beschweren konnte. Sie vermiesten ihr das Leben, verhörten planlos mehr und mehr Leute. Es wurde allmählich unerträglich.

Sie war bei der Arbeit, als am nächsten Dienstag zwei Kriminalbeamte in ihr Büro marschiert kamen, Beaumont und ein anderer, dessen Namen sie nicht mehr wußte. »Mrs. Rebecca Burgess, Sie sind verhaftet wegen Mordes an Ihrem Ehemann Terrence Burgess. Sie haben das Recht, die Aussage zu verweigern ...«

Es war wie im Kino, nur ohne Musik, und ihr Chef und ihre Kolleginnen standen alle herum und schauten zu. »Ich bin bestimmt bald wieder da«, sagte sie zu ihrem Chef. »Das ist ein Irrtum. Warum sie die Einbrecher nicht verhaften können, begreife ich nicht.«

Sergeant Beaumont legte ihr sogar Handschellen an, als wäre sie eine Gewaltverbrecherin. Als er sie zum Auto hinausführte, sagte er: »Wir haben die Einbrecher aufgespürt, Becky. Wir haben den Pfandleiher gefunden, bei dem Gene Wiggins und Sam Solomon den Fernseher, den Videorecorder und die goldene Uhr Ihres Mannes versetzt haben. Der kleine Wiggins ist sehr gesprächig.«

»Das ist lächerlich«, sagte Becky. »Ich würde keiner Fliege etwas zuleide tun, geschweige denn meinem eigenen

Mann. Das ist Wahnsinn. Ich verstehe nicht, wie die beiden an meinen Videorecorder oder meinen Fernseher oder Terrys Uhr gekommen sind ... Es sei denn, die sind in meine Wohnung eingebrochen, während ich zur Arbeit war! Vielleicht sind Sam Solomon die Sachen aufgefallen, als er damals mit Helen wegen des *Dracula*-Textbuches hochgekommen ist. Ich kann mir nicht vorstellen, warum Sam und sein Freund Gene, dem ich nur einmal begegnet bin, als er in die Vorstellung von *Zeugin der Anklage* kam, meinen Mann umbringen sollten.«

Jetzt bekam sie Angst, richtige Angst, aber die Polizei hatte nichts, was sie mit dem Mord in Verbindung brachte. Sie würde alles abstreiten, und dann stand ihr Wort gegen das eines dicken kleinen Schuljungen, den sie kaum kannte. Sie würde ihn ausspielen, austricksen. Die Polizei hatte keine Beweise. Die konnten ihr Angst einjagen und drohen, aber danach mußten sie sie gehen lassen.

60

Mary

Mary strahlte, als Debbie das Hühnchen und die Bratensoße verspeiste. »Das war das beste Hühnchen, das ich je gegessen habe«, sagte Debbie und legte sich in die Kissen zurück. »Bruce – Bens Vater –«

»Der, der Geld schickt.«

»Ja, der. Verläßlich, aber langweilig. Jedenfalls konnte er richtig gut mexikanisch kochen – mögen Sie mexikanische Küche?«

»Ich mag so ziemlich alles«, sagte Mary taktvoll. Von mexikanischer Küche bekam sie Blähungen, aber was tat's? »Mögen *Sie* mexikanische Spezialitäten?«

»Nicht, solange ich schwanger bin. Ich habe andauernd Appetit auf Huhn und Grünzeug.«

»Sie haben schon viel mehr Farbe.« Mary fand, Debbie sah zehnmal gesünder aus als bei ihrer Ankunft. Sie sah ausgeruht aus, sie hatte ein wenig zugenommen, sie bekam genug Schlaf. »Ich habe das andere Stück Brust für Sie zurückbehalten, falls Sie Appetit bekommen.«

»Sie wissen einfach, was ich mag. Ich werde davon naschen.«

Kein Wunder, daß das Huhn gut war. Sie hatte drei Eßlöffel Butter an den Bratensaft gegeben. Die fettarme Margarine, die bei ihrer Ankunft im Kühlschrank gestanden hatte, verschimmelte jetzt ganz hinten. Debbie war zu mager. Mary hielt nichts davon, während der Schwangerschaft eine Hungerkur zu machen. Cindy hatte kaum so viel zugenommen, wie das Baby wog, und Marissa war bei ihrer Geburt so winzig wie ein neugeborenes Kätzchen gewesen. Debbies Kinder aßen jetzt auch mehr. Ihnen schmeckte, was sie kochte. Keine Tofu-Hotdogs und Sojasprossen mehr. Abel, der sich sonst auf dem Heimweg von der Schule mit Big Macs vollgestopft hatte, kam jetzt pünktlich und rief als erstes: »Was gibt's zu essen?«

Wenn sie nach dem Essen abgewaschen hatte, versorgte Mary die Tiere. Abel kam mit. »Und wenn sie erst das Baby hat, kriegt sie wieder einen Rappel und fährt auf einen Typ ab. Wart's mal ab. Sobald das Baby laufen kann.«

»Vielleicht, vielleicht auch nicht«, sagte Mary. »Vier Kinder sind eine stattliche Familie. Vielleicht war sie einsam. Vielleicht können wir dafür sorgen, daß sie mit sich und ihrem Leben zufriedener ist. Vielleicht braucht sie dann keinen neuen.«

»Ich hätte wahnsinnig gern ein Mountainbike. Die finde ich cool. Aber mein Vater schickt nie Geld.«

»Vielleicht schaffen wir das irgendwie, wenn das Baby da ist. Deine Mutter wird mir Unterricht in Massage geben. Ich bin kräftig, weißt du. Ich bin kräftiger als sie. Ich kann das auch. Sie meint, ich sollte mich um eine Lizenz bemühen.« Mary kraulte Nannie am Kinn. »Wirst du wohl nicht meine Hose fressen, du Schäfchen?« Sie ging zum Pferdestall, Abel schlenderte hinterher. Sie roch Tabak an ihm, aber sie hatte beschlossen, diesen Kampf nicht auszufechten. Das konnte Debbie übernehmen. Vielleicht sollten sie seinen Trainer bitten, mit ihm zu reden. Er bewunderte seinen Basketballtrainer.

Abel hatte entschieden, daß sie auf seiner Seite stand. Sie war wie er seine Mutter immer hatte haben wollen: asexuell, eine gute Köchin, immer da, zuverlässig. Mary studierte jedes der Kinder mindestens so aufmerksam, wie sie Debbie studierte. Abel begriff nicht, warum Mary völlig mit ihm übereinstimmte, daß Debbie mit den Männern Schluß machen sollte. Jeder, der hier einzog, würde Mary verdrängen. Das konnte sie nicht zulassen. Debbie hatte vier Kinder, und das reichte. Sie konnten immer noch eins adoptieren, wenn ein Baby nottat. Die Kinder sahen sowieso jedes anders aus. Abel war hoch aufgeschossen, mit dunkelbraunem Haar, spack und schlaksig. Robin war klein und schwarzhaarig mit dunklem Teint und Indioaugen. Ben war blond und pausbäckig mit empfindlicher Haut, die sich rasch rötete. Wer vermochte zu sagen, wie das Baby aussehen würde? Wahrscheinlich riesig und rothaarig. Sie hatte Fotos von Red Rodgers gesehen.

Sie würden noch mehr Tiere sammeln. Sie würden streunende Hunde und Katzen aufnehmen, lahme Pferde, mikkernde Hühner, ausgesetzte Ziegen, kümmernde Kühe. Sie würden das Land mit einer Menagerie füllen, bis Debbie sich einfach nicht mehr rühren konnte. Debbie hatte ein weiches Herz für Kinder und ein noch weicheres für Tiere. Debbie würde ihre Tiere nicht im Stich lassen. Sie würde hier anwurzeln. Sie würden es behaglich haben, eine vollzählige Familie.

Jeden Tag bewies Mary Debbie und den Kindern, wie unentbehrlich sie war. Sie fuhr Robin zum Zahnarzt. Sie machte Abels Stiefel wasserdicht. Sie spielte Ball mit Ben und Puppenstube mit Robin. Jetzt war es Zeit, daß Babs kam, zu frisch gebrühtem Kaffee, einem kleinen Jack Daniel's und viel Rommé und Canasta. Babs wollte sich nach einer vierten Mitspielerin zum Bridge umschauen. Mary hatte seit zehn Jahren nicht mehr Bridge gespielt, aber in ihrem Bethesda-Kränzchen hatte sie hohes Ansehen genossen und war eine begehrte Partnerin gewesen. Sie zogen mit ihrem Spiel ins Schlafzimmer und spielten auf einem Tablett neben Debbies Bett.

»Der Frühling kommt«, sagte Babs. »Drei Damen, wie gefällt euch das?«

»So früh?« fragte Mary. »Ist das nicht wundervoll?«

»Dies ist Gottes Land«, sagte Babs. »Irgendwann nehme ich Sie mal mit in die Wüste. Ich liebe die Wüste im Februar. Sie ist wunderschön.«

»Wenn Debbie entbunden hat. Im März.«

»Gut.« Babs nickte zustimmend.

»Ich möchte auch mit«, sagte Debbie. »Es ist unfair, ohne mich zu fahren.«

»Du wirst nicht mitfahren wollen, das schwöre ich dir«, sagte Babs.

»Ich habe leichte Entbindungen«, sagte Debbie. »Meine letzte Hebamme hat gesagt, ich wäre ein Naturtalent.«

»Ich hatte nie lange Entbindungen«, sagte Mary. »Damals hielt man allerdings noch nichts von natürlicher Geburt, und ich bekam eine Narkose. Ich fuhr mit Eiltempo in die Klinik und legte mich hin. Ich bekam eine Nadel in den Arm, und dann wachte ich mit einem Baby auf.«

»Hat Ihnen bestimmt für eine Weile das Einschlafen verleidet« sagte Babs, und dann: »War nur Spaß. Ich hatte selber vier. Eine gute Zahl, aber du mußt aufhören, solange du gewinnst.«

»Die Tage werden länger«, sagte Mary. »Heute abend ist es mir aufgefallen. Min wird unruhig. Müssen wir Nannie decken lassen?« Jedesmal, wenn sie *wir* sagte, spürte sie es in ihrer Magengrube. Wir müssen Ben eine neue Jacke besorgen. Wir müssen das Dach vom Schuppen reparieren lassen. Jedesmal wartete sie, ob jemand dieses zerbrechliche *Wir* in Frage stellte.

Sie rief Cindy an. »Ach, die, diese Mrs. Landsman. Die war hysterisch. Die hat alles mißverstanden. Ich habe meine Telefonnummer nicht gern den Damen gegeben, für die ich gearbeitet habe. Es war wirklich Pech, daß ich in ihrem

Haus zusammengebrochen bin – ich hatte eine Lungenentzündung. Es tut mir sehr leid, daß sie dich behelligt hat. Das war alles nur ihre Einbildung. Sobald ich wieder auf den Beinen war, fand ich, daß es Zeit war, Boston zu verlassen. Diese langen kalten Winter. Natürlich kannst du mich hier anrufen. Ich bin Kindermädchen auf einer Ranch in den Bergen, sehr hübsch. Ich überlege, ob ich im Herbst einen Lehrgang mache. Vielleicht möchte Marissa mich hier mal besuchen ...«

Debbie war auch der Meinung, daß Mrs. Landsman sich übermäßig eingemischt hatte, unnötige Aufregung, auch für Marys Kinder. »Die beste Art, mit Leila auszukommen, ist, einen Bogen um sie zu machen. Sie wollte hierherkommen und bei mir einziehen, aber da bin ich energisch geworden. Kommt nicht in Frage, habe ich ihr gesagt. Wir vertragen uns einfach nicht. Dabei bin ich ein sehr verträglicher Mensch. Oder finden Sie nicht?«

»Sie haben ein sanftes, tiefes Wesen. Viele denken, sie können Sie herumstoßen, aber Sie sind wie ein Baum mit tiefen Wurzeln. Sie biegen sich, aber Sie brechen nicht.«

Debbie lächelte und betrachtete sich im Spiegel auf der anderen Seite des Zimmers. »Sanft, aber tief. Ich sehe mehr, als viele mir zutrauen.«

»Unbedingt«, pflichtete Mary bei. »Deshalb sind Sie auch so gut in der Massagetherapie. Die Menschen haben Vertrauen zu Ihnen.«

Wenn Mary morgens in dem Zimmer wach wurde, das sie mit Robin teilte, dann schaute sie aus dem Fenster und sah die immergrünen Eichen und die Eichelhäher und die Sonne auf dem Gras, das gerade wieder zu wachsen begann. Im Winter zuvor hatte Red angefangen, oben ein Zimmer auszubauen. Mary machte da weiter, wo er aufgehört hatte. Babs brachte ihr einfache Schreinerarbeiten bei. Sie konnte alles lernen, was erforderlich war, alles. Die Deckenträger standen schon und die halbe Wandverkleidung auch. Die Leitungen waren verlegt. Zwischendurch arbeitete sie weiter daran. In ein bis zwei Monaten würde sie ihr eigenes Zimmer haben. Behelfsmäßig, aber ihrs.

Jeden Tag ritt Mary Min. »Ich hatte ganz vergessen, wie gern ich früher geritten bin«, sagte sie zu Debbie. Es gab ihr ein Gefühl von Macht, das Gefühl, einmal die Bestimmende zu sein. »Ich bin auf dem Land aufgewachsen.« Na ja, so etwas Ähnliches. Außerdem war das hier kein Bauernland mit richtiger Agrarwirtschaft. Das war Ferienland und Land, wo verrückte Frauen Rancher spielten und sich mit allem möglichen über Wasser hielten. Gerade das Richtige. Mary begann, sich eine Vergangenheit zu erfinden, die geradlinig zu ihrer Gegenwart führte. Manchmal vergaß sie fast, daß sie so lange obdachlos gewesen war. Fast. Jedesmal, wenn sie in der Küche, die irgendwie ihr Reich war, den Abwasch machte, dann mußte sie daran denken, wie es gewesen war, nie zu wissen, wo sie sich zur Nacht niederlegen konnte, nie genug Schlaf zu finden, nie mehr zu besitzen, als sie ständig mit sich herumtragen konnte. Immer alarmbereit und auf der Hut zu sein.

Als sie Babs' Braunem auf dem Pfad folgte, der sich einen nicht allzu steilen Grat hinaufschlängelte, sagte sie: »Ich weiß nicht, warum Debbie so auf Bruce herumhackt. Der gefällt mir besser als der letzte, als Red. Und er kommt seinen Zahlungsverpflichtungen nach. Das unterscheidet ihn vorteilhaft von vielen anderen geschiedenen Ehemännern. Ich vermute, er war der beste von allen.«

»Ohne die ist sie besser dran, wenn Sie mich fragen«, verkündete Babs. »Keiner von denen ist sein Gewicht in Pferdemist wert.«

Bruce mochte Mary auch. Wenn er die Kinder zurückbrachte, plauderten sie nett miteinander. Ihr Wahlkampf hörte nie auf. In jeder wachen Minute warb sie um Stimmen. Ich kandidiere für einen Platz in der Familie, stimmt ihr für mich? Kann ich diese Woche mit Ihrer Stimme rechnen, Mr. Abel, Ms. Robin? Wie steht es für mich?

Debbie war für sie so wichtig, daß sie gar nicht zu sagen gewußt hätte, was sie wirklich von der Frau hielt. Sie bemühte sich verzweifelter um Debbie als je um einen Freund oder Ehemann. Debbie sollte sie mögen, sie brauchen, ihr vertrauen, von ihr abhängig sein: Das war ihre Hauptaufgabe. Daran arbeitete sie unverdrossen. Anders als Mrs. Landsman würde sie Debbie nie zusetzen, stark und berechnend und kalt zu werden. Nein, sie würde Debbie immer ermutigen, sie selbst zu sein, und Mary würde für sie stark sein.

Sie war einundsechzig und hatte gerade ein neues Leben angefangen. Sie hatte ein Dach über dem Kopf. Vielleicht konnte sie wirklich Kurse mitmachen und sich neue Fertigkeiten aneignen. Dann konnte sie Geld verdienen. Und wenn sie erst eine richtige Arbeit hatte, konnte sie ihren Enkelkindern Geschenke kaufen, wie sich das für eine Großmutter gehörte. Vielleicht ließen sie sie dann in ein oder zwei Jahren zu Besuch kommen.

Sie hatte hier ein Bankkonto eröffnet. Auf ihren Schecks war ein Kaktus abgebildet. Sie würde für Debbie die perfekte Freundin und Mutter und Gesellschafterin und Haushälterin und Kinderfrau sein. Sie würde erreichen, daß alle sie brauchten, daß alle sie liebten, wie es ihr mit ihrer eigenen Familie mißlungen war.

Debbie sagte: »Ich liebe Ihre Art zu kochen. Meine Mutter konnte nie kochen. Ich hab's versucht, ich hab' mir für die Kinder und für jeden Mann, mit dem ich zusammen war, große Mühe gegeben. Aber ich bin eigentlich nicht gern in der Küche. Das ist einfach nicht mein Stil, verstehen Sie? Jetzt liege ich hier und rieche Ihr Hühnerfrikassee. Ich habe noch nie Frikassee gegessen. Stellen Sie sich vor, ich weiß gar nicht, was das ist! Und diese Omeletts mit Käse und Bratkartoffeln, dafür könnte ich sterben. Sie haben den Bogen raus. Sie könnten Chefköchin werden.«

»Ich will nicht Chefköchin werden«, sagte Mary. »Ich mag Restaurants nicht. Ich sehe einfach gern, wenn die Jungs und Robin ordentlich zulangen.« Und du. Ich werde dich füttern und umhegen und dafür sorgen, daß es dir gutgeht, so daß du dich kaum vom Grundstück zu rühren brauchst. Alles, was du nicht tun magst, werde ich für dich tun, und du wirst mein vollkommenes Kind sein. In Debbie war etwas, das sich immer danach gesehnt hatte, umhegt zu werden, und Mary stürzte sich zielsicher darauf. Sie würde so gut für Debbie sorgen, daß Debbie nicht einmal merkte, wie die Welt in sichere Entfernung fortglitt.

61

Becky

Sobald die Vernehmung zur Anklage vorbei war, wurde Becky von einer Aufseherin und einem Wärter gepackt und in einen Streifenwagen verfrachtet. Sie hatte keine Ahnung, wohin es ging, aber sie fuhren nur um das Gerichtsgebäude herum über einen Parkplatz und einen Hügel hinauf zu einem großen Backsteingebäude hinter einem Gitterzaun. Es war windig auf dem Hügel. Das Gras wurde schon braun, aber von dem Hügel aus war klar die Bucht zu sehen, so blau wie die Freiheit selbst.

An der Mauer über der Glastür des Untersuchungsgefängnisses stand BESSERUNGSANSTALT. Das war ein Witz. Ihr gesamtes Leben brauchte zwar gerade jetzt dringend eine Besserung, aber hier würde sie die kaum finden. Sie wurden hineingelassen und gingen einen Korridor entlang, durch einen Metalldetektor. Sie nahmen ihr sogar den Gürtel ab. Sie nahmen ihr die Handtasche weg. Alles wurde ausgeleert. Eine Frau in einer Loge hinter einer schweren Glasverkleidung ließ sie in die Falle, wie die Aufseherin das nannte, und dort wurde sie durchsucht, zwischen dem inneren und dem äußeren Gitter. Als die Metallgitter sich schlossen, machten sie ein endgültiges und schreckliches Geräusch, wie das Schicksal. Dann zerrte die Aufseherin sie durch eine weitere abschließbare Tür hinauf in den ersten Stock.

Becky konnte einfach nicht glauben, daß sie in einer lauten, schmutzigen, stickigen Kiste eingesperrt war. Terry hätte gelacht – nein, er hätte mit diesem Feixen dagesessen, das er aufsetzte, wenn er fand, er hatte recht behalten. Die ganze Burgessfamilie hatte dieses Feixen: ein völlig verkniffener, verschlossener Gesichtsausdruck, der sagte, wie selbstverliebt sie waren und wie überlegen sie sich allen fühlten, besonders ihr.

Die Kaution war auf fünfzigtausend festgesetzt worden, das war happig, aber der stellvertretende Staatsanwalt hatte beantragt, überhaupt keine Kaution zu gewähren. Er hatte dagestanden und vorgebracht, daß das Verbrechen ganz offensichtlich vorsätzlich begangen worden war. Er hatte gesagt, daß eine Frau, die einen Minderjährigen dazu anstiften konnte, ihren Mann zu ermorden, und dann den Mord brutal ausführen konnte – er wiederholte das Wort brutal, als hätte sie sich nicht bemüht, es einfach und sauber abzumachen –, nicht das Vertrauen einer Entlassung auf Kaution verdiente. Ihr Anwalt brachte vor, daß sie starke Bande zu ihrem Umfeld und ihrer Familie hatte und nicht fliehen würde, und daß die Anklage sich nur auf Indizien gründete. Ihre Familie mußte sie frei bekommen. Vielleicht konnte Tommy etwas Geld auftreiben. Für Sam wurde die gleiche Kaution festgesetzt, was ungerecht war, denn schließlich war es seine Schuld, daß sie hier drin waren.

Sam und sein dicker unterbelichteter Schulfreund Gene Wiggins hatten den Fernseher und den Videorecorder nicht im Kanal versenkt, wie sie Sam befohlen hatte. Wenn er ihr gehorcht hätte, wäre niemand in Schwierigkeiten. Ihr Ex-Liebhaber, dessen Haupttugend sein Gehorsam gewesen war, hatte in einem Anfall von Geldgier etwas auf eigene Faust unternommen. Die kleinen Schwachköpfe hatten den Fernseher, den Videorecorder und Terrys goldene Uhr, ein Examensgeschenk von einem Onkel, genommen und in New Bedford versetzt. Sam wußte ganz genau, daß sie aus New Bedford kam. Als ob zwei Schüler einfach mit heißer Ware antanzen konnten, ohne daß jemand sich Gedanken machte. Das war bestimmt Genes Idee gewesen. Sie war wütend auf Sam, daß er damit zu seinem dicken blöden Freund gelaufen war. Sie waren seit der Mittelschule befreundet und lernten zusammen. In der Schule galten sie als Sonderlinge, waren beide im Schachclub. Sie hatten zusammen an einem ausgeflippten Astronomieprojekt für einen naturwissenschaftlichen Wettbewerb gebastelt. O ja, Sam hatte von Gene erzählt. Er hatte sogar vorgeschlagen, daß sie ihn kennenlernte. Sie wußte, er wollte mit ihr vor Gene angeben, vor Gene damit prahlen, daß er eine Frau ins Bett kriegte, aber sie hatte solchen Träumereien sofort und energisch ein Ende bereitet.

Woher sollte sie wissen, ob er nicht die ganze Geschichte seinem Schachkumpan erzählt hatte? Sie hatte sich Sorgen gemacht, er könnte es seiner Mutter gestehen, sich seinem Onkel anvertrauen. Sie war nie auf die Idee gekommen, Sam könnte so dämlich sein, es einem Bengel weiterzuerzählen, mit dem er zur Schule ging.

Die Zelle war unerträglich trist. Wenigstens hatte sie sie für sich. Auf der anderen Seite vom Gang war ein Schlafsaal mit acht Frauen. Es hieß, der Männertrakt war noch stärker überfüllt als der Frauentrakt. Sie wurde etwas von dem Gedanken getröstet, daß Sam da jetzt mit Drogendealern und Vergewaltigern zusammengesperrt war, mit Männern, die Kinder mißbraucht, Fahrerflucht begangen oder die Stammkneipe aufgemischt hatten. Das würde ihn lehren, was es hieß, den Mund aufzumachen und ihre Geheimnisse bei geldgierigen Bengels auszuplaudern. Das würde ihm zeigen, wie wichtig es war, über das zu schweigen, was er für sich behalten mußte.

Das beste wäre, wenn sie mit ihm reden und ihn wieder unter ihre Kontrolle bringen könnte. Überlegen, was sie abschreiben mußte, was er sagen sollte, auf welche Geschichte sie sich einigen sollten. Schadensbegrenzung. Es war frustrierend, zu wissen, daß er im gleichen Gebäude war und genausogut im nächsten Staat hätte sein können. Sie kam einfach nicht an ihn heran. Sie hatten nicht mal den gleichen Anwalt. Tommy hatte ihr einen besorgt, der angeblich der beste Strafverteidiger in New Bedford war. Tommy sagte, der war teuer. Sie sagte Tommy, sobald sie wieder frei war und das Versicherungsgeld kassierte, konnte sie es ihm und ihren Eltern zurückzahlen, kein Problem, also bitte jetzt keine falsche Sparsamkeit.

Sams Onkel hatte ihm einen Anwalt aus Boston besorgt, der laut Tommy noch teurer war als Robert Green. Green war ein älterer Mann, der irgendwie schräg aussah, groß und hager mit einer komisch fleckigen Glatze, aber sie mochte die Art, wie er immer gleich zur Sache kam. Er sagte ihr, die Schwachstelle der Anklage war, daß direkte Beweise fehlten, die sie mit dem Mord in Verbindung brachten. Sams Verbindung stand durch das Versetzen der Gegenstände aus dem Einbruch fest. Aber solange Sam nicht auspackte, war es nur Klatsch, der Becky mit Sam in Verbindung brachte.

Helen sagte der Polizei nichts. Helen verteidigte sie eisern und gab vor, nicht zu glauben, daß Becky mit Sam intim gewesen sei. Sie war sehr stolz auf Helen. So sollte eine Freundin handeln, der Polizei Knüppel zwischen die Beine werfen. Vielleicht, dachte Becky, hatte sie bei Frauen einen besseren Instinkt, denn mit Männern war sie gründlich hereingefallen. Aber trotzdem, sie mußte Sam unbedingt zu fassen kriegen, dann tat er alles, was sie wollte. Vielleicht kam sie an ihn heran, wenn sie beide gegen Kaution freigelassen wurden. Sie konnte ihn auf ihre Seite bringen, davon war sie fest überzeugt.

Green kam an diesem Nachmittag zu ihr. Ihre Familie durfte sie nur zweimal in der Woche besuchen. Es war bedrückend, sie nicht öfter zu sehen. Besonders Tommy. Allein Tommys Anblick gab ihr ein Gefühl von Sicherheit. Aber ihr Anwalt konnte eigentlich kommen, wann er wollte. Sie mußte sich mit Green nicht unten treffen, wo sie ihre Familie sah. Das war ein trister Raum mit einem blöden Sprechgitter und einem Geruch von Verzweiflung. Alle reihten sich auf, die Frauen auf der einen Seite des schmutzigen Tresens auf alten Stühlen und der Besuch auf der anderen Seite, in der Mitte der gelangweilte Wärter mit dem Besucherbuch, und über das niedrige Sprechgitter hinweg versuchten alle den paar Handbreit Raum, die sie für sich hatten, ein wenig Privatsphäre abzuringen.

Aber Green durfte sich mit ihr oben im Frauentrakt treffen, in dem Tagesraum, in den die Frauen gingen, um dem Fernseher zu entkommen, um Briefe zu schreiben, um allein zu sein. Sie mochte Green, denn sie spürte, daß er den Fall wirklich gewinnen wollte. Sie mochte Männer, die gewinnen wollten. Sie versuchte, mit ihm zu flirten, schenkte ihm ihren Schlafzimmerblick unter den Wimpern hervor und beugte sich auf die richtige Art vor, aber er unterbrach sie barsch. »Sparen Sie sich das. Und machen Sie das nie vor den Geschworenen. Haben Sie gehört?«

Sie machte sich nicht noch einmal die Mühe. Schließlich wollte sie ihm nur gefallen, ihn weiter motivieren, aber wenn er das nicht wollte, brauchte sie sich nicht weiter anzustrengen.

Zu ihrer Frage nach den Fortschritten bei der Kaution runzelte er die Stirn. »Ihre Familie wird das Geld nicht auftreiben können. Sie verschuldet sich schon total für die Gerichtskosten, das müssen Sie doch wissen.«

Sie schwieg einen Augenblick und schlang die Arme um sich. Noch Wochen in dieser Verwahranstalt. »Was ist mit Sam? Wird er rauskommen?«

»Seine Mutter hat kein Geld. Sie wollen sich keinen Kautionsbürgen nehmen, aber sein Onkel, der seinen Anwalt zahlt, versucht, das Geld mit einer Beleihung seiner Praxis oder einer Hypothek aufzutreiben. Das ist ein langsamer Weg, die Kaution aufzutreiben, aber irgendwann wird er das Geld zusammenhaben. Deswegen, ja, Sam wird rauskommen, aber vorläufig noch nicht.«

»Es ist ungerecht, daß er rauskommt und ich hier festsitze, wo ich nichts tun kann.«

»Je weniger Sie tun, desto besser. Sie denken doch nicht etwa daran, den Jungen erreichen zu wollen?«

Sie antwortete ihm nicht. Er verstand nicht, daß Sam sagen oder tun würde, was sie wollte, wenn sie ihn in die Finger bekam. Das Problem war entstanden, weil sie mit der Polizei im Nacken aus Sicherheitsgründen nicht viel Zeit mit ihm verbringen konnte. Das Problem war aufgekommen, weil sie nicht ständig hinter ihm her sein konnte.

»Denn falls Sie daran denken, tun Sie's nicht. Das wäre Selbstmord. Nun zu was anderem. Helen und Sam haben beide ausgesagt, daß Ihr Mann Sie geschlagen hat. Hat er?«

Green wollte aus irgendeinem Grund, daß es sich so verhalten hatte. Sie tat, als schämte sie sich. »Er hat mich manchmal geschlagen. Ich möchte nicht darüber sprechen.«

»Wenn der Junge zu reden anfängt, und darauf können Sie sich verlassen, dann könnten wir das zur Verteidigung benutzen. Wir werden sehen. Es ist schwer, denn Sie haben für seinen Unterhalt gesorgt, und es sind keine Kinder da. Dann stellt sich die Frage, warum Sie ihn nicht verlassen haben.« Er stand auf. »Sie besinnen sich auf jede Tätlichkeit und schreiben mir das auf. Wir sehen uns am Freitag, falls ich rechtzeitig aus dem Gericht komme. Sonst erst am Dienstag.«

Sie saß in ihrer Zelle, das Gesicht auf die Hände gestützt. Sie war höflich, wenn jemand etwas zu ihr sagte. Sie hatte keine Lust, mit den anderen Frauen zu reden. Die einzigen, mit denen sie reden wollte, waren draußen, und sie war drin. Robert Green verstand das nicht, sie mußte an Sam herankommen, zu ihrem eigenen Schutz. Wenn sie nicht an ihn herankam und ihn bearbeitete, dann brachten seine Familie und sein Anwalt ihn gegen sie auf, das wußte sie.

Jemand kotzte in der Toilette nebenan. Ihr wurde ganz übel. Die Frauen hier drin waren ein trauriger Haufen. Sie erinnerten sie an Kinder, mit denen sie zur Grundschule gegangen war. Sie waren beim Ladendiebstahl erwischt worden, bei Drogenkonsum oder -verkauf, bei Prostitution oder Trunkenheit am Steuer. Unter denen war nicht eine mit Ehrgeiz. Sie seufzte tief und besah sich ihre ungepflegten Fingernägel. Es gab nur eine weitere Frau in dem ganzen Trakt, der eine längere Haftstrafe drohte, und das war im Vergleich zu ihr ein Witz. Sie hatte das Auto gefahren, als ihr Freund einen Raubüberfall auf einen Supermarkt machte.

Becky war hier der Star. Alle hatten sie im Fernsehen gesehen. Keine hier versuchte, ihr eins auszuwischen oder sie zu drangsalieren. Eine große schwarze Frau in einem violetten T-Shirt und einer Trainingshose sagte zu ihr: »Du hast also deinen Alten umgebracht, na toll. Keine hier, die da nicht dran gedacht hätte. Du hast's getan.« Die Frau streckte ihr die erhobene Hand hin wie zum Gruß einer siegreichen Sportlerin. Meistens weinten die Frauen viel oder hingen durch. Viele hatten Kinder, von denen sie dauernd redeten. Becky war entschlossen, oben zu bleiben. Sie mußte sich nur einen Weg überlegen, wie sie Sam sehen konnte; er war der Schlüssel. Sie hatte erreicht, daß ihr die Sachen zum Haarebleichen gebracht werden durften. Es war wichtig, daß sie sich pflegte – obwohl sie sich ihr Haar nicht so gut machen konnte wie Belle. Sie mußte nur hier herauskommen und Sam bearbeiten, dann war ihnen nichts mehr anzuhaben.

62

Leila

Nach der Auswahl der Geschworenen, als Beckys Prozeß endlich begann, sagte Leila alle Termine und Konferenzen und für einen Tag auch alle Lehrveranstaltungen ab. Es war für sie nicht zu schaffen, dem Prozeß jeden Tag beizuwohnen, aber sie wollte ihn so oft wie möglich beobachten. Zak wollte hinfahren, und Cathy hatte für zwei Wochen ihr Studio geschlossen. Es wurde keine lange Prozeßdauer erwartet. Leila versäumte den ersten Tag, war aber am zweiten Tag da.

Das Gerichtsgebäude war aus Naturstein mit hohem, imposantem weißem Portal. Das Innere war alt in der Trostlosigkeit von Amtsgebäuden, bis sie den Gerichtssal betrat. Kein großer Raum und in diesem Prozeß überfüllt, war er in ruhigen Farben gehalten, hell und angenehm dimensioniert. Es gab an diesem Gericht keinen ständigen Richter für schwere Straftaten, deshalb hatten Sam und Becky warten müssen, bis der Richter auf seiner Rundreise im Januar eintraf.

Wenn Sam nicht zu reden begonnen hätte, hätte dann der Staatsanwalt eine Chance zu einer Verurteilung gehabt? Wahrscheinlich, wenn es ihm gelungen wäre, die Geschworenen zu überzeugen, daß Becky ein Verhältnis mit Sam hatte. Das allein schien den meisten Geschworenen eine Gefängnisstrafe wert zu sein. Von ihrem Platz aus hatte Leila gute Sicht auf Becky, die ein marineblaues Kostüm und eine weiße Bluse mit Spitzenjabot trug. Sie sah dünn und winzig aus, zerbrechlich. Bei ihrem Anblick hatten die Geschworenen bestimmt Schwierigkeiten, sich vorzustellen, daß dieses Vögelchen ihren Mann mit einem Neunereisen totgeschlagen hatte.

Leila wußte jetzt, daß Becky niemals über den Mord reden würde. Auch wenn sie verurteilt wurde, sie würde weiterhin ihre Unschuld beteuern. Hielt Leila Becky für schuldig? Ja. Der Staatsanwalt war ein junger Mann, nicht älter als zwei- oder dreiunddreißig, klein und untersetzt. Sein Jackett spannte in den Nähten. Als der Richter anfangs mit ihm und dem Verteidiger Robert Green sprach, sahen die beiden aus wie ein Komikerpärchen, wie Laurel und Hardy. Zak erzählte ihr, daß der Staatsanwalt sich bislang auf Zeugen konzentriert hatte, die die Leichen beschrieben, die Brutalität des Mordes, das Verhalten der Angeklagten, das Aufspüren und Zurückverfolgen der mutmaßlich gestohlenen Güter.

Chris war ein vernichtender Zeuge, aber ein zweischneidiger. Er konnte nicht von Becky sprechen, ohne vor Wut zu kochen. Seine heftige Abneigung beschichtete seine Worte. Er war so darauf bedacht, ihr zu schaden, daß er bei Übertreibungen ertappt wurde. Der Verteidiger ging im Kreuzverhör geschickt mit ihm um.

»Sie sagen, daß Ihr Bruder Terrence und Becky Burgess in ihrer Ehe von Anfang an Probleme hatten. Trotzdem haben Ihre Eltern ihnen beim Kauf einer Eigentumswohnung geholfen und den Vertrag mit unterzeichnet. Meinen Sie nicht, daraus geht hervor, daß Ihre Eltern – zumindest zu diesem Zeitpunkt im vergangenen Jahr – die Ehe für fest hielten?«

»Ja, aber es wurde schlimmer.«

»Wie wurde es ›schlimmer‹? Zu welchem Zeitpunkt haben Sie Ihren Bruder mit Heather Joyce bekannt gemacht?«

Und ein wenig später: »Sie haben also Ihrem Bruder Formulare besorgt zur Änderung des Begünstigten aus einer Lebensversicherung, die Sie ihm verkauft hatten. Hat er diese Formulare ausgefüllt?«

»Er wollte sie ausfüllen.«

»Wie lange hatte er die Formulare?«

»Das weiß ich nicht mehr.«

»Nach den Unterlagen in Ihrem Büro haben Sie ihm diese Formulare sechs Wochen vor seinem Tod geschickt.«

»Er wollte sie ausfüllen. Er hat es immer wieder aufgeschoben.«

»Wen sollte er nach Ihrem Wunsch als neuen Begünstigten einsetzen?«

»Mutter. Unsere Mutter.«

»Sind Sie ihr Erbe?«

»Wir waren beide ihre Erben.«

»Hat Becky Burgess oft mit Ihnen über Versicherungen gesprochen?«

»Nein.«

»Hat Sie sich je nach Lebensversicherungen Ihres Mannes erkundigt?«

»Nein.«

»Wußten Sie, ob Becky Burgess bekannt war, daß Sie eine Versicherung auf das Leben ihres Ehemannes Terrence ausgestellt hatten?«

»Ich nehme es an.«

»Wir fragen nicht nach Ihren Vermutungen. Wußte sie Ihres Wissens von dieser Versicherung?«

»Ich weiß nicht, was sie wußte.«

»Hat Ihr Bruder Terrence irgend etwas zu Ihnen gesagt, aus dem hervorging, daß er glaubte, sie habe eine Affäre?«

»Er hat gesagt, er wünschte, sie hätte eine.«

»Woraus hervorginge, daß er überzeugt war, sie hatte keine. Hat er je einen anderen Mann erwähnt, auf den er eifersüchtig war?«

Chris runzelte die Stirn. »Dick Berg. Terry hat gesagt, sie flirtete bei der Premiere mit Dick Berg. Er hat gesagt, daß sie alle abgeknutscht hat, und das war ihm peinlich.«

»Haben Sie die Frau Ihres Bruders je mit irgend jemand flirten sehen?«

Chris runzelte wieder die Stirn, und ein längeres Schweigen entstand. Robert Green wiederholte die Frage. »Ich habe überlegt«, sagte Chris. »Ich kann mich nicht erinnern. Außer mal auf einer Party, wo wir Sylvester waren, ihm gefiel nicht, wie sie tanzte.«

»Was gefiel ihm nicht?«

»Er fand, sie, na ja, sie schmiß sich zu sehr ran. Er fand das provozierend.«

»Wie hat Terrence seine Verärgerung gezeigt?«

»Er hat sie von der Tanzfläche gezerrt und irgendwie geschüttelt.«

Gewissenhaft saß Leila nicht bei Zak und Cathy, sondern allein. Bei ihrer Ankunft begrüßte sie alle Familien. Sie aß abwechselnd mit Beckys Familie und mit Cathy und Zak zu Mittag. Die beiden Gruppen aßen nie im selben Restaurant. Sie hätte sich auch den Burgesses gewidmet, aber die machten deutlich, daß sie ihr wieder mißtrauten. »Ich weiß nicht, wie Sie zu *denen so* freundlich sein können«, sagte Mrs. Burgess mit strengem Blick auf Cathy und Zak. »Man kann sich nur wundern über eine Mutter, die einen Mörder und Dieb heranzieht.«

Mr. Burgess sagte kurz angebunden: »Ihre Familie ist Abschaum. Terry sind sein Mitleid und sein gutes Herz zum Verhängnis geworden, als er versucht hat, dieses Luder vor sich selbst zu retten.«

Als Becky Leila mit Zak sprechen sah, warf sie ihr einen vorwurfsvollen Blick zu. Becky dachte, Leila verbündete sich mit Sams Familie. Aber wie nahe Leila Zak auch kommen mochte, Sam würde ihr nie ans Herz wachsen. Die Familie würde sich um ihn schließen, wie eine Auster sich um eine Perle schließt, etwas schmerzlich Störendes aufnimmt und mit lindernden Schichten überzieht. Sam würde immer ein Mitglied seiner Familie bleiben, aber ihnen fernstehen.

Leila war sicher, daß Beckys Eltern an ihre Unschuld glaubten. Sie war sich weniger sicher, daß die Geschwister es taten. Ein oder zwei von Beckys Brüdern und Schwestern wohnten täglich der Verhandlung bei. An keinem Tag konnten alle kommen, doch stets erschien ein Bruder oder eine Schwester stellvertretend für die Gruppe. Sie waren eine Großfamilie, die Verfehlungen, Sünden und Katastrophen leichter unterbrachte als die bürgerlicheren Solomons. Belle war die Friseuse, mit dramatisch auftoupiertem Haar. Bei ungünstigen Zeugenaussagen führte sie halblaute Selbstgespräche, verschränkte die Arme und klopfte mit dem Fuß auf den Boden. Tommy, der ungeschlachte Bruder, kauerte auf seinem Platz, als griffe jeder Zeuge ihn persönlich an. Laurie, die sich wie eine Grundschullehrerin kleidete, schüttelte häufig den Kopf, saß in angespannter Starre, stocksteif angelehnt. Gracie, die wegen ihrer Kinder selten kam, sackte zusammen und seufzte immer wieder. Sie hielt die Hand von Beckys Mutter, die in einem alten geblümten Kleid dasaß, ihre Handtasche auf dem Schoß nicht losließ und den Kopf gesenkt hielt. Manchmal schien sie zu beten. Manchmal weinte sie leise.

Beckys Vater starrte meistens wütend um sich. Er starrte den Richter wütend an, den Staatsanwalt, die Reporter. Er starrte die Burgesses wütend an, die ebenso zurückstarrten. Die beiden Familiengruppen redeten nicht miteinander. Keine der drei Familien sprach mit den anderen beiden.

Der Staatsanwalt zog sein Netz um Becky, aber die Zeugenaussagen lieferten bislang keine Schuldbeweise. Chris hatte sich nicht als guter Zeuge erwiesen. Holly Reicher konnte Sam identifizieren, vermochte aber nicht genau zu sagen, wann sie ihn gesehen hatte. Der Gerichtsmediziner sagte aus, daß die Schläge auf den Körper auf zwei Waffen und wahrscheinlich auch zwei Angreifer hinwiesen und daß im Magen Barbiturate gefunden worden waren, zusammen mit Tomatensuppe und Pizza. Sergeant Beaumont sagte, daß der Geschirrspüler für das Mittagsgeschirr benutzt worden war, obwohl Becky behauptete, sofort nach dem Mittagessen gegangen und ins Büro zurückgeeilt zu sein.

Das wesentliche an Dick Bergs Aussage war, daß Becky Sam nach Hause gefahren hatte und daß Sam in einem Gespräch mit ihm hauptsächlich darüber geredet hatte, wie wundervoll Becky sei. Gene und Sam wurden zweifelsfrei mit den gestohlenen Gütern in Verbindung gebracht, aber nichts wirklich Belastendes für Becky trat zutage, bis Sam vereidigt wurde.

Er sah blaß und jungenhaft aus. Anfangs zitterte seine Stimme. Abgehärmt und mit tränenerstickter Stimme erzählte er die Geschichte einer Verführung durch eine ältere, verheiratete Frau, berichtete von Beckys Beschreibung ihrer Ehe als einem Leben in der Hölle, von den blauen Flecken, die er an ihrem Körper gesehen hatte, und wie sie ihn dann überredet hatte, mit ihr zusammen ihren Mann umzubringen. Sie fürchtete um ihr Leben, und Terry verweigerte ihr die Scheidung: so hatte sie es ihm erzählt. Solange Terry lebte, konnte sie ihn nie wiedersehen.

Becky saß da und sah ihn an, die Hände hielt sie auf dem Tisch verklammert, die Knöchel traten weiß hervor. Sie starrte ihn unverwandt an, von Zeit zu Zeit blieb ihr der Mund offenstehen, anscheinend vor Schock oder Überraschung, und manchmal schüttelte sie den Kopf oder kniff die Lippen zusammen. Leila war sicher, daß der Abscheu, den Becky vorführte, vollkommen ehrlich war.

Sam sah Becky nur in jenem ersten Moment an, als er im Zeugenstand Platz nahm und vereidigt wurde. Er blickte ihr einen Moment in die Augen, dann blinzelte er und schaute weg. Er richtete seine Aufmerksamkeit ganz auf den Staatsanwalt und den Richter. Ein- oder zweimal wandte er sich an die Geschworenen. Meistens gab er sich schamerfüllt, schuldbewußt und zerknirscht. Er schien tief verletzt, fast gelähmt. Im Kreuzverhör versuchte Green, Sams Geschichte in Zweifel zu ziehen, aber er verweilte auch bei den Berichten über Terrys Brutalität.

Leila hielt ein Auge auf die Geschworenen. Zum größten Teil schienen sie Sam zu glauben. Das Bild, das er von sich malte, war nicht sympathisch oder heldenhaft, und er behauptete nicht, unschuldig zu sein. Sein Geständnis klang überzeugend. Es kam dem ziemlich nahe, was nach Leilas Meinung passiert war, nur war sie überzeugt, daß Sam Becky sexuell härter bedrängt hatte, als er zugab.

Robert Green gab sich alle Mühe, Sams Geschichte zu erschüttern, aber Sam hielt hartnäckig daran fest. Er ließ sich nicht verwirren. Er war ein guter Schüler, und er erinnerte sich genau an das, was er gesagt hatte, denn er hatte es sicherlich lange genug einstudiert. Green befragte Sam ausführlich danach, was ihm vom Staatsanwalt versprochen worden war, aber im ganzen stand die Staatsanwaltschaft, als der Donnerstag endete und Sam den Zeugenstand verließ, gut da. Leila war überzeugt, falls Beckys Anwalt nicht noch Überraschungszeugen herborzauberte, dann hatte Sam Becky entscheidend belastet.

Außer einem Seminar am Mittwoch lagen Leilas Kurse in diesem Semester alle am Dienstag und Donnerstag, und so war sie am Freitag im Gerichtssaal, als die Verteidigung begann, ihre Zeugen aufzurufen.

Becky schien jetzt munterer, lächelte Helen Coreggio zu, lächelte den Frauen aus ihrem Büro zu, die darauf bestanden, sie sei nicht lange genug fort gewesen, um mehr zu tun als Prospekte abzuholen. Aber keine konnte genaue Uhrzeiten nennen, wann sie Becky gesehen hatte. Die Aussagen der beiden Sekretärinnen halfen ihr nicht. Sie waren zu vage.

Helen Coreggio sagte aus, Becky habe ihr erzählt, daß Sam ihr nachstellte, und sie habe das auch selbst beobachtet. Helen sagte aus, Becky habe gestanden, daß sie an dem Wochenende, als ihr Mann fort war, Sam nachgegeben habe, und sei deswegen sehr bestürzt gewesen. Sie habe gesagt, es würde nie wieder vorkommen. Ja, sie hatte Becky geglaubt. Becky war eine wundervolle Ehefrau, die sich für ihren Mann aufopferte. Obwohl sie ganztags arbeitete und den Lebensunterhalt bestritt, da ihr Mann arbeitslos war und sich nicht sonderlich um eine neue Stellung bemühte, putzte Becky nach der Arbeit die Wohnung. Sie hielt alles makellos sauber. Sie reinigte sogar die Fliesenfugen mit einer Zahnbürste, sagte Helen aus. Sie gab die Wäsche nicht weg, sondern wusch alles selber. Becky war immer außerordentlich nett zu ihr gewesen, einer alleinstehenden Witwe.

Leila beobachtete Helen im Zeugenstand und versuchte zu verstehen, warum sie sich so für Becky einsetzte. Sie war überzeugt, daß Helen einen Meineid beging, aber Helen tat es freiwillig. Das Band zwischen Becky und der alten Witwe, die Kostüme für die Laientheatergruppe schneiderte, war so stark, daß Helen für Becky log. Das faszinierte Leila. Was sah Helen in Becky, daß sie so zu ihr hielt?

»Sie ist eine gute Frau. Eine gute Ehefrau«, sagte Helen geradeheraus von einer Frau, die sie im Verdacht haben mußte, ihren Ehemann ermordet zu haben. Helen schien ehrlich zu glauben, daß Terry den Tod verdient und Becky ihr Bestes getan hatte. Der Staatsanwalt stellte sie nicht als Lügnerin hin. Er konzentrierte sich darauf, sie als spinnerte alte Frau hinzustellen, die sich leicht hinters Licht führen ließ. Leila hielt sie viel eher für eine realistisch denkende, unbeugsame Frau, die Becky ihre Freundschaft geschenkt hatte und sich weigerte, sie zurückzunehmen. Sie hielt eisern und unnachgiebig zu Becky. Becky war ihr Schützling, und der Staatsanwalt war der Feind. Zu einem anderen Menschen zu stehen wog für diese Frau mindestens so schwer wie das Gesetz.

An dem Tag wäre Leila gern mit der Familie Souza gegangen, aber Cathy war allein. Zak hatte keine Vertretung in der Tierklinik und konnte nicht fort. Leila konnte Sams Mutter nicht im Stich lassen. Sie gingen ins gleiche von Familien frequentierte Selbstbedienungsrestaurant, Jack's Outback, das sie immer mit Zak aufgesucht hatten. »Wenn sie freigesprochen wird und Sam ins Gefängnis wandert, dann werde ich sie eigenhändig umbringen«, sagte Cathy finster, während sie in ihrem Spinatsalat stocherte.

»Das halte ich für unwahrscheinlich. Sams Aussage war sehr überzeugend.«

Im Verlauf der überwiegend schweigsamen Mahlzeit sagte Cathy: »Ich hätte nie gedacht, daß ihr zusammenfindet, Zak und du. Da wäre ich im ganzen Leben nicht drauf gekommen.«

»Ich auch nicht«, sagte Leila. »Ich bin eine langweilige Frau. Ich habe jung geheiratet und hatte während meiner Ehe nie eine Affäre.«

»So war's bei mir auch«, sagte Cathy. »Und jetzt werde ich wahrscheinlich wieder heiraten, sobald alles vorbei ist.«

»Will Steve das?«

»Ja, wegen seiner Kinder.«

»Verstehe. Dann habt ihr es leichter.«

»Es macht irgendwie einen schlechten Eindruck, mittendrin zu heiraten. Obwohl mir die Anspielung im *Herald* auf Sams Mutter und ihren Freund, der bei ihr wohnt, gar nicht gefallen hat. Steve hat nicht bei mir gewohnt, als Sam in Schwierigkeiten geraten ist. Aber was ist mit dir und Zak?«

»Mir gefällt es so, wie es ist. Mit gebremstem Schaum. Und genügend Freiraum für mich.«

»Wir werden ja sehen, wie du in einem halben Jahr darüber denkst.« Cathy feixte. »Ich mag dich viel lieber als seine Frau damals, neben der kam ich mir immer vor wie ein Landei.«

Am Nachmittag sagte Tommy aus, daß er sein Auto Sam nicht geliehen hatte. Ein Autoschlosser aus New Bedford sagte aus, daß das Auto nicht gefahren worden war, sondern in der Werkstatt gestanden hatte, wo er einen neuen Auspufftopf angebracht hatte. Er wies eine Rechnung und einen Scheck mit dem Datum jenes Tages vor, allerdings war der Scheck erst vierzehn Tage später eingelöst worden. Der Staatsanwalt wies im Kreuzverhör nach, daß diese Werkstatt schon einmal nach gestohlenen Autos durchsucht worden war.

Am Montag ging Becky in den Zeugenstand. Sie war recht wirkungsvoll als Zeugin in eigener Sache. Sie war zitterig, aber beherrscht, ein Bild stiller Trauer. Nichts mehr von dem unangebrachten Lächeln in die Kamera, den flehenden Augen, die baten: Seht mich, liebt mich. Das Gerichtssaalambiente verhalf ihr zu Konzentration. Becky war immer am präsentesten, wenn sie im Mittelpunkt öffentlicher Aufmerksamkeit stand, aber mit dem Live-Publikum flirtete sie nicht. Der Blick der anwesenden Presse war zu diffus, um solch eine fatale Reaktion bei ihr hervorzurufen. Sie ging mit ihrem Publikum so geschickt um, wie sie nur konnte. Die Frage war, ob ihre Vorstellung die von Sam auslöschen konnte.

Im Lauf des Prozesses gelang es niemandem, ein glaubhaftes Bild von Terry zu zeichnen: nicht seinem Bruder, nicht seiner Mutter, nicht Heather, nicht Becky. Er war zugleich gutartig und gewalttätig; faul und schlapp; ein vollkommener Sohn und Ehemann, ein großer Allroundsportler und ein Mann, den eine zarte, zierliche Frau und ein Oberschüler erschlagen konnten. Er war weichherzig und ausgeglichen; er schlug seine Frau, bis sie überall blaue Flecke hatte. Terry war wie der Mann, den es nie gegeben hatte. Gutaussehend und beliebt, ein Nebbich ohne echte Freunde. Nur über eine Tatsache waren sich alle einig: Der Tote war seiner Familie eng verbunden gewesen, mit ihrer Neigung zu hohen Versicherungen und ihrer deutlich sichtbaren, aber – soweit Leila sehen konnte – unbegründeten Überzeugung, viel besser zu sein als andere Familien. Er hatte einigermaßen Golf gespielt, er war schlecht, aber gerne Ski gefahren. Er hatte Blondinen bevorzugt. Er hatte gern im Fernsehen Sportsendungen gesehen und mit seinen Collegefreunden Videos geguckt. Er war nicht besonders tüchtig in seinem Job gewesen oder darin, sich einen anderen zu suchen. Aber das alles schienen unzureichende Gründe zu sein, um ihm den Schädel einzuschlagen, wie es Sam beschrieben hatte, mit einem Neunereisen und einem Hammer.

63

Becky

Becky hatte einen neuen Anwalt, der gegen ihre Verurteilung Berufung einlegte. Sie hatte gedacht, Robert Green machte seine Sache prima, aber die Geschworenen waren anderer Meinung gewesen, und danach wollte ihre Familie einen Anwalt, der sich mit Berufungsverfahren auskannte. Tommy hatte Geld beigesteuert. Es ging ihm gut, und Becky war es gelungen, ihn aus dem Prozeß herauszuhalten, bis auf das Auto, aber das konnte ihm nicht nachgewiesen werden. Wenigstens hatte sie ihn schützen können und damit ihre Familie.

Vor ihrem Prozeß hatte sie schon neunzehn Wochen in Untersuchungshaft verbracht, aber das war für sie etwas gewesen, was vorüberging. Sie hatte nicht glauben können, daß man sie in eine Zelle stecken würde. Das war so dumm! Was nützte es irgendwem, sie im Gefängnis zu verwahren? Sie hatte nicht gewußt, daß Barnstable ein Hotel war im Vergleich zu dem Staatsgefängnis für Frauen MCI Framington, in das sie geworfen worden war, um ihr Leben zu vergeuden.

Sie war wieder da, wohin Terry sie stoßen wollte, ein Leben, das manchmal sehr an zu Hause erinnerte. Es war laut im Gefängnis. Das Gebäude schien darauf angelegt, Geräusche zu verstärken, und es gab keine Tages- oder Nachtzeit, zu der nicht Dutzende von Fernsehern dröhnten, Musik hämmerte, Frauen stritten, Türen knallten, Handgemenge stattfanden und dann etwas krachte, jemand weinte, jemand stöhnte, jemand kotzte. Überall stank es, genau wie in dem Haus ihrer Kindheit: zu viele Menschen, die ungenügende Sanitäreinrichtungen benutzten. Es war schmutzig, es war laut, es war häßlich. Die sogenannten ›Ferienhäuser‹ waren besser, und vielleicht würde sie bald bei einer Gruppe in einem sein.

Hauptsächlich war es langweilig. Es war so langweilig wie die schlimmsten und längsten Nachmittage im Schularbeitssaal ihrer High-School. Die Zeit stand still, breitete sich träge aus, bekam eine Eisdecke, fror bis zum Boden durch. Zeit tropfte auf ihre geschlossenen Lider. Sie war von Frauen umgeben, die es zumeist nicht böse meinten, aber Verliererinnen waren. Gewöhnlich hatten ihre Ehemänner oder ihre Freunde oder ihre eigenen schlechten Angewohnheiten sie in diese Lage gebracht. Nur wenige saßen wie sie in der Falle, weil ein großer Plan schiefgegangen war.

Sam war daran schuld. Er hatte ihr Leben so gründlich ruiniert, wie Terry es vorgehabt hatte. Wenn er es durchgestanden hätte, wenn er seinen verdammten Mund gehalten hätte, wäre sie eine freie Frau. Welche Beweise gab es gegen sie? Nur Geschwätz. Wenn Sam und Gene nicht so geldgierig gewesen wären, wenn sie den Videorecorder und das andere Zeug in den Kanal geworfen hätten, wie sie sollten, dann würde sie jetzt ihr Geld zählen. Sie konnte nicht damit aufhören, seine dummen Fehler durchzugehen und zu überlegen, wie sie es hätte anstellen müssen, um ihn stärker zu gängeln, sorgfältiger zu beaufsichtigen und bei der Stange zu halten.

Wenn sie nur körperlich stark genug gewesen wäre, um Terry allein zu erledigen, dann wäre sie jetzt draußen und führte ein feines Leben. Aber so, was sollte jetzt aus ihr werden? Sie konnte sich immer noch umbringen. Sie mußte nur den richtigen Moment abwarten, dann würde sich schon eine Methode anbieten. Aber manche kamen auch aus dem Gefängnis heraus. Ihr neuer Anwalt war Experte darin, Verfahrensfehler zu finden, die ein Urteil ungültig machten. Ihm war gleichgültig, ob sie schuldig oder unschuldig war; ihn interessierte nur, ob einem der Beteiligten ein Fehler unterlaufen war, der sich benutzen ließ, den Kriminalbeamten, der Staatsanwaltschaft, dem Richter. Sie hatte Vertrauen in sein Computerhirn. Sie sah ihn kaum, denn sie konnte nichts zu seinen Ermittlungen beitragen.

Manchen gelang die Flucht aus dem Gefängnis. Sobald sie den Laden besser kannte, würde sie sehen, was sich machen ließ. Sie würde beobachten und abwarten. Wenn sie je frei kam, würde sie nie der Polizei in die Falle gehen. Die meisten gingen dahin zurück, wo sie bekannt waren. Die Polizei würde damit rechnen, daß sie zu ihrer Familie ging, aber sie würde sich auf und davon machen. Männer würden sie im Auto mitnehmen. Sie würde nach Süden gehen, wo andauernd neue Leute hinkamen. Sie würde ihr Äußeres verändern. In ihrem alten Leben war sowieso nichts mehr für sie drin. Das war eine Sackgasse. Sie hatte nicht mal das Versicherungsgeld bekommen. Die Wohnung wurde zum Verkauf angeboten. Die Burgesses würden das Geld einsacken. Schließlich würde alles, was sie besaßen, an Chris fallen. Sie hatte ihr Leben ruiniert, damit Chris reich erbte, während ihr nichts blieb.

Außer ihrem Köpfchen. Was hatte sie noch zu verlieren? Sie sah sich auf Autobahnraststätten Lkw-Fahrern eine Mitfahrgelegenheit nach Süden abschwatzen. Sie sah sich in Atlanta oder Miami ankommen, Städte, in denen sie noch nie gewesen war. Viele junge Frauen kamen in diese Städte und schlugen sich ohne Geld oder Beziehungen durch. Sie würde skrupellos sein. Sie würde beinhart sein. Sie war zu tief verletzt worden, um je wieder einem Mann zu trauen.

Sie verbrachte viel Zeit mit Überlegungen, wie sie sich sofort andere Kleidung besorgen konnte, denn ihre Beschreibung wurde bestimmt durchgegeben. Ganz klar, sie mußte in ein Einkaufszentrum gehen. Ladendiebstahl war zu gefährlich, sie konnte erwischt werden. Sie würde sich eine Frau etwa ihrer Größe aussuchen und beim Einkaufen beobachten. Dann würde sie ihr folgen. Frauen stellten ständig ihre Einkaufstüten ab. Es würde ganz einfach sein, sich rasch ihre Einkaufstüte zu schnappen, während sie etwas bezahlte oder etwas anprobierte. Ladentische waren der beste Ort, um auf eine Gelegenheit zu lauern.

Frauen wurden vorzeitig entlassen. Auch wenn sie gar nicht dafür in Frage kamen, kriegten sie manchmal Straferlaß, weil das Gefängnis überfüllt war. Das wichtigste war, sich so zu verhalten, daß sie das Vertrauen der Oberen gewann, dabei aber nie aufzuhören, nach einer Fluchtmöglichkeit Ausschau zu halten. Frauen gaben auf. Sie gewöhnten sich an den Trott. Im Gefängnis zu sitzen hieß, in eine künstliche Kindheit zurückgestoßen zu werden, herumkommandiert und bestraft zu werden, ein böses oder ein gutes Mädchen genannt zu werden, oft mit diesen Worten, gezwungen zu sein, nach einem vorgegebenen festen Zeitplan zu leben und sinnlose, immer gleiche Tätigkeiten auszuführen. Oben war eine Stube, wo Frauen Fahnen nähten. Sie hatte Nähen immer gehaßt, aber sie würde es tun. Frauen bekamen hier Kinder. Sie hatte Achtung vor denen, die das nicht taten, sogar vor denen, die ständig in Schwierigkeiten waren. Sie waren noch am Leben, wie sie es auch vorhatte. Es gab Gesprächsgruppen für Frauen mit Aids, mit Kindern, mit Drogen- oder Alkoholproblemen, aber keine für Frauen, denen keine andere Wahl geblieben war.

Sie würde nicht aufgeben. Sie würde sich nicht umbringen, nachdem sie dem, was sie brauchte, so nahe gekommen war, nachdem sie so hart und so lange dafür gearbeitet hatte. Sie würde ihnen nicht die Genugtuung gönnen, den Burgesses, all denen, die ihr keine Chance gegeben hatten. Das Geld jedenfalls hatte sie sich reichlich verdient. Sie machte sich einen Überlebenszeitplan. Solange sich das Berufungsverfahren hinzog, würde sie sich darauf konzentrieren, ihre Situation zu erkunden. Sie würde sich mit anderen Gefangenen anfreunden. Sie würde sich für alles freiwillig melden. Sie würde sich nützlich machen und zur Vertrauensperson.

Wenn der Anwalt sie frei bekam und selbst, wenn er nur einen neuen Prozeß erzwang, dann war sie aus allem raus. Wenn er versagte, mußte sie alles, was sie an Informationen und Kontakten gesammelt hatte, abklopfen und Fluchtpläne schmieden. Sie besaß einen klugen Kopf: wenn irgendeine es schaffen konnte, dann sie.

Sie würde wieder berühmt sein. Ihr Gesicht würde wieder in den Abendnachrichten sein. Aber sie mußte sich etwas einfallen lassen, wie sie anders aussehen konnte, um der Festnahme zu entgehen, und gleichzeitig gut genug, um Mitfahrgelegenheiten zu bekommen. Die einfachste Art war, sich alt zu machen, aber das war eine ganz schlechte Idee. Wenn sie sich hier drin das Haar wachsen ließ, dann konnte sie es abschneiden und anders aussehen, und dann ließ es sich auch leichter färben. Sie konnte Schuhcreme benutzen oder es mit irgendwas anderem dunkel färben. Dann wurde eine Frau mit schulterlangem blondem Haar gesucht, dabei war sie inzwischen eine Frau mit sehr kurzem dunklem Haar. Sie brauchte lediglich eine andere Jacke oder einen anderen Mantel. Jeans waren Jeans. Der einzige

Haken an ihrem Plan war, daß hier drin sehr kurze Haare angesagt waren und sie nicht aussehen wollte wie so eine Lusche.

Der Plan gab ihr die Kraft, trotz wenig Schlaf zu überleben. Jede Nacht wurde sie mindestens viermal geweckt, wenn eine ihrer Zellengenossinnen einen Alptraum hatte oder pinkeln mußte. Jeden Morgen weinte Gemma. Sie mußte oft pinkeln, weil sie schwanger war. Was für ein Ort, um ein Kind zur Welt zu bringen. Sie tat Becky leid. Kamala hatte zwei Kinder zu Hause bei ihrer Mutter. Kamala und Gemma waren beide jünger als Becky, aber Denise war zehn Jahre älter und hochnäsig. Denise fehlten zwei Zähne, und sie hatte eine große Narbe am Körper von einer Messerstecherei. Sie hatte schon mal gesessen. Becky umgarnte alle, wollte sich gut mit ihnen stehen, wollte zumindest ihre Neutralität. Sie hatte noch nie mit schwarzen Frauen zu tun gehabt, nur am College waren ein paar gewesen, aber Becky war keine dieser Vorstadtziegen, die vor Rassenhaß kochten. Sie betrachtete alle Insassinnen mit dem Gedanken, ob sie ihr vielleicht irgendwann nützen konnten, und sowohl Kamala als auch Denise waren cleverer und wesentlich zäher als die weiße Gemma. Kamala hatte Schecks gestohlen; Gemma hatte Drogenhandel versucht. Denise hatte ihren Alten erstochen, als er ihren Sohn verprügelte. Gemma wollte sich mit Becky verbünden, weil sie beide weiß waren, aber Becky war nicht interessiert. Die meisten coolen Frauen hier drin waren schwarz, und die waren es, die sie bewunderte. Am meisten litten die Frauen mit Kindern draußen.

Kamala war in eine andere schwarze Frau verliebt, in Rena, die HIV-positiv war. Kamala und Rena kamen nicht dazu, viel Zeit miteinander zu verbringen, aber sie schrieben sich Briefchen und machten sich schöne Augen. Becky verstand, warum Frauen sich in Frauen verliebten. Fast jede Frau hier konnte einem Mann die Schuld an dem geben, was passiert war. Sie verstand die Anziehung, aber ihr fiel noch keine auf, die ihr ebenbürtig war. Von jetzt an würde sie höhere Maßstäbe anlegen. Sie hatte den Fehler begangen, Terry und Ted Topper und Sam zu ernst zu nehmen. Vorläufig machte sie sich bei allen nützlich. Becky war auf eine Frau neugierig, die A.Z. genannt wurde. Sie hatte drei Banküberfälle begangen, aber A.Z. hatte ihren eigenen Klüngel. Becky konnte warten. Irgendwann würde sie mit A.Z. Bekanntschaft machen.

Die Unifrau schrieb immer noch an dem Buch über sie. Es wäre ganz interessant gewesen, ihr zu erzählen, was wirklich passiert war, aber so saudumm war Becky nun auch wieder nicht. Nein, sollte doch Sam, dieser Wurm, sich in seiner Schuld suhlen. Sie würde sich nicht unterkriegen lassen, es durchstehen und ihre Unschuld behaupten, und alle würden nie den nagenden Zweifel loswerden, ob sie Terry nun erledigt hatte oder nicht. Wenn das Buch herauskam, würde es zu der Überzeugung beitragen, daß sie zu Unrecht im Gefängnis saß. Wenn in ein paar Jahren Gras über alles gewachsen war, würde sich niemand mehr erinnern können, warum der Staat so hart zugeschlagen hatte. Sie war überzeugt, daß sie Leila Landsman umgarnt und auf ihre Seite gezogen hatte, obwohl ihr nicht gefallen hatte, daß die Frau mit Sams Onkel dicke zu sein schien.

Schließlich war es nicht Becky gewesen, die Terry eigentlich getötet hatte. Dazu war sie gar nicht stark genug. Aber wann immer sie an ihre damalige Situation dachte, sah sie keine Möglichkeit, anders zu handeln. Terry hatte versucht, sie dorthin zurückzustoßen, wo sie herkam. Im Tod hatte er noch geschafft, ihr das anzutun, mit Sams Hilfe. Da war nicht einer, der je was für sie getan hatte, mit Ausnahme von Tommy. Nach einem Mann wie Tommy mußte sie sich umschauen, so ehrgeizig und zäh wie sie selbst.

Sam saß auch im Gefängnis und sah nun, was es brachte, denen alles zu erzählen, was sie hören wollten. Er hatte eine kürzere Strafe erhalten als sie, für all seine liebevolle Hilfe, sie abzukochen, aber trotzdem hatte er zwanzig Jahre Bau vor sich. Sie konnte sich von ihm nicht vorstellen, daß er seine Flucht plante. Er würde viel lesen und Fett ansetzen. Er würde der Lustknabe von irgendeinem Gangsterboß werden. Geschah ihm ganz recht. Hier setzte ihr in dieser Hinsicht keine zu. Frauen taten sich zu Paaren zusammen, um für eine andere da zu sein, um eine Familie zu haben, eine Bindung, einen Mittelpunkt, aber keine drängte sich Becky auf. Sie war eine, die draußen bekannt war, und sie hatten Achtung vor ihr. Sie würde dieser Achtung gerecht werden. Sie war freundlich zu allen, animierte aber keine, noch nicht. Manchmal flirteten Frauen mit ihr oder machten anzügliche Bemerkungen, aber das kümmerte sie nicht. Sie nahm es als Schmeichelei. Die einzige Frau, die sie wirklich interessierte, das war A.Z. Bestimmt arbeitete A.Z. auch an einem Plan. Sie hatte keine Eile, aber sie hatte es auf A.Z. abgesehen, und sie lag auf der Lauer.

Sie freute sich über Besuch. Tommy, Belle und ihre Mutter kamen am häufigsten, und Helen kam jede zweite Woche. Sylvie schaffte es einmal, sie zu besuchen, ohne Marios Wissen, da er ihr Beckys wegen eine fürchterliche Szene gemacht hatte. Ehemänner konnten sie nicht mehr leiden. Gefürchtet zu sein machte irgendwie Spaß. Etwas Neues.

Becky kam mit den Frauen hier drin besser klar als mit den Frauen bei Sound Cable. Hier wurde nicht von ihr erwartet, daß sie sich verbog, ihnen Rotz auf die Backe schmierte und vorne rum schön tat. Als berühmter Fall, als Frau, die ihrem Mann den Schädel eingeschlagen hatte, etwas, wovon sehr viele hier zumindest hin und wieder geträumt hatten, stand sie erst einmal ziemlich weit oben auf der Leiter. Alles hing davon ab, wie sie sich verhielt. Sie ließ sich von keiner an den Karren fahren, aber sie trat auch keiner auf die Schleppe. Ihr half dabei, daß sie in einer großen, chaotischen Familie aufgewachsen war. Alle Frauen hier brachten nur die Zeit herum, so gut sie konnten. Sie schlugen sie tot, die lange, elende Zeit.

64

Mary

Mary fuhr Robin zur Turnstunde und zur Steptanzstunde, wie sie früher ihre eigene Tochter gebracht hatte und dann ihre Enkeltochter, als Marissa in Robins Alter war. Wenn der Turnlehrer Robin mit Mary sprechen hörte, rügte er Robin. »Du sollst deine Großmutter nicht mit dem Vornamen anreden. Das ist unhöflich.«

»Ist schon gut.« Mary verbesserte ihn nicht. Robin tat es auch nicht. Robin schenkte ihr nur ein schüchternes Lächeln, das wie ein Zucken über ihr Gesicht huschte und sofort wieder verschwand.

»Andere Kinder haben zwei Großmütter, aber ich hatte nur eine richtige, Phyllis«, sagte Robin. »Als ich zu der Mommy von meinem letzten Daddy ›Großmutter‹ gesagt habe, hat sie gesagt, sie ist nicht meine Oma.«

»Du kannst jederzeit Oma zu mir sagen«, erwiderte Mary. »Mich freut das.«

Niemand stellte unangenehme Fragen, weder Debbie noch die Kinder, nicht einmal Babs. Mary war vor neun Monaten in ihrer aller Leben getreten, und ein bruchstückhafter Hintergrund aus Hausfrauendasein, Villenvorort, Scheidung und Putzfrauentätigkeit genügte, um ihre schwache Neugier zu befriedigen. Sie war die Frau, die sie sahen. Wenn sie manchmal einen Augenblick völliger Entfremdung hatte, ein Gefühl, als sei plötzlich zwischen ihr und allen anderen eine unsichtbare Haut, so verflogen solche Augenblicke rasch, während sie den tausend Problemen des Tages nachging. Beverly hatte ihr Leben verstanden, wie niemand sonst es konnte. Aber Beverly war tot, und tot war auch Scarlett O'Neill, die Unsichtbare, die Frau, die auf ihr Handgelenk drücken und durchsichtig werden konnte. Marys Leben hatte ein acht Jahre langes Loch, aber niemand merkte es. Sie mußte nur dafür sorgen, daß das so blieb.

Ben war jetzt in der Kita, aber Allison mußte ständig beaufsichtigt werden. Sie würde einmal groß und kräftig werden. Sie hatte rötliche Locken, ein fröhliches Gemüt und eine Stimme, die laut genug war, um Eiscreme zu schmelzen. Debbie hatte Kunden noch und noch, deshalb nahm Mary Allie immer in die Stadt mit. In Robins Turnstunde machte Mary mit Allie auf dem Kindersitz des Einkaufswagens ihre Supermarktrunde, wie Babs das nannte. Auf dem Nachhauseweg machte sie Zwischenstation bei den diversen ihrer Obhut anvertrauten Tieren, bewegte Amy Watkins' Stute mit Allison vor sich auf dem Sattel. Morgen mußte sie mit Debbie zum Kleiderkauf. In vierzehn Tagen heiratete Babs' Tochter in Escondido. Mary besaß nichts Passendes, und Debbie hatte ein paar Pfund zugenommen.

Morgen hatte sie einen vollen Tag. Vormittags mußte sie mit Debbie Min auf den Pferdeanhänger laden und zum Decken zu den Brauns bringen. Es war an der Zeit. Dann mußten sie am Nachmittag nach San Diego einkaufen fahren. Babs nahm die Kinder, und so hatten Mary und Debbie vor, am Abend auszugehen. Sie würden mexikanisch essen gehen, was Debbie liebte und Mary ertrug, und dann wollten sie Robins Vater treffen, der in der Band von El Gato Negro spielte. Die Band hatte eine recht erfolgreiche CD herausgebracht und trat in der Universität auf.

Mary war ein wenig besorgt, aber sie glaubte nicht, daß ein erfolgreicher Musiker sich heutzutage auf Debbie stürzen würde, und Debbie hatte bereits ein Kind von ihm, ihr Endziel bei jedem Mann. Trotzdem war Mary immer in Sorge. Jeder Mann stellte eine potentielle Gefahr für sie dar. Debbie wußte weder, ob Bung seine Tochter sehen wollte, noch, ob das gut für Robin war. Es hing noch alles in der Schwebe.

Jeden Abend, wenn sie zu Bett ging, lag Mary mit an den Körper gepreßten Händen da und ging ihre Situation durch. Sie hatte ihren Tierpflegedienst. Debbie zahlte ihr nichts, aber sie hatte freies Essen und freie Unterkunft und einen festen Halt in der Gemeinde. Im Januar begann sie einen Lehrgang im Rahmen eines Sonderprogramms zur Umschulung älterer Frauen, um sich zur Buchhalterin ausbilden zu lassen. Sie ging ohnehin gern Zahlen durch. Der Umgang mit dem Geld für den Lebensunterhalt hatte für sie etwas von Sicherheit und Geborgenheit. Von der Tierpflege hatte sie zusammen mit ihrem Notgroschen genug gespart, um sich einen Taurus mit hundertzehntausend Kilometern auf dem Tacho zu kaufen. Jetzt hortete sie jeden Cent, um ihren Notgroschen wieder aufzustocken. Sie haßte es, Geld für ein Kleid auszugeben, aber sie mußte auf der Hochzeit anständig angezogen sein.

Am Samstag nachmittag nahmen sie Debbies Auto, weil es neuer als ihrs war, aber Mary fuhr: Debbie wurde lieber gefahren, ein Überbleibsel aus ihren Ehen. Mary fuhr dagegen gern, ein Vergnügen, das ihr jahrelang verwehrt gewesen war. Sie fuhr sogar zweimal die Kinder zu Bens Vater. Die Highways von Kalifornien liebte sie besonders, die Entfernungen waren so groß, und sie fühlte sich so frei und privilegiert. Mit lebenskluger Belustigung über ihr jüngeres Ich erinnerte sie sich, daß sie einmal Angst davor gehabt hatte, auf den Highways zu fahren – damals, als sie verheiratet gewesen war und keine Ahnung gehabt hatte, was sie alles lernen konnte. Heute war ein sonniger Herbsttag, alles reifte, aber ohne einen Hauch von Kälte in der Luft wie an der Ostküste. Es war wie im Inneren einer vollkommenen Orange.

Nach dem Essen, bei dem Mary sich zurückhielt, um kein Sodbrennen zu bekommen, gingen sie zu dem Saal, in dem El Gato spielte. Studenten lagerten in der milden Luft in lauten Gruppen. Fahrräder flitzten an ihnen vorbei. Auf dem Weg blieb Debbie plötzlich an einem Kiosk mit Anschlägen stehen. »Au, Scheiße. Schau mal! Ob sie vorhat, zu Besuch zu kommen?«

Es war die bescheidene Ankündigung einer Vortragsreihe über FRAUEN IM POSTMODERNEN AMERIKA, EHRGEIZIGE ZIELE UND ÖKONOMISCHE WIRKLICHKEIT. Beide Frauen standen vor dem Plakat und betrachteten es bedrückt. Worauf Debbie reagierte, das war die Rednerin im nächsten Monat, Leila Landsman über obdachlose Frauen. Was Mary veranlaßte, das Gesicht zu verziehen, das war das Thema des Vortrags. Was wußte Mrs. Landsman über Obdachlosigkeit? Wenn Mary die Augen schloß, dann sah sie das große alte Cambridge-Haus. Hatte eine Woche mit ihr im Haus Mrs. Landsman zu einer Expertin über Frauen ohne Obdach gemacht? »Gerade, wo alles so gut läuft«, sagte Mary als Versuchsballon. »Abel hat inzwischen sogar Zweien.« Sie konnte sich genau vorstellen, wie Mrs. Landsman anfing, über Mary zu reden und darüber, wie Marys Situation ihr Interesse für Obdachlosigkeit geweckt hatte. Gerade, als Mary allgemein akzeptiert wurde, Freunde in der Stadt hatte, der Methodistenkirche beigetreten war und dem Förderverein der Stadtbibliothek. Die Ladenbesitzer kannten sie. Sie wurde auf der Straße gegrüßt.

»Ein solcher Besuch bringt zwangsläufig die Kinder durcheinander«, pflichtete Debbie heftig bei. »Vielleicht können wir sagen, daß alle Grippe haben.«

Das war also abgewehrt. Jetzt wappnete sich Mary für die Begegnung mit Bung. Was für ein Name, der hörte sich mehr nach einer Krankheit an als nach einem Mann, und dieses Gefühl brachte sie jedem Mann entgegen, der drohte, Debbie auf den Leib zu rücken. Sie war ständig in Angst.

Sie sagte sich: mein Leben hat sich geändert, aber es kann sich auch wieder ändern. Ich bin nicht mehr unsichtbar. Ich drücke mich nicht mehr in Hinterhöfen und Garagen herum wie eine verhungernde Katze. Menschen begegnen mir, ich habe einen Namen und sie sehen mich. Ich habe ein Zuhause. Ich habe Freunde. Acht Jahre lang war ich Abschaum, und jetzt bin ich wieder ein Mensch. Für die arme Beverly, für Houdini und Maus, für Samantha und Sly werde ich mich hier eingraben. Ich werde hier Wurzeln schlagen, und ich werde überleben. Ich halte mich an diesem Rettungsseil fest. Ich lasse es mir von niemandem aus der Hand reißen, nicht von El Gato oder Bung oder Mrs. Landsman oder allen Soldaten des Königs.

65

Leila

»Die Sommerzeit endet nächste Woche«, sagte Leila zu Emily, die am Steuer saß. »Ich hasse das. Plötzlich ist es dunkel, wenn ich nach Hause laufe.«

»Keiner Frau gefällt das. Wir wollen kein längeres Nachtdunkel. Sag mal, wie macht sich denn das Haus?«

»Ich denke, Mona kann ein Problem werden, aber es fängt an, sich zusammenzufinden.«

Sie waren auf dem Rückweg vom Corrigan House, benannt nach einer Frau, die der Obdachlosenhilfe einen Teil des Kaufpreises für ein Haus in einer Trabantenstadt gespendet hatte, in dem sich nun eine Gruppe von Frauen im Alter von siebenundzwanzig bis neunundsechzig Jahren einlebte. Seit dem vergangenen Februar, als der Prozeß hinter dem Horizont verschwunden war und Emily und Leila begonnen hatten, über ihr Abenteuer mit Mary Burke zu reden, hatten sie an einer Reihe von Projekten für obdachlose Frauen mitgearbeitet.

»Läuft es gut mit Jane?« fragte Leila mit der unterdrückten Besorgnis, die sie immer verspürte. Sie wollte unbedingt, daß Emily und Jane zusammenblieben, damit sie nicht zwischen die Fronten geriet. Sie liebte und brauchte beide, jede auf ihre Art.

»Es läuft besser, seit Chuck selbständiger ist. Er fährt jetzt total auf Fußball ab. Das hilft. Gibt Jane und mir mehr Zeit. Da sind wir«, sagte Emily und hielt am Bürgersteig. »Vom Frauenasyl zum Katzenasyl.«

»Ich habe nur fünf«, verteidigte sich Leila. Zwei hatte sie von Zak übernommen, und die fünfte hatte sich im Garten angefunden trächtig und halb verhungert. Vielleicht hatte sie einen Gaunerzinken an ihrem Haus, wie ihn Landstreicher hinterließen, wo es etwas zu essen gab. Streunende Katzen wußten Bescheid. Andererseits machten fünf weniger Arbeit als eine oder zwei, denn sie schufen sich ihre eigene Gesellschaft, vergnügten sich miteinander.

Vier hatten sich direkt hinter der Tür aufgereiht. Die fünfte, die seidige Kokett, lag auf der Couch und erwartete ihren Tribut. Leila öffnete das Fenster zu ihrem Auslauf im Garten, und alle schlenderten hinaus. Sie zog sich rasch in Jeans um. Vor dem Abendbrot blieb ihr noch Zeit, ein paar Zwiebeln einzupflanzen, die sie sich hatte schicken lassen. Vor sieben Monaten war sie in dieses unauffällige Haus unmittelbar jenseits der Grenze zwischen Cambridge und Somerville gezogen. Das Haus war aus Holz und hatte zwei Geschosse mit je einer Fünfraumwohnung. Im ersten Stock wohnte ein Ehepaar in den Fünfzigern. Er arbeitete für H&R Block, und sie war Justizbeamtin. Leila fühlte sich immer noch nicht ganz wohl dabei, Hauswirtin zu sein, aber die Miete des Ehepaares deckte die Hypothekenraten. Das Haus war Anfang der sechziger Jahre scheußlich aufgemöbelt worden, mit falscher Kieferverkleidung und Zwischendecken, die sie herausgerissen hatte. Es hatte eine gute neue Heizungsanlage und viele Fenster nach Osten und Westen. Ihr Schlafzimmer blickte auf den kleinen Garten hinter dem Haus. Das Wohnzimmer mit dem anschließenden Eßzimmer hatte schöne alte Holztäfelung, die gereinigt werden mußte, und entsetzliche grün-rosa Blümchentapete, die Emily und Zak ihr abkratzen halfen, bevor sie Selbstmorddepressionen auslöste.

»Na ja«, sagte Zak, als er das Haus sah, »ich glaube, das nennt man ein Liebhaberobjekt.« Sie hatte festgestellt, daß es ihr egal war, ob es Zak gefiel. Er würde hier nicht wohnen. Das gleiche galt für ihren Sohn, der jetzt mit Ikuko verlobt war. Für Leila zählte hauptsächlich, ein Haus zu haben, das sie sich ohne Hilfe leisten konnte, das sie heizen konnte, das sie halten konnte. Trotz des Lobgesangs ihres Steuerberaters auf Hypotheken und steuerlich absetzbare Zinsen war sie bestrebt, die Hypothek so rasch wie möglich abzuzahlen. Es gab nichts auf der Welt wie den Umgang mit Obdachlosen, um eine Frau zur Finanzplanung anzuregen. Es konnte fehlschlagen, denn Katastrophen ließen sich nicht ausschließen, aber die Begegnung mit früheren Hausfrauen, Lehrerinnen, Fabrikarbeiterinnen, Kellnerinnen oder Sekretärinnen machte Leila klar, wie zerbrechlich das Sicherheitsgerüst von Frauen war. Ein Mann machte sich davon oder starb, eine Stellung lief aus, eine Fabrik machte dicht, ein Feuer vernichtete ihr Haus, und sie war mittellos und stand auf der Straße.

Leila hatte das Haus auch wegen des Gartens gekauft. Hatte das unzeitgemäße Aussehen des Hauses gewisser Korrekturen bedurft, so liebte sie die ordinäre Schäbigkeit des Gartens. Nach hinten hin lagen Gemüsebeete, in der Mitte war ein ungepflegter, löwenzahnverkrauteter Rasen, umgeben von mehrjährigen Blumenbeeten mit hier und da einer Rose, falschem Jasmin und Flieder. Es gab sogar einen verquollenen, abblätternden Gartenstuhl, in dem sie oft saß, wie jetzt, und zu dem dunkelnden Himmel aufschaute. Sie hatte Pläne, die Gemüsebeete zu erweitern und den traurigen Rasen mit Ziegelsteinen zu pflastern. Der Nachbarahorn begann sich gerade zu röten, mit Tupfen von Orange bis Karmesin auf den breiten Blättern. Sie sollte hier nicht herumsitzen.

Warum nicht? Abgesehen von ihren Pflichten an der Uni gehorchte sie niemandes Stundenplan als ihrem eigenen. Jahrelang waren ihre Tage von Nicks und Davids Bedürfnissen geformt worden. Gleichgültig, womit sie gerade beschäftigt war, sie mußte nach Hause eilen und das Essen bereiten; sie mußte in die Stadt fahren, um Socken und Unterwäsche zu kaufen; sie mußte sich um die Wäsche kümmern; sie mußte David hierhin und dorthin bringen und Besorgungen für Nick erledigen.

Manchmal vermißte sie eine Familie, meistens beim Essen. Die Mieter störten sie längst nicht so sehr, wie sie erwartet hatte. Wenn sie fremde Geräusche in der Nacht hörte, schreckte sie nicht hoch. Wahrscheinlich war es nur Ernie, der ins Badezimmer mußte. Sie war nicht begeistert vom musikalischen Geschmack ihrer Mieter der in Musicalmelodien gipfelte, aber sie mußten ihren auch nicht lieben. Sie sahen viel fern, darunter auch späte Talkshows, aber ihr

Schlafzimmer lag auf der Straßenseite. Ernie und Jocelyn hatten kein Interesse am Garten, keine Kinder, keine Haustiere. Die Musik von *Annie* und die Klänge von »Riskant!« ließen sich durch die Decke ertragen. Zu viele leere Wodkaflaschen wanderten in den Müll, aber im ganzen waren sie ideale Mieter.

Am nächsten Tag, als sie zum Frühstück den *Globe* las, strahlte ihr Nicks Gesicht entgegen. Der *Don Giovanni,* den er für die Lyric Opera inszeniert hatte, bekam eine hymnische Kritik. »Frischer und bissiger Angang macht Mozart so aktuell wie Rap.« Jedenfalls paßte das Thema zu seinen Talenten. Aber sie würde ihren Sarkasmus für sich behalten. Mußte sie ihm gratulieren? Nein, ebensowenig wie zur Geburt von Sean Oliver letzten Juni.

In ihrer Post an der Uni war ein Brief von Becky. Nach ihrem Zehn-Uhr-Kurs zog sie sich in ihr Büro zurück, um ihn zu öffnen und zu lesen. Sie hatte es aufgeschoben, denn sie war ziemlich sicher, daß Becky empört war. Sie hatte Becky das Manuskript gezeigt.

Sehr geehrte Frau Professor Landsman,
ich rede Sie mit Ihrem vollen Namen an, da klar ist, daß ich Sie überhaupt nicht kannte. Die Frau, die ich zu kennen meinte, könnte niemals schreiben, was Sie über mich geschrieben haben!
Ich habe offen und ehrlich zu Ihnen gesprochen, im Vertrauen auf Ihre Aufrichtigkeit und Unvoreingenommenheit. Aber Sie haben mich grausam enttäuscht. Sie haben mir weisgemacht, daß Sie an mich glaubten, daß Sie mir glaubten, was ich Ihnen gesagt habe. Jeder, der mich kennengelernt, wirklich kennengelernt hätte, wüßte ohne jeden Zweifel, daß ich unschuldig bin. Davon bin ich fest überzeugt.
Offensichtlich hatten Sie sich bereits vorher festgelegt, oder vielleicht meinen Sie, daß die Geschichte, die Sie erzählt haben, ein größeres Publikum anzieht als meine eigene traurige Geschichte von Verrat.
Sie glauben, das Berufungsverfahren sei abgeschlossen,

aber das ist es nicht. Solange man mich zu Unrecht im Gefängnis festhält, werde ich weitere Berufungsverfahren anstrengen. Ich werde nicht aufgeben. Meine Familie glaubt an mich. Ich bin bitter enttäuscht, denn ich habe Ihnen mein Herz und mein Leben geöffnet, und Sie haben mich im Stich gelassen. Sie sind mir in den Rücken gefallen. Sie sind auf die Geschichte vom Staatsanwalt hereingefallen, der Sam Solomons Verliebtheit in mich ausgenützt hat und seine Bereitschaft, jeden Unsinn zu sagen, um seine eigene Haut zu retten. Ich hatte bereits meine Bedenken, als ich Sie mit seiner Familie sah.
Ich möchte nicht mehr mit Ihnen reden oder von Ihnen angeschrieben werden. Ich werde mich nicht noch einmal von Ihnen hereinlegen lassen. Sie sagen, Sie werden das Gespinst aus Lügen und Klatsch, das Sie ein Buch nennen, noch überarbeiten, aber ich glaube keinen Augenblick lang, daß Sie es näher an die Wahrheit bringen werden. Ich werde mit meinem Anwalt über eine mögliche Schadensersatzklage sprechen.
Leben Sie wohl, hochachtungsvoll Becky Souza Burgess

Leila war traurig, aber nicht überrascht. Sie hatte vermutet, daß Becky ihr nicht verzeihen würde, was sie geschrieben hatte, ihr Verleger hingegen fand, daß sie mit Becky viel zu wohlwollend umgegangen war. Bislang war niemand glücklich über das Buch. Zak und Cathy sorgten sich, wie Sam darin wegkam. Beckys Familie fühlte sich im Stich gelassen. Ihr Verleger wollte eine Sexbombe und Verführerin. Leila stand allein mit ihren Einschätzungen und Schlußfolgerungen, unter Beschuß von allen Seiten.

Am Samstag morgen fuhr sie zum Cape. Sie unternahm mit Zak einen langen Spaziergang auf der Seite zur Bucht hin. Sie gingen hinaus auf die spärlich mit Pechkiefern bestandenen Hügel, die steilen Kreideklippen und Marschen der sieben Kilometer langen, manchmal breiteren, manchmal schmaleren Landzunge, die die Wellfleet Bay von der Massachusetts Bay trennte. Sie hatten Wasser und einen Imbiß dabei. Sie picknickten am äußersten Ende, saßen an einen Baumstumpf gelehnt und schauten nach Westen, auf drei Seiten von Wasser umgeben, nur ein schmaler Steg aus manchmal überflutetem Sand verband sie mit dem Festland. Möwen kamen nah, um zu kreischen und zu betteln. Zak sah draußen in der Bucht eine Robbe, aber Leila schaute nicht schnell genug hin.

Sie saß da, blickte auf die Wellen mit ihren kleinen weißen Mähnen, zwei Seeschwalben schossen vorbei, der Sand unter ihr war warm von der Oktobersonne, es gab Brathuhn und die letzten Tomaten von Zaks Nachbarn zu essen, und sie fühlte sich gesättigt. Sie schaute Zak an, der leise lächelnd im Sand lag. Während sie hinsah, überprüfte er seinen Piepser und entspannte sich wieder. Er hatte sie gewarnt, daß er vielleicht im Eilschritt zurücktraben mußte, und daß sie dann die Picknicksachen tragen und sich allein auf den Rückweg machen mußte. Deshalb fuhren sie immer in zwei Autos.

Manchmal kam es ihr vor, als schätzte sie ihn nicht genug, doch sie schätzte ihn wirklich. Wenn sie sein scharfes Profil ansah, weckte das ihre Gefühle. Früher einmal hatte sie Nicks kräftige, gedrungene Hände so betrachtet. Jetzt sah sie Zaks länglichere Finger und schmalere Handflächen an und etwas öffnete und regte sich in ihr: der Vorgeschmack von Erregung und Genuß. Wenn sie ihn ansah, fand sie ihn anziehend und erwartete seinen Blick, der sie auch anziehend fand. Das war der Schlüssel zu ihrem neuen sinnlichen Selbstvertrauen. Hier war sie mit sechsundvierzig Jahren und fühlte sich in ihrer Sexualität sicherer zu Hause als je seit ihrer Schwangerschaft.

Sie war keine Frau, die Konkurrenz oder Eifersucht brauchte, um ihr sexuelles Interesse anzustacheln. Sie war am glücklichsten, wenn ihr Verlangen in einem Menschen verankert war, der sie ebenso wollte wie sie ihn. Vielleicht war es ein tiefer Wunsch nach Sicherheit, der sie seit ihrer zerklüfteten Kindheit verfolgte, vielleicht war es nur eine angeborene Monogamie, die sie in sich so fest wie Muttergestein spürte.

Er hatte sich aus seiner niedergebrannten Vergangenheit

ein neues Leben gestaltet. Er verbrachte viel mehr Zeit im Freien als sie, ging spazieren, werkelte, plauderte mit seinen Nachbarn, führte die Hunde aus, die immer in seinem Haus waren. Er las viel. Er hörte gern Barockmusik und Jazz. Er nahm sich Zeit zum Nachdenken, zu Ruhe und Schweigen. An Abenden, wenn er sich nicht um ein krankes Tier kümmern mußte, saß er oft in seinem Schaukelstuhl, genoß die Gesellschaft von acht oder zehn Tieren mit drei oder vier verschiedenen Artzugehörigkeiten und lauschte einer neuen Jazzformation, von der er gelesen hatte. Eine ihrer unaufwendigsten Verabredungen war, zum Harvard Square zu fahren und alle CD-Läden zu durchstöbern.

»Ich habe nächsten Monat einen Vortrag in San Diego. Muß ich Debbie besuchen?«

Er regte sich und gähnte ausgiebig. »Warum wartest du nicht, bis du Lust dazu hast?«

»Du bist wunderbar vernünftig. Warum eigentlich nicht? Wenn ich es ihnen nicht sage, werden sie gar nicht erfahren, daß ich drüben bin.«

»Wenn du jemand von deiner Familie sehen möchtest, warum besuchst du dann nicht deinen Sohn in Pasadena?«

»Er entgleitet mir mehr und mehr.« Für einen Augenblick überkam sie Melancholie. David redete nicht mehr fast täglich mit ihr, ein- oder zweimal die Woche genügte. Falls er in diesem Jahr zu Thanksgiving nach Hause kam, dann mit Ikuko. Und die Hälfte der Zeit würde er mit Nick und Sheryl verbringen.

Auf dem Nachhauseweg am nächsten Nachmittag fiel ihr auf, daß sie Zak nichts von Beckys Brief erzählt hatte. Sie gab ihm gegenüber nicht gern zu, wie sehr sie Becky gemocht hatte. Sie konnte Becky ihren Zorn nicht verübeln. So, wie Brandstiftung ein Weg war, altes Holz in Geld zu verwandeln, Hausbesitzerschrott in Gold, so war eine Lebensversicherung ein Weg, einen nutzlosen und lieblosen Gatten in einen saftigen Scheck zu verwandeln. Becky hatte nicht widerstehen können. Ihre Wut hatte sich schließlich losgerissen. Frauen schreckten oft davor zurück, ihrer Wut freien Lauf zu lassen, aus Angst, sie könnte alles zerstören.

Gewöhnlich richtete die Wut nicht mehr an als zerbrochenes Geschirr. Becky war anders gewesen. Eine Frau, die ihren Mann nicht weniger rücksichtslos und unbarmherzig benutzt hatte, als Männer es oft mit Frauen taten, entfernte sich damit aus dem Kreis der Frauen in die Schande.

Leila war sich bewußt, wie weit sie selbst sich als alleinstehende Frau aus dieser als sicher geltenden Wagenburg hinausgewagt hatte. Sie war immer noch eine Frau, deren Energieströme anderen zuflossen. Aber endlich war ihr bewußt geworden, daß sie wählen konnte, für wen und für was sie sich einsetzte.

Melanie war vor einem Jahr gestorben, nicht an diesem Kalenderdatum, aber Jahrzeiten zählten nach dem jüdischen Mondkalender, und danach war heute abend der Jahrestag von Melanies Tod. Bei Sonnenuntergang zündete sie das Jahrzeitlicht in seinem kleinen Glas an, in der Badewanne, denn wenn sie sich auch an den Brauch hielt, so hatte sie doch panische Angst vor Feuer. Vronsky, Findel und Kokett erschienen und sahen ihr aus Schlitzaugen zu. Die anderen beiden, Curry und Chaplin, tobten in der Diele. Vronsky und Findel waren immer zusammen, aber alle anderen Beziehungen waren vergänglich. Zwei Katzen, die am Morgen noch miteinander schmusten, konnten sich schon am Abend anfauchen und ohrfeigen.

Du fehlst mir, redete sie Melanie an, nachdem sie das Kaddisch der Trauernden gesprochen hatte. Niemand kann eine so enge Freundschaft ersetzen, niemand kann meine Erinnerungen an all die Jahre teilen. Freundschaft, das ist jetzt manchmal Zak und manchmal Emily, auf ganz unterschiedliche Weise. Die größte Überraschung ist, daß ich wirklich gern allein lebe.

Sie hatte neue Freundschaften, die ihr etwas bedeuteten, aber vielleicht war ihre wachsende Anteilnahme an obdachlosen Frauen das Wichtigste, was sie sich in dem Jahr seit Melanies Tod erschlossen hatte. Leila ging es nicht nur darum, sie zu studieren wie es andere Akademiker taten, sondern daran zu arbeiten, ihnen Möglichkeiten zu eröffnen. Sie wollte für sich selbst so viele Alternativen, wie sie nur haben konnte, und sie wollte, daß diese Frauen auch Alternativen hatten. Eine Frau mit Geld konnte sich für ein Vagabundenleben entscheiden und ihren Schlafsack im Schatten ihrer Kreditkarten ausbreiten. Aber diese Frauen hatten nicht darum gebeten, zu frieren und zu hungern, ungewaschen zu sein, wunde Füße zu haben, krank zu sein und ständig Angst zu haben. Sie waren die Ausgeschiedenen: tut uns leid, vielleicht nächstes Mal, können wir nicht gebrauchen, zu alt, nicht hübsch genug, weiß nichts aus sich zu machen, mehr Profit, wenn wir in Eigentum umwandeln, diese Fabrik wirft nicht mehr genug ab, wenn wir sie behalten, müssen wir ihr Rente zahlen, sie ist zu dunkelhäutig, wenn Sie wegen Ihrer Kinder freinehmen, fliegen Sie sofort raus.

Weißt du, worauf es hinausläuft, Melanie? Auf ein neues Solo zu dem alten Billie Holiday-Song: Glücklich die Frau, die was Eigenes hat. Ich bin nicht mehr die Ehefrau von Don Juan. Ich finde es lohnend, anderen Frauen, die zur Tür hinausgestoßen worden sind, zu helfen, ein bißchen was Eigenes zu finden. Manchmal begegne ich alten Bekannten, die mich bedauern, weil ich nicht mehr die Frau von Nick bin – von einem für unsere Begriffe berühmten Mann, nicht berühmt wie ein Baseballstar oder ein Serienstar, sondern jemand, der hin und wieder in den Bostoner Zeitungen erwähnt wird. Mein eigener bescheidener Erfolg ermöglicht mir ein Leben; seiner brachte mir nichts als Probleme ein. Jedenfalls habe ich in diesem Herbst, diesem Jahr, dieser Jahreszeit meines Lebens mein Eigenes. Alle menschlichen Vorkehrungen sind zerbrechlich, aber ich treffe meine Entscheidungen und gehe meinen Weg. Vielleicht würden wir jetzt zusammenwohnen, wenn du noch am Leben wärst, aber so gibt es niemanden, den ich unterbringen möchte. Endlich bin ich meine eigene Frau.

Marge Piercy im Argument Verlag

Romane, die Herz und Verstand nähren. Leidenschaftlich gegenwartskritisch, aber mit Liebe zur Welt und den Menschen.

Donna und Jill

Roman. Deutsch von Heidi Zerning.
edition ariadne. Gebunden. 530 Seiten. ISBN 3-88619-454-X

Donna und Jill erzählt stürmisch und eindringlich vom Erwachsenwerden, vom Sich-Finden und Nicht-Abfinden, von Lust und Leid, Triumphen und Nöten einer Frauwerdung.
»Konsequent wie selten in der Literatur!« *Elfriede Jelinek*

Frau am Abgrund der Zeit

Social-Fantasy-Roman.
Zweite Reihe Taschenbuch 2015. 504 Seiten. ISBN 3-88619-915-0

Als Connie Ramos in den Slums von New York ihre Nichte vor einem Zuhälter schützt, wird sie bewußtlos geprügelt und erwacht im Irrenhaus. Doch da ist jemand, den Anstaltsmauern nicht fernhalten können: ein geheimnisvolles Wesen namens Luciente – ein Mensch aus der Zukunft. Undenkbar? Utopie der Weltklasse.

Menschen im Krieg

Roman. Deutsch von Heidi Zerning.
edition ariadne. Gebunden. 760 Seiten. ISBN 3-88619-459-0

Zehn Menschen in verschiedenen Teilen der Welt erleben den Zweiten Weltkrieg und kämpfen verzweifelt ums eigene und um das Überleben anderer. Der Versuch, im tödlichen Grauen Mensch zu bleiben und zu lernen, weckt die Hoffnung auf ein besseres Morgen …

Er, Sie und Es

Roman. Deutsch von Heidi Zerning.
edition ariadne. Gebunden. 520 Seiten. ISBN 3-88619-452-3

Die parallel erzählte Geschichte von den Nöten des Rabbi Loew im Prager Ghetto des 16. Jahrhunderts und der Cyborg-Computerspezialistin Shira Shipman im 21sten Jahrhundert. Preisgekrönter visionärer Roman voller spannender Fragen an das Menschsein.